张恩凯 著

山衔好月来

作家出版社

人生如戏，岁月如歌，这是一部尘封百年的情爱悲剧，这是一首催人泪下的渝水歌谣。

——作者题记

主要人物介绍

慕容尊　　　考古学家

慕容馨月　　慕容尊的大女儿

梁茜月　　　慕容尊的二女儿

张虔奕　　　慕容尊的关门弟子

郑禅忻　　　张学良军部副参谋长

郑青竹　　　郑禅忻的妹妹

何秋愚　　　渔夫

何一花　　　何秋愚的女儿，乳名荷花

韩怀信　　　医药世家子弟

刁　氏　　　韩怀信妻子

韩辛玊　　　韩怀信之子

李中天　　　直隶省行政厅厅长

王雨竹　　　直隶省防疫处处长

吴国祯　　　渝水县公署知事

叶倩薇　　　渝水县公署县佐

吴宁昶　　　渝水县公署掾史

苏津涅　　　渝水县公署财政科科长

毕丘芩　　　苏津涅妻子

王鸣荻　　　渝水县公署警察所警长

胡　二　　　渝水县公署警察所警员

目 录

楔 子

雾霭笼罩着燕北大地，使这块人杰地灵的风水宝地，神秘莫测，扑朔迷离，如同少女在头上裹上了一层面纱，她能洞悉你的一切，你却只能朦朦胧胧地看她，虽然近在咫尺，恰似雾里看花。

1924 年 9 月 29 日凌晨，一辆军用敞篷汽车由东向西行驶，在浓雾中穿行。

东北军第三军军长张学良和副军长郭松龄并排坐在车上，前排副驾驶的座位上是第三军副参谋长郑禅忻。

当车行驶到距渝水县城十三华里的青龙山下，浓雾时聚时散，三人仰望，透过坍塌的围墙，隐约看见山上有几间庙宇和一棵歪脖树，一个女子在树下徘徊。忽然，一股旋风把枯黄的落叶卷起，落叶在空中上下翻飞，飘浮良久，最后纷纷落在了女子的身边，此时、此地、此景，令人倍感凄凉。

"在这荒山野岭，是谁家女子来到这里，莫非要寻短见？"郑禅忻自言自语地猜测。

"我们上去看个究竟。"张学良、郭松龄异口同声。

三人来到山顶，四处寻觅，只见庙宇已经坍塌，残垣断壁，荒草萋萋，哪里有少女的踪迹？郑禅忻发现地上有一块破旧的匾额，从地上捡起，拭去上面的尘埃，露出了"贞女祠"三字，三人惊诧不已。

张学良站在青龙山上的最高处，用望远镜向远方瞭望，敌对的直军阵地尽在视野之内，当即决定把作战指挥部设在"贞女祠"院内。

奉军指挥部设在"贞女祠"的消息，很快被直军获悉，直军立即调动了十几门重炮，由呜咽城炮兵阵地向"贞女祠"开火，飞蝗般的炮弹呼啸而来，铺天盖地，顷刻之间青龙山已是烽烟滚滚，巨石乱飞。

"不好！"郑禅忻大喊一声，猛地将张学良与郭松龄按倒在掩体内，用身体遮挡着两位长官。

三人从滚滚的烟尘中爬起，发现身边已被炸成九平方米的深坑，而张学良、郭松龄、郑禅忻却毫发无损，三人甚感蹊跷。

"此乃天助我也！"张学良淡淡一笑，当机立断把指挥部转移到九平方米的深坑内，并默默许愿："贞女如真能显灵，学良将为您修复庙宇，重塑金身。"

指挥部在浓雾中时隐时现，第三军副参谋长郑禅忻为确保指挥部的安全，在烟雾笼罩的青龙山上奔走巡视。突然，他发现远处有几个可疑的人影，立即飞奔上前，还是晚了一步，一个苗条敏捷的身影在眼前一闪，倏忽之间，便不知去向。

当他来到"海眼"洞口时，发现两个陌生人倒在血泊中，一个身穿便装，背着报话机，早已没了生命迹象。另一个是身着深绛色西服的男子，一把锋利的匕首从后背插入，血流不止，不时地发出轻微的呻吟声，从被害人的穿着和面容看，郑禅忻认定这个被害人是一位学者，他身边的密码箱已被打开，里边有一本旅日护照和一些随身的衣物，护照中夹有一张身着旗袍的年轻女子，很可能是他的妻子。

郑禅忻轻轻地把被害人扶起，询问："先生！这到底是怎么回事？"

被害人半睁着眼，断断续续地说："雨伞——密图——燕刀母币……"话还没说完便昏死过去。

郑禅忻见被害人身边只有一把旧油纸伞，没有发现密图和燕刀母币。面对这起刚刚发生的凶杀案，他判断身背报话机的人是直军密探，这位学者和不知去向的苗条身影，都是些什么人？为什么要来到这里？是争夺情报，还是谋财害命？是情杀，还是另有所图？令人匪夷所思。

青龙山附近的浓雾已经散尽，郑禅忻说："救人要紧！"立即调来一辆军车，命令勤务兵用担架把学者抬到车上，学者的衣物、密码箱和那把旧油纸伞，放在了担架旁边。

随着马达声响，军车从青龙山下向东行驶，车后扬起滚滚的烟尘与炮火的硝烟混杂在一起。

此时，天空中的朝阳伴随着直奉大战的枪声、炮声，冉冉升起，透过天边的浮云显得又红又大。

被害人叫张虔奕，他躺在军车里的担架上，殷红的鲜血透过带有红十字的白色床单，一滴一滴往下淌。

张虔奕在昏迷之中仿佛走进了阆苑的幻境，那隆隆作响的炮声，宛如贝多芬《命运交响曲》中跳动的音符，在他的耳边反复变幻，时大时小，时小时大，最后竟然梦幻般地变成了少女吟唱的一首渝水歌谣：

> 长城倒挂似天梯，仙女湖畔帆影移，
> 三道险关通仙境，紫塞桃源露端倪。

一　紫塞桃花源

旭日东升，晨曦辉映着燕北群山，山脊上是蜿蜒起伏的长城，初升的太阳把横亘千古的万里长城，披上了五彩朝霞，使长城上的几座敌楼更加光彩照人。

长城的远处衬托着一座座青山，近处点缀着苍松翠柏，大自然把象征着中华民族脊梁的万里长城装扮得更加雄伟壮美，气贯长虹。

即将东渡赴日深造的三个国立美专毕业生，沿着长城坡道向远处的敌楼攀登。坡道的内侧是女儿墙，坡道的外侧是长城垛口，女儿墙和垛口大部分已经坍塌，坡道一侧是陡峭的山坡，另一侧则是悬崖峭壁，万丈深渊。

道越来越陡，路越走越窄，张虔奕和苏津溥两个男生搀扶着俊美的慕容馨月，艰难地向上攀登，三人终于爬上了敌楼的券门。

这座敌楼历尽岁月的沧桑已残破不堪，城砖已经被风雨剥蚀得斑驳陆离，砖面上又被游人刻上了"某某到此一游"，有中文、日文、英文、拉丁文，有的砖上还文字摞文字，无法看清到底是哪一国的文字，刀刻斧凿，敌楼的四壁已是伤痕累累。

苏津湮打开身上背着的德国蔡司相机，专找情侣留名的城砖进行拍照，张虔奕见了，自言自语地说："太没品位了！"

苏津湮听了很不高兴，反驳说："什么叫品位？怎么没有品位？我看你根本不懂什么叫品位！你这位老夫子当着女同学的面奚落我，太不近人情了！"

张虔奕说："苏津湮！我告诉你什么叫品位，你应该首先从古代建筑艺术的角度看这座敌楼，然后再找出与其他敌楼有什么不同，最后用艺术摄影的技巧，突出这座敌楼雄踞群山，一览众山小的气势，歌颂华夏子孙御敌于国门之外的长城精神和国魂。"

苏津湮说："鼓唇弄舌，莫过于汝，你来拍一张让我看看！"

这句话确实难住了张虔奕，因为张虔奕照相还是个生手，而苏津湮在国立美专二年级时就摘得国家级肖像摄影金奖。

慕容馨月心想：张虔奕有一目十行、过目不忘的惊人记忆力，而你苏津湮比得了吗？但张虔奕与她有过约定，她必须把这个秘密藏在心里。

慕容馨月以温和的口气说："苏津湮你不要难为张虔奕了，人各有所长，不能以自己的长处比人家的短处……我建议大家到敌楼二层休息一会。"

苏津湮扶着慕容馨月先登上了敌楼的二层，张虔奕没有急着上楼，而是仔细观察这座非常少见的六眼敌楼。

明万历年间，蓟镇总兵戚继光整修燕北长城的战略防御体系，在渝水县增筑了十五座敌楼，明万历十五年（1587年），戚继光离任前不知为什么增筑了这座六眼敌楼，也是他在燕北修筑的最后一座敌楼。敌楼分上下两层，从券门进入，可以看到两侧外墙设有六个箭窗，是当时作为观察敌情的瞭望窗口用的。张虔奕把头伸出箭窗外，低空几片白云从身边向后浮动，感觉整个敌楼在向前行驶。

张虔奕经过反复测量，发现这座六眼敌楼从整体上看，很像是在海上航行的一艘船，进入券门的长城坡道，恰似船上的舷梯，敌楼侧面的六个箭窗，如同船舱上的瞭望窗口。

张虔奕登梯进入敌楼第二层地面，发现慕容馨月倚在二层阁楼门前，向他招手。

张虔奕来到慕容馨月身边，顺着她指点的方向遥望，突然发现这座敌楼的券门恰好对着远处矗立在海中的两座巨礁，《渝水县志》上称这近似圆柱形的两座巨礁为"碣石天门"，难道戚继光也发现了碣石地宫的秘密？慕容馨月与张虔奕为他们"心有灵犀一点通"感到欣慰，二人相视一笑。

这一切都被坐在石凳上的苏津湮看在眼里，心生忌妒，立刻凑了上去，问："何事让你们如此开心？"

张虔奕动情地说："燕北风光如画，现在我们已经与这幅画融为一体，我们要像这座敌楼一样，牢牢地扎根在华夏的大地上，东渡求学深造，旨在报效国家。任何时候都不能忘记我们是炎黄的子孙。"

三人站在敌楼上，举目北望，长城蜿蜒起伏，攀越群山，隐没在远方的云雾之中。西望渝水，宽阔的河面上，点点帆影，群鸟在水面上嬉戏。南望渝水县城，雄关与长城犹如虎踞龙盘，巍峨屹立。远望大海，海天一色，被称为碣石天门的两座巨礁，矗立在大海中，烟波浩渺。

张虔奕踏着古人走过的路，来燕北揽胜，寻古觅踪，陶醉在历史的长河中，感慨万千。

苏津湮来燕北自有他的想法，只是不便说出来。他从挎包中掏出一把折刀，因刀身形似牛耳，故称牛耳尖刀。苏津湮曾祖父苏一冰在晚清曾当过渝水县县太爷的保镖，此刀是县太爷的馈赠礼品，不但刀刃锋利无比，刀把又是犀牛角制作的，所以更显珍贵。这把刀到了苏津湮的手里之后，成了他到处炫耀的物件，并以曾祖父的身世为荣。

苏津湮打开折刀，煞有介事地说："咱们来燕北一回不容易，我想把咱们三个人的名字都刻在这座敌楼上，让咱们的名字与长城共存，流芳千古。"

张虔奕反驳说："我不同意！现在你这样做可能认为是一件幸事，如果若干年之后，我们都不在了，世人可能就不这样看，刻字留名不但不能流芳千古，反而会成为我们毁坏长城的物证，为后人留下笑柄！"

慕容馨月怕继续争论下去影响同学之间的感情，便想出了一个折中的办法，说："我同意苏津湮的想法，但不是在砖上刻字，而是在此合影留念。"

苏津湮与张虔奕碍于慕容馨月的面子勉强同意了，就这样张虔奕、苏津湮、慕容馨月三人在燕北长城上的六眼敌楼前，留下了唯一的一张同窗照。

合影之后，气氛暂时缓和，三人你扶我、我扶你地沿着敌楼出口的坡道走了下来，在长城内侧一段坍塌处进入旱门关的甬道，顺着山间小道下了山，径直向远处的黄牛山走去。

黄牛山是一座奇异而神秘的高山，远眺山形好似黄牛卧地，据说黄牛的眼睛虽然是半睁半闭，却把人间的辛酸苦乐都看在眼里。

一路上，张虔奕拿着慕容馨月的挎包走在前面，苏津湮紧跟在慕容馨月的前后左右，一边拍照一边讨好地问："听说贵宅就在附近，令尊高寿？不知今日能否与他老人家见上一面？"

慕容馨月说："有缘千里来相会，无缘对面不相逢，这就要看你的缘分了。"

"听说令尊学识渊博，我想拜他老人家为师，你看如何？"

"这个我说了不算，得看他老人家是否愿意。"

不知不觉三人已经来到黄牛山下，苏津湮还在不停地给慕容馨月拍照，想用拍照来讨好慕容馨月，没想到慕容馨月有些不耐烦了，说："你这个人怎么没完没了地给我拍照，你除了参加摄影大赛，是否还有不可告人的目的？"

苏津湮的脸腾的一下红到了脖子根，难道慕容馨月已经猜到了他的心思？

为了缓和尴尬的局面，慕容馨月仰望着黄牛山，神秘地说："你们往上看，黄牛的心脏部位有一个洞，洞中有一个非常好玩的去处，只要登上这一百九十九级石阶，就能进入洞中。"

苏津湮说："早知有这么好玩的去处，还不如不攀登敌楼，直接来到这里！"

苏津湮的话没人理睬，三人开始攀登这一百九十九级石阶。时间似乎很漫长，开始攀登还不感觉怎么费劲，当走到一半就觉得口干舌燥，力不从心。当三人来到洞口的时候，张虔奕与苏湮津已筋疲力尽，可慕容馨月好像并不觉累，说："大家可以进洞小憩，顺便看一看摩崖石刻。"

张虔奕对洞口上方镌刻的双钩正楷"玄阳洞"三个大字赞不绝口，说："这三个字遒劲有力，既有颜体的刚劲又有柳体的清秀，可惜没留落款，不知是何人所书？"

苏津湮为了显摆自己的目测能力，边走边说："此洞大约宽十四米、高十三米、进深三十七米，这是燕北罕见的花岗岩石洞。"

三人走进洞里，一股腥膻之气扑鼻而来，可能是过路的牧羊人在此避雨或暂住留下的气味。洞中的斜上方还有一个小洞，小洞的右侧刻有楷体"清虚凌空"，左侧刻有草书"通天幻境"。

苏津湮在洞中随便扫了一眼，大失所望，说："什么'玄阳洞'？我看叫'圈羊洞'还差不多。"

当他发现张虔奕在欣赏小洞内侧的摩崖石刻时，也凑上去，卖弄自己博古通今，侃侃而谈："这洞口的'玄阳洞'和洞内的'清虚凌空'应该是出自一人之手，原本就是一个普通的石洞，偏偏要加个'玄'字，莫不是用'清虚凌空'的'虚'和'玄阳洞'的'玄'，来暗示此洞是'故弄玄虚'？这个'逐了幻境'的'逐了'其实是个道士，他要告知后人，此洞是他'逐了'开凿，故将此洞命名为'逐了幻境'！"。

张虔奕纠正说："此洞是大自然的鬼斧神工，并非人工开凿。'逐了'并非指人，草书'通天'二字很像'逐了'，你说的'逐了幻境'，应该叫'通天幻境'，是指穿越此洞，即可看到宛如天上人间的幻境。"

苏津湮不懂草书，反驳说："我说是'逐了幻境'就是'逐了幻境'，我有《燕北揽胜》做依据，我国著名考古学家胡雪岩在《燕北揽胜》中撰文'逐了道士考'，文中阐明'玄阳洞'内的摩崖石刻'逐了幻境'，系一位叫'逐了'的道人所刻，难道名家还不如你明白吗？你说是'通天幻境'，难道你也有依据吗？"

苏津湮说到这里，望了望慕容馨月，讨好地说："难道你比慕容馨月更懂书法？"

张虔奕说："考古也应该尊重历史，专家也应该实事求是，现在有些人为了沽名钓誉，什么文凭、学位、专家证书、发表论著，都可以用钱来买，甚至有钱还可以买官。"

两人争得脸红脖子粗。

慕容馨月在国立美专时，曾向白伊洁教授学过书法，能写真、草、篆、隶一笔好字，知道张虔奕的判断无误，觉得为几个字争吵没有意思，便说："现在没有时间考察摩崖石刻，我马上带你们去一个更好玩的地方，绝不会让你们失望。"

苏津湮听慕容馨月一说，又来了精神，忙问："这个去处真的很好玩吗？"

慕容馨月说："这要看你有没有胆量去！"

慕容馨月用手指了指"通天幻境"旁边的小洞说："从这个小洞钻进去便能到达一个被称为紫塞桃花源的地方。"

苏津湮望着面前漆黑的小洞，心中胆怯，要说不敢进洞，又怕被耻笑。他望着这个比狗洞大不了多少的小洞，忽然想起晏婴出使楚国的那段历史，他望着慕容馨月信口说："慕容馨月，你是不是效仿楚王，让我也钻狗洞吧？"

慕容馨月听了非常生气，说："苏津湮你既然想学晏婴不钻狗洞，那你就留在洞外吧！"说完便第一个钻进了小洞。

张虔奕望了望苏津湮，二话没说，紧跟着也钻进了小洞。

玄阳洞内只剩下苏津湮一个人了，洞里腥膻的气味仿佛更浓，令人窒息，洞外荒无人烟，时不时地传来一声声乌鸦的哀鸣，他感到阴森恐怖，无奈之下，只好也跟着钻进了这个小洞。

黑暗之中慕容馨月如同是一个指挥官，她以命令的口气说："你们既然都跟我进来了，就得听我指挥，走丢了是小事，弄不好还会有生命危险，这绝不是危言耸听！"

苏津湮听了慕容馨月的一番话，心里更加恐惧，他猫着腰往前走，越往前走越害怕，后悔不该进洞，回又回不去，真是进退两难，战战兢兢地紧跟在张虔奕的后面。三个人在黑暗中摸索着前进，黑洞渐宽渐大，慢慢地可以直着腰走了，路也比较平坦了，只是什么也看不见。这时慕容馨月递给张虔奕两盒取灯儿①，让张虔奕把其中一盒转交给身后的苏津湮。

慕容馨月说："这三盒取灯儿是临行时，匆忙之中找到的，每盒里边只有几根，关键时刻要用它照明。"

路越走越宽，慕容馨月让大家停下脚步，点燃了一根取灯儿，面前出现了三条岔路，每条岔路的墙上有一个荧光点。

张虔奕说："这三个荧光点可能是岔路的路标。"三人摸黑走近了第一条岔路口。

慕容馨月点燃了第二根取灯儿，这时三人才看清这个荧光点原来是一个"生"字。

慕容馨月又点燃了第三根取灯儿，去查看第二条岔路的荧光点，发现仍然是一个"生"字。

慕容馨月点燃了第四根取灯儿，查看第三条岔路的荧光点，苏津湮发现这个荧光点是一个"死"字，不禁毛骨悚然，颤声说："这是一条死路！"

慕容馨月说："这三条岔路的标记是两'生'一'死'，你们说咱们走哪一条？"

苏津湮抢着说："当然要从两条'生'路中选出一条。"

张虔奕说："求生欲望强烈，未必能免一死。兵书上讲：'置之死地而后生'，只有不怕死的人，才能战胜死亡，获得生的希望。"

慕容馨月说；"那我们就决定走这条'死'路吧！"

苏津湮害怕地问："死路不会有危险吧？"

---

① 取灯儿即是火柴，因当时是进口货，也称洋火。

慕容馨月安慰苏津湮说："只要你能拿出搞摄影大赛夺冠的邪劲来，就什么都不怕了。"

三个人在黑暗中走进带有"死"字标记的岔路，慕容馨月接着说："听父亲讲这三条岔路带有'生'字标记的两条路，走进去的人就没有活着出来的。带'死'字标记的这条路，是唯一的一条'生'路。现在我们已经安全通过了这一关，下面还有更为艰难的两道险关，你们听——"

张虔奕和苏津湮这时才发觉耳边有潺潺的流水声，越向前走这声音越大，仿佛就在脚下。

"大家止步！"慕容馨月让大家停下来，接着说，"前面有一个三米宽的地井，只有一个五寸宽的独木板横在上面，要想穿越地井，必须按照我的走法才能顺利通过。"

慕容馨月让苏津湮划取灯儿照明。

苏津湮点燃了一根取灯儿，慕容馨月借助微弱的光亮，轻盈地迈上了横在地井上面的木板，她摆动着平伸的两臂，以求得身体平衡，两脚如蜻蜓点水，在五寸宽的木板上面，颤颤悠悠地行走，身姿、动态、极为优美，取灯儿熄灭前，已经到了地井的对面。

紧接着张虔奕也踏上了木板，借助了一根取灯儿的亮光，来到了地井的对面。

苏津湮望着面前五寸宽的木板有些胆怯，暗想：我的身体比张虔奕和慕容馨月胖得多，这样单薄的木板恐怕很难承受我的体重。

他小心翼翼地踏上了木板，张虔奕在对面为他点燃取灯儿照明。

苏津湮两腿好似灌了铅，步履沉重，一步一步往前挪，脚下的木板被压得"咯吱、咯吱"直响，当他就要到达地井对面的时候，木板"咔嚓"一声折断了，苏津湮跌入地井中，惊呼："救命啊——"

慕容馨月见状笑得前仰后合，原来这个所谓的地井并不深，苏津湮有惊无险，吓出一身冷汗，哆哆嗦嗦地爬出了地井，虽然没有伤着，但是浑身上下都被地井的水弄湿了。

慕容馨月说："下面还有最后一道关，就是'蛇宅'。这里是群蛇居住的地方，这段路并不长，只要有一根取灯儿照明，就可以安全通过，我们每个人应该还剩一根取灯儿。"

苏津湮一摸兜，着急地说："我刚才过地井时，不慎把取灯儿盒弄丢了。"

慕容馨月有些为难，说："我们三个人必须有一个人，在没有照明的情况下通过'蛇宅'。"

苏津湮有些害怕，心想：如果身边窜出一条毒蛇来，岂不是白白送了性命，忙说："我小时候就有'恐蛇症'，请你们把取灯儿让给我吧！"

张虔奕说："那就由我来冒险吧！"

慕容馨月对苏津湮说："我在童年的时候，常随父亲从这里通过，我想我可以不用火柴也能通过'蛇宅'，我这根取灯儿让给你吧！"

苏津湮迫不及待地接了取灯儿盒，慕容馨月在没有照明的情况下，在黑暗中通过了"蛇宅"。

张虔奕在一根取灯儿的照明下也过了这一关。

苏津湮点燃了取灯儿，发现地上有大小不同的蛇在蠕动，一条碗口粗的大蛇两眼闪着绿光，迎面爬来，吓得他一哆嗦，取灯儿熄灭了，苏津湮迈出的这一脚不偏不倚地踩在了这条蛇的身上，他觉得腿上一阵剧痛，便失去了知觉。

张虔奕把吓晕过去的苏津湮拽出了"蛇宅"，慕容馨月发现他的腿部被蛇咬伤，简单处理一下，然后从兜中拿出一贴"济世堂"的膏药贴在了伤口上，对张虔奕说："洞中没有毒蛇，他是惊吓过度，没有大碍！"

张虔奕背起苏津湮，继续前进，迎面有一束光从上方射入，洞中渐亮，像似由黑夜到了白天。再往前走，洞内更加宽敞明亮，张虔奕仰望洞顶，发现洞顶有一圆形石孔，石孔两侧的石壁上，有摩崖石刻"紫塞桃源"和"子午洞天"。

慕容馨月说："出了洞口就是'紫塞桃花源'了，如果待在这里，等到子时或午时，可以从洞顶的圆形石孔，看到天上的月亮和太阳，此即'子午洞天'的含义。"

正说着太阳光逐渐从圆形石孔中射入洞中，形成一束强烈的光柱。

慕容馨月说："现在的时间应该是中午了，洞口就在前面，我们可以到洞外用餐。"

当苏津湮醒来的时候，隐约记得曾被蛇咬过，忙看腿上的伤口，慕容馨月说："你腿上的伤口已经被我医好，现在你可以站立行走了。"

三人从洞口钻出，洞外别是一番景象。

这日恰逢山村小集，人来人往，如同逢年过节一般，有买有卖，公平交易，热闹非凡。

远处是一片盛开的桃花林，桃花林中掩映着几间小屋，桃花林与对面的高山之间是形如弯月的湖泊，山峰酷似一个婀娜多姿的仙女，人称仙女峰，这形如弯月的湖泊叫仙女湖。

慕容馨月找了一个特色小吃摊，每人买了几个桲椤饼①，喝了一碗绿豆小米粥。用餐之后，苏津湮对渝水小吃桲椤饼，赞不绝口。

慕容馨月说："这里天高皇帝远，自古人与人和谐相处，可谓是夜不闭户、路不拾遗的'紫塞桃源'，而人们更喜欢把这远离城市的清凉世界，称之为'紫塞桃花源'。"

面前有一条羊肠小道，直通仙女湖畔停船的渡口。渡口边有一近似长方形的巨石，一半在水中，一半在岸上。巨石边围坐着几个人，不知在做什么。

慕容馨月说："我们到渡口看看！"

三人来到巨石边，发现一个老者坐在那里，手捻胸前的几缕长髯，紧锁双眉，身后巨石上有两条宽大的条幅，上书两行大字：

其一：切磋棋艺，良师访高徒，莫论胜负。

其二：预测人生，四季求平安，请恕直言。

老人说："三位国立美专的学生远道而来，是否要与老朽对弈？"

老人怎么知道他们是国立美专的学生？张虔奕甚感奇怪，略通棋艺的他见老人面前摆着一副围棋，很想向老人求教，不由自主地坐在了老人的对面，开始与老人对弈。

老人说："黑白两子儿，你想要白子还是黑子？"

---

① "桲椤饼"是燕北地区的特色小吃，以淀粉做皮，以韭菜、鸡蛋做馅，再用桲椤叶包裹起来用锅蒸熟，即可食用。

张虔奕像是商量又像是请求："我想要白子如何？"

老人高兴地说："好！那我暂且权当黑道。"

老人展开棋盘，把装有白子的罐子推给了张虔奕，把装有黑子的罐子放在了自己的身边，他首先把黑子放在棋盘中心，张虔奕紧挨着黑子放上了一个白子，随后老人把黑子放在四角，每角一个。张虔奕从未见过这种不按常规行棋的方法，甚感诧异，下着下着方寸已乱，最后已无路可走，拿起白子来竟不知放在何处。

老人望着张虔奕微微一笑："年轻人啊！世事如棋，你五官端正，印堂透着灵气，此乃是国家栋梁之相，但由于你心地过于善良，乃至黑白难分，甚至误将黑子也看成是白子不忍下手，当断不断，必有后患。"

随后，老人把张虔奕手中的白子拿了过来，放在了一堆黑子中间，把黑子拦腰斩断，使白子峰回路转，替张虔奕挽回了败局。

苏津淐在一旁看了很不服气，说："我来和老爷子下一盘如何？"说着便推开张虔奕，自己坐在了老人的面前。

苏津淐拿起装着白子的罐子说："开始吧！"

老人说："且慢！你是黑子。"还没等苏津淐反应过来，手中装有白子的罐子已被老人夺了过来，苏津淐心中不快，只好把装有黑子的罐子拿了过来，并抢先把黑子定在了国位。

老人仍然把棋子放在了棋盘中心，并自言自语地说："不管什么时候都要记住，把心眼放在中间。"

苏津淐觉得老人话中有话，心里感到别扭，问："老爷子，有话你就直说吧！"

老人微微叹了一口气，说："恕我直言，你虽然还是个学生，却很有韬略。你命中虽然官运亨通，但是如果不用在正道上，后果不堪设想。"

苏津淐以为老人在夸他，心里美滋滋的，趁老人不备，向老人使出了杀手锏，想把白子困死。

老人好像并未察觉，继续说："你左眼外侧下方有一黑痣，且面带桃色，有奸窃之嫌，更要命的是你背后还有一股黑气……"

苏津湮听到此处很是恼火，强忍着问："老爷子，我要是剔除黑痣，能否消除黑气？"

老人说："黑痣与黑气系胎骨所致，剔除黑痣岂能解决根本？"

"那我该如何是好？"

"我送你四个字。"

"哪四个字？"

"脱胎换骨！"

苏津湮听了已是怒不可遏，趁老人给他看相之时，偷偷拿掉了棋盘上的两个白子，并用黑子堵住了白子的活口，得意地大喊一声："老头！你死定了！"

老人泰然自若地说："年轻人切莫贪强好胜，你看我再下一个白子，恰恰如你所说'死定了'，但死的不是我而是你！"

苏津湮万万没想到，老人仅仅用一个白子便让他成了一盘死棋，胸中的恶气无法发泄，像是被气疯了，他猛地跳了起来，歇斯底里地狂叫："什么切磋棋艺，什么预测人生，全是一派胡言！"

苏津湮扑向巨石把上面的条幅扯了下来，撕成碎片，又用脚踢翻了棋盘，砸碎了棋罐，连同棋子一起踩在脚下。

慕容馨月把苏津湮搡在一边，与张虔奕一同向老人道歉。张虔奕掏出两块银元塞在老人兜中，老人说什么也不要，想把银元掏出来，张虔奕摁着老人的手，深感歉意地说："老人家！太对不起您了，这是学生的一点心意，您无论如何得收下！"

老人用手拍了拍张虔奕的肩膀，深深地叹了口气，什么话也没说便拂袖而去，张虔奕叫慕容馨月追上去送老人一程。

事后，苏津湮自觉理亏也有些后悔，他忽然感到异常困倦，发现面前这块近似长方形的巨石，很像一座经过雕琢的床，便爬了上去。

此时，苏津湮的眼皮已很难睁开，他恍惚觉得床上好像刻有"美人榻"三个字。身下是美人的人体图形，他觉得在燕北能独占美人榻，与美人图形共眠，也算是没白来。

苏津湮似睡非睡之中，发现张虔奕也挤了上来，心中不快，说："一山岂能容二虎？是我先来到这里的，你这个老夫子凭什么与我争夺美人榻!"

苏津湮一边说一边向下推搡张虔奕，没想到用力过猛，张虔奕竟被他推下巨石，只听"扑通"一声，张虔奕坠入湖中，不见了踪影。

这时忽听有人喊他，睁眼一看，原来是慕容馨月，慕容馨月说："家父要见你。"

幸好慕容馨月没有问起张虔奕去了哪里，他忐忑不安地爬下巨石，跟随慕容馨月顺着羊肠小道，奔向桃花林。

这里的桃树一年四季，花开不谢，只开花不结桃，谓之看桃。慕容馨月的家就在桃花丛中，只见屋门大开，一位西装革履的老人端坐在面前。

慕容馨月向苏津湮介绍说："这就是家父慕容尊!"

苏津湮抬头一望，觉得面熟，再一想很像与他对弈的老人，只是没了胡须，心中一阵慌乱，本该叫声伯伯好，却喊了一声："岳父好!"

慕容尊上前把他扶起，说："你小子是否心中有事，为何如此慌乱?"

苏津湮遮掩说："我一路上只想拜您为师，心里想叫您师父，却喊成了岳父，我自知配不上您的女儿，望尊师海涵!"

苏津湮立即跪下给慕容尊磕了一个头，说："慕容先生! 请您受我一拜，从今天起我苏津湮就是您的弟子了……"可苏津湮心里却想：我还要做你的金龟婿呢! 但没敢说出来。

苏津湮等待慕容尊上前扶他，却不见动静，心中疑惑，他等得实在不耐烦了，便抬起头来看慕容尊的态度，只见屋内空无一人，就连慕容馨月也不见了，心中很是懊恼。

他起身查看，发现屋中虽然没有什么像样的家具，四壁却摆满了书架。他乱翻一气，发现了他急需的两本线装书，一本是《贞女祠与碣石宫考》，一本是《碣石地宫之谜》。苏津湮喜出望外，急忙把书藏在裤裆里，想回到"美人榻"再睡一会。

苏津湮从屋内出来，向后院一望，只见一位少妇正在给小孩喂奶。少妇见了苏津湮，微笑着连连向他招手。

苏津湮情不自禁地来到少妇面前，只见少妇的面容实在太像慕容馨月了，不禁怦然心动，笑问："夫人叫我有事吗？"

少妇并不答话，两眼仔细端详苏津湮，忽然用手指着他脸上的几个麻子说："星星，星星！"

原来苏津湮小时候出过天花，幸得名医用祖传秘方，及时遏制了病情，最后只在脸上留下了几个麻子。

少妇接着对怀中的小孩说："乖乖！明天郎中给你种牛痘，你要是不听话，你就会像叔叔一样，脸上长满了星星！"

苏津湮有种被戏弄的感觉，有意用挑逗的语言进行报复："你大白天勾引我，不怕你老公吃醋吧！"

少妇讥讽地说："我实话相告，老公不在家，我谅你有贼心却没有贼胆！"

少妇侧脸望着他笑，那勾人心魄的眼神足以让苏津湮欲火难耐，不能自已。

苏津湮用身体贴近少妇，发现少妇怀中根本没有吃奶的小孩，少妇突然仰面躺在身边的草垛上望着苏津湮只是笑，笑中带着嘲讽。

苏津湮只觉得头脑发涨，浑身燥热，不顾一切地压在了少妇身上……

"什么人如此大胆！"一个壮汉像抓小鸡一样把苏津湮抓起。

"这，这件事不——不怪我！"

"啪"的一声，一个耳光重重地扇在苏津湮的左脸上。

"你说不怪你，难道是我媳妇请你来的吗？"

"啪"的又一下，扇在苏津湮的右脸上，没想到这一巴掌竟把苏津湮偷的两本书扇了出来。

壮汉见了书更加气愤："你们读书人自诩为儒家弟子，应该知书达理，没想到竟敢在光天化日之下，行此龌龊之事！"

壮汉扬起手来又是一个耳光，接着问："你说到底怪谁？"

苏津湮怕继续挨打，跪地求饶，连说："怪我！怪我！怪我！……"

苏津湮羞愧难当，不知如何是好，忽听有人喊他："天已过晌，快起来吧！我们还得赶路哪！"

原来是慕容馨月在喊他。苏津湮从"美人榻"上爬了起来，只觉得两颊火辣辣的，像是被人打过，下身湿漉漉的——自知是跑了马，幸好没有污染《贞女祠与碣石宫考》和《碣石地宫之谜》两本书，他趁没人发觉急忙把书藏在背包里。

慕容馨月说："我已雇好了一条小船，乘船半个小时就可以到达渝水湾码头，正好赶上去东滨的轮渡。

赶集的人早已散去，路边有两三个路过的行人，边走边说："这仙女湖每年都有溺水身亡的，但从来就没有打捞出尸体。"苏津湮听了心中一惊，试探着问慕容馨月："你可曾见到张虔奕？"

慕容馨月没好气地说："张虔奕不是和你在一起的吗？这个问题我应该问你，你怎么问起我来了？"

二人相对无语，太阳已经偏西，紫塞桃花源忽然变得十分清冷。

两个人在渡口焦急地等待着张虔奕。苏津湮对似梦非梦的种种怪事疑惑不解，只觉真假难辨：如果说去了慕容馨月的家是梦，偷来的两本书却实实在在地拿在手中；如果说把张虔奕推入湖中是梦，怎么张虔奕却失踪了呢？

船夫却有些不耐烦了，急着喊他们上船。

苏津湮预感张虔奕真的来不了啦！时不待人，他第一个跳上了船，由于船身剧烈摇摆，他竟然跌倒在船上。

苏津湮爬起之后坐在船头，对这次燕北之行的种种怪异之事，竟然抛在脑后，做起他东渡赴日的美梦来。他幻想着，这次去东滨大学把慕容尊这两本书作为自己的论著，定能震惊世界文坛，成为名扬天下的学者。那时，东滨的徐福研究会一定会聘请他为名誉会长，这样他就可以轻而易举地拿到博士学位的证书。他还听说慕容馨月在日本有一个妹妹叫梁茜月，那时，慕容馨月和她的妹妹说不定都抢着向他这个博士求爱，他可以任选其一，不！如果能找到一个比她俩更美的日本少女，他苏津湮将移情别恋……

眼前的湖水中映照着仙女峰的倒影，清风拂面，苏津湮好不得意。

慕容馨月望着紫塞桃花源，依依不舍，倒退着走到船边。船夫伸过竹篙让她借助竹篙平稳地上了船。船夫见慕容馨月眼中含着泪花，关切地问："孩子！莫非你心中还惦记着什么人？"

慕容馨月抬头看了船夫一眼，发现这位船夫五十多岁，很像自己的父亲，眼泪禁不住扑簌簌落了下来。

船夫用竹篙使劲一点岸边的巨石，小船立即像箭一样飞驶在仙女湖中。

须臾之间，湖面上云雾升腾，小船在雾霭中穿行，犹如腾云驾雾一般。雾越来越浓，远处的仙女峰，船上的慕容馨月、苏津湮和摇橹的船夫，渐渐地都隐没在混沌的世界之中。

二　如烟的往事

张虔奕乘坐客轮东渡，经过两天两夜的航程，傍晚时分到达了东滨码头。

华灯初上，码头上灯火辉煌，张虔奕走下舷梯，只见接送亲友的人流，熙熙攘攘，摩肩接踵。

他在众多的人群中目不暇接地寻找他日夜思念的慕容馨月。

张虔奕与慕容馨月在紫塞桃花源一别，至今已经三年多了，也不知慕容馨月是否还是当年的模样。他想念她不仅仅是因为她有被称为校花的容貌，他敬仰她不仅仅是因为她有出众的才华，他喜欢她是想在学业上与她携手并进，他爱她只是出于兄妹般的情谊。

他知道她非常喜欢白色，在国立美专就读时，她除了穿千篇一律的校服之外，最钟爱的是洁白如雪的连衣裙。他已提前给她发了电报，告诉她到达东滨码头的时间。他想她一定会穿着她那件白色的连衣裙站在码头上等他。

夜色朦胧，远处闪烁着迷离的光点，分不清是星星还是灯光。张虔奕身背旧油纸伞，手拎帆布旅行包，在人群中焦急地寻找穿白色连衣裙的女子。

众里寻她千百度，却没能见到她的倩影，令他非常失望。他想：

也许慕容馨月没有接到电报，也许电报被签收人给弄丢了。张虔奕幻想当他蓦然回首的时候，也许会有一个惊喜。

这时，有人轻轻地拍了一下他的肩膀，说："虔奕哥，别来无恙！"

他回头一看，惊呆了。

站在张虔奕面前的是一位身穿红色金丝绒旗袍的女子，长发绾在头顶，容貌与慕容馨月非常相像，两眼脉脉含情地对他微笑。

他忽然想起慕容馨月曾经说过，在日本她有一个妹妹，最喜欢穿红色衣裙，和她长得几乎是一模一样，小时候邻居经常把她的妹妹当成她。张虔奕直觉来接他的应该是慕容馨月的妹妹。

张虔奕呆呆地望着面前的女人，女人突然伸出双臂与张虔奕拥抱，深情地说："虔奕哥！你怎么不说话啊！难道你不认识我了吗？"

张虔奕轻轻地把她推开，女人有些失望，说："虔奕哥！你还是和以前一样，思想守旧。"

女人抬起腿没话找话地让张虔奕看她脚上的高跟鞋，问："你还记得这双高跟鞋吗？"

"当然记得！"张虔奕终于开口了，他曾经见过这双红色的高跟鞋，它的侧面有一朵镀金的小牡丹花。

"你看我穿上这件旗袍好看吗？"女人又问。

"太美了！"张虔奕情不自禁地赞美她身上的这件旗袍。

女人以为张虔奕在赞美她的容貌，美滋滋地笑了。她故意与张虔奕贴得很近，在他眼前晃来晃去，有意让张虔奕看她丰满坚挺的胸脯。

首先映入张虔奕眼帘的不是她丰满坚挺的胸脯，而是她胸前那朵手绣的牡丹花，这朵牡丹花在绿叶的衬托下显得格外艳丽。他仔细查看一个个绿色花叶，终于在一个不引人注意的地方发现了秘藏的暗记，这个暗记只有慕容馨月和他知道。

这双带有小牡丹花的高跟鞋和这件红色金丝绒旗袍是慕容馨月珍藏多年的信物，张虔奕仅凭这两件信物和花叶下的秘藏暗记，完全可以确认站在他面前的女人就是慕容馨月。但他不明白仅仅分别三年，她的性格怎么变得这样开放？他更不明白她为什么要穿这件旗袍来接他？这件旗袍勾起了他在国立美专那一段辛酸的往事，让他终身难忘的一段经历。

　　紫塞桃花源东南方向约八百里，有一条纵贯南北的大运河，大运河的东侧有一条支流，直通聚贤湖。聚贤湖的北面有一排排明清风格的古建筑，室内却是按欧式风格装修，可谓是古朴典雅，中西合璧。围绕着湖的两侧是亭台楼阁，每天都有很多学生在这里写生，这就是闻名中外的国立美术专科学校的所在地。国立美专是培养艺术家的摇篮，同时也给艺术家留下了无法弥补的伤痛。

　　那一年，张虔奕、苏津湮、慕容馨月三人同时考入津海市国立美专，被编在同一个班。这一天他们都穿上了崭新的校服和执教的副教授白伊洁在顶楼画室布置衬托模特的道具，准备上人体素描课。

　　年轻貌美的副教授白伊洁，向同学们讲述了课堂上应注意的事项之后，便和同学一起布置道具。她用暖灰色的衬布，把一个西式沙发和中式高腿花架覆盖起来，后面是铁梨木制作的屏风，屏风前摆着一个小口长颈的青花瓷瓶，瓶中插着一束丁香花。

　　模特晏如瑜随着上课的铃声来到画室，白伊洁向同学们介绍说："这就是我给同学们请来的老师——晏如瑜。"

　　同学们起立齐声说："晏老师好！"这是同学们对模特的尊称。

　　"同学们请坐！"白伊洁说。

　　白伊洁把晏如瑜带到屏风后面，然后对同学们说："人体素描是人物画的基础课，两千多年来由于传统思想的束缚，人们一直把人体绘画看成是洪水猛兽。我们的校长徐文博高瞻远瞩，冲破层层障碍，才获得省教育厅的批准。今天，是我校首次开设人体素描课程，难免会遇到一些流言蜚语，请同学们自尊、自重、自强！"

　　晏如瑜用一块宽大的真丝披肩裹着身体，略带羞涩地从屏风后面走了出来，白伊洁给晏如瑜做了个示范动作，晏如瑜展开真丝披肩，轻轻地把左臂倚在高脚花架上，把娇美的身姿呈现在同学们的面前。

　　白伊洁开始讲课："同学们请看！屏风在画面上占有一定空间，是画面衬景中最重的颜色，我们把青花瓷瓶和瓶中的一束紫丁香花，放在了屏风的前面，不但丰富了这块重颜色的层次，同时也增强了背景的空间感。模特身后的衬布，覆盖着沙发和花架，衬布的褶皱纵横交错，有的同学善于表现这些褶皱的变化，但我们这张习作的主题是人体，后面的衬布和道具只是起衬托作用，切记不要喧宾夺主。"

白伊洁接着说："模特的体态具有典型的东方女性之美，如果仅从形象而言，绝不亚于达·芬奇著名的肖像画'蒙娜丽莎'，如果从体型来看，称得起是东方的维纳斯，她的身体洁白如玉，皮肤富有弹性，白里透红，人体之美是美中至美，可以想象青春的血液在体内涌动。关于人体的比例、结构、关节的运动规律和肌肉的变化等等，上节课已经讲过了，今天不再重复，下面请同学们抓紧时间作画。"

同学们开始聚精会神地构图、起稿、涂明暗调子……画室内异常宁静，听到的只有铅笔在纸上画线条的摩擦声。

白伊洁不停地指导学生："同学们在作画的过程中，一定要把握住第一感觉，黑白灰的大关系一定要拉开，对比要强烈，层次要分明。然后再从整体的基础上画局部，画局部的时候千万不要破坏了黑白灰的大关系，习作即将完成的时候，再从局部到整体，恢复第一感觉，力求形神兼备。我们作画的全过程是：从整体到局部，再从局部到整体。"

国立美专首次上人体素描课，同学们在白伊洁教授的精心辅导下，经过两个星期四十八个小时的努力，一张张风格各异的素描人体作品完成。白伊洁教授在课程结束之前，对同学们的习作进行了点评。

白伊洁说："同学们！看到你们的学习成果非常高兴，我仅以张虔奕、苏津浬、慕容馨月三个人的习作为例，作如下点评：张虔奕的素描人体，构图完美，人体比例准确，结构严谨，形神兼备。评为优上！"

同学们鼓掌。

"苏津浬的习作总的看还可以，构图上略有瑕疵。模特注视的前方，留的空间再多一点就更完美了。人体比例基本正确，只是结构不够严谨，神态上有些概念化。评为优下！"

同学们鼓掌。

"慕容馨月的习作，从构图、比例、结构、神态上均没有什么可挑剔的，如果黑白灰的对比再强烈些，层次再丰富些就更好了。评为优！"

同学们鼓掌。

白伊洁最后为这次素描课作了总结，说："好的素描作品不亚于一幅色彩画，我们可以在黑白的层次中，感受到色彩的存在。

"北宋真宗皇帝赵恒，为了激励年轻人读书上进，写了一首诗，名为《励学篇》。其中'书中自有黄金屋'的名句，成为年轻人千古传颂的座右铭。今天我想用'画中自有黄金屋'这句话，来激励同学们攀登艺术高峰。我坚信不久的将来，同学们一定会有艺术水平更高的作品问世，成为享誉中外画坛的传世之作！待到若干年之后，我们的作品价值何止是一座黄金屋？甚至也能成为价值连城的国宝！"

"白教授！您来一下。"晏如瑜把白伊洁叫到身边小声说，"这些天我发现门外有一个人影，鬼鬼祟祟，天天在这里窥视，不会是坏人吧？"

白伊洁抬头一看，在窗帘的缝隙中，果然有一双眼睛在偷窥，她让苏津湮去门外看看，到底是什么人。

苏津湮在门外待了好一会，回来时告诉白伊洁，外面的人是教导主任吴国祯，并向白伊洁转达了吴国祯的有关指示。

下课之后，白伊洁把慕容馨月留下说："吴主任让我撰写一篇关于人体素描教学的论文，星期日晚上以前务必送交到他的办公室，作为教学经验上报省教育厅。原定明天给你母亲画像的事，你是否让张虔奕替我完成，凭他的素描功底和特有的色彩感觉，一定能画出一幅含有西画韵味的中国画来。"

白伊洁再三叮嘱慕容馨月画好后一定要拿给她看，慕容馨月点了点头，把长长的辫子往身后一甩，立即找张虔奕商量给她母亲画像的事去了。

夜里下了一场雨，凌晨雨霁天晴，朵朵白云宛如几朵白莲花，在湛蓝的天空中，争奇斗艳。这是非常难得的好天气，学校决定组织同学们到郊外五佛山去写生。张虔奕为了给慕容馨月的母亲画像，放弃了这次写生机会。

他想：慕容馨月的母亲已经离世，只能凭借照片临摹或听慕容馨月口述默画，虽然画像难度很大，对自己却是一次值得珍惜的磨练。

张虔奕如约来到女生宿舍，他见慕容馨月的宿舍门半虚半掩，知道慕容馨月在里边等他，便在门上轻轻地敲了几下。

"我已等你多时，快进来吧！"慕容馨月在屋里说。

张虔奕轻轻地推开了门，屋中只有一位身穿红色金丝绒旗袍的年轻夫人，背对着他，正照着镜子涂口红。

张虔奕一愣，赶紧把迈进屋中的腿又退了出来，急忙说："对不起，我恐怕是走错门了！我是来找慕容馨月的。"

这位夫人听了忍不住笑了起来，猛一回头说："你看看我是谁？"

"啊——慕容馨月，是你呀！"

张虔奕发现她已经把长长的辫子绾在头顶，脸部只是略施脂粉，身穿一件红色金丝绒旗袍，胸前是手绣的一朵牡丹花，红花在绿叶的衬托下显得格外艳丽。慕容馨月的脚上已经换上了一双红色高跟鞋，高跟鞋的侧面有一朵镀金的小牡丹花。

张虔奕发现慕容馨月的身材要比晏如瑜还要美，与身着校服的她，简直是判若两人。

慕容馨月敛起笑容，沉默良久，眼中含着泪花解释说："这是我母亲的结婚礼服，母亲临终前留给了我，我一直珍藏在身边。我还有个妹妹在日本求学，我俩虽然不是双胞胎却胜似双胞胎，只有一点点区别，这个秘密只有父亲和我知道。"

张虔奕问："这个秘密能否告诉我？"

"对不起！我现在还不能告诉你。"

慕容馨月接着说："今天把你请来给我母亲画像，实际上就是画我。现在的我，就是当年我母亲的模样，但要画得年长一点，画好后寄给我父亲留作纪念。"

慕容馨月对母亲的思念之情和对父亲的爱，深深地感动了张虔奕。

张虔奕把画纸钉在画板上，挥毫作画，面前的慕容馨月俨然就是她的母亲：她侧身倚在窗前，深情地望着张虔奕，那略带忧郁的眼神，让人难以忘怀。

在作画的过程中，慕容馨月把旗袍上的秘藏暗记和高跟鞋的含意，告诉了张虔奕。

张虔奕与慕容馨月不知不觉地度过了珍贵的四个多小时，一幅水墨淋漓，半工半写，色彩淡雅，并富有光感的中国现代仕女画，跃然纸上。他们忘记了吃午饭，忘记了疲劳，连有人在门外打口哨都浑然不知。

在白伊洁的记忆中，校长徐文博出国考察之前，曾说过让她写一篇人体素描教学经验的文章，准备送交省教育厅，在兄弟院校推广。她认为这是一件好事，利用几个晚上，撰写了一篇题为《人体素描教学初探》的论文。

由于吴国祯催要论文，白伊洁只好让张虔奕替她为慕容馨月的母亲画像，腾出时间修改这篇论文。经过一天的努力，几经修改，直到自己满意为止。

这时，慕容馨月和张虔奕拿着画好的画来到她的办公室，白伊洁一看表说："我马上要去吴主任那，今天没时间看了，你们把画送到我的宿舍。"白伊洁随手把宿舍的备用钥匙交给了慕容馨月。

白伊洁在天黑之前，准时来到吴国祯的办公室，把写好了的论文交给了吴国祯。

吴国祯见了白伊洁异常热情，让她坐在自己的身边，沏了一杯龙井茶，双手捧到她的面前。他拿过论文根本没有看，便说："写得还可以，不过——为了慎重起见，我要字斟句酌地听你念一遍。"

吴国祯打开茶几上的台灯，让她坐在一个瘸腿的高凳上，她只好猫着腰，凑到台灯前念论文。

吴国祯站在她的身后，不时地问她与文章毫无关系的问题："白教授你喜欢读什么书？"

"《红楼梦》。"白伊洁随口答道。

"你觉得哪一回最精彩？"吴国祯问。

吴国祯见白伊洁没有回答，又接着说："第六回贾宝玉初试……"

白伊洁知道他要说什么，便打断他的话，说："吴主任您别说了，不就是刘姥姥一进荣国府那一回吗！"

"那你为什么要回避前边的一句话呢？"吴国祯明知故问。

白伊洁羞得满脸通红。

吴国祯接着说："你见过你身后的花瓶吗？"

白伊洁没有理睬他。

吴国祯不以为意地拿起高脚花架上的青花瓷瓶，开始胡诌乱侃起来："这个花瓶的底部有'宣德年制'的印章，是明代官窑的绝品，贾宝玉与袭人初试云雨情的那一天，身边摆的就是这个花瓶。"

他发现白伊洁的表情异常，非常得意，把花瓶放回花架上，又从桌上拿起预先准备好的一支玫瑰花，带有挑逗性地说："今天我想把这支玫瑰花送给你，如果你不介意的话，我很想听听你初试云雨情是什么感觉？不妨说出来让我们共同分享！"

"吴主任请你放尊重些！"白伊洁实在听不下去了，把论文往茶几上一摔。

她想站起来，没想到瘸腿凳子倾斜，白伊洁身体向后倒去，吴国祯顺势搂住白伊洁的腰，把脸贴在白伊洁的脸上，说："没有我，你这张又白又嫩的小脸恐怕今天就要破相了……"

吴国祯紧紧地搂住白伊洁，双手在她身上乱摸，颤声说："我太爱你了！只要你能答应我，我明天就可以把你的副教授晋升为正教授。"

"吴主任请您不要这样！"白伊洁一边恳求，一边拼命挣扎，不慎用脚踢翻了花架，花瓶从高脚花架上滑落，正好砸在吴国祯的头上，花瓶落地破碎，白伊洁乘机脱身跑出门外。

吴国祯一手捂着流血的额头，一手指着白伊洁的背影恶狠狠地说："不识抬举的东西！我略施小计就会让你跪地求饶！"

他立即拿起电话叫来了校治安保卫科长王鸣获。

王鸣获是吴国祯在燕北老家的远房表弟，因调戏村中的一位寡妇，被警察所拘留，幸亏吴国祯托人运作，才免去一场牢狱之灾。王鸣获在村中实在待不下去了，找吴国祯求职，吴国祯便在国立美专给他谋了一个校治安保卫科长的职务，王鸣获感激涕零，曾对吴国祯表忠心："滴水之恩当涌泉相报，今后如有用着我的时候，赴汤蹈火，万死不辞！"

王鸣荻毕恭毕敬地来到吴国祯面前，见他头部受了伤，便询问经过。

吴国祯谎称一位女教授不服训导，还用花瓶砸了他，王鸣荻心里明白，佯装大怒，一拍桌子，说："岂有此理，老子废了她！"

吴国祯说："那倒不必，你只需如此如此，我绝对不会亏待你。"

王鸣荻扶着吴国祯到校外诊所，进行了简单的包扎之后，便在附近的川鲁饭庄喝起酒来，二人推杯换盏之中，策划了一个让人不寒而栗的阴谋。

第二天，国立美专的校门口贴上了一张告示，题为"我校关于整饬校风，严肃纪律的通告"，通告列出若干条所谓的整饬内容，其中有这样几句：如有看淫秽小说者，收藏、绘制淫秽图片者，师生之间行为不轨者，对上述情况知情不报者，等等，均在整饬之列。这告示与其说是给学生立规，倒不如说是在社会上制造舆论，一时间，国立美专的师生，惶恐不安。

告示贴出的当天下午，张虔奕、苏津湮、慕容馨月三人便接到吴国祯的传唤：下课后立即到他办公室接受训导。

他们不知触犯了哪一条，不得不硬着头皮来到吴国祯的办公室。

吴国祯早已在办公室等候，办公室的陈设依然如故，只是高脚花架上换了一个景泰蓝的花瓶。桌子上茶香四溢，还摆满了香蕉、苹果、橘子等水果，张虔奕、苏津湮和慕容馨月不知所措地站在桌前。

吴国祯皮笑肉不笑地望着他们三人，咬文嚼字地说："请坐，请坐，请随便就坐！喝茶，喝茶，请喝龙井香茶！"

这哪里是训导，好像是招待客人，三人忐忑不安。

随后，吴国祯从抽屉里拿出一张在行伍中的旧照，让他们传看。

照片虽然已经褪色泛黄，但还能看清照片上的人是吴国祯，他身着戎装，腰上别着个长苗匣子枪，双手拄着战刀，盛气凌人。

吴国祯吹嘘说："这是我当年在陆军讲武堂任教官时的旧照，现在已经成为历史了。"

吴国桢接着说："我是行伍出身，说话愿意直来直去。目前国立美专有人以人体素描教学为名，大搞裸体淫乱，在社会上造成了极其恶劣的影响。这是国立美专的一颗毒瘤，这颗毒瘤正在男女学生之间蔓延，有些学生中毒很深，我岂能坐视不管，整饬校风刻不容缓。我要效仿三国里的华佗，刮骨疗毒，整饬你们身上的毒瘤。希望你们能起表率作用，至于怎样起表率作用，这个我就不多说了……"

吴国桢反复地讲，学院不是妓院，男女学生之间切不可干出伤风败俗的事来。他像监狱长在训斥犯人一样，让他们揭发检举，不徇私情，车轱辘话滔滔不绝，直说得口角泛起白沫，不知不觉已经到了吃晚饭的时间。

吴国桢诡谲地一笑，说："今天你们就在我这里用晚餐，我已经给你们准备了馒头、花卷，我还要亲手给你们做一道菜，让你们品尝。"

吴国桢让王鸣获拿来一个圆铁桶，桶中有几条像蛇一样的泥鳅，他把滚烫滚烫的一壶开水倒在桶中，迅即用一个铁盖盖住，然后自己坐在上面，泥鳅在桶里"噼里啪啦"乱蹦，如果吴国桢不坐在铁盖上，铁盖定会被撞飞。

慕容馨月实在看不下去了，背过身，用手捂着脸。

泥鳅渐渐没有了力气，待这求生的撞击声消失之后，吴国桢站了起来，掀开桶盖说："这些东西实在是不听话，我是不得已而为之，我现在要剥它们的皮！"

吴国桢把桶中被烫死的泥鳅捞了出来，轻而易举地剥掉了泥鳅身上的黑皮，露出了白白的嫩肉，然后开膛破肚，恶狠狠地切成几块，放在锅里炖煮。

须臾，一碗泥鳅连汤带水地端了上来。三人哪里还有食欲，谁也没有伸筷。

吴国桢连汤带水地大口大口地嚼起泥鳅来，他见三人谁也没动筷子，把眼睛一瞪，一脸不高兴地说："快吃、都给我吃！我看谁敢不赏脸！"

苏津涅赶紧拿起筷子，夹了一块泥鳅肉，勉强放在嘴里。

慕容馨月望着吴国祯和苏津涅吃泥鳅的样子，一阵恶心，翻肠倒肚，忍不住"哇——"的一声吐出了几口绿水，晕倒在桌前。张虔奕把慕容馨月搀扶起，乘机离开了这个是非之地。

苏津涅一个人留在了吴国祯的办公室。

吴国祯在白伊洁脑中的阴影像幽灵一样缠着她，使她夜不能寐，她只好用读书来催眠。

睡前躺在床上看书，是白伊洁多年来的习惯。

这天晚上，白伊洁洗漱完毕，躺在床上准备休息。她翻开《红楼梦》第四十五回"金兰契互剖金兰语，风雨夕闷制风雨词"，书中写到：林黛玉秋日感伤无法入眠时，写出了一首古风体诗，名为《秋窗风雨夕》，细细品读，牵动了她的离愁别绪。当她读到"哪堪风雨助凄凉"这句时，联想到自己孤独无助，不禁潸然泪下。

白伊洁没想到美丽和善良也会招来麻烦，她更没有想到吴国祯对她的不轨行为仅仅是开始。她做梦也不会想到，一场横祸即将降临到她的身上，使她猝不及防。

夜深人静，白伊洁辗转反侧，似睡非睡，朦胧中耳边响起了杂乱的脚步声，脚步声越来越重，好像就在门外。

"咚！咚！咚！"有人在敲她的宿舍门。

"快开门，快开门！再不开门我们就不客气了！"敲门的人恶狠狠地说。

白伊洁不知外面是什么人，吓得她躲在墙角里，瑟瑟发抖。

"咔嚓——"一声，门被踹开了。

几个戴墨镜的陌生人冲了进来，他们首先摘下了墙上戈雅的名画复制品《裸体的马哈》，又翻出了罗丹的雕塑作品《思想者》的照片，并把书架上凡是带有人体绘画的图书全都装在两个硕大的黑色口袋中，直到装不下为止。这时从门外进来一个人小声说："有一幅穿红色旗袍的女人画像，必须找到。"

又是一阵翻箱倒柜地折腾了一遍，一个瘦高个忽然发现柜子上有一个用牛皮纸裹着的纸卷，打开一看惊呼："淫画在这里！"

一个叫"老黑"的头头命令说："别他妈嚷嚷，立刻把这张画交上去！"

随后，这几个人连推带搡地把白伊洁和她的书画弄到一个死胡同里，把她围在中间，两个人拽着她的胳膊，摁下了她的头。

"你们为什么把我带到这里？你们要干什么？"白伊洁不知面前是什么人，战战兢兢地问。

"爷爷我实话相告，今晚是受人之托，给你点颜色看看。如果你能跪在他面前求饶，任其处置，现在我就放了你！"

白伊洁听了，知道自己是遭了吴国祯的暗算，怒不可遏，大骂："你回去告诉吴国祯，这个披着人皮的狼，痴心妄想！"

"你他妈的还嘴硬，兄弟们上！"

其中一个人，把两个黑色口袋中的书全部倒了出来，堆在白伊洁的面前，然后"哧——"的一声划着了取灯儿，点燃了白伊洁珍藏的图书。

"这是我的教学资料，请你们不要烧它！"白伊洁几乎是哀求。

"什么教学资料？全他妈的是淫书，烧！"那个人又划着了一根取灯儿。

"苍天作证，你们烧的都是珍贵的美术图书！"白伊洁哭着说。

"苍天算老儿？现在是我说了算！统统给我烧、烧、烧！"

一簇簇火焰在这不大不小的书山上蔓延。

这时，两个人抬着戈雅的《裸体的马哈》，扔在了熊熊燃烧的火焰中，这幅画是白伊洁去西班牙留学时在普拉多博物馆，按原作精心临摹的。几个人用木棍挑起正在燃烧的书，火苗直往上蹿，油画《裸体的马哈》已被火焰吞噬。

火光映照着一个个狰狞的面孔，耳边是一阵阵的狂呼乱叫声："女教授想男人想疯了，她妈的竟然在宿舍与裸体画共眠。"

"什么人体教学，我看是教人裸体。"

这些污言秽语好似五雷轰顶，白伊洁万万没有想到她多年潜心教学，得到的却是一场横祸。这群人毁掉了她的艺术作品，毁掉了她多年珍藏的教学图书，并让她遭受了无法忍受的人身侮辱。

白伊洁忽然想起小时候姥姥给她讲的故事：熊瞎子的舌头是带刺的，一下能把人的半张脸舔掉，如今这一个个火舌，就像是一个个熊瞎子的舌头，分别舔食着《人体与绘画》《人体动态百图》《艺用人体结构解剖》《人体素描教学》《绘画心理学》……白伊洁的半张脸仿佛已被熊瞎子的舌头舔掉了，心在滴血。

她突然挣脱了摁着她头的两个人，扑向了熊熊燃烧的火焰之中，她想用身体去保护图书。然而，她那微不足道的力量，不但保护不了她的图书，反而招来了一阵拳打脚踢，一个人用木棍猛击她的头部，使她昏倒在尚未燃尽的图书旁。

这时，天空忽然下起雨来，隐约听到有人喊："警察所的人来了！"几个人迅速逃离了现场。

当白伊洁醒来的时候，她已经躺在国立第一医院的病床上，是慕容馨月、张虔奕和苏津湮三人用救护车把白伊洁送来的。苏津湮站在病床旁，面对张虔奕和慕容馨月敷衍了几句，神色慌张地离开了医院。

国立第一医院是津海市唯一的一座高层建筑，白伊洁的病房在十四楼四号病室。

慕容馨月和张虔奕二人轮流守护在白伊洁的病床前，白伊洁在他们精心的护理下，经过一个星期的治疗，身体逐渐康复。

这天白伊洁忽然想起慕容馨月放在她宿舍的那张画，歉疚地对她说："张虔奕给你母亲画的那张肖像画，我已看过，是一张非常难得的肖像作品，可惜被人抢走了，不知落在何人之手？"

此时，吴国祯正在他的宿舍，反复欣赏张虔奕画的这张肖像画，他原想把这张画当成淫画，加害白伊洁，可他却找不出破绽。

吴国祯听苏津湮说这是张虔奕给慕容馨月母亲画的肖像画，其实画的就是慕容馨月。他后悔那天晚上只顾训导和吃泥鳅了，没顾得仔细端详慕容馨月的长相。一个邪恶的念头油然而生，他决定以探视白伊洁为名，一睹慕容馨月的芳容。

白伊洁从小是个孤儿，是胡一凡帮助她到西班牙戈雅美术学院油画系进修，直到事业有成在津海市国立美专任教。白伊洁为了报答胡一凡，以身相许。因为专业不同，二人只好分别在两地工作。白伊洁唯一的亲人就是胡一凡。现在遭到吴国祯的陷害就更加思念胡一凡了，她只好用写信来寄托她的情思，几乎是每天写一封信，由慕容馨月给她寄到千里之外的西京。她每天早晨醒来的时候，都期盼着胡一凡的到来，而每天都令她失望。

这天早晨，白伊洁醒来之后，正在思念胡一凡的到来，等来的却是她最不愿见到的人。

王鸣荻推门而入，大喊："吴主任看你来了！"

只见他手拎果篮，里边装满了各种水果，吴国祯紧跟其后，手里拿着一束玫瑰花。

慕容馨月看到吴国祯手中的玫瑰花，甚感奇怪，探望病人应该用红色的"康乃馨"，其含义是祝病人早日康复，而玫瑰花是送给情人的，觉得吴国祯是黄鼠狼给鸡拜年——没安好心。

吴国祯并不是来看白伊洁的，一进屋便目不转睛地盯着慕容馨月，很想把这束玫瑰花送给慕容馨月，但他怕在众人面前被拒绝，有失身份，便随手扔在了桌上，一语双关地对白伊洁说："你要是早听我的话，哪会有今天！"

临走时王鸣荻告诉慕容馨月，晚饭后吴主任约她到办公室去一趟。

晚饭后，慕容馨月来到吴国祯的办公室，见到的却是王鸣荻，王鸣荻说："吴主任正在宿舍接待客人，让我带你去他宿舍。"

慕容馨月只好跟随王鸣荻来到吴国祯的宿舍。吴国祯反穿着背心，故意露出肚脐，笑容可掬地把慕容馨月让进了屋，桌上摆满了瓜子、糖果之类的小食品。吴国祯把沏好的两杯绿茶，一杯放在自己身边，另一杯推给了慕容馨月。王鸣荻借故离开，随手把门关上。

吴国祯说："天气炎热，喝杯绿茶能提神解暑，请慕容小姐喝茶！"

慕容馨月泰然自若地说："您先喝我才能喝，这是规矩。"

吴国祯忽然发现王鸣荻还在窗外偷窥，便立刻到窗前拉上了窗帘。他回过身端起茶杯，急不可待地让慕容馨月喝茶。

慕容馨月这些天陪伴白伊洁，身心疲惫，加上天气炎热，只觉得嗓子发干，口渴难忍，毫不客气地拿起茶杯喝了一大口。

吴国祯在杯中放了烈性蒙汗药，见慕容馨月喝了他的茶，得意地淫笑着，心想："慕容馨月啊，慕容馨月！顷刻之间你就会成了我笼中的玩物。"

吴国祯此时早已按捺不住心中的邪念，为了提神他端起茶杯一连喝了几大口，肆无忌惮地说："今天你可是送上门来的，我就是强奸了你，还得告你卖淫！"

吴国祯像恶狼一样扑向慕容馨月，就在这时他突然感觉头有些晕，伸向慕容馨月的双手已经没有了力气，原来慕容馨月早有戒备，趁吴国祯拉窗帘的时候，掉换了茶杯。

慕容馨月联想到白伊洁的遭遇，如今又把魔爪伸向了她，不禁怒从心起，她飞起一脚踢向了吴国祯的阳物，吴国祯"哎呀"一声跌倒在地。慕容馨月乘机夺门而出，跌跌撞撞地跑回自己的宿舍，扑倒在床上大哭了一场。

吴国祯忍着剧痛从柜子里拿出张虔奕给慕容馨月画的肖像，立即撕得粉碎，恶狠狠地说："有朝一日，我一定把你弄到手，如果得不到你，也叫你和这张画一样！"

当晚，慕容馨月和张虔奕都没有来医院，白伊洁在病房，孤独难耐。这时，门被撞开，一个人跟跟跄跄地闯了进来，白伊洁惊喜地发现是胡一凡。

胡一凡木然地站在她面前，身上挎着一个大背包，一句话也不说。

白伊洁望着胡一凡，真想扑在他的怀中，倾诉自己的遭遇，可胡一凡呆若木鸡，仍然是一句话也不说。

白伊洁支撑着虚弱的身体走上前问："一凡你为什么不说话？怎么现在才来！"

胡一凡突然发现桌子上有一束玫瑰花，怒从心起，歇斯底里地对白伊洁大喊："此时此地你还在与情人幽会，竟然有脸问我？"

胡一凡打开背包，拿出《民众晚报》发行的一摞摞号外小报，发了疯似的砸向白伊洁，报纸散落在床上，上面的大字标题非常醒目："发生在美专的桃色事件""美专教授原来是个婊子""白教授街头卖淫被打""女教授教唆少女出卖肉体"，等等，不堪入目。

胡一凡把一摞摞小报弄得散落满屋、满地、满楼道，指着白伊洁大喊："白伊洁！你这个婊子，究竟还想给我戴多少顶绿帽子？今后我永远不想见到你！"说完"啪"的一声把门一摔，扬长而去。

白伊洁经不起这突如其来的打击，晕倒在地。

天亮之前，有人发现白伊洁从国立医院的顶楼跳下，血肉模糊，身边有一张血染的遗书，上面只有四个字："还我清白！"胡一凡知道受骗，追悔莫及。

美专校长徐文博在法国得知国立美专发生了命案，立即终止了考察。回国后，在掌握了吴国祯和王鸣荻迫害白伊洁的大量罪证之后，准备将二人绳之以法。吴国祯闻讯后与王鸣荻畏罪潜逃。

《民众晚报》执行副主编吴宁昶，因捏造桃色新闻，被报社开除。案件虽然没有终结，但白伊洁教授却得以昭雪，国立美专总算是恢复了往日的平静。

张虔奕重新给慕容馨月画好了一幅肖像画，并进行了装裱。他凝望着这张肖像画作，感慨万千，画中人渐渐幻化成了面前的这个女人。

张虔奕面对眼前的这个女人，往事历历在目，仿佛就在昨天。他应该确信这个女人就是他朝思暮想的慕容馨月，可凭他的直觉，他又不能相信这个女人就是慕容馨月，他茫然了。

三　异乡月朦胧

光阴荏苒，往事如烟，张虔奕望着身边既熟悉又陌生的女人，不知所措。

女人见张虔奕直愣愣地立在那里，沉默不语，奇怪地问："虔奕哥！你是不是真的不认识我了？"

女人的疑问让张虔奕从往事中回到现实，抚今追昔，感叹地说："国立美专的伤痛，让我刻骨铭心。"

女人感慨地说："往事不堪回首，回忆往事是对自己的折磨，我不敢想以前的事，更不敢想以后的事，只想……"

张虔奕甚为不解，问："想什么？"

女人本想说人生很难与命运抗争，但话到嘴边却转了话题，望着张虔奕深情地说："虔奕哥！我在日本无时无刻不在想你，难道你不知道吗？我再也不想离开你了，即使不能与你相依到永远，哪怕给我一天，甚至一个小时我也死而无憾！"

女人渴望的眼神中含着泪花，仿佛心中还有很多伤痛没有说出来。

女人从心中流淌出的话语，情深意切，打开了张虔奕的心扉，他立刻打断她的话："你千万不要这样说，现在我们不就是在一起了吗？"

不知不觉，张虔奕已经把面前的女人当成了慕容馨月。他后悔刚才不该对她如此冷漠，伤了她的心，如今却不知怎样安慰她。

张虔奕忽然想起慕容馨月在国立美专上文学课时写过的一首歌谣，有意在她面前吟诵了第一句："长城倒挂似天梯……"

女人立刻轻声地唱了起来：

长城倒挂似天梯，仙女湖畔帆影移，
三道险关通仙境，紫塞桃源露端倪。

面前的女人在性格上虽然与昔日的慕容馨月有所差异，但她那娓娓动听的歌声，余音在张虔奕的耳边久久地萦绕，这耳熟能详的歌声似乎让当年的慕容馨月又回到了他的身边，这歌声让他心动神移，他再也没有理由怀疑了。

张虔奕动情地说："渝水一别整三载，魂牵梦绕如隔世。馨月，我日如三秋，寸阴若岁啊！"

女人见张虔奕已经确认了她就是慕容馨月，眼神中掠过一丝的欣慰，立刻伸出右手，轻柔地挎上他的左臂，说："虔奕哥！咱们走吧。"

此时此刻，张虔奕深感歉疚，解释说："馨月！我实在担心把你的妹妹当成你。如果把你的妹妹当成了你，岂不是让人贻笑大方。"

女人神秘地一笑，说："那你就不怕我是慕容馨月的妹妹了？"

张虔奕用异样的眼神望着她，不知怎样回答。

女人走路的姿态甚是好看，脚上九厘米的高跟鞋，踏在青石板的路面上，发出了清脆的响声，加上这件红色绣花旗袍，在人群中极为显眼，路人望着他们的倩影，称羡不已。

二人漫步在东滨码头的人行道上，不一会便到了一座悬挂着"华夏旅社"牌匾的中式小楼，女人说："这家旅社是专为旅日华人服务的，你今晚就住在这里吧。"

张虔奕在三楼包了一间客房，二人在楼下用完晚餐，便一起上了楼。

"华夏旅社"是按中国明清古建风格设计的，传统的双扇木门，门外有一个铁钉锔，客人外出可上锁，门内有一个木插销，客人回来时可立即插上，防止外人骚扰。屋内有一个雕有龙凤的双人木床，一个八仙桌、两把太师椅，穿衣镜旁边有一个衣架，套间内的卫生间有淋浴设备，客人很有宾至如归的感觉。

女人说："旅途劳累，你先冲个澡解解乏！"

张虔奕进了卫生间，脱掉了衣服开始冲澡。

女人随着冲澡的流水声，好奇地拿起张虔奕的旅行包，麻利地打开拉链上的小锁，拉开了拉链。

旅行包里有一幅手绣的风景壁挂，裹着一个小型的密码箱。她很想打开密码箱，怎奈不知密码。她反复尝试着转动刻度盘，但直到卫生间内的流水声停止，还是没有打开，只好又按原样把密码箱装入旅行包，迅速拉上拉链，锁上了小锁。

女人见张虔奕从卫生间走出，立即迎了上去，给他拢了拢头发，关切地问："冲澡的水不凉吧？"

"不凉不热，很舒服！"张虔奕说。

"我也想冲个澡，你不介意吧？"女人没有得到张虔奕的允许，便拔下插在发髻上的银簪子放在桌上。张虔奕发现银簪子上面雕有一朵蔷薇花，做工非常精细。

女人把绾着的长发松开，长长的卷发飘洒在胸前，女人撩起漆黑油亮的卷发，在张虔奕眼前晃动，说："这是我在东滨美发店烫染的，好看吗？"

"好看是好看！不知这要花多少日元？"

"虔奕哥！只要你喜欢，花多少钱我都愿意。"

女人并没有去卫生间冲澡，望着张虔奕良久，突然用双臂搂住张虔奕，把头偎依在他的胸前，说："我想和你住在一起。"

女人的异常行为让张虔奕不知所措，他轻轻地把女人的手挪开，劝慰地说："咱们以后就天天在一起了，别这样！"

女人松开了手，佯装生气："你这个老夫子，非得学柳下惠不成？"

张虔奕为了打破尴尬的局面，转移了话题："你常与妹妹见面吗？"

女人没有回答他的问题，望着桌上的旧帆布包和经过修补的旧油纸伞，奇怪地问："你来日本拿这两个破物件，不怕人家耻笑你寒酸吗？"

张虔奕不以为然地说："这两件东西扔在大街上也许都没人捡，可我却觉得非常珍贵，因为这是慕容伯伯给我准备的。"

女人迫不及待地问："虔奕哥！旅行包中那个硬邦邦的东西，是不是给我带来的礼物？"

张虔奕有些不好意思，解释说："这是带给梁寒冰教授的，由于来的匆忙，没有给你买什么礼物，请你谅解！"

慕容尊为了防止竹简被人盗走，在张虔奕临行前把五片带有特殊标记的竹简，用海绵包好藏在破旧的油纸伞的伞把中，伞把的下部与拐弯处是螺丝扣接头。即使密码箱被盗，但他们拿去的是不完整的竹简，所以也没有大碍。

张虔奕觉得密码箱中的秘密没有必要瞒着慕容馨月，便说："密码箱中藏有十五片竹简，这件事只限于你我两个人知道。"

"这个秘密也不能告诉茜月妹妹吗？"女人问。

"是的！听说茜月妹妹性格内向，心地善良，心眼太实，很容易被人骗。"

"我看父亲有点偏心眼！"

张虔奕听了这句话，疑惑不解，她好像是在替茜月鸣不平，难道她不是慕容馨月？

女人见自己说走了嘴，忙掩饰说："父亲对我从小就偏爱有加，难道我不该这样说吗？"

"当然，当然！"张虔奕立刻打消了疑惑，接着说，"这几片竹简虽然破旧，但上面的甲骨文却还完整，慕容伯伯说只有梁伯伯认得。"

女人问："有人称'竹简'为'汗青'，不知是什么意思？"

"你是否想考考我？"张虔奕奇怪地问。

"随你怎么想，但你必须回答我！"女人莞尔一笑。

张虔奕立刻讲述了竹简的渊源，说："南宋爱国将领文天祥曾写过一首《过零丁洋》的诗，其中'人生自古谁无死，留取丹心照汗青'是他留给后人的千古名句，其中的'汗青'就是指竹简而言。远在战国时期，因为没有纸，文字都是记载在竹简上，为了防止竹简变形和虫蛀，把竹片蒸煮之后，用火烘烤，让其脱水，称之为'发汗'或'杀青'，因此竹简也称为'汗青'。以后又把'汗青'引申为史籍，在史籍上留有自己的名字亦称'青史留名'。简而言之，竹简就是在竹片上刻上文字、地图和符号的书籍。"

女人问："虔奕哥！这个密码箱既然是带给梁伯伯的，现在我就带走好吗？"

张虔奕婉言拒绝，说："今天太晚了，路上也不安全，明天咱们一起送去吧！"

女人显得有些失望，说："既然如此，今晚你就在这里委屈一宿吧，明天东滨大学见！"

张虔奕没有挽留，把女人送到楼下，为她雇来了一辆黄包车。

这时旅社突然停了电，旅社的房间陆续点上了蜡烛，女人坐在黄包车上有些不放心，悄声说："虔奕哥！夜黑风高，小心灯火，千万别把竹简丢了！"

张虔奕不知她为什么要说出这句令人费解的话来，安慰她说："你放心，竹简万无一失！"

张虔奕回到房间，电灯复明。他担心竹简的安全，急于想看看密码箱中的竹简在旅途中有没有破损。

他插好门，拉上窗帘，打开帆布旅行包，取出密码箱，熟练地左右旋转，密码箱盖便自动开启，只见箱中有一个非常柔软的海绵包，海绵包内裹着的是十五片竹简。张虔奕小心翼翼地拿起竹简，一片一片地反复查看，发现每片竹简上都有一个或两个弯弯曲曲的线条。他把这十五片竹简摆在一起，反复颠倒位置足足摆弄了两个多小时，然后，又按原样把竹简放回密码箱内锁好，装进了旅行包中，为了竹简的安全，他把装有密码箱的旅行包枕在头下。

张虔奕虽然旅途劳累，躺在床上却难以入睡，思绪像是脱缰的野马，在脑海里漫无边际地驰骋。

张虔奕十七岁那年，父母死于兵燹，他靠勤工俭学，考上了国立美专。毕业时，因品学兼优，获取了免费赴日本留学的机会。慕容馨月、苏津湮因学习成绩优秀，家庭条件富裕，也获得了去日本自费留学的名额。

张虔奕在紫塞桃花源与慕容尊对弈时，被慕容尊看中，并收张虔奕为关门弟子。慕容馨月在慕容尊的劝说下，只好把张虔奕留下，答应随苏津湮一起去了日本。这些隐情苏津湮并不知晓。

张虔奕放弃了去日本的机会，留在紫塞桃花源苦学三年，得到了慕容尊的真传，不仅继承了慕容尊的全部学识，而且也学会了防身用的黑虎拳。

临行前慕容尊千叮咛万嘱咐，要他一定把两个女儿照顾好，安全带回家。并告诉他，两个女儿除了性格略有差异外，别人很难分清伯仲。慕容尊还暗示他，愿将慕容馨月许配给他。他何曾不希望有一位红颜知己与自己相依为命，但又觉得现在考虑这个问题为时尚早。

他躺在床上突然有独在异乡为异客的孤独之感，感到有些郁闷，便起身打开窗帘，窗外薄云缠绕着弯月，月光惨淡，月影迷离。

这时，他听到极轻极轻的"吧嗒吧嗒"声，便轻轻地来到门边，借着微弱的月光，可以看到门闩上伸进一根钢丝，在不停地拨动着门闩。费了好一番功夫，才把门闩打开，外面的人确认门闩已经打开，便抽回了钢丝。

就在这一瞬间，张虔奕又轻轻地拉上了门闩，外面的人轻轻推门，却没有推开。

外面的人可能认为拨拉得还不到位，又重新把钢丝伸了进来，屋内又重新响起"吧嗒吧嗒"声，这回似乎比刚才熟练了许多，很快便把门闩拨拉开了，当他确信无误时，再一次抽回了钢丝。

张虔奕又一次拉上了门闩，外面的人轻轻地推门，还是没有推开，便用足力气使劲推，这才发现门闩仍然没有拨拉开，甚感奇怪，不禁"咦"了一声，又把钢丝伸了进来。

张虔奕在屋内忍不住大声说："喂！你这个梁上君子太不知趣了，一而再、再而三地拨拉门闩，不嫌费事啊！"

外面的人听了，吓得丢掉了钢丝，扭头就跑。张虔奕追出门外，此人行走如飞，迅即消失在漆黑的夜色之中。

这时，已经到了凌晨时分，张虔奕折腾了这一夜，顿时感到困乏至极，他回到床上不知不觉进入了梦乡，直睡到店家叫他吃早点。

张虔奕起床后，打开窗户，发现窗上的插销被打开了，有些奇怪，好在帆布旅行包和旧油纸伞还在，屋内没有任何异常，也就没有放在心上。

张虔奕洗漱完毕，吃了早点，雇了一辆黄包车，直奔东滨大学。

路上行人匆匆，张虔奕携带着他的旅行包和旧油纸伞坐在黄包车上，穿过了几条街，便远远地看见有一个身着白色衣裙的女学生站在东滨大学门前，是慕容馨月在等他。

张虔奕下车后，慕容馨月上前与他握手，亲切地说："虔奕，别来无恙！"立即拎起他的旅行包就走，张虔奕拿着旧雨伞紧跟其后。

张虔奕发现慕容馨月绾在头顶的长发变成了齐耳的短发，发梢略向上翘，美观大气，与昨夜的红装判若两人，甚觉奇怪。

二人漫步来到文学部宿舍，慕容馨月说："你先在我这里小憩，我有话对你说。"

慕容馨月的宿舍清新整洁，书桌上有一个简易的书架，上面摆着《中日文化的历史渊源》《徐福东渡考证》等书刊。慕容馨月在东滨大学文学部研习历史与文化，深受梁寒冰博士的器重和关爱，梁寒冰成了慕容馨月在异国他乡唯一的亲人。

正面墙上悬挂着慕容尊的一幅书法作品：

　　　赵氏地宫梦黄粱，竹简千年历沧桑。
　　　夏芷舍命护国宝，密图自有雄襟藏。

落款是：辛丑年冬月为怀念爱妻而作。

张虔奕望着床上叠放整齐的红色旗袍，试探着问："你是否经常穿你母亲的这件旗袍？"

"这是母亲留给我的唯一纪念品，一直舍不得穿，前两天茜月妹妹说要仿制一套，连那双红色高跟鞋也拿去了，今天早上才送回来。"

张虔奕惊讶地问："昨天晚上去码头接我的——"

慕容馨月解释说："昨天晚上山口教授让我赶写一篇论文，茜月妹妹争着要去接你，我就让她去了。"

张虔奕恍然大悟，但他把梁茜月假扮慕容馨月的事，深深地埋在心里。慕容馨月告诉张虔奕，苏津湮与茜月妹妹正在为他打扫宿舍，并欣慰地说："华夏学子能在异国重逢，乃人生一大幸事，今晚咱们四人共进晚餐，畅叙衷肠。"

夏日的天气变化无穷，上午还是万里无云，下午便是大雨滂沱，直到傍晚天气才放晴，昨晚那个若隐若现的弯月，像是水洗过一样，显得格外明亮。

慕容馨月、张虔奕、苏津湮、梁茜月四人，相聚在东滨大学对面的一家中式餐馆里。

慕容馨月说："首先我给大家介绍一下我的亲妹妹梁茜月。当年，父母亲为了躲避日本'一锅儿'[①]的追杀，中断学业，毅然回国。茜月身患重病，生命垂危。梁寒冰夫妇在危难时刻收留茜月为养女，承

---

① "一锅儿"是盗墓者的统称，"掌眼"是盗墓者最高首领，亦称"大哥"。"支锅"是盗墓者的小老板，负责投入资金、设备等，"腿子"是盗墓者的技工，"下苦"是盗墓者的苦力，"腿子"和"下苦"的工资由"支锅"发放。

担起抢救茜月的责任，后随梁先生姓梁，现就读于东滨大学建筑学部研习文物保存专业，性格内向，不善交往。苏津湮虽然来日本三年多了，因大家都在忙于攻读学业，也没顾得给苏津湮引见，我也很少去照看茜月妹妹，今天借这个机会向你们二人致歉！张虔奕来日本准备在东滨大学艺术学部拜王之斌教授为师，研习雕刻专业。苏津湮在东滨大学经济学部学习。我在文学部研习历史与文化。这些茜月妹妹都知道，我就不多说了。"

苏津湮与梁茜月早有交往，心想："梁茜月哪里是这样的性格？慕容馨月的话言过其实。"

谁也没有想到苏津湮与梁茜月不仅早已认识，而且还有一段特殊经历。苏津湮目不转睛地盯着梁茜月，梁茜月想起与苏津湮的一段孽缘，怒从心起，用脚使劲踢了他一脚。苏津湮一收腿，这一脚只是轻轻碰到了他的小腿，他以为梁茜月是在向她调情，又勾起了他的花花肠子……

苏津湮早就知道慕容馨月在日本东滨有一个妹妹，他到东滨的第一天，想的不是如何学好选修的专业，而是急于想一睹梁茜月的芳容，比较一下两姐妹谁长得更好看，再决定他追逐的目标。

星期六的一天晚上，苏津湮按照慕容馨月说的地址，背着慕容馨月来到了梁寒冰的住宅。他在梁宅门前徘徊良久，既没有见到梁茜月也没有见到梁家的人。怎奈花心撩人，苏津湮真是不到黄河不死心，左等右等，一直等到天黑还是没有见到梁茜月。后来向邻居询问，才知道梁茜月近日失踪了，梁家夫妇正在到处找她。

苏津湮大失所望，见天色已晚，必须马上赶回学校，便失魂落魄地往回赶路。

苏津湮想：梁茜月难道真的失踪了吗？如果他能找到梁茜月并亲自送到梁寒冰夫妇的面前，梁教授将会高看他一眼。他便可以在梁寒冰教授的提携下，凭借在紫塞桃花源窃取的两本著作，不但可以顺利取得博士学位，或许还能破格晋升博士后。

苏津湮一路上做起了黄粱美梦：他仿佛真的成了博士后，而且还在衙门里做了官；喜事接踵而来，他幻想慕容馨月和梁茜月一起来到他的面前，向他求爱。所以，他急不可待要一睹梁茜月的芳容，再决定到底该答应谁。

苏津湮低着头想着、盼着，盼着、想着，一不小心，竟然撞在了一个少女的身上。

少女以为是流氓在寻衅滋事，骂道："你眼睛瞎了，这样宽的马路为什么偏偏往我身上撞！"

苏津湮抬头一看，说话的原来是一个身着学生服装的小姐，再一看，他惊奇地发现这位小姐与慕容馨月简直就像是孪生姐妹，赶忙鞠躬赔礼，说："小姐！实在对不起，实在对不起！"

小姐正在吃雪糕，见面前这个人很像在这里留学的学生，便仔细端详起来，只见他年龄在二十出头，面目清秀，说话很有礼貌，又同是中国人，心中有了好感，不免有些歉意，说："因我心中苦闷，不该这样对你，请你原谅！"

苏津湮连说："无妨，无妨！"

"请问小哥尊姓大名？"

"鄙人姓苏名津湮，现在东滨大学经济学部就学。小姐芳名是否叫梁茜月？你姐姐是不是叫慕容馨月？"苏津湮大胆而有礼貌地问。

"啊——你怎么知道我叫梁茜月？"小姐一阵惊慌，但很快镇静下来。

苏津湮说："我和你姐姐慕容馨月是同窗学友，她常常和我提起你，说你在东滨大学建筑学部研习文物保存专业。"

梁茜月显得很高兴，向苏津湮深深一躬，说："我姐姐的同窗学友，也是我的朋友，今后请你多多关照！"

苏津湮没想到就这样轻而易举地找到了梁茜月，为了取悦她的芳心，随即把编造好了的话向她倾诉："我来东滨大学经济部进修，主要是想在国内搞一家具有国际水平的企业，将来当一名企业家，或许能成为一个百万富翁。"

苏津湮见梁茜月对他的话并不反感，为了显示才华，便谎称自己最近写了两本书——把在紫塞桃花源窃取的《贞女祠与碣石宫考》和《碣石地宫之谜》两部书说成是自己的著作，还把道听途说的东西说成是自己的研究成果，引经据典，滔滔不绝。

梁茜月对苏津湮第一印象非常好，举止温文尔雅，说话很有学者风度，更让梁茜月没有想到的是，她正在苦苦寻找的《贞女祠与碣石宫考》和《碣石地宫之谜》两本书原来是苏津湮写的。

山口匡司教授两个月前就给她下了指令，让她不惜任何代价拿到这两本书，这两本书对她太重要了。她天真地想：有了这两本书，自己就可以摆脱东滨大学那张无形的网，以及山口匡司教授的束缚。山口匡司教授曾向她许诺，只要她拿到这两本书，就可以让她回到燕北寻亲。她幻想能回到中国，认祖归宗，过太平的日子。

她羡慕苏津湮学识渊博，见他说得口干舌燥，便举起她吃剩下的半根雪糕，问："如果你不嫌弃的话，我这半根雪糕可以给你解解渴？"

这正是苏津湮求之不得的，赶忙接过梁茜月吃剩下的半根雪糕塞进嘴里故意使劲地用嘴嘬。

"甜不甜？"梁茜月问。

"含在嘴里，甜在心里！"苏津湮迎合着说。

梁茜月与苏津湮初次见面，虽然说不上了解，但觉得他身上还有些学生的痕迹，说话虽然有些自我吹嘘，但她觉得苏津湮不会骗她。苏津湮凭借自己的一表人才，让梁茜月大有异国他乡遇知音的感觉。

梁茜月说："我在研习文物保存专业中遇到了困难，你能帮我吗？"

苏津湮忙不迭地说："只要我能做到的，你叫我做什么我都愿意。"

此时梁茜月与苏津湮已经像是久别重逢的好朋友。梁茜月恳求苏津湮，要看他写的《贞女祠与碣石宫考》和《碣石地宫之谜》这两本书。苏津湮说："我不但可以让你看，我还可以送给你。但你必须答应我，不要告诉你姐姐。"

梁茜月听苏津湮要把这两本书送给她，心中暗喜，激动地说："只要你今天晚上把这两本书给了我，你让我做什么我都答应你！"

苏津湮听了梁茜月的表态，顿生邪念，问她："一言为定，驷马难追，你可不要反悔啊！"

梁茜月没有看清苏津湮的表情，认真地说："我就在这里等你，不见不散!"

不一会,只见苏津湮背着个书包连跑带颠地赶来了。梁茜月喜出望外,高兴地拉着他走进了一条小巷,来到了一个僻静的住处。梁茜月说:"这是山口匡司教授为我临时租住的一间房。"

梁茜月打开门,把苏津湮让进屋。屋中非常简陋,只有一个沙发和一个茶几。

两个人坐在沙发上,苏津湮把书包放在一边,梁茜月催着他把书拿出来,苏津湮说:"莫急,我先把这两本书的写作经过讲给你听!"

苏津湮此时并不急着从书包中掏书,而是讲他在渝水县游玄阳洞、钻洞中洞、选择生死通道、穿越地井、过蛇宅的惊险经过。

梁茜月听得毛骨悚然,说:"你别净编些瞎话吓唬人,这与写作根本没有关系!"

苏津湮好像没有听见梁茜月在说什么,继续讲在紫塞桃花源与村中少妇似梦非梦的一段幽会,大肆渲染与少妇的苟且之事,而且还把跑马的事添油加醋地描述一番,只是没有讲挨揍的情节。

梁茜月听了只觉得脸红心跳,说:"苏津湮你这个学生净讲些花花事,真是羞死人了!"

苏津湮以为他的煽情起了作用,越发来了精神,接着又编造了他在仙女湖边发生的奇闻艳事,还编造了在"美人榻"上与仙女云雨的情节,说到得意之处,身子向后一靠,竟把沙发靠背靠倒了,原来这是一个两用的沙发床。

苏津湮就势把梁茜月搂在怀里倒在床上,连说:"你就是我的红颜知己,我愿做你的知音!"

让他奇怪的是梁茜月不但没有反抗,反而与他搂得更紧了。苏津湮的胆子越发大了起来,他竟然把手伸进了她的下身,发现梁茜月裙子里已经湿了一片。苏津湮曾涉足烟花柳巷,见她瘫软在自己的怀里,心中明白了一切。

此时的梁茜月如同沉溺在一潭死水之中,她感到窒息、无助,在她绝望的眼神中,忽然发现身边有一棵救命的稻草,便不顾一切地把他搂在怀里,把生命依托给了这棵稻草,这棵稻草就是苏津湮。

在苏津涅的眼里，梁茜月简直就是慕容馨月，今天他终于占有了她。

事毕，苏津涅见梁茜月两眼含着泪花，知道自己做了不该做的事，便立即跪在梁茜月面前，从腰上解下了祖传的犀牛角把的折刀，只见他打开折刀，刀锋寒气逼人。梁茜月认得这是牛耳尖刀，心中一惊，问："苏津涅你要干什么？"

苏津涅情绪似乎非常激动，用刀尖指着天，说："我苏津涅对天盟誓，今生今世只爱你一人，我若食言，就死在这把尖刀之下！"

梁茜月心里明白这件事也不能全怪他，但这个秘密她不能对任何人讲，也不敢对任何人讲。她相信了苏津涅的誓言，没有过多地怪罪苏津涅，含泪说："如果你能和我相依为命，今生今世我也算是有了依靠。"

苏津涅见梁茜月原谅了他，立刻从地上爬了起来，把梁茜月紧紧搂在怀里，关切地问："你为什么从梁家出走，害得梁伯伯到处找你，难道他们对你不好吗？"

梁茜月拭去了眼角的泪珠，说："梁寒冰夫妇待我恩重如山，只因一时冲动，为了一点小事便离开了他们，临时住在这里。事后我也很后悔，碍于面子我也没有勇气回去。"

苏津涅正发愁不知以什么借口去拜见梁寒冰教授，此乃是天赐良机，便爽快地答应带梁茜月回家。梁茜月千叮咛万嘱咐，这件事千万不要告诉姐姐，因为慕容馨月并不知她离家出走的事。

苏津涅问："今后你打算怎么办？"

梁茜月说："其实我心里也很苦……你知道有话不能说是什么滋味吗？我在日本一天也不想待了，我恨不得立刻回到中国，认祖归宗。"

苏津涅把梁茜月送到梁家，二老原谅了她。

当晚，她翻阅苏津涅给她的这两本书，发现字迹模糊，便拿到强光下看，谁知瞬间两本书的字迹完全消失。梁茜月认祖归宗的寻亲梦破灭了，觉得苏津涅欺骗了她，她恨苏津涅。此后，苏津涅再也没有见到梁茜月，而慕容馨月对这些事并不知情。

宛如轻纱般的薄云在夜空中飘浮，明亮的弯月在云中穿行，忽明忽暗，扑朔迷离。慕容馨月望着半藏半露的弯月说："明月到了异国，也变得朦朦胧胧，尽管如此，我们还是要举杯邀请它，让弯月把我们对家乡的思念之情，转告给燕北紫塞桃花源的父老乡亲，将心托明月，流影入君怀。"

苏津湮难得在近距离欣赏慕容姐妹，只顾比较哪个更好看，根本没听清慕容馨月在说什么，现在回过神来看张虔奕，疑窦丛生，问："张虔奕，这几年你到哪里风光去了？"

张虔奕说："你可能不知道，我在紫塞桃花源的仙女湖中，险些断送了性命，后被慕容恩师搭救，因身体虚弱无法去东滨，便留在那里学习泥塑。恩师说：燕北的'贞女祠'已年久失修，日后如有人出重金，为贞女重塑金身，将来一定能派上用场。"

苏津湮听张虔奕说在仙女湖中险些丢了性命，深怕张虔奕怀疑是被他推下了水，赶忙换了个话题，说："有人说日本女人最美，我看与慕容姐妹相比也未必比得上。"

梁茜月听了撇了撇嘴，苏津湮觉得梁茜月有些绝情，借题发挥说："听说日本妓女很会勾引男人，只要她画了个圈，你就会身不由己地钻了进去。"

梁茜月听了很不高兴，在桌子下面使劲地掐了苏津湮一把。苏津湮并不介意，借着酒劲，含沙射影地继续讲："渝水县有个女人，当了婊子还要人给她立贞节牌坊，当地的县太爷居然真的给她立了牌坊，原来这个婊子是县太爷长期包养的二奶奶。"

梁茜月像是受了奇耻大辱，狠狠地又踢了苏津湮一脚，踢得苏津湮"哎呀"一声尖叫，周围的客人看了直摇头。

张虔奕实在看不下去了，便叫慕容馨月赶快收场。慕容馨月站了起来说："别闹了！时间不早了，明天还要上课。最后我们共饮三杯酒，就此结束。"

慕容馨月举起酒杯说："第一杯敬我们伟大的中华民族，为我们都是华夏子孙而骄傲。"

张虔奕首先举起酒杯，梁茜月随后，苏津湮略有迟疑，也举起了酒杯。

慕容馨月接着说："第二杯我敬大家，我们要坚持'天生我才必有用'的信念，刻苦学习，报效国家。"

四人一饮而尽。

慕容馨月对苏津湮的言行很不满意，借题发挥："现在是世风日下，人心不古，我们却不可随波逐流。这第三杯是我和大家共勉：我们时时刻刻不要忘记自己是炎黄子孙，为人要对得起一撇一捺，否则禽兽不如！"

慕容馨月这第三杯的敬酒词还没说完，张虔奕便脱口而出："好！说得太好了！"

苏津湮有些沉不住气了，站起来说："慕容馨月，太言重了，什么叫世风日下，什么叫人心不古？你说在座的哪个是禽、哪个是兽？"

梁茜月显得有些气愤，不紧不慢地说："苏津湮！你难道非得让人说得太直白了你才满意吗？在座的哪个是禽、哪个是兽？谁心里都有数！"

"算了，算啦！都是自家人，不要因为一两句话伤了和气。"张虔奕连忙打圆场。

苏津湮也许是酒喝多了，他不明白慕容馨月为什么对他一直是冷若冰霜，更不明白曾经与他有过邂逅情缘的梁茜月，如今竟变得如此冷酷无情，多年来藏在心中的积怨脱口而出："慕容馨月你的话我不敢恭维，如果客气点说是用词不当，不客气地说你是在众人面前蛊惑人心，哗众取宠。"

说完他冲着慕容馨月"啪"的一声摔碎了酒杯，拂袖而去。

梁茜月把筷子一摔，起身也走了，大家不欢而散。

张虔奕深知苏津湮受不良世风的影响，已经不能自拔，为他没有把才华用到正道上，感到实在可惜。张虔奕不明白慕容馨月对梁茜月性格的判断与面前的梁茜月为什么迥然不同，他更不知道梁茜月为什么对苏津湮如此反感。

慕容馨月万万没有想到，今天的相聚竟会是这样的结局，她胸中气塞，霎时感到天旋地转，站立不稳。张虔奕扶住了她。

张虔奕与慕容馨月回到宿舍已经到了午夜。张虔奕递给她一瓶清凉饮料，慕容馨月百感交集，一口气喝了多半瓶，头脑也清醒了许多，此时她最想看到的是张虔奕带来的竹简。

　　慕容馨月拿起张虔奕的旧油纸伞，说："爸爸的主意真好，竹简藏在伞把里，看似冒险，其实是最安全的。"

　　随后，她拧开雨伞把，取出藏在里边的五片竹简，小心翼翼地查看，发现每一片竹简的顶部都有一个甲骨文字，下面有不同的标记。

　　张虔奕说："我觉得这五片竹简是这二十片竹简中的核心，'假如'有人盗走了那十五片竹简，也没有任何意义。"

　　慕容馨月听了张虔奕的话，似乎有一种不祥的预兆，急忙问："莫非你把那十五片竹简弄丢了？"

　　张虔奕忙解释说："我说的是'假如'，那十五片竹简就在密码箱里，我现在就拿给你看！"

　　张虔奕立即从床下拿出旅行包，拉开拉链，捧出了一个用壁挂裹着的密码箱。慕容馨月认得这个壁挂是母亲生前的十字绣，上面绣有《紫塞桃花源全景图》，父亲倍加珍爱，一直带在身边。她不明白父亲为什么要把这幅全景图和竹简一起交给她。

　　慕容馨月催促张虔奕快点打开密码箱，张虔奕立即按照自己设定的密码，旋转密码箱上的密码锁，奇怪的是密码锁竟没有丝毫反应。他只好再一次旋转，仍然没有反应。就这样反反复复，一次又一次地旋转密码，密码箱还是没有开启。

　　慕容馨月急不可耐地问："你是否忘记了密码？"

　　张虔奕反问："我说我忘记了，你能相信吗？"

　　"我当然不会相信！不过，你昨天晚上很有可能忘记锁密码了，所以旋转之后反而打不开了，你不妨还旋转到原来的位置上试一试。"

　　此时，张虔奕急得额头已经沁出了细汗，他虽然不相信自己会忘记锁密码，但在密码箱打不开的情况下，只好按慕容馨月的方法把密码转回到原来的位置上，没想到在不旋转密码的情况下，居然打开了密码箱。

　　慕容馨月见密码箱已经打开，略感放心，说："还是让我猜对了吧！老虎也有打盹的时候，今后请你不要太自信了！"

慕容馨月心情万分激动，她想立刻把密码箱中的十五片竹简与桌子上的五片竹简尽快送到梁伯伯家，请他老人家诠释竹简上的图文，以印证赵高把碣石地宫密图刻在竹简上的传说。

慕容馨月小心翼翼地用双手捧出裹着竹简的海绵包，好像已经触摸到竹简的形状，感到这十几片竹简比千钧还重……

她把海绵包轻轻地放在桌子上，打开了海绵包，张虔奕一看，大吃一惊：他万万没有想到，海绵包里的竹简竟是从旧竹筐上拆卸下来的破竹板！他知道竹简是被人掉了包，但却不知道是在什么时候、什么地方，被何人掉了包，让他惊诧不已。他平生从未有过这样的失误。他不应该出现这样的失误。他知道自己的失误意味着什么，不禁一声长叹："大意失荆州啊！"

四　悠悠竹简情

子夜，东滨大学学生宿舍楼里，一片宁静。

丢失了竹简，让慕容馨月难以抚平心中的伤痛，十年前，母亲夏芷为了这幅刻在竹简上的《碣石地宫密图》，葬身大海那惨烈的一幕，依稀就在眼前。

慕容馨月的母亲姓夏名芷，1901年与慕容尊同在日本东滨大学历史学部从事历史与文化的研究，写出了《赵高督建秦皇行宫考实》的论著。书中详细阐明，在渝水县境内的海中，有两座被称为碣石的巨礁，这两座巨礁在秦代称为天门。据史书记载：徐福为秦始皇求长生不老之药，率三千童男童女东渡扶桑，就是从这里入海求仙。

秦始皇曾在面向天门的海岸上，大兴土木，营造了一座豪华的秦皇行宫。徐福东渡之前，秦王嬴政亲临行宫为徐福饯行。

当年，秦始皇派他的宠臣赵高督建行宫。赵高官位为中车府令，掌管着皇帝的印玺文书和皇帝出行事宜，权力可谓是一人之下，万人之上。赵高借此机会在矗立海中的碣石下面，秘密修筑了一座地宫，命名为"碣石地宫"，把他搜刮来的珍宝藏在地宫里，留作日后享用。行宫的地下，有一个非常隐秘的暗道，直通碣石地宫，暗道由他亲自设计并秘密施工，由施工的军官将暗道的密图刻在竹简上。竣工后，赵高以宴请的名义用鸩酒将施工官兵全部毒死，抛尸大海。

秦始皇出巡病死沙丘，赵高篡改遗诏让胡亥继位，致使秦二世成了赵高手中的玩物。赵高在朝中专横跋扈，指鹿为马，欲杀死胡亥篡权。然而赵高非但没有当上皇帝反被公子婴和太监韩谈所杀。赵高死后，秦皇行宫经过两千多年的战火洗劫，现在已夷为平地，赵高秘密建造的"碣石地宫"也成了千古之谜。

1901年，慕容尊与夏芷的论著《赵高督建秦皇行宫考实》发表之后，慕容尊的同窗好友梁寒冰偕同夫人来家拜访。梁寒冰夫妇膝下无子，因此格外喜欢慕容茜月。刚满周岁的小茜月，已经学会说话，见了梁夫人，立即扑在梁夫人的怀中叫起妈妈来，梁夫人高兴地搂着茜月，半开玩笑地对慕容尊夫妇说："茜月已经认我做妈妈了，今后茜月就是我的女儿了，你们二位可不要忌妒呀！"

慕容尊不置可否，夏芷却爽快地说："还是我们茜月有福，疼爱她的人多，今后茜月就拥有两个爸爸和两个妈妈了！"

《赵高督建秦皇行宫考实》这部论著发表之后，在中、日学术界引起轰动，众说纷纭。有人说"碣石地宫"中藏有大量的青铜器皿和陶瓶、陶罐。这些国宝引起国内外高官的关注。中、日"一锅儿"闻听之后，垂涎三尺，蠢蠢欲动。但要想得到这些国宝必须先找到刻在竹简上的密图，即传说中的《碣石地宫密图》。

《碣石地宫密图》是揭开碣石地宫之谜的唯一线索，谁能找到《碣石地宫密图》，谁就可以按图索骥，从秘密通道进入地宫，获取国宝。

一时间，在渝水县上演了一场寻找《碣石地宫密图》的闹剧。有人声称要踏遍渝水县的每一寸土地，掘地三尺也要找到赵高刻在竹简上的《碣石地宫密图》，更有甚者竟以县衙门的名义贴出告示，用万两白银悬赏找到《碣石地宫密图》的人。

慕容尊在东滨听到这个消息，寝食不安，夜不能寐，后悔不该把

《赵高督建秦皇行宫考实》的论著公之于世。他深知，一旦有人找到《碣石地宫密图》，就会找到碣石地宫的秘密通道，千年国宝将毁之一旦。他更担心《碣石地宫密图》会落入日本间谍手中，这将要给中华民族带来无法弥补的损失。

同年8月，慕容尊得知日本"一锅儿"的"掌眼"龟田匡一，怀疑刻有《碣石地宫密图》的竹简就在慕容尊手中。霎时，慕容一家身处险境，成了"一锅儿"的猎物。慕容尊当机立断，中断学业立即离开这个是非之地。当时，慕容茜月身患重病，生命垂危，慕容尊夫妇不得不把慕容茜月送进医院。梁寒冰夫妇在危难时刻承担起抢救慕容茜月的责任，为了躲避"一锅儿"的追杀，便收留慕容茜月为养女，更名为梁茜月。

慕容尊夫妇回到渝水县之后，在"悦来客栈"暂住。他们首先要做的是对渝水县境内进行全面考察，根据史料记载，沿着所掌握的蛛丝马迹，踏遍最有可能找到"碣石地宫竹简"的地方。

清晨，慕容尊夫妇带着五岁的女儿慕容馨月，乘坐四轮马车出发。为了不惊动"一锅儿"和地方官员，他们扮成游客，沿着燕北公路北上。女儿馨月以为真的是跟随父母在游山玩水，高兴地在四轮马车上又蹦又跳。

渝水县境内寻找《碣石地宫密图》的闹剧已经两年有余，其狂热程度，有增无减。人们寻找《碣石地宫密图》最集中的地方有三处：燕北山上的长城敌楼及其周围，青龙山贞女祠附近，白虎岭秦王宫遗址。"一锅儿"肆无忌惮地到处挖坟掘墓，千方百计地寻找刻在竹简上的《碣石地宫密图》。而一些盗墓者只对金银首饰感兴趣，而对从古墓中挖出的陶罐、陶鬲、陶瓿、陶甑并不感兴趣，砸碎之后抛撒在荒山野岭。慕容尊见到这些珍贵的文物毁于无知和贪婪，十分痛心，却束手无措。

四轮马车顺着乡间小路，来到了青龙山的贞女祠。庙宇早已坍塌，人们到处乱刨，祠院内外一片狼藉。

慕容尊离开青龙山，心情沉重。四轮马车在坎坷不平的路上颠簸了好一阵子，才到了白虎岭。

远看白虎岭好似从海中爬出来的一头白虎，一半还留在海中，人们可以登上白虎岭望海听涛，白虎岭的东面即是秦王宫遗址。

白虎岭村的人们像赶集一样，拥入秦王宫遗址，这里被破坏得更为惨重，挖掘出的深洞比比皆是。

慕容尊的唯一收获是在破碎的瓦当中找到了一个完整的圆形大瓦当，瓦当上刻有"千秋万岁"四字，慕容尊用外衣包裹起来，珍藏在四轮车上的旅行包内。

慕容尊让夫人和女儿留在车上休息，一个人到海边租了一艘小渔船，便向海中被称为天门的碣石驶去。碣石是两个呈圆形石柱的巨礁，冷眼一看这两座巨礁，犹如两尊海神的雕像。

小船划到碣石面前，骤然间海潮大落，眼前出现了百年罕见的奇观，离海岸数里的小船，竟然在巨礁之下搁浅了。船夫傻了眼，不知如何是好。

慕容尊却异常高兴，感谢上天给了他这个千载难逢的机遇，他抓紧时间下船考察。

船下海水刚没膝盖，他在巨礁边的乱石上穿行，围着两座巨礁前后左右详细查看。

最后，他不顾旅途劳累，攀上两座巨礁的顶部，取得了第一手考察数据，并在巨礁顶部做了标记。

此时，夏芷见到了大落潮的奇观，带着慕容馨月也下了车。近海已经变成了海滩，海滩上留有一个个水坑，水坑里还有正在游动的小鱼、小虾，脚下到处是非常好看的海螺和贝壳，还有横着走路的小海蟹。她们在海滩上尽情地游玩。慕容馨月捡了一堆海石子，五颜六色非常好看，不知不觉已经度过了两个多小时。

下午时分，潮水又迅速涨了上来，慕容尊回到了船上，小船渐渐地从海面上浮起。船夫把慕容尊送上岸，直叨叨这一趟费时费力不合算，慕容尊只好多付了两个铜元。

他们顺着沿海马路西行来到"入海石城"，这是修筑在海中的唯一一段长城，墙体大部分是用花岗岩条石垒砌，因石城宛如巨龙之首，故称"老龙头"。

明朝将军戚继光在"老龙头"上修建了一座澄海楼，并题写了"天开海岳"四个大字，后人把它刻在石碑上，矗立在澄海楼前。

1901 年，八国联军入侵渝水县，烧毁了澄海楼，只剩有"天开海岳"石碑，矗立在"入海石城"上。

慕容尊一家爬上"入海石城"，只见"天开海岳"石碑旁躺着两个人，很像是流落在这里的难民。

慕容尊让夏芷和慕容馨月不要靠近，自己上前查看。发现其中一个是身份不明的日本人，另一个慕容尊认得，是外号叫"老黑"的中国"支锅"，"老黑"的双手掐着日本人的脖子，日本人用匕首刺中他的胸部，两个人像是在争夺什么，经过一场生死搏斗之后同归于尽。

"妈妈他们为什么在这里睡觉？"小馨月天真地问夏芷。

小馨月好奇地拉着妈妈，非要去看那两个睡觉的人，刚走两步，脚下被绊了一下，差点跌倒。夏芷发现，小馨月脚下的草丛里有一个斑驳陆离的旧铜盒，她拾起一看，铜盒上面沾满血渍，立即喊："慕容尊，快来看啊！"

慕容尊走过来，拿起铜盒打开一看，里边装有二十片竹简，他一片一片地仔细查看之后，惊呼："夏芷！这就是我们踏破铁鞋无觅处的《碣石地宫密图》，这为我们揭开碣石地宫之谜提供了第一手资料！"

夏芷说："不知有多少人为了它断送了性命，奇怪的是竹简怎么会到了他们的手中，他们是从哪里弄来的？"

正当慕容尊与夏芷为得到竹简密图惊喜万分的时候，小馨月说了话："妈妈你看！睡觉的人醒了。"

原来那个日本人只是昏死过去，听见有人说话，渐渐苏醒过来，他发现竹简已经落入慕容尊手中，便掏出勃朗宁手枪向慕容尊开枪，夏芷急忙用身体挡住了慕容尊。

"砰"的一声枪响，夏芷倒在血泊中。

慕容尊飞身上前，一脚踢中日本人的下巴，夺过手枪，"砰、砰"两枪击毙了这个日本人。

枪声在"入海石城"上空回荡，中、日"一锅儿"听到枪声，一起拥向"入海石城"。

情急之下，慕容尊背起夏芷拉着慕容馨月，说："我们必须马上离开这里！"

夏芷从慕容尊手里夺过手枪，说："现在我已身负重伤，一起逃走已不可能，如果被'一锅儿'抓住，我们就全都没命了，快放下我！否则我就立即死在你面前。"

慕容尊无奈只好放下了夏芷，夏芷把二十片竹简交给慕容尊，把装竹简的空铜盒拿在手中，说："我有了这个铜盒，他们就不会追你们了，为了竹简，为了馨月，你必须赶快离开！"

慕容尊与夏芷含泪诀别，背起小馨月从长城的坡道上跑了下去。

车夫在"入海石城"下，早已等得不耐烦，慕容尊解释说在老龙头上遇到了表姐，送夫人去表姐家耽误了时间。

暮色苍茫，慕容尊与小馨月乘马车装作游客瞒过了迎面跑来的"一锅儿"，飞速驶向渝水县的悦来客栈。

此时，血色残阳辉映着入海石城，染红了矗立在石城上的石碑，碑上"天开海岳"四个大字遒劲有力，仿佛是用血写成。

夏芷忍着剧痛站了起来，靠在"天开海岳"的石碑上，中、日"一锅儿"混杂在一起把夏芷围在中间。

夏芷用手枪敲打着铜盒，厉声说："谁再往前走一步我就先打死他！"

这群人立刻停止了脚步，夏芷接着说："你们要的竹简就在盒中，现在我可以交给你们，但我有三个条件：第一，我只能交给你们其中的'掌眼'；第二，'掌眼'必须医好我的伤；第三，我是用身家性命才夺得这件竹简密图，进入碣石地宫所得的珍宝，必须给我六成。"

一个留着仁丹胡的彪形大汉拨开众人，围着夏芷的人全都跪在他的脚下。他站在众人前面，用不熟练的中国话诡异地说："在下是日本'掌眼'龟田匡司，这位女豪杰说得好！你的要求我全都答应！"

夏芷说："你让你的人退到石碑之后，你我必须面向大海盟誓。"

彪形大汉用手一挥，围着的人全都退到石碑之后。

夏芷一手举着枪，一手举着铜盒艰难地倒退着走，直到入海石城的尽头，还没等龟田匡司明白过来，就向龟田匡司连开数枪，随后纵身跳入大海。

日本"一锅儿"知道上了当，一起冲了上来，发现他们的"掌眼"龟田匡司已死，气得哇哇乱叫。

慕容尊为了躲避"一锅儿"的追杀，和女儿慕容馨月远离了渝水县城，到燕北大山深处的紫塞桃花源隐居。慕容馨月讲到这里已是泣不成声。

慕容馨月说："梁伯伯说日本有一个代号叫野蔷薇的间谍组织，对碣石地宫的国宝虎视眈眈，竹简的丢失很可能与这个间谍组织有关，偷窃竹简是这个间谍组织阴谋盗取碣石地宫国宝的第一步。"

慕容馨月望着墙上母亲亲手绣的壁挂和桌上的五片竹简，仿佛又见到母亲为保护《碣石地宫密图》葬身大海那惨烈的一幕，忍不住失声痛哭起来。

此时，张虔奕心中沉重，漫无目的地打开窗帘，遥望窗外，暗蓝色的天空，明月高悬。

张虔奕回过头来，见到墙上慕容尊的书法作品，仿佛让他穿越了时空，看到了希望。他劝慰慕容馨月，说："请你不要哭了，我们可以想办法来弥补损失。"

慕容馨月感叹地说："国破家亡，尚有复国兴家之日，如果竹简丢失毁坏，则很难补救！"

张虔奕立刻想起"亡羊补牢"这个典故，说："昔日，楚襄王因骄奢淫逸，不问国事，几乎造成国破家亡，楚襄王向大臣庄辛问计，庄辛答曰：亡羊补牢也。"

慕容馨月说："亡羊补牢，为时已晚。羊都没有了，补牢还有什么意义？"

张虔奕接着说："楚襄王的大臣庄辛却不这样认为，他说：'亡羊补牢，未为晚也。'我们丢失了竹简，虽然不能与国破家亡相比，从文物价值和学术研究来讲，可谓损失惨重。但，我们手中尚有带甲骨文的五片竹简，这五片竹简可谓是五只领头'羊'，有了这五只领头

'羊'，就不难找回另外的十五只羊。我昨夜查看每片竹简时，脑中已留有印象，我们可以默画出另外十五片竹简的图形来。"

慕容馨月虽然知道张虔奕有超人的记忆，但这些竹简大都是些弯弯曲曲的线条和符号，把这些线条和符号都回忆出来，难度可想而知。

慕容馨月有点相信，又有点怀疑地问："你是否有把握？"

张虔奕坚信不疑地纠正说："不是我一人，是你和我。我们应该像你母亲一样，密图自有胸襟藏。"

她半信半疑地拿出几张纸，递给了张虔奕，说："父亲每次研究竹简的时候，总是把我叫到身边，由于竹简的编绳已经腐烂，连在一起的竹简全部散落，又没有编号，所以很难复原竹简上的图形。父亲也曾摆出几个图形，我脑中依稀还有印象。"

张虔奕紧锁着双眉，把纸放在桌上，并没有马上动手画，而是在脑海中苦苦地搜寻那十五片竹简留给他的记忆，经过好长一段时间，脑海中才逐渐浮现出一个个模糊的线条，于是立刻在纸上画了几个点，然后端详了好一会，又把这几个点的距离反复进行了调整，似乎在确定图形的长宽比例。

慕容馨月为了不打断张虔奕的思维，就不再说话，坐在他身边默默地等待着。

张虔奕在各个点之间又添加了很多长短不同、形状各异的线条，猛然间他把纸上点与线连接在一起，一幅图形展现在面前。

张虔奕望着图形，等待着慕容馨月的认可。没想到慕容馨月指着纸上的图连连说："不对，不对！这个图形有点像个鸭子。"

张虔奕只好又换了一张纸，凭记忆修改默画出的图形，待画好后递给慕容馨月问："你看这一张如何？"

"这个也不对，有点像公鸡的外形！"

张虔奕继续默画，反复修改，就这样一连画了二十多张，慕容馨月连说不对。此时此刻，张虔奕只觉得头晕目眩，力不从心，对自己的记忆能力也有些怀疑，急得头上沁出了一颗颗汗珠。

慕容馨月忙拿出手帕给他擦汗，并鼓励他说："我说你默画的图形不对，并没有说每张图形上一点对的地方都没有。咱们何不把这二十几张图全部摆出来，在每张图中寻找似曾相识的一些线条，综合成一张图，也许能成功。"

慕容馨月的一席话，让张虔奕茅塞顿开。他们拿着仅有的五片竹简在每张图上反复比对，从每张图中选出一部分线条，然后拼接在一起，足足用了三个多小时，终于完成了一张比较满意的图形。张虔奕把五片竹简放在图形上，竹简上的线条和图形上的线条完全吻合，此时天将破晓。

他们把这张图钉在墙上，退到远处一看，慕容馨月说："如果我的记忆没有错的话，这幅图形就是我父亲摆出的那张图！"

张虔奕异常兴奋，他觉得眼前的图形就是渝水县的地形图。

慕容馨月在图形面前凝视，眼含泪花，问："虔奕，你看这幅图形像谁？"

这时张虔奕才发现，这幅渝水县的地形图，很像沉睡中的美人图形。

慕容馨月接着说："每当父亲摆出这个图形来，总是默默地在图形前发呆，这个图形很像我的母亲，母亲已经与燕北大地的渝水县融为了一体。"

张虔奕却觉得这个睡美人更像慕容馨月，但他觉得这个想法有些不吉利，忙转换话题，说："馨月，咱们应该把对亲人的思念作为动力，来完成前辈的未竟事业。我们虽然复原了竹简的图形，却不能诠释这五片竹简上的甲骨文。"

慕容馨月说："听父亲说只有梁寒冰教授才能破解甲骨文，我们现在就复制两份图，明天去请教他老人家。"

梁茜月在梁寒冰夫妇的抚养下，已经长大，目前正在东滨大学文物保存专业就读。有一天，班中有一个同学骗她说：梁夫人得了急病。竟吓得她哭了起来。她立即请假回家，才知道是受了骗。

梁寒冰夫妇惊奇地发现，梁茜月和慕容馨月两姐妹都酷似她们的母亲。他们溺爱梁茜月有如掌上明珠，梁茜月对梁寒冰夫妇也像孝敬亲生父母一样。梁寒冰夫妇觉得梁茜月心眼太实，出于对她的爱护，在破解碣石地宫这件事上没有让梁茜月知晓。

最近，他们突然发现梁茜月的性格发生了变化，衣着打扮也显得很时尚，有时也喜欢浓妆艳抹。因为梁茜月毕竟不是梁寒冰夫妇亲生的，唯恐伤了亲情，也不好深说。

这天晚上梁茜月说她要去看电影，吃完饭就走了。

梁寒冰夫妇对她很不放心，正想把梁茜月最近的一些情况告诉慕容馨月，谁知慕容馨月与张虔奕竟不期而至。

随着轻轻的几下敲门声，张虔奕与慕容馨月来到了他们的面前，梁夫人高兴地为他们沏茶倒水，还端上了新买来的东滨特产雪花梨。

慕容馨月拿起一个特大的雪花梨咬了一口说："真甜！"

梁寒冰忧心忡忡地说："今天你们不来，明天我也会去找你们。事情紧急，时不待人！"

最后梁寒冰说出了自己的观点，他说《赵高督建秦皇行宫考实》的论著原本是一项学术研究，没想到却引起中、日"一锅儿"关注，他们在渝水县为了找到碣石地宫，疯狂地盗坟掘墓，一些不明真相的人也卷入了盗墓者的行列，致使渝水县的文物古迹遭到了严重破坏。在这乱世年代，碣石地宫之谜一旦被破解，文物国宝一旦出土，凭我们现在的科技水平和条件，很难保存。最后梁寒冰从学术研究上，阐明了自己的观点："我们破解碣石地宫之谜不是为了挖掘文物国宝，而是为了保护文物国宝，阻止碣石地宫的挖掘。"

张虔奕对梁寒冰的观点非常赞同，他见梁茜月不在身边，问梁夫人："伯母，茜月到哪儿去了？"

梁夫人说："东滨电影院正在放映中国明星影片公司拍摄的《孤儿救祖记》，她说看电影去了！"

提起梁茜月，梁夫人显得惴惴不安。最近她发现梁茜月行动诡秘，性格也变得让人捉摸不透，经常有一些身份不明的人来找她，而这些事慕容馨月并不知情。梁夫人急得心脏病经常发作，听医生说是心力衰竭，所以和他们寒暄了几句便回卧室休息去了。

张虔奕临来东滨之前，慕容尊一再嘱咐他，破解碣石地宫的事不要让梁茜月知道，这是对她的最大爱护。他听梁夫人说梁茜月看电影去了，觉得这是一个极好的机会，立即掏出图纸交给了梁寒冰，并讲述了丢失竹简的前前后后。

梁寒冰遇事不惊，沉着冷静，对他们能在一夜之间复原了竹简的图形大加赞赏。

张虔奕又拿出那五个带有甲骨文字的竹简，问："商代灭亡之后，甲骨文字濒临失传，秦朝灭六国后，统一了文字，竹简一律用小篆刻写，秦代竹简出现甲骨文不符合常理。"

梁寒冰沉吟片刻，讲述了这段历史："秦朝有一位微雕专家，是商代卜官梁氏的后裔，精通甲骨文字。赵高得知后，绑架了这位微雕专家，威逼利诱让他在竹简上刻制碣石地宫密图，标记一律用甲骨文，有些文字还采用微雕刻写，刻完之后，这位梁氏后裔也失踪了。竹简上的甲骨文，即是'碣石地宫图'五个字，秦代竹简出现甲骨文，系赵高所为，绝无仅有。"

随后，梁寒冰指着他们复制的密图，说："这幅颇像睡美人的图形应该就是渝水县的半张地图，睡美人半睁半闭的睡眼，应该是破解碣石地宫的关键，睡美人脸上的四个黑痣，应该是图中的重要标记，当务之急是尽快破解这几个特殊标记。为什么当年赵高要用甲骨文注明标记？为什么要杀死所有的知情者，显然赵高是怕密图丢失，被人破解。"

"昔日，秦朝赵高，阴毒手狠，可谓是空前绝后！"慕容馨月感到震惊。

"当前，中、日'一锅儿'与官府互相勾结，一旦得知碣石地宫密图在谁手里，谁就会有生命危险。这些乱世枭雄与赵高相比，恐怕是有过之而无不及！"梁寒冰感叹地说。

梁寒冰一看表已经十点半，说："趁梁茜月还没有回来，我要与你们商量一件大事。现在日本虽然是大正天皇在位，大权却落在少壮派皇太子手中，此人尊崇武士道精神，制订了征服世界必先征服中国，征服中国必先征服'满蒙'的战略方针。污蔑中国人为'东亚病夫，懦弱卑下'，不断地向东三省增派侵华驻军，疯狂掠夺矿产资源，制造事端，叫嚣三个月就可以灭亡中国，战争一触即发。

"同时，还秘密派遣一个代号为野蔷薇的间谍组织，企图盗掘碣石地宫的文物宝藏。如果知道我们破译了碣石地宫密图，那么我们的处境就更加危险了。

"近来东滨天气异常，地下水位上升，地温升高，老鼠难耐高温都从洞中跑了出来，地面上的老鼠随处可见。我认为这些都是不祥之兆。明天已经是9月1日了，可天气还像三伏天一样炎热。虔奕虽然刚来不久，但由于日本政局险恶，自然环境异常，我们不得不马上终止学业。事不宜迟，明天由虔奕和馨月到东滨码头订购五张船票，中午在东滨码头的华夏旅社见面，迅速离开日本这个是非之地。

"茜月在东滨接触的人复杂，我最放心不下的就是她，回国之事暂时不要告诉她。我们虽然生活在异国他乡，但时刻不能忘记我们是中国人。我想在不让任何人知道的情况下把她带回家。'丰城剑回，落叶归根'，如今我年事已高，最大的心愿就是落叶归根，尽快带着茜月回国，让她接受良好的儒学教育，认祖归宗。"

梁寒冰长出了一口气，接着说："近朱者赤，近墨者黑。回国之事也不能告诉苏津湮，我想就此割断苏津湮与梁茜月的联系。这个年轻人，心术不正，如果走到邪道上，后果不堪设想，但愿苏津湮在人生路上能好自为之。"

就这样，张虔奕、慕容馨月与梁寒冰一家，约定9月1日下午，乘船回渝水县。

慕容馨月想到两家人就要在紫塞桃花源团聚，略感欣慰。这时，梁茜月蹑手蹑脚地来到慕容馨月身后，突然"啊——"的一声怪叫把她吓了一跳。

慕容馨月说："你这丫头，鬼鬼祟祟的，什么时候进来的？我怎么一点都不知道！"

梁茜月半真半假地反问："你们悄悄地议论什么呢？莫不是想把我给卖了？"

慕容馨月掩饰说："要想卖你也不会等到今天，不过梁伯伯非常关心你的终身大事，想给你找一个如意郎君。"

梁茜月冲着张虔奕认真地说:"你们不是要关心我的终身大事吗?大可不必了,因为我心中早已有了他!"

大家听了一愣,不知梁茜月说的他是谁。梁茜月调皮地一笑,从慕容馨月面前绕到张虔奕的身后,搂着张虔奕的脖子说:"你们看我和虔奕哥如何?"

梁寒冰忙制止说:"茜月——这个玩笑开得太过分了!"

梁茜月松开了手,望着慕容馨月,略显羞涩地一笑,说:"姐,让你吃醋了!"说完歉疚地躲回自己的屋里,关上门,再也没出来。

梁寒冰无可奈何地说:"茜月原本不是这样的,近来变得越来越不懂规矩了,这也怪我们教女无方。"

几个人又闲聊了一会儿,张虔奕与慕容馨月起身告辞,临走时没有惊动梁夫人,只是轻轻地喊了一声茜月,屋里没有回声,便悄然地离去了。

梁寒冰把他们送出门外,高兴地说:"我与慕容尊后继有人了!"

随后,递给张虔奕一本打印的《甲骨文集注》手稿,嘱托说:"这部《甲骨文集注》是梁氏家族几十代人传承下来的,切记!在没有破解碣石地宫之前,还不能公诸于世。"

张虔奕说了声"谢谢!",双手接过《甲骨文集注》,小心翼翼地装在了挎包的夹层里。

此时,他才明白梁寒冰即是商代卜官的后裔。

他们离开梁寒冰家已近午夜,繁华的街道已不再繁华,班车已经停运。

明月把清冷的月光抛洒在张虔奕和慕容馨月的身上,在返回的路上,两人思绪万千。

梁寒冰对默画的《碣石地宫密图》予以肯定,使他们感到欣慰。张虔奕深知没有慕容馨月的帮助,仅凭他一个人的能力,无论如何也不能把竹简上的密图默画出来。为了《碣石地宫密图》,他们两代人呕心沥血,历尽艰辛,付出了沉重的代价。

张虔奕来东滨之前,慕容尊嘱托他一定把慕容姐妹照看好,安全地带回渝水县,这是他今生最后的夙愿。

张虔奕到东滨之后，他发现梁茜月行动诡秘，说话真假难辨，和他心目中的梁茜月大相径庭。他不明白梁茜月为什么要冒充姐姐去码头接他，那天共进晚餐，苏津湮与梁茜月之间似乎隐藏着什么，今天晚上在慕容馨月面前的异常行为，让他很难理解，不知此时慕容馨月是什么心情。

慕容馨月与张虔奕在国立美专同桌共砚，相互帮助，成了学业上的知音，她一直把张虔奕视为兄长。她喜欢张虔奕从不和女孩开出格的玩笑。现在她觉得她已经离不开他了。如今，她已经到了谈婚论嫁的年龄，她不希望永远把他当成哥哥。身处乱世，她愿与张虔奕相依为命到永远。可她发现梁茜月与张虔奕一见钟情，现在已经爱上了张虔奕，心里很不是滋味。

"你怎么不说话？"张虔奕忍不住问。

"这句话应该由我来问你。"慕容馨月反问。

一路上二人默默无语，不知不觉已经到了慕容馨月的宿舍门前，张虔奕让慕容馨月早点休息，明天上午还要去东滨码头订购船票。

慕容馨月说："你那边也没有什么可准备的，今天你帮我收拾收拾，我们要赶在时间前面。"

张虔奕只好跟随慕容馨月来到她的宿舍。慕容馨月首先把密图缝在张虔奕的内衣的暗兜中，把五片竹简仍然藏在旧油纸伞的伞把里，然后把随身必须携带的衣物和学习的资料清理一下，装在旅行包中，剩下的能丢掉的尽量丢掉，很快就清理完毕。

最后，慕容馨月打开了壁橱，拿出了一个上了锁的小樟木箱，打开樟木箱，迎面飘来一股扑鼻的香气，里边是张虔奕最熟悉不过的绣有牡丹花的红色旗袍和那双红色高跟鞋。

张虔奕见到慕容馨月珍藏的这套婚礼服，立刻想起在国立美专学习时，她曾穿上这身婚礼服让张虔奕给她母亲画像的情景，美专教导主任吴国祯知道了这件事，大做文章，险些让他们卷入了轰动津海市的桃色事件。回首往事，至今令人怵目惊心。

虽然已经过了午夜，他们却毫无睡意。慕容馨月背过身去，脱掉了裙装，换上了旗袍和高跟鞋，然后转过身来，再现了慕容馨月在国立美专画像时，让他终身难忘的形象。

张虔奕动情地说："今天晚上我也不想睡觉了，我想再给你画一幅肖像如何？"

此时，慕容馨月才发现张虔奕面色有些憔悴，人也消瘦了许多，便深情地望着张虔奕，问："虔奕哥，这些日子你太累了，我想让你休息休息，听你说说心里话。"

张虔奕因丢失竹简的事，深感对不起慕容馨月。他有很多话要对她说，却不知从何说起，便把多年藏在心里话和盘托出，说："三年来我与你经常是在梦中相见，如今你还是当年的模样，让我感到非常欣慰，我愿与你在学业上携手并进，完成父辈的未竟事业。我对你的思念只是出于兄妹之间的情谊。"

慕容馨月听张虔奕说与她只是出于兄妹的情谊，有些不高兴，用疑惑的眼神望着张虔奕，问："虔奕，请你坦诚相告，你是不是喜欢上梁茜月了？"

此时此刻，张虔奕才知道慕容馨月还在纠结梁茜月在梁家的异常行为，对他与梁茜月之间心存芥蒂，忙辩解说："千年的竹简和《碣石地宫密图》可以为我作证，我今生今世心中只有你！"

张虔奕猛然觉得自己的话语太直白了，深怕慕容馨月接受不了，没想到慕容馨月多年来等待他的就是这句话。慕容馨月听了，两眼含着泪花，遥指窗外的明月和明月右边最亮的那颗星星，说："愿我如星君如月，夜夜流光相皎洁。"

慕容馨月拿出她从未离身的一枚燕刀母币，交给了张虔奕，说："父亲说：'这枚燕刀母币比我们的生命还重要，历经磨难才到了我的手中。从文物价值上讲，可谓是一件国宝，它是否与碣石地宫有关，在我心中至今还是个难解的谜。'我今天把这枚燕刀母币作为我以身相许的信物交给你，希望你不要让我失望。"

张虔奕为情所动，用双手接过了这枚燕刀母币，忙说："馨月，谢谢你！这枚燕刀母币将与我伴随终身。"

张虔奕不经意的一句话，让慕容馨月有一种不祥的预感，她故意反问："看来你与燕刀母币是一见钟情了，可我怎么办？"

张虔奕自知失言，紧握慕容馨月的双手，动情地说："馨月，你是我心中最美的月亮，执子之手，与子偕老。"

突然，慕容馨月娇羞地扑在张虔奕的怀中，此时，一股暖流涌遍了张虔奕的全身，他情不自禁地与慕容馨月紧紧地搂在一起，两颗炽热的心融为一体……

漫漫人生路，悠悠竹简情，千年竹简见证了张虔奕和慕容馨月的恋情，情爱给了他们暂时的欣喜，但他们哪里知道，等待他们的却是一个接一个的人间苦难。

五　香魂返故乡

天将破晓，东方刚刚泛出了鱼肚白，瞬间又被乌云覆盖，天空仅有的一束光亮消失了。

慕容馨月与张虔奕悄悄地离开了东滨大学，匆匆奔向码头。此时，她更加思念远在大洋彼岸的父亲，归心似箭。

慕容馨月想到再过两天就可以与父亲团聚，一种温馨、幸福的感觉涌上心头，但不知为什么，她却高兴不起来。

慕容馨月突然停住脚步，心事重重地说："梁伯伯已年近花甲，梁伯母又患有心脏病，咱俩不如分头行动，我去码头购买船票，再到华夏旅社订一间临时休息的客房。你去梁伯伯家帮助茜月收拾一下东西，租一辆黄包车，搀扶二老尽快来华夏旅社找我。"

就这样慕容馨月去了东滨码头，张虔奕转身去了梁宅，为了吸取丢失竹简的教训，他拿着旅行包和旧雨伞不敢有半点懈怠。

天低云暗，潮湿的空气，让人透不过气来。张虔奕来到了梁宅庭院，已近辰时。他正欲进屋，耳边忽然响起闷雷一样的隆隆声，他觉得大地在颤抖，双腿已迈不开步，身不由己地晃动起来，脚下的地面突然裂开了二尺多宽的地缝，他望着深不见底的地缝，惊出一身冷汗。

紧接着眼前蓝光一闪，"咔嚓"一声巨响，梁宅霎时被劈成两半，随后大地开始左右剧烈地摇晃，地缝又合拢在一起，顷刻之间，院内烟尘滚滚，梁寒冰的房屋变成了一片废墟。

时在公元 1923 年 9 月 1 日，东滨发生了大地震。

张虔奕冒着滚滚烟尘，奔向梁宅的废墟，他用双手扒着砖头瓦块，呼喊着："伯父伯母，茜月！你们在哪里？"

张虔奕满脸是汗水、泪水和灰尘，拼命地扒呀，扒呀，双手沁出了殷殷的鲜血，终于扒出了一个小洞。

张虔奕钻进了洞，沿着倒塌的墙壁缝隙爬行，摸着，摸着，摸到了一只鞋，张虔奕认得这是梁茜月的高跟鞋，忙喊："茜月，茜月！"

"虔奕哥——我在这儿！"一个微弱声音在回应。

张虔奕循声很快找到了梁茜月，发现梁茜月被挤压在墙缝里，下身被埋在瓦砾之中。张虔奕费了好大的劲，总算把梁茜月拽了出来。

梁茜月的衣裙已被撕碎，几乎是一丝不挂，她紧紧地搂着张虔奕，含泪说："虔奕哥！谢谢你救了我一命。"

张虔奕脱掉了上衣，盖在了梁茜月的身上，说："你给我看好旅行包和这把旧雨伞，我马上去救梁伯父、伯母。"

梁茜月泣不成声地说："虔奕哥，他们已葬身在地缝里，我们再也见不到他们了！"

梁茜月讲述了大地震的惊悚瞬间："当时，我正与父母整理衣物，突然大地开始震颤，我搀扶着他们正欲往外跑，突然地面开裂，我们三人被卡在地缝中间。当时，父亲沉着镇静，他双手和双脚用力支撑着裂缝的两侧，让母亲和我蹬着他的身体从裂缝中爬上去。不料母亲脚下一滑跌入地缝深处，父亲让我快上。我勉强爬上地面，正想去救父亲，谁知大地又开始左右摇晃起来，父亲终因体力不支也跌入地缝中，随着隆隆的声音地缝又合上了，这时我听到'咔嚓'一声巨响，就什么都不知道了。"

梁茜月绝望地说："现在就剩下我一个人了！"

张虔奕安慰她说："茜月，还有我和你姐姐，怎么能说只剩下你一个人了呢？"

张虔奕见梁茜月只是擦伤了皮肉，没有大碍，略感放心，接着说："你在大难之中能够安然无恙，已经是不幸中的万幸，要珍惜上天赐予我们的生命，不管千难万险，我们一定要回到紫塞桃花源。"

这时，远处人声嘈杂，突然有人高喊："快跑啊，大火烧来了！"

狂风乍起，熊熊大火伴随着滚滚浓烟，迎面扑来，张虔奕焦急地说："梁伯父和伯母已无生还的希望，如果我们继续待在这里，恐怕也要葬身火海，不如赶快去东滨码头找你姐姐。"

梁茜月换上了一件慕容馨月的衣裙，跟随张虔奕跌跌撞撞地向院外跑去。

院外街道两旁的房屋已经倒塌，破砖乱瓦覆盖着马路，分不清哪里是街道哪里是院落。梁茜月跟着张虔奕深一脚浅一脚地终于来到了东滨码头。

码头周围已经面目全非，华夏旅社的位置也难以确认。如果没有倒塌的码头栈道，恐怕连码头在哪儿都无法辨认。

在码头上劳作的人们都奔向东滨市区寻找自己的亲人，只有少数几个人不知在码头寻觅什么。张虔奕忽然发现海边的沙滩上孤零零地躺着一个人，一种不祥的预感令他心慌意乱。

张虔奕急忙跑到跟前查看。地上躺着的是一个身穿白色衣裙的年轻女子，像是睡着了，她光着脚，面部有些擦伤，手里还攥着五张"东渝019号"客船票。张虔奕确认这就是慕容馨月，立即把她扶了起来，发现她已经没有了生命迹象。

张虔奕后悔不该与慕容馨月分开，恨自己没能照顾好她。他觉得自己最不应该的是把慕容馨月比成睡美人，这个不吉利的比喻如今成了现实，慕容馨月真的成了《碣石地宫密图》的图形——睡美人。

梁茜月为睡美人梳理了头发，用携带的水为她擦洗了面颊和脖子，当她看见脖子后面的红痣时，心中一惊，立刻扑倒在她的身上失声痛哭。

梁茜月指着睡美人抽抽噎噎地说："她是因我而死的……"

张虔奕扶起梁茜月，说："你不要想得太多了！"

此时，张虔奕异常冷静，警惕地环视四周，突然发现海水骤然大落，近处深蓝色的海面瞬间变成了惨白色。

张虔奕触目惊心，大喊："不好，茜月快跑！"张虔奕抱起睡美人和梁茜月一起向远离海岸的高地跑去。远处渐渐响起海浪的咆哮声。梁茜月拿着旧油纸伞，背着旅行包跑在前面，张虔奕抱着睡美人紧跟其后。海浪的咆哮声越来越大，他们刚刚爬上远离海边的一座小山，十几米高的巨浪已到了脚下，生死只是一步之差。梁茜月回身一看，几个跑得慢的日本人，已被巨浪吞噬。

张虔奕已经精疲力竭，他只觉喉咙里发咸，一口鲜血喷洒在睡美人白色的衣裙上，宛如绽放的桃花。

随着震耳欲聋的雷声，瓢泼的大雨从头顶浇下来，张虔奕打开了他那把旧油纸伞，遮盖着睡美人的身体，而张虔奕与梁茜月在雨中却被浇成了落汤鸡。

梁茜月再次从死亡线上脱险，早已被吓得魂不附体，浑身不停地颤抖，望着张虔奕不解地问："虔奕哥，人死后难道还会怕雨淋吗？"

张虔奕瞪了梁茜月一眼，这眼神使梁茜月感到愧疚，她低下了头不再说话了。

第二天，码头上终于见到了"东渝019号"客船，船长王东渝是一位见多识广，避险知识丰富的中国人，他手下的骨干大都是日籍华人，东滨发生大地震之后，他根据种种迹象判断将要有海啸发生，立刻把客船开到远离码头修船的船坞里，关闭了闸门。船员们全部撤离到安全地带，客轮和全体船员逃过了这一劫。"东渝019号"客船经过检修，回到码头，准备翌日启航。

太阳终于出来了，张虔奕和梁茜月从被海啸中卷来的檩木、椽子、木板中选出了一堆比较整齐的，放在太阳下晒干，然后架了起来，上面是平铺着的几块木板，二人轻轻地把睡美人抱起，放在木板上。

张虔奕望着躺在木板上的睡美人，立即想起《碣石地宫密图》，他不相信眼前的睡美人就是慕容馨月，可残酷的现实又让他不得不相信眼前的睡美人就是慕容馨月，睡美人将永远地离开他。

张虔奕含泪拿出一瓶医用消毒酒精，倒在了木架上，冲着睡美人深深一躬，含泪说："爱妻！我为你送行了。"

梁茜月听张虔奕喊睡美人为爱妻，知道张虔奕已经确认睡美人就是慕容馨月了，张虔奕的痴情感动了她，此时此刻，她有很多话想对张虔奕倾诉，却又不知应该从何说起。

张虔奕用火柴点燃了木架上的酒精，绿色火苗在睡美人的身上逐渐燃烧起来，袅袅青烟开始升腾，睡美人身上的绿色火苗，渐渐地变成了一束束红色的火焰，伸缩摇摆，婀娜多姿，好似少女在轻歌曼舞。

张虔奕忽然想起梁寒冰的话："谁掌握了破解碣石地宫的秘密，谁就有杀身之祸。"难道他们复原了《碣石地宫密图》的事，已经被人发觉？致使他在事业上失去了互相切磋的知音，在乱世中失去了相依为命的好妻子。

梁寒冰夫妇和慕容馨月都离他而去，生离死别使他肝肠寸断，他突然感到人世间的险恶，每走一步都如履薄冰。

火焰越烧越猛，散发出异香。张虔奕望着熊熊燃烧的火焰，恍惚中见火焰中飞出一只仙鹤，睡美人骑在仙鹤上，不情愿地离他而去。张虔奕被这奇异的现象惊呆了。

他忽然觉得能与睡美人一同化成火焰是他最好的抉择。张虔奕正欲扑向烈火，忽然有人往后拽他，回身一看，身后并没有人，只有跪在地上的梁茜月，正在向睡美人磕头，梁茜月后面是几个围观的人。

张虔奕慢慢地缓过神来，不知什么时候，什么人塞在他手中一张纸条，他打开一看，是一个残"月"，是用炭灰写成，字体隽秀，很像是慕容馨月的手笔，只是"月"字中间少了"一"横，一阵清风吹过，这个残"月"也被吹得无影无踪，眼前只有几片飘浮的落叶。

张虔奕顿时醒悟，孤雁恋旧巢，落叶要归根，人生就像这个残"月"，瞬间即逝，要珍惜这短暂的人生。他现在还有很多事情要做：他要护送梁茜月和睡美人返回故乡，他要完成父辈的未竟事业，他要破解碣石地宫这个千古之谜，他还要……

熊熊的烈火已经燃尽，睡美人的玉体已经化成了白色粉末，张虔奕把白色粉末用一块红布包裹起来，放入旅行包中。

第二天，张虔奕和梁茜月拿着慕容馨月给他们买的船票，登上了

"东渝019号"客船。

"呜——"随着汽笛的一声长鸣，客船缓缓地离开了东滨码头，开往大洋彼岸的渝水县。

舷窗外海风阵阵，船舱内人声嘈杂。

张虔奕靠在舷窗的一侧，望着远去的东滨市，回肠凝想，神色黯然。在东滨的这些日子，虽然让他开阔了视野，但是同时也给了他太多太多的伤痛，使他经历了人世间难以承受的磨难。

张虔奕对梁茜月说："我们终于离开了这个令人心碎的城市。东滨大地震让我们失去了尊敬的梁伯父、梁伯母、我们的好姐妹慕容馨月，清明时节我们不能忘记对他们的祭奠。"

梁茜月点点头，然后轻轻地喊了一声："虔奕哥！"

"你想说什么？"张虔奕问。

"我——"梁茜月好像有什么心事，欲言又止。

船舱内光线很暗，梁茜月突然发现远处有一个她最不愿见到的女人，令她惊恐不安，她用祈求的眼神望着张虔奕，说："虔奕哥！我有——点怕。"

张虔奕顺着梁茜月的眼神望去，发现远处那个女人的背影有些像梁茜月，但他并没在意，心想：连日来，梁茜月经受了这样多的苦难，实在是太难为她了，便安慰她说："有我在你身边，不必害怕！"

梁茜月点点头，紧紧地偎依在张虔奕身边，还用手拽着张虔奕的胳膊，生怕失去了他。

没过多久，梁茜月便翻肠倒肚地折腾起来，"哇"的一声，吐了张虔奕一身。张虔奕忙把两人身上的呕吐物擦洗干净，给她拿来一杯清水让她漱口，可没过多久她又吐了起来，就这样把清晨吃的早点全都吐了出来。梁茜月不停地折腾，不停地吐，最后肚里没了食物，吐出来的竟是绿色的胆汁……

梁茜月在客船上虽然只有两天两夜的航程，却恍如隔世，人也瘦弱了许多。拂晓前他们终于到了渝水县码头。

张虔奕与梁茜月立即换乘了一条小船，沿着渝水逆流而上，大约半个时辰，便到了仙女湖，小船在刻有"美人榻"的巨石边靠了岸。

梁茜月虽然坐过船，却没有尝过晕船的滋味，下船后更觉得天旋地转，于是不得不紧紧地搂住张虔奕，犹如一对情侣难分难舍，路人见了甚为不解。

此时此刻，张虔奕感到愧对恩师慕容尊。他刚到东滨便丢失了十五片竹简，更加让他无法交代的是，他没有照看好慕容姐妹，带回来的只有妹妹梁茜月和睡美人的香魂，真不知如何面对恩师。他长长地叹了口气，说："茜月，你都十八年没见到你的生父了，咱们回家吧！"

梁茜月沉默不语，她从繁华喧嚣的大城市，猛然间来到一个清静优美的世外桃源，别是一番心境。

张虔奕与梁茜月步入桃林，沿着林中的小径，来到了慕容尊的屋前。他们发现门是虚掩着的。这是一座明三暗六的平房，屋里空无一人，八仙桌上留有一张纸条，上面写道：

> 得悉吾儿与虔奕到家，甚喜。锅内备下饭菜，可作充饥之用。我一会儿就回来，不必等我。
>
> ——父即日

堂屋的锅灶连着隔壁卧室的土炕，做饭用的是山柴草，灶台上架着一个铁锅，上面盖着的是两个半圆形的木制锅盖。梁茜月看完纸条，立时觉得饥肠辘辘，忙去揭开锅盖，锅中间是土豆炖豆角，周围贴了一圈玉米面饼子，菜上面有一个篦子，篦子上蒸的是桲椤饼。这种农家饭菜梁茜月从未见过。张虔奕用铁铲子把大饼子铲了下来，递在梁茜月的手中，饼子热乎乎的，下面还有一层金黄色的嘎嘎[1]，嚼起来又香又脆。梁茜月就着土豆炖豆角先吃了一个玉米面饼子，又吃了两个桲椤饼，边吃边说："没想到这里还有这么好吃的东西，外面千般好，不如早还家。"

梁茜月吃完燕北的农家饭和特色小吃桲椤饼之后，张虔奕把她安排在慕容馨月曾经住过的房间休息，张虔奕住在书房里，两个人一觉

---

[1] "嘎嘎"原本是象声词，作为各地方言含意大相径庭，燕北地区是指将做好的玉米饼贴在锅周围，烙出金黄酥脆的硬皮，称为"嘎嘎"。

睡到过午，暂时缓解了一路的疲劳。二人等到傍晚，还不见慕容尊回来，张虔奕有些着急。

梁茜月走进书房，真像是到了自己家，随意地在书架上翻腾起来，翻来翻去，找出了一本《梦游洞天福地》，一看原来是道家的旧作，便扔在一边。最后她发现了慕容尊写的《碣石地宫考实》，便迫不及待地翻阅起来，就这样一直看到天黑，连张虔奕问她话她都没听见。

张虔奕问："茜月，你到家之后有何打算？"梁茜月没有应答。

张虔奕又问："茜月，你到家之后有何打算？"

"虔奕哥，你说什么？"梁茜月这才发现张虔奕在问她。

"我说了两遍你都没听见，你是否看书看得太用心了！我问你到家之后有何打算？"

梁茜月爽快地答道："我要像姐姐那样帮助你做她应该做的事情！"

张虔奕听了梁茜月的话，心中一惊。他发现梁茜月对《碣石地宫考实》这本书已经到了如醉如痴的地步，便立即想起恩师慕容尊的嘱托，却无法阻止梁茜月对碣石地宫的研究，这件事只好等待恩师回来决断，可一直等到天黑，还是没有见到慕容尊的踪影。

当晚，张虔奕与梁茜月胡乱地吃了点剩饭，便各自回到各自的屋中休息去了。

张虔奕躺在炕上，往事如过眼烟云，历历在目，让他难以入睡，便信步走出屋外，只见梁茜月的身影被烛光映照在窗棂上。从她晃动的身影，张虔奕猜想她还在翻看《碣石地宫考实》那本书。

夜色朦胧，张虔奕望着仙女峰，追忆往事，感慨万千，如今的紫塞桃花源，桃花依旧，而仙女湖边却是香魂梦断。

张虔奕长长地叹了一口气，自言自语地说："如果能穿越时空，我宁愿回到逝去的昨天。"

"大江东流去，逝水难回返。"不知在什么时候，梁茜月已经来到张虔奕的身后。

"你不在屋中休息跑到这里干什么？"张虔奕问。

"虔奕哥，你不在屋中休息跑到这里干什么？"梁茜月反问。

张虔奕没有回答梁茜月，关切地劝她："夜已深，小心受凉，快回屋休息去吧！"

天上的弯月只剩下窄窄的一条弧线，月影惨淡，若有若无。梁茜月在张虔奕面前一动不动，沉吟良久，动情地说："虔奕哥！我想……"

还没等张虔奕反应过来，梁茜月已经紧紧地搂住了张虔奕。

张虔奕轻轻地挣开梁茜月的双臂，说："茜月，我们这样做，对得起你姐姐吗？"

梁茜月听张虔奕提起姐姐，先是一怔，含泪反问："虔奕哥！难道我就不能代替姐姐吗？"

张虔奕怕伤了梁茜月的心，劝慰她说："茜月，我相信你的才华不在你姐姐之下，但我不会有非分之想，因为我的心已死……"

梁茜月动情地说："难道就没有人能让你的心复活吗？"

张虔奕不假思索地回答："有！"

"那就是我！"

"不，是慕容馨月！"

张虔奕脱口而出，没有考虑梁茜月的感受。

"虔奕哥！你——"梁茜月下面的话没有说出来，一赌气回到自己的屋中去了。

梁茜月躺在炕上胡思乱想，从东滨到渝水让她最开心的只有一件事，那就是在东滨码头张虔奕竟然真的把她当成了慕容馨月，最让她庆幸的是她能够远离东滨来到渝水县，最让她失望的是张虔奕对她心存芥蒂，他们之间好像有一条不可逾越的鸿沟。

梁茜月不明白张虔奕为什么不愿让她插手这项研究，她天真地认为就是因为她不是慕容馨月。

她盼望东滨码头的情景再现，张虔奕真的会把她当成慕容馨月。她自信，她能像慕容馨月一样协助他来完成对碣石地官的研究。

梁茜月胡思乱想，千头万绪，剪不断，理还乱，最后，她理出一个让张虔奕不得不把她当成慕容馨月的办法来，想着，想着，她感到非常开心，俨然自己已经替代了慕容馨月。

这时，忽听门外张虔奕在轻轻地唤她。

"茜月、茜月！"

"虔奕哥，有事吗？"梁茜月问。

"慕容伯伯到现在还没回来，咱俩不能这样等下去，我想和你商量商量，你在家做饭，顺便收拾收拾屋里屋外的卫生。我想找个风水先生给你姐姐在仙女峰挑选一块墓地，择日安葬，你看如何？"

"虔奕哥，我同意你的想法，不过咱俩得换换工，你在家做饭，顺便收拾收拾屋里屋外的卫生。你说的那些事都由我来办！"

梁茜月的话好像根本没有商量的余地，张虔奕早就知道凭梁茜月的性格是不会待在家里的，况且紫塞桃花源这个地方，天高皇帝远，官府鞭长莫及，是个夜不闭户、路不拾遗的清净世界，可以放心地让她出外走走。

梁茜月见张虔奕默许了，立刻来了精神，背上挎包就往外走，没走几步却又转过身来，冲张虔奕说了一句莫名奇妙的话："虔奕哥！我一定还给你一个真实的梁茜月！"

张虔奕一心想着破解《碣石地宫密图》，对梁茜月说的话也没多想。

梁茜月走后，他便开始清理慕容馨月留下的几件遗物。他首先查看的是慕容馨月最珍爱的那套婚礼服，慕容馨月曾说这套婚礼服上藏有两句暗语，是揭开碣石地宫之谜的重要线索，所以这套婚礼服不仅仅是一件爱情的信物。

当时，慕容馨月没有告诉他这两句暗语藏在婚礼服什么部位，含义是什么？如今给他留下了一个难解的谜。

让他困惑不解的还有密图上的四个标记。他拿出密图查看，这四个标记是从五片竹简上拓印下来的，根本无法看清，因此他必须重新查看那五片竹简。

随后，张虔奕关好门，拉上窗帘，把墙上挂着的旧油纸伞拿了下来，熟练地拧开伞把，拿出那五片竹简，乍一看这四个标记很像是磕碰的刀痕。

他拿起慕容尊的高倍放大镜，仔细查看，发现每个标记的形状各异，只因太小还是难以看清。他忽然想起中国殷商时期就有了刻在米粒、象牙、竹片上的微雕技艺，《韩非子·外储说左上》记载，春秋战国时期，卫国有人能在棘刺上刻一母猴。竹简上这几个标记是不是微雕？若是，便只有在显微镜下才能看清。所以他决定去渝水县购置一台显微镜，随后立刻在美人榻码头雇了一条小船，驶向渝水县城。

张虔奕在最繁华的鼓楼大街，恰遇一家倒闭的私家诊所正在街头拍卖医疗器械，其中正好有他所需要的一台显微镜，遂立即买下。

他正欲返回紫塞桃花源，忽然发现前面的人群中有一个警长搂着一个女人在嬉笑，女人的背影如客船上所见，很像梁茜月。

张虔奕立刻追了上去，前面的人似乎发觉有人跟踪，便加快脚步，拐进了小巷。张虔奕终因背着显微镜不方便追赶，而失去了目标。

晚上，梁茜月回到紫塞桃花源的时候，张虔奕早已把饭做好，两个人在堂屋里的八仙桌上用餐。梁茜月吃着香喷喷的小米豆干饭，喝着萝卜丝香菜汤，高兴地说："虔奕哥，看来你还真有做饭的天赋，我最爱吃你做的饭，今后你就天天给我做饭好吗？"

张虔奕说："那可不行！你必须学会做饭，女人不会做饭还叫女人吗？"

梁茜月顽皮地一笑，说："那你就做女人，我做男人，这样总该可以了吧！"

张虔奕没想到梁茜月会开这样的玩笑，尴尬地不知怎样回答，梁茜月见到张虔奕的窘态，忍不住"咔咔"地笑了起来。

张虔奕为了扭转尴尬的局面，立即转换了话题，问："我让你办的事，你办得怎样了？能不能和我说一下。"

梁茜月故意不正面回答，说："虔奕哥，你就把心搁在肚子里吧，我一定会办得天衣无缝！"

张虔奕不解地问："难道你就这么自信？"

梁茜月故意装成神秘的样子，悄声说："虔奕哥，你每天想些什么，做些什么我全知道。"

张虔奕心中一惊，难道自己每天研究碣石地宫的事她也知道了？

连日来，梁茜月依然是早出晚归，也许是她太累了，每晚都早早地睡了。而张虔奕为了尽快破解《碣石地宫密图》，经常是通宵达旦。

这天晚上，张虔奕把买回来的显微镜进行了调试，拿出那四个标记的竹简，放在显微镜下仔细观看。正如他所推断的，竹简上的标记果然是用微雕技艺刻上去的四个甲骨文字。

他立刻拿出梁寒冰编写的《甲骨文集注》手稿，按照偏旁部首一个字一个字地查找，终于认出这四个字是"天长地九"。"天长地九"的"九"字，应该是"久"，为什么偏要写成"九"呢？张虔奕想：这绝不是笔误。

张虔奕把这几片竹简上的甲骨文字认出之后，又开始端详那片带有丹凤眼的竹简。这只丹凤眼的线条优美，柔中含有刚劲，寥寥几笔便把似闭非闭的丹凤眼刻画得惟妙惟肖。他忽然发现那长长的睫毛下隐约有一个小小的黑点，就想何不也在显微镜下看一看，便把这片带有丹凤眼的竹简也放在显微镜下观察，没想到这个小黑点也是一个甲骨文字。有了查找"天长地九"的经验，在《甲骨文集注》的手稿中，很快认出这个黑点是一个"海"字。张虔奕望着这个"海"字，想起慕容馨月曾提醒过他，说碣石地宫应该在海中。他忽然感到如果慕容馨月在他身边，破解《碣石地宫密图》就绝不会这样难，几天的过度劳累和对慕容馨月的思念，让他精神恍惚。

"虔奕，别来无恙！"像是慕容馨月的口气。

张虔奕宛若见到了端庄秀丽的慕容馨月，她那白色的衣裙更显其冰清玉洁的气质，张虔奕惊呼："馨月，这些日子你到哪里去了？"

"这些日子我一直在你身边呀！"

张虔奕猛然醒悟，站在面前的竟然是梁茜月。

原来，梁茜月在渝水县一家美发店，剪成了慕容馨月在东滨时的发型，换上了慕容馨月最喜爱的白色衣裙，准备与张虔奕一起参加揭碑仪式。张虔奕望着梁茜月，恍若慕容馨月站在了他的面前，因为她实在太像慕容馨月了。

梁茜月神态怡然地说："你让我办的事我已全部办妥。墓地就在仙女湖对面的山坡上，是请渝水县著名风水先生田再青精选的。墓前是仙女湖，墓后是神女峰，前有罩，后有靠，有如皇家陵墓。"

张虔奕听了神色黯然，面向窗外的神女峰，伤感地说："馨月，你终于能入土为安了。"

梁茜月说："今天上午是良辰吉日，按着古老的传统，揭碑仪式必须在午前举行。事不宜迟，我们必须马上就去。"

张虔奕立即换上了梁茜月为他准备好了的黑色西服，跟随梁茜月匆匆来到美人榻渡口。

这时，仙女湖对岸传来了阵阵的唢呐声，曲调优美动听，犹如百鸟齐鸣，引吭高歌。张虔奕知道这首唢呐的曲牌名为《百鸟朝凤》。

梁茜月与张虔奕乘船来到对岸。张虔奕远远地看见仙女峰山坡上有一座新坟，坟前修整出一条小路，两侧是梁茜月请来的吹鼓手在演奏，周围挤满了看热闹的村民。

张虔奕这时才缓过神来，觉得梁茜月不该擅自做主，私自安葬了睡美人，直到举行揭碑仪式才想起他，实在是不合情理，但想到她是慕容馨月的亲妹妹，这样做也不为过。梁茜月这些天奔波劳碌也不容易，又为自己赢得了诠释《碣石地宫密图》的时间，也就没有过多地埋怨她。

瑟瑟秋风吹过，山坡上的野麦草已经变黄，秋山、秋水、秋草，在和煦的阳光辉映下，反射出迷离的光点。张虔奕与梁茜月在一片金黄的秋色中穿行，黑色的西服与白色的衣裙，相互衬托，融入在金色飘香的画卷之中，成为绝美的亮点。此时、此地、此景，比法国印象派大师莫奈的佳作《秋天的塞纳河畔》更富有情趣。

司仪看见张虔奕与梁茜月从远处走来，把手一挥，吹鼓手立即将曲牌转换成了《送新娘》。

张虔奕听了觉得吹唢呐的人选的曲牌，有点像是迎娶新人，心中诧异。

张虔奕到了坟前，发现梁茜月竟然把渝水县著名的"喇叭大王"唢呐吹奏艺人赵文魁请来了，只见司仪举手示意，唢呐的曲牌立即转换成了《江河水》，音色低沉，曲调哀婉，如泣如诉。

石碑用黄布罩着，石碑的底座连着供桌，供桌上早已摆上香炉和水果糕点等供品。

梁茜月俨然就是慕容馨月，在主持揭碑仪式。

张虔奕与梁茜月站在一起，围观的人都认为他们是夫妻，称赞说："《三笑》的戏本常用沉鱼落雁和闭月羞花来比喻秋香之美，我看这位少妇可谓是秋香再世。"也有人称赞张虔奕："如果这位少妇比作秋香，那么这位夫君绝不在风流倜傥的唐伯虎之下，他俩如果有了小孩，一定会更美。"

张虔奕听了这些令人啼笑皆非的话语，脸颊一阵红晕，而梁茜月却显得泰然自若，心里美滋滋的。

张虔奕站在披着黄布的石碑面前，点燃了三炷香，冲着石碑行三鞠躬大礼。这时唢呐又换成了《哭皇天》的曲牌，唢呐声变得更加悲凉，凄凄惨惨，催人泪下，这曲牌勾起了张虔奕那不堪回首的往事，心如刀割。

张虔奕立在墓前盟誓："我不会辜负恩师的厚望，目前研究成果斐然，揭开碣石地宫之谜，指日可待。"

梁茜月打断了张虔奕的话："虔奕哥，你说揭开碣石地宫之谜指日可待，可是真的？"

张虔奕发现自己说走了嘴，有些后悔，忙岔开话题，掩饰说："请不要打断我的话。"

张虔奕接着说："如果人生还有来世，我们还要做夫妻；如果没有来世，奈何桥上相聚。"

梁茜月知道张虔奕是在向慕容馨月表白，随后也像张虔奕一样站在坟前，深深一躬，说："我亲爱的茜月妹妹！我已经遵照你的遗愿，护送你返回了故乡。我特意从南方移来一束青竹与你相伴，我即是青竹，青竹就是我，请受青竹一拜！"

梁茜月说到这里有些哽咽，她含泪朗诵了自己写的一首诗：

> 伊人非我因我亡，青竹拜月实堪伤，
> 身在异国思华夏，香魂寻根返故乡。

围观者以为他们夫妻二人在向逝者盟誓，言语虽然听得不甚明白，但此情此景，感人至深，在场的人无不垂泪。

梁茜月吟完诗，泣不成声地说："茜月妹妹！你在九泉之下不要怪我，我也是不得已而为之。我将和虔奕哥一起来完成父辈的未竟事业，愿你在九泉之下，为我们赐福。"

梁茜月的一番话让张虔奕莫名其妙，一开始他还以为是梁茜月说走了嘴，后来发现她的头脑异常清晰：她俨然就是慕容馨月，而埋在地下的却是梁茜月了。

梁茜月说完迈步上前，伸手揭下了蒙在石碑上的黄布，石碑是汉白玉雕刻而成，墓碑中间是用楷书刻写的七个大字：梁茜月妹妹之墓。字体浑厚庄重，雕刻非常精细，旁边的落款是竖排的三行小字：姐姐慕容馨月；姐夫张虔奕；中华民国一十二年谷旦立。

眼前的情景让张虔奕猝不及防，他不知如何应对，尽管他知道面前的梁茜月并不是慕容馨月，尽管他从心里并不承认梁茜月是他的妻子，但在众人面前，他却无法摆脱木已成舟的现实。

猛然间，他看见远处有一个女人在冲着他讪笑，张虔奕认出这就是在渝水县见到的那个背影很像梁茜月的女人，这个神秘女人为什么在他身边屡屡出现？她究竟是什么人，让他迷惑不解。

他有如芒刺在背，如鲠在喉。

六　风雨栖贤寺

梁茜月以慕容馨月的身份在仙女峰主持了隆重的揭碑仪式，被传为佳话。人们都说张虔奕娶了一位貌美贤淑，拿得起，放得下，能撑起一个家的好妻子。有一个算命先生还说，她是九天玄女思凡，才来到了人间。

张虔奕并不在意这些传言，可他明白梁茜月把自己的名字刻在墓碑上，是告知世人，墓中人是梁茜月，而她是墓中人的姐姐，叫慕容馨月。

揭碑仪式结束之后，好事的乡民都围着梁茜月问长问短，亲切地称梁茜月为张夫人。梁茜月自认为帮助墓中人实现了夙愿，也帮助张虔奕完成了一件大事，觉得自己无论对生者还是逝者都无愧于心。

现在，梁茜月已经替代了慕容馨月，今后她将名正言顺地以慕容馨月的身份，作为张虔奕的妻子，和张虔奕生活在一起。她抑制不住内心的喜悦，却没有觉察到张虔奕的内心感受。

下午，梁茜月主动下厨房，为张虔奕做了四菜一汤，端到张虔奕的面前。这四个菜是地三鲜、摊黄菜、葱爆肉、红烧鲤鱼，外加一个西红柿紫菜汤。原来梁茜月并非不会做菜，只是不愿做而已，今天她觉得给她所钟情的人做菜，异常高兴，顷刻之间便烹炒完毕。张虔奕心中郁闷，哪里还有食欲，胡乱地吃了几口，便推说吃饱了，回到了自己的书房。

张虔奕明白梁茜月就是梁茜月，他无法接受梁茜月替代慕容馨月这一事实，但又不得不接受这一事实，心中苦、辣、酸、咸四味俱全，只是没有甜。

饭后，梁茜月立即把锅碗瓢盆刷洗干净，然后对照镜子梳妆打扮，换上了慕容馨月珍藏的那套婚礼服，她望着镜子中的自己，仔细端详：看看她的发型，再看看她身上绣有牡丹花的红色旗袍和脚上带有镀金小牡丹花的红色高跟鞋，仿佛她真的成了新娘子，真的成了慕容馨月。

梁茜月来到书房，指着旗袍上的牡丹花让张虔奕看，柔声问："虔奕哥，你能给我讲讲这几朵牡丹花的含义吗？"

张虔奕望着旗袍上的牡丹花，睹物思人，不禁想起慕容馨月讲给他的一段往事：公元 1899 年（光绪二十五年）慕容尊与夏芷在日本东滨大学就读时，参加了东滨艺术学院与东滨大学联合举办的服装模特大赛，为此夏芷自己亲手设计、制作了一件红色绣有牡丹花的金丝绒旗袍。由于夏芷身高略低，慕容尊为她定做了一双跟高九厘米的红色高跟鞋，高跟鞋的侧面镶嵌一朵镀金的小牡丹花，造型美到了极致，虽然跟很高，由于膛底柔软，前掌又加厚了三厘米，走起路来非常舒适。

夏芷在比赛中赢得了观众和评委的赞赏，由于受到日本官方对华裔的排斥，仅仅给了个铜奖，但从此在东滨几所大学的女生中，掀起了中国的旗袍热，跟高九厘米的红色高跟鞋也成了年轻女子的时尚。慕容尊和夏芷为了纪念这次比赛，把这件红色绣有牡丹花的金丝绒旗袍和这双红色高跟鞋作为结婚的信物，珍藏起来。

那天是公历 6 月 22 日，恰逢农历二十四节气中的夏至，明月初升，二人在一家中国茶社品茗赏月寄乡思，猛然间发现墙上悬挂一幅仕女图，图中一位女子伏枕而睡，题曰：香浓梦笑开娇靥，眠鬓压落花。簟纹生玉腕，香汗浸红纱。落款是：写南朝梁萧纲《咏内人昼眠》词意，时在甲申年无名氏画于津沽。

慕容尊望着墙上悬挂的这幅绝美的仕女图，又望了望旗袍上暗藏的睡美人图形，觉得很像夏芷的睡姿，便半开玩笑地说："没想到画中伏枕而睡的美人和这件旗袍上的图形，就是我相濡以沫的夫人。"

夏芷隔窗见街市上有一位卖艺的拳师，正在表演倒立的绝技，便指着拳师回眸一笑，说："拳师久立街市，你我所见同耳。"

慕容馨月曾告诉张虔奕，说："这两句话的深层含意，请你慢慢解读。"

当时，慕容尊与夏芷正在撰写《碣石地宫考实》这部书，张虔奕觉得这两句话一定与碣石地宫有关，但百般推敲，却难以解读。

梁茜月见张虔奕望着旗袍上的牡丹花直愣神，奇怪地问："虔奕哥，你怎么不说话啊？"

梁茜月的问话把张虔奕从碣石地宫的思绪中拽了回来，立即把话题转移到旗袍上，赞赏说："这件旗袍色调沉稳，红而不艳，牡丹花造型极为传神，在墨绿色花叶的衬托下，更显雍容华贵。"

梁茜月以为"雍容华贵"这四个字是在赞赏她，异常高兴，对张虔奕嫣然一笑，说："仙女湖畔来了一位盲人艺术家，听说演唱的渝水大鼓甚是有趣，我想穿这身衣服与你同去观赏，你不会反对吧！"

梁茜月话没说完，便拉着张虔奕就往外走，张虔奕身不由己地跟着走出了院门。这时，耳边传来一阵阵悦耳的鼓乐声，这鼓乐声来自仙女湖畔。

夜幕初垂，他们漫步来到仙女湖畔美人榻码头前。码头前早已挤满了人。一个四十开外的盲人，怀中抱着一个方形长柄的弦子坐在高凳上，面前立着一个竹制的折叠鼓架，鼓架上的书鼓呈扁圆形。盲人脚踏梨木响板，左手执鼓键击几下鼓，右手握着弦子，拇指和食指戴着假指甲弹弦；随着琴弦的上下滑动，优美动听的弦音，引来了紫塞桃花源众多的乡民，前来观赏。

梁茜月站在仙女湖畔，却忽然觉得浑身不适，说："虔奕哥，我四肢有些酸痛，好像在发烧！"

张虔奕心里还想着昨天的事，含糊其词地说："你这几日把该做不该做的事都做了，操劳过度，恐怕是累出病来了。这个渝水大鼓不听也罢，咱们还是回去吧！"

梁茜月对张虔奕的话并不介意，坚持要看盲艺人演唱渝水大鼓，忙说："我这点病不碍事，紫塞桃花源难得来个说唱艺人，听说演唱的故事叫《糊涂丈夫》，一定很有趣！"

盲艺人开场前先说了几句道白，接着唱起了《盲人摸象》，用以自嘲。盲艺人仿佛就是故事中的盲人，手舞足蹈，连比画带唱，赢得一片笑声。

盲艺人唱完了《盲人摸象》，掌声四起，一鼓、一板、一弦，更加响亮。紧接着便唱起了长篇渝水大鼓《糊涂丈夫》。

《糊涂丈夫》讲的是双胞胎姐妹，由于父母双亡，妹妹只好跟随姐姐、姐夫度日。姐夫对姐妹俩疼爱有加，但却分不出谁是姐姐谁是妹妹。妹妹暗恋着姐夫，姐夫却浑然不知。晚上姐姐与姐夫做爱时被妹妹偷窥，引得妹妹春心荡漾，不能自已。

一天，妹妹趁姐姐外出，冒充姐姐与姐夫偷情，不料被归来的姐姐撞见，姐妹俩反目成仇，竟动起手来，妹妹失手把姐姐打死。

事后，妹妹追悔莫及，与姐夫把姐姐厚葬。在立碑的时候，妹妹竟把自己的名字刻在了石碑上，姐夫糊里糊涂竟把妹妹当成了姐姐。故事内容极为荒诞，而且还编造了姐夫与小姨子的很多风流艳事。

张虔奕惊奇地发现立碑的那一段情节，讲的好像就是梁茜月，而糊涂丈夫的名字在盲人口中竟也叫起"张虔奕"来。

盲艺人的说唱逗得众人发出一阵阵的笑声。

张虔奕觉得这个盲艺人的来路蹊跷，扰乱了紫塞桃花源这个清净世界，对盲艺人说唱的渝水大鼓《糊涂丈夫》非常反感。

盲艺人的说唱结束时已近午夜。梁茜月在回家的路上，回味着盲艺人的说唱，冥冥之中觉得张虔奕已经把她当成了慕容馨月，她望着张虔奕，忍不住问："虔奕哥，你看这个糊涂丈夫像不像你？"说完便咪咪地笑个不停。

张虔奕对梁茜月的笑声很难接受，问："我真的会让你这样开心吗？"

梁茜月并不知张虔奕的感受，不假思索地说："除非你真的把我当成了慕容馨月！"

一提慕容馨月，张虔奕有些激动，仿佛从梦中又回到了现实，他让梁茜月松开挎着他的胳膊，认真地说："梁茜月，我现在坦诚相告，你虽然与慕容馨月有相似的容貌，你虽然穿上了慕容馨月珍爱的旗袍，你虽然与逝者替换了姓名，你虽然把梁茜月三个字刻在了石碑上，你虽然已被乡亲们认作是我的妻子，但在我的心目中，你永远是梁茜月！"

梁茜月万万没有想到张虔奕会说出这样让她寒心的话来，一口气憋在心里，想哭却哭不出来，只觉头晕目眩，晕倒在张虔奕的怀里。

梁茜月在张虔奕的搀扶下勉强回到了家。

张虔奕自知口气过重，伤了梁茜月的心，便安慰她说："茜月，请你放心，在众人面前我不会让你丢面子的！"

这句话总算给了梁茜月一丝的慰藉，梁茜月想，尽管不能与他同床共枕，有了这句话，也就心满意足了。

梁茜月感觉周身寒冷，想躺下休息，可现在连脱衣服的力气也没有了，便让张虔奕帮她脱掉身上的旗袍。张虔奕这时才发现梁茜月浑身滚烫，真的在发高烧，急忙拿出了两片阿司匹林，用温开水给她送服。

张虔奕望着梁茜月，只见她眯眼不睁，蜷缩着身子不停地抽搐，知道她在仙女湖畔听渝水大鼓时受凉风侵袭，加上内有心结，致使病情加重。

张虔奕略懂医学知识，立即进行点穴按摩，很快缓解了抽搐。

梁茜月望着精心护理她的张虔奕，万分感激，觉得他是她唯一的亲人，有些事不该瞒着他，便说："虔奕哥，我没有骗你，墓中的妹妹真的是梁茜月！"

张虔奕望着处于半昏迷状态中的梁茜月，不忍心追问下去，便宽慰她说："请你不要胡思乱想，既然事已至此，我不会怪你的！"

梁茜月听张虔奕没有怪她的意思，略感放心，反问："虔奕哥！你真的不怪我！"

张虔奕点点头。

梁茜月显得异常激动，悄声说："虔奕哥！那我现在就把藏在心中的秘密全都告诉你，墓中的妹妹真的是梁茜月，她的脖子后面有一颗红痣。"

张虔奕听了，不解地问："你怎么知道她的脖子后面有一颗红痣？"

梁茜月似有难言之隐，说："虔奕哥，这件事我将来会告诉你的！"

张虔奕更加疑惑不解，忍不住问："如果你不是梁茜月，那么你能否告诉我你是谁？"

梁茜月凄美地一笑，说："虔奕哥，你怎么又糊涂了？只有我才能帮你破解碣石地宫之谜，我当然是慕容馨月了！"

张虔奕不知该怎样回答她。

梁茜月见张虔奕沉默不语，接着说："虔奕哥，你不说话就是默许了……"

梁茜月还想说什么，只是声音越来越微弱，难以听清，最后不再说话了。

梁茜月高烧不退，又昏厥过去，张虔奕知道服下的阿司匹林片剂还没有发挥作用，为了防止感染肺炎，便立刻用药棉蘸医用酒精反复地给她擦手心、脚心、腋下、大腿根，用物理方法为她降温。

折腾了一宿，天亮之前梁茜月终于退了烧。她感到浑身酸软，困乏至极，倒在张虔奕的怀里，很快便发出了轻微的鼾声。

此时的张虔奕却毫无睡意，他轻轻地把梁茜月放在他的身边，拿起梁茜月脱下的旗袍，看着胸前手绣的牡丹花图案，又想起夏芷"拳师久立街市，你我所见同耳"这句话，他知道这句话与破解碣石地宫有关，却无法解读其中的含义。

张虔奕仔细查找衬托牡丹花的每个绿叶，让他失望的是绿叶上面没有任何标记。他又反复查看牡丹花和绿叶，仍然是一无所获。

这时，睡在身边的梁茜月，喃喃呓语，断断续续地说："我宁为玉碎，不为瓦全……"

张虔奕难以听清梁茜月在说什么，话语中好像有"反了"两字，以为梁茜月在告诉他，要从反面查找，便把旗袍翻了过来，没想到在乱线中竟然显现出了他与慕容馨月复原了的睡美人图形，上面也有四个标记。这四个标记与密图上那四个标记的位置完全吻合，不同的是在图形的东南方位上的标记，是个"九"字，在"九"字下方的绿叶里，还隐约藏有"碣石天门"四个小字。

张虔奕望着图形，他反复吟诵"拳师久立街市，你我所见同耳"这句话，顿有所悟："拳师"即是指"诠释"，"久立"即是指九里，"街市"即是指"碣石"，碣石地宫的方位应该就在离渝水县九里的天门地下。张虔奕终于破解了慕容尊与夏芷暗藏在这件旗袍上的秘密，感到这套婚礼服已经不仅仅是爱情的信物，同时也是诠释碣石地宫的重要依据，其文物价值，弥足珍贵。

他想叫醒梁茜月，问她是怎么知道的，却发现梁茜月还在深度昏迷中。

他望着昏迷中的梁茜月，想起在东滨的那段日子。凭他的直觉，梁茜月对他是一见钟情。而他从见到梁茜月的那天起，就觉得她的性格根本不像慕容馨月描述的那样；她喜欢读书，办事爽快，聪慧过人，实在是一个不可多得的才女。因为她的容貌太像慕容馨月了，张虔奕也经常误把她当成了慕容馨月。虽说她的话是昏迷中的呓语，却帮助他解开了这个难解之谜，张虔奕也觉得离不开她了。

数日后，梁茜月已恢复健康，张虔奕舒了一口气，但脑中的疑惑却没有解开。梁茜月是他亲手从梁宅的废墟中救出来的，与他生死相依，逃过了一劫又一劫，可她为什么却说他不是梁茜月了呢？且出人意料的是，梁茜月在仙女峰居然以慕容馨月的身份主持揭碑仪式，而且把自己的名字刻在了墓碑上，竟然说墓中人是梁茜月，令人费解。他发现梁茜月有些话难以自圆其说。

如果面前的梁茜月真的不是梁茜月，那么她又是谁呢？他觉得了解一个女人太困难了，尤其像梁茜月这样的女人。

他苦思冥想，越想思绪越乱，觉得梁茜月的身份疑点重重：他不明白梁茜月在东滨码头为什么要以慕容馨月的身份去接他？她在华夏旅社为什么要带走竹简？她的发髻上为什么绾有野蔷薇花的银簪子？她为什么要插手碣石地宫的研究？为什么千方百计地要替代慕容馨月？为什么渝水县那个神秘女人，像幽灵一样又出现在揭碑仪式的人群中？难道她们都是为碣石地宫而来？一连串的问号，让张虔奕做了个大胆的设想：如果墓中人真的不是慕容馨月而是梁茜月，那么面前这个梁茜月就不是慕容尊的女儿。如果梁茜月不是慕容尊的女儿，很可能就是日本间谍野蔷薇派来的特工，想到这里，张虔奕惊出一身冷汗。他忽然想起苏轼《题西林壁》的诗句："不识庐山真面目，只缘身在此山中。"他望着熟睡的梁茜月叹了一口气。为了不让破解碣石地宫的重要依据落在日本间谍的手里，张虔奕决心斩断情丝，离开梁茜月。

张虔奕连夜带走了密图、婚礼服和仅有的五片竹简以及他从不离身的燕刀母币，依依不舍地离开了恩师的故居，离开了这个难忘、难舍的紫塞桃花源。

第二天，梁茜月醒来以后，发现张虔奕已经不在身边，便轻轻地喊了一声："虔奕哥！"

屋内静悄悄，没有回应，屋外细雨蒙蒙，听到的是沙沙的雨声。

梁茜月身体已经康复，她起身在屋里、屋外到处寻找与他日夜相伴的张虔奕，不停地呼喊着："虔奕哥！你在哪儿——"

雨越来越大了，回应她的只有这无情的雨声。

她回到屋里，猛然间发现张虔奕的旅行包和那把旧油纸伞也不见了，就连本该属于她的那件带有牡丹花的旗袍和那双红色高跟鞋也被他带走了。她不明白张虔奕为什么要这样做，更不明白张虔奕为什么要离她而去，怨恨的泪水扑簌簌地落了下来。

张虔奕冒雨径直向黄牛山走去，准备把密图、婚礼服和竹简藏到一个任何人都无法找到的地方，这个地方就是黄牛山玄阳洞中的天井。三年前，张虔奕留在紫塞桃花源，除了攻读学业之外，还有一段"天井"探险的经历。

传说明代有个叫无垢的道人，自称是元始天尊的弟子，曾在黄牛山的玄阳洞内修炼，而后得道从"天井"升天。

胡雪岩博士曾在《民生晚报》的增刊上，发表了一篇题为《天井探奇》的文章，向海内外披露了燕北黄牛山这一胜境，文中阐明：在玄阳洞内"天井"可窥视日、月，无数探险者到山顶寻觅"天井"，均未得见。

胡雪岩博士的文章发表之后，中外探险家纷至沓来，结果是有来无回，生死不明，成为千古之谜。如今是人人谈井色变，再也没有人敢来，致使玄阳洞"天井"被称为索命井。

慕容尊为了考验张虔奕的胆识，决定与张虔奕一起去"天井"探险。他们攀登从未有人敢涉足的绝壁，历尽了生与死的考验，用常人未曾想到的方法，找出了一条看似绝路而并非绝路的通道进入了天井，揭开了这个千古之谜。

慕容尊在"天井"石壁的凹处上发现了一个石匣，石匣中藏有无垢道人撰写的一部游记——《梦游洞天福地》，这部书历经数百年，依然完整如新。慕容尊说："上天将赋予你保护国家宝藏之任，这个石匣定会帮你。"

此时，张虔奕已经翻过了燕山主峰太平顶，来到了一座叫飞来石的山下。这座山中间有一条窄窄的石缝，人称一线天，石缝中间的通道很窄，仅能容得一个人通过，石缝两侧是悬崖绝壁，如刀砍斧劈，上面有数块巨石悬在空中，随时都有可能掉下来。这是一条从来没有人敢走的险路，更没有人知道，这是进入"天井"的秘密通道。张虔奕钻进石缝，神不知鬼不觉地进入了"天井"。

张虔奕在"天井"中又见到了石匣。他打开了石匣，惊喜地发现石匣中整整齐齐摆放着十五片竹简，竹简旁边有一张毛笔书写的信笺，他拿起一看，原来是慕容尊留给他的，上面写道：

虔奕儿：

　　带着密图，速来栖贤寺找我！

父手启

张虔奕拿着慕容尊的手迹，百感交集。恩师称他为儿，表明早已把他当成了自家人，使他激动不已。他立即把婚礼服存放在石匣中，拿着旅行包和旧油纸伞，离开天井，一路小跑，来到了栖贤寺。

栖贤寺是燕北的千年古刹，位于六眼敌楼西侧，于明朝成化年间重建，山门上的横匾"栖贤寺"三字苍劲有力，是明代进士肖显所书。张虔奕虽然喜爱书法，却顾不得欣赏，径直越过山门，来到寺院。只见山门东侧悬挂着一口青铜钟，上面刻有"栖贤宝刹"四字。他用手掌轻轻地拍打，便发出雄浑悦耳的响声，这声音在寺院中久久地回荡，引来了一个正在寺院中打扫残花落叶的小沙弥。

张虔奕上前询问："小师傅，你可曾见到一位复姓慕容的施主？"

小沙弥说："罪过，罪过！这里连年遭兵燹洗劫，哪里还有什么施主？"

"那你们靠什么维持生活？"

"老师父典当了部分家产，暂时维持日常开销。"

小沙弥向他讲了渝水县的官府腐败，鱼肉乡里，把一个好端端的渝水县搞得乌烟瘴气。

张虔奕听了心情更加沉重，深深地叹了一口气，说："世态炎凉，道德沦丧！"

张虔奕正欲离去，只见从寺院的正殿走出一个老和尚，冲着张虔奕有气无力地喊："施主请留步！"

老和尚手拄拐棍，步履艰难，瘦骨嶙峋，面如土色，年龄好像已逾八十。

张虔奕走到老和尚面前，觉得面熟，却一时怎么也想不起在哪儿见过。老和尚望着张虔奕，显得非常激动，嘴唇颤抖着，好一会儿才说出一句话："虔奕儿！你真的认不出我了吗？"

这熟悉的声音，这亲切的呼唤，使张虔奕顿时认出站在他面前的是恩师慕容尊，也是他敬仰的岳父大人。

一年前，慕容尊还身强力壮，曾与他攀缘悬崖绝壁，天井探险，如今还不到花甲之年的他，却变成了这般模样。张虔奕潸然泪下，立即跪倒在尘埃，喊了声"爸——"，便再也说不出话来，两人紧紧地拥抱在一起。

张虔奕眼中含着愧疚的泪水，正欲诉说慕容两姐妹的遭遇，慕容尊却说："你们的情况我全知道了，你已经承受了太多太多的磨难，男儿有泪不轻弹，就是天塌地陷，你也要撑住。"

阵阵秋风横扫枯枝上的残叶，落叶在寺院内到处纷飞。小沙弥在一旁忍不住也落下泪来。

第二天，慕容尊拿着密图，在张虔奕和小沙弥的搀扶下，沿着陡峭的坡道，艰难地向六眼敌楼攀登。慕容尊刚到知天命之年，不知为什么竟衰老得这样快，如今已经是心有余而力不足，刚爬到一半就气喘吁吁，不得不停下来，忙从兜中掏出一丸药放在嘴里，稍停片刻才得到缓解。在张虔奕和小和尚的搀扶下，慕容尊终于爬上了六眼敌楼。

慕容尊要按图索骥，为碣石地宫定位。他不顾身体虚弱，顶着炎热的太阳，开始用程氏罗经盘和他自制的探测尺，以六眼敌楼为核心，找出青龙、白虎、朱雀、玄武四个方位，经过仔细测算，并用红笔在密图上标出了若干个点，最后把这些点连在一起，一条不规则的线路直达碣石天门。慕容尊的脸上露出了欣慰的笑容。

此时，大风骤起，钩钩云从东方呼啸而来，慕容尊观云测天，连说："不好，不好！暴风雨即将来袭！"

慕容尊把密图交给张虔奕，在小沙弥的搀扶下，三人连跑带颠地回到了寺内殿堂。

慕容尊的面色微红，脸上露出了少有的笑容。小沙弥烧水做饭去了，只有张虔奕陪坐在他身边。

一个月前，慕容尊得知张虔奕与慕容馨月返回故里的消息，异常高兴。随后又收到了梁茜月从日本给他寄来的包裹通知单，通知单上写的是"扶桑补心丹"。原来，前些日子他给梁寒冰去信告知他近日身体欠佳，前胸后背经常疼痛，没想到这天就接到了茜月寄来的药，并说这是她在日本专门给父亲配制的，此药有强身健体的特效，慕容尊想还是女儿惦记爸爸，感到无比的欣慰。

慕容尊在去渝水县邮局取包裹之前，为张虔奕和慕容馨月准备了燕北的农家饭和特色小吃梓椤饼，还留了张便条。

慕容尊在渝水县顺利地取回了包裹，在渡口雇来一条船，他决定乘船返回紫塞桃花源。船夫是一位白发的老者，一路上谈笑风生。当船行至仙女湖即将靠岸的时候，他发现码头上立着几个彪形大汉，冲着船比比画画，再抬头看那位白发的船夫，突然变了脸，眼露凶光，从身上抽出一把匣子枪，胁迫慕容尊立即上岸。

慕容尊明白他们是为碣石地宫而来，要绑架他，便来了一个鹞子翻身把船夫踢倒，带着女儿茜月寄来的包裹潜入湖底，随着几声枪响，湖面上溅起了一串串的水花。

慕容尊突然发现自己的处境已经非常危险，无法再回紫塞桃花源给女儿送信。他判断张虔奕一定会到天井藏匿重要的东西，便在天井石匣里，给张虔奕留下了手书，这是他与张虔奕联系的唯一办法。

慕容尊来到栖贤寺之后，乔装成和尚，又收留了一个流浪的小沙弥，一起在栖贤寺暂住，祈盼着张虔奕前来找他。

近些日子慕容尊觉得心悸气短，身体欠佳。他忽然想起茜月给他寄来的"扶桑补心丸"，便按药方说明，开始服用，只要服了药丸便有了精神，只是身体一天比一天虚弱，在栖贤寺避难的短短的一个月，竟消瘦得如此模样。

慕容尊说："我现在恐怕已经不行了，下面的事只有靠你们来完成了。"

慕容尊说着说着便开始不停地咳嗽，只见他脸色煞白，嘴唇发青，便急忙掏出一丸茜月给他寄来的药放在嘴里，须臾之间又得到了缓解。

慕容尊惋惜地说："茜月这个孩子最能善解人意，从小没享受到我的父爱，却依然这样惦记我。谁知在东滨大地震中不幸罹难，我再也见不到她了！"

张虔奕心想：梁茜月何时给慕容尊寄的药丸？我怎么一点儿也不知道？在东滨大地震中是我亲手从废墟中把梁茜月救了出来，慕容尊怎么说梁茜月与梁寒冰夫妇都已经罹难了呢？现在他很想告诉慕容尊真相，虽然怕伤了恩师的心，但却不得不直言相告。

张虔奕说："我想告诉您深藏在我心中的秘密，如果我真的错了，愿接受您的处罚。"

慕容尊非常自信地说："孩子你想说什么我都知道，天灾人祸不能怪你，茜月小时候总是闹着要回家，现在你与馨月护送茜月返回了故乡，茜月在天有灵也会感谢你们的。"

张虔奕知道慕容尊不会相信他带回来的骨灰是慕容馨月，只听慕容尊接着说："馨月这孩子是我从小看着长大的，有你在她身边我就放心了，她一定会对你好的。我最不放心的是一旦有人知道你们掌握了碣石地宫的秘密，你们的处境就会和我一样。你回去以后与馨月必须马上离开紫塞桃花源，在揭开碣石地宫秘密之前，要谨防日本间谍与官府勾结，一定要阻止一锅儿和倭寇合谋盗取碣石地宫宝藏，为国护宝，匹夫有责！"

张虔奕明白恩师也把眼前的梁茜月当成了慕容馨月，他却无法说清，只好转了话题，说："都怪我不小心，丢失了十五片竹简。"

慕容尊对于张虔奕丢失竹简的事，没有责怪的意思，望着张虔奕身边的旧油纸伞，淡淡一笑，说："这件事我早有预料，故假戏真做，那十五片竹简是我精心复制的赝品，只有藏在旧油纸伞里的那五片竹简，是无法复制的，油纸伞还在，我也就放心了……"

慕容尊说到这里不停地咳嗽，好半天才喘过气来。

慕容尊接着又说出了他平生的三件憾事："第一，我这一生最对不起的是你的岳母夏芷。她虽然是大家闺秀，却没有享过一天福，经常随我爬山涉水，到处考察。我与你岳母共同撰写的《碣石地宫考实》看似已经完稿，但有关'解读密图'这一节还没有写进去，因当时发现竹简密图只是半张，那半张密图究竟在何处，还不知晓。

"寻找那半张密图的重任和补写'解读密图'这部分文稿，就交给你们了……

"我最不能原谅自己的是，在老龙头天开海岳的石碑下，没有保护好你的岳母，面对穷凶极恶的日本一锅儿，你岳母为了保护竹简，付出了生命的代价，让我愧对你的岳母……

"你这次去东滨没有辜负我的期待，你与慕容馨月不但复原了密图，而且在梁伯伯的协助下，确认了密图上的甲骨文，这对破解碣石地宫之谜，功在当代，利在千秋……我现在全靠茜月寄来的药丸来维持生命，恐怕来日不多了。"

张虔奕说："爸爸，您别净说些不吉利的话，我马上去渝水县，千方百计地给您寻医问药，我相信您的病一定会治好的！"

慕容尊摆摆手，接着说他的第二件憾事："我与栖贤寺的第九代主持悟禅大师是世交，他向我讲述了一张字画的来历。当年宰相刘墉曾陪同乾隆皇帝到栖贤寺做客，斋罢乘兴写下了一首五言律诗，赠给栖贤寺第七代主持静禅大师。当时刘墉说什么也不落名款，现在我终于明白了，当时刘墉是清朝四大书法家之一，名声大噪，其书法作品，在书画市场价格不菲，如果落上名款，这幅字恐怕早就被人盗走了，可见刘墉用心良苦。这张字画一直悬挂在禅房里，传到悟禅大师手里已经有些破损，是经我手重新装裱，殊不知我在字画中藏有……"

说到这里慕容尊把张虔奕拉到近前，在他耳边说了几句只有他能听清的话，然后又接着说："我在北平有一位叫易培基的同窗好友，性情温和，身材不高，喜穿长衫，戴大框眼镜，现在是故宫博物院首任院长，人称国宝的守护神。将来你们去北平一定要把这几件国宝级的文物，亲手交给他。"

慕容尊最后说出了第三件憾事："我现在最牵挂的是我唯一的女儿慕容馨月，你设法把慕容馨月带到这里，如果能见她一面，我也就瞑目了……"

张虔奕见慕容尊说话非常吃力，正想劝他不要说了，没想到慕容尊的浑身已经开始抽搐，手捂住胸口，疼痛难忍。张虔奕明白他现在最需要的是药丸，却发现药丸已经没有了。

慕容尊紧握张虔奕的手，双眉紧蹙，嘴唇微微颤动，指着张虔奕腰上佩戴的燕刀母币，"啊、啊"地想说什么，却没有说出来，须臾之间，脸色又变得苍白，最后使出了全身的力气，断断续续地只说出了"钥匙"和"海"几个字。张虔奕频频点头，似乎明白慕容尊要说什么。

慕容尊望着张虔奕，觉得他并不清楚这几个字的真正含意，这个涉世未深的年轻人，能否完成他的未竟事业，实在让他放心不下。只见他紧锁双眉，憋得满脸通红，还想说什么，却没能说出来。他带着太多太多的遗憾和牵挂，撒手人寰。

此时，燕北大地乌云滚滚，暴雨夹杂着鸡蛋大小的冰雹，铺天盖地地砸了下来，有的殿宇已开始漏雨，刻有"栖贤宝刹"的那口青铜钟，在冰雹的敲击下，嗡嗡作响。冰雹之后，是细雨霏霏。

千年古刹栖贤寺的上空已被层层乌云所覆盖，天更加暗了，一场更大的暴风雨即将来临。

七　情丝剪不断

慕容尊隐姓埋名在栖贤寺避难，也没有逃过这一劫。张虔奕与小沙弥按和尚的葬礼，悄悄地把慕容尊安葬在栖贤寺西侧的塔墓中。

张虔奕觉得栖贤寺这个地方还算清静，如今又有小沙弥与他为伴，便决定留在栖贤寺暂住。他遵照恩师遗嘱，把刘墉没有落款的那幅字画从厅堂移到了他的卧室。

他的卧室内有一张床，床前有个小方桌，他把字画挂在墙上，坐在桌前，抬头可以观赏刘墉的字画，伏案可以静心撰写文稿，因为字画在他身边他更放心。

张虔奕认为"诠释碣石地宫密图"是这部著作的点睛之笔，慕容尊在文稿中写道："青龙山摩崖石壁上，刻有一副对联，对破解碣石地宫密图至关重要……"对联的内容是什么，刻在什么地方？不得而知。文稿就此中断，显然慕容尊已经没有精力再写下去了。张虔奕为了不负恩师的期望，决心补写好这一节。他反复研读《碣石地宫考实》这篇著作和有关史料，经常是废寝忘食，通宵达旦，终于在野史里找到了一篇有关这副对联的记载：南宋有一位考古学家，姓王名十朋，一生潜心研究碣石地宫，把研究成果撰写成一副"对联"，并刻写在青龙山"海眼"两侧的摩崖石壁上，寻求知音。

野史里没有披露对联的内容。

这一天，张虔奕知道小沙弥是这里的本土人，忍不住问："你是否知道青龙山的摩崖石壁上，刻有一副对联？"

小沙弥表情怪异，感叹地说："我这个小沙弥就是一个穷要饭的，只认钱，不识字，哪里知道这些事。青龙山离这里也不算远，您何不亲自到那里看看。"

张虔奕觉得小沙弥的话不无道理。他明白只有进行实地考察，找到这副对联，弄清对联的内容和含意，否则就无法补写这篇文稿。他决定立即去一趟青龙山，只是对刘墉的字画放心不下。

小沙弥见张虔奕有些犹豫，故意拿话激他，说："您身边除了一些文稿也没有什么值钱的东西，您还有什么不放心的？"

张虔奕认真地说："我身边真的没有什么值钱的东西，你只要帮我看好字画就行了。"

小沙弥诡谲地一笑，说："这幅旧字画恐怕连二斤烤白薯都不值。"

张虔奕听小沙弥如此贬斥刘墉的字，心中不快，便说："黄金有价，字无价，这是恩师给我留下的墨宝，岂能与白薯相提并论？"

小沙弥知道自己的话有些失礼，忙岔开话题："我昨天在太坪顶摘了些新鲜的梓椤叶，晚饭给您做梓椤饼吃。"

张虔奕听到"梓椤饼"三字，立刻想起与梁茜月在紫塞桃花源的那些解不开的心结，心里很不是滋味。

小沙弥以为张虔奕还在犹豫，催促说："有我在，字画一准丢不了，您就放心地去吧！"

张虔奕听了小沙弥的话，略感放心，立时离开了栖贤寺，直奔青龙山。

一个时辰之后，张虔奕到了青龙山，并很快找到了那个"海眼"。原来"海眼"是一个石洞，石洞上方刻有"海眼"两字，清晰可见，而石洞两侧的摩崖石壁上，根本没有什么对联。张虔奕的心立刻凉了半截。正当张虔奕觉得无望的时候，身后似乎有个女子在说："施主莫急，人到山前，何愁无路，去前殿拜谒贞女，自然会得到你所需要的。"

张虔奕不知何人在他身后说话，转身正欲答谢，却只见一个女子已经离他而去，进了前殿。他随即追至前殿，殿内却空无一人，只有一尊贞女残像。张虔奕甚感奇异，再看殿门两侧，竟然发现有一副新镌刻的对联悬挂在左右，右侧是"海水朝朝朝朝朝朝落"，左侧是"浮云长长长长长长消"。张虔奕惊奇地发现，这就是他要找的那副对联。

张虔奕明白这副对联是利用谐音、多义衍生出多种读法，来描写海潮和浮云的自然现象，影射万物的生生灭灭。慕容尊在文稿中说："这副对联对破解碣石地宫密图，至关重要。"现在他已经找到了对联，似乎有了底。这副对联的主要读法有十八种之多，可谓是一副奇联，主要读法应该是：

海水潮，朝朝潮，朝潮朝落；
浮云涨，长长涨，长涨长消。

张虔奕反复吟诵奇联，不知为什么脑中忽然浮现出小沙弥的怪异表情。现在他最不放心的是小沙弥，最惦记的是他即将写完的文稿，最担心的是刘墉的字画，便心急火燎地返回了栖贤寺，一进山门便直奔他的卧室。

他首先查看文稿，一页不少，但文稿上有一个脚印，显然是有人登上了桌子。他抬头一看，大吃一惊，悬挂在墙上的那幅刘墉的字画不见了。

他立即喊小沙弥，小沙弥已没了踪影。

他忽然想起他不该在小沙弥面前称刘墉的字为"墨宝"，让小沙弥知道了字画的价值，小沙弥一定是拿走字画另谋生路去了。

刘墉字画固然珍贵，更重要的是夹层中藏有的密图，他必须马上把这幅藏有密图的字画追回，否则，后患无穷。

张虔奕忽然觉得栖贤寺也成了是非之地，假如小沙弥泄露了他是慕容尊的弟子，他的处境就更危险了，他必须马上离开栖贤寺。

他决定携带密图、燕刀母币和藏有五片竹简的旧油纸伞，去青龙山考察"海眼"，尽快解读奇联的真正含意。此时此刻，他更加思念的是慕容馨月，便把慕容馨月靓照、密图、燕刀母币一起放入密码箱中，装在旅行包里。

青龙山原是一座荒山野岭，明万历年间，兵部分司主事张栋曾在此处屯兵，在清除碎石残碑时，发现这里原是"贞女祠"遗址，随之筹款修祠，为此还撰写了《贞女祠碑记》。

张虔奕来到青龙山，发现周围极为缺水，山下有一口千年古井，两丈多深才见到水面。随后，他又来到山顶被称为"海眼"的石洞前，他不明白如此缺水的青龙山，山顶的"海眼"却是水漫洞口，洞中的水又苦又咸，有如海水的味道。张虔奕推测：此水很可能与海相通。

张虔奕坐在洞前的一块石板上，眼望"海眼"，反复思忖这副奇联的含意。猛然间，茅塞顿开：这副奇联的玄机就在"云消朝落"这四个字之中。慕容尊临终前想告诉张虔奕而没能说出来，只说出了"钥匙"和"海"几个字，这个"海"字应该说的是"海眼"，"云消朝落"是"海眼"的奇异的现象。

张虔奕认为要想诠释奇联的真正含意，就必须在"海眼"洞口前日夜守候，他相信迟早会看到"云消朝落"的奇观。

张虔奕凭借自己坚韧的毅力和强健的体魄，在"海眼"洞口的青石板上，忍受着蚊虫叮咬，守候了三天三夜，却什么也没看到，令他非常失望。

此时，燕北已进入深秋，五更的秋风有些寒凉，张虔奕连日在凉风的侵袭下，渐渐地感到力不从心。不禁怀疑王十朋撰写的奇联是否真的暗藏玄机，如果这样无休止地等下去，恐怕身体也难以承受。

第四天早晨，他正欲离开，青龙山上突然云雾蒸腾，顷刻之间，四周变得虚无缥缈，天渐渐暗了下来，奇怪的是只有石洞周围无雾。

陡然间，云雾上方出现了一束闪电般的光亮，射向石洞，石洞两侧的石壁上，在忽明忽暗的光亮中，竟然清晰地显现出王十朋撰写的那副奇联：

> 海水朝，朝朝朝，朝朝朝落；
> 浮云长，长长长，长长长消。

张虔奕立即上前仔细查看，没想到从石洞洞口中涌出了一股白色的浓雾，掩盖了石洞两侧的奇联，待白雾散去，两侧的奇联再也看不到了。

这时，石洞内突然响起了潮汐的涛声，张虔奕迈步进入洞中探测，洞内突然涌出一股极为凶险的巨浪，迎面袭来，张虔奕猝不及防，被拍倒在洞口。这时，张虔奕听到有人轻声讲话："在青龙山'海眼'附近，发现了可疑目标。"

张虔奕心中一惊，知道可疑目标是指他，立即爬起，还没容得他站稳，黑影已经绕到他身后，掏出匕首向张虔奕后背猛刺。张虔奕身体摇摇晃晃，站立不稳，终于倒在了石洞旁，鲜血从后背汩汩地流出。

黑影拿出对讲机报告："可疑目标已被我除掉！"随后是"哈、哈、哈"一阵得意的笑声，笑声未尽，只听"砰"的一声枪响，黑影便应声倒地。

浓雾中一个苗条的身影从黑影身上迈过，来到张虔奕的身边，搜出了张虔奕身上的燕刀母币，随后又捡起了地上的旧油纸伞，看了又看，丢弃在了一边。最后打开了旅行包，找到了密码箱，砸开之后，胡乱地翻腾一阵，拿走了密图，便匆忙离去。

这时，远处传来密集的枪声，随即炮弹呼啸而来，青龙山上已是硝烟滚滚。

"贞女祠"在浓雾中时隐时现，第三军副参谋长郑禅忻奉命在硝烟弥漫和浓雾笼罩的青龙山上奔走巡视，以确保奉军指挥部的安全。

当他来到"海眼"洞口时，在尚未散尽的烟雾中发现一个身背报话机的直军便衣，已中弹身亡，身边躺着一个身着西装的学者，一把匕首刺入他的后背，血汩汩地流着，旅行包中的一些随身衣物散落一地，被砸开的密码箱里，只剩有一本旅日护照和一张身着旗袍的女人相片。

郑禅忻拿起相片一看，很像是他失散多年的妹妹，由于战事紧急，来不及多想，扶起被害人，急忙询问："先生！您是哪里人？为什么来到这里？"

郑禅忻从护照上得知，被害人叫张虔奕，他气若游丝，断断续续地说："密图、燕刀母币、旧油纸伞……"话没说完便昏死过去。

郑禅忻没有找到密图和燕刀母币，只见到一把旧油纸伞，忙说："救人要紧！"立即调来一辆敞篷军用汽车，命令勤务兵用担架把张虔奕抬到车上，随身衣物和那把旧油纸伞，放在了他的身边。

随着马达声响，敞篷军用汽车从青龙山下向东行驶，车后扬起滚滚烟尘。

张虔奕躺在担架上，殷红的鲜血透过带有红十字的白色床单，还在一滴一滴往下淌。张虔奕处于昏迷之中，那隆隆作响的炮声，在他的耳边似乎变得时大时小，时小时大，渐渐地幻化成少女吟唱的一首渝水歌谣：

> 长城倒挂似天梯，仙女湖畔帆影移，
> 三道险关通仙境，紫塞桃源露端倪。

此时，天空中的朝阳伴随着直奉大战的炮声、枪声，冉冉升起，透过天边的浮云，显得又红又大。

敞篷军用汽车尚未到达军医处，韩处长便接到了张学良的指令："要不惜一切代价抢救这位学者的生命。"

张虔奕躺在手术床上，已经是深度昏迷，经过初步诊断：高烧四十度，心音微弱，两肺有重度罗音，呼吸极为困难。由于失血过多，生命垂危。

　　军医处韩处长立即让护士长给张虔奕做了青霉素皮试、查验血型。张虔奕对药物并不过敏，立即挂上了百分之五十的葡萄糖和二百万单位的青霉素点滴，同时吸上了氧气。

　　军医处韩处长见护士长拿着血型报告单直愣神，有些着急，问："快准备血浆，还愣着干什么？"

　　护士长把血型报告单交给了韩处长，韩处长一看，双眉紧蹙，摇头叹息。原来张虔奕的血型竟是世界极为罕见的P型血，军医处韩处长拿着血型报告单，急得不知如何是好，说："张虔奕这种血型，我在日本留学时曾听说过，时至今日，世界上才发现三例，居然被我们遇上了。"

　　护士长问："韩处长，我们怎么办？"

　　韩处长望着躺在手术床上的张虔奕感叹地说："我等将有负张司令的指令，P型血不能由O型血替代，没有P型血浆，就是华佗在世也无力回天！"

　　张虔奕由于失血过多，心肌严重缺血，奄奄一息，命悬一线。

　　郑禅忻见军医处长和护士长束手无策，十分焦急，这时从门外闯进来一个俊俏的女子，郑禅忻惊奇地发现这正是他失散多年的妹妹，立即喊："妹妹！这么多年你到哪里去了，我找你找得好苦啊！"

　　俊俏的女子望着郑禅忻的装束一愣，好一会儿才说："长官您认错人了，我叫慕容馨月，是伤者的妻子，我与丈夫都是P型血，只有我才能救他。"

　　韩处长见这位俊俏的女子脸色红扑扑的，身体还算健康，立即从她胳膊的静脉上抽血化验，果然是P型血。郑禅忻与韩处长喜出望外，立即把俊俏女子的血浆输入到张虔奕的身体内。当输到五百毫升的时候，护士长发现女子脸上的红晕渐渐地消失了，忙请示韩处长。韩处长问俊俏女人是否还能承受，女人说："为了救我的丈夫，至少也得八百毫升的血浆，我请求你们一定输到一千毫升。"

韩处长有些为难，征求护士长的意见，根据张虔奕的伤情，输入五百毫升血浆，很难保证生命体征，但从这个俊俏女人身上输出一千毫升的血浆，风险太大，她能承受得了吗？女人一再坚持继续输血，韩处长请示郑禅忻是否同意，郑禅忻说："不管怎样，一定要保证这两个人的绝对安全。"

直奉大战的炮声隆隆，战火的硝烟在渝水县上空弥漫。郑禅忻见张虔奕的救护工作已经就绪，便回到了青龙山作战指挥部。

张虔奕静静地躺在那里，依然处于昏迷状态。俊俏女人的鲜血一滴一滴地注入到张虔奕的体内，当输到八百毫升的时候，俊俏女人的脸色已经变得苍白，额头冷汗涔涔。护士长问她是否暂停，女人咬紧牙关表示要坚持输够一千毫升。当输够一千毫升之后，护士长拔下针头，俊俏女人的脸色已经变得像汉白玉一样，两眼微闭，呼吸急促，晕倒在行军床上。

为张虔奕输血的俊俏女人在护士长的精心调养下终于恢复了健康。韩处长听郑禅忻说这个年轻女人很像他的妹妹，便以姐妹相称，相处感情日深，现在两人犹如是无话不讲的亲姐妹了。

俊俏女人说："姐姐，我叫慕容馨月，我的丈夫叫张虔奕，曾在日本东滨大学研习雕刻专业，我在东滨大学是学习文物保管专业的。"

韩处长说："你能冒着生命危险，大剂量地给他输血，看来你很爱你的丈夫！"

"岂止是爱！东滨大地震时我被埋在废墟下，是我丈夫冒死把我从废墟中扒出来，我的命都是他给的，输点血算什么？"

韩处长说："妹妹，我与你有同感，这是生死夫妻啊！"

俊俏女人好像对韩处长舍命救夫的事早有所闻，说："淑秀姐，当年你能冒死拦截清政府的刑车，救出郭副军长，可谓是巾帼烈女，妹妹自愧不如！"

"妹妹，你怎么知道我以前的事？切莫再提了，我们要夹着尾巴做人。"

张虔奕的身体内有了梁茜月一千毫升的血浆，心脏的供血立刻有了改善，加上两个疗程的青霉素点滴，半月后，伤情趋于稳定。张虔奕朦朦胧胧听到有人喊慕容馨月，以为是在梦中，心想但愿这个梦长久地做下去，不要醒来。

但，他很快就明白了，面前的情景不是梦，他现在躺着的地方应该是军队战时救治伤员的地方，知道自己被救了。他身边坐着一位三十来岁的白衣天使，白大褂里是灰色的军服，她面带微笑，慈祥可亲。后来他知道这位白衣天使叫韩淑秀，是郭副军长的夫人，身边的人都亲切地称她韩姐。

韩处长扶起张虔奕，高兴地向为他输血的俊俏女人招手，说："馨月快来看，你的丈夫醒了！"

张虔奕望着向他飘来的身影，恍惚觉得这个身影就是在仙女峰墓地冲他讪笑的那个女人，现在又来缠他，这使他精神极度紧张，不知如何是好，想说什么却没有说出来，又昏了过去。这下可急坏了梁茜月。

韩处长经过详细诊断，说："他身体过于虚弱，营养又补充不上去，加上精神受到强烈刺激，造成了暂时的眩晕，很快就会醒的。"

当张虔奕再次醒来的时候，梁茜月正用脸贴着张虔奕的脸，欣喜地说："虔奕哥，你终于醒来了。"几滴热泪掉在了张虔奕的脸上，流到了张虔奕的嘴里，他感到又苦又涩。

韩护士长亲切地告诉张虔奕："你妻子舍命为你输了一千毫升的血浆，竟昏倒在你的身边，你有这样一位好妻子是你的福分！"

张虔奕木然地望着梁茜月，只见她穿着慕容馨月的白色衣裙，又勾起了他对慕容馨月的思念。更让他难以接受的是，梁茜月竟然在这里自称是慕容馨月，以他的妻子身份出现，并且像在自己家一样，毫无顾忌地偎依在他身边。

韩处长讲起张虔奕被救的经过，他不相信这是真的，但在事实面前他又无法否认韩处长的话。他奇怪的是梁茜月是通过什么方法找到他的？为什么冒着生命危险救他，还要自称是他的妻子？这些是常人难以做到的，可她做到了。现在，他必须面对现实，他既不能在众人面前指出她不是慕容馨月，更不能否认她是自己的妻子。

梁茜月见张虔奕望着她直发呆，对她的情爱还是无动于衷，委屈地倒在张虔奕的怀里哭了起来。

梁茜月伤心地问："虔奕哥，你难道连你的妻子都不认识了吗？"

梁茜月的真情感动了张虔奕，他不得不将错就错地把她当成了慕容馨月，动情地说："生死之缘，没齿难忘！我还不至于糊涂到如此地步。"

韩处长、护士和在场的伤兵见了这情景，都为这对大难不死的夫妻祝福，张虔奕出于礼节对周围的人拱手致谢，心里的滋味难以言表。

一天，韩护士长发现梁茜月不见了，到处找也没找着，有些着急，便问："虔奕兄弟！你夫人到哪儿去了？"

张虔奕心想：梁茜月去了哪里我怎么知道？可是碍于面子，顺口编了个假话："她好像说给我买什么东西去了。"

韩淑秀敬佩梁茜月身处乱世能与丈夫生死与共，对张虔奕的冷漠甚为不解，关切地问："虔奕兄弟，你劝劝她！大战期间不要外出，难道你不担心她吗？"

张虔奕默然无语。

傍晚时分，梁茜月背着一个葫芦，挎着一篮子鸡蛋艰难地走了进来，韩淑秀发现她的左臂还在滴血。

原来，梁茜月听说张虔奕身体虚弱，需要补充营养，便走家串户买了一葫芦羊奶和一篮子鸡蛋，返回的途中被流弹击中，韩淑秀立即给她进行了包扎。

梁茜月为张虔奕熬开了羊奶，把白糖放在奶中搅了几下，然后舀起一汤勺热奶用嘴吹了吹，又放在唇边试了试，觉得不凉不热才送到张虔奕的嘴边。一勺香甜的乳汁，温暖了张虔奕的心，他见梁茜月的手臂上缠着的纱布上渗出了鲜红的血迹，拿着汤勺的手臂还有些发颤，知道是为他购买羊奶和鸡蛋受了伤，梁茜月的真情让他百感交集，怦然心动。

渝水县是直奉两军争夺的主战场，直奉大战在九门口、威远城、馒头山、二郎庙等地全面展开。张学良与郭松龄在指挥部里运筹帷幄，制订了作战方案，并身先士卒，亲临战场指挥，浴血鏖战。

张学良征求郭松龄的意见以后，把郑禅忻叫到身边，叮嘱说："大战即将告捷，我已决定翌年重修'贞女祠'。据我所知，张虔奕是留日研习雕塑的学者，我准备请他为贞女重塑金身。为了确保他的绝对安全，你和韩处长负责把他护送到后方，继续治疗，明天就启程！"

郭松龄提议，暂时把他们安置在辽中县境内的老达房村，那里有韩淑秀闲置的一套故居。张学良补充说："韩处长的职责暂由别人代理，张虔奕的伤病由韩处长亲自护理。"

韩淑秀首先把这个消息告诉了梁茜月，梁茜月异常高兴，她搂着张虔奕的脖子向张虔奕表示："虔奕哥，这下可好了！如果离开了这个硝烟弥漫的战场，我们就能过上正常人的生活了，我愿与你白头偕老，厮守一辈子！"

第二天，他们乘坐一辆军用汽车，在战火的硝烟中穿行，绕过九门口战区，进入东北境内，他们昼夜兼程，傍晚到达了老达房村。

韩淑秀的故居位于老达房村村边的清水河旁，是一座五正六厢的四合院，在老达房村众多的土坯房中，也算是鹤立鸡群了。梁茜月望着这座青砖卧顶的瓦房，喜出望外。她不顾旅途劳累像收拾新房一样，院里院外很快便打扫干净，对面屋各有一铺炕，在两个屋里都铺上了军用被褥。

这里远离了战场，再也听不到枪炮声，屋内窗明几净，院内宽敞明亮，屋前有一棵垂杨柳，树下有一个石桌和几个石凳，房后是果园。

张虔奕感叹地说："身处乱世能有这样一个宁静的环境，实在难得！"

当晚，韩淑秀笑问梁茜月："馨月妹妹，这里就是你的新居，今晚你跟谁睡？"

梁茜月很聪明，知道韩淑秀话中的含意，爽快地回答："当然是和姐姐一起睡了！"

老达房村的夜晚静悄悄，这在渝水县却是奢望，也许因为旅途的劳累，也许是一场劫难使张虔奕身体非常虚弱，最需要的是安安静静地睡一宿好觉，他躺在炕上不久就发出了鼾声，而对面屋里的韩淑秀和梁茜月却怎么也睡不着。

韩淑秀对梁茜月说："你不要怪姐姐不通情理，你现在还不能和虔奕睡在一起，他现在最需要的是补元气，养精血，不能过早地行云雨之欢。"

"姐姐，不瞒你说，我对情爱的要求非常强烈，恨不得天天玩才痛快，但请姐姐放心，我能忍住！姐姐不是也在忍吗？"

"战乱时期，谁还能想着那些事！"

二人沉默了一会儿，韩淑秀起身坐了起来，认真地问梁茜月："馨月妹妹你想不想要小孩？"

"当然想！"

"我本来不想告诉你，但我又不能不告诉你。给你化验血型时，发现你的血液中含有类似长效春药的成分，它不仅破坏了人体的内分泌，从医学的角度说，这种女人性欲非常强烈，而且永远不会怀孕。我说句话你别介意，妓院的老鸨常常采用这种方法逼良为娼，如果男性的血液中含有这种成分，再理智的人也很难把握自己。"

梁茜月听了心中一惊，难道韩淑秀已经知道了什么，佯装生气："姐姐！这话从哪里说起，你是不是把我也当成妓女啦？"

"馨月妹妹，你不要生气，我仅仅是从医学的角度来讲，妹妹是一位心地善良、深明大义的女性，我相信你一定能忍住，今天不就是忍住了吗？"

"没想到姐姐懂得的事这样多，姐姐是过来人，请问怎样才能不伤害丈夫的身体又能使我满意……"

韩淑秀忍不住笑了起来，笑得她上气不接下气，说："馨月妹妹！我没——屈说你吧！"

"姐姐！我也是从医学的角度，认真地向你请教。"

韩淑秀像母亲一样把她搂在自己的怀中，怜爱地与梁茜月脸贴脸说着悄悄话，两个人敞开了心扉，畅谈到雄鸡报晓。

张学良没有让韩淑秀回前线，她的任务就是让张虔奕尽快恢复健康，就这样韩淑秀在老达房村一直待了一个多月。

直奉大战的捷报传到了老达房村：张学良与郭松龄指挥奉军在渝水县境内鏖战了五十多天，终于击败了直系军阀吴佩孚的军队，他们在院内的石桌上，举行了欢庆胜利的家宴。

韩淑秀在宴会上对张虔奕说："张军长没有让我重返前线，为的就是让我把你的身体照顾好，战前张军长曾面对贞女祠旧址许愿：大战告捷之后，要为贞女重塑一尊具有高水平的贞女像。虔奕兄弟是留日的专家，张军长把这件事全都寄托在你的身上了。"

张虔奕说："大战告捷还有一个重要原因：那就是张、郭二位将军能够精诚合作，所以才能运筹帷幄，决胜渝水。"

韩淑秀说："茂宸在东三省陆军讲武堂任教官时，张军长曾在那里学习，他们二人亦师亦友。茂宸在张军长的举荐下，步步高升，直到如今被任命为副军长。两个人可谓是情同手足。"

三人同桌共饮，欢庆胜利。

光阴如流水，转眼之间到了1925年10月底，张虔奕在韩淑秀的精心护理下，身体一天比一天强壮起来。一天，一个军人突然闯进了这个宁静的小院，拿出一封密信交给韩淑秀，又与韩淑秀密谈了一个多小时，便匆匆地离去了。

韩淑秀回来之后，梁茜月发现她的脸色沮丧，很不好看，问她到底发生了什么事情，韩淑秀无可奈何地说："虔奕兄弟、馨月妹妹，我马上就要离开你们了，今后不管发生什么事情，请你们不要忘记曾经有一位与你们朝夕相处的韩淑秀大姐！也许有一天我还要请你们鼎力相助。"

这时门外又开来一辆军用汽车，一位士官下来请韩淑秀上车，临别时韩淑秀嘱托张虔奕，说："上天用生死相依这条红线，赐给你这样一位好妻子，我为你高兴。但，我不得不告诉你，她体内有一种类似烈性春药的不明物质，这种不明物质足以让良家女子失身，但在你养病的一年中，她竟然不为所动，这是常人很难做到的。现在你身体中已经有了她的血液，你们就一样了，希望你要善待她。"

梁茜月与韩淑秀紧紧地拥抱在一起，依依难舍。梁茜月愣愣地立在村头，望着远去的军车，流下了两颗晶莹的泪珠。

日落西山，天渐渐地暗了下来，小院死一般的寂静。梁茜月没了韩淑秀的陪伴，一个人睡在空空荡荡的屋里，感到异常的孤独和寂寞。

晚上张虔奕担心梁茜月一个人睡在对面屋里害怕，为了照看她，他的屋门是虚掩着的，而梁茜月并不知情。

梁茜月望着窗外惨淡的月光，想睡，却怎么也睡不着，便坐了起来。她望着窗棂，窗棂构成的图案异常好看，她幻想着在窗棂的中间能贴上一个双喜字，想到这里脸上不由得泛起一阵红晕。

正在这时，梁茜月忽然见到了一个她最不愿见到的魔影，在窗棂的中间晃动，吓得她毛骨悚然，尖叫一声，连滚带爬地撞开了张虔奕虚掩着的门，跌倒在屋里。

张虔奕以为梁茜月是思念韩淑秀，在梦魇中吓的，忙把她扶上炕，盖上被子，安慰她说："茜月，月有阴晴圆缺，人有悲欢离合，你不要这样伤心，说不定韩姐明天就会回来的。"

梁茜月见张虔奕守在她身边，有了安全感。

此时此刻，梁茜月真想把隐藏在心中的事，全部倾诉给张虔奕，听到张虔奕还在叫她"茜月"，知道她在张虔奕的心中还无法替代慕容馨月，觉得既委屈又伤心，话到嘴边又咽了回去，忍不住"哇"的一声哭了起来。

梁茜月哭的非常伤心，颤声说："虔奕哥，现在我只有你一个亲人了，我怕——"

张虔奕以为梁茜月是怕他再次离开她，便说："茜月，你不要怕，现在不是还有我在你身边吗？我不会离开你了。"

张虔奕的话，让梁茜月心里有了一些温暖，她用乞求的眼神望着张虔奕，抽抽噎噎地说："虔奕哥！我没有骗你，梁茜月真的死了，我不愿做第二个梁茜月，请你以后就叫我馨月吧！"

张虔奕听梁茜月净说些不吉利的话，令人费解，为了安慰梁茜月，便答应今后不再叫她梁茜月了。

夜已深，张虔奕把梁茜月安顿好之后，便在她身边和衣而睡，很快便进入了梦乡。

梁茜月在惊吓之后却难以入睡，虽然她的真情仅仅换来了今天的默许，但对于她来说已经是很满足了。她与张虔奕从东滨大地震到现在，称得起是一对患难的红颜知己，虽然不是夫妻，却胜似夫妻。她在众人面前虽然以慕容馨月的身份与他生活在一起，被称为张夫人，但，张虔奕从来没有给过她一丝的情爱。

忽然，梁茜月听张虔奕在梦中呼唤着："馨月！你在哪里？"知道张虔奕对慕容馨月难以割舍，她决心要替代慕容馨月，便轻声答道："虔奕哥，我在你身边。"

张虔奕恍恍惚惚见慕容馨月来到他身边，高兴地说："苍天有眼，让我们又到了一起！"

张虔奕在梦中误将梁茜月当成了慕容馨月，突然紧紧地拉住她的手不放，梁茜月欣喜若狂，偎依在张虔奕的身旁期盼着……

张虔奕在云雾中牵着梁茜月的手，飘来飘去，飘到了一个奇异的地方，遍地是盛开的玫瑰花，散发着沁人心脾的馨香，感到十分惬意，奇怪地问："这是什么去处，我怎么没来过？"

梁茜月悄声说："这里是伊甸园。"

张虔奕明白伊甸园是什么地方，不禁脸红心跳。梁茜月说："你不必难为情，这里是两个人的世界。"

梁茜月偎依在张虔奕的身边，体内的血液在涌动，她觉得自己的身体就像是一块干涸了的湿地，就要龟裂成一块块的碎片。她渴望着甘露的降临，忍不住亲吻了他一下。张虔奕的脸连续地颤动了几下，喃喃呓语，不知在说什么。

梁茜月却仿佛听他说出了一个"爽"字，觉得张虔奕已经接受了他的亲吻，便真的把自己当成了张夫人，为张虔奕宽衣解带，开始像蜻蜓点水般地亲吻张虔奕，继而亲吻他的敏感部位。

张虔奕在梦幻中奇怪地问："馨月，你这是从哪里学来的？"

梁茜月并不答话，知道张虔奕此时已经把她当成了慕容馨月，知道他现在最需要的是什么，便不顾一切地奉献了她的情爱……

张虔奕仿佛又回到了东滨大学慕容馨月以身相许的那一刻，朦胧之中竟与梁茜月一起坠入爱河。

梁茜月宛若女神夏娃，与梦幻中的张虔奕在伊甸园里偷尝禁果，他们又如一对鸳鸯，在爱河中怡然遨游、嬉戏，欢愉让她暂时忘却了幽灵般的魔影和对韩淑秀的思念。

八　乱世生死缘

张虔奕从睡梦中醒来，发现与一丝不挂的梁茜月睡在了一起，觉得自己做了不该做的事情，后悔不已。

梁茜月觉得是自己欺骗了他的感情，愧疚地说："虔奕哥，这都怪我，如果你不愿意，今后我不会这样了。"

张虔奕望着梁茜月自责的表情，不禁想起从东滨到紫塞桃花源这些日子，梁茜月替代慕容馨月为他做了太多太多的事，使他赢得了诠释碣石地宫的时间。他在青龙山遇刺，梁茜月不计前嫌，冒着直奉大战的硝烟又来到他身边，不顾个人安危，为他输入一千毫升的鲜血，挽救了他的生命。他深知自己体内有梁茜月的血液在涌动，因为有了她，才使他大难不死。梁茜月与他不离不弃，生死相依，而他却在紫塞桃花源一念之差，便离她而去，他感到愧疚、自责，有负于梁茜月。他忽然觉得眼前的梁茜月，不但是不可多得的助手，也是他相依为命的红颜知己，情不自禁地把梁茜月搂在怀中。

此时，梁茜月才知道张虔奕已经接受了她的情爱，紧紧地偎依在他的怀中，热泪盈眶地说："虔奕哥！有你在我身边，我就什么都不怕了。"

梁茜月忽然想起韩淑秀对她说的那些的话，忐忑不安地问："虔奕哥，我不能生小孩，你不会怪我吧！"

张虔奕没有回答梁茜月，却转了话题，说："淑秀大姐说张将军翌年要重修贞女祠，为贞女重塑金身，对我们寄予厚望，我深怕有负将军的重托。现在，让我最牵肠挂肚的是韩淑秀大姐，如今大姐不在我身边，我好像没了主心骨。我总有一种不祥的预感，让我心神不定。"

梁茜月说："虔奕哥，淑秀大姐和郭副军长的人品是人所共知的，我想不会有事的！"

张虔奕感叹地说："乱世之秋，风云难测啊！"

梁茜月明白张虔奕为修祠的事还在思念慕容馨月，因为慕容馨月是他修祠的得力助手，便说："虔奕哥，你难道忘了我在东滨大学建筑学部是研习文物保护专业的吗？我对历代庙宇的建筑虽然算不上精通，但也略知一二，我虽然没学过雕塑，但我曾跟随导师王之斌学过绘画，绘画与雕塑都属于造型艺术，我想我当你的助手还是能胜任的。"

张虔奕说："塑像这门艺术与绘画不同，从体力上要比绘画付出得更多。你从小是在梁教授家长大的，可谓是书香门第的大家闺秀，我怎能让你去吃这样的苦！"

梁茜月听张虔奕这样称呼她，想起自己的身世，心中一阵酸楚，动情地说："你现在是我的唯一，与你在一起，再苦再累我也心甘情愿！"

自从梁茜月与张虔奕住在了一起，那个幽灵般的魔影便再也没有出现，小院出现了暂时的宁静。

一天清晨，张虔奕对梁茜月说："现在我的身体日渐康复，从今天起，我想为贞女塑像画形象设计图。"

张虔奕的话还没说完，梁茜月便说："我昨天趁你午休的时候，已经把对面的房间布置成了画室，不知你是否满意？"

张虔奕立刻跟随梁茜月来到画室。他惊奇地发现梁茜月用屋中闲置的几扇半透明的屏风，把屋隔成了两个空间，也不知道她从哪里弄来了一个画架和绘图板，摆在了屏风前，画架旁边有一把椅子，上面放着早已准备好的素描纸、炭笔和橡皮。张虔奕为梁茜月与他灵犀相通感到高兴，问："你怎么知道我要用素描的方法画图？"

梁茜月嫣然一笑，说："文艺复兴时期，意大利的雕塑大师米开朗基罗有一句名言：'素描是一切造型艺术的基础。'要想创作出形神兼备的人物形象来，没有人体素描稿作为依据是很难做到的。"

张虔奕听了梁茜月的话，仿佛又回到了津海市的国立美专，强烈的创作欲望让他迫不及待，便立即拿起笔来作画。梁茜月站在张虔奕的身后，只见他用寥寥数笔便勾出贞女的全身基本形体，梁茜月赞叹地说："虔奕哥，你这儿笔便可看出老胳膊旧腿的功底！"

张虔奕回过头来说："在这乱世，老胳膊旧腿上已是伤痕累累，是否中用还未可知。"

张虔奕竭尽全力，倾泻着自己多年的生活积淀，但炭笔在他手中已经不能运用自如，刻画人物的形象和结构时，也有些力不从心，急得他满头大汗。站在身边的梁茜月看在眼里，立即从兜中掏出了洁白的手帕，轻轻地为他拭去脸上的汗珠，心疼地说："看把你急的！塑像要等到明年，时间还来得及，现在重要的是养好你的身体。"

张虔奕说："我的身体基础好，恢复健康不难，但要在最短的时间恢复人体素描的技艺，除非去国立美专进修。"

梁茜月明白张虔奕说进修是指画人体素描，便问："难道我们在这里就不能进修了吗？"

张虔奕说："这里远离省城，加上传统观念束缚，找人体模特谈何容易？"

梁茜月默默无语。

张虔奕费了好大的力气，终于画出了几张贞女的素描草图，可这些草图连他自己都不满意。他想求助于梁茜月，回头一看，发现身后的梁茜月又不见了，不知她什么时候出去了，也不知道又去了哪里？

张虔奕很长时间没有动笔了，身体还有些虚弱，手中的画笔已经不能运用自如。他觉得太累了，在画板前打起了瞌睡，朦胧之中，他见到慕容馨月身着白色衣裙带着两个童男和童女，来到他的面前，张虔奕高兴地说："知我者馨月也！"

张虔奕冥冥之中见这两个身着古装的童男和童女，简直就是他构思中的形象，心中感到无比欣慰。梁茜月正欲上前说话，见张虔奕误将她当成了慕容馨月，有些难为情。

张虔奕直愣愣地看着她，良久，才发现站在面前的是梁茜月，心中的滋味，难以言表。

梁茜月知道在这组塑像中，童男和童女是贞女的陪衬，张虔奕更需要的是贞女的形象。

梁茜月自愧不如贞女，含泪说："我恨自己生不逢时，虽说是在书香门第中长大，但命运却一直在捉弄我，我很想为你做贞女模特，又怕亵渎了贞女的形象。"

张虔奕对她的话似乎并不感到突然，安慰她说："在这乱世年代，人生的命运自己很难掌握。"

梁茜月明白，张虔奕对她当模特已经认可，便立刻蹲下，让两个小模特遮挡她的身影，当她站起身来的时候，身上的长裙瞬间变成了古代女子的装束。

张虔奕惊异地说："没想到你竟然能与我灵犀相通，更没想到你还身怀变身的魔术，不知你是在哪里学的？"

梁茜月没有回答张虔奕的问话，心境黯然。

张虔奕只顾欣赏扮装后的梁茜月和两个童男童女，这正是他所需要的，他突发灵感，倏忽之间，画出了一张又一张栩栩如生的速写来，而没有顾及梁茜月的精神状态。

几天过去了，张虔奕根据这几张速写，创作出了贞女塑像的形象设计图，但他望着这几张设计图却怎么也高兴不起来。

梁茜月发现这几张设计图的衣纹与人体骨骼肌肉的关系还不够严谨，她明白张虔奕现在最需要的是画人体素描，问："虔奕哥，我这体形当人体模特还够格吧？"

张虔奕点点头。

梁茜月说："虔奕哥，我现在就给你当人体模特。"

梁茜月说完便隐身在半透明屏风后面，脱掉了衣裙，屏风上立即显现出一幅年轻女子优美的人体剪影。

张虔奕就这样凭借人体素描写生，解决了衣纹和人体骨骼、肌肉的关系，解决了人体造型结构不够严谨的难题，在掌灯时分终于完成了贞女塑像的形象设计图。

当晚，张虔奕把几张贞女塑像的形象设计图钉在了墙上，梁茜月与张虔奕并坐在一起，对这几张设计图进行品评。

梁茜月说："虔奕哥，我看你现在的样子，好像很开心。"

张虔奕动情地说："准确地说应该是感激！这几张图稿如果没有你的帮助，在造型上绝不会这样准确，结构上也不会这样严谨，形象上更不会这样完美。现在我可以自信地说，我们不会辜负张将军的重托和厚望。"

张虔奕的一席话让梁茜月心里美滋滋的，问："虔奕哥，请问你该如何感谢我呀？"

张虔奕不假思索地说："我给你画一张肖像画！"

梁茜月对张虔奕的回答并不满意，说："当模特也不是想象的那样轻松，岂能用一张画就可以打发了！"

张虔奕甚为不解，问："那你让我怎样感谢你呢？"

梁茜月两眼脉脉含情，欲言又止，说："我想……我想让你……"下面的话没有说出来。

张虔奕说："我有些累了，想早点休息，有什么事明天再说吧！"

梁茜月近似撒娇地说："虔奕哥，我肚子有点痛，可能是给你当模特时着凉了。"

张虔奕以为梁茜月真的着了凉，忙说："我是否把村中的郎中请来给你看看？"

"不用，不用！你给我揉一揉就会好的！"

梁茜月似乎疼得很厉害，眼神中含着期待。

张虔奕立刻给她揉起了肚子，梁茜月不停地让他往下揉，再往下揉，张虔奕的手不知不觉竟触摸到她的下身，梁茜月问："我让你给我揉肚子，你怎么往下揉？难道就是这样答谢我吗？"

一句话说得张虔奕两颊绯红，连忙说："对不起，对不起！"梁茜月见张虔奕认起真来，便佯装生气，说："来而不往非礼也！"便伸手去摸张虔奕的下处。

张虔奕自从体内输了梁茜月的血，性欲日渐强烈，只是难以启齿，他想起韩淑秀的话，身体中有了她的血液，你们两个人就一样了，便顺水推舟地任凭梁茜月乱摸，这一摸竟弄得张虔奕心旌摇曳，不能自已。

梁茜月追问："虔奕哥，你现在还能忍得住吗？"

张虔奕回应说："茜月妹妹，我——我已经和你一样了。"

梁茜月对张虔奕的称呼并不满意，说："你怎么又忘了？我是慕容馨月，是你的妻子！"

张虔奕现在已无法否认她是慕容馨月，更无法否认她就是他的妻子，他终于接受了梁茜月的情爱。此时的梁茜月，偎依在张虔奕的怀里，百感交集，热泪盈眶。

凌晨时分，"砰、砰、砰"一阵急促的敲门声惊醒了张虔奕。

张虔奕急忙穿好了衣服，问："谁？"

一个亲切而熟悉的声音："是我，你韩姐！"

张虔奕知道是恩人韩淑秀来了，提着马灯去开门，问："韩姐！您怎么这个时候来了？"

他开门一看，大吃一惊，门外站着的原来是一对农民夫妇，头发凌乱，面容憔悴，疲惫不堪。

张虔奕见韩淑秀神色黯然，已经不是昔日的打扮，身后好像是一位庄稼汉，虽然衣帽不整，却有军人的气质。门外停着一辆木轮铁钉的骡马车，赶车人拿到车费之后说要小解，到后院绕了一圈，便急匆匆地离开了。

此时，天已破晓，车夫赶着那辆木轮铁钉的骡马车，竟然哼着小曲，沿着河边的小路缓缓离去，隐没在远方的树林里。

张虔奕把二人让进里院，插上了门闩，进屋后韩淑秀向张虔奕介绍说："这是我的丈夫郭松龄，有些情况可能你还不知道，我们是虎落平阳，难逃此劫。"

韩淑秀简要地讲述了郭松龄倒戈反奉的经过：

郭松龄在第二次直奉大战中功勋卓著，由于遭到杨宇霆等人的排挤和陷害，没有被委以重任。他力劝张作霖"退出关内，保境安民"，张作霖不但不听劝阻，反而大为震怒。当郭松龄得知张作霖秘密向日本人购买武器，准备进攻南方的国民革命军时，义愤填膺，便萌生让张作霖交出兵权，由张学良接替张作霖职务的想法。

郭松龄在天津与张学良摊了牌，张学良面对一边是父亲、一边是挚友的境地，左右为难。最后还是选择了回避的态度，回到了奉天。

由于事情败露，郭松龄在滦州不得不发动兵变，1925 年 11 月 22 日，由饶汉祥拟稿，以国民革命军总司令的名义通电全国，倒戈反奉，让张作霖下台。

郭松龄率领倒戈反奉的七万大军，从滦州出发，迅猛异常，势如破竹。11月27日击溃张作相部，迅即突破东三省的咽喉重地山海关，11月29日占领绥中，12月1日攻下兴城，12月5日锦州失守……张作霖的奉天城已危在旦夕。

然而，倒戈反奉大军在即将兵临奉天城下的关键时刻，指挥者却忘记了"兵贵神速"的用兵战略。不知是出于什么原因，何人下的命令，倒戈反奉大军竟在锦州停留了三天，为张作霖电调吉林、黑龙江两省的援军赢得了时间。援军三天之内到达了新民县，并在东巨流河一带，构筑了一条易守难攻的坚固防线。同时，日本关东军白川司令官向郭松龄通电："南满铁路沿线两侧三十里内，不准中国军队通过。"这使郭松龄军队受阻。由于天气骤然变冷，官兵穿的衣服单薄，难以御寒，加上粮草断绝，士气不振，作战连连失利，最后七万大军只剩下几个残兵败将。郭松龄与韩淑秀在走投无路的情况下，只好来到了故居老达房村。

张虔奕听了韩淑秀的讲述，大为震惊，不知如何是好。

韩淑秀说："如今奉军正在追捕我们，韩姐不求别的，只求把我们藏起来，再想办法把我们送出去，投奔冯玉祥将军。"

张虔奕问："您看藏在哪里好？"

韩淑秀说："你随我来！"

张虔奕跟随韩淑秀来到后院一个秘密的地方，拨开乱草露出一块青石板，挪开之后现出一个非常隐秘的地窖。张虔奕帮助他们藏进地窖，用乱草覆盖了地窖入口。此时，却不知梁茜月去了哪里。

黑龙江省吴俊升部的骑兵营长王永清按日方送来的情报，追踪到了老达房村，在韩淑秀故居的后院草地上不停地搜索，终于在乱草中找到了一张黑色名片，上面印有一朵白色野蔷薇。

王永清随即让士兵在乱草中搜寻，终于发现了被乱草掩盖的地窖。

郭松龄自知难逃此劫，面无惧色，主动地从地窖中走了出来，对王永清说："王营长，大丈夫敢作敢当，要杀要剐由我一人承担，请你不要难为我的部下和士兵，走吧！"

王营长拿着黑色名片说："且慢！这名片上有两道折痕，分明是告诉我，地窖中有两个人，给我下去搜！"

还没等王永清把话说完，韩淑秀已经从地窖中走出，她把凌乱的头发往后捋了捋，说："王营长不必劳您驾了，我韩淑秀绝不会苟且偷生！"

王永清随手把名片扔在乱草中，押着郭松龄和韩淑秀走出大门。王营长上了马正欲回营部，迎面开来一辆军车，从车上下来一位军官，王永清见是张学良作战部的副参谋长郑禅忻，忙上前敬礼，问："郑参谋长来此有何贵干？"

"奉少帅之令押解郭、韩二人回新民县！"郑禅忻说。

王永清一向尊重张学良，便立即把郭松龄和韩淑秀交给了郑禅忻。郑禅忻低声对郭松龄说："少帅让我来救你。"

郭松龄与韩淑秀无比欣慰，立即登上了军车，谁知，顷刻之间又冒出一队人马，把军车团团围住。为首的是一位四十多岁的军官，他骑在马上高喊："张大帅来电：令我将郭、韩二犯就地枪决，阻拦者杀！"

郑禅忻见是张作霖的总参议杨宇霆，知道他来此是要公报私仇，其中一定有诈，坚持要看电文。

杨宇霆乃是编造的谎言，哪里有什么电文，自恃是张作霖手下的元老，见郑禅忻才二十出头，不禁勃然大怒，让士兵举起枪，说："小兔崽子！你来这里才几天？敢与老子较劲，谁敢不听我的命令，格杀勿论！"

杨宇霆色厉内荏，怕郑禅忻识破了他的阴谋，派士兵强行将郭松龄和韩淑秀从军车上拽下来，用细麻绳五花大绑，立即插上了带"斩"字的招牌。

韩淑秀的衣袖已被撕掉，胳膊被麻绳勒出了一道道血痕，郑禅忻看在眼里，痛在心中，望着韩处长，束手无策。

郭松龄与韩淑秀被拳打脚踢，推推搡搡地到了河边，后面跟着一群人，有些人是出于好奇，有些人是看热闹，而张虔奕则是带着沉重的心情跑在最前面，给他最尊敬的恩人送行。

行刑的士兵绕过树林，在一片宽阔的草地上停了下来，不让人群越过警戒线，张虔奕站在离韩淑秀最近的地方，这时身后有人轻轻地喊他："虔奕哥！"

他回头一看，原来是梁茜月，问她："你跑到哪里去了？"

梁茜月说："我见韩姐来了，忙去附近买了一只鸡，想招待韩姐，没想到发生了这种事。"

梁茜月好像很害怕，说话的声音还有些颤，张虔奕像呵护小妹妹一样把她揽在胸前。

韩淑秀迎着和煦的阳光，伫立在河边的绿色原野上，面对指向她的枪口，毫无惧色。她突然发现了眼前的张虔奕和梁茜月，用母亲一般的慈祥目光，凝视着他们，为他们祝福。

杨宇霆来到郭松龄面前，恶狠狠地说："郭总司令！我现在让你死个明白，我根本没有接到张作霖处决你的电令，是因为你对我的事知道得太多了，我必须杀了你！"

郭松龄冲着他"呸"的一声，向民众慷慨陈词："我主张'退守关内，保境安民'，乃是为了几十万奉军弟兄的安危，这有错吗？我反对张作霖私下与日本人签订五条卖国条约也有错吗？我反对张作霖从日本购买武器，向南方国民革命军进攻，难道也错了吗？我倒戈反奉乃是倡大义，救国民之举，现在报国无门身先死，虽死犹荣！"

杨宇霆转过头来问韩淑秀："你一个女人家何苦跟着这么个人受罪？只要你现在声明改嫁，我立即放了你！"

韩淑秀厉声说："夫为国死，我为夫死，死而无憾！"

杨宇霆恶狠狠地说："妈了个巴子，我成全你！"随即一挥手，下了行刑的命令。

"行刑！"随着刽子手的一声怪叫，"砰、砰"两枪，乱世中的一位巾帼英雄和杰出的爱国将领，相依相偎地倒下了，鲜血交融在一起，染红了毛茸茸的绿色草地，栖息在林中的群鸟，被枪声惊吓得四处乱飞。

围观的人群渐渐散去，梁茜月浑身还在不停地颤抖，她用双手捂着眼，眼泪从指缝流出，双脚已迈不开步。

张虔奕搀扶着梁茜月回到了韩淑秀的故居，郑禅忻早已等在那里，地上还拴着梁茜月买来的那只鸡。

郑禅忻问："我刚才在郭司令藏身的地窖旁，发现了一张日本人的黑色名片，不知是怎么回事？"

张虔奕把郭松龄被捕的经过叙述一遍，并说："郭松龄是夜间到达此地，这个地窖又十分隐蔽，王永清却好像早已知道，不知是什么人告的密。"

郭禅忻说："日本人的名片怎么会在郭松龄藏身的地窖旁，上面为什么有两道折痕，无疑是有人透露了郭松龄的藏身之地。"

张虔奕问："难道我们身边有日本间谍？"

郑禅忻问："还有谁能知道郭松龄夫妇来到这里？"

张虔奕说："我见车夫临走之前，曾到后院转悠一圈，行迹十分可疑。"

郑禅忻说："杨宇霆此人阴险狠毒，他杀死郭司令夫妇之后，定要斩除他身边的人，住在这里已经不安全了，我准备明天把你们送回渝水县暂住石牌坊村的陈家大院。"

梁茜月想留郑禅忻用餐，郑禅忻说："我马上要回新民县向张司令汇报，明天早晨八点准时来接你们。"

晚上，梁茜月辗转反侧难以入睡，她推醒了张虔奕，用商量的口气说："虔奕哥，咱们能不能不走？"

张虔奕说："郑禅忻说得在理，渝水县远离了杨宇霆，比这里要安全多了。"

梁茜月说："渝水县是秦皇行宫的遗址，多少人在那里寻找藏有珍宝的碣石地官，目前这块人杰地灵的风水宝地，已经变成一个极为凶险的地方。咱们不如找一个世外桃源，免得再受人间是非的干扰。"

"在这乱世年代，哪里也不会有世外桃源，我已受命重修贞女祠，岂能不辞而别？郑参谋长怎么向张将军交代？我张虔奕岂不给世人留下笑柄。"

"虔奕哥，我还是不想回渝水县，我有些怕！"

"有我在你身边，你怕什么？"

梁茜月紧紧偎依在张虔奕的怀里，望着张虔奕再也没有说什么。

陈家大院坐落在贞女祠附近的石牌坊村，这是明代留下的古老宅院。大门冲南有九级台阶，两扇黑漆大门，大门两侧各有一个石鼓状的门墩，门墩上立着两个狮子狗，横眉立目，有如两个卫士在为主人守护宅院，石鼓的两面都雕有龙凤呈祥和富贵有余的图案，两扇门上镶有铜环。迈进高高大门槛是青石铺地的门洞，门洞两侧各有两间门房，门洞往里是二门楼，二门的两侧各有一个立式长方形青石门墩，门墩三面雕有花草鱼虫，上面立着两个小狮子狗，很像主人的仆从，神态可人。二门楼犹如大院前的一个亭台，可以避雨和乘凉。东西是三间厢房，正面是五间正房，后院比前院窄小，西北角有一个大车门，东侧是车棚和粮草仓库。

大院的主人与郑禅忻是旧交，直奉大战之前已迁往奉天，现在由郑禅忻代管，正好空闲无人居住。郑禅忻雇来一个叫陈天塬的年轻人来护院，他有一个双目失明的奶奶与他相依为命，奶奶住在大门东侧的门房，陈天塬住在西侧的门房。

陈天塬接到郑禅忻的通知，得知新主人即将到来，便把五间正房收拾得干干净净。堂屋东侧两间是卧室，堂屋西侧两间是会客厅兼工作室。

张虔奕与梁茜月如期住进了陈家大院，听说陈天塬的奶奶也住在这，决定买些糕点去探望她老人家。陈天塬听了非常高兴，并告诉张虔奕，说："奶奶并非我的亲奶奶。年前，大雪封门，奶奶连饿带冻，晕倒在门口。我把她背到屋里，喝了碗红糖姜水，渐渐地缓了过来。奶奶双目失明，无家可归，实在可怜，便留住在这里。"

陈天塬带着他们来到前院的东门房。张虔奕一进屋，惊奇地发现奶奶的身影似乎在哪里见过，只是猛然间想不起来。只见奶奶盘腿坐在炕上，看她的身影无论如何也不会联想到她是一位花甲老人，虽然脸上的皱纹纵横交错，眼神却是慈祥可亲，只是脸色有些蜡黄蜡黄的，显然是贫穷和劳累使她过早地衰老。

陈天塬一进屋就大声喊："奶奶！有人看您来了！"

"奶奶好！"张虔奕与梁茜月给老奶奶鞠了一躬。

陈天塬说："奶奶耳聋，不大声喊她是听不见的。"

张虔奕向奶奶自我介绍说："我叫张虔奕，这是——"

梁茜月还没等张虔奕说出下面的话，便立刻抢着说："我叫慕容馨月，是张虔奕的妻子！"

梁茜月说完，只见老奶奶用异样的眼神直愣愣地望着她，脸上没有任何表情，嘴唇却在颤动，似乎想说什么却没有说出来，最后从眼中滚落出两颗晶莹的泪珠来。

梁茜月心中疑惑，问："天塬，奶奶的眼睛真的是看不见了吗？怎么和好人一样。"

陈天塬说："奶奶年轻时得了眼病，因无钱医治，最后什么都看不见了。"

张虔奕觉得奶奶实在可怜，叹了一口气，说："老人家请放心，待我完成重修贞女祠之后，一定带您去北平同仁医院医好您的眼睛。"

奉军经历了郭松龄倒戈事件，元气大伤，张虔奕虽然住进了陈家大院，但是重修贞女祠的工程尚未开始，直到 1926 年 3 月，张学良才腾出时间，着手重修贞女祠这件事。

郑禅忻专程来到陈家大院，为重修贞女祠进行了一番筹划，梁茜月负责古建图纸的绘制，郑禅忻与张虔奕负责备料等前期工作。

郑禅忻猛然间发现梁茜月还穿着农妇的衣服，便说："陈家大院今后将作为重修贞女祠工程的指挥部，渝水县衙的官员免不了经常骚扰。这些人势利得很，作为教授的夫人不能让他们瞧不起，穿戴打扮不要太寒酸了。"

梁茜月听了郑禅忻的话，立刻来到穿衣镜前，她望着镜中的自己，似乎才发现自己面容有些憔悴，人也消瘦了许多，加上这身农村女人的装束，显得有些苍老，自言自语地说："我怎么变成这样了？"

不过让她欣慰的是，她的穿戴虽然与教授夫人不太相称，但她能以张夫人的身份和张虔奕在一起，已经很满足了。

张虔奕来到陈家大院便开始整理贞女塑像设计图纸，同时还要补写"诠释碣石地宫密图"这一节，为了不影响梁茜月的休息，他经常是在子夜悄悄地起来，悄悄地撰写，直到天明。

梁茜月渐渐有所觉察，误认为张虔奕嫌她太土气，对她有些疏远。她觉得自己应该以一位新婚夫人的容貌，陪伴在张虔奕的身边，立即问张虔奕："我那件绣有牡丹花的旗袍和那双红色高跟鞋是否真的丢了？"

张虔奕点头默认。

梁茜月以试探的口气说："虔奕哥，我想让你陪我去渝水县城做件旗袍。"

张虔奕心想，陈家大院虽然坐落在石牌坊村，但是离渝水县城并不算远，乘黄包车半个小时便可到达。渝水县城虽然是直奉大战的主战场，但是双方激战却远离县城，如今已经恢复了昔日的繁华。让梁茜月出去散散心也不是坏事，他也可趁此机会完成"诠释碣石地宫密图"的撰写，便婉转地说："我愿陪你出去走走，可我正忙于重修贞女祠的设计构想，实在脱不开身，恕我不能奉陪！"

梁茜月见张虔奕同意她去渝水县做旗袍，自然很高兴，回眸一笑，冲张虔奕说："做旗袍的事你也帮不了我，那就让我自己去吧！"

梁茜月去渝水县城没有刻意打扮，仍然穿着她那身农妇衣服。她想如果有一天，她穿上在东滨码头接张虔奕时的那套婚礼服，不知会不会给他一个惊喜。

这一天，梁茜月来到县城最繁华的鼓楼大街，在"霓裳服装店"定做了一套和慕容馨月一样的红色旗袍，在华美鞋店买了一双红色高跟鞋，最后在旧物市场又买了一个德国蔡司相机。

两天后，梁茜月来到鼓楼大街，从"霓裳服装店"取回了她定做的红色旗袍。在返回的路上，恰逢"紫罗兰烫发店"举行开业仪式，很多人围观西洋美人的烫发靓照，称羡不已。"紫罗兰烫发店"是津东第一家引进了德国西门子公司先进的烫发机。

有些年轻的女子想烫发，悄声问老板："电烫不会电死人吧？"

老板见门口已经围了不少人，便乘机吹嘘道："我店的烫发机是从德国进口的，具备自动开闭电源的保险功能，绝对安全。"

按燕北的风俗，新婚的女子才可以烫发，一个调皮后生故意给老板出难题，说："我家老太太想烫个大花，您不会拒绝吧？"

围观的人听说老太太要烫发，立刻引起哄堂大笑，老板却一本正经地说：“大家的笑声说明我们的观念陈旧，我相信总有一天七八十岁的老太太也会像你们年轻人一样，烫一头漂亮的卷发。”

围观的人忍不住又是一阵哄笑，一个教书的老先生路过这里，听见老板的话直摇头，说：“这个老板真会开玩笑，哪有老太太烫大花的？简直是天方夜谭！”

老板听了毫不介意，他说：“烫发是年轻女人爱美的天性，只是没有勇气挣脱陈旧观念的束缚，所以‘紫罗兰烫发店’决定，第一个来本店烫发的免费！”

不管老板怎样鼓动，就是无人光顾，开业仪式显得很冷清。这时梁茜月迎面走来，老板一眼便看中了她绾在头顶上的厚厚黑发。她虽然未施粉黛，容颜却似朝霞映雪。再看她的身材，虽然是农妇的衣着，却裹不住她那天生丽质。他从未见过这样靓丽的女子，高兴地迎了上去，强行拉进“紫罗兰烫发店”，说：“小姐是第一个光临本店的，所需费用全免！”

围观的人面面相觑，明白店主是在强拉生意，不由自主地把目光投向了梁茜月，只见她的穿戴与乡下女人没有什么不同，长相却是不凡，不烫发也不亚于西洋美人。

老板彬彬有礼地把梁茜月扶坐在烫发专用的椅子上，烫发师是一位英俊小生，立刻迎了上去，微微地向梁茜月鞠了一躬，客气地说：“谢谢小姐惠顾！”

随后，娴熟地为梁茜月解开绾在头顶的发髻，厚厚的一缕青丝散落在她的胸前，英俊小生望着梁茜月长长的秀发，赞叹地说：“小姐这头青丝实在难得，不施脂粉已然是美艳无双，堪称是绝代佳人。”

梁茜月的秀发经过轻揉慢洗后，吹干，涂上软化剂，而后进行烫前修剪，只见他两手在柔顺的头发中间上下翻转，很快便剪出一缕缕、一层层错落有致的秀发来。然后，用大小不同的卷发芯，把这层层秀发牢牢地卷成发卷，垫上面纸，以防止夹子在头发上留有夹痕。瞬间，梁茜月的头上，便排满了整整齐齐的一头发卷，然后将电烫夹子夹上发卷，调好温度，经过详细检测后，接通了电源。

烫发师乘电烫加热的空闲时间与梁茜月聊起了家常。

梁茜月自称复姓慕容，新婚不久。

英俊小生称自己是津海市明星美发厅烫发大师章汶海的亲传弟子，电烫保证不伤头发，发卷半年不变型。

不知不觉电烫加热的时间已经到，英俊小生开始显露他的精湛技艺，为梁茜月设计了欧美最流行的大波浪发型。

门外的年轻女子亲眼目睹烫发师用了将近半天的时间，把一个乡下女子，变成了一位摩登女郎。

梁茜月因为有了"紫罗兰烫发店"，使她变得更加靓丽。"紫罗兰烫发店"因为有了梁茜月的光顾，来烫发的年轻女人，络绎不绝。

梁茜月发觉门外的玻璃窗上全是窥视她的眼睛，离开"紫罗兰烫发店"之前，她用黑纱巾裹上新烫的卷发，以免有人说三道四。

她回到陈家大院，溜进卧室，悄悄地换上了旗袍和高跟鞋，她想把昔日的风采，展现在张虔奕面前。

九　乌龟岭冤魂

郑禅忻携带一千块大洋的银票，来到渝水县衙，想求见县公署知事①协助他完成修祠、招工、备料等有关事宜。渝水县衙看门的王差役②，见郑禅忻没有任何表示，便将他拒之门外。

郑禅忻解释说："我有急事求见县公署知事！"

王差役见郑禅忻不懂规矩，把眼睛一瞪，说："你急不急关我屁事！"

郑禅忻解释说："我有张学良将军写给县公署知事的亲笔手谕。"

王差役以为郑禅忻拿他的上峰吓他，更加生气地说："县官不如现管，你就是把他爹搬来，也休想进我这个大门！"

郑禅忻没想到县衙的大门这样难进，不想与这个看门的差役生

① 公署知事，相当于现在的县长。
② 差役，旧时在衙门中当差的人。

气，便决定去找曾在他手下当过营长的王鸣荻。

王鸣荻现任渝水县警察所警长，听说旧日的长官来了，猜想一定有事相求，少不了会给他带来一些珍贵的礼品，便立即让门卫把他请进来。

当他看见郑禅忻两手空空地走了进来，满脸流露出不高兴，阴阳怪气地说："郑参谋长大驾光临，不知有何公干？恐怕我这个小庙容不下您这位神仙。"

郑禅忻听王鸣荻话中有话，讥讽地说："庙小妖风大，池浅王八多啊，今天我还真是有事求你。"

王鸣荻觉得敲竹杠的机会来了，也顾不得郑禅忻的话难听与否，忙问："什么事请说，只要是我权限之内的，定效犬马之劳！"

"好！你先给我准备五百立方的基石。"

"要这么多基石干什么？"

郑禅忻便把修祠急需基石、河沙、木料等讲给他听。王鸣荻觉得这是敛财的好机会，满口答应，说："参谋长尽管放心，这些事全包在我身上，只是——"

郑禅忻知道王鸣荻是指钱，便说："这五百立方基石，不知得用多少钱？"

王鸣荻眼珠一转，说："从外地购买基石，一是路途遥远，二是运费太贵，既增加了成本，又费时间，我想不如就地取材。"

郑禅忻听说就地取材有些不放心，明知故问："这里的石材哪里最好？"

"乌龟岭！"王鸣荻说。

乌龟岭在青龙山东南，鸟瞰其形状恰是乌龟的龟背，故称为乌龟岭。郑禅忻对这一带的地质状况非常熟悉，知道乌龟岭系花岗岩材质，材质坚硬，纯度很高，用这里的石头做基石应该是最佳的选择。

郑禅忻说："我先预付一百块大洋，作为炸岭取石的工本费，多退少补！"

王鸣荻觉得郑禅忻太小气，不但没有谈及给他的好处费，还说了个多退少补，王鸣荻对这个"退"字非常反感。

当天，王鸣获拿着郑禅忻给他的一百块银票，兑换成了袁大头[①]，睡觉时竟把这一百块袁大头搂在被窝里，爱不释手。他想：我这个过路的财神不能白当，要不惜任何代价，大捞一把。他原想用狸猫换太子的方法，以次充好，但很快就推翻了这个想法，因为郑禅忻首先强调了石材的质量，狸猫换太子的方法是瞒不过他的。最后，他决定利用职权，使用廉价劳力炸岭取石，用最少的投入，将五百立方基石搞到手，从中渔利。这一百块银元如果不能全都装进了自己的腰包，至少也要三七开。他望着银元上的袁大头忍不住说："为了你，我这个警长就要刀头舔蜜了！"

第二天，王鸣获便以执行公务为名，在渝水县各个角落巡视，以招工的名义把几个逃难的人和十几个要饭的带进拘留所，让他们举一个二百斤重的磨盘，举起来的留下，举不起来的轰走，最后留下了九个人。

王鸣获听说陈家大院的陈天塬曾当过石匠，便把陈天塬叫来，让他购买了炸岭取石的全套工具，并带着这九个人去乌龟岭炸岭取石的现场，传授他们打眼放炮。事后，王鸣获给了陈天塬两块大洋，作为报酬。

这些人还不算笨，很快便学会了整套工序。其中有个叫杜欣的人，很会来事儿，也能吃苦，王鸣获让他当了工头。

炸岭取石立即开工，乌龟岭的花岗岩非常坚硬，重重的铁锤砸下去，岩石上只是一个浅浅的白坑，这九个人日夜不停地砸，抡铁锤和扶钢钎的人，虎口都震出了血。这些人就像犯人一样，每天都是由警员胡二监管，不得自由出入，人们都称他们为苦力。

这些苦力每天只有粗米青菜，还不管饱，日夜劳作，苦不堪言，经过一个多月的苦干，终于完成了砸炮眼的这道工序。

因乌龟岭石质坚硬，使用低成本的硝铵炸药爆破强度不够，必须换成黄色 TNT 炸药还须配上铜壳雷管。王鸣获亲自监管苦力填塞炸药。苦力的工头杜欣对填塞炸药、点火放炮等技术一点就通，他根据

---

① "袁大头"即袁世凯的头像，指当时的银元。

炮眼的深浅，接上长短不同的导火线，然后用剪刀斜剪导火索，用大拇指的指甲背将火药挤出少许，为的是容易点火。杜欣因此很受王鸣荻的赏识，故指定他为第一点炮手。

乌龟岭上一共安装了四组，三十二个炮眼，每组首先点中间的四个掏心炮，而且要同时起爆。炸出个心窝之后，左右边炮、顶炮和底炮，随后起爆，这样可以炸取更多的石方。王鸣荻为了确保炸岭取石不出差错，亲自监督每道工序。

杜欣第一次点火心里也没底。他沿着同一个方向退着点，哆哆嗦嗦地点燃了第一组，当听到导火索"哧哧——"的响声时，畏惧了，可又不得不硬着头皮一个一个地点下去，边点边响，边响边点，后面的炮还没有点完，前面的炮就起爆了，刹那间山摇地动，巨石横飞，吓得他心惊肉跳，魂不守舍。

炸岭取石进展非常顺利，连续三天均没有出现哑炮，第四天就可以把四组三十二根导火索全部点完。王鸣荻算了一笔账，如果把这些石材运到贞女祠，剔除工本费，再去掉苦力四十五块大洋的工钱，所剩无几，他越想越觉得不甘心，最后他想出了一个极其险恶的阴谋。

第四天，王鸣荻在乌龟岭实施起爆前对苦力讲了一番感人肺腑的话："兄弟们，经过一个多月的炸岭取石，我们即将完成上峰指定的任务，你们辛苦了！今天是炸岭取石的最后一天，我提前把工钱发给你们。"

杜欣和苦力们每人领到了五块大洋，觉得这一个多月总算没有白忙活。

王鸣荻接着说："希望你们在施工中格外细心，如果今天不出哑炮，我将每人另外追加七块大洋，作为犒赏。"

苦力们听了很受感动，齐声说："谢谢警长！祝警长升官发财！"

王鸣荻两眼盯着杜欣，话锋一转："犒赏是有条件的。如果出现哑炮，那就对不起了，不但不追加七块大洋，每人还要扣除四块大洋作为罚金，有奖有罚。同意者马上签约，不同意者不奖不罚，拿着工钱走人！"

杜欣望着王鸣荻，心领神会，便大声说："警长奖多罚少，有奖有罚，可谓是既公平又合理，再说一个多月都过去了，最后一天也不会出什么问题，我同意签约！"

杜欣第一个在王鸣获事先拟好的字据上签了名，后面又加上了永不反悔几个字。王鸣获表示满意，把杜欣拉到一边，拍了拍杜欣的肩膀，小声说："你小子只要听我的话，事后我将把你留在身边，委以重任！"

苦力们在七块大洋的诱惑下，见杜欣首先签了约，也都签上了自己名字，可他们哪里知道王鸣获怎会轻易地往外掏钱。

今天，王鸣获好像是换了一个人，亲自与苦力们一起填塞炸药。苦力们深受感动，谁知他趁苦力们不注意制造了一个哑炮，混在其中。他认为自己的高明之处是没有让陈天塬参与炸岭取石，否则他的雕虫小技是瞒不过陈天塬的。

杜欣想着王鸣获"留在身边，委以重任"这句话，来了精神，似乎已经成了熟练的点炮能手，他按顺序首先点燃了第四组的第一根导火索，随着"哧哧"的响声，炸药开始引爆，连续点燃了八根导火索。杜欣随着爆破声的轰鸣，在滚滚的烟尘中穿行跳跃，十分得意。

苦力们祈盼能得到奖金，在远处默数着爆破声：一、二、三、四、五……就再也听不到爆炸的响声了。

此时，王鸣获真的着了急。他只是在一颗炮眼上做了手脚，让他始料不及的是居然出现了三颗哑炮！王鸣获万万没有想到会是这样，头上已经沁出了一颗颗豆粒大的汗珠，他不在乎排除哑炮的危险有多大，在乎的是多出了两眼哑炮，增大了他的开支。

苦力们哪里知道出现哑炮是王鸣获做了手脚，后悔不该与王鸣获签这个赏罚字据，叫苦不迭。

唯有杜欣对赏罚字据表示认同，他为了讨好王鸣获，首先拿出四块大洋交给王鸣获，献媚地说："赏罚字据是我们自愿签订的，出现了哑炮是天意，如果食言，那还是人吗？"

苦力们见杜欣这样说，觉得事已至此，难以挽回，只好自认倒霉，乖乖地从兜中掏出四块大洋，交给了王鸣获，可怜兮兮地离开了乌龟岭。

杜欣想到王鸣荻的许诺，觉得王鸣荻不会食言，便跟着王鸣荻回到了警察所，心想：如果能留在警察所当他的马弁，即使拿不到一文钱也值了。

王鸣荻让杜欣暂时在警察所清扫卫生，听候差遣。随后，便去约郑禅忻来到了乌龟岭。

郑禅忻发现乌龟岭岭下到处是横七竖八的石头，四周用绳索圈了起来，还竖起了一个警示牌："警示线内有生命危险。"

郑禅忻奇怪地问："这是怎么回事？"

王鸣荻像是遇到了难题，向郑禅忻请示说："炸岭取石的工作本来很顺利，没想到在爆破中出现了三处哑炮。如果不排除哑炮，这里的石头将无人敢拉；如果请人排除哑炮，很可能有生命危险。"

二人经过商谈，最后郑禅忻同意王鸣荻张贴悬赏告示，再用五十块大洋悬赏排除哑炮的人，这个钱当然得郑禅忻出。

燕北的早春，乍暖还寒。

中午，陈天塬手里捧着热气腾腾的三鲜馅包子从渝水县城赶了回来，一进门就喊："奶奶！奶奶！您看我给您买什么好吃的来了。"

陈天塬高兴的竟忘了奶奶的眼睛已经失明，他把半斤三鲜馅包子捧到老奶奶的眼前，包子像是刚出锅的，还冒着热气，热气在屋里飘香。

"傻小子！你忘了奶奶的眼睛连你都看不见，怎么能看见你买的是什么呢？不过你一进门我就闻到了香味，是三鲜馅的肉包子。"

"奶奶，您的鼻子——"

"你是不是想说奶奶的鼻子比狗鼻子还灵啊？没大没小的！"

陈天塬亲手把包子送到奶奶的嘴里，问："奶奶，好吃不好吃？"

"真香，真香！这包子有点津海市狗不理包子的味道。"奶奶边吃边说。

"奶奶，津海市'德聚号包子铺'在渝水县建了一个分店，都说它的包子好吃，就是贵点，我只给您买了半斤，请您尝尝！可您为什么说是'狗不理'的味道，多难听啊！"

奶奶说："傻小子，这你就不明白了，说来话长。清朝咸丰年间，津海市有个叫高贵友的人，乳名叫'狗儿'，他的'德聚号包子铺'卖的包子色、香、味、形都独具特色，口感柔软，鲜香不腻，形似菊花。高贵友手艺好，做事又十分认真，从不掺假，来吃他包子的人越来越多，高贵友忙得顾不上与顾客说话，吃包子的人都戏称他说：'狗儿卖包子，不理人。'久而久之，人们喊顺了嘴，都叫他'狗不理'。据说，袁世凯任直隶总督时，曾把'狗不理'的包子作为贡品进京献给慈禧太后，慈禧太后对狗儿卖的包子大为赞赏。从此'狗不理'成了'德聚号包子铺'和高贵友的代称。"

奶奶一边吃一边讲，一不小心包子里的汤汁滴在了陈天塬的手上，陈天塬忙用舌头舔手上的汤汁，奶奶好像觉察到了什么，把剩下的包子递给陈天塬让他吃，陈天塬却一个也舍不得吃，他想留给奶奶下顿吃。他明天还要带奶奶去渝水县下馆子，然后再到裁缝店给奶奶做一身新衣服。

屋内不断传出奶奶和陈天塬的笑声，在贫困的家庭里，仅仅半斤包子就能让祖孙两代人这样开心……

笑声过后，奶奶忽然问："傻小子，你今天买包子是哪儿来的钱？咱人穷志不穷，不义之财咱可不能要！"

"奶奶您放心！这钱是我靠自己的本事挣来的。"

陈天塬便把王鸣荻为修祠，找人爆破取石，当了几天教练，挣来了两块大洋。现在王鸣荻又贴出悬赏告示，用五十块大洋悬赏排除哑炮，陈天塬便揭下了这张悬赏告示，并与王鸣荻签下了生死文书。

陈天塬立即从身上掏出一张盖有警察所大印的生死文书和王鸣荻预付的五块大洋。

奶奶拿起生死文书像是在看，眼里含着泪花。说："傻小子，人命关天的大事，你怎么不和奶奶商量商量？"

陈天塬说："奶奶您忘了我们是开山取石的爆破世家，王鸣荻又是我的表舅，曾经在我父亲手下当过石工，我父亲又救过他的命，他说他会全力保护我的安全，以报家父的救命之恩！"

奶奶说："你不应该冒这个险，你别看奶奶穷，咱并不缺钱花，包子有肉不在褶上！奶奶把你娶妻生子的钱都准备好了。"

"我不仅不能花奶奶的钱，我还要靠自己的双手挣钱给奶奶花。"

"奶奶知道你孝顺，顺者为孝，今后什么事你都得听你奶奶的！现在我问你，他们是在哪里爆破取石，你又是去哪里排除哑炮？"

"乌龟岭！"

当奶奶听到"乌龟岭"三个字，眼泪止不住流了下来。奶奶说："你一定要听奶奶的话，赶快找王鸣获退了这份生死文书。乌龟岭是历代的刑场，阴气太重，凶多吉少。乌龟岭即是无归岭，咱不能去，订金奶奶帮你加倍退还。"

陈天塬也觉得事前应该和奶奶商量商量，现在已经签了生死文书，再去找王鸣获反悔，实在不好开口，但他拧不过奶奶，只好硬着头皮去找王鸣获。

王鸣获知道渝水县城除了陈天塬没有第二个人能排除哑炮，所以他以五十块大洋做诱饵，让陈天塬上钩。他还知道陈天塬有可能反悔，因为排除哑炮是拿生命做赌注，所以对陈天塬反悔早有准备。

王鸣获见陈天塬来找他，冷冷地说："怎么又回来了？是不是怕我不给你钱啊？我王鸣获可不是那种小气的人！"

陈天塬忙说："表舅的为人我是知道的，不过奶奶不让我挣这个钱，让我把这份生死文书退了。"

王鸣获最怕陈天塬退这份生死文书，便采取欲擒故纵的办法说："可以啊，可以！谁让我是你表舅呢！"

接着王鸣获从抽屉里拿出文书正本，说："文书可不是儿戏，上面已经盖上了警察厅的大印，白纸黑字谁也改不了，如果你撕毁文书，要负法律责任的！"

陈天塬有点着急了，说："这就得全靠表舅了，您预付给我的五块大洋我已经给您带来了。"

王鸣获听了很不高兴，说："你忘记文书上面是怎样写的了吧？现在我念给你听：'陈天塬揭下悬赏告示之日起，三日内排除哑炮，陈天塬因排除哑炮所造成死伤，由陈天塬自负。待基石运走后证明哑炮确实已排除，我警察所将付给陈天塬五十块大洋，同时扣除预付大洋五块。如果陈天塬违约，须双倍偿还大洋一百块，现在你只拿来五块大洋岂不是开玩笑吗？"

王鸣荻进一步给陈天塬施加压力，不软不硬地说："这件事表舅不是不帮你忙，只是这一百块大洋数目太大，表舅就是砸锅卖铁也难凑齐，如果你能拿出这一百块大洋，表舅一定帮你！"

陈天塬听说一百块大洋，心里纳闷，文书中并没有这种说法，显然是后来填写的，他想质问王鸣荻，又考虑弄僵了不好收场，便婉转地说："如果我拿不出一百块大洋，表舅怎样帮我。"

王鸣荻软硬兼施地说："你要想让表舅帮你，你就不要听那死老婆子的话。这件美差别人想干我也不会给，如果你来干，表舅给你当保镖，一定能成功。一百块大洋足够你买房置地，娶妻生子，安然度日。如果你不想干也可以，但你必须马上给我拿来一百块大洋，我好向上峰交差。否则，县公署承审处①将以你撕毁文书，欺诈上司论罪，把你送进大牢。"

王鸣荻几句话把不谙世事的陈天塬吓得目瞪口呆，说不出话来。

王鸣荻接着说："陈天塬！这件事可不是表舅硬拉你来干的，你没有考虑好签什么生死文书？又领什么订金？如今你想干也得干，不想干也得干，没有退路了！"

陈天塬见与王鸣荻再谈下去也不会有好结果，便横下一条心，决定在三天之内排除哑炮。

陈天塬与王鸣荻来到乌龟岭工地，根据现场勘查，确定了三颗哑炮的具体位置。王鸣荻深知排除哑炮的危险性，稍有不慎，后果不堪设想，随后，王鸣荻便撤离了现场。

陈天塬排除哑炮采取先易后难的方法。他手持钢钎首先将炮眼周围的碎石清除，然后用铁钩轻轻地伸进炮眼，小心翼翼地将堵在里头的黄土掏出，最后一点一点地拉出了带有导火索的雷管和炸药。这时他发现导火索没有连接上雷管，炸药也没有夯实，显然是被人做了手脚。陈天塬排除的第一颗哑炮还算顺利，清除了黄色 TNT 炸药八

---

① 县公署承审处相当于现在的县法院。

公斤。

陈天塝通过仔细观察，发现排除第二颗和第三颗哑炮的难度最大，他想采用灌盐水法去排除，但炮眼里的炸药捣得非常结实，上部又被黄泥堵死，灌不进盐水。陈天塝觉得采用引爆法相对比较安全，但导火索和雷管的连接情况并不清楚，他立刻找到王鸣荻，说："表舅，第一颗哑炮已经顺利排除，剩下的两颗哑炮只能用引爆法才能排除，这样不仅能保证五百立方石材足量，也可以在成本上把损失降低。"

王鸣荻听了很满意，问："我可以把杜欣叫来当你助手，需要什么我都满足你。"

陈天塝听说给他配了个助手，心里有了底。他还想说什么，王鸣荻有些不耐烦，问："有话直说，干吗吞吞吐吐的！"

陈天塝说："表舅，这第一个哑炮有问题，一定是有人图谋不轨，做了手脚。"

王鸣荻听了陈天塝的话，惊出一身冷汗，他自认为天衣无缝的秘密，竟被陈天塝识破了，他忙掏出手绢擦汗来掩饰，说："陈天塝，你发现的情况很重要，表舅心中有数就是了，这件事人命关天，你千万不要对人乱讲。"

王鸣荻立刻叫来杜欣，面授机宜，还给了他两块大洋，杜欣自然十分高兴。

清理最后两颗哑炮，却不是那么顺利。陈天塝虽然多了一个助手，却成倍地增加了劳动量。

陈天塝再次对两颗哑炮仔细勘查，查看炮眼周围岩石和土层情况，确保抵抗线不能降低，防止爆炸时会在压力较小的一侧形成定向爆破，能量成倍剧增而酿成灾祸。陈天塝决定在每个哑炮的旁边各砸一个能放置二公斤炸药的炮眼。

砸眼还算顺利，杜欣与陈天塝互相换着扶钎、抡锤。直到傍晚终于凿成了两个炮眼。陈天塝说："祖师爷讲：土地爷小气得很！他经常用制造哑炮的办法，阻止你开山取石。所以，在排除哑炮前，只要在炮眼周围尿一圈尿，再装炮准响。"

临走前，陈天塬与杜欣每人各围着一个炮眼撒尿，边走便撒，围着炮眼尿了一圈。

夜幕降临，惨白的月光下，乌龟岭像一只硕大的乌龟，周围是一片死寂，突然有一个幽灵般的黑影蹿上了乌龟岭。

黑影在乌龟岭上用铁锤、凿子猛砸，像是在松动哑炮一侧的土层，铁锤和凿子击打着石块的"叮！当！"的响声，在夜空中回荡，这响声直到后半夜还没有停止。

次日，天空乌云密布，乌龟岭阴风阵阵。陈天塬与杜欣准时来到工地，他们清理了炮眼中的泥土，在填塞炸药之前，对炸药、雷管、导火索，都进行严格的检查：炸药是否干燥，雷管和导火索是否受潮。两个炮眼相隔约两丈远，两个人每人负责一个炮眼。

杜欣在安装雷管和导火索的时候，说："陈天塬，你帮我看一看安装得是否到位？"

陈天塬忙走过来把手中的导火索递给杜欣，然后帮助杜欣检查一遍，说："你做得很到位，如果不出哑炮，我们今天就完事大吉了。"

善良的陈天塬做梦也不会想到，就在他为杜欣检查雷管和导火索的时候，杜欣把他的导火索调了包。

陈天塬慎之又慎地往炮眼中填塞炸药，安装雷管，接上导火索。

两个人同时点燃了导火索，随着"哧哧"的响声撤离了现场。

"轰！"第一个双声巨响使大地震颤，这是杜欣引爆的哑炮，杜欣的脸上露出了诡谲的笑容。

陈天塬期待着他负责的哑炮引爆，三分钟过去了，却没有听到哑炮引爆的双声巨响。按常规这时就可以断定又出了哑炮，杜欣催着陈天塬快去看看，是否需要重新点火。陈天塬并不着急，凭他的经验半个小时以后炮仍然不响，再去排除哑炮才是最安全的。

陈天塬足足等了一个钟头还没有引爆，便断定又出了哑炮。他回忆了每个环节，觉得都不会出错，感到非常蹊跷。

杜欣在一边直催他去看看出了什么问题，陈天塬心生疑惑，问："你怎么老催我快去看看，难道你不知道早去一分钟就多一分钟的危险吗？"

杜欣有些心虚，忙解释说："我是想尽快排除哑炮，咱们好早点回去。"

陈天塬说："刚才我帮助了你，现在你也得帮助我，这个哑炮得咱俩共同排除！"

陈天塬立即拉着杜欣向哑炮走去，快接近哑炮时，发现杜欣浑身在不停地颤抖，奇怪地问："杜欣，你怎么了？"

杜欣谎称："陈天塬我实在憋不住了，我要解大手！"

陈天塬说："我知道你胆小，你就趴在这里，需要你的时候，我再叫你。"

杜欣似乎受了感动，悄声地说："陈天塬，对不起了！"陈天塬匍匐着前进，很快就爬到了哑炮的跟前，导火索已经被土埋在炮眼里，他用小勾子轻轻地拨开浮土，发现埋在土里的导火索正在"哧哧"地冒着火星，导火索是经过他仔细检查过的，燃烧绝不会这样慢。此时，陈天塬才明白他的导火索被杜欣调了包，说了声："不好！"便连滚带爬地向杜欣所在的方向滚去。

杜欣知道慢捻随时都有被炸死的可能，吓得浑身颤抖，直冒冷汗。猛然间，发现陈天塬的滚爬动作，知道危险即将临近，便站起来拼命地向远处跑去。

由于杜欣把炮眼一侧的土层进行了松动，炸药在三面挤压的情况下能量成倍剧增，强大的反向气浪虽然把陈天塬推远，但爆炸的石块却把陈天塬击倒。陈天塬身负重伤，动弹不得，喊道："杜欣！杜欣！快来救我！"

杜欣此时已吓得魂不附体，听到陈天塬的喊声知道他还没有死，便快步来到他的面前，说："陈天塬！我知道你是个好人，我本不应该加害于你，但我经不起金钱的诱惑，有人用钱要买你的命，所以我今天必须让你死。"

陈天塬说："你可知王鸣荻是我表舅，我表舅知道了一定饶不了你！"

"你现在还蒙在鼓里，可悲、可叹！想杀你的不是别人，正是你那个表舅王鸣荻，因为你对他说了不该说的话！"

此时的陈天塬不明白王鸣荻为什么要杀他，不相信杜欣说的话会是真的，他更不相信王鸣荻真的会杀他。

陈天塬忍着剧痛站了起来，艰难地向杜欣走去，说："王鸣荻是我的亲表舅，他怎么会杀我？这绝不可能！"

"不许动！"杜欣从身上掏出了一把左轮手枪指向陈天塬，面目狰狞。

陈天塬连忙摆手，说："杜欣，我家里还有一位老奶奶需要我照顾，只要你放我一马，我的钱都归你！"

"砰！"杜欣向陈天塬开了一枪，陈天塬的身体摇晃了一下，居然没有倒下。

杜欣用嘴吹了吹枪口上的青烟，说："你认识这把左轮手枪吗？这就是王鸣荻借给我的，他不但让我杀了你，还要让我杀死你的奶奶，这回你可以放心地走了吧！"

"砰砰！砰砰砰！"杜欣一阵乱枪，陈天塬的身躯终于倒在了乌龟岭下，血溅石场。

陈天塬此时才懂得"害人之心不可有，防人之心不可无"的古训，但为时已晚。

杜欣杀死陈天塬之后，立即奔向陈家大院，他在大院门前见到了一个二十多岁的年轻人，只见他身材清秀，衣着朴素，行动敏捷，可惜英俊的脸上有一块青痣。

杜欣怕找错了屋，忙上前询问："请问，大院里有一位老奶奶住在哪个房间？"

年轻人用手指了指东门房："啊！啊！啊！"

杜欣遇见的年轻人原来是个哑巴，觉得晦气。他蹿上台阶，直奔东门房，门是虚掩着的，屋内静悄悄，他轻轻地推开屋门，挑开门帘，正欲行刺，发现屋中空无一人。

王鸣荻在他的办公室的椅子上，如坐针毡。中午也没敢休息，直到下午三点杜欣才来到他的面前。

王鸣荻问："我让你办的事，都办好了吗？"

杜欣说:"乌龟岭的石头五百立方应该是富富有余,我已送那个傻小子上路了,老太太——"杜欣想说老太太不知去向,但,转念一想,如实讲了王鸣荻一定会克扣他的赏钱,便说,"老太太已经被我扔进石牌坊村北那口千年古井里了。"

"好,好!"王鸣荻连说两个好字,随即从抽屉里拿出二十块大洋和两张县公署承审处的公文信笺,上面早已写好了几行字,让杜欣看。

杜欣并不识字,问:"警长大人,这个东西是干什么用的?"

王鸣荻说:"领赏钱啊!只要你在上面签字、画押,马上就可以把这二十块大洋的赏钱拿走!"

杜欣听说是领赏钱,便在县公署承审处的公文信笺上签了字,画了押。

王鸣荻接着问:"陈天塬的尸体掩埋了没有?"

"没有!"杜欣没敢说谎。

王鸣荻说:"你赶快到乌龟岭挖个坑,一会儿我也去现场,帮你把尸体埋了,免得夜长梦多!桌上的这二十块大洋你先拿着,待埋完了陈天塬的尸体,我还要给你一个惊喜!"

杜欣拿起二十块大洋非常高兴,他掏出左轮手枪说:"这手枪还给您!"

王鸣荻把手枪接了过来,摆弄了一下又交给了杜欣,说:"这把枪就送给你,乌龟岭是个非常凶险的地方,留给你掩埋尸体壮胆!"

杜欣把左轮手枪别在裤腰带上,忽然想起"有枪便是草头王"这句话,自己不但有了钱,而且还有了枪,自己俨然已经成了草头王,好不得意,他迈着四楞子步,来到了乌龟岭。

乌龟岭下死一般的寂静,忽然一阵阵旋风在他身边转来转去,杜欣望着陈天塬的尸体,感到异常恐怖,下意识地摸了摸腰带上的左轮手枪。

他找到一块土层比较松软的地方,忐忑不安地开始挖坑。这些天他太累了,现在仿佛连挖坑的力气都没有了,他企盼着王鸣荻快点到来,尽快帮他把陈天塬的尸体埋掉。他摸摸兜中的二十块银元,似乎有负罪之感，忽然感到这仿佛是在自掘坟墓。

王鸣荻终于被杜欣盼来了，他一个人开着警车在离他不远的地方停了下来，杜欣见王鸣荻如约到来，略感放心。

王鸣荻来到杜欣的面前，一个字一个字地问："你杀死陈天堀的尸体在哪儿？"

"就在前边！"

"你挖的这个坑，是准备埋陈天堀尸体的吗？"

"是！"

"你什么时间去的陈家大院？"

"我杀死陈天堀之后就去了陈家大院！"

"那个老太太你弄到哪里去了？"

"我把她扔到石牌坊村北那口千年古井里了！"

"你从警察所拿走的二十块大洋和那把左轮手枪是否还带在身上？"

"都在我身上！"

杜欣忽然觉得王鸣荻像是在审问犯人，哪里还敢让警长帮他掩埋尸体，他战战兢兢地问："警长大人，这些事您不是都知道吗？"

王鸣荻说："我是都知道了，但没有录下口供，所以我想现场让你指认犯罪事实。"

这时，从警车上又下来事先藏在车中的三个人，王鸣荻向杜欣介绍说："这位是《津海日报》的记者。"

记者手里拿着照相机立即对现场进行拍照。

王鸣荻又指着另一位说："这个人是承审处的书记员，刚才已经把你的口供记录在案。"

书记员冲王鸣荻点点头。

"这位是我的便衣保镖！"

保镖横眉立目，手握盒子枪站在王鸣荻的身后。

杜欣此时才知道上了王鸣荻的当，王鸣荻来到现场根本不会帮他掩埋陈天堀的尸体，更不会再给他十块大洋，知道自己现在的处境是凶多吉少，便起了杀死王鸣荻的念头，立即从腰间拔出左轮手枪，指着王鸣荻说："王鸣荻！你这个王八蛋，我现在就打死你！"

王鸣获面无惧色，像长官劝下属，口气也和缓了许多，说："杜欣呀，杜欣！你要是低头认罪，我还可以从轻处理，如若开枪拒捕，后果自负！"

杜欣的手开始颤抖，他心里明白向王鸣获开枪他必死无疑，不开枪他也活不了，他想当场揭露王鸣获，但谁能相信他的话呢？他不知如何是好。

王鸣获用话激他："你这个胆小鬼，怎么不开枪啊！你不开枪就是婊子养的！"

杜欣在走投无路的情况下，已经没有时间考虑开枪是什么后果，他扣动了扳机，谁知王鸣获在他的办公室早已卸下子弹，送给他的左轮手枪已经没有子弹了。

王鸣获见杜欣上了当，不禁哈哈大笑，说："杜欣！是你小子先开枪要杀死我，可不要怪我心狠手辣！"

杜欣绝望了，只因自己经不起金钱的诱惑，充当了谋害陈天塬的杀手。此时、此地，他才明白，他在王鸣获面前简直就是一头驴，一头摇尾乞怜的顺毛驴，卸磨被杀，乃是咎由自取。

保镖以正当防卫的名义向杜欣连开数枪，把杜欣当场击毙。"扑通"一声，杜欣的身躯倒在了他为陈天塬挖的土坑里，他的头面向王鸣获，瞪着双眼，抱憾终身。

十　红泥谷倩影

王鸣获在乌龟岭以正当防卫为借口，击毙了杜欣，了却了心中的隐患，又以二十块大洋的代价，求得吴国祯对乌龟岭命案不予追究，就这样渝水县衙以嫌疑犯已死为由，草草地结了案。

郑禅忻得知陈天塬和他奶奶双双遇害，立刻赶到陈家大院，为陈天塬料理了后事，他感叹地说："陈天塬是个孝顺孩子，可惜不识人间善恶，不明白'害人之心不可有，防人之心不可无'的道理，他的奶奶也是受了他的牵连，如今是生死难测。"

张虔奕说："陈天塬的死很可能与炸岭取石有关，警长王鸣获不但不予追查，反而隐瞒了案情，其中定有猫腻。"

郑禅忻说："王鸣获曾在我部下当过差，凭这层关系才请他协助解决修祠急用的五百立方基石，只是这个代价太沉重了！"

张虔奕说："昔日，吴国祯与王鸣获曾在国立美专制造了轰动全国的命案，后畏罪潜逃。当年对我们几个学生恨之入骨，如今修祠竟然又撞在了一起，真是冤家路窄，不知他们还要干出什么事情来。"

郑禅忻无可奈何地说："这些人不但没有受到国法的惩处，反而成了渝水县的一方诸侯，在渝水县管辖的境内修祠，难免涉及这些地方官。现在王鸣获倚仗吴国祯的势力，更是狗眼看人低，这对表兄弟可谓是渝水县的两条地头蛇。"

张虔奕说："修祠乃是深得民心的义举，不管遇到什么事情，我们矢志不移，绝不能辜负张将军和乡亲们的厚望，一定在渝水县打造一座可与敦煌石窟相媲美的贞女祠！"

郑禅忻说："重修贞女祠的古建工程至关重要，重塑贞女金身可谓是重中之重。塑像的首要材料就是泥，我走访了几位老人，他们说渝水县只有红泥谷的陶泥是塑像最好的原料。明天我们去 趟红泥谷，看看那里的陶泥是否可用。"

梁茜月在屋外准备饭菜，听说他们要去红泥谷，立即推门进屋，说："红泥谷这个地方一定很好玩，我想和你们一起去。"

郑禅忻惊奇地发现，面前的梁茜月与昔日的梁茜月已判若两人。新烫的秀发披在身后，在白色衣裙的衬托下，容颜更加清纯可人。

郑禅忻高兴地说："这才像是一位教授的夫人呢！"

张虔奕对郑禅忻的话未置可否，立即转移了话题，说："去红泥谷必须经过九门口，那里是万里长城唯一一段水上长城，非常壮观！"

梁茜月显得异常高兴，说："我们是不是可以顺便游览一下长城，散散心！"

张虔奕说："游览长城不仅仅是散心，我们借此机会可以共同回顾一下历史。"

梁茜月说："小时候听家父讲过长城，只是当时年龄太小，有些事已经记不清了。"

张虔奕有些激动，说："梁伯伯生前曾对我说，什么都可以忘记，但不能忘记我们是炎黄的子孙，不能忘记华夏大地是我们的根，不能忘记长城是中华民族的脊梁，否则我们将有愧于列祖列宗。"

梁茜月佯装不解，说："《康熙字典》曰'黄帝始立城邑以居'，'城'无非就是城市的围墙，'长'无非就是久远的意思，你说的'长城'无非就是一个久远而大的围墙而已。"

张虔奕觉得梁茜月的见解肤浅，立即对长城进行了简要地诠释："长城始建于战国，上下两千多年，纵横十万余里，工程浩大堪称世界之最，长城在历史上抵御外患，保卫华夏疆土，功不可没。长城是中国古代劳动人民勤劳、智慧的结晶，象征中华民族血脉相承的民族精神。"

梁茜月发现张虔奕真的认起真来，忍不住笑了，接着张虔奕的话茬大声吟诵："横亘千古的万里长城，犹如一条巨龙屹立在世界的东方，它象征着中华民族的脊梁，其悠久的历史、浩大的工程、无与伦比的古代建筑艺术，堪称世界之最，与埃及的金字塔、印度的泰姬陵等一起被誉为世界伟大的古代建筑奇迹，它不仅是中华民族的骄傲，也是整个人类的骄傲。"

张虔奕这才明白梁茜月对长城的认识并不亚于他。

第二天，张虔奕雇了一辆四轮马车，早早地等在陈家大院的门前，郑禅忻、张虔奕相继上了车，却迟迟不见梁茜月出来。

郑禅忻说："你这位夫人昨天迫不及待地要去红泥谷，今天怎么却姗姗来迟？"

张虔奕略加思忖，说："她办事从来不循规蹈矩，净做些让人啼笑皆非的事情来。"

郑禅忻哈哈大笑，说："她的性格怎么这样像我？"

梁茜月从门洞里走出，似乎听见了他们的议论，迈过大门槛，倚在狮子狗边，见他们不再说话，便走下门前的石阶。

两人惊奇地发现梁茜月换上了她那件绣有牡丹花的红色旗袍，脚穿红色高跟鞋，步履轻盈地向他们走来，手上还拎着一个精美的挎包，张虔奕知道里边装的是她从旧物市场买来的德国蔡司相机。

梁茜月登上四轮马车，车夫一声吆喝，随着车轱辘的响声，马车从石牌坊村出发，沿着山村小路驶向红泥谷。

燕北的四月，正是春游的季节，山村小路两侧是一片盛开的梨花，三个人坐在马车上，有如在梨花中穿行。梁茜月的柔美身姿，在梨花映衬下，更显红装美艳，和煦的春风迎面吹来，一路飘香。

郑禅忻、张虔奕望着梁茜月，勾起了两人昔日的伤痛。

郑禅忻发现这位张夫人太像他的妹妹了，如果他妹妹没有死，应该也是这个年龄。

张虔奕仿佛在梦幻中又见到了慕容馨月，想起在国立美专给她画像的情景，心中一阵酸楚，险些掉下泪来。

四轮马车在乡村小路上颠簸，梁茜月的身影随着车身的颠簸，在两人面前晃来晃去，两人渐渐从昔日的伤痛中回到了现实。

郑禅忻说："去红泥谷要路经九江河，九江河水流湍急，波涛汹涌，沿着红泥大峡谷的一侧倾泻而出，红泥谷的谷口地势非常险要，是通往中原的咽喉要道。峡谷两侧是悬崖绝壁，长城横跨百米宽的九江河，连接两山，河水从长城下的九个水门穿过，是一段以惊、奇、险著称的水上长城，人称九门口长城，是当年我们与直军两次大战的主战场。"

张虔奕见梁茜月只顾观花赏景，对历史事件好像并不在意，便试探着问："在崇祯（甲申）年间，九门口曾发生过一次战役，不知你能否说得清。"

梁茜月知道张虔奕在考她，便以慕容馨月的身份说："虔奕哥，你忘了我在东滨大学曾研习过明清历史，当时我受中华影片公司委托，写一部电影剧本《吴三桂与陈圆圆》，电影还没有开拍，便引起了争议……有些历史学家给吴三桂戴上了一顶'叛臣'的帽子，这太不公平了，我认为吴三桂并不是真心降清，不然在云南怎么又会举起了反清大旗。云南昆明有一座叫金殿的庙，庙里供奉着吴三桂的塑像，可见云南人和我一样把吴三桂视为怜香惜玉的英雄。如果李自成的部下刘宗敏没有掳走陈圆圆，吴三桂也不会引清军入关。怪就怪李自成没有管好自己的部下，让刘宗敏断送了他的江山。"

梁茜月俨然以慕容馨月的身份在说话，张虔奕又不好在郑禅忻面前否认她的身份，只好任凭梁茜月说下去："在东滨大学我曾拜访了清史名家柳馨瑜，苦苦地寻找吴三桂与陈圆圆的情爱足迹。现在我要重写这部电影剧本，片名暂定为《乱世情缘》。"

梁茜月显得非常兴奋，仿佛电影已经杀青，他们依稀坐在放映厅里看样片，梁茜月像是在为影片作字幕解说："故事发生在明末崇祯年间。在江苏武进县奔牛镇，有一个叫陈畹芬的少女，姿色天然，美艳倾城。可惜生不逢时，父亲陈货郎整天痴迷戏曲，喜交优伶，每天沉迷在吹打弹唱之中，因此荒废了家业，患病后因无钱求医而殁。

"陈畹芬卖身葬父，落入烟花柳巷，改名陈圆圆。她从小受父亲熏陶，能歌善舞，凭借一曲弋阳腔《红梅记》唱红秦淮河畔。

"然而，陈圆圆并不甘心沉溺在追欢卖笑的风月情场，她经常弹奏古曲《高山流水》抒发她难觅知音的幽怨，期盼着一位风流倜傥、年轻貌美的男子到来。然而盼来的却是老态龙钟的田弘遇。

"田弘遇是崇祯皇帝宠妃之父，他去南海普陀山进香时，见到了'酒垆寻卞赛，花底出陈圆'这首赞美陈圆圆花容月貌的诗，色心顿起，便派人到处寻找陈圆圆。陈圆圆东躲西藏，最后还是难逃虎口，被田弘遇带回京都。

"吴三桂对陈圆圆的蕙心兰质倾慕已久，昼思夜想。正当他要以重金聘娶陈圆圆的时候，不料田弘遇仗其权势抢先一步。吴三桂对陈圆圆费尽心机，却是镜花水月一场空。

"陈圆圆还算侥幸，阴差阳错地没有被送进宫，也没有成为田弘遇的小妾，只是以备受称羡的秦淮歌妓身份栖身于田府。

"田弘遇见明朝江山危在旦夕，急于寻求保护。他在满朝文武之中，选中了吴三桂，便设宴邀请，并让陈圆圆在宴前轻歌曼舞，前来助兴。

"陈圆圆在田府与吴三桂相逢，觉得吴三桂就是她的梦中情人，立即媚眼传情。吴三桂见了陈圆圆觉得比他想象中的美人更美，便也双眼凝视向她传递爱慕之情。酒过三巡吴三桂已急不可待，便以保护田府高于社稷的承诺，作为交换陈圆圆的条件。田弘遇虽然不情愿，却不得不忍痛割爱。

"陈圆圆暂时住在京城吴三桂父亲吴襄的府里，期待着吴三桂前来迎娶。不料大顺农民军攻入京城，权将军刘宗敏在京城吴府抢走了陈圆圆。

"吴三桂在渝水县已经接受了大顺农民军的招抚，却没想到权将军刘宗敏抢走了他的最爱。吴三桂发誓，豁出命来也要把陈圆圆夺回来。吴三桂借用了清兵的力量，在九门口与大顺农民军厮杀得天昏地暗，最终攻进京城，吴三桂与陈圆圆有情人终成眷属。随着'断雨残云觅圆圆，冲冠一怒为红颜'的江南小曲，银幕上叠印出'剧终'两个字。"

梁茜月说了半天，见郑禅忻和张虔奕没有任何反应，有些失望，便问道："假如我是陈圆圆，你们二位是吴三桂，你们会像吴三桂那样冲冠一怒为红颜吗？"

郑禅忻听到梁茜月在问他，忙敷衍着说："你的问话很有意思，好像你就是陈圆圆，可惜历史不能假设。"

张虔奕对梁茜月的问话没有回答，因为此时他又想起与慕容馨月畅游长城的那段日子，一时旧情难忘，便动情地说："任凭弱水三千，我只取一瓢饮。"

梁茜月知道张虔奕心中想的还是慕容馨月而不是她，有些失望，便说："我好像是一个走街串巷的理发匠。"

张虔奕佯装不解，说："走街串巷的理发匠哪有女人？"

梁茜月辩解说："我说我是剃头的挑子——一头热！"

郑禅忻知道梁茜月是影射张虔奕对她有些冷漠，为了缓解尴尬的局面，说："剃头挑子是个物件，张夫人绝不是剃头的挑子！"

梁茜月问："那我是什么？"

郑禅忻指着梁茜月胸前的牡丹花，说："张夫人是我们身边的一朵牡丹花，国色天香！"

郑禅忻回过头来，冲张虔奕说："虔奕，我说得没错吧。"

张虔奕点头默认。

梁茜月听了郑禅忻对她的称赞，像是赞美她的红装又像是夸她的容貌，有些不好意思。

郑禅忻、张虔奕二人相视一笑，梁茜月略显羞涩，也跟着笑了起来。

说话之间，他们已经到了九门口，三个人走下马车，来到长城的脚下，郑禅忻望着九门口长城，想起跟随张学良、郭松龄二位军长在这里与直军大战的那段日子：

郭松龄与张学良亲如兄弟、情同手足，在直奉大战中配合默契。杨宇霆心生忌妒，便找茬与郭松龄争吵。张学良把杨宇霆训斥一顿，指出战前将士不和乃是兵家大忌。杨宇霆从此怀恨在心，耿耿于怀。后来，郭松龄反奉兵败被俘后，杨宇霆公报私仇，将郭松龄就地杀害。郑禅忻至今还为他没能挽救郭松龄的性命而感到愧疚。

梁茜月望着耸入云端的敌楼，似乎被一种精神所感动，便说："我想登上九门口长城那座最高的敌楼……"

郑禅忻为了表示对郭军长的怀念，也想在敌楼上留个影，便爽快地答应了梁茜月的要求。

九门口长城最高的那座敌楼，虽然历尽了战火硝烟的洗礼，但它那铮铮铁骨般的墙体依然屹立在悬崖峭壁之上，在湛蓝色的天空和朵朵白云的映衬下，更显雄伟壮美。

三个人沿着陡峭的坡道，艰难地向上攀登，终于登上了那座最高的敌楼。

敌楼券门两侧各有一个箭窗，梁茜月第一个从券门进入券洞。券洞两侧外墙各有三个箭窗，洞内并不显黑，敌楼分上下两层，券顶拱连，托起第二层地面。张虔奕指着券洞说："这里是古代士兵休憩和存放武器的地方。"

梁茜月发现墙角还留有一个残破的楼梯，便急不可待地往上爬，张虔奕忙说："楼梯危险！"

话音未落，梁茜月已经从楼梯上摔了下来，幸好跌在了张虔奕的身上，梁茜月调皮地一笑。

三个人互相搀扶着进入了第二层，上面有一间阁楼，地面上的青砖大部分已经损坏，在一处被炮弹轰塌了的墙角有一个石凳。郑禅忻坐在石凳上，说："当年张军长亲临前线指挥，就是在这里运筹帷幄，击退了直军的王牌部队。"

　　梁茜月望着敌楼上留下的累累弹痕，抚摸着城砖上的斑斑血迹，感叹地说："炎黄子孙应该爱护老祖宗留下的长城，中国人更不该打中国人……"

　　郑禅忻听了梁茜月的话，深有感触，愣在那里，像一尊塑像，犹如罗丹的"思想者"。张虔奕立即从梁茜月手中拿过照相机，把郑禅忻定格在历史的长河中。

　　梁茜月来到郑禅忻身边，让张虔奕给他们拍一张合影。此时郑禅忻还不知道梁茜月为什么要和他单独合影，更不知道这是梁茜月亲情的表露。

　　郑禅忻提议三人在敌楼前合个影，梁茜月把照相机放在对面的墙垛上，按下了自拍快门，然后匆忙来到张虔奕和郑禅忻两人中间。由于高跟鞋难以在坎坷不平的砖地上快步行走，她那倾斜摇摆的模样，憨态可掬，逗得郑禅忻和张虔奕忍不住笑了起来。就在梁茜月即将摔倒的那一刻，他们忙去搀扶梁茜月，此时快门响了，三个人留下了这个难忘的瞬间。

　　梁茜月有些累了，她倚在券门的墙壁上小憩，她那身红装，与古老沧桑的敌楼形成了强烈的反差，张虔奕为梁茜月抓拍了这张燕北佳人的绝美靓照。

　　梁茜月穿高跟鞋初登长城时，一边攀登一边照相还没觉得怎样吃力，待从长城返回往下走的时候，可难为了她，由于鞋跟太高，又是陡峭的下坡，每向前走一步，都感到非常艰难。

　　张虔奕说："你干脆脱掉高跟鞋，光着脚走吧！"

　　梁茜月说："亏你想出这个主意，让郑参谋长看我光脚丫的样子，多难为情？"

　　郑禅忻说："这样吧，我们俩一边一个给你护驾，你的脚可以轻轻地着地，保你不会跌倒。"

梁茜月觉得这个办法还不错，两只纤纤玉臂分别挎在郑禅忻和张虔奕的胳膊上，梁茜月借助两个男人的力量，像是在打秋千，悠悠荡荡地从长城上飘下来。她望着身边最尊敬的两个男人，一股暖流涌遍全身。

三个人又回到马车上，梁茜月感到非常欣慰，因为每到一处，张虔奕都为她留下了美好的记忆，只是浑身有些酸软，她微闭着双眼靠在张虔奕的身上，随着车身的摇晃她似睡非睡，如同婴儿躺在摇篮里……

昔日红泥谷的村民出入九门口是靠渡船，如今这段长城在战火中已经损毁，村民为了方便出入谷口，在山的斜坡上修了一条栈道，马车可以沿着栈道，进出红泥谷。

张虔奕见马车通过栈道穿越了九门口长城，说："红泥谷村就要到了。"

梁茜月忙问："红泥谷的黏土是不是都是红的？"

张虔奕说："红泥谷的土陶制作，历史悠久，是远近闻名的泥瓦盆之乡。这里的黏土微红，是烧制土陶的上好原料。由于烧制的方法不同，生产出的泥瓦盆颜色各异。红泥谷的泥瓦盆，夏天盛粥一天内都不会馊；在泥瓦盆中保存鸡蛋，既能防鼠，还能保鲜；陶泥做的饭筛子，馏馒头、蒸红薯没有那么多水汽，渝水县的家家户户都离不开这些土陶制品。"

红泥谷村位于大峡谷的一侧，面向九江河。马车驶进了红泥谷村之后，三人造访了众多的土陶手工作坊，发现这些作坊都没有围墙，最后来到了规模最大的一家。

老板正在屋里打瞌睡，听说来了顾客，立即有了精神，为了炫耀他的产品，把他们三人带进了样品室。

梁茜月在东滨大学选修的是文物保管专业，对出土文物的鉴别，略知一二，她惊讶地发现样品架上摆着很多出土的唐三彩，这些珍贵的文物，让她目不暇接。

她特别喜欢样品架上一个个背载丝绸的三彩骆驼，她仿佛看到了当年穿越长城的骆驼队，听到了驼铃"叮叮、当当"的响声，骆驼仰首嘶鸣的形象，似乎在述说路途的艰辛，再现了"丝绸之路"那段历史的记忆。

梁茜月觉得这个老板有些不实在，竟把古墓里的东西当成自己的产品来骗人，有些生气，便顺手牵羊地把一个三彩骆驼装进自己的挎包里，老板佯装没看见，解释说："这些都是我们高仿的唐三彩。"

梁茜月惊奇地望着老板，问："这些出土文物原来都是你们复制的？"

老板微微一笑，非常得意，心想："女人能当半个家，得罪不得，偷鸡（机）何惜失把米。"老板又从他的柜子中拿出一个唐三彩——抱娃娃的女人，只见这个抱娃娃的女人，头上高高绾起的发髻分上下两层，上层犹如三个直立并排的花瓣，下面的头发绾成宽大蓬松的半圆形，中间点缀一朵小巧玲珑的红花，胖胖的脸，小巧的鼻梁，弯弯的细眉，樱口含笑，双手还抱着个胖娃娃，半露的酥胸好像是刚刚给娃娃喂完了奶。这个"抱娃娃的女人"在梁茜月眼里并不好看，她不知唐朝人为什么偏偏喜欢胖女人。因为她不能生养，所以她不愿看到抱娃娃的女人。

老板见梁茜月半天没言语，以为她非常喜欢这件"抱娃娃的女人"，想借机讨好这位美人的欢心，但他也要点出她拿了他的三彩骆驼，不能让她认为自己不识数，便说："这件唐三彩也是送给小姐的，回去让她与骆驼为伴，岂不是更加有趣！"

梁茜月明白老板暗示她拿了那个三彩骆驼，有些不好意思，脸腾的一下红到脖子根。这些只有张虔奕看在眼里。

梁茜月为了挽回面子，便用话忽悠起来，说："我要了你这个小玩意，实在是瞧得起你，如果我们订购一批货，你岂不是吃小亏占了大便宜？"

老板听说梁茜月要订购一批货，也顾不得她说话好听不好听，为了推销他的唐三彩，便滔滔不绝地吹嘘说："我们高仿的唐三彩，作旧之后和刚出土的唐三彩绝对一模一样，鉴定家也很难辨别真伪。北平古玩市场的唐三彩大都是出自我们的作坊，目前已经远销日本、韩国、泰国、印度、新加坡、马来西亚，销售的价格不菲，现在已经是供不应求。"

张虔奕认为老板的自我吹嘘不能自圆其说，既然是供不应求为什么还要向他们推销？他说的鉴定家也很难辨别真伪，显是言过其实。

张虔奕指了指梁茜月手中的照相机，反问老板："我虽然不是鉴定家，但我可以用照相机辨别真伪。"

老板听了大吃一惊，知道遇到了高手，自己显然是在班门弄斧，有些不好意思，问："请问先生，用照相机怎样鉴别真伪？"

张虔奕说："唐三彩的釉刚烧成时光泽灿烂，百年之后光泽渐退，釉光逐渐变得柔和自然，从墓室出土的唐三彩釉面都会出现哈利光，这是穿越千年才能出现的梦幻光影，这种哈利光如同漂浮在釉面上，只需用照相机便可拍摄下来，而赝品不管是如何拍照，都不会出现哈利光。"

老板听了，不住地点头。

张虔奕主要是为了考察这里的黏土是否符合塑像的要求，因此他向老板说明，首先要参观一下淋泥的水池。

他们来到了一个最大的淋泥池，老板说："红泥谷的黏土虽然是烧制土陶的上好原料，但由于泥沙混杂，必须采取一道淋泥工序，制成陶泥。从淋泥水池取出的陶泥，必须放在阴凉处，用包装布盖起来，不能见光，不能见风，包装布要有一定的湿度，适时还要在布上喷些水，放置二十天左右才能使用。"

淋泥水池的旁边是制作土陶的原料库，库中存放着大量的陶泥。

张虔奕跟随老板进了原料库，随手揭开湿布，拿出一块陶泥，用手搓成个圆柱体，立在水池旁边的一块青石板上，圆柱体直挺挺地立在青石板上，立了好一会儿，没有松软的感觉。张虔奕觉得陶泥很有立性，随手又把圆柱体搓成细条，用手拿着一端左右摇晃，泥条居然不断，看来陶泥的韧性很强。最后张虔奕又用手捏了一小块泥放在嘴里一咬，丝毫没有牙碜的感觉。张虔奕对红土沟的陶泥非常满意。

接着老板又带他们去参观泥坯作坊。泥坯作坊共有五个，老板直接把他们带到了五号作坊。

五号作坊是在一棵梧桐树下临时搭建的一间小屋，屋内潮湿阴冷，小屋里摆满了手工制作的半成品。小屋靠窗的位置摆放着一台木质转轮，旁边是用木板搭成的简易方凳，一个小水盆放在上面。

老板指着窗前正在用泥坯制作土陶的一个年轻后生说："这是新来的技工，人很聪明，这里的活儿一看就会，别看身体单薄，力气却是很大，只是面部丑陋，还是个哑巴！"

张虔奕顺着老板的手望去，只见那个后生只顾低头干活，他上身穿着一件宽大的粗布长衫，显然是别人施舍给他的，下身穿着一件蓝色长裤，脚上是千层底黑礼服呢面圆口布鞋，身边还有一堆从海边捡来的海石子，海石子呈半透明状，颜色各异，如蚕豆大小。

他把双手放在水盆中浸湿，撕下一块大小合适的泥巴摔在木质的轮盘上，开始操作。他用双脚灵活地踩着踏板，控制转轮的速度，使轮盘的转速可快可慢。然后用拇指卡着泥巴的外缘，其余四个手指并拢成弯曲状插在泥巴中间，随着轮盘的旋转使四个指头下陷，而拇指和另一只手护在泥坯外围，防止破裂。然后，向上向里用力，从而使整个泥巴向外扩张，向上提升。须臾之间，一件精美的土陶造型便出现在众人面前，整个过程是在没有图纸和模板的情况下，完全靠手感和经验制作的。

墙边的小木架上摆满了制作出来的土陶半成品，晾干后即可打磨抛光、雕刻、上彩釉，最后入窑烧制。

梁茜月望着造型各异的土陶半成品，觉得意犹未尽，便向老板提出一个要求，说："能不能让这位兄弟做一个唐三彩给我看看？"

老板说："唐三彩的制作技术含量很高，这位小兄弟现在还难以胜任。"

张虔奕对梁茜月说："你就不要强人所难了，如果你喜欢，回家之后只要你能说出来，我就能给你捏出来。"

这个后生一直低着头干活，发现有人在他身边说话，便抬头观看，正好与张虔奕四目相对。张虔奕看着这个后生，觉得又熟悉又陌生，好像在哪里见过，便俯下身来想问后生的一些情况，老板忙说："他的听力不好，又是一个哑巴，先生如果想与他交谈，只能用手语。"

张虔奕和郑禅忻商量说："这个后生心灵手巧，我正缺一个这样的助手，咱们是否把他留下！"

郑禅忻说："陈家大院正缺一个护院，他既能当你的助手，又能当我们护院，岂不是一举两得，但不知老板肯不肯割爱？"

老板听说郑禅忻是张学良的部下，正想在军界找一个靠山，便顺水推舟地说："参谋长别说要我一个人，就是要我的作坊，我也不会驳您的面子！"

郑禅忻说："我是个急性子，你先问问他家中是否有牵挂，如果他愿意，人现在我就带走。"

老板与他用手语进行交谈，两个人比比画画了好一阵子，这个后生终于点了头。

老板说："这个后生无名无姓，是个无家可归的人，愿意跟你们走。"

郑禅忻说："无名无姓也得有个称呼，我们就叫他哑巴护院吧！"

梁茜月禁不住上前打量起这个哑巴护院来，一眼便看见他脸上的那块青痣，再看他的身材和打扮，忍不住说："这个哑巴好像和我一般高，身材还不错，只是脸上的青痣太难看了。"

老板听了忙解释说："你别看他的个子小，却身怀绝技，可用海石子百步穿杨，两三个人都不是他的对手。"

郑禅忻说："多谢老板割爱！欠他的工钱我来付。"

老板还要带他们参观烧制土陶的大窑，梁茜月问："那个大窑离这儿还有多远？"

老板说："不太远，就在红泥谷村北。"

梁茜月听说在村北，知道还有一段路，这段路虽说不太远，但对于梁茜月来说已经是寸步难行了，她穿着九厘米高的高跟鞋，攀登长城已经够受的了，现在一步也不想走了。

梁茜月忽然发现哑巴护院的脚与她的脚大小差不多，立即萌生了要与哑巴护院换鞋的想法。她立即让哑巴护院停下脚步，连比画带说地让他把脚上的那双布鞋脱下来。

哑巴护院不知梁茜月的用意便脱下了自己的布鞋，没想到梁茜月立即穿上了哑巴护院的布鞋，让哑巴护院穿她的高跟鞋。

哑巴护院有些不好意思，连忙用手语表示："我是个男人，怎么能穿女人的高跟鞋呢？"

梁茜月说："这荒山野岭的没人笑话，兄弟你就帮帮忙吧！"

圆口布鞋已经让梁茜月穿上了，哑巴护院没了鞋也不能光着脚走路，只好穿上了梁茜月的红色高跟鞋。人们惊奇地发现哑巴护院穿上红色高跟鞋的脚竟然与女人的脚一样美，只是与他这身衣服太不协调。

梁茜月穿上了男人的布鞋虽然觉得有些难看，但走起路来却是轻快多了。她望着哑巴护院那身庄稼汉的打扮，而脚上却穿着红艳艳的高跟鞋，不伦不类，忍不住笑了起来。当她发现哑巴护院穿上高跟鞋，回身举步，走路的姿势与女人并没有什么两样，觉得这个哑巴护院少了点阳刚之气，如果凭他的苗条身材，再换上女人行头，在戏班子中反串个女人，一定会唱红燕北大地，成为当代的一位名角儿，只是脸上的那块青痣毁了他的容貌，实在可惜。

红泥谷的女人们都没烫过发，听说来了个烫发的美人儿，觉得很新鲜，不知女人烫了发是个啥模样，都争相来看，发现梁茜月与月份牌上的美人儿几乎是一模一样，赞叹不已。

梁茜月认为人们都是来看她的，心里美滋滋的，她仰抚云鬓，俯弄芳菲，不卑不亢，很有大家闺秀的风度。当人们发现梁茜月脚上穿的竟是一双男人的布鞋，窃窃私语，觉得梁茜月应该像月份牌上的美人一样，穿高跟鞋。梁茜月以为她们是在赞美她，反而更加得意。

红土沟的女人们都没穿过高跟鞋，认为女人穿高跟鞋才最美，当她们发现哑巴护院的双脚竟然穿着一双红艳艳的高跟鞋，便把目光投向了哑巴护院。只见他衣服肥大，与他的身材极不相称，再看他走路的姿态，如同女人一般，高跟鞋着地，沙沙作响，甚是有趣，禁不住哄堂大笑……

有人说，假如他的脸上没有青痣，假如他穿上女人的衣服，假如他真的变成女人，一定是渝水县第一大美人。

老板见人越聚越多，怕影响他的买卖，便连推带搡地把众人劝走，并承诺说："乡亲们不是喜欢看热闹吗？只要大家瞧得起我，月底我一定把渝水县的盲人艺术家请来，给大家演唱渝水大鼓《糊涂丈夫》。"

张虔奕听老板说起渝水大鼓《糊涂丈夫》，又勾起了他在紫塞桃花源的那段情感纠葛。他望着哑巴护院的身影，恍如雾里看花，水中望月，心里纵有千千结，满腹惆怅何处说？

郑禅忻觉得梁茜月与哑巴护院两个人的身影同样不俗：一个是红装绮丽如新婚燕尔，一个是孤雁飞来难归旧巢；一个是玉面流丹美发如花，一个是雪后加霜面蒙青瑕；一个是光彩照人雍容华贵，一个是蓬头垢面旧布蓝衫，只因他俩换了鞋，便在红泥谷村演绎了一幅暗香袭人的风俗画。

不管怎样讲，梁茜月与哑巴护院的出现，给红泥谷村增添了一道亮丽的风景线，红泥谷村的女人们以异样的眼神，围观这两个陌生人，是赞美，是嘲讽？是羡慕，是忌妒？是褒，是贬？谁也说不清。

十一　野蔷薇嬗变

张虔奕与梁茜月在东滨码头为慕容馨月举行了火化仪式，苏津湮闻讯后，立即奔向东滨码头。得知梁茜月跟随张虔奕，已经返回了燕北的渝水县，他望海兴叹，怅然若失。

张虔奕带走了梁茜月，让苏津湮醋意大发，仿佛掉在醋缸里，无法忍受，发誓一定要从张虔奕的手中把梁茜月夺回来。随后，他也离开了东滨，回到了渝水县。

苏津湮在渝水县码头下船后，被一个自称蔷蘼①的接站小姐拉进了码头附近的野蔷薇客栈，蔷蘼小姐介绍说："我们的客栈只招待独身男客，不招待女客，所有入住的人都有宾至如归的感觉。"

店内是清一色的单间，如果不看客房的编号，很难找到自己的客

---

① 蔷蘼、买笑、白残花、刺玫，均为野蔷薇的别名。

房。住宿的客人共同使用一个卫生间，卫生间备有淋浴设备，也算方便，苏津湮跟随蔷蘼小姐在前台登了记。

苏津湮被安排在一个较为僻静的单间，屋内空荡荡，只有一张大床。苏津湮问蔷蘼小姐："这样简陋的客房，老板就不怕丢掉生意吗？"

蔷蘼小姐神秘地说："我家客栈虽然简陋，但能提供特殊服务，所以买卖兴隆，客人住下以后，都有乐不思蜀的感觉，其中的奥秘您自会明白。"

苏津湮连续坐了几天船已经疲惫不堪，认为客栈的蔷蘼小姐只是在自我吹嘘而已，对她的话并没在意。

当晚，他在客栈吃了点饭，由于菜过于咸，加上路途干渴，便连喝了两大壶茶水，随后便脱衣上床休息去了。

半夜，他被尿憋醒，提着裤子忙往卫生间跑，由于卫生间离客房较远，结果还是一半尿在池子里，一半尿在了裤裆里。回来时，他借助过道昏暗的小夜灯，寻找入住的房号，确认无误后，便推门进了屋。

屋内散发着一股女人身上的香水味，对于香水味是哪里来的他也没多想，因为感到大腿根里湿漉漉的非常不舒服，便摸黑把尿湿的裤衩脱下，扔在一边，赤身裸体地仰面躺在了床上。

苏津湮太累了，可屋内女人身上的香水味，让他又想起了梁茜月，辗转反侧，难以入睡。

他闭着眼睛胡思乱想，不禁又想起了他与梁茜月在东滨的那段日子，他喜欢她那种略带忧郁的优美容颜，他更喜欢她那种犹抱琵琶半遮面的经历，在这夜深人静的时候，忍不住轻声地呼唤着："茜月，茜月，我真的好想你！"

浓郁的香水味让苏津湮魂不守舍，他幻想，千呼万唤能把梁茜月唤到他的身边来，他连续呼唤着梁茜月的名字，没想到竟有人回应："津湮小哥！我等你多时了。"

苏津湮听到有人喊他津湮小哥，觉得是在梦中与梁茜月幽会，他美滋滋地沉醉在与梁茜月曾有过的一段情缘中，但他不明白梁茜月后来为什么竟那样恼恨他，便试探着问："茜月，你真的不记恨我了吗？"

他希望美梦成真，话音未落，竟然有一个赤身裸体的妙龄女子来到他身边，紧紧地与他搂在了一起，苏津湮吓了一跳，问："你是谁？"

女子说："我是梁茜月呀！你千呼万唤地喊我，我便来到了你的身边，难道你不高兴吗？"

苏津湮觉得不对劲，忙说："你不是梁茜月，梁茜月不会在这里！"

女子立刻开了灯，让苏津湮看她，问："你说我不是梁茜月，那你说我是谁？"

灯光下苏津湮发现面前的女子真的有些像梁茜月，可又觉得她不是梁茜月，迷惑不解。

女子见苏津湮半信半疑，嗔怪地说："我没忘记你，你却忘记了我，既然如此，我马上就走！"

苏津湮经不起女子的诱惑，见女子要走，实在有些割舍不得，便搂住女子不放。

苏津湮索性将错就错地把陌生女子当成了梁茜月，说："茜月、茜月，我想你都快想死了！"随后两个人便亲吻起来，免不了又干起那些事来……

事毕，苏津湮发现这个女子虽然有些像梁茜月，但凭他的感觉，他可以肯定她绝不是梁茜月，便问："你我素昧平生，为何与我行云雨之欢！"

女子一边穿衣服一边说："昨天你到了我家客栈，我便与你一见钟情，今夜与你幽会乃是天赐良缘。"

苏津湮听了，知道她是在说假话，便直截了当地问："请问小姐，我需要付给您多少小费？"

女子说："实话相告，我叫野蔷薇，是这个客栈的老板娘，今夜的事是受人之托，与你只为交友，不谈银元！"

苏津湮觉得野蔷薇的姿色不在梁茜月之下，为了感谢野蔷薇的一夜情，向野蔷薇深深一躬，说："在下多有冒犯，还请老板娘海涵！"

野蔷薇听了苏津湮的话，嘲笑地说："你这个人是有贼心却没有贼胆，我是心甘情愿的，谁也管不着。只是你那个东西力度不够，且早早收了兵！今天我这个身子就交给你了，不知你现在还有没有能力享受？"

苏津湮情欲未尽，野蔷薇几句话又把苏津湮的欲火勾了起来，他见天还没亮，便不顾一切地把野蔷薇刚刚穿上的衣服又扒了下来，一阵狂吻之后，苏津湮使出了全身的力气，把野蔷薇弄得四体皆酥，而苏津湮却累得大汗淋漓。

野蔷薇望着苏津湮狼狈的样子，鄙夷地一阵狂笑，让苏津湮困惑不解，不知如何是好。

这时，只听"砰"的一声，有人踹开了屋门，几个手持盒子枪的警察闯了进来，苏津湮立时被吓得瘫在床上。

这时，野蔷薇好像变成了另外一个人，大哭大叫，捶打着苏津湮，向一个叫胡二的警察哭诉她被苏津湮强奸的经过……

胡二不容分说地把苏津湮胖揍了一顿，还没收了苏津湮仅有的七块银元。

胡二对这个新来的老板娘很感兴趣，临走时把两块银元塞在了野蔷薇的口袋里，说："一会儿你给我准备一壶酒，只要把我伺候舒服了，亏不了你。"

渝水县公署警察所接到直隶省的电报，立即清查潜入渝水具的日本间谍。警察胡二得知这个消息后，便匆忙来到野蔷薇客栈通风报信，并与野蔷薇客栈老板娘设套，把刚刚从日本归来的苏津湮顶替嫌疑犯带走了。

王鸣荻听说胡二在野蔷薇客栈抓来一个嫌疑犯，知道胡二与野蔷薇客栈的关系非同一般，也想会会这个新来的老板娘，便微服私访，与一个在客栈前卖茶汤的小贩聊了起来。

卖茶汤的人说："如今是猫与老鼠结亲，警察乱抓人，一旦被抓，不但钱财被洗劫一空，还要充当几个月的苦力。"

王鸣荻敷衍了几句，便走进了野蔷薇客栈。

蔷蘼小姐上前热情接待，王鸣荻见蔷蘼颇有姿色，忍不住捏了一下她的脸蛋，蔷蘼心领神会，客气地问："请问，先生是住宿，还是……"

王鸣获问："听说你们这里新来了一位老板娘，我想和她谈一笔生意。"

蔷藤小姐见王鸣获是商人打扮，随口答道："就在最里边的一号房间。"

王鸣获说："听说警察所的胡二在这里抓了一个嫌疑犯，不知这位胡二走了没有？"

蔷藤小姐说："胡二走是走了，可现在又回来了，正在与老板娘……"

王鸣获追问："胡二与老板娘正在干什么？"

蔷藤小姐自知失言，忙说："胡二和老板娘正在忙于处理公务。"

王鸣获立即向一号房间走去，蔷藤小姐立即拦住他，威胁说："胡二可不是好惹的，小心以干扰公务罪，把你弄到局子里，让你吃不了兜着走！"

王鸣获推开蔷藤小姐，把眼睛一瞪，说："我是胡二他爹！"

蔷藤小姐听来者是胡二的爹，哪里还敢阻拦。

此时，胡二与野蔷薇正在屋里打情骂俏，听见警长在外面说话，吓得急忙穿上衣服，从后窗跳了出去，却把警帽丢在了床上。

王鸣获听见老板娘的一号房间有异样的声音，立即闯了进去。

野蔷薇认得王鸣获，装成没事一样，问："警长大人今天微服私访，是否也想在小店享受一下特殊服务？"

王鸣获指着老板娘厉声说："少说废话！这个戴警帽的人怕是干了见不得人的事，否则不会跳窗逃走，你今天必须给我交代清楚！"

野蔷薇妩媚地一笑，不以为然地说："不瞒您说，我有个怪癖，喜欢搂着警帽睡觉，否则我睡不着。下次您光临小店一定要着装，可不要忘记戴警帽呀，本人最厌恶的就是伪装者！"

王鸣获见野蔷薇不但不说真话，反而在教训他，有些生气，说："岂有此理，有话到局子里说去！"

野蔷薇梳理一下凌乱的头发，望着身边的蔷藤小姐，沉着淡定地说："警长大人请我到局子里做客，很快就会回来。"

王鸣获却没那么客气，像押解犯人一样带走了野蔷薇，把她关在警察所的一间屋子里，准备夜审。

当夜，王鸣荻坐在太师椅上，屋内光线很暗，桌子上有一个台灯，灯光直接照着野蔷薇的脸。

王鸣荻盯着坐在面前的野蔷薇，突然发现野蔷薇的长相很像国立美专那个慕容馨月，不禁怦然心动。不同的是慕容馨月端庄秀丽，举止文雅，而面前的这个野蔷薇却是野气十足，举止放荡，只见她靠在椅子背上，跷起二郎腿，手中摆弄着她脖子上的金项链。

王鸣荻忍不住，问："你是哪里人？"

野蔷薇像是在拉家常，反问："你看我像哪里人？"

王鸣荻色眯眯地盯着野蔷薇，淫笑着说："我看你像个妓女！"

野蔷薇眉眼含笑，冲着王鸣荻蔑视地反问："警长大人为什么希望我是妓女？是不是想……"

野蔷薇见王鸣荻有些魂不守舍，故意用话激他："你深更半夜绑架一个妙龄女子，莫非是要强奸我？不过我料想你没有那个胆儿！"

王鸣荻被激怒了，竟露骨地说："现在我就把你强奸了，看你能不能把我这个警长撸喽！"

野蔷薇并不示弱，说："你这个警长充其量是个螳螂，而我是蝉，你可知道螳螂捕蝉，黄雀在后，现在黄雀就在你的身后，你竟没有丝毫的觉察？"

王鸣荻听了，打了个冷战，回头看看什么也没有，觉得野蔷薇有些不好对付，便强作镇静，说："你说的黄雀恐怕有诈，我是警察所的警长却是千真万确的，凭我的权力可以把黄雀和蝉都烧烤成美味，一口一口地吃下去。"

野蔷薇更加放荡地挑逗王鸣荻，说："我觉得你这个警长还真不如一只螳螂，螳螂尚能冒死捕蝉，而你敢吗？"

王鸣荻被她撩拨得欲火升腾，像饿狼一样扑了上去。野蔷薇似乎在反抗，王鸣荻费了很大的力气才强奸了野蔷薇。

事罢，王鸣荻坐在他的太师椅上，望着披头散发、被他弄得有如残花败柳一般的野蔷薇，非常得意，说："野蔷薇小姐！今后只要你能随叫随到，供我享用，我可以保你平安无事。"

野蔷薇突然像发了疯一样，扑向王鸣荻，揪着他的耳朵，直呼其名，说："王鸣荻！你这个王八蛋可能还不知道，直隶省的李中天是我舅舅，明天我就去直隶省告你去！"

王鸣荻此时才明白，野蔷薇说的黄雀就是直隶省的李中天。李中天是直隶省行政厅长，权力之大，仅在省主席之下，更让他害怕的是李中天直接掌管市县级官员的任免权，一句话就能把他送进大牢，吓得他两腿发软，但他很快便镇静起来，掏出了盒子枪，恶狠狠地说："今天我不但强奸了你，还得要你的命，现在我就把你毙了，而且不会有人追究我的责任，因为我是正当防卫，省主席也奈何不了我！"

野蔷薇一阵冷笑之后，说："晚了，你可能还不知道，我早已电告李中天，说你与我过不去，过两天李中天要亲临渝水县找你算账！"

王鸣荻立刻没了底气，如大祸临头，浑身不停地颤抖，不由自主地跪在了野蔷薇的面前。

王鸣荻操着略带津海的口音，哀求说："姐姐！可否饶我这条狗命！"

野蔷薇说："我可以饶了你，但你必须付出代价……"

王鸣荻说："姐姐尽管吩咐！"

野蔷薇让王鸣荻给她办几件事。

第二天，野蔷薇把客栈兑给了在中国侨居的日本人，王鸣荻利用他的职权，在渝水县衙为野蔷薇谋了个闲职，负责往来信件的收发工作。

王鸣荻还帮野蔷薇伪造了户籍证明，改为叶姓，名倩薇。王鸣荻从此拜倒在叶倩薇脚下，成了叶倩薇掌中的玩物。

叶倩薇自从在渝水县衙谋了这个闲职，再也没有描眉、打鬓、画眼影，更没有浓妆艳抹，头发也改成学生发型，人也显得年轻了许多，只是脸上的雪花膏味很浓。

叶倩薇穿着一件褪了色的孔雀蓝旗袍，上面也没有任何图案点缀，朴素大方。

她办事爽快，谈吐文雅，负责收发的报纸和信件都准时无误地送到各个部门，一时间赢得了人们的好感。

叶倩薇在渝水县衙对上级不卑不亢，对下级和蔼可亲，对前来办事的人热情接待，负责看门的王差役对她说："你也太傻了，现在这世道能捞就捞，能大捞不小捞，我要是有你这个条件……"

叶倩薇说："王差役，您说的这些话让吴知事听到了多不好。"

王差役毫无顾忌地说："上梁不正下梁歪，你刚来还不知道，咱们县公署的知事只知道吃喝嫖赌，连渝水县有多少人口都不知道，现在正在挨训呐。"

原来渝水县附近的石牌坊村出现了疑似霍乱疫情，直隶省主席委派直隶省防疫处处长王雨竹，来渝水县督查。当王雨竹来到吴国祯的办公室，发现他正在翻阅日本淫秽画报，气不打一处来，讥讽地说："县公署吴大知事——吴国祯！您身边已经发生了疑似霍乱疫情，你这个知事知不知道，你都采取了哪些措施？"

吴国祯竟然不懂什么是霍乱，根本不知道这种传染病的严重性，更不知道应该采取什么措施，急得他满头大汗，结结巴巴地答不上来。

王雨竹大怒，一拍桌子，吼道："你他妈整天看这玩意儿，哪里还有心思干正事，现在出了人命关天的大事，请问你吴大知事，知事，知事！你都知道些什么事？如果你今天说不出个了丑寅卯来，我立即上报直隶省政府，把你撤职查办！"

吴国祯心想：这下可完了！他渴望有人能救他，可身边的几个亲信不知都躲到哪里去了，他心里明白，此时此刻谁也救不了他，他已面临绝境。

叶倩薇在门外已偷听多时，立刻破门而入，落落大方地来到王雨竹面前，谎称："我就是渝水县卫生防疫所的所长，叫叶倩薇！"

叶倩薇非常有礼貌地向他伸出了纤纤玉手，王雨竹正在气头上，面前突然出现了一位举止文雅，浑身散发着馨香的美女，让他的怒气立刻消减了许多。他轻轻地握了一下叶倩薇的手正欲抽回，没想到叶倩薇的手却紧紧握着他的手不放，向王雨竹微微鞠了一躬，说："处长大人为了渝水县的民生，不辞辛苦，千里迢迢来到敝县视察疫情，您辛苦了！"她的手仍然紧握处长的手不放。

王雨竹的手被叶倩薇紧握着，只见她容颜如玉，气质若兰，逐渐有了异样的感觉，说："承蒙叶小姐的抬举，不胜荣幸，敝人今天很想听听吴知事对疫情都采取了哪些措施。只是……"

叶倩薇用恳求的眼光望着王雨竹，两手紧握王雨竹的手不放，撒娇般地说："请处长大人高抬贵手，您就不要再难为吴知事了，他昨夜高烧四十度，今天是带病工作，您看他身体现在还在颤抖！"

吴国桢知道自己犯下了渎职的过错，吓得浑身不停地颤抖，王雨竹听叶倩薇这么一说，发现吴国桢浑身真的在不停地颤抖，以为是误会了他，语气立刻缓和下来。

王雨竹说："鉴于吴知事有病，我可以不予追究，但霍乱疫情不容小觑，就请叶小姐替无（吴）知事代言，讲一下渝水县都采取了哪些防疫措施。"

叶倩薇知道王雨竹故意强调吴知事即是无知事，便有意在王雨竹面前显示自己，便侃侃而谈："渝水县，城、乡人口共有 36908 人，饮用水井 207 眼，厕所 456 个。农村现有 101 个自然村，平均每村两眼饮水井，家家有茅房①。吴知事要求：饮用水一律采取漂白粉净化，粪便统一管理，采用药物消毒，目前已经有效地控制了传染源。本县有国立医院一个，公私合办的分院两个，正在设法腾出一个分院，专门收留肠道病患者，一旦发现疑似霍乱的病人，立即按霍乱病人隔离诊治，并在二十四小时内报告省行政厅防疫处。"

叶倩薇如数家珍般地娓娓道来，王雨竹听了非常满意，冲吴国桢说："吴知事的工作做得还算到位，不过这样有才华的下属，只当了个防疫所所长，实在是太委屈她了！"

吴国桢没想到叶倩薇对渝水县的情况竟如此了解，给他救了驾，王雨竹被送走后，立即拜倒在叶倩薇脚下，说："叶小姐！你是我的救命菩萨，请受我一拜！"

叶倩薇忙扶起吴国桢，说："我从小父母双亡，从未享受过父爱，如果您不嫌弃的话，我愿当您的干女儿！"

———————————

① 茅房是燕北厕所的别称。

吴国祯明白干女儿的含意，这是他做梦都不敢想的，便忙不迭地地说："我——我爱你都爱不够啊，我……我怎么会嫌弃你呢？"

叶倩薇见吴国祯语无伦次的样子，哑然失笑，就势扑到吴国祯的怀里，甜甜地喊了一声："干爹！"

吴国祯紧紧地搂着叶倩薇，心想：今天真是吉星高照，不仅保住了官，又把垂涎已久的美人搂在了怀里，真想……但他觉得现在还不是时候，便许愿说："明天我就委任你为渝水县公署卫生防疫所所长！"

叶倩薇一脸不高兴，说："这个卫生防疫所所长是个费力不讨好的苦差事，女儿怎么承受得了？"

吴国祯见叶倩薇的话中还是嫌官小无权，便说："你先留在我身边当我的文书兼职防疫所所长，以后我再想办法上报直隶省行政科，提携你为县佐①如何？"

叶倩薇欣然允诺，忙说："女儿能天天守在干爹身边，已经是求之不得的了！"

叶倩薇就这样当上了县公署的卫生防疫所所长，并兼职吴国祯的文书，虽说文书是个虚职，但可以名正言顺地出入渝水县衙。

叶倩薇上任之后，立即发动全县男女老少改变不讲卫生的陋习，农村废除了茅房连猪圈，饮水井还加了井盖，并提出"讲究卫生，预防疾病，摘掉东亚病夫的帽子"的口号。一时间，渝水县的卫生面貌有了明显改变。

叶倩薇还把渝水县衙的大院作为改变卫生面貌的重点。她忽然想起被拘留的那些苦力，便通知王鸣获派几个苦力来，清理县衙大院内废弃的垃圾和杂草。

王鸣获一共派来十几个苦力，苦力们听说是去县衙大院，不知又有什么重活落在他们头上，没想到是让他们清理垃圾和杂草，这种女人和小孩都能干的活，让大老爷们儿干，算是太便宜他们了。更没想到的是，指挥他们干活的竟是一个漂亮的女人，觉得给女人干活，就是累点也心甘情愿，县衙院内很快就被清理得干干净净。

---

① 县佐，官职名，相当于知事的副手，权限承知事之命管辖县城外围要地。

叶倩薇发现这些苦力中有一个人，头戴一顶破草帽，压得很低，好像怕见人似的，身穿一件脏兮兮的西服和一双已经被划破了的旧皮鞋，虽然破旧，也算是西服革履，好像是出身不凡。

叶倩薇甚感奇怪，便走上前，轻轻拍了一下他的肩膀，问："小弟弟，你是哪里人？"

这个人用胳膊遮住脸，闭口不答，显然是不愿见她，更不愿与她说话。

叶倩薇觉得其中必有隐情，干完活让别人都回去了，唯独留下了这个人。这个人有些不情愿，却不得不留下来。

叶倩薇把他带到屋里，让他坐下，关切地问："你犯了什么事？为什么这样怕我？难道我是老虎吗？"

这个人仍然不说话，低着头用破草帽遮着脸。

叶倩薇觉得这个人既不懂礼貌，又不识抬举，有些生气，便上前把他的破草帽拽了下来，扔在地上。

这个人立即把身子扭过去，好像对她的关心并不领情，叶倩薇不禁怒从心起，大喝一声："你给我滚出去！"

这个人被吓得从椅子上滚到地下，这时叶倩薇才看清是苏津湮，不由得大吃一惊。

苏津湮两眼惊恐地望着叶倩薇，以为要与他算旧账，浑身不停地战抖。

叶倩薇见苏津湮可怜兮兮的样子，感到非常开心，便扶起苏津湮，说："这些日子委屈你了，只要你老老实实听姐的话，姐亏待不了你。"

苏津湮见叶倩薇自称是他姐姐，感激涕零，恭恭敬敬地给叶倩薇鞠了一躬，说："姐姐既然这样看重我，我愿为姐姐牵马坠镫！"

叶倩薇立即给王鸣获打了个电话，说明苏津湮的情况纯属误会，现已查明苏津湮是旅日学者，目前正是用人之际，准备留其在县衙委以重用。

苏津湮转眼之间便从阶下囚成了座上宾，叶倩薇给了他三块大洋，说："这几块大洋你先拿着，洗洗澡，买一套新衣服，换一双新皮鞋。晚上到我住处，我对你自有话说。"

苏津浧望着三块大洋不敢接，忙说："所长大人，小人不敢承受！"

叶倩薇扑哧一笑，说："苏津浧，以后在没人的时候，你就叫我姐姐，岂不更为亲切？"

当晚苏津浧来到叶倩薇的新居，叶倩薇给他留了门，这是独门独院三间正房。他沿着石子铺的小道走进了正房，东屋亮着灯，只听叶倩薇问他："苏津浧，大门关了没有？"

苏津浧说："没有！"

叶倩薇有些不高兴，说："难道你怕夹了尾巴？"

苏津浧知道自己又做错了事，赶忙回去插上了门闩，再忐忑不安地来到叶倩薇屋前。当他正欲推门进屋的时候，却又不由自主地停下了脚步，生怕又犯了忌。

叶倩薇在屋内问："怎么还不进来呀？难道你怕我吃了你不成？"

苏津浧怯懦地推开门，立刻便闻到一股异香，这正是苏津浧在野蔷薇客栈曾经闻到过的香水味。

叶倩薇靠在沙发上，右手的食指和中指之间夹着一支哈德门香烟，仰着头在吞云吐雾。

此时，苏津浧见到的叶倩薇别是一番模样，她上身穿着低胸白色短裙，酥胸半露，还把双脚放在茶几上，悠然自得地摇晃着脚上的高跟鞋。

叶倩薇仔细地打量一下苏津浧，见他已经换上了一身灰色带暗格的西装，脚穿黑白两色的三接头皮鞋，头发理成背头，上面用吹风机吹成三个波浪，还上了发蜡，脸色比白天好看多了。她忽然觉得他的气质还真有点像戏中的俊美小生。

苏津浧无所适从地站在她身边，脑中还想着"晚上到我住处，我对你自有话说"这句话，不知她要与他说些什么……

苏津浧环视叶倩薇的卧室，屋内摆设很简陋，双人床的床前有一个两屉桌，桌上有一面镜子，镜子边有一个打开的梳妆盒，里面有一把梳子、一瓶雪花膏和一支口红，墙上有一张"德丽雪花膏"的美人广告画。

叶倩薇掐灭了尚未抽完的香烟，双手十指交叉合在一起，放在脸的右侧，头发烫的是时尚大花，掩盖着半张脸，眯着两眼，盯着苏津溟一句话也不说，好像在欣赏一件玩物。

苏津溟见叶倩薇一直不说话，窘迫地站在叶倩薇面前，垂手而立，不知说什么好，就像一个下人等待主子的吩咐。叶倩薇觉得苏津溟的窘态，给她增添了不少情趣，便轻声喊："苏津溟！"

苏津溟突然听见叶倩薇在叫他，喏喏地说："愿听姐姐吩咐！"

叶倩薇说："姐姐这一天天的也不容易，快给姐姐按摩按摩，解解乏！"

苏津溟哪里会按摩，但他知道现在正是讨好叶倩薇的时候，便使出浑身解数，给叶倩微按起摩来。过了一会儿，叶倩薇渐渐地有些忍不住了，说："小弟弟快把灯关上！"

叶倩薇与苏津溟一场鏖战，已精疲力竭，躺在床上很快就睡着了。苏津溟却毫无睡意，他发现叶倩薇的书柜里有一部用蓝色布面包装的线装本《康熙字典》，出于好奇，很想看看出版年代，便拔出骨针，打开布面夹，翻看起来。

不料，从字典中滑落一个物件，声音虽小，响声却是清脆悦耳。他拾起一看，原来是一枚极其珍贵的燕刀母币，可惜上面已经用日文刻上一行小字，如同在美人的脸上破了相，如果译成中文则是"效忠天皇"四个字。苏津溟知道这枚燕刀母币的文物价值，对这八个字没容多想，也没有考虑叶倩薇是从哪里弄来的，便顺手牵羊地装在自己的内衣口袋里，接着他便开始翻阅《康熙字典》。原来这部《康熙字典》是挂羊头卖狗肉，里面竟是"女间谍成功秘诀""美女间谍自传"等有关间谍资料的手抄本，他不明白叶倩薇为什么喜欢这些东西，觉得血腥味太浓，便按原样放好。

此时离天亮尚早，他又回到叶倩薇的身边，想再躺一会儿，当他把头挤到叶倩薇的枕头上时，觉得枕头下面有一个硬邦邦的东西，伸手去摸，原来是一把间谍使用的微型手枪，此时苏津溟才恍然大悟，知道叶倩薇的身份，立刻惊出一身冷汗。如果叶倩薇发现他知道了她的秘密，他必死无疑，他后悔不该粗暴地对叶倩薇进行报复。他不敢再睡在叶倩薇的身边，却又不得不睡在她身边，身处险境，骑虎难下，最后把心一横，宁愿做个风流鬼也要与她同床共枕，不知不觉竟在叶倩薇身边睡着了。

第二天他醒来后，发现只有他一个人睡在床上，想起昨天晚上的事又有些害怕，不知叶倩薇会怎样处置他，正想离开，叶倩薇已经来到了他的面前。

只见叶倩薇手里端着两份早餐，望着苏津湮微微一笑，说："苏津湮，你吃完了早点再走。"

苏津湮见叶倩薇没有责怪他，这才放了心，简单地进行了洗漱，像夫妻一样与叶倩薇坐在一起，共进早餐。

苏津湮想起昨天晚上的事有些后悔，他试探着问："昨天我——"

叶倩薇情欲未尽，对苏津湮有褒有贬，说："昨天你的表现还算可以，不知你哪来的那么大的力气，姐姐现在还有些隐隐作痛。"

苏津湮见叶倩薇没有怨恨他的意思，深受感动，扑通一下跪在了叶倩薇的脚下，忏悔地说："姐姐，都怪我一时糊涂……"

叶倩薇没有让苏津湮说下去，说："你下次温柔点就行了，姐姐不会亏待你！"

苏津湮忙说："我一定听姐姐的话，姐姐让我怎样我就怎样！"

叶倩薇认真地说："今后我要你成为我的眼睛和耳朵，这个不难吧？"

苏津湮明白这是让他当她的间谍工具，心里害怕又不情愿，却装成无所谓的样子，献媚地说："您别说让我当姐姐的眼睛和耳朵，为姐姐做什么我都愿意！"

叶倩薇满意地笑了。她真的没有亏待苏津湮，她给王雨竹写了一封长信，说明渝水县缺少一位管理财政的长官，向他介绍了旅日学者苏津湮的履历。王雨竹非常欣赏叶倩薇的才华，对她的推荐深信不疑，立即报请直隶省行政厅长李中天。时隔不久，在无科长只设科员的渝水县，破例委任苏津湮为渝水县公署财政科科长，也是渝水县唯一的一位科长。

苏津湮真是因祸得福，当然他最感谢的应该是叶倩薇，至于她是不是间谍，早已被抛在脑后。

十二　寻觅梁茜月

渝水县乌龟岭发生的连环命案，在《津海晚报》曝了光，直隶省行政厅厅长李中天有些坐不住了，他把正在省城办事的渝水县公署知事吴国祯，狠狠地训斥了一顿。吴国祯知道是王鸣荻给他惹的祸，本想带着毕丘芩在省城再玩几天，这下没了游山玩水的兴致，只好打道回府。

吴国祯带着一肚子怒气回到了渝水县，叶倩薇又把刚刚收到的张学良手谕交给了他，只见上面写道：

渝水县公署知事吴国祯大人台鉴：

兹有我军部副参谋长郑禅忻，到贵县商榷修祠之事，被看门的王差役拒之门外，至今两月有余，王差役仍说知事大人无暇接见。

听说进衙门须交朝觐费，请问可否减、缓、免！

余平生与信义自许，修祠之经费我已备足，如果给贵县修祠还需另交其他什么费用，恭请知事大人开个价！

张学良

1926 年 5 月 16 日呈上

吴国祯看了张学良的手谕，被臊得无地自容，觉得很没面子，王差役的行为无疑是雪上加霜，气得他直哆嗦。加上在省里挨了一顿训，憋了一肚子气没处撒，便决定杀一儆百，先拿王差役开刀。

他立即通知渝水县大小官员到礼堂训话，同时通知他的司机马上把郑参谋长接到贵宾室等候接见。

渝水县的大小官员很快都到了礼堂，觉得气氛有些不对，人人自危。

吴国祯怒气冲冲地走进礼堂，把一个文件袋往桌子上一摔，说："妈了个逼的！我刚刚离开县里不到一个月，你们就给我惹了这么大的祸，真是岂有此理！"

吴国祯用手掌使劲一拍桌子，大喊："王鸣荻！"

这一声把警长王鸣荻吓了一跳。王鸣荻在这一个月里，为了赚取那一百多块大洋，不但克扣了炸岭取石的工钱，还策划了一起连环凶杀案。他自认为天衣无缝，没想到竟被记者在《津海晚报》曝了光。看今天这个架势像是冲着他来的，吓得他冷汗涔涔。

吴国祯见王鸣荻被吓得魂不附体的样子，对自己的震慑力颇为满意，紧接着又喊了一声："王鸣荻！"

王鸣荻像是从梦中醒了过来，他虽然在百姓面前耀武扬威，但在吴国祯面前却是一个奴才，他想说卑职在，不知怎么却顺口说了个："奴婢在！"逗得在座的官员哄堂大笑。

吴国祯真的生了气，敲着桌子大叫："肃静，肃静！有什么好笑的？我看谁还敢笑！"礼堂立即静了下来。

吴国祯训斥王鸣荻，说："你身为警长，莫非做了什么见不得人的事？看你吓得这个熊样，丢不丢人！你马上去贵宾室给我把郑参谋长请来！"

原来吴国祯是让他去请他的旧日长官，王鸣荻悬着的这颗心总算是有了底，爽快地答道："是！"便起身向贵宾室走去。

吴国祯接着说："我这个人眼睛里容不得半粒沙子，谁敢在太岁头上动土，别怪我不客气！"

吴国祯见王鸣荻已经把郑禅忻请到了礼堂，立即让全体起立，热烈鼓掌，并当场致以热情洋溢的欢迎词，然后歉疚地说："都怪我对下属管教不严，慢待了郑参谋长，多有得罪，鄙人携渝水县全体官员向您道歉。"说完向郑禅忻深深一躬。

吴国祯大喊："王鸣荻，把王差役给我带上来。"

王差役在外面等候吴国祯传唤，知道没有好事，战战兢兢地跟着王鸣荻走进了礼堂。

吴国祯指着郑禅忻问："你认识这位长官吗？"

王差役忙说："认识，认识！这个人曾多次来过县衙。"

"那你为什么不告诉我？"

"他这个人太不懂规矩了，对下属没有任何表示！"

王差役用拇指捏着食指作捻钱状，大家都明白他是说郑禅忻没有给他进门的钱。

吴国祯见王差役在大庭广众面前毫不隐晦地要好处费，不禁勃然大怒，走到王差役面前，学着他的手势说："你不是要这个吗，四十如何？我现在就给你！"

吴国祯扬起手臂"啪"的一巴掌把王差役打倒在地。王差役还想说"这都是跟你学的"，但他刚说出几个字便被王鸣获拉下去了。

吴国祯对王鸣获这一手很满意，他接着说："今天的事你们都看到了吧！这个王差役实在可恶，竟敢欺上瞒下，我宣布杖责四十，押送大牢！"

事后，吴国祯把郑禅忻请到聚贤楼为他接风。饭前吴国祯再一次向郑禅忻表示歉意，并让郑禅忻代他向张学良赔罪，接着便一一介绍前来陪酒的几个人：

"这位是县公署防疫所所长，兼本人的文书叶倩薇，叶小姐！"

叶倩薇微微欠起身，点头致意。郑禅忻冷眼一看，这个叶小姐有点像张虔奕身边的张夫人。

"这位是渝水县公署掾史[1]，兼管县公署人事档案库。"

吴宁昶站了起来抱拳示意。

"这位是县公署警察所警长王鸣获！"

王鸣获腾地站了起来，向郑禅忻敬了一个军礼，说："愿为长官效劳！"

"这位是县公署财政科科长苏津湮！"

苏津湮立即伸出右手与郑禅忻两手相握。

吴国祯介绍完毕，接着说："叶倩薇小姐对文物颇有研究，为了弥补本县的过失，我决定让叶小姐协助郑参谋长主抓修祠，吴宁昶和王鸣获全力相助。"

郑禅忻听了吴国祯的一席话，知道他说的全力相助，是要插手监

---

[1] 掾史，官名。民国早期有些县曾设掾史，从事庶务工作（管理县衙内各种政务及杂项事务等）。

督修祠，但又不得不客气几句，说："我先在这里替张将军谢谢吴知事！我已委派旅日学者张虔奕教授主抓修祠，就不给贵县添麻烦了。"

吴国桢见郑禅忻回绝了他，有些不甘心，立刻说："这三个人从即日起一切听从张虔奕教授调遣，如有怠慢，严惩不贷！"

郑禅忻知道吴国桢说的听从调遣，是项庄舞剑，便婉言谢绝，说："在渝水县这块地盘，我们只是求各位给予方便，哪里敢说调遣！"

叶倩薇立刻站了起来，说："请参谋长放心，有些事您尽管吩咐，我们定效犬马之劳。"

最后，吴国桢指示吴宁昶要千方百计地筹措一部分资金，以尽地主之谊，吴宁昶当场表示这件事全包在他的身上。

苏津湮实话实说："目前县里出现了赤字，经费紧张，修祠经费恐怕……"

吴国桢讨厌苏津湮乱接话茬，狠狠地瞪了他一眼。

郑禅忻看在眼里，立即说："修祠的经费请大家放心，张将军说，钱的事不是问题，重要的是必须保证古建质量和塑像艺术水平。"

吴国桢提议成立"贞女祠筹建处"，由郑禅忻任工程总指挥，吴宁昶任总指挥助理，叶倩薇负责修祠的有关资料保管，苏津湮任财务督查，并建议让随同他来修祠的张虔奕教授和夫人任艺术总监，为了便于工作，"贞女祠筹建处"就设在石牌坊村的陈家大院。

吴宁昶显得很激动，立即站了起来，一拍胸脯，说："请各位放心，修祠的事全包在我身上。"

吴国桢、吴宁昶一唱一和，郑禅忻明白他们要控制修祠的经费，便不软不硬地顶了回去，说："张将军一再嘱咐我们：县衙公务繁忙，修祠这件事就不要麻烦县衙了，'贞女祠筹建处'没有成立的必要，不过还是欢迎各位在百忙中到陈家大院莅临指导。"

吴国桢对郑禅忻的话很不满意，但有张学良做后盾又不好说什么，为了缓和气氛，他首先让叶倩薇给郑禅忻敬酒。叶倩薇来到郑禅忻面前，高高地举起酒杯，碰杯时却将酒杯下移用杯口去碰郑禅忻酒杯的底部，表示恭敬。

苏津湮在一旁，只顾欣赏叶倩薇的美貌，越看越觉得她像梁茜月。

接着几个人轮流给郑禅忻敬酒，郑禅忻知道他们要把他灌醉，让他当众出丑，便推说公事在身不便久留，匆匆离去。

第二天，吴宁昶、叶倩薇、苏津湮奉命来到了陈家大院，以关心为名，寻机挑衅，郑禅忻不得不把他们请进屋。

张虔奕与梁茜月见来了客人便迎了上去，郑禅忻向吴宁昶等人介绍说："这位是旅日学者张虔奕，这位女士是张虔奕的夫人。"

叶倩薇脸上掠过一丝不易被人觉察的愠色，上前紧紧地抓住梁茜月不放，但很快变成亲热的拥抱，人们惊奇地发现这两个人好像双胞胎姐妹，叶倩薇望着大家说："你们看我们像不像亲姐妹？"

梁茜月惊恐地说："我们萍水相逢，您是县衙的官员，我不敢高攀，更不敢以姐妹相称！"声音有些颤抖。

郑禅忻与吴宁昶坐在正面，张虔奕与梁茜月坐在一侧，叶倩薇与苏津湮坐在了另一侧，哑巴护院沏好热气腾腾的一壶香茶，端到了众人面前。

吴宁昶指着张虔奕夫妇和苏津湮，说："我们都是老朋友了，我看就不必介绍了，苏津湮现任我县公署财政科科长，先让他谈谈县里的经济状况吧。"

苏津湮敷衍了几句，两眼却一直盯着张夫人和叶倩薇。他惊奇地发现，张夫人、叶倩薇都有些像梁茜月，他猜测张夫人和叶倩薇两个人中，应该有一个人就是他朝思暮想的梁茜月。

哑巴护院望着苏津湮，又望了望他身边的叶倩薇，心中掠过一丝惊诧和惆怅。

梁茜月六神无主，发现哑巴护院还立在身边，有些不高兴，说："你还立在这里干什么？有事我会叫你。"挥手让哑巴护院下去。

张虔奕有些看不过眼，对梁茜月说："对下人说话要和气，下人也是我们的兄弟。"

梁茜月辩解说："他又聋又哑，还是回避为好！"

叶倩薇说："今后，我们要经常来陈家大院叨扰各位，只是往返渝水县太不方便，郑参谋长的这辆军车是不是留下，借给县公署？"

郑禅忻明白叶倩薇是想借机要他的军车，为了缓和与县公署的矛盾，当即答应了她的要求。

叶倩薇知道苏津溁会开车，为了自己乘坐方便，立即对苏津溁说："这辆军车暂由你来保管！"

吴宁昶把修祠工程看成是从天上掉下来的一块馅饼，想一口一口地吞掉。他认为塑像的工程油水最大，想利用自己的权势，把这项工程承包给红泥谷的泥瓦匠，从中捞取回扣。

数日后，吴宁昶趁郑禅忻回奉天办事，叶倩薇又有接待任务，让苏津溁开着军车，带着他手下几个人，来到陈家大院。

山中无老虎，猴子称大王，吴宁昶竟以知事的口气，说有要事协商，便把张虔奕、梁茜月聚到一起，他首先点名让苏津溁发言。

苏津溁这些日子只顾想着梁茜月，根本没有把修祠的事放在心上，他并不知道今天要协商什么，结巴巴地不知从何说起，他说："今天这个协商会很好，很及时！这个——这个、这个、这个……"便说不下去了。

吴宁昶听苏津溁直说这个、这个的……便来了气，他学着公署知事训斥下属的样子，一拍桌子，指着苏津溁说："你这个财政科长是怎么当的！这个、这个、这个的……到底想说什么？"

苏津溁被吴宁昶这么一训斥，先是一愣，立即想到自己是财政科长，应该从钱字说起，也学着吴知事的口气，说："修祠的经费虽然不用我这个财政科长发愁，但也应该尽一方的地主之谊，这一点请虔奕老同学转告郑参谋长，目前我正在千方百计，设法筹措资金，没多还有少！"

吴宁昶觉得苏津溁还算有点头脑，很能领会他的意图，接着说："下面请张夫人讲一下修祠的设想。"

梁茜月以为苏津溁说的是真心话，轻轻地咳嗽了一声，说："听了苏科长的一席话，很受感动。修祠的准备工作已全部就绪，如果有渝水县官员协助，贞女祠的修复，指日可待！"

梁茜月站了起来向吴宁昶等人鞠了一躬，表示感谢。

吴宁昶觉得这个躬是鞠给他的，对梁茜月非常满意，很想听一听她对修祠的见解，没想到梁茜月不紧不慢地说："关于修复贞女祠的设想我只想说四个字：'修旧如旧。'"

"修旧如旧"是张虔奕的观点，梁茜月说了出来，立即赢得了在座众人的赞同。

吴宁昶让张虔奕说一下有关修祠的设想，张虔奕立即拿出一摞资料，说："在民间关于贞女的传说源远流长，《礼记·檀弓》和《渝水县志》等史志上都有记载……"

吴宁昶打断了张虔奕的话，说："我们不是史学家，请你不要谈历史，通俗一点说，比如农民耪一亩地需要两个工，砌一个猪圈需要三个工，每个工的市场价谁都知道。请问你能不能说出塑一尊像得需要几个工，每个工需要多少钱，贞女祠需重塑几尊塑像？共需要多少工、多少钱？需要渝水县拿出多少钱？"

张虔奕听了一愣，艺术创作怎么能与耪地和砌猪圈相提并论，吴宁昶的话让他一时无法回答。

吴宁昶认为他的话难住了张虔奕，便滔滔不绝地讲起了他的计算方法，他说："贞女祠需要九尊塑像，一尊塑像二十个工，每个工按一块银元计算，只需一百八十块大洋，加上七十个辅助工，完成全部塑像共需二百五十块大洋，你们看这个账算得怎么样？"

张虔奕对吴宁昶的说法很反感，问："请问吴主任，耪地和砌猪圈的艺术水平怎样评价？"

吴宁昶对艺术是门外汉，更不知怎样评价艺术水平，他认为张虔奕是故意刁难他，心中恼怒。

张虔奕知道吴宁昶要垄断塑像的工程，接着问："吴主任您用二百五十块大洋塑的像能否与白马寺和敦煌石窟的塑像相媲美？能否达到白马寺和莫高窟塑像的艺术水平？"

吴宁昶虽然去过这两个地方，但他只是借游山玩水的机会寻花问柳，连白马寺、莫高窟的塑像是什么模样都毫无印象，对怎样评价塑像的艺术水平更是一无所知，支支吾吾地说不出来。

吴宁昶觉得在众人面前丢了面子，为了挽回影响，一拍桌子讲起了他的歪理邪说，语声像是在训斥人。

吴宁昶问："街上吹糖人的叫不叫艺人？"

苏津湮忙奉承说："吹糖人的人当然是艺人了！"

吴宁昶接着说："什么叫艺术？我说吹出的糖人就叫艺术！你们想一想，他用一个工能吹出多少个糖人？如果贞女祠的塑像要用糖来吹，恐怕一个上午就可以竣工了。"

张虔奕实在听不下去了，便反问吴宁昶："塑像与吹糖人，乃是风马牛不相及，塑像难道是用嘴吹出来的吗？"

在座的人听了一阵哄笑，吴宁昶自知塑像与吹糖人不能相比，却大声狡辩："塑像与糖人都是艺术品，怎么不能比？咱们随便找一个小孩问她喜欢不喜欢糖人？大家都明白，就连三岁小孩见了糖人都会说：'喜欢！'我认为只要有人'喜欢'就是艺术！"

吴宁昶忽然觉得自己顺口说出的"只要有人喜欢就是艺术"这句话是他的经典名句，不禁洋洋得意，又加重语气地说："只要有人喜欢就是艺术！"

苏津湮迎合着吴宁昶说："吴秘书长的这句话可谓是通俗易懂，人人明白，应该收入《经典名句大辞典》以传后世。"

吴宁昶更加得意，望着苏津湮等人频频点头。

在座的人知道吴宁昶不仅是渝水县公署的掾史，还是吴知事的表侄，有些惧怕他的权势，对于吴宁昶的胡言乱语不得不奉承几句，谁也不愿得罪他。

张虔奕见状拍案而起，说："请问吴掾史！您说'只要有人喜欢就是艺术！'这句话毫无道理。当今社会，'妓院'不能说没人喜欢，试想'妓院'能和'美术专科学校'相提并论吗？按你的话说'妓院'也可称为'艺术'，因为确实有人喜欢！"

张虔奕的话又引起一阵哄笑，吴宁昶的所谓的经典名句不攻自破，吴宁昶恼羞成怒指着张虔奕的鼻子说："好，好！我今天实话告诉你，没有你这个鸡蛋我照样可以做出槽子糕，识相的赶快走人，否则——"他说到这里已经是咬牙切齿，谁都明白否则后面的含意是什么，吴宁昶是要把张虔奕从渝水县赶出去，大家都为张虔奕捏了一把汗。

恰巧这时郑禅忻从奉天赶到了现场，听到"走人"二字，厉声问道："要谁走人？"

吴宁昶知道郑禅忻是军界的要人，又有张学良给他撑腰，有些惧怕，口气立刻缓和下来，说："吴知事让我代替他看一下修祠的进展情况，既然郑参谋长来了，那就请郑参谋长讲一下县衙应如何协办修祠。"

郑禅忻听吴宁昶的讲话口气，明白吴宁昶要干什么，便说："吴秘书长有何高见，在下洗耳恭听。"

吴宁昶振振有词地说："我曾在知事面前表态'修祠的事全包在我身上'，为此我现在正筹划塑像的用工问题。为了节约开支，我已委托红泥谷村的泥瓦匠来制作贞女祠的塑像，并与瓦盆厂的老板签订了合同，还垫付了五十块大洋的违约金！"

郑禅忻听到此处，已心知肚明，便说："塑像的问题我们自有打算，不必去请外人！"

吴宁昶有些不服气，说："我与红泥谷瓦盆厂签订合同可是吴知事同意的，难道我这是多此一举？如果撕毁合同，我这五十块大洋的损失谁来承担？"

吴宁昶想借此敲诈五十块大洋，见郑禅忻没有回应，心想：九尊塑像少说也得一百多块大洋，便故意刁难张虔奕，说："如果张教授能用十块大洋的工钱，完成九尊塑像，我宁愿来擦这个屁股，五十块大洋的违约金由我个人承担！"

吴宁昶觉得自己的话，在郑禅忻面前表明他这个地方官心底无私，又给张虔奕出了个难题，得意地问："张教授你看如何？"

张虔奕对塑像的材料宽打窄用，说："塑像只需材料费十块大洋足矣，工钱我们一分不要，超出预算部分我宁愿受罚！"

郑禅忻接着说："吴秘书长你都听明白了吧？如果你能用十块大洋完成全部塑像，而且塑像的水平不低于白马寺和敦煌石窟，这项工程就给你！"

吴宁昶万万没想到他精心策划的金钱梦会是这样的结果，后悔刚才说了大话，惋惜煮熟的鸭子就这样飞了。他恼怒张虔奕打碎了他的如意算盘，继而把恼怒变成仇恨，冲着张虔奕恶狠狠地说了声："打道回府！"便匆匆离去。

张虔奕把正房西屋辟为雕塑工作室，并制作了一尊观音菩萨像，供奉在正面的神位上。

梁茜月来到神位面前，只见观音菩萨在莲座上盘膝而坐，面容端庄秀丽，头上是高挽的发髻，左手托着宝瓶，右手挥着柳枝，为呵护众生，把甘露遍洒人间，形象让人倍感亲切。

张虔奕每天工作前都要烧三炷香，梁茜月不解地问："人都说塑神像者不信神，虔奕哥为什么要供奉观世音菩萨？"

张虔奕说："观世音菩萨是人们心目中善良美好的形象，佛经上所说观世音菩萨'现三十三应身'，是说观世音菩萨随时都在洞察人世间的善恶，供奉观世音菩萨是善良人们惩恶扬善的精神寄托，也是炎黄子孙一脉相承的民族记忆！"

"虔奕哥，你能否给我雕一尊玉观音？"梁茜月问。

张虔奕立刻从贴身的衣兜中取出一条精美的珍珠项链，上面的玉坠是他亲手用和田玉雕刻的观世音菩萨像，递给了梁茜月。梁茜月双手捧着观世音菩萨项链，倍加珍爱，高兴地说："但愿这尊玉观音陪伴我到永远，激浊扬清，惩恶扬善！"

自从哑巴护院到了陈家大院，张虔奕的生活起居多了一个人的照顾，使他的工作进展很快。他把重塑贞女祠的每件泥塑，都看成是艺术作品的再创作，认为要想让作品感动别人，必须首先感动自己，所以他不厌其烦地反复修改图稿，然后再把图稿还原成若干个立体造型，决心创作出心目中最完美的艺术形象。

哑巴护院每天要负责清扫整个大院，为张虔奕他们做三顿饭，夜晚还要负责护院。张虔奕与哑巴护院接触多了，很快学会了手语。

近日，梁茜月偶感风寒，浑身酸软，连续几天早早地睡了。这些天，哑巴护院白天要照顾梁茜月，晚上还要陪伴张虔奕修改图稿，经常到子夜。

这天晚上，张虔奕用手语劝他早点休息，哑巴护院执意不肯，由于他太累了，竟趴在张虔奕的工作台上睡着了，张虔奕便把自己的衣服盖在他的身上，怕他受凉。

张虔奕忽然感到困倦至极，力不从心，便收起图稿，也想休息一下。猛回头，发现哑巴护院的睡姿是那样的优美，困意顿消，立即拿起塑刀在泥巴上连雕带塑，把他的第一感觉和全部情感倾注在无言的助手之中，很快便完成了一个睡姿的人物半身像。张虔奕望着这件习作，忽然发现有些像慕容馨月，便突发灵感，去掉了头上的帽子，换成女人的发型。就这样，他以哑巴护院优美的睡姿为原型，创作成了一件精美的雕塑艺术品——睡美人。

这时已经鸡叫三遍，哑巴护院已经忙着去做早饭。梁茜月来到工作室，见张虔奕的工作台上又多了一个塑像，便欣赏起来，她忽然发现这个塑像很像她，异常高兴，说："虔奕哥，你什么时候给我塑的像，我怎么不知道？"

张虔奕发现梁茜月误认"睡美人"这件作品塑的是她，感到非常意外，他当时只是凭第一感觉把哑巴护院的优美睡姿塑了出来，之后也没有仔细揣摩，没想到竟然与梁茜月非常相像，便将错就错地说："那天我工作到了深夜，正欲休息，见到你的睡姿，突发灵感，是你的睡姿成就了这件作品。"

梁茜月听了感到非常欣慰。

事后张虔奕把"睡美人"这件作品翻成了石膏像，并摆在了他的工作台上，张虔奕非常喜欢"睡美人"这件作品，每天都在欣赏。梁茜月见了非常开心，她觉得张虔奕不是在欣赏他的作品，而是钟情于她，她也要把她的爱奉献给张虔奕。

因为苏津湮是单身，就住在他的办公室，叶倩薇管他管得很严，三天两头必须按时到叶倩薇的床上任她摆布，久而久之苏津湮也厌烦了。一天，苏津湮来到张虔奕的工作室，见到了"睡美人"这件艺术品，立即勾起他对梁茜月的思念，他怀疑东滨码头遇难的女子不是梁茜月，梁茜月没有死。

自从张夫人否认自己是梁茜月之后，苏津湮寻觅梁茜月的欲望更加强烈，听说张虔奕在紫塞桃花源仙女湖畔举行了隆重的揭碑仪式，他想如果他能看到石碑上的名字，一定能真相大白。

叶倩薇得知近日李中天要来渝水县视察，正想让苏津湮回避一下，便给了他几天假，明确告诉他除了妓院，去哪里都行。

苏津湮没有叶倩薇在身边监督，想借此机会到仙女湖畔查看一下墓碑，立刻在渝水码头雇来一条小船，直奔紫塞桃花源，以解开心中的悬念。

由于路上耽误了时间，渡船到仙女榭渡口，暮色已经降临，这时他已饥肠辘辘，在美人榭上休息了片刻，便顺着山间小路向仙女峰走去。紫塞桃花源经历了一场浩劫之后，已经变得冷落萧条，小路已被荒草掩没，简直是无路可走。他在一人多高的野麦草中穿行，也不知走了多长时间，眼前忽然有了光亮，这光亮忽明忽暗，他加快了脚步向光亮处走去，发现前面是夜市，灯光下有卖烧饼的，有卖面条的，还有渝水县特产梓椤饼和花生糖，热闹非凡。

苏津湮逛了一圈，发现有一家叫"慕容世家"的小店。一位少女在前店卖小吃。苏津湮又饿又乏，坐在前店的凳子上，一口气吃了七八个梓椤饼还是不觉饱，在少女面前不好意思再吃。少女给他端来一杯茶，问："这位先生可曾在东滨大学就读？"

苏津湮感到诧异，暗想："她怎么知道我的底细？"

他仔细端详面前的这位少女，觉得她很像梁茜月，便投石问路地说："我在东京有一位红颜知己叫梁茜月，不知小姐认识不？"

少女说："我祖籍在渝水，从小在东滨长大，但落叶总要归根，所以我现在返回了故乡。对你在东滨的那些事，我也有所耳闻，但不知你说的那个梁茜月是谁？"

苏津湮觉得她说话的姿态简直就是梁茜月，少女对他说些什么他根本没听见，又冒冒失失地问了一句："小姐莫不是我思念已久的梁茜月？"

少女听了很不高兴，说："先生岂不是在说梦话，实话相告，我就是梁茜月，但不是你要找的那个梁茜月。"

少女的话让苏津湮的心凉了半截，但他还不死心，厚着脸皮接着问："这里是否有一块墓地？"

少女听了脸色大变，说："这里明明是一条街，我们都是这里的住户，哪里有什么墓地？"

苏津湮觉得话不投机，便想付给饭费，立即离开。少女见他要走，忙改口说："刚才的话请先生不要介意，这么晚了你已无处可去，不如在敝店暂住一宿！"

苏津湮见少女面带微笑，姿态姣美，忍不住问："贵店可有小姐陪睡，一宿需付多少钱？"

少女生气地说："你能来到这里，虽说也是缘分，但寻花问柳之辈，我们是不欢迎的，望先生自重！"

苏津湮被少女奚落了一顿，自觉没趣，把一块大洋放在了她的柜台上，随着少女来到后面的一间小屋，他忽然感到困乏至极，倒在床上便睡着了。

第二天，苏津湮被鸡叫声惊醒，发现自己躺在坟头上，坟前有一座大理石墓碑，墓碑上刻着"梁茜月之墓"和"姐姐慕容馨月、姐夫张虔奕、中华民国一十二年穀旦立"字样。前面的供桌上，还放着他给那位少女的一块大洋，苏津湮想起昨晚的事，被吓出一身冷汗。

苏津湮似乎已明白了一切，心灰意冷，无心在紫塞桃花源逗留，满怀惆怅地回到了渝水县。当他路过鸣咽城鬼市时，在一个旧书摊上，发现了一本《糊涂丈夫》，是渝水大鼓的手抄唱本，顺手翻了翻，只见上面的情节很特别，书中的人物竟是张虔奕。书摊老板神秘地说，这是极为珍贵的情色唱本，很难寻觅，所以有点贵。苏津湮对《金瓶梅》《肉蒲团》等禁书情有独钟，如今又在这里发现了民间的手抄本，很想看个究竟，便用从坟头捡回的那块大洋，买回了这本《糊涂丈夫》。

渝水大鼓《糊涂丈夫》曾在渝水县唱红，已经是家喻户晓，人们被故事情节所吸引，其内容传唱不衰。苏津湮躺在床上翻看着唱本，细细地品味，虽然弄不清手抄本的作者是谁，但他猜想这个唱本的背后必有隐情。

苏津湮从紫塞桃花源归来之后，冥冥之中他觉得墓中人应该就是梁茜月，但他觉得他身边还有两个梁茜月，凭直觉第一个梁茜月就是张夫人，假如面前的这个张夫人不是慕容馨月，那她很有可能就是梁茜月。假如张虔奕身边的张夫人真的就是慕容馨月，那么这第二个梁茜月就应该是叶倩薇了。苏津湮情迷梁茜月，他想张夫人和叶倩薇这两个人中，有一个人应该是梁茜月，但在这两个梁茜月中却难辨真伪。

苏津湮为了寻觅他昔日的梁茜月，有事没事他也要去陈家大院走走，并以各种借口找张夫人续同窗之谊。张夫人对他不冷不热，一次她问苏津湮："你知道叶倩薇为什么像我？"

"不知道！"苏津湮说。

"叶倩薇是我的同胞姐妹！"

"你们是不是同胞姐妹并不重要，不过我怀疑你是梁茜月，是你取代了慕容馨月！"

"我明白你这话是什么意思！但你想错了，我慕容馨月绝不会取代梁茜月与你重续旧情！"

苏津湮忙解释说："不，不，我不是这个意思！"

梁茜月说："梁茜月真的已经死了，今生今世你永远也不会找到她了。"

苏津湮听了张夫人的话浑身冷冰冰，梁茜月见此情景进一步吓他说："如果你再想入非非，我就告诉姐姐叶倩薇，说你想欺负她的妹妹！"

张夫人似乎真的成了叶倩薇的妹妹，苏津湮心里没了底，难道张夫人与叶倩薇真的是同胞姐妹？如果他们真是同胞姐妹，那么张夫人也可能是日本间谍，自己将身处两个间谍之中，后果将不堪设想。

苏津湮对眼前的张夫人已深信不疑，他深知慕容馨月是一个传统型的大家闺秀，不敢有非分之想。同时，他又怕张夫人把他寻找梁茜月的事告诉叶倩薇，便说："张夫人，请你千万不要把我与梁茜月的事告诉叶小姐。"

梁茜月见苏津湮对她是慕容馨月的身份已经认可，便把话收了回来，说："今后你如果能规规矩矩，对你那些事我将会守口如瓶。"

苏津湮这才放了心，向张夫人千恩万谢，并倾诉了对梁茜月的爱，苏津湮说："张夫人，我在东滨与梁茜月曾同居数日，我们虽然不是夫妻，却胜似夫妻。后来不知为什么分了手，在那些日子里我控制不了自己的情欲，也曾去过烟花柳巷，但总觉得还是梁茜月好。东滨大地震之后，听说梁茜月回到了渝水县，便立即返回故里，寻觅梁茜月。谁知刚到渝水县便成了阶下囚，如今我能当上财政科科长，应该感谢叶倩薇的知遇之恩！"

苏津湮没有把在野蔷薇客栈受骗的事说出来。

苏津湮接着说："我曾经去仙女峰墓地找答案，坐在坟前一直守候到天明，因为我总觉得梁茜月没有死，梁茜月就在我身边。"

张夫人说："缘分尽了就不要强求，如今你大小也是渝水县公署的一位官员，希望你能把精神用到正道上，老老实实地做事，清清白白地做人。"

苏津湮对张夫人的话哪里听得进去，心中还是想着梁茜月，他觉得他身边的张夫人和叶倩薇，都像是梁茜月，又都不像是梁茜月。回想起他千里迢迢寻觅梁茜月的遭遇，恰似狗咬尿泡——一场空，实在不甘心。他想在《糊涂丈夫》这个手抄唱本中，找出答案，便反复翻看，没想到却越看越糊涂了。

十三　船沉白鹭岛

时隔不久，吴宁昶趁郑禅忻不在，假借受渝水县公署知事吴国祯的委托，来到陈家大院，又给张虔奕出了个难题，说："重修贞女祠是一项很得民心的千秋伟业，功在当代，利在千秋。县公署决定在近日举行奠基仪式，把各方贤达全都请来，场面要大，仪式越隆重越好。吴知事还给直隶省主席发了邀请函，直隶省主席责成行政厅长李中天即日来渝水县为奠基仪式剪彩。《北洋画报》《津海日报》和《津海晚报》等众多记者都要来现场进行采访。"

随后，吴宁昶拿出了一份举行奠基仪式的预算，交给了张虔奕，说："县公署知事责成我主持、筹划奠基仪式，费用暂从修祠经费中垫付。"

张虔奕拿起这份预算粗略地一看，共需大洋五百块，知道吴宁昶所说的"垫付"，其实就是"不付"，吴宁昶又要以奠基的名义捞一把。

张虔奕不屑一顾地把奠基预算扔在了桌子上，恰巧窗外刮来一阵风，把吴宁昶精心策划的预算吹落在地。

吴宁昶急忙捡起，满脸不高兴地问："张虔奕，难道你对这份预算有异议？"

张虔奕说："张将军曾再三明示：修祠工程是个人的夙愿，要务实求真，切莫张扬。"

吴宁昶想用省主席这张虎皮威胁张虔奕，说："我们已经给直隶省下了邀请函，省主席已委派直隶省'要员'行政厅厅长李中天前来剪彩，如果省主席怪罪下来，这个责任我可担当不起！"

吴宁昶故意在李中天名号前面加了"要员"两字，来暗示李中天的官位仅次于直隶省"帮办"，他这个行政厅长不仅直接掌管县公署的地方经费、警察治安、卫生防疫等事项，而且直接负责县公署官员的任免。张虔奕淡淡一笑，说："张将军早已和省主席打过招呼，无须你我操心。我这里正忙，恕不奉陪！"

张虔奕居然下了逐客令，吴宁昶万万没有想到张虔奕根本没把他这个地方官放在眼里，站也不是，坐也不是，只好灰溜溜地离开了陈家大院。

张虔奕急于备齐重修贞女祠的工程用料，决定先把塑像用的泥膏运到青龙山工地，便用手语吩咐哑巴护院："你马上去一趟红泥谷，买两车泥膏，估计下午就能返回，我们在山上等你。"

哑巴护院走后，张虔奕与梁茜月一起来到青龙山，只见青龙山上残垣断壁，荒草萋萋，弹坑累累，疮痍满目，贞女祠的庙门已不复存在。

梁茜月在一弹坑中，发现了一块断为数块的秦代残碑，立即让张虔奕来看，张虔奕如获至宝，立即搬到殿内。

殿堂内的屋顶已坍塌漏雨，檩木、椽子有些已腐朽，门窗已荡然无存。贞女塑像的眉眼已模糊不清，四肢残破不堪，只有胸部尚且完好。张虔奕用手轻轻抚摸一下，又有几块泥巴脱落，露出了木楞、稻草和缠在稻草上的麻绳。他仔细查看，塑像原来是上下两部分镶嵌在一起的。张虔奕去掉了铆楔，轻轻地把贞女的胸像抱了下来。

梁茜月不解地问："虔奕哥，你费了这么大的力气，难道还要把她抱回家不成？"

张虔奕说："这个贞女胸像从颜色的褪变、风化的程度、艺术风格来看，恐怕没有人知道是出自宋代，其文物价值和艺术水平都堪称艺术精品。而下半身显然是近代人补上的。由于贞女祠地处偏僻，人烟稀少，故无人问津。"

梁茜月说："这个胸像虽然珍贵，可谁也不会把它抱回家！"

张虔奕说："这座胸像至今尚且完好，你知道这是为什么吗？"

梁茜月摇头表示并不清楚。

张虔奕继续说："这座胸像之所以没有被破坏，就是还没有人知道贞女的心是用纯金铸成的。"

梁茜月恍然大悟，明白张虔奕是在用贞女塑像喻人，告诫她做人要有一颗金子般的心。

张虔奕说："你在这里先照看一下残碑和贞女胸像，我去山下雇两个人来，给咱们挖一个储存泥膏的池子，下午好把泥膏放在里边，准备塑像时用。"

张虔奕离开之后，梁茜月一个人留在殿里守着残碑和贞女胸像，墙壁上净是蜘蛛网，她一个人待在空荡荡的屋里，孤寂难耐，便从殿内走了出来。

梁茜月站在殿后的一块巨石上，北望长城，长城犹如一条巨龙在燕山峰峦上腾飞，隐没在千山万壑之中；南望长城，巨龙沿着山脊蜿蜒直下，绕过青龙山，穿越了渝水县，通向烟波浩渺的大海，与海中用巨石垒砌的长城相连。在远离海岸的大海深处，有两座圆形巨礁，依稀可见。巨礁北岸是一座白色的小山，人称白虎岭。这座小山在碧海蓝天的辉映下，更加神秘诱人。

梁茜月面前忽然飞来一群鸟，落在了一棵只有几片树叶的秃树上，叽叽喳喳地叫个不停，似乎在讲述着"凄风枯树吼斜阳"的故事，群鸟垂首低吟，声音哀怨凄婉。瞬间，这群鸟一个个皆昂首向天鸣叫，好似在引吭高歌，唱出了"千秋片石铭贞"的千古绝句。她羡慕这群小鸟，幻想自己也能变成一只小鸟，飞到这群鸟中间，向它们倾诉乱世佳人的红颜薄命。她觉得大自然中的鸟语，远比《百鸟朝凤》的乐曲好听。

梁茜月从幻梦中又回到了现实，心中掠过一丝惆怅。她多么想向张虔奕倾诉她心中的一切，可偏又无法说清自己。虽然张虔奕已经承认她是自己的夫人，但在他的心中却无法改变她就是梁茜月的事实。

梁茜月望着秃树上的这群鸟，听鸟鸣叫正听得出神，只见这群鸟"哄"的一下四处乱飞，像是受了惊吓。

这时，张虔奕带着两个人从山下走了上来，见梁茜月正望着那棵秃树出神，不解地问："你为什么不守在殿内，难道你忘记了我对你说的话？"

梁茜月说："祠院内一个人也没有，不会有事的。我在殿里实在闷得慌，想出来透透气。"

张虔奕向雇来的人交代了如何挖储存泥膏的池子之后，便随着梁茜月又回了到殿内。

张虔奕见那块断成了几截的残碑还在，而那座贞女胸像却已经被砸碎，从砸碎塑像的现场来看，这个人并不懂文物的价值，不知道他毁掉的是珍贵文物。梁茜月知道由于自己的过失，贞女的"金心"被掏走了，愧疚地低下了头。

张虔奕觉得刚才自己的口气过重，忙安慰她说："事已至此，不必自责。这尊胸像虽然已经无法复原，但我们要竭尽全力，塑造出一尊更能够感动世人的贞女形象来。"

梁茜月有些难为情，说："虔奕哥，今后我一定听你的话，当好你的助手。"

张虔奕心里明白，梁茜月所说的"助手"，是要替代慕容馨月。

此前，张虔奕遵照恩师的遗嘱，为了梁茜月的安全，不让她介入碣石地宫的研究，但与她相处的这些日子，发现梁茜月早已介入了这项研究工作。尽管她做了很多让他无法理解的事，但他们毕竟是经过了生与死的考验。她心中虽然有些事还瞒着他，但她毕竟是恩师慕容尊的女儿。现在梁茜月是他身边唯一的亲人，只有她能替代慕容馨月，为了完成恩师的未竟事业，他应该摒弃前嫌，把他已经掌握的碣石地宫的资料，毫不保留地告诉她。

梁茜月见张虔奕对她的话默认了，高兴得难以言表。她俨然已经成了张虔奕的助手，指着远处的白虎岭和海中的两座巨礁，问："虔奕哥，你是否已经确认这一带是秦皇行宫的遗址？"

张虔奕若有所思，没有回答梁茜月的话，心情似乎异常沉重。中午时分，泥膏已存放在池子里，盖上了包装布，他让拉泥膏的车，把断碑拉到了陈家大院。

当晚，张虔奕便开始研究这块残碑。遗憾的是残碑已经严重风化，上面的字迹模糊不清，难以辨认，他一个字一个字地细心揣摩，最后断断续续地认出了碑上刻有的隶书字体，是青龙、白虎、朱雀、玄武八个字，这八个字上面好像还有钟鼓楼三个字，其他字迹已无法辨认。

梁茜月坐在张虔奕身边，一直没有打扰他。只见张虔奕在纸上圈圈点点画了几个箭头，这些箭头都指着同一个方向，他在箭头所指的方位上，用红笔画了一个圈，紧锁的双眉渐渐地舒展开了。

梁茜月似乎发现了什么，说："虔奕哥，我认为这个残碑一定藏着什么秘密。"

张虔奕说："渝水县鼓楼的四角，东南西北四个方位的屋脊上分别塑有青龙、白虎、朱雀、玄武四个神兽，这一切与残碑上的十一个字，不能说是偶然的巧合。"

梁茜月说："如果残碑上的青龙指的是青龙山，那么白虎是不是指的白虎岭？"

张虔奕说："你说的不无道理，只是朱雀和玄武指的是什么地方，就不得而知了。如果我们能破解朱雀、玄武的含意，就会进一步诠释碣石地官的千古之谜。"

梁茜月问："虔奕哥，秦始皇为什么要修秦皇行宫？有了秦皇行宫为什么还要修碣石地官？岂不是多此一举？"

张虔奕说："说来话长。秦始皇灭六国之后，独霸天下，成为千古一帝。虽然人人都称他为万岁，但他深知自己终究难免一死，他所珍爱的金银财宝和宠幸的妃子都带不走。他幻想能与天地同寿，长生不老，永享人间的荣华富贵。

"为此，秦始皇四处寻求长生不老之药。他东巡来到渝水县，车驾与随从等一行人，就在白虎岭东部的金沙滩驻跸。

"那一天，正逢雨雾，阳光透过云雾，折射出七色彩虹，映照着海中两座圆柱形的巨礁，非常壮观。

"巨礁之间是航船入海的唯一通道，当地人称其为碣石门。秦始皇从碣石门中间向大海的深处遥望，忽然看到海面上浮现出亭台楼阁，楼宇之间，人来人往，行走如飞。秦始皇以为看到了仙境，欣喜若狂。

"秦始皇想：从这里入海一定能到达仙境。他觉得碣石门就是进入仙境的天门，当即赐碣石门为'天门'。

"秦始皇为了获取长生不老之药，遍寻博学多才的方士，入海求仙。后来，在齐地琅琊找到了鬼谷子先生的关门弟子徐福。

"徐福字君房，曾跟随鬼谷子习武、修仙，他精通医学，乐于治病救人，他还通晓天文、地理和航海的知识。秦始皇觉得徐福是他最可信服的人，便把寻求长生不老之药的希望寄托在徐福身上，令他带三千童男、童女从天门入海，东渡求仙。

"秦始皇求仙心切，在这里等了三个多月，仍不见徐福归来，加上海边吃住简陋，让他难以忍受，不得不返回咸阳阿房宫。

"一晃数年，徐福杳无音信。徐福究竟去了何方，只有徐福自己知道。然而，秦始皇并不死心，他认为东渡求仙之所以失败，就是因为没有亲自焚香敬神，没有举行盛大的入海求仙仪式，因此神仙没有现身。为了表示他的诚意，立即派中车府令兼行符玺令事的赵高，不惜耗费巨资，在渝水县海边'天门'对面的高地上，大兴土木，营造了一座规模巨大、气势恢宏的秦皇行宫。这座行宫系两层楼阁式的宫殿，殿前是九层台阶，每层台阶九磴，雕梁画柱，斗拱飞檐。正殿面向天门，四周有高墙环绕，金碧辉煌的秦皇行宫，绝不在阿房宫之下。

"秦始皇对赵高建造的行宫非常满意，但他并不知赵高是赵国宗室远亲。秦王灭赵之后，诛杀九族，赵高冒充秦国宗室的后裔，潜入宫内混了个小官，逃过这一劫。因他善于玩弄权术，能言善辩，很得秦始皇的宠信，很快便官至中车府令，兼行符玺令事，为秦始皇所信重。

"秦始皇至死也不知道赵高会借营造秦皇行宫的机会，在地下秘密建造了一座碣石地宫，把他贪污受贿得来的珍宝玉器，全部藏在地宫里，留作日后享用。

"他还让人把通往地宫的密图刻在竹简上。为了防止机密泄露，他杀掉了所有参加地宫设计、施工的人，把竹简密图藏在了只有他一个人知道的地方。

"秦始皇死后，赵高与丞相李斯合谋伪造诏书，逼死秦始皇长子扶苏，另立胡亥为帝，就这样赵高又赢得了秦二世的信重，并设计害死李斯，取代了李斯的丞相位置。第二年他胁迫秦二世自杀，另立子婴，欲图篡权。没想到被子婴识破，子婴除掉了赵高。终年五十一岁的赵高既没有当上皇帝，也没能享用他藏在碣石地宫的稀世珍宝。

"两千多年之后的今天，秦皇行宫毁于兵燹。碣石地宫藏有稀世珍宝的秘密，一直令世人瞩目，传说纷纭，但却无人知晓竹简密图藏在那里，更无人知道地宫的具体位置，碣石地宫成了千古之谜。"

梁茜月问："秦始皇东渡求仙，到底有没有找到长生不老之药？"

张虔奕说："秦始皇说他东渡求仙之所以失败，就是因为他没有焚香敬神，举行盛大的入海求仙仪式，其实秦始皇想错了……"

紧接着张虔奕为梁茜月讲述了秦始皇再次派燕人卢生入海寻求仙药的一段故事：

秦始皇张贴告示，广招天下方士，再议求仙之事。燕人卢生见此告示后，立即上书曰："燕人卢生，名敖，愿带弟子渡海为始皇帝寻求长生不老之药云云。"秦始皇召见卢生问可有把握，卢生答："从前我曾从碣石天门入海，乘船到过一个小岛，岛上住着两位方士，一个叫羡门，一个叫高誓，已修炼成仙。我与他们交情甚笃，如果他们知道我是为始皇帝来寻求长生不老的仙药，定能应允。"

秦始皇问："卢真人不知何时动身？朕要亲自焚香敬神，为你举行求仙入海仪式！"

秦始皇对卢生笃信不疑，让卢生随驾东巡，来到秦皇行宫。他望着碣石天门，觉得不久即可得到长生不老的仙药，心境甚佳，为了颂扬自己统一天下的丰功伟绩，挥笔写下了《碣石门辞》，并刻在了石碑上。

第二天，秦始皇在行宫门前设一祭坛，面向碣石天门，亲自焚香敬神，有歌为证，歌曰：

燃香三炷，
沐浴敬神，
嬴政恳请诸神现金身。
卢生出天门，
诚意方殷，
东渡乘祥云，
拜求诸神赐仙药，盼佳音。

随驾的群臣在九层八十一个台阶两侧，按顺序排列。卢生跪拜天门，携秦始皇为他置办的珠宝玉器，以作求仙见面之礼。

秦始皇为卢生送行，从九层八十一个台阶走下，一声令下，鼓乐齐鸣。卢生登上求仙客船，扬帆启航，直到船消失在海天尽头，秦始皇还呆呆地立在那里。

时光荏苒，倏忽之间，数月已过。

卢生在海上到处周游，吃喝玩乐，任意挥霍，回来后编造神仙箴言，说"亡秦者胡①也"，蛊惑秦始皇。秦始皇派蒙恬发兵三十万北

---

① 胡，即胡人，是中国古代对北方地区各民族的称谓。

伐胡人。

卢生的谎言败露后逃之夭夭，受牵连的四百六十余名儒生被坑杀。秦始皇修行宫，焚香敬神，直到病死于沙丘，也没有求得长生不老的仙药。

梁茜月听完张虔奕的故事，感慨万千，叹了一口气，说："没想到历史上也是这般凶险！"

张虔奕说："要想诠释这个千古之谜，必须找到赵高留下的竹简密图，师母舍命夺得了竹简密图，遗憾的是竹简只是半张图。

"现在，日本间谍野蔷薇已经潜伏到渝水县，为了窃取碣石地宫中的瑰宝，不惜任何代价地在寻找《碣石地宫密图》。"

梁茜月说："赵高不是等闲之辈，刻在竹简上的竟然是半张密图，另外那半张密图一定藏在更为难以找到的地方，常人很难发现。"

张虔奕也有同感，说："在苍苍大地和茫茫人海之中，寻找那半张密图，如同大海中去捞绣花针，简直是不可能。"

梁茜月说："古人曰'谋事在人，成事在天'，在现实面前，我更相信'谋事在天，成事在人'。虔奕哥，请你相信，绣花针再小我也要把它从大海中捞出来！"

张虔奕感慨地说："事情不是像你想象的那样简单，路漫漫其修远兮，两千多年来，多少人为寻找密图在黄泉路上毙命。要想找到那半张密图，谈何容易？如果，我们真的找到了那半张密图，我们的处境就更危险了！"

梁茜月说："士为知己者死，我可以舍命去寻找那根绣花针，死而无怨！"

张虔奕急忙捂住她的嘴，说："我不准你说这样的话。"

梁茜月偎依在张虔奕的怀里，深情地望着张虔奕，眼里含着泪花，说："虔奕哥，我现在什么都不怕了，因为我心中有了你。"

张虔奕说："明天我准备再次考察秦皇行宫遗址，寻找那半张密图的蛛丝马迹。"

梁茜月说："虔奕哥，我愿与你风雨同舟！"

第二天，风和日丽，这在多雾的渝水县是一个难得的好天气。梁茜月背着照相机，随张虔奕来到渝水湾，想租一条船，发现渔船都停在海湾里。

他们找了几个船主，却没有一个愿意出海的，张虔奕不解地问："这样的好天气，为什么都不出海？"

几个渔夫指着身边的一个人说："我们是傻子过年——看界别儿①，他不出海，谁也不敢出海。"

张虔奕一看，面前有个五十来岁的汉子，头上的寸发已经花白，正在仰头望着天空，身边坐着一个渔家女孩，纤纤玉手正在左右穿梭织渔网，嘴里还哼唱着一首自编的小曲：

> 家住渝水湾，
> 度日靠渔船。
> 海边补旧网，
> 祈福求安澜。

梁茜月立即被这甜美的歌声吸引，上前一看，发现这个渔家女孩容颜俊秀，一条黑油油的发辫甩在身后，鬓角的青丝衬托着长长的刘海，头发上沁出的汗，滴在白皙的脸上，在阳光的映照下，仿佛是一颗颗晶莹剔透的珍珠。

梁茜月与她并肩坐在一起，高兴地说："我非常喜欢听妹妹唱的歌，如果我们能天天在一起，那该多好！"

正在织渔网的女孩只顾低头织网，听见有人夸她，抬头一看，便说："姐姐像是来自书香门第，如果天天能和姐姐在一起，我真是求之不得。我没念过书，姐姐可以天天教我读书、写字。"

正在织渔网的女孩叫何一花，母亲早逝，五十来岁的汉子是她父亲，叫何秋愚，父女俩相依为命，吃住在船上。何一花常年随父亲出海打鱼，人们都习惯叫她乳名荷花。

张虔奕上前向何秋愚施一礼，问道："大伯您能不能帮我们租一

---

① "界别儿"：是燕北的方言，指邻居。

条船？"

荷花在一边打量着张虔奕和梁茜月，看他们既像是夫妻，又像是兄妹，便抢着问："二位是来旅游的还是来度……"

张虔奕还没等荷花说出"度蜜月"三字便抢着说："我们是来旅游的！"

何秋愚望着天边那一片淡淡的薄雾，说："今日天时不正，可否明日再来？"

梁茜月不解地望着何秋愚，说："大伯，这蓝天碧海，风平浪静，怎么能说是天时不正？"

何秋愚说："这位小姐就不明白了，大海如同渝水县衙一样，看似风平浪静，实则暗藏杀机，如今这世道是黑白两道，官匪一家，常言道'一任清知县，十万雪花银'，再穷的百姓，也得榨出油来，所以……"

梁茜月接着何秋愚的话茬，颇有感触地说："所以我们每天都是提心吊胆地过着日子。"

荷花忍不住问梁茜月："你们是兄妹还是夫妻？"

梁茜月忙说："是夫妻。"

荷花问："你们有小孩了吗？"

梁茜月摇摇头。

荷花接着说："白鹭岛离这里不算太远，那里有座观音庙，供奉着一尊送子观音，可灵验了！你们何不前去拜一拜。"

张虔奕解释说："我们只想去碣石天门，看一看海中的巨礁，顺路再去一趟白虎岭。"

梁茜月亲昵地拉着何秋愚的胳膊，好像何秋愚就是她的亲伯伯，近似撒娇地说："大伯，我们今天就是为碣石门和白虎岭而来，您就帮帮我们吧！"

何秋愚紧锁眉头，说："碣石门和白虎岭这两个地方极为凶险，我劝你们还是不去为好，今天更是不能去！"

张虔奕说："我们正忙于重修贞女祠，来一趟也不容易，我们只想拍儿张巨礁的照片。"

何秋愚似乎明白了一切，说："如果我没猜错的话，你们不是来旅游的，是来考察碣石地宫的。"

梁茜月吃惊地问："大伯您怎么看出我们是来考察碣石地宫的？"

何秋愚望着两位年轻人，苦口相劝："年轻人，你们切莫争强好胜！昔日，我结识了渝水县的一位学者，叫慕容尊，为了考察碣石地宫弄得家破人亡，他的夫人为了竹简密图竟然丢掉了性命。"

张虔奕见何秋愚是个实在人，没有再隐瞒身份，说："大伯，您所说的慕容尊就是我的恩师，这位就是慕容尊的女儿，我们就是豁出性命来，也要完成父辈的未竟事业。"

何秋愚说："你们继承父辈的遗愿，不惧风险，老夫佩服，但我还是劝你们改日再来。"

张虔奕着急地说："大伯，据我所知，日本间谍野蔷薇已经潜入渝水县，与黑恶势力勾结在一起，千方百计地寻找碣石地宫的入口。我们必须争分夺秒，抢在这股黑恶势力之前，待找到碣石地宫入口之后，要不惜一切代价，阻止挖掘碣石地宫！"

梁茜月望着荷花，恳求地说："好妹妹，你就和大伯陪我们出一趟海吧！"

荷花没有观云测天的能力，也没有亲身经历过海上的狂风恶浪，她对何秋愚说："爸爸，我看这样好的天气，出海不会有事的。我们不如就带他们出一趟海，顺便让他们到白鹭岛拜一拜送子观音，祈祷观音菩萨保佑，来年喜得贵子。"

何秋愚沉吟片刻，望着天边那一缕薄雾沉吟良久，长叹一声，说："碣石门、白虎岭这些地方都是出海的禁地，那里暗礁遍布，是龙卷风经常出没的地方，浪高风险，没人敢去。老夫敬重你们师徒，今天豁出去了！"

何秋愚立即让荷花备船，几个人很快上了船。何秋愚正欲扬帆出海，没想到天边那一片薄雾须臾之间笼罩了整个海面。张虔奕着了急，何秋愚说："你们不必着急，这片薄雾只需半个时辰便可散去，不会影响我们出海。"

大家坐在船上小憩，荷花与梁茜月坐在一起，像亲姐妹一样拉起了家常。荷花从小就失去了母爱，梁茜月父母双亡，相似的命运把两颗心系在一起，惺惺相惜，相见恨晚。

张虔奕问何秋愚："大伯，您是否知道有关碣石地宫和白虎岭的一些传说？"

何秋愚说："传说大都是以讹传讹，是靠不住的。慕容尊常说以史为鉴，只有亲见、亲历才是最可靠的。现在我就讲一下我家的一段亲身经历：

'这都是很多年以前的事情了。荷花刚满一岁，半夜得了急病，高烧不退，我出海打鱼没在家，荷花母亲也顾不得害怕，深一脚浅一脚地背着荷花去找郎中。回家时迷了路，踢翻了一个盗墓贼的骷髅，据荷花的母亲说，身边好像有个鬼魂要索取她的性命，便拼命地奔跑，一直跑到鸡叫三遍，鬼魂才散去。这时她才发现自己跑了多半夜还是围着那个骷髅在转，她母亲连累带吓，最后晕倒在路边。幸好遇到了本村赶集的人，把她们娘俩送回家。荷花母亲一病不起，不久便离开人世。有人说荷花母亲晕倒的地方就是碣石地宫的入口，据说这个盗墓贼虽然找到了碣石地宫的入口，却无法打开地宫之门，不知是什么原因惨死在那里。后来有人拿着刻在竹简上的密图，在盗墓贼尸骨的地方试图找到碣石地宫的入口，可图纸只是半张，结果什么也没找到，后来这具尸骨也不见了，进入碣石地宫的线索就此中断。'"

张虔奕感叹地说："碣石地宫被盗掘，恐怕是早一天晚一天的事了。"

何秋愚接着说："据说那半张密图藏在白虎岭上的一个神秘的洞中，那是一个深不可测的石洞，人称白虎口。有人说在夜间路过白虎口的行人无一生还，还有人说白虎口能把过路的人吸食到口中，致使人们谈虎色变，白虎口因此成了死亡禁地，让人望而生畏。我亲眼看见有两个人进了白虎口，却没有见他们出来。不知为什么这两个人明知白虎口凶险，却偏偏要进去，结果是活不见人，死不见尸。"

梁茜月说："他们进入白虎口一定是为了那半张密图！"

何秋愚说："我只是海上一介渔夫，对于这些事知道得甚少，就说这些吧。"

张虔奕点了点头，随后又摇了摇头，梁茜月不明白张虔奕到底是什么意思。

何秋愚望着渐渐散去的薄雾说："每当薄雾散去的时候，海面上就会出现海市蜃楼，有人说那里的下面就是碣石地宫，只是今天我们无缘见到。"

何秋愚起身与荷花把渔船推向大海，父女俩一个摇桨，一个掌舵，径直向碣石门驶去。

梁茜月躺在船头，船身随着海浪轻轻地上下摇摆，仿佛是婴儿的摇篮，海风与海浪的声响，犹如慈母在耳边哼唱着催眠曲，她悠然自得，沉醉在美好的回忆中。

何秋愚的渔船熟练地绕过暗礁，很快到了碣石天门，他把渔船靠在巨礁旁，渔船正好与巨礁的边沿对接。张虔奕让梁茜月与荷花父女留在船上，自己背上照相机，直奔东面的巨礁，因为《易经》上说东方为大，他企盼着能找到有关碣石地宫的蛛丝马迹。

他沿着石缝向上攀登，很快便登上了东边的这座巨礁，但令他非常失望的是，在巨礁的顶部，没有发现任何有价值的东西。他立刻离开了这座巨礁。

当他来到西边的巨礁时，却没有刚才那么容易攀登。他用手抠着石缝一步一挪，向上攀登每一步都非常艰难，谁知在接近顶部的时候，却没了抓手，上也上不去，下也下不来，只要脚下有一点闪失，便有生命危险。就在这千钧一发的时刻，何秋愚来到巨礁下，用竹篙递给他两个铁锚，张虔奕以锚代手，终于攀上了巨礁的顶部。

张虔奕站在巨礁上，猛然发现脚下有一个圆形孔洞，俯身向洞内望去，神情惊奇万分，似乎明白了一切，激动得无以言表。

张虔奕在何秋愚的帮助下，安全地从这座巨礁上爬了下来，何秋愚忍不住问："你在上面发现了什么？据我所知这座巨礁从来没有人敢攀登！"

张虔奕觉得现在还不能实话相告，佯装情绪低落，摇头叹息："唉，让您陪我白忙活了一趟。"

何秋愚信以为真，劝慰说："年轻人切莫灰心！锲而不舍，金石可镂。我相信，你想办的事，一定能办到！"

张虔奕沉默不语，此时，已经是中午时分。

梁茜月见何秋愚与张虔奕来到面前，立即迎了上去，焦急地问："虔奕哥，你在巨礁上都发现了什么？一定拍了不少照片！"

何秋愚忙接过话茬，说："白忙活了一趟！"

梁茜月立即接过照相机，见张虔奕确实没有拍照，便信以为真。

他们在船上吃了点干粮，立即驶向白虎岭，途中恰好路过白鹭岛，荷花听说他们现在还没有小孩，便建议他们先去白鹭岛拜一拜送子观音菩萨。

梁茜月知道自己在生育上有问题，便死乞白赖地拉着张虔奕去拜观音。何秋愚没有阻拦，也没有下船，一个人立在船头，不停地仰望天空。

他们拜完了送子观音，离开了白鹭岛。

船行半路，天空中猛然间出现了一缕缕白色的钩钩云，何秋愚脸色突变，大声喊："不好！天上钩钩云，地上雨淋淋，暴风雨就要来啦！"

何秋愚不容分说便立即调转船头，急速向白鹭岛返回。

张虔奕实在不明白，风和日丽的蓝天碧海，怎么能马上就会有暴风骤雨？

何秋愚并没有注意张虔奕是否理解，只顾拼命地向白鹭岛方向划去。

天空中的钩钩云，倏忽之间变成了滚滚乌云，笼罩在整个海面上，天低云暗，仿佛进入了黑夜。

海上的天气真是瞬息万变，刚才还算温和的海浪立即变得像一匹匹难以驯服的野马。张虔奕帮助荷花掌舵，何秋愚拼命地划着桨，船体随着三米高的海浪上下颠簸。梁茜月坐不能坐，站不能站，吓得面色苍白。

渔船勉强回到了白鹭岛，此时狂风大作，大雨倾盆。何秋愚喊着让张虔奕与梁茜月快上岸，可张虔奕与梁茜月却听不清他在说什么。

何秋愚与荷花正欲抛锚拴船，见他们还愣在那里不动，情急之下，父女俩用尽全身的力气把张虔奕和梁茜月推上白鹭岛的岸上，小船受到强大的反作用力，离开了白鹭岛海岸，父女俩回过头来想抛锚拴船，为时已晚。

张虔奕和梁茜月被狂风暴雨拍打在海滩上，惊恐地望着何秋愚父女在惊涛骇浪中挣扎，一会被巨浪卷起，抛上十几米的高空，一会又从高空跌入巨浪的谷底。荷花从未见过这样大的风浪，被吓得不知所措。

何秋愚凭借多年海上的经验，牢牢地掌着舵，躲过了一个又一个暗礁。风越刮越猛，雨越下越大，何秋愚毕竟是一位年过半百的老人了，渐渐感到体力不支。渔船已很难控制，船底不知什么时候被暗礁撞破了一个洞，船体已经漏水，小船随时都有沉没的危险。在这千钧一发之际，何秋愚不由分说，让荷花抱牢一块舢板，把她推入大海，说："闺女！生死有命，富贵在天，是生，是死，这就要看你的造化了。"

荷花死死地抱着舢板，就在她刚刚离开渔船的一瞬间，被称为龙汲水的龙卷风，在海面上骤起，海面上形成一个巨大的水柱，把何秋愚和他的小船卷起，沿着龙汲水的水柱，被抛向遥远的高空，瞬间便没了踪影。

张虔奕与梁茜月眼睁睁地望着何秋愚父女和他们的渔船被惊涛骇浪所吞噬。梁茜月大声地呼喊着荷花父女，听到的是无情的风声、雨声和海浪的咆哮声，泪水和雨水顺着她的脸往下流淌。

此时，张虔奕才懂得什么叫水火无情，凡事不能违背自然规律，后悔不该不听何秋愚的话。

十四　误入白虎口

也不知过了多长时间，海面上又恢复了往日的平静，天依然是那样湛蓝，大海依然是那样碧绿，海天之间有一缕缕白云，如轻纱飘浮，一艘艘渔船已开始出海捕鱼，海浪轻轻地拍打着岸边的礁石，发出了令人心醉的声响，游人在海边拾海螺、贝壳，好像什么事也没发生过。

张虔奕与梁茜月在白鹭岛脱险以后，在海边四处寻找何秋愚父女的下落，一连几天毫无结果，不得不暂时回到陈家大院。

最让张虔奕牵挂的是何秋愚父女，苏津湮知道了这件事，埋怨张虔奕应该把精力放在筹备修祠的工程上，并信誓旦旦地说："我愿替你陪夫人，继续寻找荷花父女。"

重修贞女祠的工程不能再耽误了，苏津湮说愿意陪同梁茜月一起寻找荷花父女，张虔奕虽然并不情愿，情急之下，也只能这样了。

最让张虔奕恼火的是，县衙里的一些官员把工程看成是一块肥肉，谁都想狠狠地咬它一口，吴宁昶与他的矛盾表面上是艺术观点上的分歧，而实际上是权与利的一场争夺，张虔奕身不由己地被卷入这个旋涡之中，他想摆脱这个旋涡，却越陷越深，难以自拔。因此，他只能潜心于贞女塑像的创作，从中寻求精神上的解脱。

这天晚上，他重新查阅《渝水县志》，在县志中寻找有关贞女的轶事，发现《县志》中竟有九十九位贞女入志，并立了贞节牌坊，这些贞女大都是为夫殉情，终身守寡。

张虔奕认为从一而终者是封建道德的殉葬品，《渝水县志》中的贞女不是贞女祠中的贞女形象。贞女祠中的贞女应该是一位不畏强暴，坚贞不屈的女性。

当他翻到《渝水县志》风光名胜篇时，不知什么时候梁茜月已经到了他的身边。梁茜月看到书中有一段"瑞莲捧日"的记载，很想一睹"瑞莲捧日"的奇观，便与张虔奕商量："虔奕哥，这几天气候炎热，海边要比这里凉爽许多，我们何不乘坐苏津湮开的军车到海边过夜，一来可以到渔民家打听荷花父女的消息，二来可以在海边看日出，或许还能看到'瑞莲捧日'的奇观。"

张虔奕说："修祠工程尚未就绪，过几天再说吧！"

梁茜月说："虔奕哥，一个晚上不会耽误多少时间的，我求你了！"

张虔奕劝她说："'瑞莲捧日'必须爬到白虎岭上才能看到，那里是一个极为凶险的地方，我们不如多约几个人一起去。"

张虔奕确认朱雀洞和玄武门一定与密图有关，为了补写《碣石地宫考实》解读密图这一节，他经常是在子夜悄悄地起来，凌晨才入睡，所以梁茜月并不知晓。朱雀洞和玄武门究竟在哪里？是一个难解之谜。所以，他决定要在今夜查阅所有的资料，弄清朱雀洞和玄武门的准确位置。为了不打断思路，他推托说过两天再去。

梁茜月对张虔奕说的"极为凶险"四字并没在意，坚持今天就去，说："我已经与苏津湮约好了。"

苏津湮在渝水县虽然不能与县太爷比，却也算是掌管财政的一方诸侯，张虔奕认为与苏津湮并非同"道"，只能敬而远之，不愿让梁茜月与其同行。但他深知梁茜月想办的事谁也拧不过她，为了满足梁茜月的心愿，便顺口说了句："如果你非得要去，那你就和苏津湮一起去吧！"

张虔奕的话刚出口便后悔了。他知道苏津湮醉翁之意不在酒，苏津湮在东滨与梁茜月又有过一段不寻常的经历，而且一直在寻找她。梁茜月凭借与慕容馨月十分相似的容貌，在陈家大院虽然瞒过了苏津湮，但苏津湮还是半信半疑。

张虔奕深知苏津湮曾在花街柳巷学了不少玩弄女人的手段，担心梁茜月经不起他的诱惑，不该让梁茜月和苏津湮一起去，但话已出口，无法挽回，也只好如此了。

梁茜月见张虔奕答应了她，高兴地说："虔奕哥，我与苏津湮先去看看，说不定还会给你提供一些有用的东西。"

当天下午梁茜月换上了慕容馨月平时最喜欢穿的白色衣裙，戴上了白色纱帽，因为看日出要在海边过夜，她还带上了手电筒。

梁茜月坐在了苏津湮开的军车上，拿着张虔奕画给她的路线图，指点着苏津湮，顺利地把车开到了白虎岭。

白虎岭这座小山，正好与东面的青龙山遥遥相对，就阴阳五行而言，青龙为阳，白虎为阴，有"虎向水边生"之说。白虎岭一半在海中，一半在岸上，山上是清一色的白石，远看好似白虎卧地，虎头仰望北面的青龙山，虎头上有一个深不可测的石洞，人称白虎口。

苏津湮与梁茜月都没来过白虎岭，对于白虎岭的传说并不知情，不但没有恐惧之感，反而觉得白虎岭形似一个身白如玉的少女，是一个旅游休闲的好地方。

两个人爬上了白虎岭，苏津湮在虎头一侧铺上一块台布，摆上了事先准备的罐头、面包、水果，还有渝水县食品有限公司最新生产的长城牌汽水。

天色尚早，他俩在白虎岭上，开始了他们的野餐。

苏津湮从兜中又掏出一小瓶白兰地，让梁茜月先喝，被梁茜月拒绝。苏津湮自斟自饮，喝了几口白兰地，便自吹自擂起来，说叶倩薇如何对他好，他俩乘坐的这辆军车就是叶倩薇专门配给他的。

梁茜月望着苏津湮不禁又想起与苏津湮在东滨的一段往事，试探着问："有了叶倩薇你就不该再想东滨那个梁茜月了吧？"

苏津湮说："一日夫妻百日恩，我与梁茜月何止是一日夫妻？现在我无时无刻都在思念她！"

梁茜月心中有所触动，说："可惜梁茜月已经死了，埋在了紫塞桃花源的仙女湖畔，听说你还去过那里。"

"岂止是去过？我还见到了她，真的有些像你！"

"你净瞎说，难道你钻进了墓室？"

"我没有钻进墓室，却真的见到了她，我还给了她一块银元！"

梁茜月对苏津湮的话，半信半疑，便说："假如梁茜月没有死，而且还嫁了人，你将有何感触？"

苏津湮不假思索地答道："我一定把她夺回来！"

二人边吃边谈，不知不觉天色渐渐暗了，一轮圆月从东方冉冉升起，银色的月光为白虎岭罩上了神秘的光环。

忽然，海面上飘来一片乌云，狂风骤起，圆月虽然没有被乌云遮盖，可是天上竟下起瓢泼的大雨来，两个人无处躲藏，只好钻进洞中。二人仿佛进入了水帘洞，向外窥视，朦朦胧胧地看到圆月在暴雨中挣扎。

暴雨很快就过去了，二人来到洞外，发现只有白虎岭这一块地方遭到了暴雨袭击，远处竟没下一滴雨，甚觉奇怪。苏津湮说："听县衙吴知事说'夏日隔道不下雨'是渝水县的一大怪。"

梁茜月仰望天空，圆月依然是那样明亮，那样圆，但瞬间又被云雾缠绕，圆月变得扑朔迷离。

这时从洞中隐隐传来歌声，这歌声似有若无，像是来自洞中的深处，声音渐渐清晰，柔中有刚，委婉动听。

歌曰：

> 骤雨初歇，白虎岭上云遮月。迷雾重重，人生难预测。
> 瀚海茫茫，此身任砺磨。莫笑我，独钓残夜，静观待汐落。

苏津湮觉得这歌声像是一个女人唱的，立刻来了精神，顺口胡诌，说："张夫人，这歌声好像是唱给你的，又像是唱给我的，我们何不进洞里看一看。"

苏津湮说完，便拉着梁茜月的手向洞中深处走去。洞中道路坎坷不平，伸手不见五指，多亏梁茜月带了手电筒。

这是一个天然的石洞，洞中道路忽宽忽窄，路宽之时可以跑车，路窄之时有如瓶颈，只能一个人爬行通过。两个人也不知走了多长时间，爬了多少次，到了一个宽敞的地方，地面还残留着一些水。梁茜月觉得洞中的道路是在向下倾斜，用手电照了一下，发现路的前方已经灌满了海水，有如一口斜井，无法继续前行。

苏津湮说："咱们返回吧！"

梁茜月一屁股坐在地上说："我实在走不动了，我想在这里休息休息。"

苏津湮无奈，只好也坐在地上小憩，相对无言。

此时他们再也听不到那委婉动听的歌声了，洞内静谧得都能听到对方的喘息声。苏津湮把面前的梁茜月真的当成了慕容馨月，不敢有非分之想。

梁茜月用手电筒四处乱照，忽然发现石壁上有一个圆孔，旁边隐约有三个被海水侵蚀的篆字，她让苏津湮辨认。

苏津湮费了好大的劲终于认了出来，说："这是'朱雀洞'三个字。"

梁茜月发现朱雀洞上方的水迹还是湿漉漉的，想让苏津浥进去看看，故意激他说："这个朱雀洞平时淹没在水中，难得有机会看到，你是否爬上去看看，说不定还能在洞中淘得一两件宝贝。"

苏津浥说："黑咕隆咚把我摔了怎么办？再说我淘到了宝贝你如何答谢我？"

梁茜月顺口说："你让我怎样答谢你都行！"

苏津浥邪念顿生，便说："如果我真的在朱雀洞中淘到了宝贝，你可不要反悔啊！"

梁茜月不假思索地点了点头，并把手电递给了他。

邪念让苏津浥又来了精神，他搬来了几块石头摞在一起，在梁茜月的帮扶下，踩着石头爬进了朱雀洞。朱雀洞洞口潮湿，洞内虽然不大，却能容得两三个人，苏津浥发现里边非常干燥，显然洞是向上倾斜的，他判断这个朱雀洞应该是常年被淹没在水中，水像是刚刚退去，洞内长年被水封闭，空气稀薄，不会藏有毒蛇猛兽，想到这里胆子越发大了起来。

他拿着梁茜月递给他的手电筒继续向洞内摸索，脚下不知被什么东西绊了一下，来了个狗吃屎，不知啃在了什么东西上。他拿起手电筒一照，吓得他"啊——"的一声惊叫，晕了过去。也不知过了多长时间，他被一股难闻的霉臭味熏醒，发现自己的嘴吻在了死人的头盖骨上，吓得他浑身不停地颤抖。过了好一会儿，他忽然想起在国立美专，曾经到医学院上人体解剖课，当时面对人体标本，并不觉得害怕，难道他连学生时代的胆量都没有了吗？想到这里惊魂稍定，他俨然以中国福尔摩斯的身份，来侦探这两具诡异的尸骨。他用手电筒的光亮仔细查看，发现两具尸骨龇牙咧嘴地扭打在一起，一个人手拿着一把左轮手枪，另一个人手中还握着一把匕首。他不知这两个人生前为什么要来到这里，为什么要进行一场殊死的搏斗？

苏津浥忽然发现离尸骨不远处有一个布包，他判断这两个人是为了争夺这个布包而同归于尽的。

苏津浥拿起布包，心想不管这个布包里是什么，总算是有了可以应付张夫人的东西。

梁茜月一个人等在下面，四周死一般的寂静，觉得时间过得很慢，一分一秒都在无情地煎熬着她。她忽然听到洞中传出了一声惊叫，是苏津湮的声音，不知发生了什么事情，令她毛骨悚然。她后悔不该让苏津湮去冒这个险，万一有个闪失，剩下她一个人怎么办？

过了好一会儿时间，梁茜月忽然听到苏津湮在朱雀洞里喊她："张夫人，张夫人！"

梁茜月嗔怪地说："你差点把我吓死，我以为你回不来了呢！"

苏津湮说："你快把我扶下来！"

苏津湮把手电筒递给梁茜月让她给照照亮，可手电筒已被水浸泡，电池没了电，苏津湮只好摸黑把腿从朱雀洞中伸出，一手扒着朱雀洞的边沿，一手拿着布包，两腿慢慢地往下落。梁茜月没有手电筒照明什么也看不见，扶着苏津湮的腿想把他的脚放在摞在一起的石头上，可苏津湮的脚却怎么也够不着石头，扒着朱雀洞边沿的手渐渐没了力气，身不由己地坠落下来。幸好梁茜月扶着他的双腿，双脚总算踩在了石头上，可惜踩偏了，摞在一起的石头倒了下来，苏津湮摔倒在地上，"哎呀哎呀"地直叫。

苏津湮在梁茜月的搀扶下，一瘸一拐地来到白虎口的洞口。此时天已渐亮，只见苏津湮被摔得鼻青脸肿，狼狈不堪，胳膊腿多处被划破，一副可怜兮兮的样子，她忍不住笑了起来。

苏津湮有些不高兴，说："人家都摔成了这个样子，你还在笑。"

梁茜月想苏津湮在朱雀洞中一定遇到了什么险情，自知笑声欠妥，忙安慰他说："你为我淘宝，在洞中受了惊吓，实在是太难为你了。"

苏津湮不依不饶，说："你心里只想淘宝，却不关心人家的死活，难道我这个人还不如一个物件？"

梁茜月自知理亏，忙向苏津湮道歉，说："苏科长，对不起，实在是对不起！"

苏津湮听梁茜月的话中有了歉意，得意地举起手中的布包，讨好地说："你猜我给你淘到了什么宝贝？"

这时梁茜月才发现苏津湮手中还有个布包，忙问："什么宝贝？让我看看！"

苏津湮说："我为了这个宝贝差点丢了性命，如今又摔成了这样，你却一点也不心疼，这个布包我不给你了！"

梁茜月用手摸了摸布包，里面有一个硬邦邦的东西，不屑一顾地说："不就是一个破布包吗？你想给我，我还不想要呢！"

苏津湮也不知布包里是什么东西，以为梁茜月真的不想要了，沮丧地说："我是冒着生命危险为你淘得这个布包，没想到你却这样不珍惜。"

梁茜月急于想知道布包里是什么，便把话圆了回来，说："不管布包里的东西是什么，我都会收藏的。"

苏津湮听了梁茜月这句话，心里有了底，脸上又露出了不易觉察的邪念。

梁茜月想起苏津湮在朱雀洞中的一声惊叫，关切地问："你在朱雀洞里是什么东西把你吓成那样？"

苏津湮说："我在洞中遇到了两具尸体，同时诈尸，龇牙咧嘴地扭打在一起，差点把我吓死……"

苏津湮讲得非常恐怖，梁茜月听得毛骨悚然，心想：怪不得张虔奕说白虎岭是个极为凶险的地方。

梁茜月还是惦记那个布包，忍不住问："不知布包里究竟是什么东西？两人竟以死相拼。"

此时，海天相接处出现了一道白色的亮光，一缕白云飘浮在海天上。苏津湮与梁茜月又回到了他们曾经野餐过的地方，等待观看海上日出。

苏津湮说："这个布包裹得很结实，里面究竟是什么东西我也不知道，我们何不拆开包看一看！"

苏津湮掏出牛耳尖刀割断了线绳，打开了布包，撕开硬纸壳，原来是一团棉絮裹着一个陶罐，陶罐上面雕刻着花纹和鸟兽图案，罐的底部刻有四个篆字。

苏津湮觉得这个陶罐灰不溜丢，并不好看，里边还有一张纸条，拿出一看，上面是用日文书写的，可译为"朱雀寻古，逃脱迷途。竹桃合一，狄公可见"。苏津湮觉得"逃脱迷途"这句话是冲着他的邪念而言的，警告他迷途知返，一气之下便把纸条撕碎了。梁茜月看在眼里，没有问他为什么要撕碎纸条，趁苏津湮不注意，把撕碎的纸条拾了起来，装进挎包里。

苏津湮生怕梁茜月不喜欢这个陶罐，便把他从张虔奕那里听来的只言片语，胡诌起来，说："这罐底的四个篆字，是秦王朝的官窑印记。那时烧制的大都是一些陶罐、陶鬲和一些酒器，由于年代久远，损坏殆尽。像这样完好的古陶罐实属罕见，这个古陶罐虽然不能说是价值连城，却称得起是文物中一件上好的绝品。"

梁茜月觉得这个陶罐对张虔奕考古可能有些帮助，他见了一定如获至宝，梁茜月接过古陶罐高兴地说："苏津湮，多谢了！"

苏津湮两眼直勾勾地望着梁茜月，对梁茜月的答谢并不认可，问："难道你只说声谢谢就行了吗？"

梁茜月说："那你还让我怎样？"

苏津湮说："难道你忘了在朱雀洞中说的话了吗？"

梁茜月在洞中只是顺口一说，没想到苏津湮却认起真来，不解地问："那你让我怎样答谢你呢？"

苏津湮急不可耐地说："我想——"

梁茜月故意打断了他的话，指着东南方向的海面上，说："苏津湮你快来看！"

苏津湮按照梁茜月指点的方向看去，发现海面上有一团上下翻滚的白云，倏忽之间，形成了一个巨大的云朵，紧贴在海面上，有如花托一般，洁白如雪。两个人惊奇地发现，从这个花托上又长出了一个椭圆形的花瓣，紧接着并排长出了第二片、第三片，一直长出了十二片，这十二片花瓣很快聚在一起，形成莲座形花冠，犹如一朵巨大的白莲花。

苏津湮与梁茜月似乎闻到了一股淡淡的香气。这朵巨大的白莲花异常明亮，花瓣的边缘好像是被镶嵌成了金边，顷刻之间，花蕊中金光四射，几片绚丽彩霞伴随着一轮红日从花蕊中冉冉升起，染红了天空，染红了海面，染红了这朵巨大的白莲花。

梁茜月见到了千载难逢的奇观——"瑞莲捧日"，激动万分，抑制不住心中的喜悦，随口吟诵起清代诗人陆开泰写的《瑞莲捧日》诗句：

> 万里晴空绚早霞，云含曙色现奇葩。
> 飞来太液千重瓣，涌出红盆十丈花。
> 光射龙宫惊电转，辉流莲阙散珠华。
> 只因时傍金乌力，频见时时映海涯。

梁茜月手抱陶罐，猛然感到眼前金光闪烁，原来是陶罐在"瑞莲捧日"的霞光映照下，折射出五彩斑斓的光点。

苏津湮冲着梁茜月说："太美了！"

梁茜月瞪了苏津湮一眼问："你说的是'瑞莲捧日'还是这个古陶罐？"

苏津湮很会迎合女人的心，说："我说的既不是'瑞莲捧日'，也不是古陶罐，而是说你这位绝代佳人在五彩云霞的映照下太美了！"

梁茜月对苏津湮的阿谀奉承很反感，而苏津湮却毫不掩饰地说："你在洞中承诺要答谢我，难道你忘了？"

梁茜月觉得苏津湮冒险钻进了朱雀洞，为了这个古陶罐摔得鼻青脸肿，有些过意不去，便问："你让我怎样答谢你？"

苏津湮远在国立美专就想把慕容馨月追到手，现在她却成了张夫人，实在不甘心，他抓耳挠腮地憋出了一句话："张夫人，我千里迢迢来到渝水县就是为了寻找梁茜月，可惜至今还没有找到。让我欣慰的是我每当见到了你，就如同见到梁茜月一样，因为你太像梁茜月了，我真希望你就是梁茜月，我真想……"

梁茜月明白苏津湮旧习未改，知道他"真想"的含义，便说："苏津湮你是受过高等教育的人，应该明白坚守道德底线是做人的准则。"

苏津湮并不死心，以退为进地说："算你说得对，但我没有功劳还有苦劳吧！你陪我在海边散散步总该可以了吧！"

梁茜月说："只要你能坚守道德底线，让我怎样都行。"

苏津湮听了她的话，心里有了底，伸手挎上了梁茜月的胳膊，说："走吧，我们去海边的沙滩散散步。"

梁茜月不情愿地跟随着苏津湮，向海边的沙滩走去。

此时此刻，苏津湮想起他在东滨就是这样挎着梁茜月在街上到处闲逛，如今又挎上了张夫人胳膊漫步在海边的沙滩上，她竟然依了他，不由得沾沾自喜。

苏津湮把梁茜月带到了一个被称为金沙屋的地方停下了，这里是天然形成的沙窝，人们都称其为金沙屋，是情人在这里幽会的好地方。

苏津湮说："咱们是否也在这里小憩一下。"

梁茜月也想休息一会，便顺从地走进金沙屋，坐靠在金沙屋柔软的墙壁上。

梁茜月没有理睬苏津湮，只顾欣赏她手中的古陶罐，苏津湮奇怪地问："你怎么对这个古陶罐这么感兴趣？难道你心中只有这个陶罐！"

梁茜月明白自己有些怠慢了他，便说："苏津湮请你不必介意，有什么话你就直说吧！"

苏津湮没话找话地说："张夫人，我觉得你太像梁茜月了……"

梁茜月知道苏津湮怀疑她就是梁茜月，为了打消他的念头，感叹地说："可惜她已经不在人世了！"

苏津湮挑逗地说："张夫人，你是过来人，男女之间的事你比我明白，不瞒你说梁茜月在东滨就是我的人了，她的性欲特别强，只要见了我便急不可待地向我求欢，我俩真是男欢女爱，妙不可言。"

梁茜月不愿苏津湮再提东滨的往事，立即打断他的话，说："我有点累了，想在这里多休息一会儿，请你自重，不要打扰我！"

梁茜月一宿没睡，又走了这么多路，浑身酸软，困乏至极，躺在洁净而绵软的金沙屋里，宛如躺在席梦思床上，很快便进入了梦乡。

此时，苏津湮却毫无睡意，他望了望四周，天地之间只有他们两个人，再看金沙屋四周，沙高如墙，人在金沙屋里很难被人发现，觉得这是一个极好的机会，淫心顿起。

苏津湮望着似睡非睡的张夫人，觉得她简直就是梁茜月，而且睡梦中面带微笑，不禁欲火难耐，苏津湮年龄不大却是情场老手，觉得时机已到，回过身来搂住梁茜月便亲吻起来。梁茜月竟然没有反抗，反而搂着苏津湮不放。苏津湮胆子越发大了起来，竟然急不可耐地占有了梁茜月，梁茜月朦胧之中把苏津湮当成了张虔奕……

苏津湮认为自己在东滨已经占有了梁茜月，今天又占有了张夫人，同时他还能与貌似她俩的叶倩薇睡在一个床上，真是情场得意，一箭三雕。苏津湮只顾自己痛快，没想到竟把他从叶倩薇那偷来的日月燕刀母币，滑落在金沙屋里的地上。

梁茜月被燕刀母币刺痛了脊背渐渐清醒过来，下意识地拾起燕刀母币，藏了起来。这时她才发现身边的人不是张虔奕而是苏津湮，只见他非常得意，竟在一旁高声吟咏："人生得意须尽欢，莫待无花空折枝。"

梁茜月看到苏津湮得意的样子，知道他得了手，又羞又恨。

苏津湮发现梁茜月一脸愠色，眼角还挂着几滴眼泪，知道自己做了不该做的事，立刻俯下身来向梁茜月道歉，连说："对不起，对不起！我实在是太爱你了！"

梁茜月瞪了他一眼，什么话也没说，抱着古陶罐走出了金沙屋，跟跟跄跄地奔向了白虎岭。

这时海潮大涨，白虎岭的下半截已经淹没在海中，白虎岭下有一个白发银须的老人正在垂钓。她不由自主地来到老人身边，见老人似曾相识，如同见到了亲人，眼含热泪地问："老人家，您孤身一人在此垂钓，不感到寂寞吗？"

老人见了梁茜月，长叹一声，答非所问地说："刚才天空上'捧日'的那朵'白莲花'其实并非'瑞莲'，而是十二瓣'优昙钵花'，世事和人生就像这'优昙钵花'一样，瞬间一现耳！小姐如能找到意中人，切莫移情别恋！"

梁茜月听老人话中有话，还想问个明白，老人竟起身告辞，须臾之间，便不知去向。

苏津湮在金沙屋里整理了一下压皱了的西服，随后，追了上来，问梁茜月："你刚才与谁说话？"

梁茜月心中还在揣摩老人的话，自言自语地说："人生就像这'优昙钵花'一样，瞬间即逝尔！"

苏津湮以为张夫人在感叹人生，便顺口说："人生苦短，能尽欢时当尽欢！"

梁茜月听了异常愤怒，说："今天你算是尽欢了，花枝也被你折了，你得意之时可曾想到别人的感受！"

苏津湮哑口无言，默默地把梁茜月扶上了军车。

梁茜月与苏津湮去白虎岭的当天晚上，张虔奕觉得这正是撰写"解读密图"的极好时机，立即回到屋中撰写文稿。

但今天撰写得并不顺利，他翻阅了手中所有的资料，凭多年考察留下的记忆，竟不知从何处下笔。

天将破晓，每天这时，哑巴护院早已在清扫陈家大院，张虔奕与他朝夕相处，总有一种灵犀相通的异样感觉，似乎觉得自己有些离不开哑巴护院了。想到这里，他立刻去找哑巴护院，可院里院外不见哑巴护院的踪迹，也不知到哪里去了。他感到身心疲惫，异常冷清，一个人回到屋里，竟趴在桌子上睡着了。

"虔奕哥，我给你淘来一个宝贝，不知你是否有用？"张虔奕被梁茜月唤醒，只见她抱着一个古陶罐立在身边，表情木然。

"这个古陶罐是从哪里弄来的？"张虔奕问。

梁茜月说："我与苏津湮进入了白虎口之后，发现在白虎口的尽头有一个水洞，这个水洞与大海相通，当时正赶上大落潮，在洞的一侧露出了另一个洞穴，上方隐约刻有朱雀洞三字。我让苏津湮爬了进去，他说这个古陶罐是从两个尸骨身边发现的。"

张虔奕听了梁茜月的话，大吃一惊，据他所知很少有人敢进入白虎口，更不知在白虎口内还有一个朱雀洞，凭苏津湮和梁茜月的胆量，如果知道白虎口的凶险，是绝对不敢进去的。

梁茜月说："陶罐上的花纹乱七八糟，毫无规律，不过我能认得花纹上还有龙、虎、鸟和乌龟。"

张虔奕接过古陶罐仔细查看，说："这个古陶罐出自秦代，上面的四个图案是青龙、白虎、朱雀、玄武。龙和虎还比较好认，那个有点像凤凰的鸟叫朱雀，而你所说的乌龟叫玄武是由龟和蛇组合成的一种灵物。"

张虔奕把陶罐倒过来看罐底，眼睛一亮，认出是用甲骨文刻写的"碣石宝罐"四个字。张虔奕觉得这个陶罐一定与碣石地宫有关，不过不懂甲骨文的人却难以辨认。

梁茜月见张虔奕半天没说话，便问："虔奕哥，罐底上的那几个字，是不是烧制年代。"

张虔奕不想让梁茜月知道得太多，便说："我也认不准是什么字。"

梁茜月又把苏津湮撕碎的纸条递给了张虔奕，说："这个纸条藏在陶罐中，不知苏津湮为什么背着我撕碎了。"

张虔奕把苏津湮撕碎的纸条拼凑在一起，发现是日文，纸条上还印有一朵野蔷薇的标记。

张虔奕反复查看陶罐，猛然间发现罐的内侧刻有两行甲骨文字，经过仔细辨认，竟然与日文的内容相同，难道日本间谍已经发现了这个古陶罐的秘密？张虔奕惊诧不已。

梁茜月亲手交给他的古陶罐，竟是他踏破铁鞋无处寻觅的"碣石宝罐"。张虔奕心情异常兴奋，高兴地说："我觉得这个古陶罐很可能与碣石地宫有关，说不定还能为破解碣石地宫提供一些线索。"

梁茜月见张虔奕捧着古陶罐如获珍宝，感到非常欣慰，问："这个古陶罐难道真的那么重要吗？"

张虔奕说："我现在还不清楚'逃脱迷途，狄公可鉴'的真实含意，但我可以肯定狄公绝不是指狄仁杰。退一步讲，这个古陶罐即使与碣石地宫无关，也是一件不可多得的国家宝藏，就文物价值而言，可谓价值连城。我们一定要保护好这个古陶罐。"

梁茜月联想起在贞女祠曾拓印过摩崖石刻，便说："虔奕哥！既然陶罐如此珍贵，不如把古陶罐上的花纹拓印下来，作为资料保存。"

张虔奕听了梁茜月的话，茅塞顿开，明白了夏芷写的"逃脱迷途"的真实含意，激动地说："那半张密图找到了！"

梁茜月望着张虔奕，奇怪地问："你不是说梦话吧？"

张虔奕解释说："你的话提醒了我，那半张密图我真的找到了！"

梁茜月依然不解，问："你是否现在就拿给我看？"

张虔奕双手捧着古陶罐，对梁茜月说："那半张密图就在这个古陶罐上！"

此时此刻，张虔奕知道梁茜月为了这个"碣石宝罐"受了不少委屈，明白没有梁茜月，他也不会得到这个"碣石宝罐"。他望着站在面前的梁茜月，说不清是感激还是爱慕，感叹地说："人生难得一知己，红颜知己更难求！"

张虔奕对她从来没有说过这样贴心的话，觉得这是张虔奕对她真情的表露，梁茜月听了立刻想起与苏津浥在金沙屋发生的事情，反而更加羞愧，立刻扑倒在张虔奕的怀里，泣不成声，说："苏津浥，他……"

张虔奕心知肚明，立刻拭去她眼角的泪珠，安慰她说："苏津浥这个人心术不正，今后不要再提他了。"

梁茜月见张虔奕没有丝毫责怪她的意思，反而哭得更加伤心，她忽然想起兜中的那枚刀币，抽抽噎噎地说："虔奕哥，这枚刀币是……在金沙屋……从苏津浥身上滑落的！"

张虔奕接过刀币一看，认得这是他在青龙山遇刺时被凶手夺去的那枚燕刀母币。他不相信苏津浥是刺杀他的凶手，但却不明白这枚古币怎么会在苏津浥的手里。张虔奕望着这枚燕刀母币，又不得不怀疑苏津浥就是刺杀他的凶手，他愕然了。

梁茜月见张虔奕冷汗涔涔，忙问："虔奕哥，你怎么啦？"

张虔奕望着梁茜月惊恐地说："苏津浥很可能是刺杀我的凶手！我们虽然得到了古陶罐，但我们的处境却更加凶险了。"

十五　祸起古陶罐

这天是立秋的第一天，炎热难眠的夏夜已经过去，秋后的早晚清凉了许多。连日来，梁茜月疲劳至极，当晚早早地进入了梦乡。

梁茜月在白虎岭淘来了"碣石宝罐"，让张虔奕感到非常欣慰。

在人生的旅途中，有些事，真的是可遇不可求。慕容尊夫妇一生苦苦寻觅的那半张《碣石地宫密图》，到死时都没有找到，没想到竟让梁茜月得到了，原来这半张密图就刻在古陶罐上。

张虔奕望着"碣石宝罐"，觉得这是天赐良机，是梁茜月给了他这个难得的机遇，帮他打开了补写"解读密图"的思路，他要连夜补写"解读密图"这一节。

赵高生前把进入碣石地宫的路线密图一分为二，一半刻在竹简上，一半刻在古陶罐上，藏在了只有他一个人知道的地方。尽管如此，二千多年之后，碣石地宫之谜还是被世人破解了。到了二十世纪的今天，渝水县的盗墓高手竟然得到了"竹简密图"和"碣石宝罐"。中、日一锅儿为了争夺"竹简密图"和"碣石宝罐"，在渝水县境内竟以死相拼，同归于尽。

小馨月无意中发现了装有密图的铜盒，夏芷用生命的代价保护了"竹简密图"。日本间谍组织窃取了密图之后，发现密图只是半张，便派遣代号为"野蔷薇"的间谍潜入渝水县，千方百计寻找古陶罐。

苏津湮与梁茜月误入白虎口，获取了古陶罐。

张虔奕在梁茜月的帮助下，破解了古陶罐上的甲骨文："竹，即是竹简。桃的谐音是陶，是指古陶罐。何意的谐音是合一，是指两个半张图合在一起。狄公的谐音是地宫，狄公可鉴，即是地宫可见。"张虔奕以美术家特有的智慧，复原了一张完整的进入碣石地宫的密图。

张虔奕补写"解读密图"这一节终于完稿，了却了恩师慕容尊的遗愿，他如释重负，兴奋不已。

夜已深，张虔奕收起写好的文稿，却毫无睡意，他又想起了苏津涇。他不相信苏津涇会是刺杀他的凶手，但自从见到燕刀母币之后，让他又不得不怀疑苏津涇就是暗杀自己的凶手，因为他是在海眼遇刺时，丢掉燕刀母币的。但冷静一想，苏津涇毕竟是他多年的同窗，虽然心术不正，却没有杀人的胆量。可如果苏津涇不是凶手，那么凶手又会是谁呢？目前，看似平静的陈家大院是否还有更凶险的事情要发生？他不敢再想，觉得当务之急是保护好古陶罐。

这时，哑巴护院来到他的工作室，给他沏了一壶茶。

张虔奕用手势说："我想让你帮我做一件事，请你不要告诉任何人！"

哑巴护院用手势说："我愿意帮你做事！"

就这样哑巴护院跟随张虔奕在工作室，一直忙到凌晨，第二天哑巴护院又去了红泥谷。

李中天由叶倩薇陪吃、陪玩、陪睡，一直过了处暑。天气渐凉，可李中天还没有走的意思，他让叶倩薇替他写一份"燕北考察纪实"作为长住渝水县的借口。叶倩薇哪里有心思写这些东西，立即叫来苏津涇，限他在三天之内以李中天的口气，写出一份无中生有的"燕北考察纪实"。

苏津涇在白虎岭虽然丢掉了燕刀母币，但是想到在金沙屋里的事，觉得也不算亏本。现在让他写所谓的"燕北考察纪实"却难坏了他，他从未写过这样的公文，不知从何处下笔。他从吴宁昶那借来县衙的有关材料，东拼西凑地写了两天两夜，连他自己都觉得拿不出手，愁得他彻夜无眠。直到叶倩薇前来索要，他还没写完。叶倩薇有些生气，说："你写了这么长时间，还没有写出来，你这个旅日学者，我看是空有其名！"

苏津涇忐忑不安地说："我……没做过文秘工作，如有不妥之处，请所长大人斧正！"

这些日子叶倩薇让李中天弄得很烦，正无处发泄，见苏津涇说话吞吞吐吐，一来是想拿他开心，二来是想诈他一下，拿起他写的"燕北考察纪实"看了两眼，往桌上一摔，讥讽地问："苏津涇，你的心气都用在寻花问柳上了吧！你说说这些日子，都做了哪些对不起我的事？"

苏津湮以为叶倩薇知道了他与张夫人的事，要拿他兴师问罪，吓得他脸色苍白，只好把他与张夫人去白虎岭看"瑞莲捧日"和在朱雀洞寻得古陶罐的事，一五一十地供了出来，只是隐瞒了他丢掉燕刀母币的事，因为如果叶倩薇知道了，绝对饶不了他。

其实，叶倩薇还不知道苏津湮偷走了她的燕刀母币，对他进入朱雀洞的事，却听得十分仔细。当她得知苏津湮从两具尸骨身边寻得一个古陶罐时，脸上露出了笑容，立即打断了苏津湮的话，说："太好了！众里寻它千百度，却是踏破铁鞋无觅处，没想到这个古陶罐竟在你的手中。"

苏津湮并不知道古陶罐的价值，听叶倩薇的意思是想要古陶罐，便贬斥说："这个古陶罐是秦代的器皿，虽然年代久远，但造型并不美观，灰不溜丢没什么好看！"

叶倩薇说："价值连城的国宝并不一定好看，好看并非一定是国宝！可惜你这个旅日的学者，连这一点知识都没有。现在你就把古陶罐给我交出来吧！"

这下可难坏了苏津湮，只好如实说："古陶罐拿是拿不回来了，我已经给了张夫人，可能在张虔奕手中。"

叶倩薇听说古陶罐已经到了张虔奕的手中，脸色突变，质问苏津湮："你为什么把古陶罐送给了张夫人？看来我没有屈说你，你如实交代你与张夫人都干了哪些见不得人的事？"

苏津湮只好交代了事情的经过，叶倩薇听苏津湮竟用古陶罐骗色，占了张夫人的便宜，醋意大发，问："有我在你身边，难道还不够吗？这说明你心中根本没有我！"

苏津湮慌忙辩解说："都是我一时糊涂，有所长大人在我身边，我哪里敢吃着碗里，看着锅里。"

叶倩薇觉得苏津湮的话很刺耳，有意无意地侮辱她是碗中的玩物，勃然大怒，上前抓住苏津湮的头发狠狠地扇了他几个耳光，然后又踹了他一脚，气急败坏地说："你竟敢把我比作碗中的玩物！难道你还要把我吃了不成？"

苏津湮知道说走了嘴，立刻跪在叶倩薇的脚下，忙说："小人不敢！小人不敢！"

叶倩薇两眼一瞪，恶狠狠地说："古陶罐是属于我的，限你三日内完璧归赵！"

苏津湮明白叶倩薇什么事都能干得出来，哭丧着脸说："只要所长大人饶过我这一次，你让我干什么都行！"

叶倩薇望着苏津湮，恶气难消，说："混账东西，三日内见不到古陶罐，我拧断你的脑袋！"

苏津湮知道古陶罐已经到了张虔奕手中，无法要回，只能窃取，便乞求叶倩薇："科长大人，能不能再宽限我几日？"

叶倩薇此时冷静多了，觉得刚才打了他，现在又让他三天之内拿回古陶罐，确实太为难他了，便说："念你与我的特殊关系，限你一个星期总算可以了吧！"

叶倩薇说完把门使劲一摔，离开了苏津湮的办公室。

苏津湮让叶倩薇连揍带骂，心里很憋闷。他恨这个古陶罐，都是这个古陶罐给他惹的祸。他后悔不该去白虎岭，更不该冒险去朱雀洞。

他不敢不听叶倩薇的指令，决定去陈家大院盗取古陶罐，便以关心修祠的名义来到陈家大院踩点，发现陶罐就摆在张虔奕工作室的墙角，心里有了底。

苏津湮对张虔奕谎称即日要去津海，问："老同学，我准备乘今天下午火车去津海，你有事吗？"

张虔奕信以为真，便说："清末宣统年间曾出版过《渝水县志补遗》，你去集古斋旧书店看看有没有？"

苏津湮满口应承，说公务在身不便久留，便与张虔奕告辞而去。

苏津湮刚走，叶倩薇、吴宁昶、王鸣荻也来到了陈家大院，吴宁昶叫来哑巴护院，让王鸣荻指挥哑巴护院在屋檐下张灯结彩，张虔奕与梁茜月不知他们要干什么，也不好细问。

夜幕降临，陈家大院灯火辉煌，叶倩薇在院内梧桐树下摆上了一桌晚宴，饭菜都是事先从聚贤楼饭庄预定的，酒是高度的西凤酒。

叶倩薇坐在八仙桌的正位，让梁茜月紧挨着她，张虔奕坐在她的对面，吴宁昶、王鸣荻分别坐在两侧，哑巴护院代替饭庄的店小二倒酒。

叶倩薇举起酒杯，说："本所长今天要给张夫人一个惊喜！可能你们都不知道，今天是张夫人二十二岁诞辰，由于时局动乱，可能连张夫人本人都忘了。"

梁茜月现在是以张夫人的身份坐在这里，听叶倩薇说要给她过生日，深感意外。她心里明白今天不是慕容馨月的生日，而是她梁茜月的生日，心中疑惑，难道叶倩薇知道她不是慕容馨月而是梁茜月？

叶倩薇神秘地举起酒杯，说："首先我提议祝张夫人生日快乐，福寿康宁！"

叶倩薇一饮而尽，并强迫在座的每个人都必须喝干杯中的酒，张虔奕趁叶倩薇不注意，在举杯前偷偷倒掉了多半杯。

随后叶倩薇叫起梁茜月，说："刚才大家都为你的生日敬了酒，你是否吟唱一首歌，回敬大家！"

梁茜月在这种场合不能无动于衷，于是吟唱了慕容馨月曾经唱过的一首渝水歌谣：

> 长城倒挂似天梯，渝水湖畔帆影移，
> 三道险关通仙境，紫塞桃源露端倪。

张虔奕知道这首渝水歌谣是慕容馨月在国立美专上文学课时即兴写出的，不知梁茜月何时学会的，歌声赢得了一片掌声。

在座的只有叶倩薇没鼓掌，她脸色阴沉，显得很不高兴，她说："张夫人，既然大家给你鼓掌，那你就给大家再唱一首《梁媚娘》吧！"

梁茜月没有注意叶倩薇的表情，觉得盛情难却，没有想到叶倩薇是用梁媚娘来影射她是梁茜月，便顺口唱起了渝水县民间流行的一首名为《梁媚娘饮恨负心郎》的小曲：

蕙心兰质梁媚娘，

穿针引线绣鸳鸯。

针线有情总有断，

眼望鸳鸯泪汪汪。

有情却被无情骗，

枕衾寒，空悲伤。

梁茜月的声音甜美，面部表情楚楚动人，吴宁昶、王鸣荻赞不绝口，都为张虔奕有这样一位夫人羡慕不已。

叶倩薇连喝了几杯，醉意朦胧，望了望身边的梁茜月，说："张夫人，姐姐对你如何？"

梁茜月只好逢场作戏地说："对我就像亲姐姐一样！"

叶倩薇说："你说得不对！不是像亲姐姐一样，我就是你的亲姐姐！可你对你亲姐姐怎么样？"

梁茜月觉得叶倩薇分明是在审问她，不知怎样回答她好，反问："难道我有什么地方得罪了姐姐？"

叶倩薇问："苏津湮给你的那个古陶罐呢？"

梁茜月说："放在我先生的工作室里。"

叶倩薇说："你得到了古陶罐为什么不先让姐姐看看？为什么不问问姐姐喜欢不喜欢？你说你心中还有你姐姐吗？"

梁茜月觉得叶倩薇说话没道理，分辩说："我并不知道姐姐喜欢古陶罐，再说我从来也没见过姐姐玩古董。"

叶倩薇见梁茜月当众与她顶嘴，有些生气，说："张夫人，慕容馨月！不——你不是慕容馨月，你是梁茜月！今天也不是慕容馨月的生日，而是你梁茜月的生日。"

叶倩薇的话让在座的人莫名其妙，说话到头不到尾，没有头绪，让人越听越糊涂，以为她喝醉了。

叶倩薇接着说："今天是你梁茜月的生日，按理不应该提那些不愉快的事，如果苏津湮在场我也许不会说这些话，不过大家早晚也会知道。"

叶倩薇当众揭露了梁茜月的真实身份，梁茜月觉得自己很没面子，反驳说："不就是因为这个古陶罐吗？你何苦当众陷害我，你也太狠心了！"

众人见梁茜月竟敢当众顶撞叶倩薇，都为梁茜月捏了一把冷汗。

张虔奕知道叶倩薇是冲着古陶罐来的，为了挽回尴尬的局面，他必须为梁茜月正名，故意用话激叶倩薇，说："叶所长，这个古陶罐我已经是爱不释手了，它是我生活中的唯一。况且，这个古陶罐是我夫人赠给我的纪念品，我要像爱我夫人一样珍爱它，我还要把它当成花瓶，插上一束玫瑰花，画成一幅油画，把它悬挂在墙上，天天欣赏！"

叶倩薇揭穿了梁茜月的身份，没想到张虔奕不但不感到惊讶，反而极力否认张夫人是梁茜月，又用冷冰冰的一番话，说给她听，心想古陶罐她是很难弄到手了。

此时，叶倩薇不但没有生气，反而异常镇静地岔开了话题，问梁茜月："渝水大鼓《糊涂丈夫》的唱本你可曾看过？"

梁茜月说："我不但看过，而且还听过盲艺人的演唱，难道这也错了吗？"

叶倩薇问："你知道书中那个糊涂丈夫是谁吗？你知道杀了她姐姐的那个小姨子是谁吗？"

梁茜月心里一惊，原来那个叫小薇的作者就是叶倩薇，她竟然恶毒地把主人公写成张虔奕，更恶毒的是她影射杀死慕容馨月的就是梁茜月。

叶倩薇露骨地说："这部渝水大鼓《糊涂丈夫》中隐藏着一个惊天的秘密，张夫人你不会不知道吧？"

梁茜月这时才明白叶倩薇是日本间谍总部派来找她的，吓得她浑身颤抖，直冒冷汗。

叶倩薇望着梁茜月得意地一笑，说："梁茜月，你背叛了苏津湮，害得他千里来寻觅你的下落，吃尽了苦头。而你凭借与慕容馨月的模样相似，杀死了慕容馨月，取而代之。诸位可能还不知道，当众唱的

《梁媚娘饮恨负心郎》中的梁媚娘，其实就是张夫人的真实身份。"

叶倩薇在众人面前把梁茜月奚落一顿，让梁茜月猝不及防，她忙辩解说："叶所长，不是这样的……"

叶倩薇不依不饶地继续说："张夫人，我现在真不知该叫你什么好，叫你慕容馨月，可你并不是慕容馨月，叫你梁茜月，可你又不是梁茜月，说穿了你就是一个妓女！"

梁茜月被气得几乎晕了过去，张虔奕立刻扶住了她，举起酒杯为梁茜月打圆场，说："大家聚在一起也不容易，至于我的夫人叫什么并不重要，她是什么身份也用不着别人来说，重要的是怎样做人！"

叶倩薇继续狠刺梁茜月的痛处，对在座的人说："最近苏津湮在旧书市场买了一本叫《糊涂丈夫》的手抄唱本，我建议大家看看，书中的丈夫糊涂到了极点，竟然连姐、妹都分不清，做出许多令人啼笑皆非的事来，要知这个丈夫是谁？你们一看便知。"

张虔奕对渝水大鼓《糊涂丈夫》的唱本非常反感，立即反驳说："郑板桥有一句名言叫'难得糊涂'，我请书法家孙锦屏用板桥体为我写了个横幅，悬挂在墙上作为我的座右铭，我看这个糊涂丈夫没什么不好！"

叶倩薇见张虔奕当众反驳她，便说："张虔奕你真是狗咬吕洞宾，不识好人心。你好好想一想，东滨大地震梁寒冰夫妇是怎么死的？慕容馨月在东滨码头又是怎样遇害的？你在紫塞桃花源为什么待不下去了？慕容尊的死你在栖贤寺是亲眼所见，你在海眼守候三天三夜，又是什么人要置你于死地？郭松龄夫妇在老达房村被捉，又是谁告的密？凶手是谁，难道你还不清楚吗？如今陈家大院已经变成了凶宅，今后恐怕还会有更多凶险的事情要发生。俗话说：'篱笆扎得紧，野狗钻不进。魔鬼能进院，必定有内线。'这个'内线'是谁呢？说出来可能吓你们一跳！"

这番话犹如晴天霹雳，把在座的吴宁昶、王鸣荻弄得晕头转向，面面相觑。

叶倩薇更加得意，接着说："你们想知道这个内线是谁吗？"

叶倩薇说到这里，突然停下不说了，环视在座的每一个人，眼露凶光，王鸣荻最心虚，被看得浑身直起鸡皮疙瘩。

王鸣荻是谋杀陈天塬和瞎奶奶的主犯，哆哆嗦嗦地试探着问："叶所长，这个'内线'是男的还是女的？"

叶倩薇见王鸣荻的熊样，又好气又好笑，想吓他一下，反问："你是不是以为我说的是你！"

王鸣荻以为东窗事发，哆哆嗦嗦地向叶倩薇求饶，说："请——请所长大人手下留情！"

叶倩薇觉得王鸣荻在众人面前给她转移了视线，生气地斥责他说："你这个草包警长怎么被吓成这样，我现在告诉你'内线'是女的，你敢抓吗？"

这时王鸣荻才知道叶倩薇所说的"内线"并不是指他，才略觉放心，立即表态说："为了抓出'内线'，本警长愿随时听从叶所长调遣！"

叶倩薇摆手让王鸣荻坐下，心里想的还是古陶罐，她恨苏津湮不该把古陶罐给了梁茜月，她更恨梁茜月，是梁茜月把本该属于她的古陶罐给了张虔奕。她发现这个古陶罐就在张虔奕的工作室，她想拿走却束手无策，便把全部仇恨撒在了梁茜月的身上。叶倩薇瞪着眼问："张夫人，你说说看，在座的谁是'内线'？"

梁茜月明白叶倩薇要抓的"内线"是冲着她来的，如果不是因为古陶罐，叶倩薇也许不会下此毒手。这个古陶罐已经把她逼上绝路，随口答道："我怎么知道？"

叶倩薇像是审问梁茜月："慕容尊应该是你的亲生父亲吧。你曾经寄给他一种叫'扶桑大补丸'的药丸，这个药丸其实就是毒药，只要一吃就离不开，如同吸食鸦片一样，其毒性大于鸦片数十倍，毒性发作时，大汗淋漓，浑身抽搐，直至中毒身亡。你说这个'内线'是谁呢？"

叶倩薇转过身来带有讽刺性地问张虔奕："张教授，你这位旅日学者，现在总该明白了吧！"

张虔奕在东滨大地震亲眼所见梁寒冰夫妇罹难，这件事毋庸置疑，但对恩师吃的"扶桑大补丸"早有怀疑，但慕容尊已经把"扶桑大补丸"全部吃完，恩师是否因为吃了"扶桑大补丸"中毒而死，已无从查证。现在叶倩薇居然又提出这个问题，使张虔奕如坠五里云雾。

梁茜月绝望地说："我从来没有给父亲寄过什么药丸，我丈夫又怎么会知道？如果再给我加上这一条莫须有的罪名，我就是跳进黄河里也洗不清了。"

梁茜月有口难辩，知道没有人能为她洗清罪名，这件事谁也帮不了她。她犹如五雷轰顶，乱了方寸，指着叶倩薇颤抖地说："你，你，你就是蒲松龄笔下《画皮》中的厉鬼！"

叶倩薇禁不住一阵狂笑，说："张夫人呀，张夫人！你说的蒲松龄笔下《画皮》中的厉鬼不是别人，就是你自己！"

此时，梁茜月再也无法忍受叶倩薇对她的陷害，不知她哪里来的力气，立刻扑上去把叶倩薇摁倒在地，嘴里喊着："你就是蒲松龄笔下《画皮》中那个披着人皮的厉鬼！"

吴宁昶对这个叶所长本来就不服气，觉得她的水平还不如自己，今天她在众人面前出丑，多少有点幸灾乐祸，躲在一边只是看热闹。

王鸣荻觉得这正是给叶所长溜须拍马的最好时机，掏出了左轮手枪指着梁茜月大喊："住手——你再不起来我就毙了你！"

梁茜月听到王鸣荻的喊声，不得不松开了叶倩薇，指着王鸣荻大骂："你这个癞皮狗！主子放个屁你都不敢说臭，今天你不开枪打死我，你就是叶倩薇养的！"

梁茜月回过头来，指着叶倩薇的鼻子怒喊："你为我过生日是假，想夺走古陶罐是真，这个古陶罐我就是砸碎了，也不会给你！"

随后掀翻了桌子，饭菜撒了一地，盘子、碗的碎片四处飞溅。

王鸣荻见此情景要上前抓人，被吴宁昶拽住了，说："张虔奕是张司令的人，你抓张夫人岂不是太岁头上动土？"

王鸣荻被吓住了，但他又不敢得罪叶倩薇，他左右为难，不知所措，举起左轮手枪向夜空"砰！砰！"开了两枪。梁茜月以为王鸣荻真的冲她开了枪，她觉得胸口一阵剧痛，天旋地转，栽倒在她本来不想来，又不能不来的陈家大院。

张虔奕和哑巴护院上前把梁茜月抬进屋中，叶倩薇望着他们的背影"哼"了一声，便与吴宁昶、王鸣荻离开了陈家大院。

梁茜月的精神受到了强烈的刺激，昏迷中还不断地呼喊着："我没有寄过'扶桑大补丸'，我真的没有寄过'扶桑大补丸'！"喊一阵，哭一阵，直到天亮。

第二天，张虔奕请来一位略懂西医的中医郎中，给她号了号脉，打了一针镇静剂，郎中说："这位夫人像是得了精神分裂症，只有送到津海总院才有希望治好，如果耽误了时间，恐怕就难说了。"

郑禅忻因军务去津海路过陈家大院，张虔奕把情况向郑禅忻做了简单的陈述，说想陪夫人去津海治病，郑禅忻说："重修贞女祠是张司令交给你的重任，是当务之急，你万万不能离开渝水县，治病的事一切由我安排，请你放心！"

郑禅忻原想在这里停留几天，见梁茜月还在昏迷之中，说："治病的事不能耽误，其他事情以后再说！"便把梁茜月抬上军车，驶向津海市。

这几天，陈家大院少了个梁茜月，显得异常清冷，张虔奕与哑巴护院相对无言，各做各的事。

夜深沉，万籁俱寂，清冷的月光把梧桐树影映照在窗棂上。张虔奕躺在床上辗转反侧，子夜已过仍然没有睡意。他脑中有很多解不开的结，梁茜月的所作所为，虽然有些疑点，凭他的直觉，他相信她绝不会杀害她的养父梁寒冰，更不会杀害她的亲生父亲慕容尊。如果说他在海眼遇刺凶手是梁茜月，那她为什么还要冒着生命危险给他输血？这不符合情理，梁茜月与韩淑秀亲如姐妹，她怎么会向王永清告密呢？陈天塽的被害和瞎奶奶的失踪，这期间梁茜月一直在他身边，怎么会是凶手呢？叶倩薇恐吓梁茜月的话，令他不寒而栗，他不明白叶倩薇对梁茜月的底细怎么知道得这么清楚？为什么要栽赃陷害梁茜月？张虔奕心中纵有千千结，剪不断，理还乱，是魂牵梦萦的思念，还是离愁别绪的牵挂？别有一番滋味在心头。

这时，远处传来一个女子凄婉哀怨的歌声：

秋山秋月秋草黄，

望穿渝水欲断肠。

邂逅相逢难相认，

夜难眠，日彷徨。

犹记同窗共砚时，

情难忘，空惆怅。

    曲调柔美，如泣如诉，张虔奕听了虽然不解其意，却又想起慕容馨月来，心中抑郁，他忽然觉得屋内窒息得让他喘不过气来，信步来到屋外，歌声戛然而止。

    他在院中查看，发现院门是虚掩着的，院门外的古槐树掩映着如钩的弯月，树下坐着一个人，近前一看原来是哑巴护院。

    张虔奕看到哑巴护院如此尽心竭力地守护着陈家大院，深受感动，他望着晴空窄月，用手语关心地说："你回屋睡一会，我来替你守夜。"

    哑巴护院用手语说："我不困！"

    这时，阵阵秋风席卷着乌云滚滚而来，张虔奕望了望夜空，用手语说："看来又要有一场暴风雨袭来，秋夜难耐五更寒，我们不如去卧室，边休息，边畅谈！"

    哑巴护院起身欲关院门，被张虔奕拦住了，哑巴护院担心地说："今夜可能要出事！"

    张虔奕用手语回答："咱们今晚唱一出空城计如何？"

    哑巴护院随张虔奕到了卧室，发现张虔奕室内的东西摆放凌乱，桌椅上落满灰尘，床上的被子也没叠，便顺手帮他清理整齐，然后两个人躺在床上用手语闲谈。

    张虔奕用手语问："弟弟今年二十多了，是否也该成家立业，我能否帮你寻个媳妇？"

    哑巴护院用手语答："谢谢哥哥的关心，只是我姐姐还没有着落，我怎么能先于姐姐呢？"

    张虔奕用手语问："你姐姐现在何方？"

"我姐姐离你远在天边，近在眼前，说远也不远，说近也不近，她认识你，你却不认识她！"

张虔奕用手语问："你姐姐择偶的条件一定很高吧？"

哑巴护院微微一笑，用手语答："条件不高，就像你这样的人足矣！"

张虔奕用手语说："弟弟真会开玩笑，我已经是有了妻室的人了。"

哑巴护院用手语问："你的夫人贵庚？"

张虔奕用手语答："我的夫人与弟弟是同年同月生，今年二十有三。"

此时，哑巴护院显得非常激动，他知道张虔奕所说的弟弟指的是他，夫人指的是慕容馨月而不是梁茜月。张虔奕眼含热泪继续用手语回答："慕容馨月是我同窗的红颜知己，也是我的结发夫妻，不幸在东滨码头罹难。"

哑巴护院用手语问："假如，我说是假如！假如慕容馨月没有死，你怎么办？"

张虔奕用手语答："慕容馨月是我的结发夫妻，毋庸置疑，东滨大地震我亲眼看到慕容馨月罹难，为她举行了葬礼，护送她的香魂返回了故乡。我在青龙山海眼遇刺之后，几乎命丧黄泉，是梁茜月给了我第二次生命，可我现在心里想的还是慕容馨月，在这个问题上，我始终觉得既对不起慕容馨月，也对不起梁茜月。"

哑巴护院用手语反问："如果慕容馨月和梁茜月同时出现在你面前，你怎么办？"

张虔奕用手语回答："可惜世界上没有假如，如果有，只能在梦中。"

哑巴护院用手语问："我这个哑巴现在已经是无家可归的人了，想和哥哥永远生活在一起，你不会嫌弃吧！"

张虔奕用手语回答："我可以把你当成同胞弟兄！"

哑巴护院用手语说："虔奕哥，我心里有很多话，却难以对你诉说，你可知我心里有多难受！"

哑巴护院突然偎依在张虔奕的怀里失声痛哭，张虔奕像呵护亲弟弟一样，紧紧地搂着孤苦伶仃的哑巴护院，二人相对无言，正是：手语诉衷情，无声胜有声。

梁茜月离开陈家大院去津海看病，大院显得十分冷清，幸亏屋中有哑巴护院与他为伴，使张虔奕心灵的伤痛得到了暂时的抚慰。

这些年来，张虔奕经历了太多太多的磨难，使他的精神儿乎到了崩溃的边缘。重修贞女祠本来是一件极为简单的事，却给他带来了难以摆脱的险境，张虔奕身心疲惫，搂着哑巴护院，渐渐地进入了梦乡。

哑巴护院深为陈家大院的安危担忧，在张虔奕的怀中难以入睡，他挪开张虔奕的胳膊，为张虔奕盖上了一件衣服，怕他受凉，起身又回到了院门外的古槐树下。

乌云在天空积聚的越来越厚，不一会儿便下起了瓢泼大雨，紧接着是电闪雷鸣，雨越下越大。哑巴护院警惕地环视着大院的周围。猛回头，借助闪电的亮光隐约看见一个红衣女人，拎着一个方形箱子，从侧面翻墙进入陈家大院。

此时，张虔奕已被雷声惊醒，发现哑巴护院已经不在身边，却透过玻璃窗发现了一个红衣女人的身影，直奔他的工作室。他心里明白是冲着古陶罐来的，心中坦然。

红衣女人好像非常熟悉这里的环境，推门而入，直奔西屋工作室的古董架，拿起古陶罐迅速包好，放在携带的皮箱中，别的东西什么也没动，便悄然离去。

红衣女人轻而易举地拿到了古陶罐，心中十分得意。她忽然发现院门大开，院里院外静悄悄，似乎觉得拎着皮箱翻墙多有不便，没容多想，便径直向门外走去。

这时，从古槐树后闪出一个人来，截住了她的去路，这个人正是哑巴护院。

哑巴护院借助闪电光亮，瞬间看清了偷陶罐的人，这是一个个子较高，穿着一身红装的女人，头上用红纱巾蒙面，背后的长长的发辫缠在腰间，脚上穿着一双绣花鞋，毫不顾忌地在泥泞的雨水中践踏。

哑巴护院"啊啊"地让她把东西留下，红衣女人用不阴不阳的腔调说："小哑巴你放我一马，我绝对不会亏待你！"随后把两块银元扔在地上，想趁小哑巴捡钱的机会夺路而走。哑巴护院不为银元所动，使出了八卦连环掌封住了红衣女人的退路。红衣女人好像并不精通拳术，手足无措，难以脱身。哑巴护院步步紧逼，红衣女人进退维谷，无法摆脱困境，只好用古槐树作为掩护，两个人围着古槐树转来转去，玩起了捉迷藏。

红衣女人拎着皮箱，心生一计，想用金蝉脱壳的方法甩掉哑巴护院，便引着哑巴护院围着古槐朝一个方向转起圈来，越转越快，她缠在身上的辫子已经散开，借助闪电的光亮，可以看见红衣女人的辫子上下翻飞。猛然间，红衣女人跳出圈外，准备向相反方向逃去，没想到哑巴护院的应变能力极强，就在红衣女人跳出圈外的瞬间抓住了她的辫子。

此时，狂风骤起，雷声隆隆，一个极亮的闪电，就像一把利剑把天空劈开两半，一个炸雷把古槐击中，古槐"嘎巴"一声拦腰折断。哑巴护院拽着红衣女人长长的辫子正在与其厮打，没想到身体被折断的古槐树干击倒，动弹不得。

红衣女人望着倒在树下的哑巴护院，拎着皮箱一阵怪笑，说："天不灭曹，你如此与我过不去乃是咎由自取！"

雨还在不停地下，红衣女人匆忙离开古槐树，消失在茫茫的雨夜之中。

张虔奕知道窃贼已走，便起身来到西屋工作室，发现古陶罐已经被盗走，立即来找哑巴护院。

他发现哑巴护院不在他的屋中，便直奔大门外，只见古槐树已经折断，半截古槐树的树干压在哑巴护院的身上，哑巴护院晕倒在秋夜的雨水之中。

张虔奕搬开压在哑巴护院身上的半截树干，心疼地抱起了满身是泥水的哑巴护院，来到屋中，把哑巴护院平放在床上，发现哑巴护院浑身仅有少许擦伤，只是受了惊吓，没有大碍，这才放心。

这时，张虔奕发现哑巴护院的手里还牢牢地抓着红衣女人那条又粗又长的辫子，辫子上还连着头套，原来盗取古陶罐的蒙面红衣女人，是男扮女装。

十六　莘娃千秋劫

苏津湮因为古陶罐的事让叶倩薇臭骂了一顿，他只能自认倒霉，但不管怎么说这件事总算是过去了。

但他贼心不死，整天回味在海边金沙屋与张夫人的那一水，虽然知道不会有第二回了，却想入非非，整天就像丢了魂一样。

这天，他在县衙的过道里，低着头漫无目的地溜达，正好与县公署知事吴国祯撞了个正着。吴知事好像有什么烦心事，见了苏津湮，愁容顿消，忙说："到我办公室来一下！"

苏津湮不知又要惹出什么麻烦，惴惴不安地来到知事办公室，没想到吴国祯竟然亲自倒了一杯茉莉香茶，递给了苏津湮。

苏津湮受宠若惊，忙站了起来，说："谢谢知事大人厚爱！"随后，把香茶放在茶几上。

这时，他才发现茶几对面的沙发上还坐着一个打扮时尚的女人。

这个女人眼睛很大，睫毛很长，两眼直勾勾地盯着苏津湮，不禁让苏津湮怦然心动，但在吴国祯面前却假装斯文，低头不语。

吴国祯发现这个女人对苏津湮似乎很感兴趣，沉吟了片刻，说："小苏，我给你介绍一下，这是我的表妹毕丘芩，刚从直隶省财经专科学校毕业，是个理财能手。"

毕丘芩纠正说："不是毕业，是肄业！"

苏津湮觉得这个女人不像学生，打扮有些妖气，但说起话来却还实在，对她不禁有了好感。

正在这时，县公署掾史吴宁昶在门外敲门，说："有人求见县长！"吴国祯对吴宁昶说："我这里有点急事，你先把客人带到你的办公室。"

吴国祯回过头来说："你们都是高材生，肯定有共同语言。苏科长是我的心腹，你可不要慢待了！我先到吴宁昶那里看看，很快就回来！"

吴知事临走前，绷着脸悄声对毕丘芩耳语，然后又拍了拍她的肩膀。临走时，用钥匙把他们反锁在屋里。

吴知事走后，苏津湮与毕丘芩互相介绍了自己的情况，便闲聊起来，很快便觉得遇到了知音，难免谈起男女之间的事来，毕丘芩关切地问："苏先生一表人才，怎么到现在还没找到一个红颜知己？"

苏津湮挑逗似的反问："毕小姐天生丽质，又到了含苞欲放的花样年华，难道就不想那事？"

毕丘芩听了并不示弱，说："可惜呀，我到现在还没有找到像苏先生这样风流倜傥的美男子。"

苏津湮在这段日子里，倒霉的事接踵而来，哪有心情寻花问柳，今天在毕丘芩的面前花心有所萌动，但在知事的办公室里他不敢放肆，没想到毕丘芩竟肆无忌惮，把他拽到沙发上，一屁股坐在了他的怀里。苏津湮自然是求之不得，却假装正经，问："毕小姐您这是干什么？"

毕丘芩媚眼含情，说："我看小哥能不能禁得起诱惑！"

苏津湮此时的理智已经被情欲俘虏，却欲擒故纵地说："毕小姐，请你不要这样！"

毕丘芩露骨地说："咱俩是两世姻缘，前世你是西门庆，我是潘金莲；今世你是苏津湮，我是毕丘芩，我等你已经等得急不可待！"

说完便与苏津湮搂在一起。

苏津湮暗喜，觉得毕丘芩是自己送上门来的，便不顾一切地把毕丘芩按倒在沙发上。

吴国祯推门而入，见这情景大怒："苏津湮，你身为县衙长官，光天化日之下，竟敢在我的办公室，强奸我的表妹，成何体统！"

毕丘芩躲在一边，掩面而泣。

苏津湮听吴国祯说他是强奸，吓得魂飞魄散，不得不跪地求饶。

吴国祯用眼瞟了一眼毕丘芩，毕丘芩偷偷一笑，立刻来到吴国祯面前为苏津湮求饶，说："姐夫，您可要手下留情，千万不要为难苏先生啊！"

吴国祯装成无可奈何的样子说："表妹呀，你也是大家闺秀，怎么这样不检点！如果你看上这位苏先生，表哥难道还能不给你做主吗？"

毕丘芩沉默不语。

吴国祯假装生气地对毕丘芩说："表妹啊，这件事传出去岂不是往我脸上抹黑。"

苏津浥与毕丘芩面面相觑，不知如何是好。

吴国祯在屋中踱来踱去，转身对苏津浥说："看在表妹的面子上，我就不追究你了，不过木已成舟，我不得不成全你们，择日成亲！"

吴国祯的话看来根本没有商量的余地，毕丘芩忙说："一切请表哥做主！"

苏津浥心里虽然还想着梁茜月，但碍于吴国祯的权势，不得不答应这门亲事。

随后，吴国祯立即让吴宁昶为毕丘芩和苏津浥操办婚事，在离县衙不远的赵家胡同四号，找了一处独门独院的两间正房，经过简单的粉刷，便开始下了请柬，定于十月二十四日，在渝水县聚贤楼餐厅举行婚宴。

县衙的大小官员听说吴知事的表妹要结婚，有的送家具，有的送生活用品，新房很快便布置就绪，屋中最显眼的是悬挂在墙上的宽边雕花大镜框，上面镶着苏津浥与毕丘芩的结婚靓照。

十月二十四日上午，参加婚礼的人络绎不绝，聚贤楼餐厅的入口处，设有宾客登记处。毕丘芩身边的唯一亲人就是吴国祯了，新娘的礼钱自然归吴国祯掌管。

吴国祯让吴宁昶负责收礼钱，吴宁昶说："来的人太多，记不过来！"

吴国祯说："既然如此，参加婚宴随礼的人就不要记了，没来的人一定要记下来！"

中午十二点，司仪宣布婚庆典礼正式开始，鞭炮齐鸣，新郎新娘步入婚庆大厅。

这时，不知是谁家的两个娃娃正坐在椅子背上玩，鞭炮一响，吓的两个娃娃同时从椅背上摔了下来，号啕大哭。

娃娃的两个母亲互相埋怨起来，由埋怨变成吵架，由动口变成了动手，孩子的爸爸怕自己的女人吃亏，也掺和进去，打成了一锅粥。鞭炮声、吵架声、孩子的哭叫声混杂在一起，参加婚宴的人们顾不得听司仪讲话，都来看吵架，围得里三层外三层，婚宴已经无法进行。直到警长王鸣荻前来维持秩序，吹胡子瞪眼睛地吓唬一顿，才算平息了这场骚乱。

当晚吴国祯算了一笔账，除去所有的开销，净得大洋一千一百六十一块，吴国祯拿出五十块作为对吴宁昶的酬谢，吴宁昶立刻说："谢谢吴知事的赏赐！"可心里并不满足，觉得吴国祯太抠门。

吴国祯与吴宁昶都没有回家，在聚贤楼开了一个双人客房，破例没有让小姐陪睡，两个人彻夜无眠，在掏空心思地策划捞钱的办法。

吴国祯说："常言道'一任清知县，十万雪花银'，我这一任五年，差一年就到任了，你说我捞了多少钱？我什么也没捞到，可谓是真正的清知县了！"

吴宁昶说："知事大人，你傻呀！如今这个世道，我看你这个县太爷算是白当了，在官场中，虽说你是出淤泥而不染，可谁能说你是清官？谁又会给你树碑立传？"

吴国祯叹了口气，说："现在说什么都晚了！如果你早说，哪怕是五五分成我也认可。"

吴宁昶心想："吴国祯太财黑了，五五分成只是说说而已，如果让他把捞到手的钱，拿出来分给别人，简直就是用刀子剜他的心。"

吴国祯见吴宁昶没说话，有些着急，说："我总觉得我买的这个官，实在是有点得不偿失，你能不能帮我想个补救的办法？"

吴宁昶说："现在我倒是有一个非常好的捞钱机会，不过只能由我来出头。"

吴国祯立刻表态，说："你尽管放开手大胆去办，出了问题我给你兜着！"

吴宁昶便把重修贞女祠如何得民心，顺民意，有些富户已经自愿捐款捐物的事讲了一遍，吴国祯听了有些不解，问："这与我有什么关系？"

吴宁昶眼珠一转，说："我们可以利用这个机会，发一个布告，以募捐为名逐人摊派，百姓不会有反感。每人一块银元，富户家庭每人一百块，应该不算多。渝水县有六万人，就是六万块银元，如果再把城、乡土豪和富商捐的钱拿到手，知事大人岂不是如愿以偿了吗？"

吴国祯说："这样明目张胆地敛财，就不怕上司追责和后人唾骂吗？"

吴宁昶说："我们可以拿出一部分作为修祠的补贴，表面上做做样子，来掩人耳目，剩下的钱不就是咱们的了吗？"

吴国祯听了心里有了底，连声说好，但觉得五五分成不合算，便改口说："事成之后，分给你一杯羹！"

吴宁昶心里明白，事成之后，吴国祯恐怕连一杯羹都不会给他！

石牌坊村离青龙山最近，是重修贞女祠最大的受益者，又是渝水县最穷的村，吴宁昶决定先从石牌坊村开刀，以募捐为名，每人按一块大洋进行摊派。如果石牌坊村的摊派顺利，再加上从土财主和大商贾身上搜刮来的钱，这十万雪花银就算是到手了。

吴宁昶决定让王鸣获在石牌坊村首先物色一户，杀鸡给猴看。

王鸣获来到石牌坊村，以巡查该村治安状况为名，对每户人家逐一摸底，最后选中了一户。户主叫韩怀信，一家三口，妻子刁氏，有一个儿子叫韩辛玉，虽然不是富裕大户，但在石牌坊这个穷村中，也算是鹤立鸡群了。

韩怀信出身于中医世家，后来觉得行医治病治不了命，而且还要承担风险，便改行医为采药，成了远近知名的药商。另外，在山坡上又开了一片地，种些高粱、玉米等，房前屋后种了一些黄瓜、豆角、茄子、辣椒等蔬菜，每年吃喝总算不成问题。

每天凌晨，韩怀信便背着药篓去燕北大山深处，攀登悬崖峭壁去采名贵中药。随后韩辛玉手拿砍柴刀和绳子也上了山，在附近的山坡上砍柴，除自己家烧火做饭用，剩余的还可以到柴草市换些零花钱。

刁氏在家养些鸡、鸭，还喂了一头猪。一家人从早忙到晚，为的是积攒些钱，给韩辛玉娶个媳妇。

这一天，韩辛玉在山坡上砍柴，忽然感到困倦至极，很想歇一会儿，便躺在山坡上晒太阳。朦胧之中，只见远处白光一闪，一个白色身影向他走来。近前一看，原来是一个身白如玉的男孩，贴身只穿着一个非常好看的红兜肚，就像杨柳青年画《富贵有余》中那个抱着鲤鱼的娃娃。

这个男孩自称莘娃，把韩辛玉带到一个他从来没有去过的地方。只见这里柴草丛生，有砍不尽的柴草，莘娃不由分说，立即抢过砍柴刀，帮他砍柴。

韩辛玉望着莘娃，忽然发现莘娃的身上有几处刀伤，不解地问："你身上的伤是谁砍的？"

莘娃有些抑郁，脸色苍白，说："有一个采药的人，到我家把我种的药材全都给刨走了，不知为什么见了我就追，我跑得还算快，没被追上，却让他砍伤了几处。"

韩辛玉听了愤愤不平，说："这个采药的人如此不讲理，实在可恶！"

韩辛玉说完便拿出随身带的刀伤药，把药敷在了莘娃的伤口上。

莘娃说："谢谢辛玉小哥为我治伤！今天你就把砍柴刀放在我这，我每天可以利用早晚的时间替你砍柴！"

韩辛玉说："你早晚替我砍柴，白天我们干什么？"

莘娃说："白天你可以教我识字，陪我下棋，岂不更加快活！"

就这样韩辛玉每天进山便教莘娃读《百家姓》和下"五虎棋"。韩辛玉用砍柴刀在一块青石板上刻画了一个"五虎棋"的棋盘，棋盘横、竖各为五条线，十六个方格。

莘娃问："这游戏为什么叫'五虎棋'？这五虎指的是红黄蓝白黑五种颜色的虎吗？"

韩辛玉说："非也！这个'五虎棋'中的五虎指的是《三国演义》中的关羽、张飞、赵云、马超、黄忠。"韩辛玉接着讲述了"五虎棋"的几种走法和行棋规矩，每个人只需用五个棋子，行棋时有"宝井"

"三斜""四斜""五虎""五虎通天"之说。

韩辛玉用山柴梗掰成五截当棋子，莘娃用五个石子，两个人席地而坐，在青石板上玩起了"五虎棋"。

韩辛玉是下"五虎棋"的老手，对初学"五虎棋"的莘娃根本没放在心上，莘娃连败两局。

这时，一个自称陈跛子的跛足道人路过这里，见他们下"五虎棋"，便坐在他们身边观看。

莘娃聪慧过人，并不气馁，一点就通，第三局的棋法大有长进，在行棋中斗智斗勇，举手投足，都心中有数，只是伸出的胳膊上，刀伤还有些红肿。这刀伤又勾起韩辛玉对采药人的痛恨，他忽然想起父亲也是采药的，莘娃所说的那个采药人不会是自己的父亲吧？

莘娃只顾下棋，每个棋子都不轻易落下。韩辛玉心中还在想那个采药的人，手中的柴梗已乱了方寸，没想到莘娃竟走出了一个"五虎通天"，第三局韩辛玉以失败告终。

此时日已偏西，跛足道人离开前叹道："可惜呀，可惜！多么好的两个孩子，只是生不逢时。"

莘娃听了不解地问："道长，您是否有什么话想告诉我们？"

跛足道人摇了摇头无可奈何地说："天意不可违，天机不可泄露！"说完便要离去，莘娃恳求跛足道人指点迷津，道人在莘娃的手心写了"红线"两个字，莘娃不解其意，正待问个明白，跛足道人已不知去向。

韩辛玉与莘娃依旧每天在这里下棋，莘娃赢多输少，韩辛玉似乎毫无办法，急得抓耳挠腮，莘娃乐得手舞足蹈，再也不感到孤独、寂寞。他并不知道韩辛玉是为了让他高兴，故意输给他的。

就这样，莘娃每天早晚帮助韩辛玉砍柴，韩辛玉白天无活干，便教莘娃识字、下棋，他俩情同手足，感情日深。

韩辛玉见莘娃连一件衣服都没有，便用卖柴禾的钱，给莘娃买了一套衣裤，莘娃穿上新衣新裤高兴地说："辛玉小哥给我买的衣服真好看！"

韩辛玉说："将来你到我家住几天，我带你到渝水湾的海神庙去看一看海神的塑像，祈祷海神保佑咱俩四季平安。"

莘娃说："我们的家规是不许离开这里的，更不许擅自出山！"

韩辛玉说："我可不可以去你家拜见叔婶？"

莘娃说："叔婶去了东北长白山，只留我一个人在燕北看家，我每天闲来无事，孤寂难耐。"

韩辛玉说："那我就天天来陪你！"

韩家剩余的柴禾越来越多，韩辛玉便拿到集市去卖，每天都能卖个好价钱。

韩怀信发现韩辛玉砍柴砍的一天比一天多，而手掌却一天比一天光滑细嫩，甚觉奇怪，便仔细询问，韩辛玉不敢隐瞒，便把结识莘娃的事讲了出来。

韩怀信心里明白，高兴地说："我送给莘娃一件礼物。"

韩怀信立即从箱子里找出一根红线，说："明天你就把这根红线悄悄地拴在莘娃的胳膊上，如果被他发现你就告诉他这是月下老人的红线，有了这根红线就能给他牵出一个媳妇来。"

韩辛玉心想父亲的话不无道理，月下老人的红线应该是一根吉祥如意的红线。

第二天，韩辛玉拿着父亲给他的红线，高高兴兴地来找莘娃，两个人又开始下起了"五虎棋"来。莘娃玩得非常投入，韩辛玉用了一招新的棋路，莘娃不知怎样应对，急得他直喊热，头上沁出了细细的汗珠，便敞开胸，露出了贴身的红兜肚。韩辛玉便悄悄地把父亲给他的那根红线，系在了莘娃的胳膊上，莘娃只顾下棋，浑然不知。

韩辛玉故意露出了一个破绽，莘娃抓住这个机会反败为胜，显得异常高兴。

两个人一直玩到太阳偏西，天气凉爽了许多，莘娃扣上衣服上的纽扣，猛然发现胳膊上有一根红线。

韩辛玉起身告辞，说："明天咱们继续玩！"

莘娃立即叫住韩辛玉，问："辛玉小哥，这个红线是你给我拴上的吗？"

韩辛玉见莘娃神色不对，觉得与这个红线有关，嗳嗳地说："这是月下老人的红线，听说他会给你牵出一个媳妇来！"

莘娃忍不住掉下泪来，说："你我的缘分已尽，今天是咱俩下的最后一盘棋。"

韩辛玉知道自己做错了事，忙说："我马上给你解下来。"

莘娃紧紧地搂住韩辛玉泣不成声，说："这根红线是索命线，只要系上就再也解不下来了。"

韩辛玉也忍不住哭了起来，说："难道就没有别的办法了吗？"

莘娃说："这是天意，我不怪你。也许这根红线真的能给你牵出一个媳妇来，只是你我今后再也无缘见面了。"

韩辛玉搂着莘娃说："我实在舍不得你啊！今天就随我回家吧，我可以带你到白鹭岛去玩，教你在大海中游泳，现在正是捕海胎鱼的季节，海胎鱼可好吃啦，今后，咱俩就住在一起……"

韩辛玉的话还没有说完，只觉得搂着莘娃的两手空空，倏忽之间莘娃消失在他的怀抱中，他搂着的只是他给莘娃买的那身衣裤。

韩辛玉背起莘娃最后为他砍的一捆山柴，心如刀绞。他痛恨这根红线，恨自己不该把红线拴在莘娃的胳膊上。

韩辛玉迈着沉重的步履，一步一行泪，他为自己失去了一个好伙伴而难过。也不知走了多长时间，韩辛玉才到了石牌坊村的家，放下莘娃给他砍的那捆山柴，踉踉跄跄地推开了屋门，跌倒在堂屋地上。

刁氏见韩辛玉病了，急忙叫韩怀信去请郎中，韩怀信说："请什么郎中？孩子的病我心里有数，你给他熬点莲子粥，沏点黄连水，很快就会好的。"

韩怀信说完便背起药篓，拿起马灯和镢头要走，刁氏立即拦住了他，问："天就要黑了，你往哪儿疯去？"

韩怀信说："我去采药！"

刁氏指着韩怀信说："你这个没良心的，孩子都病成这样了，你扔下我们娘俩不管，还要去采药，采什么药？"

韩怀信有些着急，说："我去给孩子牵个媳妇来，你总不会反对吧？"

刁氏没听清原话，只听他说要牵个媳妇来，以为他要娶二房，急了眼，揪住韩怀信不放，说："啊——原来你是打着采药的幌子去找女人，你这个没良心的，早晚让你摔死在山涧里！"

韩怀信提着马灯，正欲上山，听刁氏说他早晚要摔死在山涧里，觉得晦气，情绪有些失控，把刁氏搡了个趔趄，气恼地说："妇人之见！"便扬长而去。

刁氏索性一屁股坐在地上，撒起泼来，指着韩怀信的背影，恶狠狠地骂道："你这个没良心的，早晚让你摔死在山涧里！"

刁氏坐在地上哭着，喊着，闹着，弄得四邻不安。她既没有给韩辛玉熬莲子粥，也没有沏黄连水，只是一个劲地哭闹着，直到没了力气。

天蒙蒙亮韩怀信跌跌撞撞地回来了，从身上卸下来沉甸甸的药篓，韩怀信见刁氏还躺在地上，有些心疼，说："别再闹了，我们要发财啦！"

刁氏听说要发财了，立即爬了起来，只见韩怀信头发凌乱，一脸伤痕，衣服已经被刮扯得破烂不堪，浑身上下血迹斑斑。刁氏想莫非他真的摔死在山涧里了？面前的韩怀信难道是鬼？吓得她浑身打颤，忙说："韩怀信你不要怪我！我说的都是气话。"

韩怀信得意地一笑，说："哎！你看我给你挖来了什么？我给你挖来了一个千年人参！"

刁氏这才缓过神来，脸上渐渐地绽开了笑容，说："我去给你打洗脸水，擦洗擦洗伤口，敷上刀伤药，给你换上两件干净的衣服，再给你做一顿可口的饭……"

韩怀信说："不忙，你还是先看看这棵千年人参吧！"

刁氏与韩怀信小心翼翼地从药篓中搬出了一棵硕大的人参来。刁氏从来没见过这么大的人参，颜色洁白如玉，眼睛、鼻子、嘴都酷似人形，眼睛是闭着的，像是睡着了。

韩辛玉在昏迷中醒来，见父母亲正在说挖到了一棵千年人参，便强打精神走了过来。

韩怀信高兴地对韩辛玉说："爸爸用红线给你牵来一棵千年人参，

这回你娶媳妇的钱不用发愁了!"

韩辛玉近前一看,面前的人参就是在山中帮他砍柴,与他下"五虎棋"的莘娃,只见他身上伤痕累累,静静地躺在那里,微闭的双眼还含着泪花,胳膊上还拴着一根长长的红线。韩辛玉悔恨交加,惨叫一声,昏倒在地。

刁氏知道千年人参的价值,不再闹了,赶忙为韩辛玉熬莲子粥,沏黄连水。

韩怀信心中明白,韩辛玉是因失去了莘娃,受到了强烈的精神刺激,并无大碍。他指着千年人参对刁氏说:"夜长梦多!我必须马上把这棵人参卖掉,不能让儿子再见到它了!"

韩怀信说完便把这棵千年人参包好,装在药篓里,直奔渝水县城的百草堂。

苏津湮自从与毕丘芩结了婚,发现叶倩薇很不高兴,他不敢得罪叶倩薇,经常以上夜班为名陪同叶倩薇鬼混,半夜回家之后,还得与毕丘芩周旋。时间一长,渐渐感到精气不足,不得不去"百草堂"寻医问药。

"百草堂"在钟鼓楼的南大街,是前店后厂的百年老店。"百草堂"堂主姓华名一佗,能识百草,是远近闻名的中医,人们都恭维他叫赛华佗,医术虽然精湛,但把钱看得很重。

苏津湮来到华一佗的诊室,先掏出两块大洋放在桌上,说:"华先生,我托津海市书法家孙锦屏为您送上一副对联。"华一佗展开一看,上联是:集百草丸散健身去病;下联是:赛华佗神医妙手回春;横批是:华佗再世。华一佗见渝水县的财政科长称他为华佗再世,又扔下两块大洋,便细心为他号起脉来,号着号着不禁笑了起来,说:"恕我直言,科长没什么病,只是为夫妻夜间那事苦恼,我给你开几服药,保你金枪不倒。"

华一陀挥笔写就了一张药方,让伙计抓药去了,对苏津湮说:"我再向你进一言,你切记不要去烟花柳巷觅食,如果染上那病,老夫就是有心救你,却也无力回天!"

苏津浬还想与他聊聊男女之间的事，有个伙计掀开了诊室的门帘，说："石牌坊村的韩怀信求见！"

　　华一陀立即让伙计把韩怀信领了进来，韩怀信说："咱们是否到后院去谈？"

　　华一佗说："苏科长不是外人，有什么事就在这里谈吧！"

　　韩怀信只好从背篓中拿出了用布包裹着的千年人参，放在了桌子上，说："请华先生过目！"

　　华一佗打开一看，心中一惊，他干了一辈子，从来没见过这种野生的千年人参，知道发财的机会又来了。华一佗翻来覆去地看了看，然后皱着眉头，说："人参确实不错，少说也有百年，可惜挖的时候太不小心了，碰断了十几根须子，参体也有多处被砍伤的痕迹，价格嘛就要大打折扣了！"

　　华一佗望了望苏津浬，说："苏科长也是内行，你说我讲得在理吧？"

　　苏津浬刚想说自己确实不懂，见华一佗直给他使眼色，只好顺着说："是，是，在理。"

　　韩怀信一听要给他大打折扣，着了急，说："我挖的这棵参可不是百年人参，应该是千年以上，如果送到津海市的长春堂少说也得两千块大洋！"

　　华一佗心里明白韩怀信把价钱估算少了，这棵千年人参如果送到津海市的长春堂至少也能卖三千块大洋，便装成并不想买的样子，说："韩师傅您要是这样说，您自己到津海市卖吧，我这个小店可做不了这样的大买卖。"

　　韩怀信也明白在这乱世，拿这样贵重的东西到津海市去卖也不安全，所以他急于出手，忙说："华先生您这样说就远了，咱们的关系可不是一两年了，就算是我求您了！"

　　华一佗说："我是个爽快的人，看在与你多年的交情上，绝不会亏待你，我最多也只能给你一千块大洋。"

　　韩怀信虽然感到给的价低了点，但这一千块大洋也足够翻盖新房，给儿子娶媳妇了。

就这样韩怀信与华一佗以一千块大洋成交。韩怀信拿着一千块大洋的银票，回石牌坊村准备给韩辛玉翻盖新房，寻个媳妇。

华一佗立即让伙计去铁匠铺按人参的尺寸打制了一个铁箱，准备把人参运到津海市去卖，为了确保万无一失，还请来了威远镖局的著名镖师伍林杰当保镖。

苏津湮在百草堂见到了这颗千年人参，大开了眼界，觉得这是一个奇闻，回去后便告诉了毕丘芩。毕丘芩马上告诉了吴国祯，随后叶倩薇也知道了这件事。她听说是从苏津湮的嘴里传出来的，非常生气，立即把苏津湮叫到她的办公室，又把他训了一顿，说："你这个没用的东西，到现在还是不长记性。我再说一遍，今后你不论看到什么，听到什么，首先要告诉我，对外人一定要守口如瓶！"

石牌坊村的韩怀信挖到千年人参的消息不胫而走，都说韩怀信发了财，一时间传得沸沸扬扬。

有人说韩怀信挖这棵人参险些丢了性命，有人说渝水县的百草堂用低价骗走了韩怀信的千年人参，还有人说百草堂雇了威远镖局的镖师伍林杰，要押送到津海市，准备卖个大价钱，那时华一佗将成为渝水县的首富。

华一佗对渝水县的传言并不放在心上，照样我行我素，雇来两辆马车，出发当天就像聘闺女一样，放了鞭炮，向围观的乡亲说了些拜托的话。这时伙计又抬来两筐苹果和一小筐安梨，说两筐苹果是给长春堂送的礼，一小筐安梨留给兄弟们路上吃，可人们都明白他是借苹果和安梨的谐音，即平平安安离去。

威远镖局师徒四人，在伍林杰镖师带领下，手持兵器前后左右地护在装有铁箱子的马车周围，一路上风餐露宿，日夜兼程。

华一佗坐在后面的一辆马车上，身子靠在苹果筐上，脚蹬着安梨筐，他手摇着羽毛扇，抽着水烟袋，一路上观赏燕北秋色，嘴里还哼着京戏《空城计》，好不潇洒。

华一佗启程去津海市的第二天，吴国祯才知道这件事，急忙叫来王鸣荻，说："你们这群人都是白吃干饭的？韩怀信挖到千年人参，又卖给了华一佗，难道你们一点都不知道？王鸣荻，你要明白，这棵千年人参不是韩怀信的，也不是华一佗的，是在我渝水县管辖的地盘上长出来的，必须归我渝水县所有！现在，华一佗要把这棵千年人参卖到津海市的长春堂，已经启程两天了，不能让华一佗白白地捡了这个便宜！你马上带一队警察，把他给我追回来，若有半点差池，小心我把你送进大牢！"

王鸣荻这些年干了不少坏事，吴国祯随时都可以把他抓起来，为了保全自己，他必须像狗一样效忠吴国祯，便说："为了这棵人参，在下赴汤蹈火，在所不辞！"

燕北立秋之后，秋腊子并不亚于三伏天，这正是高粱晒米的好季节，虽然早晚秋风萧瑟，中午却是异常炎热。

华一佗跟随押运千年人参的镖车走了三天三夜，这天中午，远远地可以望见津海市标志性的建筑——国立医院。威远镖局的镖师伍林杰和他带领的徒弟，已经是汗湿脊背，饥渴难忍，想找个地方休息片刻。华一佗觉得到了津海市的地盘，已经安全了，没有反对，马车直奔前面的树林。

一行人来到林中小憩，这里清爽宜人。众人饥渴难忍，疲乏至极，很快便把一小筐安梨吃得所剩无几，又吃了点随身携带的干粮。吃完，有的靠坐在树旁打盹，有的索性躺在草地上，不一会儿都睡着了。

醒来的时候日已偏西，血色残阳映照着归巢的群鸦。华一佗被鸦群阵阵的哀鸣声惊醒，不禁毛骨悚然，马上催促威远镖局镖师伍林杰赶路。

马车直奔津海大道，忽然从路两侧蹿出一群彪形大汉，挡住了去路。华一佗见来者不善，忙下车赔笑说："小的拉的是两筐苹果，小筐中还剩下少许安梨，是走亲戚用的，如果各位想品尝，全可以拿走！"

这几个人上车乱翻一气，顺手拿起一个苹果一咬说不好吃，又拿起一个安梨刚咬一口，连连喊酸……

一个蒙面人盯住前面拉着铁皮箱子那辆车，"哇啦哇啦"地说一阵听不懂的日本话，几个彪形大汉登上了前面那辆车，赶走车夫，大声喊："要想活命，赶快滚！"

威远镖局的几位师徒，正欲拔刀上前夺回铁皮箱子，被华一佗拦住了。众人眼睁睁地看着这群人，把装着铁皮箱子的马车劫走了。

过了好一会儿，又有一群人从后面赶来，警车在前边开路，后面是全副武装的警察，为首的正是警长王鸣荻。

王鸣荻赶到出事现场，发现威远镖局的几个人倒在地上，王鸣荻来到面前，问："华一佗和装有千年人参的车去了哪里？"

镖师简单地讲述了事情经过，说："千年人参已经被日本人劫走了，华一佗生死不明。"

王鸣荻听了，头上立刻沁出了豆大的汗珠，他拔出匣子枪大喊："给我追——"

王鸣荻坐着警车向蒙面人逃走的方向追去，警察跟在警车的后面拼命地奔跑，累得气喘吁吁。

远处尘土飞扬，像是有辆马车，王鸣荻加大了油门，冲上前去。马车已经陷在了泥坑中，车上的铁皮箱和上面的锁头还在，马也没有受伤，赶车的车把式和劫持马车的人却不知去向。

王鸣荻让警察把马车从泥坑中拽出，让一个警察赶着马车，其余几个警察轮番坐在马车上。王鸣荻坐在警车上，俨然成了胜利者，嘴里哼着淫词滥调，优哉游哉地返回了渝水县。

吴国祯听说王鸣荻把千年人参弄了回来，立即让警察把铁皮箱子抬到他的办公室。

王鸣荻吹嘘，说他历尽艰险，最后才把歹徒打散，追回了装载千年人参的铁皮箱子，只是华一佗在搏斗中失踪，生死未卜。

吴国祯高兴地拍着王鸣荻的肩膀说："华一佗已经出了渝水县界，生死与我无关。你追回了千年人参，功不可没，明天我就把你的政绩上报直隶省，给你记一大功！"

吴国祯让闲杂人都出去，叫王鸣荻撬铁皮箱子。

王鸣荻拿着钳子榔头正欲砸锁，却忽然发现锁头已经被撬过，知道其中有诈，浑身立刻凉了半截，不知如何是好。吴国祯见王鸣荻动作迟缓，催促快点，他要亲眼一睹这棵千年人参。

王鸣荻硬着头皮打开了这个铁皮箱子。吴国祯伸着脖子一看，箱子里有一个又大又长人参形状的包裹，是用干净的白色棉纱布包着的，王鸣荻把包裹搬了出来，小心翼翼地解开了一层又一层的棉纱布，渐渐露出了一个酷似人参的东西，仔细一看，哪里是什么千年人参，原来是一个硕大的白萝卜，还连着几缕柠黄色的长须。

吴国祯大失所望，觉得是王鸣荻坏了他的大事，怒不可遏，上前拽着王鸣荻的脖领，扬起胳膊，狠狠地扇了王鸣荻一个耳光。

十七　温馨的陷阱

韩辛玉因思念莘娃大病了一场，半个多月之后，渐渐恢复了元气。他准备到深山用海胎鱼来祭奠莘娃，如今正是捕捞海胎鱼的季节，便从邻居那借了一张网，来到渝水湾入海口，去捕捞海胎鱼。

海胎鱼是渝水县的特产，此鱼虽然生长在海中，但是每当春夏之际，便逆流而上，到渝水河中产卵，孵化成鱼后，再回到海里。

韩辛玉正在撒网捕鱼，忽然发现远处海面上有一个人，抱着木板，在海面上挣扎。

韩辛玉立即跳入水中，游向溺水者，发现木板已经从溺水者手中滑落，情况十分危急。他不顾一切地把溺水者揽在怀里，随着海浪时沉时浮，在海浪中挣扎，游到岸边已经没了力气。

他抱着溺水者艰难地从水中走了出来，海水顺着他们的身体往下流，溺水者的长发贴着韩辛玉的胳膊垂向地面，一串串的水珠不停地滴着，恰似菡萏浴中来，羞怯出水芙蓉花。这时，韩辛玉才看清溺水者是个年轻女子，急忙用自己的衣服为她遮盖裸露的身体。

韩辛玉出身于中医世家，懂得溺水急救的一些办法。他将女子的头朝下控出了呛在肚中的海水，然后把她平放在岸边，让女子的头稍向后仰，用手一下一下按她的胸部，进行人工急救。围观的人见女子没有任何反应，摇头叹息。

韩辛玉一心要救活她，不得不按照祖传的最后一个方法，进行施救。他深吸一口气，嘴唇紧贴嘴唇用力呼出，反复多次，女孩如雪的面颊渐渐地有了红晕，眼睑上的睫毛开始微微地颤动。她终于醒了过来。

韩辛玉经过询问，才知道她就是渝水湾何秋愚的女儿荷花。她与父亲在白鹭岛遇难，孤身在海上漂流，现在被韩辛玉所救，却无家可归，韩辛玉只好把她带回家。

刁氏见儿子带来一个如花似玉的女子，心想这真是天赐良缘，一分钱没花就把儿媳妇带回了家，甚是欢喜。

刁氏望着荷花直截了当地问："你愿意当我儿媳妇吗？"

荷花羞得满脸通红，不好意思地低下了头。

刁氏不依不饶地追问："那你是不愿意了？"

荷花连忙摇头，两眼含泪说："我从小就没了娘，现在又没了爹，今后您就是我的亲娘了！"

刁氏立即把荷花搂在怀里，生怕失去到了手的儿媳妇，荷花从小失去了母亲，偎依在刁氏的怀里，似乎感受到了母爱，情不自禁地喊了一声："妈——"。

刁氏口无遮拦地说："今天你们俩就睡在一起，有辛玉在你身边我也就放心了。"

荷花立即婉言拒绝，对刁氏说："妈，您看这样好不好，我先睡在外面的耳房，以后再搬到一起，省得别人说闲话。"

刁氏觉得让荷花住在存放柴草的耳房里有些不放心，便让儿子先住进耳房，把屋子腾出来给荷花住。

当晚，刁氏为荷花做了一顿可口的饭菜。韩怀信采药归来，四个人围坐在一起，其乐融融，吃了一顿团圆饭。

荷花初来，觉得这是一个和和美美的家庭，然而事情并非如此，谁也不会相信刁氏与韩怀信结婚十八年，至今还是个处女之身，韩怀信只要一摸她，她就寻死觅活，这件事一直是个谜。

当晚荷花早早地睡了，刁氏见天上掉下来一个儿媳妇，便伸手向韩怀信要钱，说："快点把卖人参的钱拿出来，明天我想给儿媳妇买几件衣服！"

韩怀信怕刁氏乱花钱，谎称百草堂华一佗只给了他五十块大洋的定钱，已经交给了县里的包工头，准备再盖三间新房，好给儿子娶媳妇，并说："我现在起早贪黑地上山采药，就是怕钱不够。"

刁氏见韩怀信没有拿钱的意思，便诉起苦来："我这个黄花大闺女，嫁给你之后吃没好吃，喝没好喝，连一件像样的衣服都没有！"

韩怀信忍不住问她："哎！我问你，你是不是我的妻子？"

刁氏梗着脖子说："当然是了，明媒正娶！"

韩怀信听刁氏说她是明媒正娶，仿佛又入了洞房，望着刁氏那高耸的奶子，凑到刁氏的跟前亲昵地说："你要多少钱？说个数，只要你让我圆了房，我马上给你！"

刁氏立刻耍起刁来，说："你拿我当窑姐啦！今天你就是把卖人参的钱都拿出来，老娘也要守住身子不依你。"

韩怀信忍耐了十八年，如同与刁氏做了十八年的假夫妻，刁氏今天的话激怒了他，说："既然你把话说绝了，我也就不客气了！"

韩怀信脱光了下身，猛地一下压在了刁氏的身上。刁氏对那个东西非常反感，见韩怀信要动真的，立刻从炕上跳到地下，跑到屋外，接着没完没了地骂起了韩怀信，也不知她从哪里学来那么多污言秽语，一直骂到天亮。

荷花在对面屋被吵得一宿也没睡着，心里很是不安，天不亮就到耳房找韩辛玉，问韩怀信与刁氏吵架是不是因为她。韩辛玉说他们经常为钱的事吵架，气头上没好话，让荷花不必介意。随后韩辛玉拿着绳子和干粮，扛起扁担带着荷花上山砍柴去了。

刁氏见荷花与韩辛玉上山砍柴去了，便接着追问韩怀信，从百草堂那里到底得了多少钱，为什么瞒着她。

韩怀信赌气说："我手里的钱全让我逛窑子了！"

刁氏信以为真，坐在炕上大哭大闹，说："你这个没良心的，我把你的'野种'视为亲生还不够吗？难道不干那事就不能活了吗？哪天把老娘气急了，把你那个东西用小刀割下来喂狗吃！"

韩怀信见她越说越不像话，心想：惹不起你还躲不起你吗？往外便走，正好与王鸣荻撞了个正着，其实王鸣荻在这里已偷听多时。

王鸣荻是无事不登三宝殿，前些日子让吴国祯狠狠地扇了一个耳光，至今脸上还觉得火辣辣的痛，但他并不记恨吴国祯，因为他还指望吴国祯给他撑腰，怪只怪百草堂的华一佗，一气之下点燃了百草堂的宅院。就这样王鸣荻还觉得不解气，想来想去他又把对华一佗的怨恨转嫁到了韩怀信的身上，若不是他挖到了千年人参，哪里会给他惹出这么多麻烦来。如今，吴宁昶让他在石牌坊村找一户敛财的对象，正是让他寻机报复韩怀信的好机会。

王鸣荻在门前拦住了韩怀信，嘲讽地问："你们二位今天唱的是哪出戏啊，是不是钱多烧的？"

韩怀信见警长来到他家，心中一惊，知道没有好事，此时刁氏已被吓得没了骂人的力气，在警长面前强装笑脸，说："请警长大人在寒舍就座！"

王鸣荻两眼直勾勾地望着刁氏，觉得这个乡下女人很像渝水县藏春阁的一名妓女，虽然胖了点，但眉宇之间，风韵犹存，如果好好打扮一下还真有些味道，最让他动心的是他听说刁氏至今还是个处女之身，为此他要不择手段地占有她。

王鸣荻问："重修贞女祠的事你们不会反对吧？"

刁氏抢着说："我们都赞成！"

王鸣荻问："你们准备捐多少钱啊！"

韩怀信说："听说县衙要求城乡每人平均一块大洋，我家带头响应县衙的倡议，三口人共捐三块大洋！"

王鸣荻把眼睛一瞪："你家的媳妇不算人吗？"

刁氏连忙赔笑说："我家媳妇还没过门呢，您看……这个，这个，这个……"

王鸣荻望着刁氏一笑，说："好，好！嫂夫人说的这个，这个……我明白了，看在嫂夫人的面子，三块就三块吧！"

刁氏听警长叫她嫂夫人，心中暖烘烘的，说："多谢警长大人，您有用着我的地方，请不要客气！"

王鸣荻望着韩怀信说："明天我还真想用一下嫂夫人，请嫂夫人到县衙当个带头捐款的婊子！你不会反对吧！"

韩怀信以为王鸣荻口误，把表率说成了婊子，试探着问："警长大人！婊子也要捐款吗？"

王鸣荻矢口否认，反问韩怀信："你耳朵有病吧？谁说婊子了？我说的是表率！"

韩怀信以为是自己的耳朵出了毛病，忙说："是我听错了，请警长海涵！"

第二天刁氏换了一件半新不旧的衣裤，来到县衙办公室。王鸣荻早已等在那里，刁氏捐完了三块大洋便被王鸣荻领到门外。王鸣荻说："你家挖了一棵千年人参，在渝水县可谓是家喻户晓，你们只捐三块大洋，恐怕说不过去。你回去劝劝你们那位再捐一点！"

刁氏问："这一点是多少？"

王鸣荻伸出了食指。

刁氏还算聪明，明白王鸣荻伸出的食指绝不是一块，试探着问："警长大人，不会是想让我们再捐十块大洋吧？"

王鸣荻摇摇头说："不，是一百块！"

刁氏大吃一惊，说："我的妈呀！警长大人，我家哪里有那么多钱，就是砸锅卖铁也凑不上这个数。"

王鸣荻沉吟了片刻，说："你们只捐三块大洋肯定不行！这样吧，我给你们想一个两全其美的办法。"王鸣荻在刁氏耳边悄悄地耳语。

刁氏的脸上渐渐地绽开了笑容，说："谢谢警长大人指点！"

临走时王鸣荻拽着刁氏的手，塞给她一块大洋，说："这是小弟孝敬姐姐买胭脂的钱。"

刁氏听警长在她面前自称小弟，又给了她一块大洋，让她受宠若惊，心里美滋滋的。想起韩怀信从来没有给过她胭脂钱，心中不禁有些怨恨。

当晚，刁氏告诉韩怀信，说："县衙里的人议论纷纷，都说咱家发了大财，如果不捐够一百块大洋，谁也不捐。幸亏警长王鸣荻给咱们打了圆场，还给咱们找了一个美差，让你和辛玉去红松堡采购红松，对外就说是以工代捐，暗中还给咱们五十块大洋的辛苦钱。你说合算不合算。”

韩怀信觉得这事很蹊跷，对刁氏的话半信半疑，想问个究竟。刁氏跑了一天实在太累了，脱掉衣服上炕就要睡觉，韩怀信问她："什么时候启程？"

刁氏说："警长答应等我们把新房盖好后再走。"

韩怀信认为王鸣荻派给他的不仅不是美差，而是一件常人难以承受的苦差，到百里之外的红松堡采购红松，必须攀越三道险关，道路极为凶险。可既然刁氏已经答应了王鸣荻，如果不去，后果将不堪设想。另外韩怀信还想借此机会看看红松堡的尹妮大姐。

韩家的新居建在石牌坊村村南的高地上，一家人忙活了一个月，终于盖好了三间正房，四周垒砌石墙，围成了一个小院，在屋内可以遥望通往渝水县城的大道，小院门前保留了原有的几棵枣树，枣树开花之时，可以闻到那醉人的幽香。

离家的前一天他们搬进了新居。

为了盖新房，刁氏忙里忙外也累得不可开交。刁氏躺在炕上已经是睡眼蒙眬，一边打着呼噜一边说："赶快睡吧！明天早点起来好赶路。"

韩怀信父子明天就要启程去红松堡，山高路远也不知多少天能回来，把刁氏一个人留在家也放心不下，他思前想后哪里睡得着，而刁氏却早已鼾声大作。

突然，刁氏在梦魇中呼喊，韩怀信立即起身想唤醒刁氏，没想到刁氏冲着韩怀信的下处狠命地一踹，韩怀信"哎呀"一声惨叫，滚倒在地下，刁氏从梦中惊醒。

刁氏见韩怀信跌倒在地下，问："怀信你这是怎么了？"

韩怀信捂着下身痛得直叫，说："老婆！你可真够狠的，你这一脚差点要了我的命！"

刁氏急忙把韩怀信拽到炕上，想起去红松堡往返得一个多月，临走前又踹了他一脚，深感内疚，连说："对不起，我不是故意的，你不是想干那事吗？我答应你！"

刁氏忽然变得温柔体贴，她说她害怕看那个东西，立即蒙上眼睛，哆哆嗦嗦地把身上的衣服脱得一丝不挂，眼含泪滴地把身体送到韩怀信的身边。韩怀信望着刁氏可怜兮兮的样子，哪还有那个心情。

第二天韩怀信的阳物肿了起来，精神上、肉体上都隐隐作痛。韩怀信带着无奈和遗憾，与韩辛玉一起离开了家。

韩怀信和韩辛玉走后，刁氏觉得屋子空荡荡的，幸好有荷花与她为伴，并不显得孤独。刁氏对荷花也十分亲热，日子过得还算温馨。

眨眼之间半个月过去了，王鸣荻派来一个叫胡二的警察来到刁氏的家，说："告诉你一个不幸的消息，韩怀信没了。"刁氏一听，立即号啕大哭起来。

胡二把眼睛一瞪，说："哭个屁！"立即把刁氏拽上警车，直奔渝水县警察厅。

刁氏见了王鸣荻像是见到了亲人，一把鼻涕一把泪地哭了起来。

王鸣荻让刁氏坐在自己身边，上前给她拭泪，爱怜地说："大姐，是不是有人欺负你了？"

随后，王鸣荻指着胡二问："胡二，我让你把我大姐请来，你对大姐说什么了？"

胡二挠着脑袋吭哧了半天，说："我和大姐闹着玩呢！"

刁氏见王鸣荻对她如此客气，便壮着胆子指了指身边的胡二说："他说韩怀信没了。"

王鸣荻把桌子一拍："有这么闹着玩的吗？还不给我滚出去！"

王鸣荻心中暗笑，说："大姐，你相信胡二的鬼话吗？不过——怕只怕路上遇到劫匪。"

刁氏听王鸣荻说路上有劫匪，心里更没了底，立即哀求说："警长大人，您可得保证他们爷俩的安全啊，能不能派个保镖？"

王鸣荻冲着门外喊："胡二！"

胡二立即快步上前给王鸣荻敬礼，问："警长大人有何吩咐！"

王鸣荻说："我派你速去红松堡为韩怀信爷俩当保镖，如果他们有个好歹，我拿你是问！"

胡二立正，大声说："遵命！"

王鸣荻接着说："这件事责任重大，现在你要当着大姐的面立下

244

生死文书。"

胡二拿起来一看，根本不是生死文书，而是一份刺杀韩怀信和韩辛玉的"密杀协议"，当面欺骗刁氏。

胡二有些不认可，但他经不起金钱的诱惑，便爽快地在"密杀协议"上签了"同意"两字，并画了押。

王鸣荻对胡二说："你回去准备准备，明天就出发。"

胡二走后，王鸣荻拿起胡二签下的密杀韩怀信和韩辛玉的协议，糊弄刁氏说："大姐，我派胡二当韩怀信和韩辛玉的保镖，你总该放心了吧！另外还有一件好事，不知你愿意不愿意？贞女祠的工地上缺一名小工，我想让你把那个没过门的媳妇补上这个缺，明天就让她上工，好给你挣点零花钱。"

刁氏心想：韩怀信和儿子都出了远门，家中没了进项，让荷花去贞女祠当小工给她挣钱，这是求之不得的大好事。忙说："谢谢警长！"

王鸣荻接着说："今后如果你能一切都听我的，什么事都好说！"

刁氏为了讨好王鸣荻，赶忙说："警长大人，我一切都听您的！"

王鸣荻拍了拍刁氏肩膀，说："这就对了。"

刁氏满心欢喜，临走时还给王鸣荻鞠了一躬。

梁茜月在津海市精神康复医院经过半年的治疗，病情逐渐好转。郑禅忻为了防止有人干扰，便把她转到奉天东北军总医院继续治疗。转眼之间已经到了春暖花开的季节，梁茜月已经痊愈，她思念渝水县的张虔奕，同时也想为贞女祠的古建工程尽到自己的一份力量，便向郑禅忻询问张虔奕的近况并说明自己的想法，想立即返回渝水县。

郑禅忻心想，目前重修贞女祠的工作即将全面展开，梁茜月在东滨大学研习的就是古建专业，一定会派上用场。他便对梁茜月说："贞女祠古建工程这一块，现在暂时由张虔奕代管，如果你去监管，可以减轻张虔奕的负担。"

梁茜月听说她能为张虔奕分忧，非常高兴，便向郑禅忻请求说："郑参谋长，我明天就回渝水县可以吗？"

郑禅忻说："现在的渝水县情况很复杂，从你目前的身体状况看，我担心你回去以后，经不起任何精神刺激。"

梁茜月说："请郑参谋长放心，经过这一场磨难，特别是在您的开导和劝慰下，我已经变成另外一个人了！"

郑禅忻说："可能你还不知道，苏津潭已经与吴国祯的表妹毕丘苓结了婚，这件事你不会介意吧？"

梁茜月听说苏津潭又巴结上了县知事的表妹，心中有些不快，但觉得苏津潭结了婚也是好事，身边有了管他的人，今后就不会再纠缠自己了。

1927年6月15日，梁茜月回到了渝水县，立即投入了贞女祠古建的修复工作。

苏津潭在吴宁昶的授意下，以协助修祠为名，负责管理零散工人，王鸣荻负责工地治安。

基石、砖瓦、灰、沙已陆续备齐，如果韩怀信和韩辛玉押运的木材一到，修祠的工程即可全面展开。为了工地的安全，张虔奕决定先修葺祠庙的围墙，由五个小工和灰，供六个师傅垒砌围墙，最累的还得算是小工。

几个小工穿的都是破旧的衣衫，干同样的活，弄得满脸满身全是灰和泥。只有那个戴草帽的小工，衣服依然是清洁整齐。为了赶进度，谁也舍不得歇，天气虽然还不算太热，却累得几个小工驷马汗流。

中午休息的时候，他们吃完自带的干粮，便横七竖八地躺在草地上休息，只有那个戴着草帽的小工，却在树下做起了针线活。

梁茜月甚觉奇怪，男人也会做针线活？走上前去一看，才发现这个小工是一个穿男装的年轻女子，觉得苏津潭让一个女人当小工，实在有点不近人情。

这个女子抬头望着梁茜月，惊喜地叫了一声："大姐！"

梁茜月认出了面前这个女工是荷花，想起白鹭岛那场海难，两个女人百感交集，热泪盈眶，亲热地拥抱在一起。

晚上收工以后，荷花脱掉了男人的衣服，换上了一件紧身长袖的素花短衫和一条深绛色的长裤，衣服虽然破旧，却干净整洁，肩膀、肘部和膝盖磨破的地方补上了几块花型的补丁，很像是故意缝制的装饰图案。

梁茜月回陈家大院正好与荷花顺道，便把她带到张虔奕的工作室。张虔奕答应立即去找苏津湮，明天给荷花换一个轻一点的活。

荷花急着回家，梁茜月急忙去卧室拿来一个布包，交给了荷花，说："这是姐姐送给你的，里边是一件旗袍和一双高跟鞋，虽然旧了一点，上街串门时还能穿得出去。"

荷花欣然接受，高兴地回了家。

荷花一进家门就亲切地喊："妈！我回来了。"

刁氏见荷花手里拿个包，脸上露出了笑容，说："你给我买了什么东西？"

荷花解释说："妈，这是工地上的一位大姐送给我的衣服和鞋。"

刁氏的脸色由羡慕变成忌妒，自言自语地唠叨着："哼！这年头还是年轻人招人喜欢，谁会惦记我这个三十多岁的人呀？"

荷花说："您现在虽然不算年轻，也正是好时候，您喜欢什么尽管对我说，我一定想办法给您买来！"

荷花进屋立即淘米做饭，发现缸里没了水，便说："妈，我去村边挑两挑水，您看着饭锅别让饭烱了。"

刁氏冷言冷语地说："快点挑你的水去吧！我做了一辈子饭，这点事还用你教我吗？"

刁氏趁荷花挑水的工夫，马上去荷花的屋里，从一个破箱子里找出了梁茜月给荷花的那个布包。

刁氏打开一看，原来是一件白色黑花旗袍，古朴典雅，只是旧了点。刁氏甚是喜欢，急忙往身上套，怎奈由于长期懒散，身体有些发胖，勉强扣上了扣子。她拿起那双九成新的白色高跟鞋，再看看脚上那双尖口布鞋，觉得实在太寒酸，想起结婚时韩怀信连一双高跟鞋都没给她买，怨气无处撒，脱下了脚上的布鞋，"嗖"的一下甩出了门外。

刁氏一直羡慕穿高跟鞋的女人，立刻穿上了荷花这双高跟鞋，怎奈鞋大了点，穿在脚上踢拉踢拉地在屋里勉强走了一圈。这时，她闻到一股刺鼻的气味："哎呀！饭煳了。"

刁氏急忙脱掉高跟鞋去换她的布鞋，穿上了一只，另一只却找不着了，忽然想起那一只鞋被她甩到门外去了，便光着一只脚到门外去找，找了半天也没找到。

荷花挑水回来发现饭还是煳了，并没有责怪刁氏，回到屋里见刁氏光着一只脚，坐在炕沿上怄气，问："妈，您这是怎么啦？"

刁氏说："我的鞋丢了！"

荷花说："原来是为这点小事，明天我给您做一双新的！"

第二天，荷花起早做完了早饭。刁氏说要自己洗衣服，水缸里的水不够用，让她去村外再挑一挑水去。荷花一看缸中的水原本够用，但她拧不过刁氏，只好拿起扁担去村外挑水去了。

刁氏把荷花支走后，迫不及待地又去荷花屋里欣赏那件旗袍和高跟鞋，这时，忽听屋外有人喊："荷花妹妹在家吗？"

话音刚落，梁茜月已经走了进来，见刁氏敞着怀正在试穿她送给荷花的旗袍，还穿上了她给荷花的那双白色高跟鞋，禁不住笑了起来。

刁氏臊得满脸通红，赶忙脱掉了旗袍和高跟鞋，又包了起来，不好意思地说："荷花让我试试，我这个岁数穿这样时髦的衣服和鞋有些不合适！"

这时，荷花已经挑水进了堂屋，把水往缸里倒，倒了一桶便盛不下了，只好把盛满水的那个水桶放在水缸旁。

梁茜月见了荷花，高兴地说："让我们女人干男人的活太不公平了，我已让张虔奕给你调换了一个既干净又不太累的活，你不必穿那身男人的衣服了。"

梁茜月指着布包说："赶快换上衣服好上工！"

刁氏打量着梁茜月，见她穿着橄榄绿色素花旗袍，脚上是黑色高跟鞋，鞋跟要比荷花的鞋跟高许多，羡慕不已。

荷花以为布包是梁茜月给她找出来的，便换上了旗袍和高跟鞋。

梁茜月高兴地牵着荷花的手走了出去，还不时地回头向刁氏摆摆手，回身举步，笑靥如花。

荷花到了贞女祠工地负责考勤、记工，兼管建筑材料，不再当小工。梁茜月、荷花身着旗袍，脚穿高跟鞋在工地上频繁往来，恰似柳摇花笑润初妍。虽然与破衣烂衫的工人形成强烈的反差，但却相处得十分融洽，称她们是阆苑的两朵仙葩。

梁茜月毕竟在东滨大学研读过文物的修复和保护，在张虔奕修旧如旧的观点指导下，很快设计出了贞女祠古建复原图，受到了张虔奕的称赞。

梁茜月觉得自己的遭遇虽然与荷花各不相同，却是苦命相连，惺惺相惜，越发感到亲近。

荷花到贞女祠工地上工之后，刁氏一个人留在家里，孤独寂寞，浑身酸懒，不愿干活，便躺在炕上，整天胡思乱想。

她羡慕荷花与梁茜月都有一个好身材，且貌美如花，更羡慕她们有一双不大不小的脚，可以穿上时尚漂亮的高跟鞋，走街串巷，比她的脚稳健多了。她忌妒荷花遇到了这样好的姐妹，而她却没有；她还忌妒荷花她们的花样年华，觉得如果父母晚生她几年，自己的容颜并不比她们差。

刁氏想到这里又怨恨起自己的母亲来了，她怨恨母亲给她缠了足，如果不是被她及时放开，这辈子恐怕连家门都走不出去了，更何况穿时尚的高跟鞋了。她还怨恨母亲没有给她个苗条的身材，无法穿荷花那件漂亮的旗袍。

刁氏觉得凭她的容貌当个官太太不会没人要，如果她当了官太太，就会有大把大把的钱攥在手里，可以尽情享受。想到这里她后悔不该嫁给韩怀信，自从嫁到了韩家，就没享过一天福，实在太委屈了，想着想着，羡慕、忌妒、怨恨一起涌上心头。

"大姐在家吗？"正在这时忽然有人叫门。

刁氏开门一看原来是警长王鸣荻，只见他手里拿着一个精美的鞋盒，盒上还有一个布包。她不解地问："警长大人这是——"

王鸣荻说："前几天我托人去津海市，给大姐买点东西，不知大姐喜欢不喜欢？"

刁氏好些日子没有听到王鸣荻叫她大姐了，如今这个警长大人不但叫她大姐，还给她带东西来了，心里感到暖乎乎的，忙把王鸣荻请进屋里，给他沏茶倒水。

王鸣荻连连摆手，说："大姐，不必麻烦了！你先看看我给你买来的东西，喜不喜欢？"

刁氏迫不及待地想看看王鸣荻给她买的是什么东西，她打开布包，原来是一件粉红色暗花旗袍，那个精美的鞋盒里是一双红色小号偏带的高跟鞋，刁氏从未见过这样漂亮的旗袍和高跟鞋，喜出望外。王鸣荻让她穿上看看合不合适，刁氏说："我这个年龄穿这套衣服是不是太艳了？"

王鸣荻忙说："不艳，不艳！我喜欢。"

刁氏迫不及待地穿上旗袍和高跟鞋，对照镜子端详自己，仿佛年轻了许多，连她都不敢相信镜子里的美人就是她自己。她从上往下欣赏自己的身段，觉得自己并不比荷花差。她猛然发现自己穿的高跟鞋不大不小，像是专为她定做的，不解地问："警长大人，您怎么知道我脚的大小？"

王鸣荻一语双关地说："有人把破鞋甩到了我的手里，我是按照破鞋尺寸定做的，哪能不合适？"

刁氏听王鸣荻的话有些刺耳，但觉得自己占了人家的便宜，也不好说什么。

刁氏穿上那高开衩的旗袍几乎露出了屁股，加上那双红艳艳的高跟鞋，更显姣美诱人。

王鸣荻掏出一盒哈德门香烟，拿出一支在桌子上蹾了蹾，刁氏赶忙起身给王鸣荻点火。王鸣荻觉得这个女人还懂得伺候人，便言过其实地夸她说："大姐是好人啊！不仅身材好，人也长得漂亮，穿上这件旗袍，绝不亚于藏春阁的头牌，只可惜……"

刁氏以为王鸣荻把她比成藏春阁的小姐，是夸她好看，只是不懂"可惜"的含意，不解地问："警长大人！可惜什么？"

王鸣荻两眼眯缝成一条缝，跷着二郎腿，嘴角略带微笑，不紧不慢地说："可惜一朵鲜花怎么偏偏插在了牛粪上。"

刁氏知道王鸣荻说的牛粪是指韩怀信，觉得很没面子，反驳说：

"警长大人，我丈夫虽然不敢与警长相比，恐怕也不至于是牛粪吧？"

王鸣荻并不示弱，说："我觉得大姐脑子里缺根弦，我问你，这些年韩怀信给你买过金首饰吗？恐怕连名贵的雪花膏都没给你买过。你家的千年人参卖了多少钱你知道吗？韩怀信手中有多少钱你知道吗？你敢说韩怀信没赌过？你敢说韩怀信没逛过窑子？有人说韩怀信在藏春阁包养了一个二奶奶，你可知道？"

几句话把刁氏问得心里没了底，她嫁给韩怀信的时候，想买一双红色高跟鞋，他硬说在农村穿高跟鞋没法干活。自从渝水县时兴烫发，刁氏也想时把兴，可韩怀信死活不让她烫，还说烫一次发花去的钱可以买两袋白面，够吃几个月了。平时也很少给她钱花，连胭脂口红都没给她买过，她觉得韩怀信还不如这个警长会体贴女人。

王鸣荻见刁氏眼神已经有了异样，立即从兜里拿出两块糖，剥开糖纸，先把一块放在自己嘴里，另一块放在桌上，自言自语地说："真甜，真甜！"

刁氏见王鸣荻吃糖，直咽口水，又不好意思自己去拿，冲王鸣荻一笑。王鸣荻见机会来了，立即拿起桌上的那块糖，亲手塞进了刁氏的嘴里。

刁氏含着王鸣荻给她的糖，甜在嘴里，暖在心头，觉得自己是走错了门，嫁错了汉，没穿过一件像样的衣服，没吃过一顿像样的好饭。

刁氏直愣愣地望着王鸣荻，只见他端坐在炕沿上，觉得这个警长笑眯眯的样子并不像人们说的那样凶，在她眼中似乎成了一位慈祥的兄长，心想：如果韩怀信能像王鸣荻这样有钱、有势、又能体贴女人多好。

"大姐！你在想什么？"王鸣荻问。

刁氏像是从梦中惊醒，她听王鸣荻一口一个大姐，不知为什么脸上热辣辣的，有些像是少女害羞的感觉，这种感觉从两腮开始，逐渐涌遍全身，继而觉得浑身燥热，下意识地解开旗袍上边的盘扣。她觉得自己从来没有像今天这样渴望过男人，情不自禁地坐在了王鸣荻的身边。

此时，王鸣荻早已欲火难耐，但他学了几篇兵法，懂得欲擒故纵的伎俩，便把手抽了回来，回身说："大姐，小弟告辞了。"

刁氏这下可急了，跪在地下搂着王鸣荻的大腿，不让他走，几乎是哀求："警长大人，您可不能走啊！"

王鸣荻停住了脚步，佯装不解："大姐，你这是何苦啊，快点起来吧！"

刁氏并不知道王鸣荻给她的糖是烈性春药，此时药力已经发作，望着王鸣荻欲言又止。

王鸣荻觉得时机已到，便露骨地说："你都是过来人了，还有什么不好意思？想干啥就直说，兄弟我都依你！"

刁氏此时已语无伦次，说："你，快点……我实在忍受不了啦！"

事罢，刁氏央求王鸣荻明天再来。王鸣荻拍打着炕沿对刁氏说："我限你三天，就在这里，帮我把荷花按在炕上，让我尝尝鲜！"

话音未落，一块石头隔着窗户砸了进来，险些砸在王鸣荻头上。

王鸣荻大怒，跑出门外大喊："谁他妈的敢坏了我的好事，我一枪毙了他！"这句话像是冲砸石头的人说的，也像是对刁氏说的。

门外空无一人，他扬起手中的长苗匣子枪，冲天"啪、啪"开了两枪，吓得刁氏瘫坐在地下。

十八　惊悚三道关

韩怀信在石牌坊村虽然算不上大户，但也是人人称羡的小康人家，殊不知他与刁氏的婚姻并不美满。刁氏虽是乡下女人，但爱美，嘴馋，手中从来攒不下钱，所以韩怀信不让她当家，家中有多少积蓄也从来没告诉过她。

刁氏经常向他要钱买零食吃，见着什么买什么，连小孩吃的玉米爆花、花生糕、棉花糖等她都想吃。对女人的化妆品更是情有独钟，像雪花膏、胭脂、扑粉、香水什么的，见着什么要什么。有一次竟让韩怀信带她去渝水县城下馆子解解馋，吃完饭见城里女人都穿旗袍，缠着韩怀信给她定做两件旗袍。韩怀信节省惯了，心里虽然不高兴，但还是依了她。刁氏进一趟城已经花了三块大洋，最后还要去"紫罗兰烫发店"烫发。韩怀信一怒之下，打了她一巴掌，并说："咱们乡下人不兴这个！"韩怀信也明白女人爱美并不是错，每当他想起这件事，就觉得有些对不起她。离家之前，刁氏又一脚端在他的阴囊上，使他的阴囊红肿，至今还隐隐作痛，但他对刁氏还是牵肠挂肚。

让他牵肠挂肚的还有一个女人，就是红松堡的尹妮，她孤身一人常年住在深山里，以贩运红松和药材为生。外人只知道韩怀信与她有生意往来，而对于尹妮与韩怀信有缘无分的不幸遭遇，却并不知情。

韩怀信知道去红松堡采购红松并不是什么美差，山高路险，本来不愿接受这个差事，但想到就此机会可以探望尹妮，也就答应了。韩怀信立即给尹妮写了一封信，想求得尹妮帮助，尽快完成这件差事，好早点回家给辛玉和荷花完婚，可他哪里知道，等待他的竟是一场灾难。

韩怀信与韩辛玉徒步来到燕山脚下，正要进入燕北大峡谷。尹妮早已在谷口等候，她见了韩辛玉，异常亲切，拉着他的手左看右看，感伤地说："儿子都长这么大了，难怪我们会老！"

韩辛玉见尹妮眼里含着泪水，不解地问："大姨，您怎么啦？"

尹妮拭去泪水，笑着说："我是见了你们高兴的！"

韩怀信说："大姐，我们去红松堡是走十八盘那条路，还是走三道关那条路？"

尹妮说："走十八盘虽然平坦，但路太远，走三道关虽然近，可路太险。最近我发现了一条从来没人走过的羊肠小路，穿过没人敢涉足的一线天，蹚过两道河，再翻过三座山，今晚即可到达红松堡，又近又安全。"

傍晚，尹妮带着韩怀信父子俩顺利地到达了红松堡。尹妮的家建在向阳的山坡上，是两间用石头垒砌的小屋。屋顶是一块压一块的石板，屋内分里外间，里间是卧室，外间隔成两小间，里间可以住人，外面是厨房，锅台连着里间的火炕，锅台的旁边有一个水缸，缸盖是木制的，上面放着的水瓢是锯开的半个葫芦。尹妮说："现在天色已晚，你们就在这里休息，明天再去购买红松。"

当晚，尹妮拿出了早已为他们准备的驴打滚①和梓椤饼，做了一碗山菜蘑菇汤，三个人亲热地围坐在一起，共进晚餐。

韩辛玉从来没吃过深山里的农家饭，高兴地说："大姨您做的饭菜真香！"

尹妮说："如果你能留下跟着大姨过，大姨天天给你做好吃的！"

韩辛玉觉得尹妮这位大姨对他比刁氏还亲，便不由自主地说了一句让韩怀信吃惊的话："大姨，我认您为干妈，您能答应吗？"

尹妮听了先是一怔，立即把韩辛玉搂在怀中，说："这是我求之不得的，怎能不答应呢？"

韩辛玉立即叫了一声："干妈！"

尹妮激动得竟然言语失控，说："干妈天天都在想你，真希望有一天能把干字去掉！"

韩辛玉不假思索地说："有没有'干'字，我都会像亲妈一样对您！"尹妮听了韩辛玉的话，忍不住掉下泪来。

尹妮把里屋的主卧室让给了韩怀信父子俩，自己住在外间的小屋。韩辛玉攀山越岭走了一天路，实在太累了，躺在炕上便睡着了。

可能是汤太好喝，也许是韩辛玉喝汤喝多了，半夜被尿憋醒了，他起来到屋外小解，发现父亲和尹妮都不见了，远处传来了女人轻轻的哭泣声。韩辛玉心中疑惑，便循声找去，发现在不远处的一棵柳树下，尹妮躺在父亲的怀里，边哭边说："自从我生下小辛玉就把他交给了刁氏，不知刁氏待他怎样？"

韩怀信说："刁氏为人还算可以，外人看来韩辛玉就是她的亲儿子，可谁知她至今尚未与我圆房，不知为什么她一见那个东西，浑身就发抖，至今还是个老处女。"

尹妮说："其实你也跟光棍差不多，心里苦啊！"

韩怀信隐瞒了刁氏踹他阴囊的事，说："要说苦，你比我更苦！"

一段伤心的往事，使韩怀信与尹妮刻骨铭心。

---

① "驴打滚"是燕北传统的风味小吃，用江米面卷上豆沙馅，外层裹上豆面，呈金黄色，入口绵软香甜。

尹妮比韩怀信大三岁，是父一辈子一辈的近邻，少年时两小无猜，姐弟相称，经常随父辈上山采药。尹妮对韩怀信渐渐有了爱慕之心，而韩怀信年龄尚小，并不知情。

尹妮尚未成年，父母便双双病殁，堂叔收养了她，直到十七岁。堂叔因吸食鸦片，债台高筑，为了还债他不得不把尹妮卖给藏春阁为妓。尹妮得知后哭得死去活来，当天夜里尹妮把韩怀信拉到渝水边的树林里，对他说："姐姐就要当妓女了，你高兴不高兴？"

韩怀信不懂妓女是什么意思，忙回答："我当然高兴！"

尹妮听了哭着说："姐姐当了妓女，今后你就再也见不到姐姐了，难道你也高兴吗？"

韩怀信忙改口，说："姐姐，我不想让你当妓女！我要天天和姐姐在一起玩。"

尹妮泪眼含笑，深情地对韩怀信说："姐姐想偷偷地嫁给你，你愿意吗？"

韩怀信点点头，说："我愿意，但我不知怎样做？"

尹妮说："姐姐教你！"

尹妮在他耳边悄声说着他似懂非懂的话，韩怀信听了，脸腾的一下红到了脖子根。

晚霞在渝水河的上空留下了最后一抹红晕，河边薄雾升腾，如轻纱一般在尹妮与韩怀信身边缭绕，衣服从他俩的身上滑落。尹妮仰面躺在河滩上，韩怀信跪在她两腿之间不知所措，尹妮两手突然把韩怀信搂在怀中，把自己的处女之身献给了韩怀信。天色渐渐暗了下来，渝水的河面上映照着天光，宛如一条长长的玉带，在大地上闪烁着耀眼的银光，尹妮犹如一朵娇嫩的花蕾，尽情地绽放，韩怀信沉溺在花蕊中，把孕育生命的甘露尽情地喷洒在花蕊之中。

尹妮亲昵地把韩怀信搂在怀中，尹妮哭了，韩怀信也哭了，他们不知自己是对还是错。渝水河两岸静悄悄，只有那"哗哗"的流水声，见证了尹妮苦涩的情爱。

当晚，尹妮与韩怀信洒泪告别，逃到了红松堡，被一个老猎户收留，十月怀胎后生下了韩辛玉。

尹妮的出逃气坏了他的堂叔，他知道尹妮经常与韩怀信在一起，便断了尹妮的后路，硬把刁氏撮合给了韩家。父母之命不可违，韩怀信虽然娶了刁氏，心里想的还是尹妮大姐。

在一个风雨交加的深夜，尹妮悄悄地来到韩家，把不满周岁的小辛玉送给刁氏抚养。刁氏非常喜欢小辛玉，对外人便说是亲生的。

韩辛玉偷听了父亲与尹妮的话语，知道尹妮是他的亲生母亲，心里对尹妮更加敬重，同时他也不会忘记刁氏的养育之恩。

王鸣荻骗走了韩家父子之后，从野花香老鸨那里弄来像糖一样的烈性春药。刁氏误食了王鸣荻的春药，自己一步步走进了王鸣荻为她设下的陷阱，不能自拔。

在韩怀信离家之后的第二天，王鸣荻便把刁氏奸污了。刁氏不断地吃王鸣荻给她的春药，对那个东西不但不感到恐惧反而觉得离不开了。她想起临走前还踹了韩怀信一脚，深感内疚，盼着韩怀信早点回来。她知道韩怀信父子去红松堡山高路险，危险重重，但想起王鸣荻派胡二为韩怀信当保镖，也就放心了。

此时，胡二在五十块大洋的诱惑下，身背着长枪，带足了子弹，腰中还别着一把匕首，离开了渝水县。他听说去红松堡走燕北大峡谷这条路最近，便决定走燕北大峡谷这条近路。胡二从未走过山路，并不知山路的艰险，虽然知道山中有狼出没，但觉得自己有枪壮胆，何惧几只破狼。

胡二不到一个时辰便来到了燕北大峡谷，他踩着大大小小的鹅卵石，顺着小溪，逆流而上。映入眼帘的是从峰峦中喷涌而出的悬崖飞瀑，遥看恰似挂在山谷之间巨大的水帘，胡二左顾右盼，猛然发现水帘旁的石壁上刻有"燕北三道关"几个字。

胡二并不知三道关的艰险，他点燃了一支"老刀牌"香烟，一路悠闲地抽着烟，优哉游哉地观赏山景。只见两侧高山对峙，山体犹如刀砍斧劈，仰望高空的行云，仿佛山在摇，地在动，裸露在悬崖绝壁上的巨石，大有坠落之势。几只乌鸦在山间盘旋，不时地发出凄厉的怪叫，令人不寒而栗，而胡二却毫无恐惧之感，反觉得这里的风光异常秀美，难得到此一游。

胡二沿着山间小道向燕北大峡谷的深处走去，迎面两个硕大的卵石锁住了谷口，卵石上刻有"卵石关"三字，传说曾有一条巨龙从这里穿越，在卵石的左侧下方留下了一只龙爪印。

两个卵石中间有一条窄窄的缝隙，溪水从缝隙中流出，卵石似乎在不停地晃动，缝隙时宽时窄，宽时行人勉强可以通过，如果行人被挤在缝中，后果可想而知。

胡二透过缝隙突然发现卵石后面有一股灰色烟雾上下翻滚，山中竟有这等怪事？甚感诧异。

胡二屏住呼吸等待卵石缝隙稍宽的瞬间，迅即挤了过去，正待穿越灰雾，没想到脚下一滑，跌倒在面前的凹坑中，这时他才发现这股上下翻滚的灰雾竟是一群数不清的蚊子搅成了一团，他倒在凹坑中动弹不得，只好让蚊子尽情地叮咬。他明白这就是燕北大峡谷的第一道关，总算是过去了。

他费了好大的力气才从凹坑中爬了上来，映入眼帘的是一座刻有"铁门关"三字的箭楼。"铁门关"中间的铁门洞有如瓶颈，溪水可从铁门洞中穿过，箭楼与两侧的长城相连接，长城有如从谷底拔地而起，沿着山脊直上云端，直上直下，有如倒挂在悬崖绝壁上的天梯，横在燕北大峡谷中间，"铁门关"固若金汤，可谓一夫当关，万夫莫开。

胡二虽然轻而易举地通过了"铁门关"，但回身向谷底深处望去，却觉得脊背冷飕飕地发凉，他猜想这就是燕北大峡谷的第二道关。

前面的路越来越窄了，路边有各种野花，内侧石壁上镌刻着"美人关"三字，"关"字下方还雕有一朵小花，胡二自作聪明地认为这是暗喻"美人观花"。他向拐弯处望去，有几株小叶灌木开着奇异的花朵，横在路中间，花朵之中竟然真的立着一个美人，便身不由己地迎了上去，原来是一座石雕的美人。美人栩栩如生，冲着他微笑，胡二情不自禁地去搂抱，没想到这个石美人竟然左右摇晃起来，把胡二甩到另一侧，险些掉下山涧。

再往前走一小段路，就到了峡谷的顶端——太平顶。太平顶上有一棵古松，胡二认为只要到了太平顶就太平了，没想到路却断了。眼前的绝壁上有十几个小坑，人称鬼见愁，行人必须踏着这十几个小坑，穿越这四米多长的绝壁才能到达太平顶，胡二决定再赌一把。

当胡二的两脚踏进鬼见愁的小坑时，后悔了，想退回去，但紧贴着绝壁的脸已无法转动，勉强能看到前面的小坑，却无法看清后面的小坑。胡二明白，穿越这四米多长的绝壁，如同是穿越死亡之路。

此时，他被吓得冷汗涔涔，明白自己已身处险境，而且没有退路了。

胡二用手指牢牢地抠着石缝，步履艰难地一点一点往前挪，往前挪，离太平顶越来越近，便拼命地一跳，连人带枪摔倒在太平顶上，脸、胳膊全被蹭破，抠着石缝的指甲已经沁出了血。他望着远方的盘山道，后悔不该走这条近路，又庆幸自己逃过了"美人观花"这一劫。

晚霞把连绵起伏的燕北大峡谷和倒挂在悬崖绝壁上的长城，瞬间染成了古铜色，与太平顶上的古松遥相辉映，一幅雄威壮美的图卷映入眼帘。

太平顶上的古松下，有一长方形岩石。胡二太累了，便躺在岩石上小憩，不知不觉天色已晚，下山的羊肠小道已被荒草淹没，他害怕跌下山崖，只好在山上过夜。他认为太平顶比景阳冈太平得多，绝不会有老虎出没，便把长枪当枕头躺在岩石上，枕戈待旦。

胡二又犯了烟瘾，他坐起来，点燃了一支"老刀牌"香烟，悠闲地摇晃着二郎腿，觉得此时此刻坐在这里抽烟，别有一番滋味。

夜色如墨，燕北的大峡谷倒挂的长城、太平顶上的古松，还有坐在岩石上的胡二，都融入在这墨色之中，只有胡二烟头上那点火星，在漆黑的夜色中忽明忽暗地闪烁。胡二万万没有想到这一点点光亮，却给他招来了一场横祸。

胡二抽完烟正欲睡觉，只觉得周围有了响动，听这声音不像是人，他急忙拿起枪想躲起来，可空旷的太平顶上无处躲藏。

倏忽之间，一群黑咕隆咚的东西已经蹿到他的面前，是狼群！胡二在黑暗中能看见的只有狼的眼睛。据说狼要吃人的时候，眼睛便放射出恐怖的蓝光，胡二的面前数不清有多少只狼眼，闪烁着恐怖蓝光，把他围在古松树下。

人都说狗急都能跳墙，胡二从未爬过树，他在躲也无处躲，藏也无处藏的情况下，要想求生，只有上树。当他猛地往树上一蹿时，几条恶狼同时扑向胡二，一只狼咬住了他的小腿，一只狼叼住了他的后背。胡二拼死往树上爬，幸好胡二的警服是残次品，紧紧叼住他后背的那只狼，撕破衣服坠地，另一只狼死死地咬着胡二的小腿，最后连布带肉咬了下来。胡二拼命地往树上爬，终于爬到了树的顶端，这群恶狼围着树乱窜，嚎叫声在夜空中回荡。胡二生怕从树上掉下来，使劲地搂着树干，直到天亮。

这群狼可能很久没东西下肚了，天亮之后仍然围着树不肯走，这时胡二才想起他身上的长枪，他稍稍定了定神，便举枪瞄准，"砰"的一声，一只狼栽倒在树下，狼群听到枪声，四处逃窜。胡二这才松了一口气，从树上慢慢地爬了下来。他无心再观赏燕北大峡谷的风光，吸引他的是地上被他打死的那只狼，他把狼套在枪上，往身后一背，忍着疼痛，一瘸一拐地往山下走去。

在通往红松堡的路上遇到了一辆小驴车，他两腿一软跌倒在车旁。赶车的是一个五大三粗的壮汉，看见胡二穿着一件破烂的警服，用长枪挑着一只死狼，满身是伤，活像个叫花子，禁不住嘲笑地说："这位兄弟身手不凡啊！这只狼不会是自己撞在你的枪口上的吧？"

胡二实在是走不动了，哀求说："大哥，不瞒您说，我是渝水县的一名警察，在太平顶上差点被狼吃了。我现在实在走不动了，能不能让我捎个脚，你要什么我给你什么！"

这位壮汉说："我要你的枪！"

胡二说："别开玩笑了，把枪给了你，我回去怎么交差？"

"那你想给我什么？"

"我身上只有两块大洋和这只狼！"

"看在你叫我大哥的面子，你可以上车了，不过这两块大洋和这只狼都得给我留下！"

胡二想，在这山间荒野好不容易遇到了这个驴车，机会不能错过，便答应了壮汉的条件。他把两块大洋和狼都给了那个壮汉，然后爬上了驴车。

驴车在坑坑洼洼的山间小路上颠簸，胡二不禁想起昔日在百姓面前是何等威风，如今捎个脚竟要他两块大洋，还搭上一只狼，越想越憋闷。

　　胡二在小驴车上颠簸了好一会儿，忽然感到浑身发热，难以忍受，立即解开了腰带，敞开了已经被狼撕破的上衣，自言自语地说："没想到山里人也这么黑。"

　　这个壮汉听了立即停下驴车，反问胡二："你说山里人黑！恐怕还没有你们警察的心黑。老子在乌龟岭给你们那个屌局长开山取石，还设套让我们钻，干了两个多月的苦力，最后一文钱也没拿到。"

　　胡二忙解释说："大哥，这事我并不知情。"

　　壮汉听他解释，脸色铁青，说："你他妈的提起裤子就不认账，当时你还监过工，怎么会不知情？"

　　此时胡二又突然感到浑身发冷，赶紧系上衣扣，如同掉进了冰窖里，冷得瑟瑟发抖。壮汉以为胡二是吓的，有了怜悯之心，说："今天我饶你一次，今后如果再做坏事，我叫你死无葬身之地。"说完一脚把胡二连枪带人踹下了驴车。此处离红松堡已经不远，胡二艰难地向红松岭走去，晃晃悠悠地没走几步，便晕倒在路边。

　　尹妮与韩怀信在红松堡林场，定购了一百立方上好的红松，准备择日运回贞女祠工地，回来的路上，遇到了晕倒在路边的胡二。

　　韩怀信知道胡二是王鸣荻的心腹，他来红松堡肯定与购买红松有关，再看他浑身是伤，小腿血肉模糊，躺在地上不断地抽搐，便叫醒他，问："胡二，你这是怎么了，来此有何公干？"

　　胡二冷得直哆嗦，勉强睁开眼睛，一看原来正是他要找的韩怀信，哀求说："韩大哥，我是来接你们的。我——恐怕是不行了……"说完又昏了过去。

　　胡二的伤口已经发炎，又得了一种奇怪的病，浑身一会儿冷，一会儿热，把他折腾得死去活来。

　　尹妮让韩怀信父子把胡二弄到她家，立即给他脱掉衣服，清洗伤口，敷上了韩辛玉随身带的刀伤药。胡二在昏迷中一会儿喊冷，一会儿喊热，尹妮让韩辛玉把自己的衣服脱下给胡二换上，韩辛玉暂时穿上了尹妮的一身素色衣裤。韩怀信凭经验可以断定，胡二不仅是受了外伤，而且是被蚊子叮咬后，染上了疟疾。

尹妮说："他的小腿肿成了这样，现在又得了忽冷忽热的怪病，会不会有生命危险？"

韩怀信出身于医药世家，略通医道，说："他的小腿只是受了些皮外伤，没伤着骨头不要紧。这种忽冷忽热的怪病，其实是被蚊子叮咬染上了疟疾，我去山上采几味草药给他煎服，几天后就会好的！"

胡二一连昏迷了三天，这三天可忙坏了尹妮，韩怀信与韩辛玉白天上山采药，尹妮在家除了给他们做饭，还千方百计地到处给胡二要牛初乳和羊奶，来补养他虚弱的身体。

半个月过去了，经过韩怀信的精心治疗，胡二小腿的伤口渐渐地有了好转，再过三五天即可痊愈。尹妮让韩怀信去林场定一下骡马车，准备起运红松。

韩辛玉留在家给胡二煎药，煎好后学着尹妮的样子给胡二喂药，胡二见韩辛玉穿着尹妮的衣服，以为是尹妮在给他喂药，淫心顿起，便伸手向韩辛玉的裤裆抓去，韩辛玉忙往后一闪，把药洒了一地，韩辛玉奇怪地问："胡二！你要干什么？"

胡二这才发现不是尹妮，为了掩饰他的异常举动，忙说："我口渴得难以忍受，你快给我弄一碗凉开水来！"

三天后，胡二能下地行走了，他突然跪在韩怀信和尹妮的面前，说："你们救了我一命，你们就是我的再生父母，我胡二今生今世报答不了，来世变驴变马也要相报！"

尹妮与韩怀信立即把胡二扶了起来，说："快别这样，快别这样！"

胡二松开韩怀信的手却抓住尹妮的手不放，说："大姐，我还有一事相求，我想……"

尹妮说："我这个人喜欢直来直去，有什么事你就直说，干吗吞吞吐吐的？"

胡二已经知道尹妮是单身，本来想说让她到渝水县和他一起过，因为韩怀信在场，话到嘴边又改了口："我想让大姐把我的那身警服补一下，我总不能穿老百姓的衣服回警察厅。"

尹妮不屑一顾地说:"原来是这点小事,你的衣服我早已给你补好了。"

尹妮在胡二昏迷的那几天,已经把他的衣服补好,浆洗干净,并整整齐齐地叠了起来,放在柜子里。听胡二说起警服,立即拿到他的面前。胡二刚死了老婆,心想,如果身边能有这么个女人,也不比城里的女人差。

胡二的伤已痊愈,换上了尹妮给他补好的警服,准备启程回渝水县。韩怀信与韩辛玉去林场装车,尹妮忙着给他们烙饼准备路上吃,胡二蹲在锅台边帮她烧火,心里做着他的美梦。火苗不时地窜到灶坑外边来,映照在尹妮的脸上,使尹妮的皮肤显得格外红润,虽然是徐娘半老,可仍是风韵犹存,看着看着胡二竟然忘记了自己的身份,竟搂住尹妮的大腿亲了起来。尹妮被他这突如其来的举动弄得不知所措,生气地躲进里屋。胡二见尹妮没有表示反对,胆子越发大了起来,进屋便把尹妮按倒在炕上,说:"只要你依了我,明天你就是警官的太太!"

胡二的话还没说完,没想到尹妮来个鹞子翻身把胡二压在身下,左右开弓扇了胡二几个耳光,说:"你不是说我们是你的再生父母吗?你怎么欺负起老娘来了!"

胡二抬头看见墙上挂着个双筒火枪,知道尹妮并非好惹的,忙给尹妮跪下哀求说:"干娘,干娘啊——您就饶了我这一次吧!"

韩怀信在屋外听胡二在屋里直喊干娘,不知发生了什么事,忙走进屋,见胡二还跪在尹妮面前,表情十分尴尬,不解地问:"胡二!怎么叫起干娘来了?"

尹妮顺水推舟地说:"胡二非要认我当干娘,我没答应,他说什么也不起来,你说这可怎么办?"

韩怀信不知底细,随口说:"胡二既然真心认你当干娘,你就答应了吧!"

尹妮故意拿胡二开心,指着韩怀信说:"你既然叫我干娘,那你如何称呼我这位兄弟?"

胡二不情愿地扭过头,冲着韩怀信叫了一声:"干爹!"

尹妮以长辈的口气说："龟儿子！快起来吧，运红松的车已经到了，赶快启程吧。记住！过年别忘了给干娘拜年，干娘好给你压岁钱！"

正在这时，一个邮差拿着加急电报高喊："胡二电报！"

尹妮上前去接电报，邮差把手缩了回来，说："此件必须胡二亲自签收。"

胡二大模大样地从屋里走了出来，和刚才跪在地下的胡二判若两人，冲着邮差说："我就是胡二！"

邮差见身着警服的胡二，说："胡二，对不起请出示证件。"

胡二把警察身份证件递给邮差，邮差看过之后，让胡二签字，按了手印，然后把电报交给了胡二。尹妮凑上前想看看电报的内容，只见左上角印有"绝密"两字。胡二接过电报没有拆封，立即装进了口袋。

临别时尹妮嘱咐韩怀信，说："这份电报甚为蹊跷，胡二居心叵测，你们爷俩路上小心为上！"

韩怀信听了不以为然，尹妮又把韩辛玉叫到身边，千叮咛，万嘱咐，依依不舍地把他们送到村外。骡马车渐渐地消失在远方，尹妮愣愣地站在那里，还是放心不下。

此时的胡二俨然成了红松的押运官，韩怀信坐在第一辆马车上，胡二让韩辛玉与韩怀信坐在一起，韩辛玉偏偏不听他的指挥，坐在了最后一辆马车上，胡二只好坐在中间的马车上。马车刚离开，胡二便把三名车夫叫在一起，不知说了些什么，三个车夫便离开马车，不知去向。

韩怀信问："胡二，你把车夫都打发走了，谁来赶车？"

胡二说："我想把雇车夫的费用省下来，咱们三一三十一，马车咱们自己赶！"

韩怀信愕然。

马车晃晃悠悠地向三道关盘山道走去，路途虽然遥远，道路虽然并不平坦，但是上山下山还算安全。

当马车走到三道关对面的山顶时，天色渐暗。胡二建议在山顶休息一会儿，吃点东西，顺便把省下的钱分了，其实是想把韩辛玉和韩怀信聚在一起，伺机下手。

韩辛玉却说："胡二，我可能是凉水喝多了，肚子有些疼，想去树林里解手！"

胡二说："你快点回来，我还有事对你说。"

胡二与韩怀信坐在盘山道的路边，西望太平顶上那棵古松，边抽烟边聊，东拉西扯。韩怀信催他赶路，他却说不忙，从日落西山，直侃到午夜。胡二望见盘山道下有灯火闪烁，立刻说："我赶的那辆车，上面的木头有些松动，你是否和我一起上去再把绳子紧一紧！"

韩怀信说："绳子松动不是小事，下山路陡，如果圆木滑落，说不定会酿成大祸，车毁人亡！"

两个人便一起爬上马车，韩怀信对上面的绳子逐一进行查看，没有发现问题，正欲问胡二，胡二从腰间拔出匕首，迎面向韩怀信刺去，韩怀信"啊"的一声惨叫，跌倒在马车上。胡二用脚踢了踢韩怀信，恶狠狠地说："你还是到阴曹地府当你的狗屁干爹去吧！"

胡二说完拔出匕首，随后又猛刺几下，韩怀信倒在血泊中，血顺着红松圆木往下流，流血染黄泉，含恨问苍天。

其实韩辛玉没有去小解，他按尹妮的嘱托，到了三道关之后，立刻离开马车，藏在马车附近的灌木丛中，暗中保护韩怀信。

当他听到父亲的惨叫，悄然爬上了马车，发现父亲已经倒在了胡二的脚下，迅即来到胡二身后，千仇万恨都凝聚在脚上，狠命地向胡二踹去，胡二猝不及防，从马车上仰面朝天地栽了下去。

胡二从地上爬起来顾不得疼痛，手握匕首，四处张望，寻找踹他的人。

韩辛玉不敢与他硬拼，便越过灌木丛，钻进树林，胡二穷追不舍。

胡二虽然受过擒拿格斗的训练，但在黑夜的树林里却无法施展，只能凭声音响动射击，"砰！砰！砰！"连开数枪，直到枪里没了子弹。

韩辛玉腿部被子弹击中，大腿已经不听使唤，他按照尹妮的嘱咐，一瘸一拐地奔向太平顶，不料被树根绊倒，跌倒在古松树下。

胡二追到面前，发现是韩辛玉，怒斥道："小兔崽子！长本事了，你怎么不跑了？"

韩辛玉质问胡二："你恩将仇报，良心何在？"

胡二用脚使劲踩在韩辛玉的头上，说："如今这个世道，除非傻子才会讲良心！"

胡二点燃了一支烟，猛吸一口，觉得明天不但可以得到五十块大洋的赏钱，还能晋升队副，好不得意。

胡二恶狠狠地说："现在我让你死个明白，都是那支千年人参惹的祸！吴国祯为了夺回千年人参，派王鸣荻千里追杀华一佗，王鸣荻追杀未果，挨了吴国祯一个耳光。王鸣荻为了出这口恶气，骗你父子去采购红松，说不定家中的刁氏与荷花都已经成了王鸣荻掌中的玩物！所以我不但要杀死你父亲，还得杀死你，这就叫斩草除根。"

韩辛玉悔恨交加，叹道："你就是一条毒蛇！"

胡二把他没抽完的半截烟往地上一吐，用脚踩灭，一阵冷笑，恶狠狠地说："如果我是毒蛇，那你们就是农夫啦！韩辛玉啊，韩辛玉！你们千不该，万不该，不该救我！你们死在我手里，乃是咎由自取！"

胡二随即从腰中拔出匕首，正欲行凶，只觉得有一个冰凉冰凉的东西顶在了他的后脑勺上，身后有人大声呵斥："不许动！否则我马上打死你。"

胡二丢掉了匕首，惊恐地举起了双手，哆哆嗦嗦地问："请问您是哪路神仙？"

"龟儿子，我的声音难道你都听不出来了吗？"

"啊——是干娘！"胡二终于听出是尹妮的声音。

"快把电报交出来！"尹妮依然用枪顶着胡二的后脑勺。

这时胡二发现东面远处的盘山道上，有灯火晃动，知道是王鸣荻派警察接应他来了，心里有了底，冲尹妮说："干娘，您就别掺和这件事了，干儿子绝对亏待不了你！"

尹妮一阵冷笑，说："可叹啊，可叹！你可知古有'杀人偿命，欠债还钱'的道理，我现在打死你，恐怕连给你收尸的人都没有！"

胡二知道尹妮要向他索命，立即跪地求饶："干娘饶命！干娘饶命！"

尹妮厉声说："先把电报交出来！"

胡二知道不交出电报，尹妮会当即打死他，如果交出了电报，就是尹妮饶他不死，王鸣荻也不会饶恕他，便推托说："这都是警长王鸣荻让我干的！"

尹妮突然变了脸，说："你杀死了你干爹，难道我会饶了你吗？"

胡二惊恐万分，不得不交出了电报，跪在尹妮面前磕头如捣蒜，哀求说："干娘饶命！干娘饶命！只要干娘能饶我不死，您让我干啥都行！"

尹妮说："你如果你能做到以下三件事，我可以考虑一下饶你不死。

一、你回去就说马车在三道关遇险，韩怀信父子与胡匪搏斗，被胡匪所杀；

二、你必须以干儿子的身份为韩怀信披麻戴孝，守灵三天；

三、用你那五十块大洋的赏钱，厚葬韩怀信。"

胡二忙说："谢谢干娘，饶我不死，干娘说的三件事我一定办到，绝不食言！"

此时，尹妮从地上扶起了韩辛玉，韩辛玉这才明白：一路上是生母尹妮在保护他，立即扑倒在尹妮的怀里，亲切地叫了一声："妈！"

胡二从地上爬起来要走，尹妮喊住了他，说："我虽然答应暂且饶你不死，但你伤了我儿子的腿，这笔账必须现在偿还。"

尹妮拾起地上的匕首，把手一扬，"嗖"的一声扎在了胡二的小腿上。

胡二"哎哟"一声，顾不了疼痛，一瘸一拐地奔向马车。

十九　荷花泪痕残

燕北有佳人，绝世美无双。

人间难寻觅，艳惊石牌坊。

在燕北大地，人人都传说渝水县石牌坊村出美女，这一传说使石牌坊村都以生女孩而自豪。石牌坊村是渝水县远近闻名的风水宝地，村北的柏树岭有一口千年古井，据说古井中有九个泉眼，流出的泉水冒着热气，村民常年饮用千年古井的井水，使这里的女子皮肤细嫩，格外姣美。

石牌坊村东西各有一条小河，谓之东、西龙泉河，河水据说与千年古井中的九个泉眼相通。河水环绕着石牌坊村，两岸绿树掩映，春夏秋冬川流不息。风水先生称这里的千年古井是渝水县的龙眼，把东、西龙泉河称之为两条龙，把石牌坊村这块风水宝地称作"二龙戏珠"。

石牌坊村的陈家大院是陈家的祖辈所建，直奉大战前后，陈家搬到京城，留给好友郑禅忻代管。郑禅忻便把张虔奕、梁茜月安排在陈家大院暂住。

白鹭岛沉船之后，荷花被韩辛玉搭救，来到了石牌坊村。人们惊奇地发现，那些俊俏的女子与荷花相比，一个个立即显得黯然失色，人们似乎这时才懂得了什么叫沉鱼落雁，什么叫闭月羞花。

然而，荷花的美丽给她带来的并非绚丽祥和的五彩人生，接踵而来的是一个又一个灾难。

王鸣荻早就听说石牌坊村出美女，这次奉吴宁昶之命去石牌坊村敛财，借此机会，便名正言顺地去寻花问柳。他在石牌坊村中四处寻觅，无意之中撞到了刁氏。刁氏从未见过警长，有些好奇，闪在一棵小树后面偷窥。王鸣荻见刁氏躲躲闪闪，立即喊住了她，大声喝问："树后那个女人鬼鬼祟祟的，想干什么？"

刁氏听说是在喊她，吓了一跳，急忙把头埋在胸前。王鸣荻见刁氏好像是老鼠见了猫，浑身直哆嗦，很是得意，忍不住上前去掐她的脸蛋。刁氏羞答答地望着王鸣荻，臊得满脸通红。

王鸣荻见刁氏模样长得还算俊俏，不知为什么还有那种处女的风韵，后来一打听才知道他已为人妇，是村中韩怀信的妻子，至今尚未开怀，占有的欲望更加强烈。刁氏误食了王鸣荻的烈性春药，不知不觉走进了王鸣荻为她设下的陷阱。

荷花自从那天听刁氏说丢了一只鞋，便在贞女祠工地上趁休息时间，为刁氏做了一双绣花鞋，梁茜月赞不绝口，说："工地上的事我替你料理，你马上回家给你婆婆送去，她一定非常喜欢！"

荷花立即捧着这双绣花鞋，快步向家中走去。

她到了家门口，发现屋门紧闭，大白天还拉上了窗帘，甚感奇怪，便放慢了脚步，走到窗前，里边传出了刁氏和王鸣荻的嬉笑声。

她透过窗帘的缝隙看到了二人的丑事。

事毕，刁氏余味未尽，几乎是哀求王鸣荻，说："警长大人，明天你可得再来呀！"

当王鸣荻发现刁氏的容颜远不如荷花之后，便开始打起荷花的主意，他经常来到刁氏家，乃是醉翁之意不在酒。

当刁氏说出让他明天再来这句话，立刻沉下脸来，敲打着炕沿，吼道："我限你三天，就在这，把荷花给我按在炕上，让我尝尝鲜！"

荷花听了这句话怒不可遏，举起刁氏腌酸菜用的一块大石头，隔窗砸进了屋中。

荷花一口气跑回贞女祠，把绣花鞋摔在地上，扑在梁茜月的怀里，失声痛哭。

梁茜月捡起绣花鞋，擦去了尘土，不解地问："荷花妹妹，你这是怎么了？"

荷花泣不成声地说："我已经掉进狼窝里了！"

随后，荷花跟梁茜月一起来到陈家大院，向张虔奕讲述了王鸣荻与刁氏通奸和要对荷花下手的事。哑巴护院在一旁听了非常气愤，用手语与张虔奕比画了好一阵子，张虔奕点了点头。

梁茜月让哑巴护院拿来一个纸盒，盒里不知是什么东西在叽叽乱叫，梁茜月对荷花说："这是我送给你的礼物，不知你喜欢不喜欢？"

荷花打开纸盒见到盒中是几只小鸡，脸上这才有了笑容，奇怪地问："姐姐，你怎么知道我喜欢小鸡？"

梁茜月自信地说："这就叫灵犀相通！"

张虔奕猛然发现荷花绝美的形象中含着正气，话语中柔中有刚，忧郁中含着义愤，善良中含着倔强。荷花在乱世中不畏强暴，宁为玉碎不为瓦全的精神，让张虔奕肃然起敬，觉得这就是他心目中贞女的形象。

张虔奕一语双关地说："我想画一幅荷花。"

梁茜月高兴地对荷花说："虔奕哥要给你画一张肖像。"

张虔奕摇了摇头，但很快又默认了梁茜月的话。

梁茜月立即给张虔奕准备了笔、墨、纸、砚、颜料、胶矾水和笔洗，并把宣纸平铺在画案子上。

张虔奕两臂交叉环抱在胸前，在画案旁凝视着宣纸，神情逐渐变得异常激动，他把双手指尖蘸入胶矾水中，挥臂甩向宣纸，唰、唰、唰，宣纸有如承受着风雨的袭击。

随后，张虔奕又用笔尖蘸少许浓墨，在胶矾水中使劲一搅，墨色在胶矾水中，立刻呈螺旋形旋转起来，在旋转中墨色逐渐变淡，张虔奕随即将这碗胶矾水泼洒向宣纸。

荷花自言自语地说："肖像画原来是这样画出来的！"

梁茜月从来没见过张虔奕这样作画，奇怪地问："虔奕哥，你莫非在行风作雨？"

张虔奕没有回答梁茜月的话。

宣纸在半干不干的时候张虔奕才开始作画，他用泼墨的技法，经过勾勒点染，几片硕大的莲叶和刚劲挺拔的莲梗，立刻呈现在眼前。紧接着，他用寥寥数笔，便在长长的莲梗顶端，画出了一朵清纯娇美的荷花来，荷花在风雨中悄然绽放。

一幅深含不惧风雨狂，昂首傲苍穹意境的《荷花图》，跃然纸上。张虔奕在画中题曰：风雨荷花；落款是：为荷花妹妹所作，张虔奕于丙寅年夏写意。

此时，梁茜月才明白张虔奕是以花喻人。

张虔奕对荷花说："你把这幅画镶在镜子里，挂在床前，我料想他们暂时还不敢对你怎样！"

荷花拿着《荷花图》不愿离去，说："我不想回那个家了！"

梁茜月对荷花说："你不要怕，有了这幅《荷花图》，就如同我们在你身边一样！"

荷花只好拿着《荷花图》和小鸡，像往常一样回到了家，并把做好的绣花鞋交给了刁氏，好像什么事也没发生过。

刁氏因为有了王鸣获给她买的红色高跟鞋，对荷花做的绣花鞋已不感兴趣，但表面上对荷花也没说什么。

这些天，荷花惧怕王鸣获来找她的麻烦，整天提心吊胆，彻夜难眠。转眼之间半个月过去了，荷花见王鸣获一直没来，心情渐渐有了好转。

这天荷花刚刚睡着，便被刁氏喊醒，她以为刁氏生了病，迷迷瞪瞪地来到刁氏的屋中。

刁氏让荷花给她按摩，荷花把手伸进刁氏的被窝，发现刁氏竟然一丝不挂。荷花给刁氏揉肚子，刁氏哼哼着，一会儿说荷花揉得太轻，一会儿说荷花揉得太重。荷花困倦至极，手不由己，一下滑到刁氏的阴部，刁氏高兴地笑出声来，说："好痛快，好痛快，就这样揉！"

此时，荷花知道上了刁氏的当，一赌气把刁氏推到一边，回到了自己的屋里。

刁氏被烈性春药折磨得难以忍受，见荷花不再理她了，在屋里直骂糊涂街，一直骂到天亮。

清晨，荷花起来做好了早饭，喂了鸡，把屋里屋外都打扫得干干净净，然后把饭端进刁氏的屋里。见刁氏还躺在被窝里，便把饭放在了桌子上，说："妈，我上工去了。"

刁氏开始没理她，听说荷花要走，立即来了气，说："我刚睡着就让你吵醒了，你还有点良心吗？"

荷花不想与刁氏吵架，忍气吞声地说："您快点吃饭吧，一会儿饭就凉了。"

刁氏的情欲无处释放，憋了一宿哪有心思吃饭，便拿荷花撒气，说："你没有我这个妈，我也没有你这个儿媳妇！滚——"

刁氏见荷花真的要走，突然从被窝里跳了出来，端起饭碗，望着她的背影连碗带饭"啪"的一声，扣在了荷花的脚下，全然忘记了自己是赤身裸体。

荷花没理睬刁氏，含着眼泪上工去了。

从这一天起，刁氏每天懒炕，连饭也不做了，实在饿了就拿出一把甜枣来充饥。

韩家有一个祖传的老式立柜，是明清年间用紫檀木制作的，虽然没有鸟兽鱼虫的雕饰，做工却非常精细，至今不走劲，不变形。韩怀信知道刁氏最爱吃甜枣，这些甜枣是韩怀信从门前的枣树上给她打下来的，刁氏把甜枣全都藏在了这个立柜里，留着自己吃。

晚上荷花回来烧火做饭，她站在一边，像是监工，又像是看热闹，从不伸手，等饭熟了，却厚着脸皮去锅里盛饭吃。荷花对刁氏还像往常一样，只是不再多说话。

几只小鸡在荷花的精心饲养下逐渐长大，让荷花奇怪的是这几只小鸡，只认自己不认刁氏。她每天下工一进门便迎了上去，围着她叽叽喳喳地叫个不停，好像在述说着什么。她捧起一只小鸡爱抚地抚摸一下羽毛，另外几只便围着她叫得更欢，直到她把每只小鸡都抚摸了一遍，这些小鸡才欢欣雀跃地离开她，找食吃去了。

更让她奇怪的是，其中有一只公鸡长得异常惹人爱，而且长得要比其他小鸡快上几倍，在这几只小鸡中，犹如鹤立鸡群，成了这群鸡的首领。又过了些日子，这只公鸡竟然长得比狗还大，扬起头来竟然和荷花一般高。它不仅羽毛艳丽，而且善解人意，每天咯咯地叫着送荷花上工。荷花下工回来，它像是见了亲人一样，晃着红色的鸡冠，瞪着圆圆的眼睛，围着荷花转。其他一群小鸡，紧跟在大公鸡的后面咯咯地叫，这群鸡成了荷花生活中的乐趣。

刁氏到处打听王鸣荻的消息，后来才知道他忙于在各个村中摊派修祠捐款。这一天，王鸣荻回到了渝水县，立即想起刁氏的承诺还没兑现，便偷偷摸摸地来到刁氏的家。刁氏立即搂住王鸣荻不放，说："这些日子我等你等得好苦哇！"

刁氏急不可耐地与王鸣荻又干起了那事，事毕，攥着王鸣荻下身的那个东西又使劲地亲了几口，才算罢休。

王鸣荻说："我已让大姐心满意足了，可你答应我的事到现在还没兑现呢！"

刁氏也学会了编瞎话，望着王鸣荻煞有介事地说："我发现荷花最近经常搂着她养的那只大公鸡亲，岂不知它毕竟是鸡，我想她下一步就该搂人亲啦，这个人当然就是警长了！"

王鸣荻听了刁氏的一番话，不禁有了笑脸，称赞说："我就知道大姐办事有把握，这个权当对大姐的酬谢！"

刁氏这时才发现王鸣荻手中还拿着一个首饰盒，立即接了过来，打开一看，原来是一副金耳环。

她近似撒娇地说："快给大姐戴上！"

刁氏让王鸣荻给她戴上了金耳环，对照镜子一看，金耳环在耳垂上颤悠悠地闪着金光，她望着镜中的自己，美滋滋地回眸一笑，问："糖带来了吗？"

王鸣荻立刻从兜中掏出一把糖，扔在炕上。刁氏迫不及待地拿起一块，觉得含在嘴里，甜在心中。

岂不知王鸣荻给刁氏的金耳环，是用黄铜仿制的。她更不知道，所有的一切都是"糖"惹的祸。

刁氏原本有一个温馨的家庭，是"糖"让她落入了王鸣荻的陷阱，是"糖"让她变得淫荡，是"糖"让她背叛了自己的丈夫。她不仅毁掉了这个家，同时也毁掉了她自己。

刁氏知道有人在背后戳她的脊梁骨，但她自己却认为这是"狗拿耗子——多管闲事"，只要自己舒服了，别人爱说什么，她都不介意。

刁氏也知道王鸣荻找她，是冲着荷花来的，可她觉得自己的模样并不比荷花差，她想如果她打扮成荷花的模样，也许王鸣荻就不会想着荷花了。她便在渝水县按照自己的身材，定做了一件和荷花一样的旗袍，头发也改成了荷花的发型，每天对照镜子化妆，想把自己画成与荷花相似的容貌。可她哪里知道，不管她怎样画，她也不会变成荷花，她还是刁氏，刁氏还是她。

这一天，她穿上了与荷花相似的旗袍，在镜子前描眉打鬓，发现王鸣荻已经进了院，便背过身去。

王鸣荻推开门，看见刁氏的背影，真的以为是荷花坐在那里，便蹑手蹑脚地来到她的身后，见左右没人，像老鹰抓小鸡一样，张开双臂把刁氏紧紧地搂在怀里，说："荷花，你总算被我弄到手了！"

王鸣荻把她抱到炕上翻过身来一看，原来是刁氏，是刁氏在欺骗他，不禁恼羞成怒，"啪"的一声，扇了刁氏一个耳光。

刁氏虽然挨了王鸣荻一个耳光，却没有丝毫的醒悟。她觉得自己不该假扮荷花欺骗他。她也知道她无法变成荷花，但她却认为她能改变荷花。为了取悦王鸣荻，她天天都在寻找改变荷花的机会，她要把荷花变成她。

有一天，刁氏见荷花正在喂鸡，便借题发挥，说："这些日子你爸不在家，我一个人在家实在闷得慌，幸亏警长王鸣荻常来陪我，使我不再寂寞，还是人家警长知道疼女人！"

荷花知道刁氏指的是她与王鸣荻通奸的事，非常反感，但又不好捅破，便岔开了话题，说："爸爸很快就要回来了，你们老夫老妻的有什么话不能说，何必找外人做伴？"

刁氏见荷花没有驳她面子，便更加露骨地说："我觉得你与一个大公鸡为伴，还不如像我一样找个人陪你，这个乐趣就像是一个糖蜜果，只要你尝到了就还想吃！"

荷花越听越觉得刁氏不像个长辈说的话，反问她："您难道就不怕别人说您是什么吗？难道您就没听到别人说您什么吗？"

刁氏知道荷花指的是别人说她是"破鞋"，便索性把话挑明了："我看我这个'破鞋'也没什么不好，自从靠上了王鸣荻，不但有了新旗袍，还穿上了最时髦的高跟鞋，说我是'破鞋'，其实我穿的不是破鞋，是新鞋！"

刁氏觉得她的自圆其说不无道理，继续说："我看你还不如和妈一块儿靠上这个警长，有妈给你做主，只要你好了，妈也就高兴了。"

荷花觉得刁氏把韩家祖宗的脸都丢尽了，强忍着心中的气愤，劝刁氏说："我觉得您现在这样做，有些对不起您的儿子韩辛玉！"

刁氏有些不服气，振振有词地说："韩辛玉不是我亲生的，我从小把他养大就蛮对得起他了。"

荷花听刁氏说韩辛玉不是她亲生的，并不相信，心想不知刁氏中了什么邪，竟然背叛丈夫，不顾母子情，竟心甘情愿地充当警长的"破鞋"，实在难以理解。但荷花明白，要想保护自己，只能用缓兵之计，便违心地说："妈，我知道您都是为我好！不过您还得容我再想想。"

刁氏见荷花没有拒绝她，也没有说行，以为荷花在她的劝说下动了心，便说："这就对了，妈难道会给你亏吃吗？"

转眼之间三天过去了，刁氏在王鸣荻的威逼下，天天催促荷花与王鸣荻见面，荷花对刁氏的话只当没听见，不再理刁氏。

刁氏不知王鸣荻为什么又有几天没来，便把这事忌恨在荷花身上，每天只要见到荷花，气就不打一处来。她知道荷花手中有点零钱，今天让她买烟，明天让她买酒，每天抽烟喝酒，不但不做饭，反而百般挑剔。

傍晚，荷花下工回来，见刁氏没做饭，便烧火做起饭来。

刁氏敞开屋门，靠在韩家祖传的老式立柜上，用眼睛乜斜地望着荷花，仔细端详，越看越觉得不顺眼。此时她似乎才明白，如果没有荷花，她就是王鸣荻心中的一朵花，干那事也不必偷偷摸摸，王鸣荻也不会吃着碗里，看着锅里。所以，刁氏觉得荷花到她家是给她添腻，是她身边的一块绊脚石。

她嘴里嚼着红枣，一边吃一边想，待嘴里剩下那两头尖尖的枣核，抿着嘴把胸中的怨气凝聚在口中，连吐沫带枣核一起吐在荷花的脸上。荷花擦了擦脸上的吐沫，只当没这回事，继续做饭。

荷花不愿意听刁氏唠叨，更不愿意和她一起吃饭，便各吃各的，她端起碗刚吃几口，就听刁氏在屋里唠叨起来："我真是冤大头，在我这吃，在我这喝，还得在我这住，到外边挣钱却装进了自己的腰包，世界上哪有这样没有良心的人！"

荷花这天刚开了一个月的工钱，本来想吃完饭交给她，谁知刁氏竟迫不及待地念起山音①来。

荷花赌气不吃了，撂下饭碗进屋把兜中仅有的一块五角大洋掏出来放在刁氏面前，说："就这些，全都给你了！"

刁氏听说荷花一个月的工钱是两块大洋，见荷花只拿出一块五角，把眼一瞪，说："真没想到没过门的媳妇就学会留私房钱来了。"

荷花忙解释说："我见咱家柴火快烧完了，那五角钱我让哑巴护

---

① 念山音，亦称念三音，指转弯抹角，指桑骂槐，说些刺激人的话。

院给我定了几捆柴火。"

刁氏把嘴一撇，说："你也太懒了！真是小姐身子丫鬟命，早晚上山，哪弄不来几捆柴禾，我家可养不起你这样大手大脚的媳妇！"

荷花一忍再忍，刁氏却得寸进尺。荷花见刁氏分明是在找茬欺负她，分辩说："我起早贪黑上工，还要做饭，哪有上山砍柴的时间？"

刁氏端起饭碗正想吃饭，听见荷花和她顶嘴，说："你没过门的媳妇就敢和我顶嘴，将来岂不是要把老娘压在你的身下！"

荷花实在无法忍受刁氏的刁蛮，讥讽地说："把你压在身下的不是我，是王鸣荻！而且你是自己愿意的！"

刁氏一听大怒，随手拿起笤帚把，向荷花打去。荷花躲进了自己的屋，把刁氏推出门外，插上了门闩，任凭刁氏在门外敲打着屋门，大吵大闹，荷花不再理她。

第二天，荷花和往日一样，上工前挑了两桶水，喂完了鸡，然后去了贞女祠工地。

刁氏闹腾了一宿，怒气未消，她靠在韩家祖传的老式立柜上，披头散发，脸像是霜打的茄子。

这些日子王鸣荻东跑西颠，忙于摊派修祠捐款，现在已经有了着落，便又想起了刁氏。他马上要去石牌坊村，胁迫刁氏把荷花尽快弄到手。而每次王鸣荻来找刁氏，都习惯地解开裤带，露出阳物，以此作为见面礼。

王鸣荻知道荷花的大公鸡有灵性，每次都是趁大公鸡啄食时，偷偷摸摸地溜进刁氏的屋里。

这天早晨，王鸣荻见大公鸡正在院里和几只小鸡在啄食一条蚰蜒，便蹑手蹑脚地走进刁氏的院里，当他正想推门进屋时，突然被大公鸡发现，大公鸡望着王鸣荻，艳羽竖立，星眼含威，"嗖"的一下，直扑王鸣荻的面门。王鸣荻躲闪不及，大公鸡一嘴竟把王鸣荻的右眼啄了出来，王鸣荻疼得吱哇乱叫。大公鸡并没有就此罢嘴，见王鸣荻裤裆露出来的那个东西，又狠命地啄了几口，竟啄出了血。王鸣荻顾不得痛疼，一手捂着流血的眼睛，一手掏出了匣子枪，冲着大公鸡一连开了数枪，大公鸡扑腾了几下，再也没有扑击的力量了。

刁氏听见了枪声，披头散发地跑了出来。王鸣荻看刁氏的狼狈相，感到一阵恶心，冲着她大骂："你这个'破鞋'，连只鸡都调教不了，真没用！"

刁氏对王鸣荻骂她"破鞋"似乎并不在意，忙去扶他进屋。王鸣荻怒气未消，恶狠狠地说："你马上把这只鸡给我炖了，中午我要用它下酒！"

傍晚，细雨霏霏，荷花回来不见了她心爱的大公鸡，只见屋前有一摊血、一堆鸡毛和几块骨头，知道是刁氏把她的鸡杀了，心中一阵酸楚，眼泪止不住流下来。荷花没有吃饭，也没有找刁氏吵架。

后半夜雨停了，窗外黑咕隆咚，屋内油灯也没了油，灯芯的火苗越来越暗，最后跳动了几下，便熄灭了。

荷花眼中含着泪花，端坐在炕沿上，直到天明。

歌曰：

独伴孤灯夜难眠，雨霁荷花泪痕残。
世风日下人心恶，六月花神奈何天。

天刚蒙蒙亮，刁氏听见有人砸门，便把门闩拉开，原来是胡二，他上气不接下气地喊道："刁、刁、刁——大姐！不好了，韩怀信让胡匪给杀了！"

刁氏听见胡二说韩怀信让胡匪给杀了，抓住胡二的胸襟，说："胡二兄弟！你可不能再拿大姐闹着玩啦！"

胡二说："大、大——大姐！这回可是真的，尸体我已经给你拉回来了！"

刁氏问："你给放在哪儿啦？"

胡二说："就在门外！"

刁氏急忙来到门外，见马车上躺着的人正是韩怀信，便失声痛哭起来，边哭边唠叨："你这个没良心的死鬼，私下攒的钱一分也没给我留下，今后我可怎么过啊？"

刁氏号了一通，发现韩辛玉也不在，立即起来撕扯着胡二，问：

"我儿子呢？你快告诉我，你把我儿子弄哪儿去了？"

胡二掰开刁氏的手，胡编乱造地说："韩辛玉与胡匪搏斗，坠入山涧，尸首让狼群吃了！"

刁氏听了狠命地捶打胡二，说："你这个保镖是怎么保的？我一把屎一把尿把他养大容易吗？你还我的儿子！"

胡二被刁氏捶打了一阵，并不生气，还用一条洁白的手帕为刁氏擦眼泪，对刁氏敷衍了几句便扬长而去。

刁氏望着胡二的背影哭喊着说："胡二兄弟！我家的事你可不能不管啊！"

王鸣荻听说胡二回来了，便把他叫到办公室，问他事情办得如何。胡二为了向王鸣荻请功，编造了一段谎言，说："我在三道关遇到了一群胡匪，韩怀信被胡匪所杀，韩辛玉与胡匪搏斗，坠入山涧，尸首让狼群吃了！我孤身一人击退了胡匪，保住了三辆马车的红松。"

王鸣荻说："你不要胡编乱造了，一群胡匪就是指你自己一个人，现在我最担心的是韩辛玉，活不见人，死不见尸。"

胡二一听脑袋立即沁出汗来，他知道王鸣荻如果知道留下了活口，绝对饶不了他，便信誓旦旦地向王鸣荻保证，他亲眼看见一群狼叼走了韩辛玉，要不是他跑得快也没命了，他指着身上被狼撕扯过的警服，让王鸣荻看被狼咬的痕迹和腿上的伤口。

王鸣荻经过仔细查看，确实像是被狼咬的，觉得胡二没有说谎，便说："这件事我就不追究了，你找文书帮你写一份报告，就说：'韩怀信父子为修贞女祠，百里押运红松，因公殉职，向贞女祠筹建处申请抚恤金二百块大洋。'我这里的五十块大洋是给你的酬金。"

胡二得了五十块大洋的酬金，心想：这一趟虽然历尽艰辛，总算没有白跑。至于发送韩怀信的事，就交给刁氏了。尹妮离我山高路远，也无法追究。

胡二回到警察所的单身宿舍，疲惫不堪，随便吃了点东西，躺在了床上，想睡一觉。正当似睡非睡的时候，仿佛外面起了风，两扇窗户被刮得忽闪忽闪地响，响了好一阵，突然被刮开。胡二抬头一看，一道白光从窗外飞了进来，"啪"的一声，重重地落在床头的桌子上。

胡二一声惊叫，立即开了灯，只见桌子上有一张纸条，一把匕首插在纸条上，上面写道："如有食言，命丧黄泉。"

胡二被吓得睡意全无，为了保住小命，立即奔向石牌坊村，为韩怀信吊孝。

夜幕降临，韩怀信的尸体就停在院里。刁氏一人待在那里，感到茕茕孑立，阴森恐怖。

刁氏正在发愁没钱买棺材的事，胡二来了，一进院就干号起来："干爹、干爹！干爹啊——"

石牌坊村的村民，知道韩家出了大事，还听说有一个警察前来吊孝，甚感蹊跷，都来看热闹。

刁氏空荡荡的院落立即挤满了人，胡二觉得这挤满了的人群中很可能就藏有尹妮，他生怕别人不知道他是谁，便高声嚷道："在下胡二，前来给干爹守灵三天！请干娘拿来白布麻绳，不孝之子要给干爹披麻戴孝！"

胡二说完又号叫起来，令人奇怪的是，号叫的声音很大，却没有半滴眼泪，活像狐狸在哭鸡。

刁氏也很奇怪，平常她都称胡二为兄弟，胡二都叫她大姐，不知为什么今天却叫起她干娘来了。在众人面前她也不好追问，只好将错就错地充当起干娘的角色。

刁氏给胡二拿来了白布和麻绳，胡二胡乱地披上白布，系上麻绳，摆上供果，上了三炷香。

胡二听人讲过诈尸的异事，他害怕韩怀信半夜诈尸掐死他。为了赎罪，他跪在灵前，不断地给韩怀信磕头。他想表白是王鸣获指使他干的，又不敢明说，便喋喋不休，小声地叨咕着："怀信、怀信，你莫怪！警长为了霸占刁氏，让我把你害！"

石牌坊村韩怀信父子在三道关罹难的消息，一经传出，立刻在渝水县传得沸沸扬扬。一个风水先生说，韩怀信挖了镇山之宝，山神震怒杀死了韩家父子，还有人说韩家父子在三道关是被胡匪所杀。

有人说王鸣获与刁氏通奸，不该杀死九天玄女的看家公鸡。还有人说公鸡阴魂不散，昼夜守在刁氏家，要索取王鸣荻的性命。听了这些传言，吓得王鸣荻心惊肉跳，再也不敢来了。

刁氏不明白一连串的灾难，为什么都会降临到她家。她觉得对不起韩怀信，临走时不该踹了他一脚，如果韩怀信不死，她愿加倍地偿还他。每当她的下身到了无法忍受的时候，便想起了王鸣荻，期盼王鸣荻能来陪她。

刁氏更不明白胡二为什么不断地给韩怀信磕头，也不知他嘴里唠叨的净是些什么，更不知韩怀信是胡二亲手杀死的，只觉得胡二给韩怀信磕头是真心的，不禁对胡二有了好感，便上前把他扶起。胡二望着刁氏，顿生邪念，嘴里喊了一声："干娘！"便在众目睽睽之下，搂住刁氏不放。刁氏早已欲火难耐，紧紧抱住了胡二。

夜深人静，看热闹的人都已散去，刁氏迫不及待地把胡二拽进她的屋里……韩怀信灵前的三炷香已经熄灭，长明灯里的那点火苗，在微风中飘忽不定，似有若无。

第二天，刁氏才见到荷花，想起自从荷花到了她家，灾难便接踵而来，她不但妨死了韩怀信，又妨死了她的儿子，下一个恐怕就是她了。她认为荷花简直就是一个扫帚星，把荷花视为不共戴天的克星。

刁氏知道水缸中有水，故意刁难说做饭等着急用，让荷花去挑水。荷花想进屋换鞋，却被刁氏拦住了，说："换什么鞋，穿高跟鞋挑水，岂不更美！"

这些天荷花承受了人间难以承受的劫难，滴水未进，哪有力气挑水，眼下又不愿与刁氏分辩，便挑起水桶，向村北的古井走去。

她来到古井边，走上井台，吃力地摇着辘轳，摇上了两桶水，勉强挑在肩上，一步一颤地向村中走去。

走到家门口，不料身边蹿出几个嬉闹的孩童，向水桶撞去，荷花为了躲避孩童却被孩童撞在身上，扁担从肩上滑落，桶中的水洒了一地，荷花跌倒在泥水之中，浑身湿了一片。

这时刁氏从大门里走了出来，见此情景，便大声骂道："你这个扫帚星，连桶水都挑不成……没用的东西！明天我就把你卖到窑子里，换钱花！"

刁氏越想越气，越骂越恨，把所有的积怨都归结到荷花身上，随手拿起门后的笤帚，劈头盖脸地向荷花打去，竟把荷花绾在头发上的簪子打落，一头秀发飘落在荷花胸前。

荷花既没有还手，也没有还口，一声不吭地爬起来，回过头用异样的眼神瞥了刁氏一眼，重新挑起水桶，眼含泪滴地向村北古井走去。

荷花挑着水桶来到古井边，放下水桶，仰望苍天，眼角的泪痕还依稀可见。

她直愣愣地坐在井台上，散乱的秀发遮挡着她那俊美而憔悴的半张脸颊，两臂伸向两侧，手指微曲，两手空空，显得无奈、无助，哪里还有摇辘轳的力气？

刁氏等着荷花回来烧火做饭，等了好一会儿，仍然不见荷花归来。这时，有一辆马车从刁氏门前经过，冲着刁氏大喊："有人跳井了！"

刁氏听说有人跳井，立即想到了荷花，心里没了主张，后悔不该这样对待荷花。她不由自主地跟随众人向村北的古井走去。只见两个水桶倒在一边，扁担钩还钩着一只水桶，井沿上留下了一只白色的高跟鞋，刁氏认得是荷花的。

围观的人，你一言我一语地斥责刁氏，有人说刁氏不该那样虐待荷花，有人说荷花是被刁氏害死的，还有人说刁氏简直就是一个没有人性的母老虎……刁氏不堪忍受众人的谴责，趴在井台上，呼天抢地的大声哭叫起来。

荷花的身世，令人唏嘘不已，后人叹曰：

芙蕖出玉茎，碧叶映红莲。
溪客多劫难，风雨荷未残。

二十　醉卧呜咽城

毕丘岑给苏津湮生了个胖小子，乐得他合不拢嘴，他认为"不孝有三，无后为大"，现在他有了接续香火的后人，他应该是苏家的第一大孝子。

苏津湮高兴归高兴，烦恼的事也不少。毕丘芩自恃生儿子有功，又有吴国祯那一层关系，觉得现在的毕丘芩今非昔比，她的地位应该不在县太爷夫人以下。苏津湮在外面是扬眉吐气，在家里简直就是毕丘芩的奴仆，必须百依百顺。因为在渝水县衙里，他是第一个有儿子的官员，当儿子过满月的那一天，有求于他的下属纷纷给他送礼，他的同僚却一个也没来，就连毕丘芩的"表哥"吴国祯，也没把孩子满月的事放在心上。

让他感到意外的是，职务比他高的吴宁昶却拎着大礼盒登门祝贺，还带来一个俊俏的女人，为毕丘芩当保姆。吴宁昶向毕丘芩介绍说："这是我远房的亲戚叫姚春红，现住石牌坊村，你以后就叫她姚姐吧！"

毕丘芩听了扑哧一笑，说："叫窑姐多难听，别人还以为是到妓院了呢！"

姚春红不以为然地说："丘芩妹妹，名字只不过是个代号，叫窑姐就叫窑姐吧，我不在意。"

姚春红三十刚出头，年轻时曾被拐卖到藏春阁，没人知道她是谁家的女儿，只知道她姓姚，因为她认为红唇最美，更能吸引男人，所以她每天喜欢把自己的嘴唇涂抹得红红的，因此人们都习惯叫她姚唇红。后来她得了脏病，被赶出妓院，一个老中医看她可怜，收留了她。老中医死后她没了依靠，便重操旧业，名为保姆，实为暗娼。她非常喜欢姚唇红这个名字，一来二去人们都以为她就叫姚唇红，她就是用红唇把吴宁昶给黏上了。

吴宁昶身边虽然有了姚唇红，心里却惦记着毕丘芩，便让她去毕丘芩家，以当保姆为名，为他拉皮条。

毕丘芩是个闲不住的风流女人，在家坐月子难耐寂寞，现在有了一个俊俏的女人与她相伴，自然非常高兴。

姚唇红在风月场上见多识广，一看便知道毕丘芩不是个安分的女人，为了讨好毕丘芩，便投其所好地天天给她讲身边的一些风流韵事。

姚唇红自然先从石牌坊村的刁氏讲起，她说："刁氏年轻时长得非常漂亮，与韩怀信结婚十八年，居然还是个处女，你说奇怪不奇怪？"

毕丘芩说："不会吧！哪有猫儿不吃腥的？"

姚唇红继续说："还有更奇怪的事，韩怀信去红松堡的第二天，刁氏便与王鸣荻姘居，而且性欲越来越强，竟成了全村有名的大破鞋，还说什么'破鞋'也没什么不好，只要自己舒服了就行！"

毕丘芩说："我看刁氏的话不无道理！"

姚唇红听了毕丘芩的言谈举止，心里有了数，接着套她的话："我看女人长得漂亮未必是一件好事！"

毕丘芩反问："哪个女人愿意自己越丑越好？哪个男人喜欢奇丑无比的丑女人？"

姚唇红说："石牌坊村有个绝世美女叫荷花，就是因为她太俊俏了，引出了一场杀身之祸。"

姚唇红从韩辛玉搭救荷花讲起，直讲到王鸣荻胁迫刁氏帮他占有荷花，荷花宁死不从，最后在千年古井殉了情。

姚唇红接着说："后来有人掏干了古井，却没有见到荷花的尸体，只在井边发现了一只白色的高跟鞋。还有人说荷花是九天玄女转世，王鸣荻与刁氏杀了她的大公鸡，早晚要遭报应！"

毕丘芩听了唏嘘不已，说："我看作恶之人未必会遭报应。荷花也太想不开了，警长既有权，又有势，靠上他那是求之不得的事，何必自寻短见。"

姚唇红说："咱姐俩所见略同，我要是长得像你这样妖媚，绝不会心甘情愿地跟个小科长过一辈子！"

毕丘芩问："窑姐，你说我还能遇到一个更好的吗？"

姚唇红煞有介事地说："当然！如今的知事吴国祯，是个不学无术的大草包，净干些误国误民的事。直隶省行政厅长李中天对他很不满意，现在已经看中了吴宁昶。据叶倩薇透露，吴国祯早晚要被吴宁昶所替代，我觉得吴宁昶就比苏津湮强！"

毕丘芩问："那你为什么不嫁给吴宁昶？"

姚唇红说："我的身份你可能也知道，县太爷能要一个出身妓女的人当夫人吗？他如果能收留我做小，我这辈子就知足了！"

姚唇红的一席话，让毕丘芩有了当县太爷夫人的欲望，她知道在妓院里当过窑姐的女人，很会勾引男人，试探着问："窑姐，这件事你可得给我出出主意，如果妹妹当了县太爷的夫人，姐姐的大恩大德定当涌泉相报！"

姚唇红毫无遮拦地拉着毕丘芩的手，说："如果你能把吴宁昶睡了，你将来就是县太爷的夫人！"

毕丘芩索性向姚红唇求教，姚唇红凑到毕丘芩身边耳语，毕丘芩听了心猿意马，脸红心跳，仿佛她已经成了县太爷的夫人。

天气渐渐地热了起来，苏津湮为了讨得毕丘芩的欢心，用攒下的钱加上当月的薪水，从野花香客栈日本妓女的手中，买来一套最时髦的夏装，回家的路上，恰巧遇到了警长王鸣荻。

王鸣荻说："叶科长让我通知你，今天晚上让你去她家商量建鬼市的事！"

苏津湮听说叶倩薇找他，不敢懈怠，急忙往家赶，一进门见孩子的两只小手正扶着毕丘芩的奶子吃奶，高兴地学着当地的俗语，说："哎！孩子他妈，你猜我给你买来什么稀罕物件来了？"

毕丘芩从心里就嫌苏津湮官小，因她怀了吴国祯的孩子，情急之下不得不嫁给苏津湮，听苏津湮叫她"孩子他妈"，很反感，眼睛连瞧都不瞧地说："今后不准这样称呼我，难听死了！"

苏津湮刚开口就吃了闭门羹，有些手足无措，问："那我应该叫你什么呢？"

毕丘芩说："叫夫人！"

苏津湮只好说："夫人，我给你买来了日本当今最时髦的夏装，难道你就不想看一下吗？"

毕丘芩听说苏津湮给她买来了当今最时髦的进口货，立即把奶头拽了出来，把孩子扔在床上。

孩子没了奶吃，"哇"的一声，在床上翻身打滚地使劲地号叫，两只小手乱抓乱挠，哭得几乎背过气去。

毕丘芩并不理会孩子的哭叫，迫不及待地拆开了礼盒的包装，盒中是她从未见到过的真丝吊带短裙和两双蕾丝高筒袜，最让毕丘芩惊喜的是黑、红两种颜色的半透明乳罩，这在当时的县城很少见。她立即脱掉了身上的内衣，撇到地下，说："马上给我扔掉，我不愿再见到这些过了时的东西！"

毕丘芩戴上了半透明的乳罩，穿上了真丝吊带超短裙和蕾丝高筒袜。苏津湮随后又递给她一个精美的鞋盒，讨好地说："夫人穿上这双鞋，一定更显雍容华贵。"

毕丘芩夺过鞋盒一看，是美国名牌，专为美国好莱坞影星制作的超高跟鞋，她惊呆了。

毕丘芩穿上这套艳装，心里美滋滋的，在穿衣镜前左看右看，不时地回过头来，向姚唇红飞眼。

苏津湮望着毕丘芩，觉得毕丘芩穿上了他这套夏装，胸脯不但更显高挺，臀部也翘了起来，高挑的身材更显曲线之美。心想："慕容馨月呀，慕容馨月！有朝一日我把毕丘芩带到你的面前，让你看看我的夫人穿戴、容貌，哪点比你差？梁茜月呀，梁茜月！我千辛万苦到处找你，我仿佛看到了你，却又不是你，你的身影在我面前若即若离，每天都折磨得我魂不守舍。如今我有了毕丘芩，如果你现在来到我面前，就是跪求当我的小老婆，我也不要你了！"

苏津湮正在胡思乱想，毕丘芩来到他的面前，面对面地坐在了他的两条腿上，两手搂着苏津湮的脖子，扬起脚用高跟鞋勾在苏津湮的腰上，苏津湮问："你这是干什么？"

毕丘芩贴在苏津湮的耳朵上，说："大洋！"

苏津湮这才知道她是要他的薪水，便从兜中把剩下的一块大洋交给了毕丘芩。

毕丘芩接过大洋，撩起胸前散乱的头发说："我想去紫罗兰烫发店烫发，你说这点钱够吗？"

苏津湮赶忙说："夫人不必担心，烫发的钱我可以借。"

毕丘芩把眼一瞪，恼怒地说："呸！亏你说得出口，跟别人借钱，你不怕丢人，我还怕丢人呢，县衙里的官员哪个买东西用薪水了！你就不能动动脑筋吗？"

　　苏津湮知道毕丘芩所说的官员是指吴宁昶这些人。吴宁昶去津海市购买古字画，明目张胆地从中做了手脚，这些是瞒不过苏津湮的，但苏津湮却不敢挑明，因为他知道吴宁昶是得罪不得的。

　　他只好说："夫人所言极是！我正在慢慢地想办法，很快咱们就能弄到钱！"

　　毕丘芩撇了撇嘴，蔑视地说："我不是小瞧你，你与吴宁昶差得远呢，你知道什么叫做窝囊废吗？你简直就是一个窝囊废！"

　　苏津湮不管怎样，在外面也算是个留日的学者，毕丘芩当着姚唇红的面这样奚落他，觉得脸面上有些不好看，反问她："你不是窝囊废，你到外面弄钱去！"

　　毕丘芩不甘示弱地说："凭我的身材，凭我的长相，到藏春阁准能拿到头牌，你每月这点薪水算什么？"

　　苏津湮觉得毕丘芩越说越不像话，赌气地说："我苏津湮凭自己的本事还能养得起老婆，总不至于穷得让老婆卖身的地步！这个月我如果赚不到一百块大洋，我就永远不进这个家门！"

　　毕丘芩说："好！一言为定，这个月你如果不交给我一百块大洋，我就让你当王八！你要是想进这个家门也可以，必须像王八那样爬着进来！"

　　苏津湮见毕丘芩在姚唇红面前骂他是窝囊废，还骂他是王八，实在没有面子，不禁大怒，说："谁家老婆不生孩子？谁家老婆用生孩子要挟老爷们？谁的老婆像你这样出口不逊？你还像是我老婆吗？我从日本给你买来这些进口货，没有功劳难道还没有苦劳吗？"

　　毕丘芩不依不饶地说："你这人怎么这样不长记性？一口一个老婆多难听！现在你又学会揭短了，给我买这点东西还值得摆在桌面上来，你还要脸不要脸？"

　　苏津湮被毕丘芩气得七窍生烟，真想上去把毕丘芩狠狠揍一顿，只因毕丘芩给他生了个儿子，不忍下手，随手抄起毕丘芩摆在桌上的梳妆镜，狠命地摔在地上。

苏津湮摔碎了梳妆镜，激怒了毕丘芩，毕丘芩随手脱掉了两只高跟鞋，冲苏津湮一一砸了过去，说："姑奶奶不稀罕你这些破玩意儿，你全都给我拿走！"

苏津湮显得非常狼狈，他觉得自己对毕丘芩的痴情，被她当成了驴肝肺，一气之下夺门而出，没想到正与吴宁昶撞了个正着。

苏津湮见了吴宁昶像是遇到了亲人，说："吴掾史！这个家我是没法待了！"

吴宁昶装作不解地问："津湮老弟，这话是从何说起？"

苏津湮便把与毕丘芩吵架的经过讲了一遍，吴宁昶说："天上下雨地上流，夫妻吵架不记仇。我是你们的证婚人，请你放心，这件事就包在我身上了。"

苏津湮向吴宁昶求教。

吴宁昶说："其实毕丘芩与你吵架主要是因为钱，叶所长已经和我商量了，准备在呜咽城建一个古玩市场，这是你的强项，你何不趁此机会捞它一把，只要你手中有了钱，什么事都能化解。"

苏津湮问："现在我应该怎么办？"

吴宁昶说："现在毕丘芩身边有姚唇红做伴，你尽管放心去操办古玩市场，等你拿着白花花的银子进了家门，还怕毕丘芩不让你上床吗？"

苏津湮觉得吴宁昶的话很在理，千恩万谢。

吴宁昶说："咱们兄弟之间不言谢！我想借你修建呜咽城的机会，顺便在县城北面的将军岭下盖三间草房，这件事对于你恐怕是再容易不过了。"

苏津湮说："我给你写一个批条，就说县衙维修仓库，贞女祠工地上的建筑材料你可以随便用。"

吴宁昶在苏津湮耳边小声说："俗话说久别胜新婚，今晚叶所长找你有事相商，你何不趁此机会冷冷她，看她还和谁吵？"

苏津湮怒气未消，觉得吴宁昶的话很在理，把院门一摔，愤然离去。

当晚，苏津浬没有回家，如约来到叶倩薇的住处。叶倩薇正伏在桌子上看渝水县地图，指着地图上的一个土城对苏津浬说："这就是我所说的呜咽城，每周六、日两天，从凌晨三点开始有一些人在这里进行非法交易，拂晓之前，交易结束，因此人称鬼市，这个鬼市是民间自发形成的黑市。你看，这里离渝水县城较远，如果把这个鬼市扩建成渝水县最大的古玩市场，牢牢地掌握在咱们的手里，你便可以在这里施展才华，别人对你苏津浬将会刮目相看。你不仅能在收藏市场捡漏，你还能赚到大钱！"

苏津浬并不知叶倩薇是为了寻找栖贤寺丢失的刘墉字画，听说能赚到大钱，兴奋不已，他想如果能赚到大把大把的钱，毕丘芩一定会高看他一眼。

苏津浬担心地问："吴国祯知道了怎么办？"

叶倩薇说："我有李中天做后台，你有我做后台，难道你还怕吴国祯吗？再说呜咽城远离渝水县，吴国祯整天忙于营私舞弊，恐怕是鞭长莫及。"

苏津浬感激涕零，说话有些哽咽，像情人求婚一样，面向叶倩薇一条腿跪在地下，只是手中没有玫瑰花。叶倩薇立刻把他扶起，让他坐在床上，连说："别这样，别这样。自从你娶妻生子之后，就没登过我的门，是不是把我给忘了？"

苏津浬知道叶倩薇指的是什么，赶忙说："我是叶所长从局子里救出来的，所长的大恩大德我苏津浬刻骨铭心，没齿难忘！"

叶倩薇长长舒了一口气，心想苏津浬还算有良心，接着说："李中天这些日子一直没来，他虽然对我好，但他那个老家伙没有你的有劲，如果你不怕你老婆吃醋，今天就别走了！"

苏津浬从心里怕毕丘芩，但今天与她吵了架也无法再回家了，假装不在乎的样子，说："毕丘芩顶多算是我的一件衣服，穿不穿无所谓，而您是我的再生父母，我不能没有父母，您让我怎样伺候您都行！"

叶倩薇像一只正在发情的母狼，立刻把苏津浬搂在怀里。

苏津浬哪里知道吴宁昶留在他家并没有走。他一出门，毕丘芩与姚唇红就立刻下厨房准备晚饭，吴宁昶弄来一瓶白兰地，当晚三人围坐在一起，吴宁昶反客为主地给毕丘芩敬起酒来，吴宁昶说："弟妹生孩子有功，老哥敬你一杯。"

毕丘芩恭敬地站了起来与吴宁昶碰杯，然后一饮而尽。吴宁昶说："看来弟妹对我还真是有情有义，可否与我共饮交杯酒？"

姚唇红见毕丘芩有些犹豫，立即抢着说："吴掾史，您应该先和我喝交杯酒。难道我不如毕丘芩长得漂亮？"

吴宁昶忙说："哪里，哪里，姚小姐的红唇最美！"

吴宁昶说完，便与姚唇红挎上胳膊喝起了交杯酒，姚唇红故意把脸贴在了吴宁昶的嘴上，吴宁昶就势亲了她一口。

吴宁昶看出毕丘芩有些吃醋，心里非常得意，便进一步撩拨她，与姚红唇你一杯我一杯地喝了起来。毕丘芩遭到冷落，赌气回到屋里假装哄孩子睡觉去了。

吴宁昶与姚唇红喝酒一直喝到深夜，毕丘芩在屋里听他俩大声调情，好像是故意给她听，醋意大发。

夜已深，孩子早已进入梦乡，毕丘芩见外屋的灯还亮着，就隔着门缝悄悄地往外屋窥视。只见吴宁昶躺在沙发上正与姚唇红亲热。

姚唇红悄声问："听说吴掾史不久将荣任渝水县公署知事，此话当真？"

吴宁昶大声说："当然，当然，委任状只是迟一天早一天的事！"

姚唇红追问："知事大人不能没有夫人，你心中有目标了吗？"

吴宁昶说："有了！"

姚唇红问："谁？"

吴宁昶说："当然是你了！"

毕丘芩听了很不是滋味，吴宁昶接着说："不过如果毕丘芩能像你这样，毕丘芩就是首选。"

毕丘芩急不可耐地要当县太爷的夫人，见吴宁昶直言不讳，立刻掀起门帘冲了出去，推开姚红唇，扑进吴宁昶的怀中，乞求吴宁昶："我愿当您的夫人！"

姚唇红见毕丘芩终于落入了她的圈套，心中暗笑，她将从吴宁昶那里得到一笔赏钱。

吴宁昶、苏津湮、王鸣获等人背着吴国祯开始着手"呜咽城古玩市场"的扩建工程。

呜咽城原是古代屯兵的地方，城高三丈，周方七十步，正南为城门，已经坍塌。明崇祯十七年（1644年）四月，明辽东总兵吴三桂就是在这座古城堡里，跪拜清军统帅多尔衮，演绎了"一片石之战"惨烈的一幕。

李自成惨败后，阵亡将士大都埋在这里，后来成了乱坟岗，每逢清明节，这里是哭声一片，因此被称为呜咽城。呜咽城四面的城墙至今完好，上下有大小砖洞一百一十九个，这些砖洞稍加修整便可供卖货之用。

苏津湮在南面的城门入口处盖了三间房，第一间是门卫兼收摊位费处，由王鸣获负责。胡二住在第二间负责保安，里间是古玩专家鉴定处兼卧室，由苏津湮负责。在三间房后的僻静处，苏津湮还搭建了半间耳房，里边存放打扫卫生的铁锨、笤帚、水桶等杂物，墙上还悬挂一个工具箱，并上了锁。

苏津湮等人挪用了修祠的工、料，很快便建成了"呜咽城古玩市场"，人们还习惯叫它"鬼市"。吴宁昶借此机会，在县城北面的将军岭下，没花一文钱，便为自己盖了三间"草房"。

呜咽城"鬼市"神不知鬼不觉之中开了业，"鬼市"给盗墓掘坟、倒卖文物，提供了销赃的合法市场，一时间三教九流，拥入了"鬼市"。

凡进入"鬼市"的古玩、字画，都必须经过专家鉴定，并发给鉴定书，鉴定费的高低根据字画的价值收取，凡经过专家签字盖章的古玩，身价倍增，所以到"鬼市"倒卖古玩、字画的人都愿意找专家鉴定。苏津湮兼职古玩鉴定专家，鉴定费当然全部归苏津湮所有。

叶倩薇也不能让苏津湮白占便宜，交给他一个死任务：要不惜一切代价为她寻找栖贤寺丢失的刘墉字画。

为了尽快找到这幅字画，苏津湮增加了"鬼市"交易的时间，每周一、三、五、六、日营业，几乎是天天开市。

苏津湮对古玩、字画并不太懂，每天迎合倒卖者的心理，胡乱地鉴定一番，全都鉴定成真品，一连几天，只顾收取鉴定费，早把寻找刘墉字画的事忘在脑后。

近日，《北洋画报》的"稀世珍品"栏目中，刊登了刘墉这首五言律诗的影印图片，紧接着数家报刊转载，撰稿人胡雪岩称刘墉的这幅书法作品是刘墉精品中的精品，并透露该作品在渝水县鬼市已露端倪。李中天深知刘墉这幅字画的价值，知道王雨竹近日要去渝水县督查霍乱疫情，便委托王雨竹去一趟"鬼市"，帮他寻访刘墉这首五言律诗的真迹。

王雨竹来到渝水县，首先听了叶倩薇关于预防霍乱的汇报，对她采取的各项措施，表示非常满意，让其写一份报告，立即上报直隶省行政厅。

第二天凌晨，王雨竹便与叶倩薇来到"鬼市"。王雨竹略懂书法，他发现一位老妇人的摊位上有一张残字，颇像刘墉的字体，纸质年代久远，周围还有烧焦的痕迹，只要一块大洋，觉得即使是仿品也不算贵，便买下了。

叶倩薇说："咱们请专家给鉴定一下！"

叶倩薇带着王雨竹来到苏津湮面前，王雨竹听叶倩薇说苏津湮是专家，便迫不及待地请他鉴定。

连日来找苏津湮鉴定的人，应接不暇，现在已经是疲惫不堪，听见又有人要他鉴定，不耐烦地说："先交鉴定费！"

王雨竹见苏津湮头也不抬，有些生气，说："你小子眼中只认钱，不认人！"

苏津湮听口气有些来头，抬头一看，见是叶倩薇和王雨竹，吓得不知如何是好，忙把自己的太师椅让给王雨竹，哆哆嗦嗦地说："在下不知长官大人光临，有失远迎，请恕罪！"

王雨竹毫不客气地坐在了太师椅上，把残字交给了站在一边的苏津湮，问："你看这是刘墉的真迹吗？"

苏津湮功底浅薄，只能糊弄似懂非懂的人，知道王雨竹对文物鉴定略懂一二，很难应付。他拿起这张残字仔细端详，上面只有十个字："白屋炊香饭，斋罢一瓯茶。"他所答非所问地说："从这幅残字的纸质上看，很像明末清初徽州生产的夹层宣，从字体上看很像是出自一位名家之手。"

叶倩薇见苏津湮没有讲出个所以然来，有些着急，说："苏津湮你看这幅字是不是刘墉的真迹？"

苏津湮在国立美专虽然见过刘墉的真迹，但他却没有这个鉴定能力，更不敢在王雨竹面前信口胡诌，听叶倩薇问他，便学着张虔奕的口气，借题发挥。

苏津湮说："刘墉公元 1719 年生，卒于 1804 年，字崇如，号石庵，山东诸城人，是清代著名书法家，与翁方纲、梁同书、王文治、铁保等齐名。据说他执笔非常奇特，写字时劲气内敛，写到高兴处，笔管旋转如飞，笔能脱手而出，溅得到处是墨，这时写出的字，别具神蕴，令世人惊叹。"

叶倩薇觉得苏津湮在王雨竹面前净说废话，不禁有些生气，正要发火，只见苏津湮捂着肚子往外跑，说："我去小解，去去就来。"

叶倩薇对王雨竹笑了笑，说："我的下属是'懒驴上磨屎尿多'，让您见笑了！"

苏津湮其实并不是去小解，而是去了耳房，打开了工具箱，里面藏有一部电话，苏津湮立刻拨通了张虔奕的电话，向张虔奕求助："虔奕学兄，我遇到了一幅残字，你可能感兴趣！"

张虔奕问："什么残字？请你描述一下。"

苏津湮对残字进行了简要的描述，张虔奕心中一惊，立即想起了刘墉在栖贤寺写的那首五言律诗，便信口念出来，苏津湮连忙用手电筒照明，把这首诗记录在纸上。

张虔奕最后说："从残字的内容看，应该是刘墉写的五言律诗，这十个残字是从这首诗中摘录的。"

张虔奕抑制不住内心的激动，心想刘墉这幅真迹应该还在渝水县，追问苏津湮："这幅残字出自谁的手中？"苏津湮支支吾吾，便挂了电话。

苏津溽与张虔奕通完电话以后，心里有了底，回到王雨竹的面前，连说："不好意思，让您久等了！"

苏津溽装作很认真的样子，一个字一个字地鉴别，足足用了半个小时。

叶倩薇着急地问："苏津溽，难道鉴定几个字就这样难吗？我们没时间在这陪你，到底是不是刘墉的真迹，给个痛快话！"

王雨竹等得也有些不耐烦了，起身要走，苏津溽猛然一拍大腿，大喊："这张残字终于让我破解了！"

叶倩薇有些生气，指责苏津溽，说："你这人真是不拘小节，在长官面前喊什么？把我吓了一跳！"

苏津溽望着叶倩薇得意地一笑，忙向王雨竹道歉说："长官实在对不起！我有些激动，因为我发现了这残字的秘密。"

叶倩薇说："苏津溽，你不要卖关子了！你先说这张残字到底是不是刘墉的真迹？"

苏津溽故意在王雨竹面前显示自己的才华，背着手，仰着头，在屋里高声朗诵起来：

白屋炊香饭，荤腥不入家。

滤泉澄葛粉，洗手摘藤花。

青芥除黄叶，红姜带紫芽。

命师相伴食，斋罢一瓯茶。

苏津溽侃侃而谈："这张残字是摘录了这首诗首尾两句摹写而成，叶小姐，我说得没有错吧？"

叶倩薇听了一惊，立即追问："你知道这首五言律诗出自何处？"

苏津溽立即把在张虔奕那里听到的逸闻添油加醋地胡诌了一遍："当年，刘墉随乾隆皇帝东巡路过渝水县，曾在栖贤寺驻足。栖贤寺长老为乾隆皇帝等人准备了一桌斋饭，刘墉在燕北的古寺里品尝了别有风味的素食，又喝了几杯馨香可口的清茶，不禁诗兴大发，让小沙弥拿来文房四宝，一首五言律诗一挥而就。面前的这张残字，很可能是'锦灰堆'传人仿照真迹摹写，而且还作了旧。"

苏津渭现趸现卖地在王雨竹面前炫耀一番，赢得了王雨竹的称赞。

叶倩薇听苏津渭这么一说，明白这就是她要找的那幅刘墉的真迹，不禁"啊"了一声，苏津渭关心地问："叶小姐，您哪里不舒服？"

叶倩薇自知失态，忙掩饰说："昨天吃鱼，好像被鱼刺卡在嗓子眼儿里了。"

王雨竹只是受李中天之托，并不知内情，见苏津渭竟能对这首五言律诗背诵如流，比较满意，对叶倩薇称赞说："你这个下属还算有才，听他的口气刘墉的真迹就在渝水县。"

随后，王雨竹告诉叶倩薇："直隶省行政厅长李中天想收藏这幅字，叶小姐，你可要尽快让它完璧归赵。"

苏津渭一直忙于鬼市，一连几天没有回家，他觉得毕丘岑有姚红唇陪伴，有吴宁昶关照，也没有什么不放心的，便只顾捞钱，仅仅半个月便弄到了一百零九块大洋。王鸣获见苏津渭在鬼市捞的钱比他多，向他索要，苏津渭便爽快地给了他十块大洋，他拿着九十九块大洋兴冲冲地回到了家，自认为毕丘岑见到这些白花花的银元，一定会高兴。

他见家门紧闭，便击打门环，开门的是姚唇红，他见是苏津渭，大喊："夫人！苏先生回来了！"

苏津渭一进门，见毕丘岑有些慌乱，再看床单上面湿漉漉的一片，毕丘岑忙用孩子的尿布盖上，说："孩子尿的，姚姐，一会儿给我洗洗。"

苏津渭立即从腰上解下钱袋，把九十九块大洋全倒在了床上，毕丘岑眼睛瞧都不瞧，问："多少？"

苏津渭说："一百零九块，让王鸣获借走十块，这是九十九块！"

毕丘岑一听少了一块，立即抓住理，说："你一个大老爷们儿，怎么说话不算数？你为什么不爬着进来？"

苏津渭忙解释说："夫人有所不知，我现在是古玩鉴定专家，今后钱是不成问题了，你也可以穿金戴银，想买什么买什么！"

苏津湮随即在毕丘芩面前云山雾罩地大谈他的古玩市场。

毕丘芩问："你说了半天，这个古玩市场到底建在什么地方？"

苏津湮说："呜咽城！"

毕丘芩一听立刻变了脸："好你个苏津湮！怪不得你一进屋便有一股阴气，原来你整天在呜咽城那个鬼地方混，我不准你把晦气带回我家！"

苏津湮听毕丘芩的口气，好像这个家是她的了，心中有气，但当着姚唇红的面也不好发作，无可奈何地说："我到呜咽城是奉命行事，钱是我凭本事挣的。"

毕丘芩像疯了一样跳了起来，拿起床上的大洋一块接一块地向苏津湮砸去，大喊："我不稀罕你这些鬼钱！你给我滚！滚——"

姚唇红怕苏津湮看见藏在屋中的吴宁昶，用身体遮挡着苏津湮，把苏津湮推出了门，说："苏先生，夫人是在气头上，你快走吧！"

此时此刻苏津湮才意识到，毕丘芩与他吵架不是为了钱。他不明白毕丘芩平时只认钱不认人，而现在对白花花的大洋竟然连眯都不眯。他更不明白"久别胜新婚"在毕丘芩身上怎么不起作用。他哪里知道，这个家早已不属于他了，他万万没有想到，鸠占鹊巢的竟是他的证婚人吴宁昶。

苏津湮郁闷地离开了他的家，他想借酒消除烦恼，便走进了路边的"燕北江南"酒馆，独自地喝起闷酒来，一杯接一杯直喝到酒馆打烊。

入夜，月色迷离，苏津湮离开酒馆。

苏津湮在惨淡的月光下，沿着坎坷不平的马路前行，路上早已没有了行人，只有他模模糊糊的身影与他为伴。他迷迷瞪瞪地走出了县城，也不知走了多长时间，当他就要到了呜咽城的时候，发现马路两边黑压压的有一群人，近前一看原来是一队荷枪实弹的士兵，他们怀抱长枪，低着头，像是在打瞌睡。

他感觉身边的队伍很长很长，一个身背长号的士兵，正在抽烟，绿色的火苗忽明忽暗。苏津湮上前询问："您是从哪里来的，是否又有战事发生？"

那位士兵对他的问话好像没有听见，他也觉得自己是多管闲事，便继续往前走。

他敲开了呜咽城的大门，打更的是一位没有下巴的老人，人称半拉瓢，苏津浬问："老人家，呜咽城前边的这支军队是从那里来的？"

老人揉了揉惺忪的眼睛，往城外看了看，说："没有啊！"

苏津浬回头一看，月光下那黑压压一片的士兵，真的一个也没有了，苏津浬没敢再说什么。

苏津浬想起刚才的怪事心中害怕，拉上了窗帘插上了门，想让半拉瓢和他挤在一个床上，给他做伴，谁知半拉瓢趴在桌上，早已鼾声大作。

苏津浬正想睡觉，耳边突然响起了一二一的哨声，冥冥之中，仿佛院中有一队士兵正在操练，咕咚咕咚的脚步声，震得地面都在颤抖。苏津浬掀开窗帘，又见到了那个身背长号的士兵，正立在他的窗前抽烟，绿色的火苗忽明忽暗。

那个身背长号的士兵，突然举起长号鼓起双颊，像是在吹号，但听不到号声，随之便不见了踪影。

窗外的月光，瞬间变得格外明亮，苏津浬借着月光一看，一位长官正在给一队士兵训话，只是听不到声音。他正看得出神，似乎听到有人喊："抓到了偷窥的奸细！"他身后突然出现了两个士兵，不由分说把他拽到院中，让他面向长官。

这时，呜咽城外冲进另一队士兵，与院内的士兵厮杀起来。他仰起头一看，长官不见了，厮杀的士兵都没了脑袋，却还在厮杀，吓得他晕倒在地，裤子都尿湿了。

二十一　苦海渡迷津

丑末寅初，王鸣荻和胡二按时来到呜咽城，发现城门大开，二人在古玩市场巡视一遍，点亮了院内所有的照明灯，发现空地上躺着一个人，近前一看是苏津淠，不知发生了什么事情。

苏津淠昏睡在地上，怎么叫也叫不醒，身边还有吐出来的一些脏东西，散发着一股难闻的酒气。两人便把他抬进屋，王鸣获见打更的老人半拉瓢还趴在桌上，便上前询问，谁知半拉瓢已经死了。

这一切丝毫没有影响鬼市的交易，只是古玩鉴定处的门前，贴出了"专家患病，暂停鉴定"的告示。

来鬼市做交易的人像往常一样，人来人往，陆续来到摊位前，开始讨价还价。张虔奕为了寻找刘墉写的那首五言律诗，也来到了鬼市，他根据苏津淠对残字的描述，在众多的摊位中，寻找刘墉真迹的蛛丝马迹。

张虔奕一个摊位一个摊位地查看，忽然发现两个浓妆艳抹的女人在与摊主讨价还价，摊主是一个老妇人，正在炫耀她卖的残字，说："'锦灰堆'传人收藏的珍品，只卖五块大洋，不知小姐们喜欢不喜欢？"

"锦灰堆"是濒临失传的绘画绝技，"锦灰堆"传人复制的古今名画，就是资深的书画鉴定专家，也很难识别真伪，在渝水县只有小沙弥受过"锦灰堆"的真传。

张虔奕见老妇人拿着的那幅残字，正是苏津淠所描述的那两句："白屋相伴食，饭罢一瓯茶。"仔细一看认定是出自小沙弥之手，张虔奕确认小沙弥还没有离开渝水县，刘墉那幅五言律诗应该还在小沙弥手中，心里有了底。

一个自称叫蔷薇的小姐称赞说："这幅残字虽然很难看出是赝品，但绝不是真迹，五块大洋太贵了！两块如何？"

老妇人犹豫一下，爽快地说："两块就两块。"

买笑小姐自称是蔷薇的妹妹，试探着问摊主："我们非常喜欢您的字画，可否到您家再选几幅？"

老妇人说："能不能到家中挑选，我得和我儿子商量商量！"

这二个小姐出手大方，还多给老妇人一块大洋，说是小费，嘻嘻哈哈地说后天要听老妇人的回话，便离开了鬼市。

张虔奕望着她们的背影，心中疑惑，难道这二个小姐也是冲着刘墉的五言律诗而来？

两个小姐走后，他立即来到老妇人面前，询问："老人家！您还有刚才卖的字吗？"

老妇人没有说有，也没有说没有，只说："请先生后天再来吧！"

张虔奕奇怪地问："老人家，您有几幅这样的残字？"

老妇人悄声说："先生您有所不知，这残字是我儿子复制的，很抢手。前天有位先生刚刚买走了一张，今天又卖了一张，都说两块大洋不贵！"

旁边一个戴墨镜的中年人接了茬，说："这张残字很像刘墉的手笔，几乎可以乱真，临摹作旧的功夫很像是'锦灰堆'的传人，如果有了题款和印章就更值钱了！"

张虔奕抬头一看，知道面前这个人是行家，便说："这位先生好眼力，敢问您在何处供职？"

戴墨镜的人一口津海口音，客气地说："敝人贾一臻在津海市开了一家小店——'墨宝斋'，听说渝水县的鬼市很火，为了小店的生计，特来贵地找碗饭吃！"

张虔奕觉得这个贾一臻绝不会像李中天那样把摹品当真迹，此人来渝水县恐怕也是冲着刘墉的真迹而来，便试探着问："我非常喜欢书画，但并非内行，有时间一定前去拜访。"

贾一臻听张虔奕的口气，好像是一位买主，忙说："我看您好像是在衙门里供职，现在用古字画送礼非常时尚，不仅有升值空间，官员们还能免去受贿之嫌。凡在本店购买古字画者，不仅能拿到高额回扣，本店还可以提供能够报销的印花税票，只需交百分之十的佣金，您想开多少都行！"

张虔奕听了心想："这个贾一臻也不是个省油的灯，如今就是这些人，搞得世风日下，人心不古！"

张虔奕回过头来，发现年近五旬的老妇人，头发已经花白。岁月的沧桑，在她脸上留下了纵横交错的皱纹。衣衫虽然破旧，却干净整洁。憔悴疲惫的面容，见证了她奔波劳碌的艰辛。

张虔奕忍不住问："您偌大的年纪还起早趁黑地来这里卖货，孩子能放心吗？"

老妇人见张虔奕问她，干瘪的面颊略带欣慰地说："我一个孤老婆子哪有什么孩子，如果没人收留我，恐怕早已冻饿而死！"

老妇人向张虔奕讲述了她的遭遇，说："直奉大战我家被炮火所毁，一个后生收留了我，还认我做干娘，否则我也不会活到今天。"

张虔奕追问："您的干儿子是哪里人？"

老妇人便滔滔不绝地说："我的干儿子生来命苦，三岁时父母双亡，一位'锦灰堆'的传人收养了他，四岁就学习书法，十几岁就能随师父制作仿真字画。后来师父死了，都说是他妨的，谁也不敢收留他。他脸皮薄，不愿乞讨，便到深山寻些野果充饥，栖贤寺慕容大师见他可怜，收留他当了小沙弥。慕容大师圆寂后，他便还俗在家苦练书法，潜心研究'锦灰堆'绝技，制作了几张刘墉的残字，用来赚钱糊口。"

张虔奕听了老妇人讲的一番话，确定这个后生就是小沙弥，刘墉那首五言律诗应该还在他手中，便叮嘱说："老人家，我和你家的干儿子是故交，家里收藏的那幅真迹千万别出手。请您告诉他，他需要多少钱我都可以资助他！"

张虔奕临走时掏出五块大洋交给老妇人，说是接济她们母子生活用的。老妇接过了钱，感动得几乎掉下泪来，临走时留下了她家的住址。

张虔奕朦朦胧胧地感觉，日本间谍野蔷薇也在鬼市寻找这幅字画，感到惶恐不安，隐约感到小沙弥的处境已经非常危险了。

张虔奕心急火燎地回到了陈家大院，立刻找来哑巴护院，说："我们快去红土沟，救老妇人和小沙弥！"

老妇人回到了家，见她的干儿子还在苦练刘墉的字，高兴地说："儿子，我今天又卖了几幅字，看来今后咱们的生活不用发愁了。"小沙弥听了很高兴，问："买字画的都是些什么人，有没有嫌字写得不好？"

老妇人忙说："没有，没有，都说那几个字很像是刘墉写的，如果加上题款和印章，准能卖个大价钱。"

小沙弥指着墙上悬挂着的刘墉真迹，说："干娘，刘墉写的这首五言律诗也没有题款。我师父说，鉴别是不是真迹，不能只看题款和印章，是真迹不一定就有题款，没有题款不一定就不是真迹，还给我讲述了齐白石的故事：齐白石经常扔掉一些不满意的画作，上面根本没有落款，被画商低价回收之后，加盖了伪造的提款和印章，高价出售，但这些画作不能说不是真迹。"

老妇人说："有一位带着津海口音的先生，他一看就说，这些赝品足可以乱真，实在是难能可贵！"

小沙弥听了老妇人的话，觉得自己有所长进，感到非常欣慰。

老妇人说："今天还有两个小姐围着我问这问那，我看这两个小姐神叨叨的不像是良家妇女。"

小沙弥问："她们都说些什么？"

老妇人说："她们说想要到家来买你的字，我没有答应！"

小沙弥说："她们一定是冲着刘墉这幅五言律诗来的！"

老妇人接着说："还有一位先生在我收摊时叮嘱我，让你收藏好刘墉的那首诗，千万别出手。他还说他与你是故交，知道你现在生活窘迫，非得让我收下他这五块大洋，说是补贴我们生活的费用，他日一定前来拜访。"

小沙弥知道这位先生就是张虔奕，他望着墙上偷来的五言律诗，知道张虔奕并没有责怪他的意思，因此让他更加羞愧，脸色突然变得绯红，瞬间又变得苍白。

老妇人以为小沙弥是因为天热中了暑，便急忙去乡村的诊所，给小沙弥买"藿香正气水"去了。

其实小沙弥也没什么病，只是心灵上受到谴责，心脉瘀阻所致，过了一会儿渐渐缓过劲来。他左思右想，决定立即前往石牌坊村，负荆请罪。

这时，忽听有人在院内高喊："家里有人吗？"

小沙弥心想："一定是张虔奕来了。"

其实进院的不是张虔奕，而是津海市"墨宝斋"的掌柜贾一臻。

贾一臻走进这座小院，映入眼帘的是两间已经无法再简陋的土坯房，紧挨土坯房的墙角，垒砌了一个简易的炉灶，炉灶上面有一个旧铁锅，破锅盖已经被烤煳了，锅台上放着几个破碗，两根木棍支在锅台两侧，上面用几块松木板皮与墙头连接，用来遮雨，墙上挂着铲、勺等几件炊具，这就是房屋主人的厨房。贾一臻不禁打了一个寒战。

小沙弥听来人说话是津腔，还戴着一副当下最时尚的墨镜，知道是来买画的，心想：津海离这里有八百里之遥，偌大的津海市，居然也有人喜欢我的字？便迎上去说："先生不辞辛苦，光临陋室，让我不胜荣幸！"

这位戴墨镜的津海人自我介绍说："兄弟贾一臻，在津海市开一家小店——墨宝斋，特来求几幅字。"

小沙弥谦虚地说："在下初学乍练，还请先生多多指教！"

贾一臻环视屋内，屋的四周是由几棵松木立桩支撑着，屋顶的檩木和椽子全都裸露着，显得十分寒酸，小沙弥说："让您见笑了，我这座土坯房全是就地取材，地基是鹅卵石，墙是由红色黏土自制的土坯砌成，屋顶是由石板代瓦，结实而不漏雨，里外屋各有一扇木窗，内墙是用土法制成的隔板，隔板含一定比例的木炭灰和野胡椒粉，然后刷上一层白灰，不但屋内明亮，而且防潮防蛀。屋内空气干湿适度，如果裱工精细，无论春夏秋冬，墙上挂的字画保证不起瓦，不开裂，这一点恐怕大户人家的青砖瓦舍也做不到！"

贾一臻觉得小沙弥在吹牛，见里屋有一张用木板搭的单人床，床边还摆放一些低档的胭脂和扑粉，床下摆放着两双女人的鞋子，知道是妇人睡的床，不解地问："你们两口怎么还分居？"

小沙弥忙解释说："这是我干娘的床！"

贾一臻恍然大悟，说："呜咽城鬼市卖字画的老妇人原来是你的干娘！可你睡在哪里？"

小沙弥指着外屋中间支起的一个画案子，说："我白天在上面练字、裱画，晚上就是我睡觉的床。"

这时贾一臻才发现画案子下面堆满了练字的毛边纸，仔细一看，全是临摹刘墉的五言律诗，足有千百张，可见小沙弥在学习刘墉的字体上，下了苦功夫。在废弃的毛边纸堆里，有一床被褥，已经破旧不堪，补丁摞补丁，比叫花子的被强不了多少，吃的就可想而知了。

贾一臻摘掉墨镜，假装欣赏小沙弥写的字，见案子上有几张临摹的半成品，又看了看四周墙上挂满了的字画，赞扬说："兄弟功底颇深，不知是哪位名师的高徒？"

小沙弥顺口答道："先生过奖，在下是栖贤寺慕容大师的弟子。"

贾一臻听了小沙弥的话，抑制不住内心的激动，心想：我可找到你了，不禁脱口而出："小兄弟可谓是一匹千里马，遗憾的是无人问津。今天你能遇到我这个伯乐，乃是你的福分，现在你就要双喜临门了！"

小沙弥觉得贾一臻说话有些怪异，试探着问："我乃是一个寒门弟子，喜从何来？先生的话我有些听不懂！"

贾一臻立即说："你的字与刘墉的字相差无几，题写上刘墉的名款，再盖上'乾隆御览之宝'和'石渠宝笈'两方印章，完全可以乱真。"

小沙弥答道："我的字全是摹品，如果题上刘墉的名款，岂不是沽名钓誉，自欺欺人！"

贾一臻有些不解，说："现在哪有你这样实在的人？"

当贾一臻看到正面墙上挂着的那首五言律诗，眼睛一亮，他确信这绝不是小沙弥的摹品，而是他梦寐以求的刘墉真迹，但他不明白刘墉当时为什么没有题款和钤上印章。他不辞辛苦来渝水县就是为了这幅字，如今刘墉的真迹就在他的眼前，强烈的占有欲望让他欲罢不能。他装作若无其事的样子，指着墙上的五言律诗，问："你的裱工还算可以，因你担心开裂，浆液浓度有些过大，如果把糨糊的浓度降低到不起层就可以了，这些字都是出自您的手笔吗？"

小沙弥不假思索地说："不是！"

贾一臻觉得面前这个小沙弥没有说谎，确认了这就是刘墉的真迹，便试探着问："小兄弟不仅书法功底深厚，而且裱画的技术也快出徒了，是墨宝斋难得的人才，我带你到津海市发展，不知兄弟是否愿意！"

小沙弥听了很高兴，说："我做梦都想去津海，这是我求之不得的，只是还有一件心事未了……"

贾一臻认为什么事也没有钱重要，便说："我可以高薪聘请你为墨宝斋的作坊主管，另外给你二百五十块大洋的安家费；我还可以给你找一位漂亮的津姐，你可以在津海买房子置家，娶妻生子，难道还有比这更重要的事吗？"

小沙弥觉得去津海是天大的好事，对贾一臻的话不胜感激，指着墙上刘墉写的五言律诗隐去了"偷"的情节，说："这幅字是我从一位朋友的手中借的，我必须还给他。待我完璧归赵之后，一定去津海找您！"

贾一臻一听着了急，说："我说的这些事是有条件的！"

小沙弥问："什么条件？"

贾一臻说："这个条件很简单，你只要把墙上的这首五言律诗交给墨宝斋保管，你就会拥有我说的一切！"

贾一臻接着说："你还没见过津海市的津姐吧？我想津姐总比这个老太婆强！"

小沙弥听贾一臻是怀疑他与老妇人的关系，心中不快，更重要的是知道他是冲着刘墉的字来的，立即回绝了他，说："慕容大师说我前世因痴迷烟花柳巷犯了色戒，今世又因一念之差又走错了路，我不能一错再错。苦海无边，回头是岸，我本是佛家弟子，为了赎回前世、今生的过错，我已决定不近女色，吃斋念佛，终身愿以青灯为伴……"

贾一臻说："人生一世，草木一秋。恕兄弟直言，我劝你还是现实一点，待到青春逝去，悔之晚矣！"

小沙弥说："我已心坚如铁，绝不反悔，如果先生没有别的事就请回吧！"

贾一臻听小沙弥下了逐客令，大失所望，虽恨不得把墙上刘墉的真迹抢走，但现在还不是时候，只好悻悻离去。

老妇人回来后，发现小沙弥病情有些好转，略感放心，但发现他的情绪反常，便问他发生了什么事。小沙弥便讲述了他在栖贤寺的一段经历："当年我晕倒在栖贤寺，是慕容大师收留了我，从此便当上了小沙弥，读经之余，在慕容大师教诲下，苦练书法。慕容大师有位弟子叫张虔奕，他们谈论碣石地宫之谜，我听了似懂非懂，好像与刘墉这幅字画有关。慕容大师圆寂后，张虔奕待我亲如手足，并帮我在书法上进一步深造。从张虔奕那里我才知道这幅字是刘墉留下的真迹，至于刘墉写这幅字为什么没有落款，听张虔奕说：当时刘墉名气很大，免得树大招风，所以没留名款。乱世之年，有些事本来就是真真假假，假假真真，看似真来真亦假，看似假来假亦真。这幅字因为没有题款和印章，虽然是刘墉墨宝中的珍品，却很少有人知道内中隐情。

"慕容大师的弟子张虔奕来到栖贤寺不久，慕容大师便去世了。临终前，慕容大师说这幅字藏有碣石地宫的秘密，并把这幅字托付给张虔奕收藏。我因一念之差，便偷走了刘墉这幅字，可我却看不出这幅字的秘密何在，只是把它当成艺术品收藏，每天临摹仿制，以卖字糊口。现在我觉得既对不起待我如父的慕容大师，也对不起慕容尊的弟子张虔奕。我朦朦胧胧地觉得我不仅是夺人所爱，同时也贻误了慕容大师和张虔奕的大事。如今我的肠子都悔青了，我不能等张虔奕来登门拜访，我必须马上去石牌坊村负荆请罪！"

小沙弥立即从墙上摘下刘墉那幅五言律诗，小心地卷起，放在了一个画筒里，对老妇人说："干娘，我马上去一趟石牌坊村。"

老妇人说："路上小心，早去早回！"

此时已近午时，小沙弥离开了红土沟，手拿画筒，一路小跑，恨不得一下飞到张虔奕的面前。

烈日炎炎像一团火，把地面晒得滚烫滚烫，小沙弥如同热锅里的蚂蚁，焦灼不安，心急火燎地奔跑，不一会儿便大汗淋漓，他索性脱掉湿透的衣衫，用衣服裹着画筒，光着膀子跑，很快便到了九门口长城的水门洞下。

此时，小沙弥早已是气喘吁吁，九门口长城离石牌坊村已经不远，他觉得这样去见张虔奕太不雅观，不如在这里小憩，把衣服穿上，再去石牌坊村不迟。他望着从山间流淌出的一股清泉，干渴难忍，便来到清泉下，放下画筒，用双手捧起泉水喝了几口，泉水呈乳白色，泉水入口，沁人心脾，馥郁馨香。

这时，隐约听到远处城墙上传来痛苦的呻吟声，小沙弥甚感奇怪，这里是荒无人烟的古战场，怎么会有人来到这里。他发现声音是从坍塌的"一片石"城楼上传来，好奇心驱使他拿起画筒，循声而去。

他顺着坍塌的墙角攀上了"一片石"城楼，发现一个少年在烈日之下，躺在地上，分不清他脸上是汗水还是眼泪，身边还有一把绿色花伞、一个挎包和一个丫丫葫芦。

少年病的好像很严重，呻吟声越来越微弱，近乎奄奄一息。小沙弥忙来到少年身边，打开那把绿花伞，为少年撑起一片阴凉。

小沙弥觉得这个少年实在可怜，他来自何方，因何病倒在这里，已不重要，脑中想的是：救人一命，胜造七级浮屠。

小沙弥俯下身喊："小兄弟、小兄弟！"

喊了半天，少年才微微睁开眼睛，两个黝黑的眸子望着小沙弥，两片薄薄的嘴唇轻轻地嚅动，恳求把他抱到树下。

离他们不远的地方，有一棵小树，树下有一块青石板。小沙弥上前抱起少年，少年的脸紧紧地贴在小沙弥的脸上，搂着小沙弥的脖子不松手，这时小沙弥才看清这个少年的眼眉细细的犹如窄窄的柳叶，长长的睫毛掩盖着双眼，眼神甚是诱人。

他俯下身把少年抱到这块青石板上，少年搂着小沙弥的手依然没有松开，说："小哥哥，救救我吧。"

树荫恰好为少年遮住了烈日，而小沙弥的身体一半在树荫里，一半在烈日下，少年看在眼里叹了一口气，感叹地说："看来世上还是有好人，我一眼便看出这位小哥哥是一位最好的人，只可惜当今的世道，好人并不一定有好报！"

小沙弥望着少年的衣着，奇怪地问："这么热的天像我这样光着膀子多凉快，你怎么还穿着长衣长裤，难道你就不怕中暑吗？"

小沙弥边说边给少年解开上衣，少年并不阻拦。

小沙弥发现少年的上衣里面还有一件被汗湿透了的短袖粉红色紧身内衣，似乎还有一股刺鼻的脂粉味，小沙弥忍不住笑了起来，说：

"小弟弟你怎么穿上了女人的衣服？难道你也喜欢脂粉？"

少年脸上一阵红晕，并不答话。

小沙弥解开粉红色的内衣，发现里面是一个红兜肚，兜肚里洁白如玉的双乳半藏半露，上面还有几条血印。小沙弥惊呆了，原来少年是女扮男装的少女。他觉得自己亲手扒下了女人的衣服，有一种负罪感，不知如何是好。

少女望着小沙弥平淡地说："你真是世上最好的人！"

小沙弥听少女把他看成是世上最好的人，想起自己偷走了刘墉的真迹，感叹地说："好人也难免做错事！"

少女一声叹息，向小沙弥述说了她的遭遇："小时候我被拐卖给一个姓叶的小商贩做女儿，起名叫蔷薇。近日一个年过半百的老头，看上了我，用重金作聘礼，要娶我做小老婆。小商贩见钱乐得合不拢嘴。小哥哥，我一个黄花闺女，让我跟那个老头做夫妻，你说我能答应吗？"

小沙弥气愤地说："这不是把你往火坑里推吗？"

蔷薇索性把双乳露出来，说："我不答应，他们便打我，你看看这里还留有伤痕！"

小沙弥从未见过女人的胸部，忍不住多看了几眼。蔷薇的脸上露出了不易觉察的表情，说："现在我逃到这里已经是无家可归了，身边连一个疼我的人都没有，我有一瓶云南白药，你能不能帮我往伤口上抹一抹？"

蔷薇没等小沙弥同意便把一小瓶白药递给了小沙弥，小沙弥身不由己地接过白药，轻轻地给少女上药，蔷薇感激地说："小哥哥，你真好！"

小沙弥上完白药正准备帮蔷薇穿衣服，只见她浑身颤抖，口吐白沫，四仰八叉地躺在小沙弥面前，不停地呻吟，面部表情十分痛苦，断断续续地说："小哥哥，我的病又发作了，如果我死在这里，请你把我埋在这棵小树下，九泉之下我也不会忘记你！"

小沙弥望着面前俊美的蔷薇，动了恻隐之心，说："难道我就不能救你吗？"

蔷藤说："你虽然能救我，但你是佛家弟子，受过戒，你纵然有救我之心，只恐怕你很难做到！"

小沙弥着急地说："蔷藤姐姐，请你放心，只要我能救你，我愿付出一切！"

蔷藤说："好！有小哥哥这句话我就放心了，在这荒郊野岭，能救我的人只有你了，但我不知你是不是童子身？只有童子身才有能力救我！"

小沙弥听人说，未婚的少年才能算是童子身，忙说："姐姐我就是童子身！"

说到这里蔷藤突然捂着肚子在石板上左右翻滚，大喊："痛死我了，快帮帮我！"

小沙弥急得手足无措，忙问："我怎样帮你？"

蔷藤用手指指天，又用手指指地，说："天地合一！"

小沙弥不解地问："你不是说笑话吧？天在上，地在下，天地怎能合一？"

蔷藤说："天为阳，地为阴，男人属阳，女人属阴，男上女下交媾在一起即为'天地合一'。我看你还不是真心想救我，还是让我快点死了吧！"

小沙弥着急地说："我是真心地想救你，但我不知怎样才能'天地合一'！"

蔷藤说："你可知'天地合一'是要付出代价的！

小沙弥说："只要能救姐姐，我愿意付出一切！"

此时，日正中天，小沙弥被晒得浑身发烫，蔷藤让小沙弥发烫的身体贴在了她的腹部。

小沙弥为了救蔷藤，顺从地趴在她的身上，任凭蔷藤抚摸。

小沙弥糊里糊涂地与蔷藤交媾在一起。开始小沙弥还以为这是给蔷藤治病，后来渐渐地沉溺在情色之中，忘却了色戒，忘却了他要去石牌坊村负荆请罪，忘却了他身边的画筒。蔷藤一脚把画筒踹出伞外。

七月的骄阳如同流火，在燕北大地上燃烧。九门口长城在烈日映照下呈柠黄色，已经坍塌了的"一片石"城楼上那顶绿花伞，格外显眼。一位身穿紫色旗袍的时髦女郎走上城楼，来到绿花伞边，拿起了画筒，冲着绿花伞轻蔑地一笑。

小沙弥只顾在绿花伞的遮挡下与蔷薇缠绵，那个时髦女郎拿走了蔷薇踹出伞外的画筒，悄然离去，这一切小沙弥却毫不知情。

小沙弥已经累成一摊泥，从蔷薇的身上滑落下来，气喘吁吁地喊："渴，渴，渴死我了——"

蔷薇拿起身边的丫丫葫芦打开盖，说："这个葫芦里还有一点儿水，你赶快喝了吧！"

小沙弥接过丫丫葫芦，一口气把葫芦中的水喝得一干二净，他觉得葫芦中的水，清凉可口还有点甜，既解热又解渴，头脑也觉得清醒了许多。

此时，蔷薇早已换上了一件粉红色绣花旗袍，背对着他，坐在青石板上。她手里拿着一个圆形小镜，用一把牛角梳子，正在精心地梳理披肩的卷发。小沙弥看蔷薇小姐看得直愣神，惊奇地发现她的背影更加迷人，忍不住说："美哉，女人如花！"

小沙弥的话，惊动了正在梳妆的蔷薇，回过头来娇俏地问："小哥哥，你看我漂亮吗？"

小沙弥见蔷薇的窈窕身材，华丽的旗袍，俊美的容貌，诱人的眼神，不禁心旌摇曳，忙不迭地说："太、太美了！"

蔷薇问："你愿意娶我吗？"

小沙弥连说："愿意，愿意！"

蔷薇反问："你可是受了戒的佛家弟子，难道你要背叛佛祖？你知道我是什么人吗？你能养得起我吗？"

小沙弥还蒙在鼓里，一连串的问号，并没有唤醒小沙弥，他说："蔷薇姐姐，我认为，你是什么人并不重要，我不管你是什么人，只要能和你在一起，我可以丢掉一切！"

蔷薇问："你怎么不问问我蔷薇愿意不愿意？你觉得你哪一点能配得上我？"

小沙弥说："心好，这两个字就足够了！"

蔷薇没有再说什么，她甩掉了脚上的男人布鞋，从挎包里拿出了一双红色的绣花鞋穿在脚上，来到小沙弥的面前，用手捏了一下小沙弥的脸蛋，说："实话告诉你吧，我是日本人蔷薇津子，是野花香客栈的头牌，你还敢要我吗？"

小沙弥说："只要你愿意从良！"

蔷薇说："没想到一个佛家弟子同样也会如此痴迷，可悲！可叹！"

蔷薇这几句话，说得小沙弥面红耳赤，此时他才明白蔷薇本来就没有病，再看她的穿着打扮和姿态就是一位窑姐。这时他才发现装有刘墉真迹的画筒不见了，想起他还要去石牌坊村，着急地问蔷薇："我的画筒呢？"

蔷薇转过头来冲他鄙视地一笑，说："刚才我已经对你说过，'天地合一'是要付出代价的！现在你该明白了吧！"

小沙弥目瞪口呆，明白蔷薇是用色诱骗走了他的画筒，他眼含热泪地向蔷薇哀求说："蔷薇姐姐，请你把画筒还给我吧！这幅字比我的生命还重要！"

蔷薇说："小哥哥，实在对不起，我是奉野蔷薇之命，来索取这幅墨宝，事后本该送你上路，但我舍不得你这个童子之身，暂且留你一条生路。"

小沙弥人本善良，在栖贤寺偷走了刘墉的这幅真迹，打算换一笔钱安家度日。事后受到良心的责备，原想立即奉还，但碍于面子，怕受到张虔奕的责备，便来到红土沟，找了一块荒地，盖了两间简陋的小屋暂住，后来又收留了一个无家可归的孤老婆子，相依为命。呜咽城鬼市开业以后，小沙弥利用"锦灰堆"的绝技，摹仿刘墉的字体，制作仿古字画，由老妇人到鬼市换些钱，生活才有了着落。但每当他临摹刘墉真迹的时候，都在谴责自己的偷窃行为，深感对不起慕容大师和张虔奕，愧疚的心结难以释怀，每天忐忑不安地过着日子。

自从老妇人在鬼市遇到了张虔奕，张虔奕不但没有责怪小沙弥，反而资助他五块大洋，让他更加无地自容。

小沙弥眼巴巴地望着蔷薇，难以割舍。他原想苦海渡迷津，现在却一错再错，真是一失足成千古恨。他不但背叛了佛祖的色戒，而且丢掉了刘墉的真迹。他望着苍天，想高声呐喊，来警示后人，只因喝了葫芦里的药水，却再也喊不出来了，羞愧、悔恨的泪水夺眶而出，他绝望了……

二十二　欲海沉浮录

蔷蘼离开小沙弥之后，来到"一片石"的城楼下，忽听身后有人叫她姐姐，回头一看，原来是买笑。

蔷蘼问："买笑，这么快你就回来了，装有刘墉墨宝的画筒呢？"

买笑说："让我给卖了！"

蔷蘼吃了一惊，问："你好大胆呀！难道你不惧怕野蔷薇吗？"

买笑说："刚才野蔷薇就在山下，她发现这幅五言律诗没有题款也没有钤印图章，说这是一件摹品，便说赏给我们换点脂粉钱。还说鉴定古字画的真伪，最要紧的是看落款和图章，说咱们上了小沙弥的当。"

蔷蘼说："这个小沙弥也太可恨了，不但用摹品骗了我，还白白地占了我的便宜。"

买笑说："这幅字画可没那么便宜，你猜我卖了多少钱？"

蔷蘼说："这幅字画恐怕连瓶香水都换不来！"

买笑立即从腰中拿出一张银票，递给蔷蘼，说："这张银票不会是假的吧？"

蔷蘼接过银票，只见银票中间印有大字楷体"壹佰圆"，"壹佰圆"的左侧印有"执此为照　只认票不认人"，右侧印有"津海通用银圆　凭票即付"，票面上方是"横滨正金银行"，行名下印有"津海"二字和"钞票永远通用"等字样，在通用二字上面还盖有"津海横滨正金银行"的红色印章。

蔷蘼说："这种银票我见过，系横滨正金银行民国十六年在津海发行的银圆券，绝对保真，但不知买者是什么人？肯出一百块银圆买一张摹品。"

买笑说："这个人戴墨镜穿长衫，一口津海话，他一直跟着我，见我拿着画筒又回来了，死乞白赖要买这幅字，问我要多少钱。我信口要了个大价，没想到他二话没说便给了我这张银票。我看这个人一准是傻癫憨了，这一百块银元够咱俩挣一年的了。"

蔷藤问："野蔷薇还有什么指令？"

"她让我们马上去红土沟，一定要找到那个老妇人，把真迹夺回来！"

"事成之后是否还有报酬？"

"准备在渝水县给咱俩谋个收税的小官，今后咱们就是吃皇粮的了。"

"如果老妇人不给怎么办？"

"这次行动涉及的人不管是谁，一律不留活口，你对小沙弥手软了吧？"

蔷藤谎称："我已经按野蔷薇的指令把他灭了！"

蔷藤与买笑穿过了"一片石"的城门洞，沿着九江河边的小路，直奔燕北大峡谷中的红土沟。

河边是一片绿茵茵的草地和盛开的黄色野花，蔷藤和买笑身穿粉红和紫色绣花旗袍在河边的草地上穿行，恰似两朵艳丽的罂粟花，在黄色野花的掩映下，显得更加迷人。

《北洋画报》在"稀世珍品"的栏目中，披露了刘墉的这首五言律诗之后，在文物收藏界引起了轰动。张虔奕预感，有些人来到呜咽城鬼市，已经不是为了淘宝捡漏，他们似乎发现了刘墉这首五言律诗的秘密。由于老妇人的直言快语，让人觉得刘墉这首五言律诗的真迹，就在她手中，老妇人在不知不觉之中，已经卷入了这个危险的旋涡。这一切让张虔奕深感不安，他觉得老妇人和小沙弥，现在的处境十分危险。事不宜迟，他必须马上去一趟红土沟，帮助老妇人和小沙弥脱离险境。

张虔奕在哑巴护院陪同下，刚刚迈出陈家大院的门槛，迎头却撞上了苏津湮。

苏津湮火烧火燎地把张虔奕拽回大院屋里，说："叶所长让我找你，有急事相告！"

苏津湮从兜里掏出一包茶，说："这是李中天给叶所长的一包上好的龙井，咱们沏上茶，边喝边聊！"

随后，苏津湮把茶叶交给了哑巴护院。

张虔奕问："津湮学弟，有什么事请快点说，我还有急事要办！"

苏津湮说："衙门里的事再小也是大事，家里的事再大也是小事，这个道理我想学兄不会不明白吧？"

苏津湮接着东拉西扯说了一些着三不着四的话，说吴国祯看上了叶倩薇姿色，把他弄到身边还没容得下手，没料到半路上杀出个程咬金来。吴国祯为了攀上了李中天这棵大树，不得不忍痛割爱。他虽然对叶倩薇垂涎三尺，但现在就是给他个掸（胆）子他也不敢下手，因为他听吴宁昶说叶倩薇在公众面前称李中天为长官大人，私下里却亲昵地叫他舅舅。叶倩薇与李中天究竟是什么关系，令人困惑不解。

接着他又讲起了他的老婆毕丘芩，说毕丘芩的眼睛非常好看，只要她盯上你，准能把你的魂勾走，人都说他娶妻、生子，是双喜临门，现在他有了接续香火的儿子，应该是苏家的第一大孝子。

苏津湮还在滔滔不绝地讲述他的老婆毕丘芩，每夜都让他乐不可支，说到这里苏津湮眉飞色舞，好不得意……

其实，毕丘芩是因为怀了吴国祯的儿子，吴国祯怕事情败露，谎称是自己的表妹，甩给了苏津湮，苏津湮抱着别人的儿子，还在自我吹嘘，至今还蒙在鼓里。

张虔奕实在不愿听他这些闲言碎语，心中惦记着小沙弥和老妇人，再也坐不住了。他发现苏津湮根本没有什么急事，好像是故意在拖延他的时间，心里有些生气，说："苏津湮！你还有完没完？我急事在身，恕不奉陪！"

张虔奕撇下苏津湮，拉着哑巴护院就走，苏津湮追出陈家大院，说："张虔奕，我还有很多话没说完……"

张虔奕与哑巴护院没有理睬苏津湮，急匆匆地奔向红土沟。当他们穿越九门口长城的水门洞时，发现有一个穿长衫戴墨镜的人，来去匆匆，他们着急去红土沟，对这个人并没在意。

此时日已偏西，燕北的山间荒野，已经清凉了许多，可张虔奕与哑巴护院还是汗流浃背。二人沿着九江河岸，匆匆忙忙地赶路，经过半个多时辰，他们到了红土沟。

哑巴护院重回旧地，想起与张虔奕邂逅相逢的那一刻，梁茜月穿高跟鞋走累了，竟毫不客气地与他换鞋穿。红土沟的乡亲见了他这位旧衣长衫的年轻后生，竟穿上女人的红色高跟鞋走路，比观赏西洋景还有趣，让他实在有些难为情。想到这里，哑巴护院的脸上泛起了红晕。

哑巴护院曾在瓦盆厂制作过瓦盆，对这里的环境非常熟悉，很快便找到了小沙弥和老妇人的住处。

小沙弥家，柴门大开，院内静悄悄。

张虔奕喊了几声："家中有人吗？"

屋中没人应答，他便与哑巴护院走进了那座简陋的土坯房，屋内一片狼藉，空气中散发着血腥味，老妇人躺在地上，满身是血。张虔奕上前扶起老妇人，老妇人勉强睁开双眼，好像还认得张虔奕，断断续续地说："先生，蔷藤、买笑……"

老妇人的话还没说完，便含恨而终。张虔奕知道蔷藤、买笑是日本间谍野蔷薇的爪牙，因为没有拿到刘墉的字画，故下此毒手。

张虔奕路过瓦盆厂，给老板留下几块银元，托付他料理老妇人的后事。

张虔奕心想，小沙弥一准是拿着刘墉的字，去了石牌坊村。他明白小沙弥的处境已经非常危险，立即与哑巴护院往回赶。

张虔奕与哑巴护院很快到了九门口。张虔奕忧心忡忡地看了一眼坍塌的城楼，发现上面有一顶绿花伞，随风摇摆，小树上好像挂着一个人。

张虔奕预感到不测，立刻停住脚步，说："快上城楼救小沙弥！"

二人立即攀上了"一片石"城楼，只见这个绿花伞被拴在小树的枝头，小沙弥蹬着青石板已经吊死在树上。

张虔奕与哑巴护院从树上把小沙弥托下来，放在青石板上，发现他手中还攥着一张纸条。张虔奕拿起一看，上面的笔画哆哆嗦嗦，只有八个字：苦海无边，迷津难渡。

吴宁昶原是《民众晚报》的执行副主编，因在《民众晚报》与吴国祯捏造桃色新闻迫害白伊洁，害得白教授含冤而死，省警察厅追查此案，吴宁昶受到牵连，被报社开除，成了无业游民。妻子觉得吴宁昶为人不够厚道，也离他而去。

吴宁昶得知吴国祯逃到渝水县，还当了县公署知事，立即到渝水县投奔吴国祯。吴国祯知道吴宁昶是因他丢了工作，另外他也想在身边安插个亲信，便凭借自己的权限，让他在自己身边当了渝水县公署的掾史。吴宁昶颇有心计，上下关系处理得都很融洽，深得吴国祯的赏识。

叶倩薇在渝水县衙弄了个管收发的闲职，凭借她的乖巧和美貌被渝水县大小官员誉为县衙第一美人。吴国祯的农村家里有个父母包办的小脚老婆，没文化，长得又丑，碍于父母的家教甚严，不敢轻易地休了她，但在外面断不了拈花惹草。叶倩薇进了渝水县衙，立即把她安排在身边。吴宁昶不知内情，正想找个老婆，看见叶倩薇在眼前晃来晃去，不禁怦然心动，便找到吴国祯说："我这个光棍汉今天总算相中了一个女人，我看表兄当我的月下老人最合适！"

吴国祯忙问："只要你看中了，我一定成全你！"

吴宁昶立即站起身来，毕恭毕敬地说："谢谢表兄厚爱！"

吴国祯说："兄弟之间哪里有言谢之礼！你先说说你看中了谁？"

吴宁昶欲言又止，吴国祯有些不耐烦，说："你一个大老爷们说话怎么吞吞吐吐！"

吴宁昶吭哧了半天才说："我看上了你身边的叶倩薇！"

吴国祯听了脸色很不好看，说："渝水县城这数万人中，包括野蔷薇客栈的头牌，你看中谁我都能满足你，只有这个叶倩薇绝对不行！"

吴宁昶的心一下凉了半截，不解地问："为什么？"

吴国祯悄声说："叶倩薇早已被我看中，难道你要夺人所爱吗？"

吴宁昶问："难道你们已经……"

吴国祯忙说："还没有，不过到了我嘴边的肉，你说我能让给别人吗？"

几句话说得吴宁昶透心凉，他站起身来望着吴国祯怅然若失。吴国祯觉得叶倩薇是他一手提拔的，又认他为干爸爸，现在看来已经是水到渠成，对叶倩薇下手只是早一天晚一天的事。吴国祯正待寻找机会下手，没想到被省卫生防疫处长王雨竹，搅乱了他的鸳鸯美梦。

王雨竹回到直隶省，向直隶省行政厅长李中天，呈上了叶倩薇写的"关于渝水县发现疑似霍乱疫情的报告"。报告的文笔简洁流畅，文章最后感谢直隶省行政厅长李中天，委派省卫生防疫处长王雨竹，亲临渝水县，督查有方，措施得力，很快控制了传染源，使百姓免于疾患，受到万民称颂。

李中天虽然没有亲临渝水县，但报告中字里行间是在给他歌功颂德，不禁对撰写报告的人有了好感。李中天对书法颇有研究，仔细端详字体，不禁脱口而出："这是出自女人之手，不知这位小姐是否和她写的字一样漂亮？"

王雨竹说："这是由渝水县防疫所的一位女所长亲手撰写的，在直隶省我还没见过这样俊美的女子！"

王雨竹的一番话让李中天魂不守舍，心猿意马，心里一直想着渝水县衙这位美人，一连几天食之无味，长夜无眠。他苦思冥想，终于想出了一个办法，让秘书拟写了一份嘉奖令，为了避人耳目，首先嘉奖了王雨竹，同时嘉奖了渝水县公署知事吴国祯，并亲自来到渝水县衙，亲自为吴国祯宣读嘉奖令，借此一睹这位美人的风采。

吴国祯得知李中天要亲临渝水县衙，不敢怠慢。他想起在王雨竹面前，要不是叶倩薇为他解了围，恐怕早就丢了官。他自知难以应付上司，便让叶倩薇相陪。

吴国祯在渝水县衙会议厅会见了李中天，李中天见吴国祯身后有一个穿着朴素的女子，弯着腰低着头在吴国祯的耳边说着什么，少顷她抬起头来冲李中天莞尔一笑。李中天眼睛一亮，被叶倩薇的容貌惊呆了，吴国祯介绍说："这位小姐叫叶倩薇，是渝水县公署卫生防疫所所长，同时兼任我的私人秘书！"

叶倩薇很有礼貌地在旁边插话，李中天见她谈吐文雅，声音甜美，知道叶倩薇就是撰写"关于渝水县发现疑似霍乱疫情的报告"的美人，便借题发挥，对叶倩薇的文笔大加赞赏，接着便抛开防疫工作，海阔天空地大谈文物收藏，有些话吴国祯全然不懂，叶倩薇竟对答如流。李中天觉得他在渝水县遇到了真正的知音，叶倩薇不仅容貌惊人，而且出语不凡，是一位难得的人才，大有相识恨晚的感觉，当即决定以考察的名义，要在渝水县多住些日子。

李中天觉得吴国祯在他面前很碍眼，便说："有叶倩薇小姐陪着我就足够了，吴知事公务在身，就忙你的去吧！"

吴国祯还算知趣，知道李中天对他下了逐客令，便就坡下驴，说："厅长，我确实有些公务，急需处理，恕敝人不能奉陪，请见谅！"

吴国祯临走时把叶倩薇叫到一边，千叮咛万嘱咐地不知说了些什么，叶倩薇点点头又摇摇头，令人费解。

李中天在直隶督管文化教育、卫生防疫和文物保护，叶倩薇知道他是第一次来渝水县，便以考察文物为名，提出了一个游山玩水的计划，当天由李中天的司机开着凯迪拉克轿车来到了燕山脚下。

叶倩薇俨然是一位导游小姐，向李中天介绍说："厅长您看，燕北这座山很像一对牛角，故称之为角山，栖贤寺就在这对牛角之间。"

李中天觉得两座山确实像一对牛角，便"嗯"了一声。

叶倩薇说："我现在就带您去栖贤寺。"

叶倩薇扶着李中天攀上了角山。李中天虽然已到中年，身体还算强健，又有美女相搀，觉得心情格外舒畅，很快便登上了这座险峻的角山，步入了佛门净地栖贤寺。

叶倩薇说："这座栖贤寺始建于明初，占地面积六十八亩。建有山门、望海观音殿、龙神祠、伽蓝殿、达摩殿、角山精舍、魁星阁、甘露亭、孚佑宫、神厨、经畲别墅、望京亭、山海亭等，还有一座被称为肖显读书处的书房，明代大书法家肖显少年时期曾在此读书。"

李中天对叶倩薇一连串的介绍好像并不感兴趣，只目不转睛地望着叶倩薇的脸蛋，心不在焉地"哦、哦"着。

叶倩薇继续说："清乾隆八年，刘墉随清乾隆皇帝东巡，曾来栖贤寺拜访悟禅大师，据说还留下一首五言律诗。"

李中天平生只有两大爱好，一是文物收藏，一是喜欢女色，他正沉溺在桃花梦境之中，忽然听叶倩薇说刘墉在渝水县留下了一首五言律诗，立即缓过神来，追问："听王雨竹说，刘墉这幅墨宝在贵县'鬼市'已露端倪，你是否能帮我找到？"

叶倩薇自知失言，忙掩饰说："这首五言律诗早已不知去向，恐怕很难找到，但我会尽力的！"

李中天对叶倩薇的回答并不满意，觉得她是在推脱搪塞。他认为刘墉这首五言律诗应该就在渝水县，明知在此却无法弄到手，让他游兴全无，催促叶倩薇说："今天我太累了，我们打道回府吧！"

回去的路上，司机因水土不服，肚子痛得无法开车。眼看日已西斜，天色渐暗，李中天有些着急，叶倩薇说："厅长，我来试试！"

叶倩薇坐在了司机的座位上，李中天让司机躺在后座上，他与叶倩薇并排坐在一起。

叶倩薇用钥匙启动马达，用脚轻踏油门，轿车的车轮便慢慢地转动起来。叶倩薇熟练地握着方向盘，在山间小路稳稳地行驶着，当轿车进入渝水县境内的公路时，叶倩薇猛踩油门，轿车便风驰电掣般地直奔渝水县城，须臾之间便到了李中天的住处。李中天觉得叶倩薇的驾驶技术不在司机之下。

当晚，叶倩薇陪李中天在渝水县剧院观看了新编评剧《糊涂丈夫》，逗得李中天哈哈大笑。散戏后，叶倩薇陪同李中天回到了渝水县公署招待处的豪华套间，他问叶倩薇："你们渝水县的女人都像叶小姐这样美吗？"

叶倩薇笑而不答。

李中天接着说："我有一个习惯，先洗澡，后喝茶，这样更解乏。你陪我一天也够辛苦的了，不如在我这也解解乏。"

叶倩薇先去卫生间给李中天烧了洗澡水，然后沏好了茶，并亲自给李中天倒了一杯，然后自己也倒了一杯。李中天手端茶杯，两眼笑眯眯地凝视着叶倩薇。

"砰！砰！砰！"一阵急促的敲门声响起，他不耐烦地问："什么人？"

"在下是渝水县公署警察所警长王鸣荻，有急事禀报！"

叶倩薇给王鸣荻开了门。

王鸣荻给李中天深深一躬，说："县衙有一份紧急公文，需要连夜撰写，吴知事让叶秘书速回。"

王鸣荻说完便催促叶倩薇立刻回县衙。

李中天有些生气，说："怎么，你这个黑狗子，没经我允许，就想把人带走，成何体统？"

王鸣荻自知失礼，慌忙向李中天道歉，语无伦次地说："厅长，在下知罪！只是叶小——小姐必须马上回去，撰写公文……"

李中天知道吴国祯在说谎，嘲讽地说："吴宁昶橡史是白吃干饭的吗？什么狗屁公文非得让叶小姐去写？你回去告诉吴国祯，如果他还想当这个县的县太爷，就不要再干扰我的公务！"

王鸣荻挨了一顿训，站也不是，坐也不是，愣在那里。

李中天见王鸣荻还没有走的意思，怒从心起，狠狠地训斥道："还不快滚！"

王鸣荻连说："是！是！"灰溜溜地走了。

叶倩薇望着李中天会心地一笑，心领神会地在门外挂上了"正在办公，不准打扰"的牌子，然后从里边锁上了门。

李中天似乎无所谓地摆摆手，叶倩薇娇俏地说："品茗必须品出人生的味道，如果有人骚扰，岂不令人扫兴！"

李中天觉得叶倩薇举手投足都非常乖巧，很有淑女的风度，说起话来令人心醉，难怪王雨竹说在直隶省从未见过这样的美人，只是她的穿着打扮有些太素。

李中天喝茶品美，浑身渐渐出了汗，便脱掉外衣进了卫生间，洗起澡来。

叶倩薇在客厅里如同在自家一样，不经意地翻了翻李中天的衣物，在沙发上发现了一份盖有"绝密"的公文袋，拿出一看见是署名郑禅忻的报告，看着看着叶倩薇的脸色倏变，浑身不停地颤抖，过了好一会，才缓过劲来。这时，听李中天在卫生间叫她："外甥女！给舅舅搓搓后背！"

叶倩薇听李中天叫她外甥女，知道李中天是想当她的干舅舅，又惊又喜。如果她成了李中天的外甥女，如果她能有一个在省里当官的舅舅，看谁还敢动她一根毫毛。

叶倩薇毫不犹豫地进了卫生间，见李中天赤身裸体地站在那里淋浴，大大方方地给李中天搓起背来，毫无羞涩感。李中天发现叶倩薇的手有些颤抖，问："你是不是有些不舒服，我不该让你进卫生间，你还是回到客厅休息吧！"

叶倩薇忙说："不嘛，外甥女给舅舅尽点'孝心'，是求之不得的！"

李中天洗完澡换上了睡衣，好像才发现叶倩薇给他搓背溅了一身水，似乎有些歉意，说："你看，为舅舅搓背把衣服都弄湿了！"

叶倩薇说："这是应该的！您既然认了我这个外甥女，对我这个外甥女就不要这样客气了！"

李中天说："你陪了我一天也够累的了，也冲个澡吧！"

叶倩薇走了一天出了不少汗正想洗个澡，就进了卫生间脱光了衣服，开始洗澡。李中天在门外听着哗哗的流水声，透过毛玻璃门往里偷窥，虽然看不清楚，却足以让他心醉。

李中天正看得出神，只听叶倩薇在里面"啊"的一声大叫，把李中天吓了一跳，以为是叶倩薇发现了他在偷窥，随后，又听"扑通"一声，便没了声息。

李中天下意识地感到叶倩薇在卫生间里出了事，急忙推开卫生间的玻璃门，发现叶倩薇已经晕倒在地上，淋浴器的喷头带着水雾喷洒在仰卧在地上的叶倩薇，美体如玉。

当叶倩微醒来的时候，发现李中天正睡在她身旁，她哭着叫醒李中天说："舅舅，渝水县野花香客栈啥模样的没有，为什么偏偏和外甥女干那事？"

李中天说："叶小姐请你原谅我，你知道我来渝水县为什么没带夫人？为什么没请青楼女子？因为我听王雨竹说在直隶省还没见过像你这样靓丽的女子！我不辞辛苦来到渝水县就是为了你，现在见了你，觉得你比我想象的还要美，我实在是太喜欢你了。"

叶倩薇拉开了灯，用洁白的手帕从被窝里擦了一下，拿出来给李中天看，上面是殷红的鲜血，她抽抽搭搭地说："是舅舅破了我的女儿身，今后让外甥女如何做人？"

李中天觉得他是第一个占有了她，说不出是高兴还是愧疚，便许愿说："现在你就是我的人了，我一定给你一个惊喜。"

叶倩薇含泪追问："什么时候？"

李中天为了显示自己曾在日本留过学，便用日语回答："指日可待！"

叶倩薇拭去眼泪，用日语答："谢谢！"

李中天惊奇地问："你也在日本留过学？"

叶倩薇说："没有。"

李中天问："那你怎么会说日语？"

叶倩薇破涕为笑，说："鹦鹉学舌。"

吴国祯最担心的是李中天夺走叶倩薇，焦急地等待着王鸣荻的消息。王鸣荻终于来了，耷拉个脑袋，脸色极为难看，活像一个受气包，嗫嚅地说："知事大人，我已经尽力了，为了这事我还挨了一顿狗屁呲！"

吴国祯立刻像一个泄了气的皮球，后悔当初不该让叶倩薇陪他去见李中天，如今快煮熟的鸭子竟然飞到了别人的嘴里，实在不甘心，更后悔的是他为什么不早点下手，让李中天抢先占有了叶倩薇。

他恨李中天，此恨虽然比不了杀父之仇，却不亚于夺妻之恨。他立即把王鸣荻叫到身边，在他耳边悄悄地说了一番话。王鸣荻惊讶地瞪着双眼，张着嘴巴却说不出话来。吴国祯见状拍了拍王鸣荻的肩膀，说："你不要怕，渝水县还是我说了算，现在县公署还有一个'县佐'的空缺，只要你能干净利索地把事情办好，我吴国祯绝对亏待不了你！"

吴国祯言外之意是向他许愿，委任王鸣荻为渝水县公署县佐的官衔。但其实王鸣荻并非像吴国祯想象的那样愚蠢，他觉得吴国祯的话简直是无稽之谈，吴国祯既没有委任他当县公署县佐的权力，他也没有当县公署县佐的能力，可现在吴国祯是他的顶头上司，他不敢得罪，只好说："谢谢知事大人的抬举，在下一定照办！"

王鸣荻手握匣子枪，昼夜在豪华套间的附近转悠。一天晚上，李中天与叶倩薇看戏回来正好与王鸣荻撞了个正着，叶倩薇忙着去给李中天准备夜宵。李中天见王鸣荻行为诡异，便把他叫到一边。王鸣荻吓得直哆嗦，不由自主地跪在了李中天的面前……

连日来吴国祯一直没有听到王鸣荻的消息，正在着急，王鸣荻急匆匆地跑了进来，上气不接下气地说："叶倩薇陪李中天在九门口闲逛，我藏在一片石的城门洞里，冲他的下身连开数枪，把李中天的那个玩意儿击中了！"

吴国祯听了王鸣荻的谎话，信以为真，高兴地一下从椅子上跳下来，幸灾乐祸地哈哈大笑，笑过之后，恶狠狠地说："这就是夺人所爱的下场，今后看你那玩意儿还中用不中用？"

吴国祯狂笑了好一会儿，渐渐地冷静下来，问王鸣荻："他们没有发现你吗？"

王鸣荻得意地说："李中天疼得'哎呀、哎呀'直叫唤，立刻去了医院，哪里还顾得找我。"

吴国祯说："你赶快买点糕点、水果什么的，陪我去医院看看李中天的熊样！"

王鸣荻和吴国祯不知李中天去了哪个医院，跑遍了渝水县所有的医院，都说没有受伤的人来过。

吴国祯又来到招待处豪华套间询问，服务小姐说："李厅长虽然没有退房，却没有见过他们回来。"

一连几天过去了，吴国祯一直得不到李中天与叶倩薇的消息，让他困惑不解，后来才知道李中天与叶倩薇去了省城，觉得王鸣荻是个靠不住的家伙。

最让吴国祯始料不及的是直隶省直接给渝水县衙下了委任状，委任叶倩薇为渝水县公署"县佐"，令其逐级传达，公告全县。

吴国祯这时有一种不祥的预感，如果李中天真的受了伤，如果王鸣获向李中天告了密，如果李中天知道王鸣获是受他的指使，后果将不堪设想。他越想越怕，不寒而栗。他想找吴宁昶商量，可他对吴宁昶的许诺不但没有兑现，如今县公署"县佐"这个位置也没有了，吴宁昶还能帮他吗？吴国祯越想越后悔，他不该为了一个女人而得罪了李中天。

当前，他必须做的就是把这个委任状逐级传达下去，以挽回被动的局面。

吴国祯立即通知大小官员在县衙礼堂召开会议，传达直隶省下达的委任状。吴宁昶以为他的黄粱美梦就要实现了，紧挨着吴国祯在主席台上就座，俨然他就是渝水县即将就任的县公署"县佐"。

吴国祯说："今天接到直隶省一份委任状，新委任的县公署'县佐'即将上任，下面请吴掾史宣读委任状。"

吴宁昶接过文档袋，心"怦怦"地乱跳，他知道渝水县县公署"县佐"这个位置，一直空缺，吴国祯又一而再、再而三地向他承诺，一定千方百计地让他坐上这把交椅，难道今天就如愿以偿了吗？他用颤抖的双手从文档袋中拿出了他渴望已久的委任状，当他看清这份委任状委任的是叶倩薇时，他的脑袋"嗡"的一下，一阵眩晕，勉强把这份委任状宣读完。吴国祯心里明白吴宁昶此时的心里感受，让王鸣获把他扶到旁边的休息室。

吴国祯随即给吴宁昶打个圆场，说："近日，吴掾史身体有些欠佳，患有阵发性眩晕症，一会儿就好，一会儿就好！"

吴国祯干咳了一声，接着说："下面我代表渝水县公署的全体同僚表态，一致赞同直隶省委任叶倩薇小姐为渝水县公署'县佐'一职，下面就请叶倩薇小姐，叶县佐作就职演说——可惜她因公外出，现在还没有回来。"

这时听到门外有人高喊："叶倩薇小姐叶县佐到！"

只见王鸣获推开了门，一手扶着把手，一手前伸做请进的姿势。叶倩薇缓缓走来，只见她身着素色旗袍，长发绾在头顶，额前的刘海弯弯地卷起。王鸣获带头鼓掌，随后在座的大小官员全都鼓起掌来，掌声此起彼伏。

叶倩薇毫不客气地坐在了吴国祯的身边，吴国祯向叶倩薇点了点头，代替吴宁昶主持会议，说："现在我们请县公署叶倩薇小姐、叶县佐作就职演说，大家欢迎！"

人们万万没有想到，一个女子也能当上父母官，加上叶倩薇平时待人和气，乐于助人，很受人们尊敬，所以立刻就被人们接受了。

叶倩薇手扶讲台，泰然自若，还没等她开口便掌声雷动。她连连摆手让大家静下来，掌声才勉强停了下来。

叶倩薇先向台下深深地鞠了一躬，说："我是一个弱女子，承蒙同僚们的信任和上司的厚爱，委任我为渝水县县公署县佐一职。因我才疏学浅，恐怕难以担此重任，但我可向民众表态：小女子上对得起天，下对得起地，中间不能没有良心，百姓是我们的衣食父母，我一定心系百姓，秉公办事，不徇私情。"

座下掌声又起……

叶倩薇被委任县公署县佐，渝水县的同僚们鼓掌相庆。叶倩薇表情平和，荣辱不惊，举起双手向在座的大小官员致意，说："为了感谢各位同僚对我亲切的厚爱，今晚我决定在聚贤庄宴请大家，请大家放心，我虽然分管财政，但我绝不会用县衙的公款请客！"

掌声又起，经久不息。

吴宁昶被王鸣荻扶到旁边的休息室，躺在沙发上，听到一阵又一阵的掌声，觉得这掌声应该是拍给他的，但这掌声却实实在在是拍给叶倩薇的。这掌声让他失落，有一落千丈之感；这掌声让他失望，失去了本该属于他的一切；这掌声让他忌妒，他忌妒渝水县衙不该出来个叶倩薇；这掌声让他逐渐冷静下来，他终于想明白了，让他失去一切的始作俑者不是叶倩薇而是吴国祯……

吴国祯明知吴宁昶是光棍汉，却把表妹毕丘芩嫁给了苏津湮，已经让他难以承受，如今又把他觊觎已久的叶倩薇，奉送给了李中天，致使他丢掉了"县佐"这个位置。吴宁昶觉得吴国祯尽管不是他的仇人，却已成了他的绊脚石，让他更为恼火。

吴宁昶似乎感悟到世事如棋，他必须靠自己下好这盘棋。

吴宁昶的第一步棋，就是要借助叶倩薇与李中天这层关系，寻找机会靠上李中天这棵大树。

吴宁昶的第二步棋，就是要把"量小非君子，无毒不丈夫"作为座右铭，把吴国祯拉下马，取而代之。吴宁昶感觉自己的能力并不比吴国祯差，凭他的才智坐上县知事的宝座只不过是早一天晚一天的事。

吴宁昶的第三步棋，他要效仿汉武帝刘彻金屋藏娇。他明白李中天不会把叶倩薇让给他，但他可以从苏津湮手中把毕丘芩夺过来。

吴宁昶躺在休息室的沙发上正在做他的黄粱美梦，忽听有人大喊："资料库失火了！"这才把他从黄粱美梦中唤醒，资料库由他分管，资料库失火对他无疑是雪上加霜。

二十三　古字画复原

叶倩薇带领渝水县衙的官员终于把资料库的火扑灭了，可县衙大小官员的档案已全部烧毁，叶倩薇也因救火受伤住了院。吴宁昶到医院看她，只见她头发凌乱，额头的刘海也被烧焦，脸上还有烟熏的痕迹，到处是伤痕。吴宁昶觉得叶倩薇是因为他受的伤，感动地说："叶县佐你这都是为了我！实在对不起……"声音有些哽咽，说不下去了。

叶倩薇脉脉含情地望着吴宁昶，说："宁昶，你千万不要这样讲，是小妹对不起你，抢先占了兄台县佐这个位子，我真不知怎样对你补偿！"

吴宁昶觉得叶倩薇眼中有他，而且还高看了他一眼，让他兴奋不已，他觉得叶倩薇比吴国祯实在，便向她表态，说："叶县佐，有你这句话，我就是给您牵马坠镫也心甘情愿！"

叶倩薇听了吴宁昶的话深受感动，情不自禁地抓着吴宁昶的双手，激动地说："你是我在渝水县唯一的知己！"

吴宁昶就势与叶倩薇双手紧握，如同情侣般的亲热。叶倩薇深情地说："我想让你去一趟津海市，帮我办一件事。"

吴宁昶问："叶县佐的事就是我的事，请吩咐！"

叶倩薇说："到时候吴国祯会通知你。"

李中天在直隶省听说叶倩薇为救火受了伤，如同伤着了他的心尖儿，因一时脱不开身，便派人在她的住处安了直通省城的电话。李中天几乎是天天给叶倩薇打电话，嘘寒问暖，一天听不到叶倩薇的声音，心里就像少了点什么，一个月不来渝水县就像丢了魂似的。

这一天李中天又来渝水县衙看叶倩薇，叶倩薇立即来到他的身边，免不了又干起那偷鸡摸狗的事来……

事毕，叶倩薇说："近几年渝水县盗墓贼很猖狂，不知舅舅怎样看待这个问题？"

李中天沉吟片刻，答非所问地说："你知道古代大钱为什么是外圆里方？"

叶倩薇摇了摇头，说："我哪里知道这些事。"

李中天自恃才高，为了显示博古通今，便侃侃道来："外圆里方的含意是'君子爱财，取之有方'，取之有方，万古流芳耳，取之无方，身败名裂矣！"

叶倩薇说："听说舅舅是直隶省有名的清官，人称李青天，不知您是否也爱财？"

李中天说："其实我这个清官，不但爱财，而且爱美人，只是取之有方耳。"

叶倩薇说："舅舅不愧是宦海中的高手，我很想听听舅舅是用何种方法，怎样取之？"

李中天说："舅舅认为毫无遮拦地收受别人钱财，俗不可耐，不如接受一张古字画，请馈赠人来家喝杯清茶，品茗赏画，岂不更为高雅！我这个人从来不去烟花柳巷，因此有人称赞我不近女色，其实我有几张古字画和一个称心如意的外甥女也就足够了。"

叶倩薇称赞说："舅舅真乃是君子之交淡如水，爱字画，更爱美人！"

李中天听叶倩薇说起字画，立刻想起刘墉那幅墨宝，接着说：

《渝水县志》上记载：宰相刘罗锅曾随乾隆皇帝三次东巡，在渝水县驻跸，与栖贤寺主持交往甚笃，留下了那首五言律诗。叶小姐，我的外甥女，是否找到了蛛丝马迹？"

叶倩薇明白，李中天这是急于向她索要刘墉的这幅字画，心想：乱世之中的官员们只知捞钱，唯独这个老色鬼与众不同，岂不知一张名人字画，价值连城。

叶倩薇随即把李中天索要刘墉那幅字画的事，告诉了吴国祯。吴国祯觉得这正是巴结直隶省长官的好机会，便叫来吴宁昶，说："你设法给我弄到刘墉的那幅墨宝，越快越好，钱从本县的办公经费中支出。"

吴宁昶说："如果急要，只有到津海市的'墨宝斋'寻找，不过价钱有些高。"

吴国祯说："只要能买到李中天要的那幅墨宝，可以不惜血本！"

吴宁昶拿着吴国祯的手令，经苏津湮签字，从办公费中拨出一笔巨款，让王鸣获护送他到津海市的"墨宝斋"去买刘墉的墨宝。

吴宁昶与"墨宝斋"的老板贾一臻进入密室协商，王鸣获在室外守候。贾一臻老板立即拿出了两幅古字画，一幅是刘墉写的五言律诗，一幅是八大山人画的《青萝卜白菜图》。

吴宁昶却被悬挂在墙上的一幅《茅屋藏娇图》所吸引，贾一臻立即让伙计摘了下来，见上面的落款和图章都是唐寅。吴宁昶曾听过《九美夺夫》的渝水大鼓，知道唐寅是明代一位风流才子，《茅屋藏娇图》这幅画令他爱不释手。贾一臻说："这幅《茅屋藏娇图》可以奉送，但那两幅字画却一分不能少了！"

最后，吴宁昶与贾一臻在密室以二千块大洋成交。吴宁昶让墨宝斋老板贾一臻在税票的购货单据上，只注有"刘墉的'五言律诗'和八大山人的《青萝卜白菜图》两幅字画"，《茅屋藏娇图》自然成了吴宁昶的个人藏品。吴宁昶又让在票据上多加了一百块大洋，装进了自己的腰包。

贾一臻用一百块银票买了一张刘墉的字画，仅仅在上面加盖了两方伪造的图章，便净赚一千九百块银元，可谓是乐不可支。

当晚，吴宁昶和王鸣荻住进了津海市的莺花巷，吴宁昶给王鸣荻包了个单间，找了一个妓女陪睡，算是对他的犒劳。

吴宁昶进了单间，乘屋里没人，便拿出刘墉的字画，铺在床上仔细欣赏，想看看为什么值那么多钱。他还没看出个究竟，就听外面有个女人一阵浪笑，嗲声嗲气地喊："梦中的情哥哥，你怎么才来？我想死你了！"

吴宁昶听声音像是冲着他来的，不愿让生人看见这样的珍品，便顺手用床单盖在了字画上面。说话之间一个浓妆艳抹的妖冶女人走进门来。

吴宁昶与妓女折腾完后，从情色中猛然醒悟，床单下还藏有刘墉的字画。他急忙掀开床单，发现他用二千块大洋买来的墨宝，顷刻之间撕裂成一堆碎纸块，才知道自己闯了大祸。

吴宁昶失魂落魄地用一块蓝布包起碎画残片，连同那两幅画，装在皮箱子里，悄然去了北平。

吴宁昶听说"荣宝斋"是二百五十多年的老店，便以鉴定古字画为名，寻求补救残画的办法。

"荣宝斋"第八代传人张幼林恪守诚信，在古都一向是以文会友、平易近人，口碑极佳，誉满北平。

张幼林听说有人让他鉴定古字画，便让伙计把客人让进内室，吴宁昶首先展开了那幅《茅屋藏娇图》，张幼林一看便说："从笔法上看很像是唐寅的风格，从纸墨的年代上看，出自现代，其艺术水平远不如唐寅，此画虽然是一幅赝品，也是由行家精心制作。"

吴宁昶又展开了《青萝卜白菜图》，张幼林看了直摇头，说："这哪里是八大山人的画。从笔墨的手法上，我一看便知这是流氓画家黎谷竹造的假画。他造假画一为赚钱，二为搞女人，因名声不好，便仿造八大山人画了几幅《青萝卜白菜图》并在画上题写'青白图'，其中一幅悬挂在自家的墙上，以表明自己清清白白。"

吴宁昶此时才知道上了"墨宝斋"贾一臻的当，事已至此，也只能吃哑巴亏，好在没用自己一文钱。

张幼林见吴宁昶还拎着一个蓝布包，便问："这是什么东西？"

吴宁昶有些不好意思地说："这是一位朋友买的一幅字画，不慎弄成了这个样子！"

吴宁昶随后打开蓝布包，一堆压碎的字画残片展现在面前，一股浓浓的香水味和淡淡的腥味扑鼻而来。张幼林立即明白了损坏的原因，眉头紧皱，随后是一声叹息，说："你这个朋友一准是官宦人家的秧子，携带字画到烟花柳巷与妓女鬼混时，不慎毁坏。这个不肖子孙，真是丢尽了祖宗的脸！"

吴宁昶被羞辱得满脸通红，低头假装看字画的残片，嗫嚅地说："请问此画是否还能揭裱？"

张幼林望着这一堆大大小小的碎块，实在是难以数清，他粗略地算了一下，足有一千多块，气愤地说："这幅碎裂成一千多块的字画残片，想要复原，简直是天方夜谭！"

吴宁昶见张幼林没有帮他的意思，也顾不得脸面，"扑通"一下跪倒在张幼林的面前，哀求说："不瞒您说，是我损坏了这张字画，回去不仅要丢了饭碗，还得吃官司。只要您能救我，您就是我的再生父母！"

张幼林忙扶起吴宁昶，说："先生误会了，我虽然帮不了你，但可以给你推荐一个人。此人姓袁名逢瑾，家住渝水县，是修复文物的世家，曾在津海国立美专供职，不知为什么退隐还乡，你不妨找找他！"

吴宁昶回到渝水县，立刻向吴国祯呈上了购买古字画的账单和伪造的八大山人的那幅《青萝卜清白图》。吴国祯展开一看，原来画的是两个青萝卜和一棵白菜，很不养眼，大失所望。

吴宁昶忙解释说："如果您把这幅画悬挂在会客厅里，萝卜白菜，暗喻您为官一任，清清白白，不言自明。"

吴国祯觉得吴宁昶是在众人面前用"字画"暗喻他是一个"清官"，对吴宁昶的良苦用心很是赞赏。但他最关心的是他准备送给李中天的字画，急着要看，问："你给李中天买来的刘墉那幅墨宝呢？"

吴宁昶谎称："刘墉那张字画我觉得太旧了，我已派王鸣荻去揭裱，待重新装裱后，再拿给您看！"

吴宁昶走后，吴国祯马上让人把《青萝卜白菜图》悬挂在会客厅的墙上，他坐在画前，用手轻轻地敲打着太师椅的扶手，十分得意，觉得自己为官一任，真的是清清白白。

吴宁昶用一张假画把吴国祯糊弄了，让吴国祯在"墨宝斋"的货票上签了字。

吴宁昶报完账后，从多得的一百块大洋中拿出五十块，把王鸣荻叫到他的面前，说："桌子上的五十块大洋是给你的！"

王鸣荻受宠若惊，站了起来，忙不迭地连声说："谢谢！谢谢吴掾史！"

吴宁昶说："不必言谢，我还有事求你！"

王鸣荻得了五十块大洋，高兴得忘乎所以，不假思索地说："不管您有什么难事，我都愿意为您效犬马之劳！"

吴宁昶便把损坏刘墉字画的事复述一遍，让王鸣荻想尽一切办法找到袁逢瑾修复字画。

王鸣荻不敢怠慢，经过两天两夜的筛查，终于在户籍簿中，查到袁逢瑾这个人，现隐居在渝水县的太平庄。

王鸣荻来到太平庄，很快找到了袁逢瑾的家。

袁逢瑾的家原本是一座破旧不堪的农家小院，现已被修葺一新，大门上新贴一副对联，王鸣荻抬头一看，左侧是"千磨万击还坚劲"，右侧是"任尔东西南北风"，横批是"陋室居士"。王鸣荻似懂非懂，但他觉得县衙警察所的警长来到这个偏僻小村，谁敢小瞧他。

王鸣荻迈着四棱子步，走进屋来。袁逢瑾的屋内非常简陋，炕上有一个长条柜，正面墙上悬挂着一幅郑板桥的《竹石图》。袁逢瑾的女人坐在旁边做针线活，地上只有一个八仙桌和两把椅子，六岁的女儿小芸坐在椅子上，袁逢瑾站在一边正教她认字。

王鸣荻见没人理他，心中不快，便大模大样地来到画前，假装欣赏画。王鸣荻对诗、画全然不懂，只觉得画中题写的诗，后两句像是院门上的对联。

王鸣荻见袁逢瑾仍然没有理他，有些生气，大声呵斥："屋中还有喘气的吗？怎么连句人话都没有？"

袁逢瑾并不吃王鸣荻这一套，对女儿说："闺女，爸爸眼神不好，

328

屋中何时闯进来一条狗？给我轰出去！"

女儿忙说："爸爸，是个警察！"

袁逢瑾好像才看清是个警察，发现他手里还拿着一个蓝布包，不解地问："警长大人到陋室有何公干？"

王鸣荻把蓝布包往桌子上一放，说："裱画！"

袁逢瑾问："画在哪里？"

王鸣荻打开布包用手指了指一堆碎画残片，说："在这儿！"

袁逢瑾不屑一顾地说："这哪里是画？分明是一堆碎纸片！"

王鸣荻听了很不高兴，不得不把碎纸片又包了起来，说："亏你还是一位专家，连墨宝都不认识？"

袁逢瑾最恨当今这些做官的，讥讽地说："警长大人，我哪里有这个本事？您还是另请高明吧！"

王鸣荻再也忍不住了，把背着的匣子枪摘了下来，往桌子上一摔，威胁说："在下是渝水县公署警察所警长王鸣荻，今天我把话挑明了，这幅墨宝就放在你这里了，给你一个月的时间，如果不能把它修复，我立刻毁了你这个家！"

袁逢瑾毫不畏惧，拿起王鸣荻的匣子枪和那个布包，摔给了他，另一只手抓住他的衣领，把他拽到院内轻轻一撂，摔出大门外，说："如果你再敢来骚扰，我一准扒掉你这身黑皮，把你送进大牢！"

王鸣荻看袁逢瑾这气势，不知有何背景，想起曾在津海国立美专和渝水县犯下的命案，立刻没了底气，如同老鼠见了猫，不敢久留，赶忙离开了太平庄。

王鸣荻拿了吴宁昶五十块大洋，回去无法交差，他忽然想起求助张虔奕，便来到了陈家大院。

王鸣荻打开布包，向张虔奕讲述了吴宁昶损坏字画的经过，说："这就是刘墉在栖贤寺写的那首五言律诗。"

张虔奕首先在较大的碎块中，找出两方完整无损的印章，一方是"乾隆御览之宝"，一方是"石渠宝笈"。他拿出放大镜仔细观察，认定这两方印章系"墨宝斋"伪造，而且是在近期加盖的。

随后，张虔奕对纸质和墨迹进行了辨别，认定是乾隆时期的字画，为了鉴定字的真伪，他必须找出一个完整的笔画来，可每个字的每一笔都不知碎裂成几块，这些碎块又混杂在一起，很难找到。他用镊子轻轻地拨动着字画的残片，费了很长的时间，才对出一个"撇"，但仅凭这一撇，张虔奕便可以确认这就是刘墉的笔迹。

张虔奕终于在一个较大的碎片中找到了夹层，经过仔细观察，发现夹层上有明显的密图痕迹。张虔奕望着这些残片，他完全可以确认这就是在栖贤寺丢失的刘墉字画，不禁长叹一声："作孽啊！"

王鸣获不解地问："张教授！您发现什么了吗？"

张虔奕掩饰说："可叹一幅好端端的字画，竟被糟蹋成了这般模样，恐怕是难以复原！"

王鸣获着急地说："这幅字画虽然残破不堪，但所有的碎片全在这里，一块不缺，教授一定得帮这个忙，我求您了！"

王鸣获知道张虔奕与袁逢瑾在国立美专是故友，乞求张虔奕出面去太平庄请袁逢瑾揭裱这幅字画。

张虔奕沉吟良久，为难地说："念你为修祠还算做了点事，就凭这一点，我可以帮你，这些碎片就放在我这里吧！"

王鸣获把包袱甩给了张虔奕，如释重负，千恩万谢地离开了陈家大院。

张虔奕在国立美专学习时与袁逢瑾交往甚笃，曾向他求教过揭裱古旧字画的绝技，立即把袁逢瑾请到陈家大院，二人倾诉往事，感慨万千。

袁逢瑾说："我最恨这群当官的，官不大，僚不小，尽干些偷鸡摸狗的事，让我给他们擦屁股，没门！"

张虔奕讲述了刘墉字画的原委，说："刘墉是我最敬仰的一位书法大家，官位高至宰相，死后陪葬的物品却只有一笔一砚，这幅作品可谓是他力作中的精品。"

当袁逢瑾得知揭裱这幅字画，不仅是修复了一件珍贵的文物，而且对张虔奕破解碣石地宫之谜至关重要时，袁逢瑾决定不惧风险，全力相助。

时逢盛夏，张虔奕陪同袁逢瑾来到太平庄，袁逢瑾腾出来一间屋子，开始操作揭裱残画碎片的绝活。

他们按字迹的横、折、竖、钩、点、撇、捺分类编号，就这样一小块、一小块足足编了近一千多个号码，在这近一千个残片中，去寻找其中的一个字，如同是大海捞针。他们用了几天的时间，才找出一个偏旁，根据这个偏旁便可以在一千多块的残片中寻觅另外半个字，其难度之大可想而知。

在炎热的夏日里，他们沉溺在苦涩的汗水之中，袁逢瑾的妻子喊他们吃饭，女儿喊他们休息，他们似乎全没听见。

这一天，袁逢瑾的女儿小芸给他端来两碗清水水饺，这是袁逢瑾的妻子特意为他们做的。小芸这一进一出，清风缓缓吹来，把几个残字的碎片吹落到地下，袁逢瑾赶紧关严屋门。以后，袁逢瑾索性锁上门，免得让风吹乱了残片的编码和从残片中剥离出来的夹层。

夜已深，万籁俱寂，听到的只有镊子拨弄残片的窸窣声，这声音不亚于意大利著名作曲家贾科莫·普契尼在演奏《图兰朵》中最精彩的一段咏叹调——《今夜无人入睡》。张虔奕、袁逢瑾在残画的碎片中，千寻百觅，窸窣声从子夜直到天明，终于找到了这个字的另外一半。

早晨，女儿小芸给们送早饭，近前看他们刚刚找出的字，不禁脱口而出："爸爸，你们忙活了这么多天，原来就是为了一个'饭'字。"

袁逢瑾的妻子发现他们昨天连晚饭都忘吃了，心疼地说："你们这样下去怎么受得了？"

袁逢瑾望着"饭"字和已经发馊的饺子，似乎有了预感，说："今后恐怕连'饭'都吃不成了！"

倏忽之间，一个月过去了，刘墉字画的揭裱工作已经到了最后阶段。同时，张虔奕在残片中，终于剥离出碎裂成近千块的一张图，他深有感触地说："逢瑾兄为我废寝忘食，吃尽了苦头，虔奕没齿难忘！"

张虔奕立即告别袁逢瑾，回到陈家大院，连夜复原这张暗藏在字画夹层中的密图。

吴国祯动用两千多块银元的公款，买来刘墉一幅字画，至今连字画的影子都没见着，有些沉不住气了，三天两头催促吴宁昶要看字画。吴宁昶自知惹了大祸，不得不用五十块大洋，唆使王鸣获给他擦屁股，到现在还没有消息，已经是急不可耐。

　　王鸣获把修复字画的事转嫁给了张虔奕，自己落得清闲自在，手里有了钱，免不了又想起野花香客栈的小姐，便信步来到野花香客栈，只见买笑正在与一个客人搭讪，不禁醋意大发，大声吆喝："买笑！"

　　买笑见是王鸣获，回眸一笑，故意要个大价，说："警长大人要买笑，少一分不卖！"

　　王鸣获立刻从兜中掏出两块大洋，塞到买笑手中，买笑吃惊地望着王鸣获，问："警长大人又在何处发财了？竟然如此大方！"

　　王鸣获忘乎所以，竟然把吴宁昶在津海莺花巷损坏字画的事和盘托出，并添油加醋地说："刘墉这幅五律诗价值连城，吴宁昶知道闯了大祸，是鄙人为他化险为夷，难道他能让我白忙活吗？"

　　买笑问："是何人帮了你这样大的忙？"

　　王鸣获吹嘘说："我的故交袁逢瑾，原在津海国立美专供职，现隐居在太平庄。"

　　买笑微微一笑，说："这幅刘墉的字画早晚是我的！"

　　王鸣获听了一愣，知道说了不该说的话，正在这时有人在身后大声呵斥他："现在都火烧眉毛了，你却在这里拈花惹草！"

　　王鸣获见是吴宁昶，忙问："吴掾史，何事找我？"

　　吴宁昶说："吴知事叫你立即到县衙议事！"

　　王鸣获到了县衙，见吴国祯和叶倩薇早已等在那里，叶倩薇问王鸣获："你与吴宁昶在津海'墨宝斋'买的那幅字画，你可仔细看过？"

　　王鸣获忙说："鄙人亲眼目睹，是刘墉的一首五言律诗。"

　　"有没有刘墉的题款和印章？"叶倩薇问。

　　"有。落款为乙末孟冬之月石菴书，款下有阴刻'刘墉之印'和'石菴'两方印章，还盖有乾隆皇帝的玉玺。"

　　叶倩薇听了激动不已，脱口而出："这就是刘墉在栖贤寺留下的那首五言律诗的真迹！"

吴宁昶见叶倩薇有些失态，问："叶县佐怎么了？"叶倩薇掩饰说："我真为知事大人高兴，有了这幅字画，定能官升三级。"

吴国祯忙说："这件事全靠叶县佐提携！"

叶倩薇说："我还没有见过刘墉的字，是否能让我先睹为快。"

吴国祯立即让吴宁昶把字画拿出来，吴宁昶问王鸣荻："你把字画带来了吗？"

王鸣荻早把揭裱字画的事忘在脑后，支支吾吾地一句话也答不上来，被吴宁昶臭骂了一顿。

吴宁昶说："王鸣荻你听好了，这幅刘墉的字画是你在津海市不慎弄坏的！"

王鸣荻听吴宁昶的意思是让他把责任揽过来，有些不情愿，说："这个，这个……"

吴宁昶把眼一瞪，说："你不是说揭裱的事包在你身上了吗？如果你能复原成原来的样子，一了百了！否则我拿你是问！"

王鸣荻拦住了他的话，没有说把揭裱字画的事交给了张虔奕，谎称："刘墉那幅字画我已交给了袁逢瑾，他说看我的面子愿效犬马之劳，何时能完璧归赵我也不知道。"

吴宁昶皱着眉头问："那你打算怎么办？"

王鸣荻在吴宁昶耳边如此这般地说了一遍，吴宁昶皱着的眉头渐渐地舒展开了。

吴宁昶说："二位长官请放心，字画一定能修旧如新，近日即可取回。"

吴宁昶知道王鸣荻办事不靠谱，不相信荣宝斋不敢接的活儿，渝水县一个乡下人能拿得起来。他作了最坏的打算，责令王鸣荻派警察在袁逢瑾门前设岗，日夜看守，防止袁逢瑾逃走。一旦袁逢瑾没能复原字画，便嫁祸于王鸣荻，诬陷其渎职，判袁逢瑾毁坏文物罪，可谓是一箭双雕。

袁逢瑾虽然身陷囹圄，却处变不惊，让妻子和女儿小芸像无事一样，协助他完成装裱字画的最后一道工序。

妻子却沉不住气了，说："咱们不求钱财，只求平安，不如设法逃出这个小院，到紫塞桃花源隐居！"

袁逢瑾说："刘墉的字画即将修复，不能前功尽弃。此画不管落入何人之手，总算能为后人留下一幅佳作。"

门外的两个警察日夜守在这里，虽说是站岗，却不像在衙门口那样直挺挺地立在那里，就是坐在门口睡觉也无人管，开始时还觉得清闲自在，时间久了，见不到女人，渐渐地感到寂寞难耐。

这天晚上两个警察正在门口打盹，忽然闻到一股刺鼻的脂粉味，发现有两个庄户人家打扮的姐妹从门前经过，虽然看不清长相，但那苗条的身段，不亚于野花香客栈的妓女。

两个警察正没事干，不禁大喝一声："姓甚名谁，干什么来了？"

姐姐说："我叫野姬！"

妹妹立即凑上前去，脸贴脸地对警察说："我叫野花！"

姐姐指着篮子里的两只烧鸡和一包小菜，说："我们是走亲戚来了。"

妹妹晃着手中的汾酒，说："我是怕姐姐遇到歹人，特来陪伴。"

一个警察上前从姐姐的篮子里拿出烧鸡，毫不客气地猛啃一口，说："老子先尝尝这个野鸡是什么味道！"

另一个警察望着妹妹手中的汾酒，馋得直流口水，嬉笑着说："老子想喝野花妹妹的汾酒。"

这个警察话没说完，便从妹妹手中夺过汾酒，咬开瓶盖，立即往嘴里灌了一口，觉得这酒格外醇香。

两个警察索性坐在院门的两侧，你一口我一口地啃着烧鸡，喝起酒来，酒足饭饱之后，见两个姐妹并没有离开的意思，感到诧异，问："你们俩到底是什么人？"

俩姐妹在一旁睨而视之，说："实话相告，我们是野花香客栈的两朵花——蔷蘼和买笑，奉命前来取画。"

两个警察现在才明白，面前的两个农村打扮的姐妹，是两个妓女，不禁淫心顿起，但觉得浑身无力，一阵眩晕，便歪倒在门前。

蔷蘼、买笑轻而易举地解决了两个警察，立即进入院内查看，发现袁逢瑾的屋已经熄了灯。两个人在屋外听到屋内传出了细微的鼾声，觉得这正是窃取字画的最佳时机，正待入室取画，便觉得身后冷飕飕的，还没容得回头，便被击倒在屋门前。

刘墉这幅字画是否还是一堆碎片，吴宁昶一无所知，但他通过各种渠道知道了刘墉这首五言律诗的逸闻轶事，还知道日本间谍野蔷薇，也急于要夺取这幅字画。

而王鸣荻对于修复字画并不上心，早已把修复字画的事忘在脑后。吴宁昶虽然在吴国祯面前嫁祸于王鸣荻，但这件事毕竟是他惹的祸，他还是放心不下。

这天晚上，吴宁昶得知李中天明日莅临渝水县，这幅字画正是讨好李中天的一个重磅砝码，如果拿不出来，他也难辞其咎，其后果可想而知。他彻夜未眠，苦思冥想，终于想出了一个应急的办法。

凌晨，吴宁昶责令王鸣荻，调动了渝水县全副武装的警力，他与王鸣荻坐在警车上，鸣着警笛，奔向太平庄。

警车到了太平庄，立即把袁逢瑾家团团围住，看这阵势显然是要抓捕犯人。

王鸣荻从警车上走了下来，只见两个警察躺在大门两侧，浑身冰冷，早已挺了尸，王鸣荻哆哆嗦嗦地向吴宁昶报告："两个警察已经殉职！"

吴宁昶知道是野蔷薇所为，立即迁怒于王鸣荻："还不赶快进去查看，丢了字画我拿你是问！"

王鸣荻叫上警察，紧随其后，战战兢兢地走进了"陋室居士"小院，直奔袁逢瑾的住室，发现屋门已被撬开，野花香客栈的蔷薇、买笑歪倒在门槛上。王鸣荻知道她们是冲着刘墉的字画而来，但不知为什么会倒在这里。

此时，买笑渐渐地睁开了双眼，王鸣荻上前扶起买笑，怜悯地问："你们这是何苦……险些丢掉性命。"

吴宁昶来到王鸣荻身后，见王鸣荻在这个时候还在怜香惜玉，吼道："还不给我捆起来！"

还没容得王鸣荻动手，叶倩薇开着军车也到了现场，来到王鸣荻面前，说："切莫伤及无辜！野花香这两个小姐为什么会来到这里？她们来到这里究竟要干什么？回去我要问个明白。"

叶倩薇说完立即把蔷薇和买笑拉上军车，疾驰而去。

古字画是否还是一堆碎纸片，谁心里也没底。吴宁昶做了最坏的打算，一旦古字画揭裱失败或丢失，他将追究王鸣荻渎职，再给袁逢瑾扣上损毁文物的罪名。

吴宁昶气势汹汹地踹开了袁逢瑾的卧室门，袁逢瑾立刻被两个警察控制，妻子、女儿吓得躲在墙角里，瑟瑟发抖。

卧室的对面屋是临时腾出的裱画工作间，袁逢瑾打开了锁着的门。吴宁昶、王鸣荻一齐挤了进去，只见四壁空空，屋子中间有一个裱画的案子，墙角放着一个条桌，下面是一堆还没来得及清理的碎纸片。

两人都急于想知道屋中是否有复原后的刘墉字画，王鸣荻忽然发现条桌上立着一个画筒，这是他再熟悉不过的了，上前拿了起来，立即交给了吴宁昶，说："吴掾史，刘墉的字画在这里！"

吴宁昶打开一看，里边装的全是碎纸屑，原来是一个空画筒，两人大失所望。

吴宁昶以异样的眼神望着袁逢瑾，问："刘墉的字画在哪儿？"

袁逢瑾指着条桌下的一堆碎纸屑，说："在那！"

吴宁昶见袁逢瑾不像在说谎话，也顾不得脸面，猫着腰像狗一样钻到条桌底下，去翻腾这堆碎纸片，很快便在碎纸屑中找到了那幅字画。吴宁昶让王鸣荻把画轴展开，两人一看，与从津海市"墨宝斋"买来的那幅字画，竟然不差分毫，立刻惊呆了。

一幅被撕扯、压碎成一千多块的字画残片，在当今世界上要想修复，应该是不可能的事，竟然被袁逢瑾办到了。吴宁昶闯下的大祸，如今已经化险为夷。

吴宁昶隐约感到自己的官运来了，昔日的官场失意已成为历史，现在的他，已经变成了一只转运的猫，他有七条命，不管遇到任何险情，四个爪总能安全着地，他的爪还有招财的本事。

吴宁昶捧着刘墉的字画，心想：祸兮福所倚，脑中逐渐萌生出一幅绝妙的《升官图》来，兴奋得不能自已，不禁失声大笑……

二十四　冷月照孤舟

把一幅毁坏成了一千多块碎片的字画，复原成与原来的一模一样，在常人看来，简直就是"不可能"。张虔奕与袁逢瑾携手挑战了不可能，并从一千多块碎片中，剥离出暗藏在里边的碣石地宫密图。

吴宁昶拿到了刘墉的字画，去了一块心病，但吴宁昶并不感激袁逢瑾，认为这是他自己的福分。吴宁昶没有理由再拘捕袁逢瑾，只好让王鸣获撤走警察，面无表情地对袁逢瑾说："字画裱得还算可以，费用记在我的账上。"

吴宁昶并不想付给袁逢瑾修复字画的费用，敷衍了两句便上了警车，回渝水县衙向吴国祯交差去了。

当警车到了渝水县衙门前的时候，吴宁昶发现叶倩薇已先他一步，站在了吴国祯的身边，等候李中天的到来。

李中天的轿车一到，吴国祯立即迎上前去，为李中天打开了轿车门，就像仆人见了主子一样，鞠了九十度大躬，说："欢迎直隶省李长官的到来！"

他忽然发现吴宁昶拿着画筒来了，这正是他献殷勤的好机会，便招手让吴宁昶过来。吴宁昶来到吴国祯面前，还没容得吴国祯说话便转向李中天，毕恭毕敬地双手呈上画筒，自我介绍说："在下是渝水县衙的掾史，为您寻来了一幅刘墉的字画，敬请直隶省李长官笑纳！"

李中天深知刘墉字画的价值，但他没有流露出内心的贪婪，装成对字画不屑一顾的样子，没有伸手去接，对身边的叶倩薇说："叶县佐，你先替我收下。"

叶倩薇从吴宁昶手中把字画接了过来，故意冲吴宁昶晃了晃，讥讽地一笑，好像在说这幅字画终于到了自己的手里。

吴宁昶没有让吴国祯直接把字画交给李中天，无疑是在李中天面前卖乖，吴国祯当着李中天的面，狠狠地瞪了吴宁昶一眼，也不好再说什么。

李中天真的以为这幅字画是吴宁昶给他弄来的，但他首先感谢的不是吴宁昶，而是叶倩薇，因为他知道吴宁昶是受了叶倩薇的指令。吴宁昶这样快就把字画给他弄到了手，觉得这个吴掾史还算听话，用手拍了拍吴宁昶的肩膀，说："小吴啊！好好干，我亏待不了你！"

当晚，叶倩薇换上了晚礼服，陪李中天回到了渝水县贵宾招待处，下榻在豪华套间。李中天已年过中年，由于从省城到渝水县路途遥远，加上公路管理不善，道路多处损毁，一路颠簸，再加上中午、晚上两次宴请，又多喝了点酒，想早点休息。

李中天虽然已疲惫不堪，但心里惦记着刘墉的那幅字画，迫不可待地让叶倩薇把这幅字画挂在墙上，说："这幅刘墉的字画，未必就是我想要的，让我看看这个刘罗锅子在这上面写了些什么？"

叶倩薇让服务生找来一把锤子和几个钉子，服务生说："墙上是新贴的壁纸，您千万别往上钉钉子，否则我们下人是要受罚的！"

叶倩薇冲服务生一笑，说："如果直隶省的长官让我把这栋房子拆了，渝水县的公署知事都不敢吭一声，钉几个钉子你怕什么？"

叶倩薇回到屋里，麻利地登上凳子，叮当两下便把钉子钉在了壁纸墙上，然后挂上字画，柔声说："外甥女已经把画给您挂好了，请舅舅大人鉴赏！"

李中天迷迷瞪瞪地靠在沙发上，似醉非醉，睁开了有些发红的眼睛，望着墙上的字画，听叶倩薇轻声细语地朗诵：

> "白屋炊香饭，荤腥不入家。
> 滤泉澄葛粉，洗手摘藤花。
> 青芥除黄叶，红姜带紫芽。
> 命师相伴食，斋罢一瓯茶。"

李中天让叶倩薇反复吟诵两遍，似乎看到刘墉在栖贤寺斋罢喝茶的情景，从似睡非睡的状态中，猛然醒悟："白屋炊香饭，斋罢一瓯茶"就是他在呜咽城买的那幅条幅，原来是从这首五言律诗中摘录下来的。他又惊又喜，真是踏破铁鞋无觅处，得来全不费功夫。

此时的李中天像是穷汉子捡了一块狗头金，爱不释手，他认为这个狗头金就是这个美女县佐给他的，情不自禁地从沙发上跳起，上前搂住叶倩薇疯狂地亲吻起来，嘴里不停地说："叶倩薇，我的好外甥女，舅舅太爱你了！明天我回到省城，把家里的黄脸婆休了，让你名正言顺地做我的太太！"

叶倩薇顺从地倒在李中天的怀里，说："舅舅大人，如今刘墉的字画已经到了您的手里，您的外甥女也搂着不放，您就没想过怎样报答您的外甥女吗？您就没想过您的外甥女在渝水县还在受吴国祯的气吗？这年头人心叵测，真亦假来假亦真，您就没想过吴宁昶送来的字画不是赝品吗？"

李中天对古字画情有独钟，但对于如何鉴定古字画的真伪，还是似懂非懂，听了叶倩薇的一席话，心里没了底，便说："要是外甥女不提醒我，我真的把这幅字画当成绝品了，不知外甥女有何高见！"

叶倩薇说："其实我也不懂真伪，不过张虔奕是考古专家，又是画家，明天咱们以视察为名，到陈家大院，顺便让张虔奕给鉴定鉴定！"

翌日，叶倩薇搀扶着李中天走进了陈家大院。梁茜月对叶倩薇的怨恨至今耿耿于怀，见叶倩薇来了，立即躲进了内室。

叶倩薇一进院就喊："张教授！李长官请教您来了。"

张虔奕见叶倩薇与李中天拿着刘墉的字画让他鉴定，心中一惊，莫不是他们发现了什么？这幅字画的揭裱整个过程都是秘密进行的，应该没有留下什么破绽，如果他们发现了这个秘密，袁逢瑾将危如累卵，凶多吉少。

叶倩薇对张虔奕还算客气，说："听说张教授在研究古字画方面造诣颇深，请您鉴别一下这幅字画是否为赝品？"

张虔奕知道来者不善，为了袁逢瑾的安全，他想用个缓兵之计稳住叶倩薇和李中天，便答非所问地讲了一段刘墉在渝水县的轶闻，试探叶倩薇和李中天的来意。

张虔奕说："这首五言律诗，是清代乾隆年间宰相刘墉所写。当年刘墉跟随乾隆皇帝爱新觉罗·弘历东巡，来到渝水县城的西门，乾隆皇帝为了试探刘墉的才华，故意说城门楼上缺一块匾，便随手写了'祥霭'两字，让跟随在身边的大臣续写后面的两字。身边的大臣面面相觑，没人敢与皇帝共写这块匾。乾隆皇帝见刘墉弯着腰，驼着背，躲在别人身后，故意拿他取笑，说：'那个猫腰弓脊的爱卿不必躲躲闪闪，这两个字看来只有你能写，写好后朕赐给你一个昵称！绝不食言！'

"刘墉看似并不情愿地拿起笔来，只见他的腰更弯了，背更驼了，举起笔的手哆哆嗦嗦，不敢下笔。忽然一阵风，卷起黄沙，眯得人眼难睁。风沙过后，众大臣见乾隆写的'祥霭'后面添上了'博桑'两个字，惊叹不已，齐声高呼：皇恩浩大，祥霭博桑。我皇万岁！万岁！万万岁！

"乾隆皇帝非常欣赏刘墉的文采，当着众大臣的面高兴地说：'刘爱卿！朕现在就赐给你一个昵称！'

"众大臣很想听乾隆皇帝赐给刘墉的昵称是什么，可乾隆皇帝迟迟不说，直到众大臣等得急不可耐的时候，乾隆皇帝哈哈一笑，说：'朕赐给你的昵称是——刘罗锅子！'刘墉听了这个昵称哭笑不得，众大臣忍不住哄堂大笑。"

李中天对张虔奕讲的奇闻逸事很感兴趣，也忍不住笑了起来，同时也更加懂得刘墉是一位不可多得的书法大家，赞叹地说："刘墉竟能在这样恶劣的环境，瞬间写下了'博桑'两字，实在是难能可贵！"

叶倩薇急于想知道这幅字画的真伪，对刘墉的这些奇闻逸事并不感兴趣，不耐烦地说："张教授，长官不是来听您讲故事的，是请您鉴定一下刘墉这幅字的真伪。"

张虔奕说："听说这幅画是吴知事赠给李厅长的礼品，应该不会是假货！"

李中天立即纠正说："这是吴掾史给我弄来的，我对古字画虽然略懂一二，但，是不是刘墉的真迹，还是有些拿不准！"

张虔奕说："听长官的意思，这幅刘墉的字画是吴掾史送给您的，想必吴宁昶对长官一定有所求，试想他敢拿一幅假画欺骗直隶省的长官吗？"

李中天想了想说："张教授说的话虽然在理，不过我看你是怕得罪吴掾史，不敢明说。"

张虔奕说:"李厅长,恕我直言,我谁也不怕!北平荣宝斋的掌门人张幼林才是鉴定古字画的权威。目前,在渝水县还没有人有鉴定这幅字画的资格!"

李中天碰了个软钉子,有些生气,知道张虔奕不会告诉他字画的真伪,立即让叶倩薇卷起了刘墉的字画,说:"既然张教授不给面子,我们只好去北平了。"

李中天说完,拉着叶倩薇悻悻离去。梁茜月从内室出来,望着叶倩薇的背影,狠狠地啐了她一口:"呸——"

"张夫人!你在啐谁呢?"忽听门外有人喊她。

梁茜月以为被叶倩薇听见了,正想骂她一顿,说话的人已经走了进来,梁茜月一看原来是袁逢瑾夫妇带着女儿来了,袁逢瑾的妻子拉着女儿小芸给张虔奕鞠了一躬,说:"感谢您在暗中派人保护我们,才使我们一家化险为夷,现在太平庄已经恢复了往日的平静,今天特来向您致谢!"

张虔奕说:"逢瑾兄,事情并不是这样,我正要去找你,有急事相告……"

袁逢瑾一家刚刚受了一场惊吓,惊魂未定,张虔奕不忍心让嫂夫人再受到更大的惊吓,话到嘴边又咽了下去。

张虔奕示意让梁茜月带嫂夫人和女儿小芸回避,梁茜月便说:"你们第一次来石牌坊村,村北松柏岭有座梅公墓园,园中有石人、石马、石牌坊,非常好玩!"

袁逢瑾的女儿小芸不知梅公墓园是什么去处,听阿姨说那里非常好玩,高兴地说:"妈妈,我要阿姨带我去看石人!"

梁茜月为了不打扰张虔奕与袁逢瑾的谈话,立即带着袁逢瑾的妻子和女儿向村北梅公墓园走去。

墓园前方有一对华表,华表为方形石柱,各有一个小狮子端坐在石柱之巅,好似墓园的瞭望哨,石柱后面是石牌坊,牌坊前有一对硕大的石狮子,皆为花岗岩雕刻而成。

梁茜月见小芸对狮子非常感兴趣,随口问道:"小芸,你说说这两个石狮子有什么不同?"

小芸仰着头望着华表上的小狮子，又看了看眼前的大狮子，笑了起来，说："阿姨，你考不住我！"

"你小小年纪未必能说得清！"梁茜月有些不相信。

小芸咬着手指，晃着头上的小辫，说："石狮子长得虽然一模一样，左边的狮子是妈，左脚下是她的爱子，右边的狮子是爸，右脚下是他喜欢的绣球。"

梁茜月惊奇地问："小芸，告诉阿姨，你是怎么知道的？"

小芸顽皮地一笑，说："阿姨，等我长大了再告诉你。"

三人前行，迎面是一座硕大的石牌坊，这座石牌坊为四柱三楼式，单檐庑殿顶，主楼四朵斗拱，侧楼两朵斗拱，坊上雕有飞凤、奔龙、鱼、马、羊、鹿等精美图纹。主楼正面坊檐下刻"圣旨"二字，显示这座石牌坊和墓园是皇帝所赐，象征着皇帝的恩宠。

小芸看不懂这座石牌坊，担心阿姨再考她，便学着梁茜月的口气，说："阿姨，你能讲一讲这个石牌坊的故事吗？"

梁茜月说："这座石牌坊是朝廷为表彰梅公修建的。"

小芸问："梅公是谁？"

梁茜月说："梅公姓梅，字慕竹，曾任渝水总兵都督，是一位令人敬仰的民族英雄。梅公爱国忧民，抵御外患，保卫京都，功勋卓著，清明时节，后人都来到这里缅怀他！"

石牌坊后面是墓园门，三人沿着墓园中间的甬道继续前行，甬道两侧是石雕群。小芸最喜欢的是石羊和石马，她跑到石羊和石马的面前，一会儿亲亲石羊，一会儿亲亲石马，说："如果它们能走就好了，我可以天天和它们玩！"

再往前走是两个手捧笏板的石人，一个年轻，一个戴有胡须，小芸说："这个戴胡须的像我爸爸，那个年轻的像张叔叔！"

袁逢瑾的妻子说："如果我和阿姨天天和这两个石人在一起，你能同意吗？"三个人都开心地笑了。

三个人来到了梅公墓前，墓碑正面刻有"明浩赠燕北渝水总镇总兵都督梅公之墓"，背面是碑志铭，字体浑厚有力。

梁茜月、袁逢瑾的妻子和小芸三人恭恭敬敬地跪在墓前，向梅公叩了三个头。

小芸最喜欢石马，又回到石马前，非要骑上去，梁茜月把小芸扶了上去，说："文物是不允许骑的，只限你这一次。"

小芸觉得这匹白色的石马和蔼可亲，听阿姨说文物是不允许骑的，骑在上面有些不好意思，白皙的面颊泛起了红晕。

梁茜月见小芸骑在马上，宛如是一位小公主，不禁脱口而出，说："小芸美丽、善良，长得和白雪公主一样。"

小芸听梁阿姨在夸她，高兴地问："阿姨我能当白雪公主吗？"

梁茜月接着讲起了格林童话《白雪公主和七个小矮人》的故事：后母忌妒白雪公主美丽，发誓要把她置于死地。白雪公主在森林中的鸟兽和七个小矮人的帮助下，逃过了一个又一个劫难，后母自食恶果，死于山崖下。

小芸不解地问："阿姨，如果美丽也会招来忌妒，我还不如长得丑一点。"

梁茜月说："白雪公主是不怕忌妒的！"

小芸玩得很高兴，不知不觉已到了傍晚，依依不舍地离开了石马，在离开甬道的时候，忽然发现甬道两侧的灌木丛中，还隐藏着一对石兽，她近前一看，原来是石虎。

此时，血色残阳已经映红了石虎的虎头，张着血盆的大口，露出两个獠牙，龇牙咧嘴，面目狰狞可怖。小芸发现石虎的两个眼睛血红血红的，恶狠狠地瞪着她，吓得她立即躲在梁茜月的身后，浑身不停地颤抖，说："阿姨——我好怕！"

梁茜月说："这是石头雕刻的，它又不会咬你！"

小芸说："这两个石虎好凶啊！好像是蹲在我家门口的那两个警察！"

梁茜月突然发现松柏岭和石牌坊村的周围来了很多警察，梅公墓后有一个人影在晃动。天渐渐暗了下来，情况有些异常。三人立即返回了陈家大院。

三人一进院便闻到了饭菜的香味，这是哑巴护院为他们准备的一顿丰盛的晚餐。几个人其乐融融地围坐在一起，都夸哑巴护院的烹调技艺，谁也没有想到，这是他们两家人在一起的最后一顿晚餐。

饭罢，哑巴护院端上几杯清茶。茶过三巡，梁茜月悄悄地向张虔奕诉说了她在松柏岭发现的诡异情况，张虔奕脸色突变，袁逢瑾不解地问："虔奕老弟有何难事？老兄愿与你分忧！"

张虔奕说："前些日子你和嫂夫人躲过了一场劫难，太平庄虽然恢复了往日的平静，但太平庄已经不太平了，接踵而来是难以想象的厄运和灾难！"

袁逢瑾惊异地问："此话不会是危言耸听吧？"

张虔奕说："说来话长，日本间谍野蔷薇为盗取碣石地宫的珍宝，蓄谋已久。野蔷薇潜入了渝水县之后，千方百计地寻找进入碣石地宫的密图，得知刘墉这幅字画中藏有半张碣石地宫密图，为了窃取字画，手段极为凶残，制造了多起命案。

"直隶省行政厅长李中天，也想收藏这幅墨宝，便责成叶倩薇操办此事。吴国祯认为这幅墨宝是讨好上司的重磅筹码，指令吴宁昶不惜用重金购买。

"吴宁昶不慎在莺花巷嫖娼时损毁了这幅字画，王鸣荻奉命修复，到太平庄找到了你。如果你揭裱失败，就以损坏文物罪嫁祸于你。'成也萧何，败也萧何'，正是因为王鸣荻让你揭裱刘墉的这幅字画成就了我，使我有了从字画的夹层中找回那半张密图的机会。现在他们已经发现字画中没了密图，必定怀疑密图在你手中，岂肯善罢甘休，是我连累了你们。"

袁逢瑾听了张虔奕的话，直冒冷汗，急着要回太平庄。

张虔奕说："你现在不但不能回太平庄，我这里也不能久留。时不待人，天亮之前你们一家必须离开渝水县！"

袁逢瑾着急地说："我家屋中还悬挂着郑板桥的《竹石图》，实在难以割舍！"

张虔奕惋惜地说："来不及了！现在石牌坊村周围已经布满了王鸣荻的岗哨。据我掌握的情况，野蔷薇的人已经到了太平庄，在寻找密图的同时，还要将你绑架到日本，因为他们要急于修补在中国盗取的古字画。这回你总该明白了吧！"

这时，隐约可以听见屋顶有人走动，袁逢瑾知道现在已经难以脱身，如同是热锅上的蚂蚁，还想说些什么，张虔奕轻声说："隔墙有耳！"

哑巴护院立即到院内查看，张虔奕用手沾着茶水在桌子上写了"金蝉脱壳"四字。

一弯窄月躲进了浓云中，茫茫黑夜吞噬了燕北大地，吞噬了整个渝水县，吞噬了石牌坊村和梅公墓园，直到后半夜，窄月才从云层中钻了出来。梅公墓甬道两侧的石人、石兽，朦朦胧胧地从黑暗中显露出来，形象怪异，阴森、恐怖，让人不寒而栗。

石牌坊村的村民早已入睡，在这漫漫的长夜中，只有陈家大院还亮着昏暗的灯光。

叶倩薇得知袁逢瑾一家去了陈家大院，指令王鸣获伺机下手，秘密拘捕袁逢瑾，并叮嘱他切勿惊动张虔奕。

警察胡二奉叶倩薇之命，在石牌坊村的路口和陈家大院周围蹲守，不敢懈怠。

胡二觉得这个差事太苦，得不偿失，便想出了一个一举两得的歪主意：借此机会找到了渝水县一锅儿老黑的儿子小黑，密谋夜盗梅公墓，所得珠宝两人平分。

小黑子继父业，对盗掘梅公墓蓄谋已久，只是没有机会下手，如今有警察给他撑腰，便明目张胆地来到石牌坊村北的松柏岭，用自制的探测仪找到了墓穴的通道，很快挖通了墓穴的入口。天黑之后，小黑提着马灯，顺着陡峭的斜井下行，走了几十个台阶便到了墓室入口。小黑在入口处用特制的长柄铁钩，顺利地撬开了墓室的门，没有发现伤人的暗器。

马灯照亮了墓室，墓室约有两间屋子大小，方砖铺地，是拱式垒砌的圆形墓顶，梅公的棺椁前面只有一个供桌，供桌上香炉里是燃尽的香灰。小黑轻而易举地打开棺椁的盖，望见内层的棺，心想发财的机会来了，立即跳到棺椁上去开棺盗宝。他拎着马灯仔细查看，不料却是一口空棺，棺里只有一封遗嘱和后人给他写的一副对联。遗嘱要求后人，丧事从简，尸体火化，骨灰还归自然，埋在松柏岭树下。对联上书"一世为官两袖清风，办事清廉为人楷模"。

小黑遵循"贼不空手"的行规，拿走了对联，随后，他掩埋了墓穴的入口，沮丧地回到了太平庄。

夜深人静，胡二为了壮胆，又点燃了两个马灯，只盼着袁逢瑾早点从陈家大院出来受擒。

后半夜，忽听远处"咯吱、咯吱——"地响，陈家大院的门终于打开了，一辆马车早已等在门前，从大院里走出几个人来，坐上了马车。车夫手举鞭子在夜空中使劲一甩，"啪"的一声响，夜宿在门前古槐树上的喜鹊，被惊得四处乱飞，马车顺着村中小路，奔向通往渝水县的大道。

马车刚出村不久，从马路两边蹿出几个人来，拿着马灯横在大道中间。

车夫停下车，高喊："陈家大院张教授携夫人去渝水县看病，请勿拦车！"

胡二对警察小声说："戴胡子的是袁逢瑾。"

几个警察举起马灯查看，只见车上一个身着旗袍的女人躺在一个草料口袋旁，身边端坐着一位西服革履的学者，哑巴护院跳下了车，指着警察"啊，啊——"地直叫，把几个警察吓得直往后退，向胡二报告说："车上没有袁逢瑾，咱们惹不起哑巴护院，快点闪开吧！"

车夫扬起手"啪"的又是一鞭，马车立刻飞奔起来，与胡二擦身而过，胡二险些跌倒，心想：袁逢瑾既然没在车上，很可能还在陈家大院。

胡二没容多想，悄悄地溜进了陈家大院。张虔奕的工作室拉上了窗帘，还亮着灯。胡二蹑手蹑脚地来到窗前，登上台阶，听到屋内一个女人说："屋里太闷了！客人已走，咱们喝完茶也到外边散散步。"

听声音显然是张夫人在说话，胡二知道张虔奕有深夜工作的习惯，奇怪的是明明看见张虔奕携夫人坐车去了渝水县，怎么还在家里？

胡二用舌尖舔湿了窗纸，捅了个窟窿，正欲窥探究竟，只觉身后有人掐住他的脖子往后一拽，胡二仰面朝天地跌下台阶，哑巴护院站在面前哇啦哇啦地像在骂他。胡二深知他不是哑巴护院的对手，吓得连滚带爬地逃出陈家大院。

几个警察来到胡二面前，不解地问："胡警官！你跑什么呀？"

胡二说："今天我们是活见鬼了！我明明看见张虔奕携夫人与哑巴护院去了渝水县，他们怎么还在陈家大院？说不定袁逢瑾已经回到了太平庄。"

胡二急于去找小黑瓜分从梅公墓中盗取的珠宝，对绑架袁逢瑾并不在意，谎称要去太平庄抄袁逢瑾的老窝，让其他警察继续蹲守，自己带着两个警察登上警车，往太平庄方向，一路狂奔。

胡二到了太平庄之后，编了个瞎话，对两个警察说："太平庄周围的情况非常复杂，我先去查看一下，你俩在袁逢瑾'陋室居士'小院的门前等我。"

胡二心想：凭小黑的本事，加上有他们几个警察在梅公墓园给他壮胆，现在一定得了手；如果换位思考，他是小黑，拿到了梅公墓的珠宝，也不会两人平分，如果这些珠宝都归他一个人，他将有享不尽的荣华富贵……

胡二便径直向小黑家走去。

小黑回到了太平庄，把对联贴在墙上，揣摩能否换几个钱。反复默念之后，犹如醍醐灌顶，甘露洒心，令他幡然悔悟，继而是惭愧，觉得这辈子不能再干缺德事了，决定从此金盆洗手，凭劳动吃饭。

小黑在屋中听到脚步声，知道胡二来了，立刻把胡二迎进屋中，说："胡警官！实话相告，咱们是狗咬猪尿泡——一场空，白忙活了！"

胡二讥讽地说："我早就料到你会这样说，这种'此地无银三百两'的伎俩，连三岁小孩都能识破！"

小黑忙解释，说："我也没有想到梅公是这样清廉的高官，生前还留下了遗嘱，让后人丧事从简，墓中不准放陪葬品。我进入墓穴，连一个铜钱都没找到，更不用说珠宝、玉器了。"

胡二听了一阵冷笑，说："亘古至今，哪里还有清官？现在不仅是大官大贪，小官巨贪的也不是没有！试想：一位总兵府的都督，死后能建有硕大的墓园，墓碑耸立，墓前甬道三百多米长，两侧雕有石人、石马、石兽，如此皇家气派的墓园，你竟然说墓中什么都没有，我能相信吗？"

小黑见胡二不相信，便将夜盗梅公墓的详细过程讲给他听，最后说："胡警官，咱们是多年的朋友了，我说的全是真话！"

胡二审视着小黑，眼神咄咄逼人，好像今天才认识他，说："小黑，我太低估你了，你就编吧！编！继续编！说不定你的谎言可以列入世界谎言之最。不过，现在你能幡然醒悟，把盗取的珠宝、玉器交出来，我还可以网开一面，对你的事既往不咎！"

小黑见胡二死活不相信他的话，着了急，说："我什么也没拿到，你让我交什么？如果我有半句谎言，不得好死！"

胡二心想：小黑夜盗梅公墓竟要独吞全部所得，真是让人恼火，可如果一旦事情败露，难免要供出我是主谋，罪不容诛。胡二想到这里有些后怕，顿生杀机，说："这件事只有你我两个人知道，既然你不仁，就别怪我不义！"

胡二立刻掏出了匣子枪，小黑见状，立刻向胡二求饶，说："胡警官，我真的什么也没拿到！这些年就剩下二十块大洋，藏在板柜里，全都给你，只求饶我一命！"

胡二说："你明白得太晚了，因为我不能留活口！"

小黑还想说什么，还没容得说出，只听"砰"的一声，便失去了知觉，胡二随后将板柜中的二十块银元和几张零散的纸币洗劫一空。

两个警察蹲守在"陋室居士"小院的门前，见胡二来了，立即提着马灯给他照路，只见院门是虚掩着的，其中半扇门门轴已断，斜倒在一边，隔门向院内瞭望，发现袁逢瑾的屋中还亮着灯。胡二以为他们到了家，心想：离开了陈家大院看谁还能护着你。立即说："兄弟们！看我眼神行事。"

胡二悄悄进入院内，立即被眼前的情景惊呆了：院内净是砸碎的锅碗瓢盆，屋前的鸡窝已被拆毁，十几只鸡有的没了头，有的没了腿，有的被劈成两半，最可怜的是那只金毛犬，身中数十刀，满地是血，肠子都流了出来，嘴里还叼着撕咬下来的衣袖，显然是在搏斗中惨死的。

堂屋地做饭的锅台被拆毁，铁锅被砸碎，被砸漏的水缸倒在一边，满地是水。

内室八仙桌被掀翻在地，太师椅被砍得残破不堪，墙上的《竹石图》字画已不知去向。墙上、地面到处是刨的坑，炕上的被子已经冒烟起火。

胡二心中一惊，不知是什么人抢在了他的前头，胡二冲着屋外大喊："何人如此凶狠？竟然连鸡犬都不放过！"

胡二话音未落，房上有人直呼其名："胡二！你夜盗梅公墓，杀死同伙，独吞钱财，难道你不想活了？"

这声音怪异，听不清是男是女，有些瘆人。

两个警察提着马灯四处乱照，周围黑咕隆咚什么也看不见，只听"砰！砰！"两声枪响，两个警察倒地身亡。

这时，屋中已经是浓烟滚滚。胡二猛然醒悟，知道是野蔷薇所为，立即冲着房顶跪下求饶，也不知跪了多长时间，发现身边没了声音，连滚带爬地逃出了"陋室居士"小院。

胡二判断错了。原来车夫是张虔奕乔装，梁茜月假扮成哑巴护院，保护着藏在口袋里的小芸，袁逢瑾的妻子穿上了梁茜月的旗袍躺在车上，袁逢瑾剃掉了胡须，穿上了张虔奕的西服守在他的妻子身边，他们半路上便转了方向，直奔渝水湾码头。

袁逢瑾坐在马车上，想着太平庄他那难以割舍的"陋室居士"小院。

女儿小芸问："爸爸，咱们这是去哪儿？"

袁逢瑾说："张叔叔给咱们找一个更好的去处。"

小芸说："爸爸，我哪儿也不去，我要回咱们的家。"

袁逢瑾的妻子说："乖女儿听话，你不是说墓园里的那个石虎很像蹲在我们家门口的两个警察吗？现在咱们家的门口有很多很多像石虎一样的警察，难道你不害怕吗？"

小芸想起墓园里的两个石虎，想到有很多石虎一样的警察蹲在家门口，吓得浑身直哆嗦，她还惦记着她那只心爱的金毛犬和她每天喂养的那群鸡，想到再也看不到它们了，忍不住"哇——"的一声哭了起来。

袁逢瑾说："都怪爸爸的运气不好，今后一定让你生活在一个没有石虎，没有警察的地方！"

这时，渝水县太平庄方向，大火冲天而起，袁逢瑾感叹地说："看来咱们那个家是真的回不去了。"

张虔奕歉疚地说："逢瑾兄，咱们这也是不得已而为之。渝水湾码头就要到了，只要你登上我雇的那艘船，你们一家就安全了。"

袁逢瑾感叹地说："偌大个渝水县，竟没有我一家的立锥之地，没想到我如今已经成了无家可归的人了！"

张虔奕说："此言差矣，天生我才必有用！有一个地方急需逢瑾兄这样的人才。"

张虔奕拿出一封早已写好的信和五十块大洋，交给了袁逢瑾，说："这些钱留着你到北平找个僻静的地方安家，然后拿着这封信到故宫博物院，当面交给这个人，他会高兴地把你留下，那里有一批等待修复的文物，可以让你大展宏图。同时，他也会像保护文物一样保护你，你们一家就不会像现在这样提心吊胆地过日子了。"

袁逢瑾接过信一看，只见信封上写着"易培基兄亲启"。

袁逢瑾又惊又喜，说："危难之中如果没有虔奕弟相助，恐怕我们早已葬身火海，请受我一拜！"

张虔奕忙扶起袁逢瑾，感叹地说："他日如果有缘，我们也许还会相聚！"

马车沿着坎坷不平的乡间大道疾驰，隐约可以看到码头栈道上的灯火，眼看就到了渝水湾码头，马车却陷进了海边的沙滩里，动弹不得。

几个人只好下车步行，奔向海边，只见一条小船摇摇晃晃地向他们驶来，船夫从舱里走出，抛了锚。船停在了海边，张虔奕长长地舒了一口气。

张虔奕、梁茜月护送袁逢瑾一家上了船，他的妻子急着要脱掉梁茜月的旗袍，说："这身衣服我穿着不合适……"

梁茜月忙说："留作纪念吧！"

此时，隐约可以听到渝水县钟鼓楼敲响了卯时的鼓声，天空中那片乌云已经散去，弯月已经西斜，夜空越来越暗，唯有那一丝清冷的月光，映照在小船上。

船夫解开缆绳，拿起了竹篙，轻轻一点，小船离开了岸，在静静的水面上行驶，渐渐远离了渝水码头，袁逢瑾依稀的身影，还在不停地向张虔奕挥着手……

二十五　血溅美人图

吴宁昶借花献佛，把刘墉的墨宝直接交给了李中天，觉得这是他的明智之举，也是他的福分。他明白，他这样做对不起吴国祯，但他认为是吴国祯先对不起他，想起那天吴国祯在李中天面前，如同哑巴吃黄连——有苦说不出的窘态，不禁哑然失笑。

这些日子吴宁昶太累了，当晚他躺在床上，想早点休息，可躺下之后却怎么也睡不着，不知为什么心里老是惦记着他那幅《茅屋藏娇图》。他忽然有一种莫名其妙的欲望，驱使他要看《茅屋藏娇图》中的美人，他展开画卷，挂在了墙上。

吴宁昶为自己沏了一壶香茶，坐在对面的太师椅上，像是在品茗赏画。其实他却无心品茗，也无心赏画，只是急于要窥视画中美人的芳容。他想此画虽然是赝品，但可以当珍品来卖，这样又能捞一笔大钱。也不知过了多长时间，惝惝恍恍，感觉身边有个女人在说："你这个没良心的！我风尘仆仆一路来到你家，你却要拿我卖个大价钱，你眼中除了钱，还有什么？"缠绵细语中，隐含着一丝幽怨。

吴宁昶猛然惊醒，时钟正好敲响了十二下，已经到了子夜。他见身边根本没有人，便胡思乱想起来：难道是画中的美人在说话？莫非画中的这位美人已经钟情于我？

吴宁昶立即从太师椅上站了起来，近距离观赏《茅屋藏娇图》。

这是一幅高仿的名家画作，落款为唐寅。画面上，峰峦叠翠，浮云飘渺，河水在峡谷之间千回百转，宛如玉带，静静地流淌，逐渐汇成了一条大河，宽阔的水面上，帆影点点，还能看到船上的摇橹人。两岸柳绿成荫，掩映着一条弯弯曲曲的小路，直通坡地上的几间茅屋，屋中有一女子正在对镜梳妆，因画中的美人娇小，难以看清。吴宁昶立刻找出一个高倍放大镜，用放大镜仔细端详美人。

吴宁昶惊奇地发现，这位对镜梳妆的女子美若天仙，两只媚眼顾盼传情，越看越觉得在勾他的魂。

吴宁昶夜半三更情迷《茅屋藏娇图》，让他魂不守舍，忽然觉得画中的美人非常眼熟，看着，看着，让他兴奋不已，他惊奇地发现，画中的美人竟是毕丘芩。

毕丘芩是苏津湮的老婆，吴宁昶赏画赏出了个毕丘芩，不禁又怨恨起吴国祯来，吴国祯明知吴宁昶是因为他成了光棍汉，却把毕丘芩让给了苏津湮。他又怨恨起苏津湮来，苏津湮呀，苏津湮！你也太不自量力了，也不撒泡尿照照自己，你一个小小财政科长，能配得上县公署知事的表妹吗？

其实，毕丘芩并不是吴国祯的表妹，因为厌烦农村生活，想到城里找个事由。她通过吴国祯的远房亲戚，与吴国祯接上了头，千方百计地让他给安排在县衙里。吴国祯口头上答应得很爽快，却迟迟没有兑现，后来毕丘芩明白了吴国祯的心思，便天天缠着他，赖着不走。在一个风雨交加的夜晚，吴国祯在办公室里把毕丘芩奸污了。毕丘芩用自己的身体换来了一个县衙的闲差，觉得靠上了县公署知事也不是坏事，便心甘情愿地当了吴国祯的情妇。从此吴国祯三天两头地让毕丘芩陪睡，时间一长竟弄出了孩子。吴国祯怕丑闻败露，便把她甩给了苏津湮。而这些事吴宁昶并不知情，他只知道毕丘芩一心想当县太爷的夫人，根本不把苏津湮放在眼里。他还知道毕丘芩嫌苏津湮官小，嫁给苏津湮当老婆并不情愿。

毕丘芩知道让吴国祯明媒正娶她做夫人的美梦已经无望，可她并不甘心。她觉得吴宁昶无论从长相上，还是从能力上，都比吴国祯强，早晚会取代吴国祯，便与吴宁昶勾勾搭搭，往来频繁，继续做着县太爷夫人的美梦。

这一天，吴宁昶又来到毕丘芩的床边，拉着毕丘芩的手，指着一天天长大的婴儿问："你看这孩子像谁？"

毕丘芩不假思索地说："当然像苏津湮了！"

吴宁昶说："这事你瞒得了别人，可瞒不了我，我看这孩子倒像吴国祯！"

毕丘芩不以为然，说："我是吴国祯的表妹，他一向对我好。我给他生了个儿子，他更应该感谢我，就是不让我当县太爷的夫人，也应该让我当个二奶奶！"

吴宁昶说："你想得很美，祸到临头你还不知道！"

毕丘芩说："你可别吓唬我！"

吴宁昶立即沉下脸来，说："毕丘芩，不是我吓你，是你在骗我！你哪里是吴国祯的表妹，这件事岂能瞒得了我？可吴国祯的为人你并不清楚，这个人是既要当婊子还要立牌坊。他曾扬言尊祖训，守家规，绝不立小，如果你们的事情败露，不但你儿子的性命难保，恐怕你也很难幸免。苏津湮把儿子看得很重，如果他知道这个孩子是吴国祯的，他会饶得了你吗？"

几句话把毕丘芩说得没了主意，她望着床上的儿子，越看越像吴国祯，她忽然感到这是她的一条祸根。

毕丘芩越想越害怕，觉得这条祸根无论如何也不能留在身边，可儿子是她要挟苏津湮的筹码，一旦失去了这个筹码，离开苏津湮是迟早的事。因此，她必须牢牢地抓住吴宁昶这根救命稻草。可话又说回来，她虽然把吴宁昶睡了，但如果吴宁昶当了县公署知事，能不能娶她做夫人，也未可知。

毕丘芩向吴宁昶乞求地说："我已经是你的人了，你可不能不管我呀！"

吴宁昶说："我早就想管你，可你到现在还没有醒悟！"

毕丘芩吃惊地望着吴宁昶，不明白吴宁昶说的是什么意思，立即向吴宁昶暗示："吴掾史，只要你能管我，你就是让我上刀山，我也敢上！"

吴宁昶见时机已到，便说："这件事说起来也容易，只要你听我的话，你早晚会当上县太爷的夫人！"

毕丘芩望着吴宁昶，觉得他很有心计，又有官相，后悔当初没有嫁给他，现在吴宁昶已经知道了她的身世，忐忑不安地问："我已经跟过三个男人了，你不会介意吧？"

吴宁昶说："这你就不懂了，俗话说饱汉子不知饿汉子饥，对光棍汉来说，什么妓女、破鞋都无所谓。"

毕丘芩听了吴宁昶的话语，好像把她放在了无所谓之中，心中不快，反问："那你把我当成了什么人呢？"

吴宁昶自知说得过于直白，有些不妥，便把话收了回来，说："你是我心中的最爱，也是我的未来夫人，难道你还不明白吗？"

毕丘芩一心想当县太爷夫人，吴宁昶当面称她为未来的夫人，心里甜丝丝的，好像吴宁昶已经当上了县太爷，她现在就是吴宁昶的夫人，软软地倒在了吴宁昶的怀中，柔声说："我懂——"

吴宁昶说："为了你，我可什么都豁出去了，一会姚唇红来了，你就把这两块大洋给她，她会帮你！"

吴宁昶刚走，姚唇红就来了，她像往常一样陪毕丘芩唠嗑①、帮她干活。这回毕丘芩专让她讲一些拐卖婴儿的事，姚唇红便讲起自己的一段经历：那时她才五六岁，一个拍花子②来到石牌坊村，冲她笑了笑，又用手摸了摸她的脸蛋，说："这个丫头真可爱！"她便迷迷糊糊地跟着这个拍花子走了。也不知走了多少路，也不知到了谁的家，拍花子把屋门拨弄开之后，让她进去把小孩抱了出来。她身不由己地进了屋，竟真的把一个刚刚满月的小孩抱了出来，拍花子接过小孩便不知去向。后来人们发现姚唇红睡在村边的一棵柳树下，整整睡了一天一夜。

毕丘芩没想到姚唇红小时候就有这样的经历，可谓是拐卖婴儿的老手，便把两块大洋放在姚唇红的手中，在她耳边如此这般地说了起来，姚唇红假装推脱，说："这件事风险太大，两块大洋少了点。"

---

① 唠嗑，即聊天，系当地方言。
② 拍花子，指旧社会用迷魂药拐骗小孩的人。

毕丘芩说："只要你严守秘密，事成之后亏待不了你。"

姚唇红没有继续讲她的故事，也不再干活了，把两块大洋装在兜中，对天发誓，保证把事情办得天衣无缝。

连日来，苏津湮在鬼市起早贪黑，虽然很累，收入却不菲。他准备给毕丘芩买一副金手镯作为她生儿子的奖励，他还要给儿子攒些钱，留作儿子长大求学、娶媳妇之用，他还要准备一些钱买房子置地，他手中还要留些钱为自己养老。到那时他可以摇着扇子，躺在靠椅上，尽享天伦之乐，如果毕丘芩人老珠黄，他还可以娶一房姨太太。

中午，他在渝水县"恒利金店"买了一副金手镯，兴冲冲地拿回家，想哄毕丘芩高兴。他一进门立即被眼前的情景惊呆了，堂屋地中间两个凳子上搭了一块木板，上面躺着的好像是他的儿子，身上蒙了一块白布。苏津湮急忙上前去摸白布下露出的一只小手，小手冷冰冰。他揭开白布一看，儿子的小脸铁青，已经没了原来的模样。

毕丘芩自知理屈，在里屋嗫嚅地说："孩子得了急病，到处找你找不着，孩子的死也不能全怪我……"

苏津湮的头嗡的一下。毕丘芩给他生了儿子是唯一使他欣慰的事，为此他常在人前炫耀自己是苏家的大孝子，现在孩子死了，接续香火的后人也没了。毕丘芩瞬间又让他变成了苏家最大的不孝子。他现在最恨的就是毕丘芩。

苏津湮两眼喷火，冲进里屋，扯着毕丘芩，拳打脚踢，一边打，一边骂："你这个臭婆娘，你不是常用孩子要挟我吗？我看你现在还说什么！"

姚唇红在一旁假惺惺地拉架，暗里却在给毕丘芩壮胆，说："苏先生，我不是说你，你们男人有本事哄乐了媳妇，再给你生几个儿子还不容易吗？打女人算什么英雄！"

毕丘芩挨了一顿揍，一肚子气无处发泄，见姚唇红给她壮胆，立即撒起泼来，她拿起窗台上的马蹄表冲墙上的结婚靓照砸去，"啪"的一声，镶着相片的镜框被砸了下来，玻璃碎片散落一地。紧接着她把桌子上的茶壶、茶碗、花瓶，噼里啪啦地一阵乱砸，全都摔在地上。苏津湮也不知哪里来的力气，歇斯底里地大喊大叫，像拎小鸡一样把毕丘芩拎了起来，摔出门外，吼道："滚——"

毕丘芩被摔得浑身是伤，勉强从地上爬了起来，哭丧着脸，说："滚就滚！苏津湮你这个王八蛋！今后你就是用八抬大轿请姑奶奶，姑奶奶也不会回来了！"

毕丘芩走了，屋里只剩下苏津湮和姚唇红，姚唇红说："苏津湮，你好糊涂啊！你媳妇要是有个三长两短，你不怕吃官司吗？我没空陪你守着这个死孩子，就此告辞！"

姚唇红说完就要走，苏津湮立即拦住了她，说："姚唇红，我也不想守着这个死孩子，后事你来处理吧。"

姚唇红听说让她处理后事，停下了脚步，伸手向苏津湮要钱。苏津湮给了她一块大洋她嫌少，无奈又给她添了一块，姚唇红前后共拐走了四块大洋，麻利地把死孩子挟在腋下，头也不回地走了。

苏津湮的儿子没了，他一时冲动，打跑了毕丘芩，屋中一片狼藉，如同被抄了家。

他望着散落在地上的结婚靓照，忽然想起"一日夫妻百日恩"的古训，头脑也渐渐冷静下来。儿子没了还可以让毕丘芩再生一个，何苦闹得天翻地覆？况且毕丘芩又是吴国祯的表妹，如果她找表哥告状，后果可想而知。如果她寻了短见，那真的就要蹲大牢了。他越想越后悔，越想越害怕，现在迫在眉睫的事，就是把毕丘芩哄回来。

苏津湮如坐针毡，顾不得收拾屋里的一切，便急匆匆地去寻找这个让他捧着扎手，弃之可惜的毕丘芩。

苏津湮先到乌龟岭、白虎口、梅公墓等那些极为凶险的地方去找，然后又去栖贤寺、渝水湾和白鹭岛附近寻访，都说没有看见与毕丘芩相似的女人。

苏津湮整整找了三天三夜，已是精疲力竭，连毕丘芩的影子都没见到。他想这件事吴国祯早晚会知道，不知如何是好，想来想去，决定去找吴宁昶求助，因为吴宁昶毕竟是他们的证婚人。

吴宁昶正在办公室抄写公文，苏津湮连门都忘敲了，便失魂落魄地来到吴宁昶的面前。吴宁昶吃惊地问："苏科长，你脸色很不好看，一准是遇到了难事！"

苏津湮带着哭腔说:"岂止是遇到了难事,天都要塌了,吴掾史,你快救救我吧!"

吴宁昶"哦——"了一声,说:"苏科长,有什么事你尽管说!"

苏津湮说:"我儿子没了。"

吴宁昶听了不以为然,说:"让毕丘芩再给你生一个不就结了。"

"毕丘芩离家出走了!"

"这个毕丘芩也太不像话了,难道她不懂嫁鸡随鸡,嫁狗随狗吗?"

苏津湮听吴宁昶这么一说,显然是把他比成鸡和狗了,现在有事求他,不得不忍气吞声。随后,便把他如何与毕丘芩吵架,毕丘芩如何在屋里撒泼,前前后后讲了一遍,最后说:"毕丘芩也太刁蛮了!"

吴宁昶问:"你是不是把毕丘芩给打了?"

苏津湮正想解释,吴宁昶没让他说。

吴宁昶接着劝他:"你赶快把她找回来吧,一旦出了事,你怎么向吴国祯交代!"

苏津湮说:"我已跑遍了渝水县,连个人影也没见着。"

吴宁昶说:"她是不是回娘家了,你何不去她娘家看看。"

苏津湮并不知毕丘芩的娘家在哪里,有些为难。

吴宁昶立即埋怨起苏津湮来,说:"这就是你的不是了,连你老婆娘家在哪儿你都不知道,说明你从来没有看望过岳父母,难怪毕丘芩对你撒泼!"

吴宁昶告诉苏津湮,毕丘芩的家在红松岭,她可能回了娘家,并关心地说:"你赶快去红松岭把毕丘芩接回来,夜长梦多!"

苏津湮知道红松岭在燕北大山深处,山路崎岖,往返最少也得七天,在吴宁昶的劝说下,去了红松岭。

吴宁昶趁苏津湮去红松岭的机会,神不知鬼不觉地搬进了新居。令人不解的是,他的新居是极为平常的三间茅草房,远远没有现在住的瓦房好,可更让人不解的是他宁愿瓦房闲起来,也要去住他新盖的三间茅草房。

苏津湮雇了一辆小驴车,在盘山路上经过三天的颠簸,终于到了红松岭。

苏津滗走遍了红松岭的家家户户，都说这里根本没有姓毕的。最后，在后山见到了尹妮。尹妮见多识广，对苏津滗的遭遇非常同情，还为他找了一辆顺路去瘦马沟的驴车，她说："这里有个新媳妇姓毕，要回娘家瘦马沟，你不妨到那儿找一找。"

驴车行驶在坎坷的土路上，车夫坐在左边的车辕上，身后是两麻袋草料，车夫搂着赶车的鞭子，靠在草料袋上，一声不吭，似睡非睡，任凭驴车在山间小路上颠簸。

苏津滗坐在另一侧，望着小两口亲密地搂在一起，有说有笑，摇晃的车身丝毫没有影响他们互相亲昵。苏津滗触景生情，后悔不该打跑了毕丘芩。

苏津滗经过一天的颠簸，到了一个极其偏僻的山坳里，路边有一块巨石，上面刻有"瘦马沟"三字。苏津滗连日坐车，坐得腰酸腿疼，下车时两腿发软，几乎难以站立，便坐在路边小憩。

山坳里难得来个生人，孩子们见了苏津滗，好奇地把他围在中间，问他是谁家的亲戚，苏津滗迫不及待地问："你们都姓什么呀？"

孩子们这个说姓李，那个说姓赵，唯独没有姓毕的。

另一个孩子却说："我们村里大都姓马，要不为什么叫瘦马沟哇！"

苏津滗甚感诧异，想找车夫和小两口，问个究竟，这时他才发现车夫与小两口早已不知去向。

苏津滗在孩子们的带领下，不顾疲劳，挨家挨户地寻访毕氏家族，发现只有同车媳妇的娘家一家姓毕。

此时，苏津滗才顿然醒悟，是吴宁昶骗了他。

苏津滗知道自己已经被困在了瘦马沟，想回渝水县都是奢望，他举目无亲，不知如何是好。

"苏科长！"身后一个熟悉的声音在唤他。

苏津滗回头一看，惊喜地发现是贞女祠工地的施工队长石一山，问："你怎么也在这里？"

石一山说："我家就住在这里，我带你认认门。"

苏津滗在重修贞女祠的工地上，与石一山混得很熟，如今在走投无路的情况下，在瘦马沟邂逅，喜出望外。石一山的婆娘从未见过城里来的人，听说是县衙里的一个官员，便把他当成贵客热情招待。

石一山的婆娘给他们焖了一锅秫米豆干饭，炒了两个农家菜，还烫了一壶自己酿造的高粱酒。两个人有如他乡遇故知，对酌共饮，各诉衷肠。

苏津滟几盅酒下肚，眼中含泪，把憋在心里的事一股脑儿地全说了出来："我家出了大事啦！我那个宝贝儿子死了，媳妇也让我给打跑了，现在想起来，肠子都悔青了。"

石一山说："你们县衙的吴掾史真不够揍，他以三十块大洋的代价，让我给他在县城北面的将军岭下，盖了三间茅草房……"

苏津滟听了疑惑不解，问："茅草房是再简单不过的土木建筑，干吗给你三十块大洋？"

石一山说："苏科长，你这就不明白了，不是我自夸，这可不是普通的茅草房，我的设计是蝎子尾巴——独（毒）一份，秘密就在那幅《茅屋藏娇图》上。吴宁昶承诺，帮他搬完家之后，立刻兑现那三十块大洋。事后我去了他家，你猜怎么着……"

苏津滟打断了他的话，说："咱俩来个君子协定，如果你能帮我找回我老婆，我也给你三十块大洋！"

石一山醉眼迷离，说："咱们和他不一样，不谈钱！这件事你就交给我吧！可你老婆姓甚名谁我都不知道，我怎么给你找？"

苏津滟说："我老婆叫毕丘芩，听吴宁昶说有点像《茅屋藏娇图》中的那个美人。"

石一山恍然大悟，接着说："我知道毕丘芩在哪儿，想告诉你，怕你承受不了，还是不说为好……吴宁昶不想给我这三十块大洋的报酬，却给我设了个套，我糊里糊涂地就钻进去了。"

苏津滟说："我与你都有烦心事，今天算是遇到了知音，你但说无妨！"

石一山随即讲起了那天所发生的一切：

那天晚上，吴宁昶说他有紧急公务要去县衙处理，把钥匙交给石一山，让他把一束玫瑰花放进新居，顺便帮他整理一下房间。

石一山开门进屋，一股异香扑面而来，一个身着粉红色超短裙的女人背对着他，石一山问："你是什么人？"

这个超短裙的女人媚笑着，慢慢地转过身来，一头浓黑的卷发飘在胸前，散发着诱人的异香。只见她半裸的上身戴着黑红两色半透明的文胸，两个白皙的巨乳半藏半露，腿上的蕾丝高筒袜和那双影星才能穿的超高跟鞋，格外显眼。

那个女人指着客厅里悬挂的那幅《茅屋藏娇图》，娇声媚气地喊着他的名字，说："石一山，石大哥，你难道不认识我了吗？我就是墙上画中的那个美人呀！因与你前世情缘未了，今晚趁屋中没人，下来与你尽云雨之欢！"

石一山愕然，小时候曾听奶奶讲过"画中人"的故事，难道世上真的会有这种事？说话之间这个女子已经飘到了他的面前，女子含笑用红唇不停地亲他。

石一山一看，这女子真的与《茅屋藏娇图》中的美人有些相像，不禁怦然心动，把她搂在怀里。女子并不害羞，立即脱得一丝不挂。石一山经不起美人的诱惑，便不计后果地与这个女人搂在了一起，正在这时门被踢开了，进来的人正是吴宁昶。

那个女人立即扑在吴宁昶怀里哭诉起来："吴掾史你再晚来一步，我就被这个小子给强奸了！"

吴宁昶骂道："石一山，你好大的胆！搞破鞋竟然搞到我家来了，真是岂有此理？"

石一山像是一个被抓住的强奸犯，愣在那里，吴宁昶怒喝："混账东西，还不快滚！如果让我再见到你，立即把你送进大牢！"

石一山被吴宁昶一脚踢出门外，随后关上了门，吴宁昶忍不住笑了起来，说："毕丘芩呀，毕丘芩！你还真会演戏，一眨眼的工夫就让我省了三十块大洋！"

毕丘芩说："那个傻小子在门外不知走没走，咱俩的话让他听到了怎么办？"

吴宁昶说："一个臭施工的，敢在衙门里的官员面前抖劲吗？我倒希望他在门外偷听，让他长长见识！"

石一山真的没有走，把吴宁昶与毕丘芩的对话听得一清二楚，明白自己中了吴宁昶的圈套。如今，不但没拿到一文钱，反叫那个女人给戏弄了。

苏津湮迫不及待地问："你刚才说吴宁昶喊她什么来着？我怎么听起来好像是我媳妇的名字。"

石一山告诉苏津湮，他在吴宁昶家遇到的那个女人就是毕丘芩，并讥讽地说："苏科长，如今你当了'这个'还蒙在鼓里。"

苏津湮见施工队长收拢五指成乌龟状，知道是说毕丘芩让自己当了王八，但他还是半信半疑，说："我一定要把这件事弄清楚！"

苏津湮在石一山的帮助下，提前两天回到了渝水县，掌灯时分，他到了家。

苏津湮发现自己家中还亮着灯，甚感奇怪。难道毕丘芩回来了？心想如果她真能悔悟，向他求饶，他将对她约法三章，不准她红杏出墙，只要毕丘芩能再给他生个儿子，他可以既往不咎。

苏津湮来到门外，听见屋里有一个男人在和一个女人对话。"趁这小子没回来，把值钱的东西都带走！"

"急什么？现在我还真有点旧屋难舍。你不是说他来往至少也得七天吗？"

"这个苏津湮一直把吴国祯的种当成是他的儿子，我让姚唇红把孩子卖了，弄来一个死孩子骗他，他竟信以为真，你说可笑不可笑！"

"你说县太爷那把交椅早晚是你的，我早晚能当上县太爷的夫人，不会是骗我吧？"

"我虽然没有明媒正娶，事实上你已经是我的人了！"

苏津湮在屋外听得清清楚楚，知道吴宁昶又给他戴了一顶绿帽子，现在他不但当了王八，而且是双盖的。苏津湮气得脸色煞白，险些栽倒在地。

屋里的人熄了灯，男的手里拎着一个大提包，搂着女人肩膀，有说有笑地一同走了出来。苏津湮认得男的就是吴宁昶，他搂着的那个女人正是毕丘芩。

苏津湮渐渐冷静下来，他明白捉贼捉赃，捉奸捉双，便尾随着吴宁昶和毕丘芩一直来到了将军岭。

将军岭远离县城，前不着村后不着店，苏津湮从未来过将军岭，更没有见过将军岭下那三间茅草房。他不明白吴宁昶为什么要在这样偏僻又极为荒凉的地方，建一座如此寒酸的三间茅草房。他更不明白吴宁昶如此简陋的茅草房，却动用了足以盖六间瓦房的工料。

苏津湮旅途劳累，身心疲惫，决定先在茅草房门前小憩，待他们脱衣上床的时候，再进屋捉拿这对奸夫淫妇。

他估摸着吴宁昶与毕丘芩已经脱衣睡觉，便"啪、啪、啪"猛击茅草房的门。

过了好一会儿才听见吴宁昶在屋里喊："谁呀？深更半夜来敲我家的门！"

"吴掾史！您有一份加急电报，请签收。"苏津湮故意学邮差的沙哑声。

吴宁昶知道加急电报非同小可，只是奇怪邮差怎么知道他住在这里，便把门打开了一条缝，问："电报在哪里？"

苏津湮就势把门推开，闯了进去。

吴宁昶这时才发现来人是苏津湮，有些惊慌失措，问："怎么会是你，半夜三更到我这里干什么？"

苏津湮并不答话，径直往屋里走。这三间茅草房，外观非常简陋，一进屋却让人出乎意料，西式装修的会客厅，屋中摆设古朴典雅，一个八仙桌，两把太师椅，桌上有一套紫砂茶具，对面墙上悬挂一幅《茅屋藏娇图》，墙角有一个单人床和一个衣柜，显示主人是单身。

苏津湮进屋并不说话，先把桌子后面、床铺底下等阴暗角落窥视一遍，好像在寻找什么东西。

吴宁昶迅即恢复了往日的威严，问："苏津湮！你贼眉鼠眼，夜闯民宅，骗开了我的家门，难道要寻衅闹事不成？"

"我是来串门的！"苏津湮顺口说。

"半夜三更跑我家串门？神经病！"吴宁昶说。

苏津湮心想：我明明看见毕丘芩与吴宁昶一块儿进了屋，怎么一下就不见了？他想起施工队长石一山曾说，秘密就在那幅《茅屋藏娇图》上，便不由自主地来到画前。

苏津湮仔细查看这幅《茅屋藏娇图》，只见画中美人正在对镜梳妆，大有呼之欲出之感，看着看着不禁看得出了神，觉得画中的美人就是毕丘芩，毕丘芩就是画中的美人。苏津湮精神恍惚，情绪异常，竟然把这幅《茅屋藏娇图》拽了下来。

吴宁昶以为苏津湮知道了他的秘密，急忙上前阻拦，为时已晚，画卷后面的暗门已经自动开启。

苏津湮探头向屋里一看，惊呆了。

暗藏在里边的套间，装修得金碧辉煌，比李中天在渝水县下榻的豪华套间还要豪华。这时，他才明白施工队长所指的秘密就是挡住暗门的《茅屋藏娇图》。

苏津湮闯进暗门，一个身着粉红色超短裙的女人，背朝外坐在床头柜上，那一头浓黑的披肩卷发，散发着诱人的异香，他一眼便认出这就是他的妻子毕丘芩。

毕丘芩把进来的苏津湮当成了吴宁昶，慢慢地转过身来，只见她半裸的上身，戴着黑红两色半透明的文胸，两个白皙的巨乳半藏半露，粉红色的超短裙、高筒的蕾丝袜和那双影星才能穿的超高跟鞋，这些都是苏津湮给毕丘芩买的。

毕丘芩微闭着双眼，浓妆艳抹，一身妖媚。她左手托着右胳膊肘，食指和中指之间夹着一支雪茄，立即站了起来。只见她猛地吸了一口雪茄，冲着苏津湮喷去，说："你这是从哪里弄来的雪茄？劲真大，一抽就想干那事，我现在已经等不及了！"

毕丘芩话还没说完便扑在了苏津湮的身上。

苏津湮惊诧万分，质问毕丘芩，说："毕丘芩！自从我娶你为妻，待你不薄，为什么还要给我戴绿帽子？"

毕丘芩这才睁开双眼，发现面前的竟是苏津湮，不知所措。

吴宁昶见金屋藏娇的秘密已经暴露，吓出一身冷汗，如果被苏津湮告发，他的"一切的一切，一切的一切"都将毁于一旦，弄不好他还得蹲大牢。此时此地，吴宁昶不得不向苏津湮求饶，说："苏科长，苏老弟！你可不能怪我呀，是毕丘芩找上门来的！我可以把毕丘芩还给你，还可以把这幅《茅屋藏娇图》和这座金屋一起陪送。只要你放我一马，待我当了县公署知事之后，立马举荐你当县佐！"

毕丘芩听吴宁昶说要把她还给苏津湮，还承诺让苏津湮当县佐，才知道吴宁昶根本不会娶她，气愤地质问："吴宁昶你也太狠心了，把姑奶奶当成东西想给谁就给谁，你还是人吗？"

吴宁昶望着毕丘芩，视如敝屣，反问："毕丘芩！你以为我真的爱你吗？其实我与你的关系就是一个光棍汉对婊子的发泄！"

此时毕丘芩才明白，她在吴宁昶的眼中，就是一个破烂货。她忽然觉得苏津湮虽然官小点，对她还是真心的。她望着苏津湮懊悔地说："都是吴宁昶骗了我，看在我是吴知事表妹的分上，请你原谅我吧！"

苏津湮正在气头上，看看《茅屋藏娇图》中的美人，再看看毕丘芩，不禁怒从心起，一下把《茅屋藏娇图》撕成两半，塞在毕丘芩的怀里，愤恨地说："别说你是县知事的表妹，你就是省主席的女儿我也不会要你！"

毕丘芩的美梦破灭了，觉得苏津湮撕的不是美人图，而是她自己。她想追回苏津湮对她的那段情爱，搂住苏津湮的腰不放，说："今后我一定好好跟你过日子，再给你生个儿子！"

苏津湮万念俱灰，推开毕丘芩，说："我哪里配得上你？你还是当你的县太爷夫人去吧！"

毕丘芩松开了双手，不知她什么时候把苏津湮随身携带的牛耳尖刀解了下来，她手握牛耳尖刀，望着苏津湮说："今天如果你不答应我，我也不想活了……"

毕丘芩没有说出她就要干什么，她手举牛耳尖刀，想杀死苏津湮却觉得他没有错，想杀死吴宁昶又没有胆量，想自杀又下不了手。她哆哆嗦嗦地举着牛耳尖刀，在吴宁昶和苏津湮面前晃来晃去，最后丢掉了牛耳尖刀，抱起了撕成两半的《茅屋藏娇图》，趴在地上撕心裂肺地哭喊着："天啊！我这可怎么办啊……"

苏津湮木然地站在毕丘芩和吴宁昶面前。

吴宁昶不甘心就这样毁在苏津湮的手里，是苏津湮坏了他的好事，让他没有退路了，他一不做二不休，悄悄地从毕丘芩的身边捡起牛耳尖刀，藏在身后，面带微笑地向苏津湮靠近，说："苏津湮，苏老弟！我最后再劝你一句，今后你跟着我干，我绝对亏待不了你，否则你这辈子算是白活了！"

苏津湮知道吴宁昶还在骗他，一阵冷笑之后，指着吴宁昶的鼻子说："吴宁昶呀，吴宁昶！你拐卖婴儿，夺人妻子，贪污巨款，偷盖豪宅，用刘墉的墨宝贿买李中天，明天我就去直隶省为民请命，除掉你这个城狐社鼠！"

吴宁昶见苏津湮铁了心要与他势不两立，乘其不备，用牛耳尖刀刺入苏津湮的后背，苏津湮猝不及防，"啊"的一声跌倒在地。

吴宁昶见苏津湮还没断气，立即骑在了他的身上，用牛耳尖刀一阵乱刺，苏津湮的身体已是血肉模糊。

毕丘芩被吓得躲在了桌子底下的，怀里还抱着被撕成两半的《茅屋藏娇图》。

吴宁昶像输红了眼的赌徒，为了挽回败局，决定舍卒保车，立即把毕丘芩从桌子底下拖了出来，说："毕丘芩你跟了我一场，我本不该杀你，可你是现场唯一的见证人，为了我的前程，我必须杀了你！"还没容毕丘芩反应过来，吴宁昶一挥手，牛耳尖刀刺穿了毕丘芩的脖颈，鲜血喷涌而出。

被撕成两半的《茅屋藏娇图》从毕丘芩的怀中飘落在地，鲜血溅满了美人图，图中那个颇像毕丘芩的美人，还依稀可见。

二十六　邂逅白残花

张虔奕与梁茜月初来渝水县时，在紫塞桃花源，偶然听到了盲艺人说唱的渝水大鼓《糊涂丈夫》。盲艺人说唱之前一再强调，本故事纯属虚构，请君切莫对号入座。

故事讲述了一段荒唐的爱情经历，主人公的名字竟叫张虔奕，张虔奕觉得偌大的世界，重名者多矣。后来他才知道盲艺人说的是反话，不久便有人说张虔奕就是故事中的糊涂丈夫，莫名其妙地把糊涂丈夫的所作所为，说成是张虔奕的风流韵事，成为茶余饭后的笑料。张虔奕当时并没有放在心上，心想："身正不怕影子斜，何惧他人论是非。"

张虔奕重塑贞女塑像，倾毕生之精力，打造京东祠庙之最。为了确保每道工序的质量，张虔奕决定亲自动手，不请外人。塑像是一项最消耗体力的造型艺术，梁茜月与哑巴护院成了张虔奕的左膀右臂。

塑像工程迅即开始，郑禅忻知道他们每天都要和泥打交道，给他们留下了三套军服。

张虔奕穿上戎装，仿佛就是东北军的一位军官，而梁茜月和哑巴护院穿上军衣，戴上军帽，却像是张虔奕手下的两个小兵。

人们远远地就可以听到前殿传出"砰啪、砰啪"的响声，这是张虔奕在教哑巴护院和梁茜月捶泥。他们首先把淋制好的胶泥和棉絮按比例掺和在一起，用木锤反复捶打，使胶泥与棉絮均匀地成为一体，这样不仅增强了胶泥的韧性，而且可以防止干后龟裂。

哑巴护院和梁茜月每天在殿内不停地捶打胶泥，这"砰啪、砰啪"的响声连续数日，为重塑这组贞女塑像，准备了足够的泥巴。

这期间，张虔奕正在神台上精心地制作这组贞女塑像的骨架。他没有拘泥于人体蹲四、坐五、立七的比例，经过反复测量之后，对局部进行了必要的夸张。

梁茜月不解地问："你常说骨架是塑像造型的关键，骨架不准确，外型就谈不上像不像了，可你为什么对局部比例进行了夸张？"

张虔奕自信地说："我是根据透视学近大远小的原理，为了更符合人们仰视的视觉变化，对人体比例进行了必要的调整。在艺术上，按常规走路，有时往往不被世人所认可；不循规蹈矩者，反而能获得艺术上的成功。"

梁茜月说："人生与艺术恐怕都是如此！"

骨架制作完成之后，梁茜月和哑巴护院在张虔奕的指导下，用裹上泥巴的线麻，按肌肉的结构，在骨架上精心地缠绑，数日后完成了这道工序。

张虔奕心凝神聚，情注泥巴，只见他一块接一块地把泥巴固定在骨架上，每一块泥巴都倾注了他对贞女的敬仰之情。几天后，这组塑像的基本形体，竟然一气呵成。梁茜月与哑巴护院惊奇地发现，这组塑像虽然还没有塑造出面部的五官，其动态、神韵已经十分感人。

张虔奕望着梁茜月和哑巴护院，只见他俩身上的军服满是泥巴，就连脸上也被泥巴弄得面目全非，三人相视而笑。

梁茜月望着张虔奕，奇怪地问："虔奕哥，这么多泥巴都出自你的手中，为什么你身上连个泥点都没有？"

张虔奕说："如果能说出你们衣服、脸上为什么都是泥巴，这个问题不就解决了吗！"

塑像的基本形体完成之后，开始形象塑造，他手握塑刀，熟练地在贞女的头部确定了五官位置，随后便开始塑造耳朵、鼻子、嘴，眼睛留在最后。

张虔奕打破了艺人闭门锁户的塑像的传统规矩，在殿前挂上了"求教四方宾客"的条幅，采取了开门塑像的办法，没想到竟引来一场风波。

这一天来了两个浓妆艳抹的小姐，一屁股坐在张虔奕的身边，问："是谁出的馊主意，在山门前垒砌了一百零八级石阶，登这么高的台阶，穿高跟鞋太累了！"

梁茜月有切身体会，说："登高哪有穿高跟鞋的？我看你俩也是自找苦吃！"

张虔奕客气地问："请问两位小姐怎么称呼？"

"我叫蔷蘼！"一个说。

"我叫买笑！"另一个说。

这是野花香客栈的两个头牌妓女，张虔奕在呜咽城鬼市曾经见过，心中一惊，问："二位小姐缘何到此？"

蔷蘼指了指挂在墙上的条幅，说："我们就是为了这个来的。"

张虔奕知道她们是来找茬的，但又不得不客气地说："请二位小姐指教！"

蔷薇见梁茜月与哑巴护院都穿着东北军的军服，以为是东北军的两个士兵在这里帮忙，便借题发挥，说："既然你们向我求教，我就不客气了。你们三个男人干活多没意思，怎么不找几个女人来？晚上还可以陪你们解解乏！"

张虔奕默然，觉得这种人只能敬而远之。

这两个小姐并不知趣，凑到张虔奕身边，坐在神台上，见没人理她们，立即脱掉高跟鞋在神台沿上磕打，说："这个破地方到处是土圪垃，沙子都进到鞋里了！"

张虔奕见她们没有一句正经话，为了不耽误宝贵的时间，只能用不理睬的办法排除干扰。

梁茜月与哑巴护院在张虔奕的指导下，分别塑造童男童女的头部形象。张虔奕把多年积淀的艺术底蕴，凝聚在塑刀之上，全神贯注地塑造贞女的眼睛。

蔷薇与买笑被晾在那里，很不是滋味，突然从神台上跳下来，蔷薇望风捕影地指着张虔奕挑衅，说："我看你这个人好面熟，哦——想起来了！你是呜咽城倒卖文物的贩子，我还从你手中买了一幅刘墉的赝品，不知你把真迹藏在了何处，现在你该说实话了吧！"

张虔奕听蔷薇说他是鬼市倒卖文物的贩子，而且还无中生有地说买了他一幅刘墉的赝品，觉得受了极大的侮辱，为了不影响工作，对蔷薇的无礼行为，只能漠然视之。

买笑突然看见张虔奕手中的雕塑工具，一头像柳叶，一头像足刀，故意挑事，问："你手中拿的可是一把刀？"

张虔奕有些不耐烦，挥手让她们离开，说："请两位小姐不要打扰我们的工作。"

蔷薇正在张虔奕身边找茬，听买笑说了个"刀"字，如同抓住了把柄，指着张虔奕大喊："住手！你竟敢在光天化日之下，用刀剜贞女的眼睛。你身为男人，每天用各种淫具作践贞女，手段狠毒，惨不忍睹，作为女人我岂能坐视不管。我要到衙门里告你去，我还要在《民生晚报》上披露你亵渎贞女，为天下女人伸张正义！"

梁茜月在一边气愤不过，指着蔷薇和买笑，说："你们简直是青竹蛇口，恶毒之极，淫词滥调，一派胡言！"

蔷蘼立即来到梁茜月面前嘲笑说："吔赫！这个小兵犊子怎么说起话来竟是一口娘娘腔，你莫不是被劁猪的给骗了？"

蔷蘼与买笑一唱一和，越说越不像话，竟扬言要拆毁塑像，梁茜月上前阻拦，蔷蘼和买笑两个人把梁茜月夹在中间与梁茜月厮打起来，大喊："兵犊子耍流氓了！"

哑巴护院抡着捶泥的木锤向蔷蘼砸去，买笑急忙把蔷蘼拉开，"啪"的一锤砸在买笑的脚趾上，疼得她"哎哟、哎哟"直叫，一瘸一拐地跑出殿外。

哑巴护院举起木锤，"咿呀咿呀"地喊着追了出来，又向蔷蘼砸去，蔷蘼见哑巴出手极快，吓得拉着买笑逃向山门外。买笑"哎哟、哎哟"地叫着出了山门，突然回过头来，吼道："张虔奕，你若与叶倩薇过不去，我让你死无葬身之地！"

事后，蔷蘼和买笑并没有去渝水县衙告张虔奕，但关于张虔奕的绯闻却在渝水县传开了。这个说张虔奕是一个留学日本的花花公子，雕塑家是空有其名，在他的工作室中没有一件像样的作品，身边虽然有一位漂亮的夫人，心里还惦记着别的女人，而墙上挂的全是女人裸体像，可谓是吃一、看二、眼观三。那个说他卧室的灯经常是通宵达旦，每天在写"情爱日记"。还有人说他性欲极强，白天也不打开窗帘，云雨不分昼夜，净干些见不得人的事。更有甚者说他经常出没呜咽城鬼市，用倒卖文物的钱去嫖娼。最不能容忍的是，说张虔奕是汉奸，是日本野蔷薇间谍组织派来的特工，用修祠作为掩护，企图盗取碣石地宫的珍宝。

时隔不久，《民生晚报》号外，真的刊登了一篇名为《不允许作贱贞女》的文章，署名野蔷薇。文中用人间最恶毒的语言谩骂张虔奕，张虔奕只看了一半，就觉得胸前区隐隐作痛。此时，他才理解什么叫"人言可畏"。他忽然想起盲艺人说唱的《糊涂丈夫》，大叫一声："气死我也！"晕倒在神台上。

郑禅忻听说张虔奕病了，受张学良的委托来到陈家大院，他安慰张虔奕说："你的情况我们都知道了，这次我是专程到渝水县代表张将军来看你，同时了解一下修祠的进度，顺便看看我的妹妹！"

梁茜月听郑禅忻说要看他的妹妹，不解地问："郑副参谋长在渝水县还有妹妹吗？"

郑禅忻知道自己说走了嘴，觉得现在还不是说清真相的时候，便拍了拍梁茜月的肩膀，亲切地说："我是说顺便看看我的弟妹，就是你！"

郑禅忻的亲情表露，恰似一股暖流涌遍梁茜月的全身，她情不自禁地说："郑副参谋长，我真希望您就是我的亲哥哥！"

郑禅忻高兴地说："那么以后你就叫我哥哥吧！"

此时，梁茜月的脸上露出了从未有过的欣喜，笑靥可人。

郑禅忻见张虔奕病情有所好转，略感放心，他说："事情要比我们想象的还要复杂，一两句话很难说清楚。希望你排除干扰，千万不要辜负了张将军的期望！尽快塑造好贞女像，把贞女祠打造成京东第一祠。"

张虔奕有很多话要向郑禅忻倾诉，却不知从何说起。

重修贞女祠的工程即将竣工，张虔奕略感欣慰。这一天，张虔奕、梁茜月陪同郑禅忻来到青龙山下。

远远望去，贞女祠矗立在山顶，苍松翠柏掩映着进入山门的坡道，沿着一百零八级石阶步入山门，犹如进入了一个清净的世界。

山门右侧有一座八角亭，亭内悬有新铸的青铜钟，钟体刻有八卦图。郑禅忻满意地说："我虽然不懂建筑艺术，但我赞成修旧如旧的理念，凭我的直觉，整体设计做到了古朴典雅，我能第一个目睹重修的贞女祠，也是人生最大的幸事！"

郑禅忻听说前殿墀头上方的《王羲之爱鹅》的砖刻，是梁茜月设计的，赞叹说："这两幅砖刻把王羲之爱鹅之情，刻画得惟妙惟肖，我想没有爱心的人，很难设计出这样感人的作品来。"

张虔奕很有感触地说："要想让作品感动人，必须首先感动自己！"

梁茜月高兴地说："这两幅砖刻在制作过程中，深得虔奕哥的教诲！"

郑禅忻感叹地说："名师出高徒！"

当郑禅忏问梁茜月山门前的一百零八级石阶，是巧合还是有意设计的，梁茜月脸色倏变，含泪说："人生如戏，岁月如歌。我在人生这个大舞台上，尝尽了苦辣酸咸，承受了难以承受的生离死别。这一百零八级石阶宛如钢琴上的键盘，每当我登上这石阶时，就如同用我的坎坷经历，在弹奏一曲人生苦难的歌谣。"

郑禅忏对梁茜月说："你不要太难过了，待战事平息之后，咱们就可以住在一起，以兄妹相称了。你就是我的亲妹妹，我就是你的亲哥哥！"

梁茜月望着郑禅忏，见他真的把她当成了亲妹妹，含泪叫了一声："哥——"

郑禅忏听梁茜月喊他哥哥，百感交集，心中一阵酸楚。

郑禅忏临走前就像亲哥哥一样对梁茜月千叮咛万嘱咐，说："生活中欢乐与痛苦并存，就如同有阳光就有阴影一样，你应该学会在阳光下沐浴，在阴影下乘凉，也就是说，你要学会保护自己。我走以后，你要协助张虔奕尽快完成修祠工程。"

郑禅忏回过头来对张虔奕说："重修贞女祠现在已经到了最后阶段，张将军让我转达，他要在贞女祠竣工仪式上为你剪彩，亲手把京东第一祠交给渝水县的父老乡亲。"

张虔奕说："将军的期望也是我们的心愿，只是……"

郑禅忏说："我知道你想说什么……关于日本间谍组织野蔷薇在渝水县的阴谋活动，我已直接上报直隶省政府，需要我的时候，随时与我联系！"

临别时郑禅忏告诉张虔奕一个让他震惊的消息："密电处处长周大文截获了一份密电，日本间谍组织野蔷薇为了盗取碣石地宫珍宝，近期将实施'一锅儿行动'，直接干扰了修祠工程。你们的处境已经非常危险。为了你们的人身安全，我已经与吴国祯打了招呼，鉴于渝水县目前情况异常，在修祠工程的最后阶段，决定采取军事管制，任何人不准靠近贞女祠和陈家大院。"

郑禅忏走后，留下了十几个荷枪实弹的士兵，负责保卫贞女祠和陈家大院的安全，除施工者，一律不准靠近贞女祠工地和陈家大院。

贞女祠和陈家大院得到了暂时的安宁。

张虔奕、梁茜月和哑巴护院，经过一个多月的努力，这组贞女塑像已经完成，待塑像干透后就能进行彩绘。张虔奕对梁茜月说："彩绘是塑像的最后一道工序，殿内的墙上还要补上壁画，我想让你和哑巴护院共同来绘制，壁画的水平不能低于敦煌壁画，不知你们是否有信心！"

梁茜月说："信心当然有，只是我们从未见过敦煌壁画，渝水县离敦煌路途遥远，无缘借鉴！"

张虔奕说："只要你们有信心，塑像的彩绘与壁画的成功就有了希望！我们可以在等待塑像干透这段时间，去一趟敦煌石窟。"

这期间，郑禅忻对贞女祠和陈家大院实行了临时军事管制，就连渝水县衙的官员也被谢绝进入。这项措施激怒了叶倩薇，她怀疑张虔奕已经破解了碣石地宫之谜，要抢先进入碣石地宫。便唆使吴国祯、吴宁昶分别给李中天写了匿名信，诬告张虔奕是日本间谍，代号野蔷薇，以修祠作为掩护，企图盗取碣石地宫的珍宝。

与此同时，她又委派王鸣荻，秘密监视张虔奕等人的行踪。

王鸣荻在叶倩薇面前，唯命是从，不敢懈怠。他想尽一切办法靠近贞女祠和陈家大院，因有东北军士兵看守，怕被士兵发现，无奈之下，他想出了一个办法：在长城上的靖边楼里，设立了一个秘密监察点，远距离地偷窥青龙山上的贞女祠和陈家大院。为此，他从旧物市场买来一个望远镜，虽然看不太清楚，但足以给叶倩薇做个样子看。

王鸣荻为了讨好叶倩薇，借故来到叶倩薇的办公室，添油加醋地把汇报他如何在长城上设立秘密观察点，恪尽职守，日夜监视张虔奕的行踪。为此他用半个月的薪水，买了个望远镜，现在连抽烟的钱都没有了，车轱辘话没完没了地说个不停，想让叶倩薇给他补助点劳务费。

叶倩薇早已听得不耐烦，见他说得满嘴丫子倒白沫，不由得一阵恶心，说："王鸣荻！我看你是吃了豹子胆，谁让你在长城上设立秘密观察点？谁让你去监视张虔奕的行踪？张虔奕是张学良请来的贵客，难道你不知道吗？真是岂有此理！"

叶倩薇出尔反尔让王鸣荻困惑不解，原想讨好叶倩薇，没想到挨了一顿狗屁呲。

王鸣荻灰溜溜地从叶倩薇的办公室走了出来，觉得很晦气。他越想越憋闷，没有立刻回到靖边楼，在街上闲逛了一会儿，见天色渐暗，便在聚贤楼买了一瓶二锅头、两个烧饼和半斤猪头肉，找了个闲座，喝起了闷酒。

其实王鸣荻根本没有多大酒量，平时并不喝酒，只要一沾酒就醉，喝了不到半斤，就醉成了一摊泥。聚贤庄老板怕担责任，让小伙计把他送到了靖边楼下。王鸣荻东倒西歪地站立不稳，站岗的两个警察，急忙上前搀扶，说："警长大人！您夫人来了。"

王鸣荻并不理会，东倒西歪地迈着蹒跚步，登上了长城坡道，以为两个警察拿他这个光棍开心，便说："你们俩听着，一会儿我见不到我老婆，看我怎么收拾你们！"

两个警察一本正经地说："警长大人！您的夫人真来了！"

王鸣荻听说真的来了个老婆，酒劲似乎醒了一半。王鸣荻还清楚地记得，他在保定府遗弃了一个叫秋妮的小脚女人，又黑又丑，不会是她来了吧，不情愿地问："我老婆在哪？"

两个警察说："在靖边楼里给您做饭呐！"

王鸣荻半信半疑地走进靖边楼，发现靖边楼内新添了一个屏风，屏风前的小饭桌上已经摆上饭菜，一股香味扑鼻而来。一个女人从屏风后面走了出来，只见她身穿家织的蓝色粗布衣裤，头戴白底蓝印花头巾，脚穿一双白色绣花鞋，腰上系着一个围裙，站在饭桌前冲着他笑。

王鸣荻发现这个女人根本不是秋妮，姿色却不在野花香妓女之下，烹饪技术也堪比聚贤楼的大厨。他望着桌上刚刚做好的萝卜炖羊肉、红烧牛鞭、松仁炒腰果、熘三样，外加一个西红柿鸡蛋枸杞汤，这四菜一汤都是补肾壮阳的。

王鸣荻又惊又喜，心想：这个女人真的要当我的老婆？难道我真的交了桃花运？他疑惑地问："你是——"

这个女人妖媚地一笑，大声说："我是你的老婆秋妮啊！刚刚从保定府来，难道你不认识我了吗？"

王鸣荻仔细端详起她的模样，只见她纤纤细腰，巨乳丰臀，穿戴虽然很像被他遗弃的乡下女人秋妮，可穿在她的身上，不但不觉得土气，反而感觉新潮、时尚，越看越美，不禁魂不守舍。

这个女人好像看出王鸣荻的心思，故意装出要走的姿态，问："你能和我这样漂亮的老婆一起，难道还不满意吗？如果你嫌弃我，我马上就回保定府！"

王鸣荻哪里舍得让她走，张开双手拦住了她，女人见状大大咧咧地走到他的面前，把双手搭在他的肩上，脸对脸地让王鸣荻看。王鸣荻觉得这个妖媚的女人，姣好无比。

这个女人就势亲了他一口，不禁让王鸣荻心猿意马，忍不住动起手来，女人诡秘地笑了笑，说："等咱俩喝完了交杯酒……"

王鸣荻见两个警察还在门口站着，便一挥手，说："今天我给你们放假，我要与我老婆睡在这里！"

两个警察立即给王鸣荻鞠了一躬，说："谢谢警长大人！"

两个警察走了，那女人见身边没了人，便凑到王鸣荻跟前，用手捏着王鸣荻的脸蛋，问："你刚才和两个警察说什么来着？"

王鸣荻说："我给他们放了假。"

女人问："还说什么来着？"

王鸣荻说："我说我要与我老婆睡在这里。"

女人鄙夷地说："看来你真的把我当成你的老婆了！"

王鸣荻反问："你不是说你是我的老婆秋妮吗？"

女人否认说："我不是秋妮，我叫白残花。我可以做你的老婆，但我是有条件的。"

王鸣荻望着白残花，迫不及待地说："只要你能当我的老婆，你让我做什么，我都答应！"

白残花说："一言为定，不准反悔。"

王鸣荻立即向白残花盟誓，说："如若反悔，千刀万剐！"

白残花说："好！从现在起我就是你的老婆了！"

374

王鸣荻觉得这个白残花是送上门来的老婆，早已按捺不住心中的欲火，立刻抱起白残花狂吻起来，白残花指着屏风说："我已在后面准备了一张床。"

王鸣荻顾不了吃什么四菜一汤，立即解下匣子枪，脱掉外衣，忙不迭地抱起白残花向屏风后面走去。

此时夜已深，没有星星，也没有月亮，黑暗笼罩着长城上的靖边楼，只有楼内屏风后面的烛光闪烁着微弱的光亮，屏风上的两个黑影伴随着嬉笑声，开始晃动起来，弄得木床"嘎吱嘎吱"作响。大约有半个小时，王鸣荻喘着粗气滚下马来，一会儿便打起了呼噜。

王鸣荻正在酣睡中，只觉得太阳穴冷冰冰的，不知是什么东西，睁眼一看，只见白残花手握匣子枪正对着他的太阳穴，不解地问："你，你要干什么？"

白残花说："我要你兑现你的诺言！"

王鸣荻说："有话好说，你先把枪放下，小心走了火！"

白残花轻蔑地一笑，说："玩这个东西老娘不比你差！我再问你一次，你承认不承认我是你的老婆！"

王鸣荻连声说："承认，承认！"

白残花说："你不是说只要我能做你的老婆，我让你做什么，你都答应吗？"

王鸣荻连说："是，是！我还说过如若反悔，千刀万剐！"

白残花说："那就好，我今天郑重宣布，接收你为野蔷薇驻渝水县一号特工，你的直接上司就是我。"

王鸣荻听到野蔷薇三个字，吓了一跳，急忙否认，说："不，不！我不想当你们的特工，也不要你这个老婆了！"

白残花一阵冷笑，说："你说得太晚了，看看这个！"

白残花递给王鸣荻一张近日的《津海晚报》，在三版头条的位置上，刊登了一篇题为"破镜重圆"的消息："渝水县警察所警长王鸣荻与保定府大周泽村的前妻白残花破镜重圆，答应了白残花提出的所有条件，并盟誓：'如若反悔，千刀万剐！'白残花即日来渝水县与王鸣荻圆房。"

此时天已大亮，王鸣获手拿着报纸半晌说不出话来，憋了好一会儿才嗫嚅地问："这件事是否告诉叶倩薇？"

白残花说："我是你的上司，我命令你从现在起，与叶倩薇切断一切联系。"

"你，你到底是什么人？"

白残花讥讽地一笑，说："我是你的老婆白残花呀！可我也是你们缉拿多时的日本间谍野蔷薇！"

王鸣获看过日本间谍野蔷薇的资料，野蔷薇这三个字，足以让他胆战心惊。他对面前的这个白残花是又爱又怕，哆哆嗦嗦地问："你，你，你到底想让我干什么？"

白残花说："我以野蔷薇的身份，命你执行一项密杀令。"

白残花在王鸣获耳边悄声说出了实施这项任务的具体方案，吓得他冷汗涔涔，浑身不停地颤抖，最后瘫坐在地上。

白残花上前把他扶起，嘲笑地说："看你这个熊样，哪里还像'野蔷薇一号特工'，真给我白残花丢脸！"

王鸣获怎么也不会想到，他缉拿多时的野蔷薇却成了他的老婆，他更不会想到他稀里糊涂地竟成了潜伏在渝水县衙的日本间谍"野蔷薇一号特工"。他知道他即使是杀身成仁，也没人相信他的清白，他这个汉奸的罪名已无法洗清。

王鸣获精神崩溃了，决定破罐子破摔，死活都要做个风流鬼。他望着面前的白残花，像疯狗一样，咬牙切齿地扑了上去，把白残花重重地压在身下，发泄他的绝望和无奈。白残花面带讥讽，没有反抗，直到王鸣获声嘶力竭。

《津海晚报》刊登的"破镜重圆"这条绯闻，从省城很快就传到了渝水县。王鸣获与白残花的风流韵事，牵出了他在渝水县那些见不得人的丑闻，人们一传十，十传百，众说纷纭，而连三岁小孩都说王鸣获简直还不如一条狗。

王鸣获遵照白残花的指令，乖乖地守在靖边楼里，每天在楼内的几个瞭望孔，偷窥远处的贞女祠和陈家大院，并记录在册。白残花在王鸣获身边像幽灵一般，出没无常，行踪诡秘。

一天，白残花从外面带回来一个崭新的望远镜，说："你那个破玩意儿是聋子耳朵，充其量是一个摆设。这是日本特工专用的高倍望远镜，在微弱的光线下，也能看清十里以外的可疑踪影。"

王鸣荻每天早起晚睡地用高倍望远镜从陈家大院到贞女祠，从贞女祠到陈家大院，昼夜监视张虔奕等人的行踪，一连几天过去了，发现张虔奕等人没了踪影。白残花查看王鸣荻的监视记录，见上面只有"无异常所见"几个字，失望地说："王鸣荻，你这个一号特工是怎么当的？这些天怎么一点收获都没有？"

王鸣荻说："老婆，我是心有余而力不足。"

白残花把眼睛一瞪，说："什么心有余而力不足，我看你晚上干那事蛮有劲的！"

王鸣荻不知说什么好，连声说："是，是！"

白残花把偷窥记录砸向王鸣荻，骂道："是，是！你他妈的是一个连狗屁都不如的破烂货，老娘白豢养你这条狗了，如果你再用'无异常所见'糊弄我，老娘把你给阉了！"

王鸣荻知道日本间谍手段残忍，再这样下去，后果可想而知，为了应付白残花，每天不得不在偷窥记录上胡编乱造，以此来取悦白残花。

这一天白残花翻阅王鸣荻的偷窥记录，发现他密密麻麻地写了不少，什么贞女祠山门前发现了可疑人影，张虔奕行动诡异；夜间贞女祠上空有数不清的绿色光点；哑巴护院与张夫人偷情；前殿的屋顶发现了一个红色火球；海眼石洞前在子夜时分，经常出现紫色光环；执勤的东北军士兵白天还算规规矩矩，夜晚却搂着枪睡觉……

白残花把王鸣荻编造的这些奇异现象，信以为真，竟仔细揣摩起来，当看到"执勤的东北军士兵，白天还算规规矩矩，夜晚却搂着枪睡觉"这句话后，把王鸣荻叫到面前，高兴地说："你没有辜负老娘授予你'野蔷薇一号特工'的称号，今晚老娘要好好慰劳你一次。"

王鸣荻谄媚地说："谢谢老婆！请老婆训示，下一步怎么办？"

白残花命令说："下一步你要趁执勤士兵搂枪睡觉的那一刻，潜入贞女祠，盗取碣石地宫密图，然后将张虔奕除掉！"

王鸣荻听了白残花的指令，难以接受，后悔不该谎称"执勤士兵搂着枪睡觉"这句话，不知该怎样回答她，说话有些语无伦次："这个，这个，我看还是……"

白残花见王鸣荻有些迟疑，推三阻四，有些不高兴，命令说："你敢违抗老娘的指令？"

王鸣荻忙说："在下不敢，在下不敢！"

白残花说："不入虎穴，焉得虎子！我可以和你一起潜入贞女祠，执行此项任务。"

就这样，王鸣荻与白残花来到青龙山下，隐藏在灌木丛中，一连蹲守了几天，只见贞女祠山门两侧的执勤士兵，日夜坚守在那里，决无懈怠，根本无法潜入贞女祠。

正当王鸣荻为自己的谎言一筹莫展的时候，贞女祠周围突然起了浓重的白雾，白雾铺天盖地，路上行人只能闻其声，而不见其人。

没有人知道在什么时候，为什么会起这怪异的白雾，但人们还清楚地记得，两年前就是因为出现了这怪异的白雾，在九门口爆发了直奉大战。饱受战争之苦的人们，现在又见到了这怪异的白雾，似乎有不祥的预兆。二百八十多年前就是因为贞女祠起了白雾，致使渝水县发生了惨烈的一片石之战，当时李自成的农民军，死伤惨重，不得不在渝水河边回马，败回京城。

现在人们又见到了这怪异的白雾，想起一片石之战，想起直奉大战，想起战争带来的灾难，人人谈雾色变，惊恐不安。

王鸣荻和白残花在白雾的掩护下，翻过了贞女祠的围墙，沿着陡峭的山路攀上了青龙山，贞女祠前殿在浓雾中隐约透出一丝光亮，只听殿内张虔奕在说话："这些天我们奔波劳作，付出的太多太多，但收获也是可喜的。贞女祠工程已经接近尾声，这些图暂时用不着了，先放在贞女塑像神台的后面吧。"

梁茜月说："今天是一个值得纪念的日子，汗水没有白流，我们成功了。"

张虔奕说："去年我守在海眼三天三夜，就在白雾笼罩贞女祠那天遇刺，致使考察中断。如今我们又等到了这一天，在这千载难逢的时刻，又有士兵守护着我们，我们可以放心地诠释殿前的那副奇联，揭开碣石地宫的千古之谜。"

白残花偷听了张虔奕的谈话，悄声对王鸣荻说："进入地宫的密图，就放在贞女塑像的身后，你马上进入殿内，先把密图弄到手。"

王鸣荻见张虔奕等三人离开了贞女祠前殿，立即蹿入殿内，到处乱摸，终于摸到了那几张图纸，迅速卷起，匆忙离开前殿，与白残花一起奔向海眼洞口，去刺杀张虔奕。

哑巴护院拎着马灯在前边带路，张虔奕、梁茜月紧随其后。张虔奕边走边说："海眼的洞内情况非常复杂，而且必须待到子夜才能进入。"

张虔奕三人守在洞口，拭目以待，静观奇异的现象发生。梁茜月忽然闻到一股奇异的香味，大喊："有情况！"

这时，白残花已经来到张虔奕身边，手握匕首向张虔奕刺去。哑巴护院在张虔奕身后，一扬手，飞出一颗海石子，击中白残花的手腕，白残花"哎呀"一声，匕首坠地。

白残花发现王鸣荻不在身边，诈喊："一号特工，快快出手！"

哑巴护院担心刺客身边还有同伙，深怕再伤害了张虔奕和梁茜月，警惕地环视四周，白残花趁机脱身而逃。

执勤的东北军士兵在茫茫的雾夜里，突然发现了有人翻越围墙，随着"啪"的一声枪响，只听"啊"的一声，有人跌倒在贞女祠墙外，东北军士兵立即来到墙外搜寻，王鸣荻、白残花早已没了踪迹。

浓重的白雾渐渐散去，青龙山和山上的贞女祠，逐渐显露在燕北大地这片神奇的土地上。

二十七　谁是野蔷薇

1927 年 11 月 6 日，人们惊奇地发现贞女祠的四周已经挂满了红红绿绿的彩旗，东北军的一队士兵守卫在贞女祠的两侧，贞女祠竣工剪彩仪式将在这天上午举行，由于直隶省临时召开紧急会议，李中天未能及时赶到。

张学良重修"贞女祠"为贞女重塑金身，在燕北大地传为佳话。渝水县方圆几十里的父老乡亲，就像赶庙会一样来到贞女祠，乡民自发地组成高跷秧歌队，在青龙山下的空场里扭起秧歌来。著名的"喇叭大王"唢呐吹奏艺人赵文魁，带着两个徒弟亲临现场助兴，为高跷秧歌队吹奏唢呐名曲《娱乐升平》。

王鸣荻紧锁眉头，手握匣子枪，在青龙山下的人群中东张西望，好像在寻找什么人。

这些年，吴国祯在渝水县有些力不从心，他觉得身边的人都想踩着他的肩膀往上爬。叶倩薇当上了渝水县衙的县佐之后，根本不把他放在眼里，大事小情她直接捅到省里，弄得他焦头烂额。吴宁昶从津海市逃到渝水县，投在了他的门下，吃他的，喝他的，理应为他遮风挡雨，没想到他却阳奉阴违，为了讨好李中天竟与叶倩薇勾勾搭搭，设套让他钻。他坐在县太爷的宝座上，已经感到不那么风光，觉得周围这些人都在算计他，他已感到众叛亲离，四面楚歌。

常言道"人挪活，树挪死"，他已经意识到自己在渝水县不能再待下去了，他不甘心这辈子就吊死在渝水县这棵树上。当他得知张学良要来渝水县亲自为贞女祠竣工剪彩，便决定抓住这个时机，重金跪求张学良，请他在北洋政府给他谋个职务。

上午八点，吴国祯携同渝水县衙的官员提前到了青龙山下，恭候张少帅的到来。等了三个多小时，还不见张学良的踪影，大小官员都等得不耐烦了。

这时，忽听有人喊："张少帅来了！"

只见远处有两辆军车向青龙山方向疾驰而来，前面开路的是卫队长乘坐的敞篷汽车，一辆黑色轿车紧随其后。

吴国祯一声令下，欢迎的队伍立即欢呼雀跃，锣鼓喧天，此起彼伏地呼喊着："欢迎少帅，欢迎少帅！"

军车很快到了青龙山下，只见第一辆敞篷汽车上，是荷枪实弹的东北军士兵。这时，从后面的黑色轿车里下来几个人，为首的是张学良的副参谋长郑禅忻，他身后是张虔奕的老师，曾在东滨大学任教的雕塑家王之斌教授，唯独没有张少帅。

郑禅忻对吴国祯说："因前线军情紧急，张少帅令我代他剪彩。"

吴国祯望着郑禅忻，心里立刻凉了半截，想求助于郑禅忻，可话到嘴边又咽了回去，觉得现在说这些事，还不是时候。

郑禅忻与吴国祯剪完彩之后，立即与吴国祯办理了贞女祠的交接手续。叶倩薇对吴国祯说："吴知事，县衙还有些公务急需办理，我就不奉陪了！"

吴国祯、吴宁昶见郑禅忻对他们不冷不热，在张虔奕面前显得可有可无，处境非常尴尬，便灰溜溜地离开了贞女祠。

王之斌教授在郑禅忻和张虔奕的陪同下，步入山门，梁茜月与哑巴护院左右相随。

王之斌望着新建的贞女祠，前殿和后殿均为砖木结构，大式硬山坡屋顶，筒板瓦黑活，正面三楹四窗，殿宇宽敞明亮。

他目测殿宇的长与宽，满意地点点头，说："我曾见过旧祠，旧祠长度与宽度的尾数是七，如果我没猜错的话，这座重修的殿宇，长宽的尾数都是九，寓意是天长地久，比旧祠更符合明清祠庙的建筑风格。从整体上看新祠的殿宇比旧祠更为壮观，然而谁会想到这小小的差异，却倾注了我们古建设计家多少心血啊！"

张虔奕指着身边的梁茜月说："这是梁寒冰先生的女儿梁茜月设计的。"

梁茜月觉得张虔奕不该这样说，但在王之斌教授面前，只能默认。

王之斌爱抚地拍了拍梁茜月的肩膀，说："梁寒冰是我在日本的同窗好友，真是青出于蓝而胜于蓝。"

随后，王之斌走进殿宇，当他看到张虔奕塑造的贞女形象时，眼睛一亮，只见贞女头上高挽着发髻，端庄、秀美，善良的容颜和朴素的衣着，散发着浓郁的乡土气息，让人倍感亲切。这座极富魅力的贞女塑像在绝美的容颜中，蕴含着坚贞不屈的性格和傲雪凌霜的气质。称赞说："这尊贞女塑像朴实感人，在造型上师法古人，但不拘泥章法，面部表情没有过分地强调悲怆和哀怨，而是着重刻画其善良而不畏强暴的内在精神，是民众心目中的贞女形象。在彩绘上以青灰为主色调，素雅而不单调，可谓是一尊传世佳作。"

张虔奕给王之斌深深鞠一躬，说："感谢恩师对弟子作品的肯定。"

当王之斌看到塑像后面的壁画时，认定是梁茜月的作品，回过头来对梁茜月说："这幅《贞女殉夫图》借鉴了敦煌壁画的艺术风格，姿态优美，线条流畅，笔笔饱含着质朴的深情，尤其是面部表情极为传神，不知是否出自梁家侄女之手？"

梁茜月被王之斌教授看得有些不好意思，忙解释说："这幅壁画是我们的护院制作的，他心灵手巧，擅长工笔，临摹的敦煌壁画几乎可以乱真。"

王之斌立刻回过头来面向哑巴护院，称赞说："这位小哥真是难得的人才！不过从壁画的风格和线描上看，还缺少点阳刚之气。"

哑巴护院似乎懂得王之斌在说什么，脸上泛起一片红晕，低头掩藏微露的羞涩，王之斌甚感奇怪，问："这位小哥一路上怎么一句话也不说！"

梁茜月惋惜地说："我们的护院心地善良，多才多艺，可惜是个哑巴！"

王之斌长长地叹了一口气，说："人生十有八九不如意，此事古难全！"

王之斌看完塑像与壁画以后，来到青龙山下，观看渝水县古城高跷秧歌，欣赏喇叭大王赵文奎的唢呐才艺。

渝水县十里八村的乡亲都来贞女祠瞻仰贞女的塑像，殿内外挤满了人，祈祷祈福的香客一个接一个排成了长队。

刁氏也想看看热闹，想知道重塑的贞女是啥模样，就随着观赏贞女塑像的人挤了进来。贞女塑像前的香炉里，香火不断，青烟袅袅，刁氏透过袅袅青烟来到贞女塑像面前，望着这尊绝美的贞女塑像，觉得既熟悉，又陌生，称羡不已，随之而来的是忌妒。

一缕缕青烟从贞女塑像面前飘过，她突然发现端坐在神台上的贞女塑像竟是她的儿媳荷花，荷花那倔强和怨恨的眼神直视着她。她恍惚看到一颗颗晶莹的泪珠，不断地从眼中滚落，看着、看着，突然觉得天在转，地在动，心在颤，一声惊叫，晕倒在石阶上。从此，刁氏走路便是一瘸一拐的。

青龙山下，王鸣荻心急火燎地在人群中挤来挤去，耳边响起了野蔷薇的指令："如果今天你不把张虔奕灭了，你就别想活命！"

王鸣荻进退两难，深知违背了野蔷薇指令的后果。但他也知道，只要他出手谋杀张虔奕，就会暴露他是野蔷薇特工的身份，后果更是不堪设想，真是上贼船容易下贼船难。

这时，高跷秧歌正在表演"猪八戒背媳妇"，赵文魁配以唢呐十大名曲之一《抬花轿》，两个徒弟在赵文魁左右，唢呐声声，此起彼伏，吹奏渐渐也到了高潮，人们犹如到了仙境，观众沸腾了。

此时，王鸣荻在人群中突然发现了张虔奕，觉得这正是除掉张虔奕的极好时机。他心情异常紧张，急忙掏出匣子枪，冲张虔奕哆哆嗦嗦地扣动了扳机，只听"啪"的一声枪响，人们不知发生了什么事，扭秧歌的队伍和看热闹的人群乱成一团。王鸣荻想乘乱逃跑，却发现有人抱住了他的大腿，原来是刁氏。

郑禅忻惊奇地发现开枪人竟是王鸣荻，见有个女人死死地抱住他的大腿不放，不解地问："王警长，你这是干什么？"

王鸣荻不知所措，支支吾吾，说："这个女人妨碍我执行公务！"

刁氏在众人面前直言不讳地说："王警长，你这个没良心的，怎么提起裤子就把老娘给忘了？"

王鸣荻觉得刁氏在众人面前让他出丑，不禁火冒三丈，一脚把刁氏踢了个狗吃屎，恶狠狠地说："去你妈的，破鞋！"

刁氏并不示弱，从地下爬起来，指着王鸣荻的鼻子说："王鸣荻，你身为警长，半夜三更跳窗户，进了我的屋，钻进老娘的被窝，让大家评评理，破鞋是谁？是你王警长，不是老娘！"

刁氏在无意中帮助张虔奕躲过了这一劫，梁茜月心里明白，却无法揭穿，气愤地质问王鸣荻："王警长！如果你看上了她，就把她娶回家，每天偷鸡摸狗的，你还是个人吗？"

王鸣荻见梁茜月帮刁氏说话，把眼一瞪，正欲发作，见郑禅忻、张虔奕和哑巴护院在身边，不得不让她三分，厌烦地说："去，去，去！这里没你的事。"

郑禅忻上前一把抓住王鸣荻，说："刚才的事你瞒过了别人，瞒不了我！我现在警告你，如果你敢动张虔奕一根毫毛，我扒了你的皮！"

王鸣荻无法狡辩，低声下气地说："在下不敢，在下不敢！"

正在这时，一辆蓝色福特轿车飞驰而来，停在了张虔奕的面前，张虔奕认得是李中天的司机，司机下车后打开了车门，毕恭毕敬地对张虔奕说："请张县佐到县衙礼堂议事！"

张虔奕听到这个称呼，感到非常奇怪，问郑禅忻："这是怎么回事？"

郑禅忻说："你到那里就知道了，官场险恶，世事难料，望谨慎行事！"

张虔奕上了轿车，司机瞥了王鸣荻一眼，传达了知事的指令，说："王警长准时到会，不得有误！"

王鸣荻见张虔奕乘坐蓝色福特轿车疾驰而去，目瞪口呆，忙不迭地向梁茜月改口道歉，说："县佐夫人，大人不计小人过！"然后转过身来，冲刁氏"呸"地啐了一口，悻悻地离开了刁氏，急忙奔向渝水县。

刁氏指着王鸣荻远去的背影，声嘶力竭地大喊："你说老娘是破鞋不公平，破鞋是你王警长，不是我！"

梁茜月和哑巴护院一起上了郑禅忻的轿车，回到了陈家大院。郑禅忻难以割舍与梁茜月的亲情，但因军务在身，不能久留，千言万语尽在不言中，只说了声："妹妹珍重！"便匆匆离去。

梁茜月见郑禅忻在众人面前，竟然称她为妹妹，心里暖烘烘的。她望着郑禅忻远去的背影，默默地祷念：但愿人长久，千里共婵娟。

渝水县衙礼堂坐落在县衙的后花园，是一座中西合璧的二层小楼。一楼是宽敞的大厅，可以举行大型聚会和放映电影，门前可以停放各种车辆，礼堂侧面有一个带暗锁的红木门，打开红木门是登上二楼的楼梯。二楼是小会议厅，会议厅北面是两间豪华的休息室，是专为上司和贵宾议事和休息的地方。

这次会议有些特别，直隶省警察厅的警车早早地停在楼前，负责执勤的一律换成了省厅的警察，进入一楼礼堂的通道还设了两道岗，渝水县大小官员只许进不许出，大有缉凶归案的气势。

前来开会的官员见了这阵势，难免有些紧张，特别是那些贪赃枉法者，不免有些心惊肉跳。但最感到恐惧的应该是王鸣荻，他一进门就遇到了麻烦，说他不能携枪进入礼堂，被省厅执勤的警察下了枪。

王鸣荻在会场最后面找了个偏僻的座位，便低着头想着他的事，他越想越害怕，觉得今天这个阵势好像是冲着他来的，浑身免不了有些颤抖，忽听吴宁昶的高喊："直隶省李厅长到！"

只见叶倩薇搀扶着李中天，从二楼贵宾室走了下来。李中天拿了一个文档袋，怒气冲冲地往桌上一摔，坐在专为他准备的太师椅上。

吴国祯忙凑上前，点头哈腰地向李中天请示，李中天挥了挥手，说："这个会，你来主持！"

吴国祯拿起李中天放在桌上的文档袋，站了起来，说："各位同仁！我受李厅长李大人的委托，首先宣读两份任免决定：

"直隶省'免字014号'，经直隶省国民政府研究决定，从即日起免去叶倩薇渝水县县佐一职，另作处理。

"直隶省'任字015号'，经直隶省国民政府研究决定，委任张虔奕为渝水县县佐，即日就职上任。宣读完毕。"

委任状另附："直隶省拟张虔奕县佐分管文物修复和保护，为了方便外出考查，破例拨给张虔奕一辆雪佛兰越野轿车。"

两份任免的决定均有直隶省政府大印和省主席签名和名章，任免时间为中华民国一十六年十一月一日。吴国祯在叶倩薇的授意下，没有宣读委任状另附的内容。

李中天对直隶省的这两份任免，虽然有些抵触，对免去叶倩薇县佐极为不满，但知道是张学良举荐，无法阻挠，只有暗中较劲，立即站了起来，补充说："从即日起叶倩薇是直隶省行政厅特聘驻渝水县'督办'，代我在渝水县'督办'有关事宜。"

在座的官员们听了，一片哗然，吴宁昶坐在了李中天的左边，愤愤不平，对梦寐以求的县佐职位，再一次失之交臂，感到惋惜。叶倩薇坐在了李中天的右边，对自己被免职深感意外，继而对张虔奕嫉恨入骨。吴宁昶、叶倩薇两个人在李中天身边，一左一右，不停地诽谤张虔奕，会场上下议论纷纷，一片混乱。

李中天越听越烦，站了起来，把桌子一拍，说："肃静、肃静！张虔奕是由张少帅举荐，由直隶省主席委任，现在已经生米煮成熟饭，谁敢不服？"

李中天眼露凶光，一脸杀气，扫了扫台上、台下所有的官员，说："你们这些官老爷，都是白吃干饭的！把一座渝水县城搞得鸡犬不宁，恶性案件屡屡发生。最不能容忍的是：日本间谍野蔷薇竟然潜伏到渝水县衙的内部来了，在你们的眼皮底下，肆无忌惮地为所欲为，目前已经猖狂到无以复加的地步，竟然还要采取什么'一锅儿行动'，是可忍，孰不可忍！我李某人不能吃你们的挂落，今天不把潜伏在渝水县衙的日本间谍野蔷薇缉拿归案，我他妈这个李字倒着写！"

会场的气氛立刻紧张起来，让人感到窒息，在座的大小官员，你看看我，我看看你，不知谁是潜伏在渝水县衙的日本间谍野蔷薇，人人感到岌岌可危。

王鸣获觉得李中天说的这些话，好像指的就是他，吓得他直冒冷汗，会场静得让人窒息。

这时他忽然听到有人悄声说："叶倩薇的谐音就是野蔷薇，叶小姐就是潜伏在渝水县衙的日本间谍！"声音虽小却铿锵有力，所有的官员都能听清楚。所有的官员，迅即把目光投向了叶倩薇。会场的气氛异常紧张。

王鸣获听见有人说野蔷薇就是叶倩薇，而没有指向他，才慢慢地缓过气来。

叶倩薇没有立即反驳，她微微一笑，泰然自若地站了起来，语气平和，像是在拉家常："刚才我听到下边有人在吼，说我叶倩薇就是野蔷薇。在座的同人！你们瞪大眼睛看看我，看我像不像潜伏在渝水县衙的日本间谍野蔷薇？"

有些人，为了讨好叶倩薇，摇头表示否定，而叶倩薇却不以为然地说："有人说的谐音是野蔷薇，所以认定我叶倩薇就是野蔷薇。我现在可以告诉大家，我就是潜伏在渝水县衙的日本间谍野蔷薇。"

李中天、吴国祯听了目瞪口呆，在座的官员被这架势吓蒙了，不知如何是好，会场死一般的寂静。

叶倩薇面部神色自若，语气亲切可人，说："在座的同人，请你们不要紧张，我说我就是潜伏在渝水县衙内部的日本间谍野蔷薇，你们相信吗？"

叶倩薇转身面向吴国祯，问："吴知事您信吗？"

吴国祯知道叶倩薇与李中天的关系，他不敢说信，又不敢说不信，只好用摇头表示。

叶倩薇又转向李中天，问："李厅长您信吗？"

李中天当然不希望叶倩薇就是野蔷薇，如果叶倩薇真的是野蔷薇，他李中天恐怕也要受牵连，所以李中天不但表示不相信，还冲叶倩薇笑了笑。

叶倩薇又转向大家，大声说："如果因为我姓叶名倩薇，就说我是野蔷薇，那么我请问大家，如果我姓钟名彤，按谐音推理，我就是总统了吗？如果张虔奕叫张大甩，按谐音推理，他就是张大帅张作霖了吗？名字是爹妈给我起的，我有什么办法？有人说我叶倩薇就是野蔷薇，真是岂有此理！"

吴国祯为了讨好李中天和叶倩薇，当场模棱两可地表了态，说："野蔷薇是不是叶小姐，暂作别论，我认为叫叶倩薇不一定就是野蔷薇，不叫叶倩薇也不一定不是野蔷薇。但我可以肯定地说，野蔷薇就在我们身边。

"我们可以大胆怀疑，不管他是什么官职，不管他职务大小，不管他是男是女，不管他怎样伪装，只要发现他有一点可疑之处，就可以当场揪出来，让这个野蔷薇在众目睽睽之下，原形毕露。"

吴宁昶立即接下话茬，煞有介事地说："渝水县衙的财政科长苏津湮，是一位留日学者，此人善于钻营，早年在日本求学期间，便投靠了野蔷薇间谍组织，到渝水县后又混入县衙，当上了财政科长。他的妻子毕丘苓发现了他是潜伏到县衙内部的日本间谍野蔷薇，欲告发他，没想到苏津湮心狠手辣，竟把毕丘苓杀死。王鸣获闻讯赶到，没想到苏津湮竟畏罪自杀。"

王鸣荻听吴宁昶认定苏津湮是日本间谍野蔷薇，心里有了底，有意把视线转移到苏津湮的身上，立即站了起来，忙不迭地说："报告李厅长，苏津湮确系潜伏在渝水县衙的日本间谍野蔷薇，由于东窗事发，畏罪自杀。这起凶杀案的经办人是我，现已结案。"

王鸣荻有意在厅长面前卖乖，举手向李中天敬礼，大声说："渝水县警察所警长王鸣荻，报告完毕！"

王鸣荻觉得他这是聪明之举，没想到却是弄巧成拙。李中天听了直摇头，吴国祯见状，立即训斥王鸣荻，说："王鸣荻，你怎么乱接茬？成何体统！你说苏津湮命案，已经结案，难道潜伏在渝水县衙的日本间谍，就一个苏津湮？你是不是故意转移视线，怕别人怀疑你？难道你也敢说你不是潜伏在渝水县衙的日本间谍野蔷薇？"

几句话把王鸣荻吓得魂不附体，站也不是，坐也不是，不知如何是好。

吴宁昶接着说："刚才我的话只说了一半，我这个人说话从来是直来直去，不是望风捕影，更不是无中生有，今天斗胆怀疑一个谁也不敢怀疑的人，这个人就是直隶省新委任的张县佐张虔奕。

"第一，张虔奕社会背景复杂，曾在日本留学，是否是日本间谍野蔷薇的组织成员，现在还不能确定。但据我所知他一直潜心研究如何找到碣石地宫的准确位置，为此不辞辛苦地寻找密图。我相信他绝不会说是受日本间谍组织野蔷薇的指使，但我相信他的所作所为绝不是个人行为。

"第二，张虔奕以修祠的名义来到渝水县，是醉翁之意不在酒，他千方百计地寻找打开地宫的钥匙，多次去鸣咽城寻找蛛丝马迹。财政科长苏津湮无意中得到了一枚燕刀母币，却不知这就是打开地宫的钥匙，张虔奕唆使他的夫人从苏津湮身上盗走了这枚燕刀母币，可见张虔奕居心叵测，手段极为险恶。

"第三，张虔奕为了索取密图，又唆使他的夫人与苏津湮以观赏瑞莲捧日为名，到极为凶险的白虎岭探险，苏津湮为了获得一个千年古陶罐，差点丢了性命。我认为张虔奕与苏津湮关系非同一般，既然苏津湼已经被确定为日本间谍野蔷薇的成员，那么张虔奕很可能就是苏津湼的上司。

"第四，据我所知张虔奕行动诡秘，经常擅离职守。特别是贞女祠起白雾的那些日子，他既没有待在贞女祠，也没有住在陈家大院，张虔奕你究竟跑到哪里去了？请给大家一个交代！"

吴宁昶的每一句话都说得似乎有根有据，在场的大小官员悄声议论："真没想到情况竟然如此复杂，真是黑白难辨，真假难分。"

王鸣荻却觉得吴宁昶说的事实清楚，心中暗喜。如果把张虔奕这个县佐抓起来，谁还会在意他这个警长？他忍不住大声喊了起来："把张虔奕这个日本间谍抓起来！"

吴国祯见王鸣荻又跳了出来，觉得他有些太不识时务，大声问："王鸣荻怎么又是你？难道你就那么仇恨张县佐？难道你真的希望张县佐就是野蔷薇吗？"

李中天觉得事出有因，指着王鸣荻说："王鸣荻你身为警长，理应惩恶扬善，为民锄奸，你急于要把张县佐抓起来，一定掌握了真凭实据，那么你就当众说出来，再抓不迟。"

王鸣荻这下可犯了难，支支吾吾，一时答不上来。

李中天觉得张虔奕是他在渝水县的绊脚石，真的希望张虔奕就是野蔷薇，便给王鸣荻施加压力，说："王鸣荻，如果你今天不说出个子丑寅卯来，我定你诬陷罪！"

王鸣荻急于为自己找个替身，忘了"诬陷要反坐"的这条法律，如今是作茧自缚，难以脱身，他望着叶倩薇企盼着她能看在平日的情分上，在李中天面前为他解脱，没想到叶倩薇反而迎合李中天的话，对他落井下石，厉声说："王鸣荻，你说话怎么支支吾吾的？我料想你今天也说不清楚，因为你就是潜伏在渝水县的'野蔷薇一号特工'。吴掾史用'引蛇出洞'的计谋，竟让你急不可耐地跳出来，你想给自己找个替身，所以栽赃陷害张县佐。"

王鸣荻万万没有想到叶倩薇居然把他抛了出来，让他始料不及，他的脸色瞬间变得苍白，头嗡嗡作响，一下从椅子上栽了下来。

叶倩薇说："请大家静一静，听我慢慢解释，吴掾史讲的四个疑点，其实是虚晃一招。大家都知道张县佐是艺术家，同时是考古学家，请问一个考古学家在潜心研究自己的专业，难道还要需要谁来指使吗？"

全场异口同声："哦——"

叶倩薇接着说："众所周知，直奉大战之后，张少帅为了还愿，聘请张虔奕来渝水县重修贞女祠。否则，恐怕你们想请都请不来，怎么能说是'醉翁之意不在酒'呢？

"苏津湮虽然也算个学者，可这个人一向是偷鸡摸狗。至于张虔奕唆使他夫人从苏津湮身上盗走古陶罐的事，纯属是马路新闻，是无中生有的无稽之谈。

"张虔奕早年就读于国立美专，绘画是他的专长。他为了塑造贞女像和绘制贞女祠壁画，画了很多习作，有时画到深夜，难道这些画作都是密图吗？

"张虔奕重修贞女祠，深入到民众中去收集素材，难道这也叫擅离职守吗？

"据我所知在雾锁贞女祠的那些日子里，张虔奕确实不在贞女祠和陈家大院。这是为了更好地完成贞女祠的壁画，不辞辛苦地去了甘肃敦煌，临摹、借鉴莫高窟的壁画，这种敬业精神难道不值得敬佩吗？

"吴宁昶用巧计终于让潜伏在渝水县衙多年的日本间谍'野蔷薇一号特工'王鸣荻，现了原形。但谁也不会想到王鸣荻的老婆白残花，不仅是王鸣荻的老婆，而且是王鸣荻的上司。白残花就是日本间谍野蔷薇的总头目，代号野蔷薇。白残花潜入渝水县衙之后，警长王鸣荻为了娶白残花为妻，竟然心甘情愿地充当'野蔷薇一号特工'，我建议迅即缉拿野蔷薇总头目——白残花。"

李中天觉得他没有看错叶倩薇，如今叶倩薇又帮他破获了日本间谍野蔷薇大案，悬着的心总算是有了着落，立即启动了停在门外的警车，吴宁昶受命带路，警车鸣叫着警笛，直奔王鸣荻家。

人们痛恨日本间谍野蔷薇，更痛恨背叛中华民族的汉奸，这个野蔷薇手下的一号特工王鸣荻，已经成了众矢之的，几个富有正义感的官员，未等执勤警察动手，就把王鸣荻捆绑起来。

须臾之间，警车回到了现场，吴国祯传令："把日本间谍的总头目白残花带上来！"

两个警察把一个农村模样的女人从车上拽了下来，女人的双手被反绑着，踉踉跄跄地被推进了县衙礼堂，只见她满嘴是血，身穿家织的蓝色粗布衣裤，已经被撕扯得破烂不堪，唯有头上戴的白底蓝花头巾和脚上那双白色绣花鞋依然显得光彩照人。

王鸣荻和白残花被五花大绑地跪在台前，会场立时议论纷纷。看过《津海晚报》的官员，都知道这个白残花是王鸣荻的老婆，首先感到是一朵鲜花插在牛粪上，继而为她惋惜，觉得这样俊俏的女人为什么不好好在农村种田，偏偏要进城当日本间谍？

李中天一拍桌子，说："现在是特事特办，就地审判！"

李中天说完，面向叶倩薇，说："叶督办，这起案件就由你主审。"

叶倩薇坐在审判席上，命令书记员把审判全过程一字不差地记录在案，准备上报直隶省警察总署和北洋政府。

此时，王鸣荻早已被吓得缩成一团，他想在临死前要拉个垫背的。叶倩薇似乎看出王鸣荻的心思，离开审判席来到王鸣荻身边，狠狠地踢了他一脚，侧身塞给他一卷纸，然后在他耳边悄声说："现在只有我能救你，如果你要想活命，什么该说，什么不该说，我想你不会不明白！"

叶倩薇回到座位上，大声问："王鸣荻！你招也不招！"

王鸣荻立刻像捣蒜一般地给叶倩薇磕头，说："我全招，我全招！"

随后，王鸣荻便胡编乱造地交代了他在靖边楼设秘密监测点，监测渝水县衙和贞女祠工地，在白残花的指令下，伺机刺杀叶倩薇和张虔奕，并盗取碣石地宫密图等。

叶倩薇问："你为什么要刺杀我？"

王鸣荻说："受命于野蔷薇总头目——白残花。"

王鸣荻的供词恰恰符合李中天的预想，他也发现有人怀疑叶倩薇就是野蔷薇，这是他最不愿看到的结果，因为他与叶倩薇的暧昧关系已经是人所共知的了。

李中天问："王鸣荻！白残花什么时候委任你为渝水县野蔷薇一

号特工的？"

王鸣荻先看看叶倩薇的眼神，他想从她的眼神中，决定怎样回答。叶倩薇冲他点点头，王鸣荻心领神会地说："就在《津海晚报》刊登《破镜重圆》的那一天！"

王鸣荻立即交出了一张卷起来的委任状。

李中天看了委任状，气愤地说："这个白残花实在可恶，竟把我们的警长给策反了！"

李中天在叶倩薇耳边不知说了些什么，叶倩薇立刻大喊："日本间谍白残花！从实招来！"

白残花只是"啊、啊"地叫，并不说话。叶倩薇走上前撬开她的嘴巴，白残花伸出半截血淋淋的舌头，叶倩薇急忙对李中天说："这个白残花为了严守间谍组织的机密，把自己的舌头咬断了！"

李中天说："白残花是王鸣荻的老婆，让王鸣荻替她说。"

叶倩薇厉声大喊："王鸣荻！白残花是你的老婆，如果你替他招了，我可以免你一死！"

王鸣荻说："我早已写好了供词。"

"供词在哪儿？"

"在我身上！"

叶倩薇立即在王鸣荻身上搜出了那张早已写好的供词，叶倩薇立即交给了李中天，只见上面写有：白残花原名滨田笃子，受命于日本野蔷薇间谍总部，潜入渝水县，代号野蔷薇，化名白残花。曾训练出三个特工，代号分别为蔷蘼、买笑、刺玫。如今，已拿到了碣石地宫密图和进入碣石地宫的钥匙——燕刀母币，准备实施"一锅儿行动"，如果失败，立即炸毁碣石地宫。

李中天见了供词，满意地点点头，立即让书记员记录在案。

叶倩薇拿着供词，让白残花签字画押，白残花紧咬着嘴唇，用仇恨的眼神望着叶倩薇，一张嘴几滴鲜血滴在供词上，她蘸着血用日文写了三个字。

李中天让叶倩薇把白残花签字画押的供词拿给他看，叶倩薇有些紧张，但很快便镇定自若地把供词交给了李中天。李中天不认识日文，不知白残花写的是什么，他忽然想到张虔奕懂日文，便把供词交给了张虔奕，问："这几个字翻译成中文是什么意思？"

张虔奕接过供词一看，白残花写的是"替罪羊"三个字，他刚说了个"替"字，觉得腰上有一个冷冰冰的东西顶着他，回头一看，原来是叶倩薇来到他的身边，用微型手枪顶在他的腰上，笑着说："张县佐，你替我好好看看，是不是野蔷薇三个字！"

叶倩薇的野蔷薇身份已经暴露在张虔奕面前，此时此刻张虔奕明白，他现在就是如实说出了这几个字，李中天也不会相信，所以他不得不顺水推舟地说："正是'野蔷薇'三个字。"

叶倩薇收回了手枪，一语双关地说："今天多亏了张县佐懂日文，否则真的让我下不了台了！"

李中天急于结案，立刻说："就地宣判！"

省行政厅长李中天携督办叶倩薇，与县知事吴国祯、县佐张虔奕、县掾史吴宁昶五人组成合议庭，经过协商，由叶倩薇宣判。

吴宁昶大喊："全体起立，下面请叶督办对日本间谍野蔷薇总头目白残花和野蔷薇一号特工王鸣荻进行宣判。"

叶倩薇立在主席台前，高声宣读："日本间谍总头目白残花和野蔷薇 号特工工鸣荻，对所犯罪行，供认不讳，经省县两级庭审，宣判如下……"

王鸣荻直着脖子，无心听叶倩薇在说些什么，企盼着能留他一条活命，眼巴巴地望着叶倩薇，只想听最后的结果。

叶倩薇最后说："查日本间谍总头目白残花，代号野蔷薇，在保定府大周泽村杀死农妇秋妮，以秋妮的身份潜入渝水县，改名白残花。在渝水县制造多起命案，十恶不赦，判处死刑。另查渝水县警察所警长王鸣荻，系日本间谍'野蔷薇一号特工'，犯投敌叛国罪，罪不容诛，判处死刑。二犯现已验明正身，立即押赴刑场，执行枪决！"

王鸣荻听到"死刑"二字，当即瘫倒在地。

叶倩薇宣判后，刑警立即拿出了事先写好了的两块木质招牌，插在了白残花和王鸣荻的后背上，拽上了刑车。招牌上的字很是显眼，其一是：枪决日本间谍野蔷薇白残花；其二是：枪决野蔷薇一号特工王鸣荻。还在"枪决"二字上用朱笔画了个红圈。此时，李中天还有些不放心，当场任命叶倩薇为行刑监斩官，随刑车监斩。

随着警笛的鸣叫，警车呼啸着直奔刑场，李中天长长地舒了一口气，会场立时平静了许多。

李中天忽然觉得张虔奕与张学良的关系非同一般，得罪不得，不该对张虔奕过于冷淡，便讨好地说："张县佐，重修贞女祠是一件万民称颂的民心工程，功在当代，利在千秋。张县佐的大名将载入燕北的史册，与日月同辉。下面请张县佐说两句。"

张虔奕觉得在这种场合，恭敬不如从命，立即站了起来，离开座位，走到台下。

掌声骤起，张虔奕合掌向众人致意。

掌声渐渐地停了下来，礼堂大厅，鸦雀无声。

张虔奕挥着手，激动地说："在这喧嚣的乱世年代，是非混淆，忠奸难分。此时、此地，我的心境可谓是五味杂陈，知我者谓我心忧，不知者谓我何求。本人不求功昭日月，但求无愧我心，是非功过，自有后人评说！"

二十八　渝水鸿门宴

数日后，渝水县重修贞女祠的工程，被直隶省列为当年重点业绩之一，受到了北洋政府教育总长刘哲的赏识，并为主管厅长李中天通报嘉奖。李中天无功受禄心中暗喜，决定立即去渝水县为张虔奕举办庆功宴，借此机会还可以名正言顺地与叶倩薇幽会。

李中天到了渝水县首先召见了张虔奕，张虔奕也不客气，坐在沙发上喝起李中天事先沏好的龙井茶。

李中天以过来人的身份，说："我这个行政厅长是一级一级地爬上来的，想当初我谋了个县公署知事，你猜你花了多少钱？五百块大洋！足足装了一口袋。张虔奕，你算是遇到贵人了，上面有张少帅给你推荐，省里有我给你跑上跑下，一文钱没花就拿到了县佐的委任状，你是不是也应该出点血，打点打点！"

张虔奕直言不讳地说："我对这个县佐并不感兴趣，我也没让您跑上跑下，这个情我不敢领，我更不想去直隶省打点，如果让我用钱来买这张委任状，别说五百块大洋，就是一文钱我也不买！"

李中天惧怕张虔奕与张少帅这层关系，也不想再说什么，便转了话题，说："好，好，好！算我没说，不过明天我准备在钟鼓楼为你举办庆功宴，你不会不赏这个脸吧！"

张虔奕想起李中天的为人，对他的所作所为极为反感，毫不客气地说："这个脸我不能不赏，但一个不懂自尊、自重、自爱的人，靠别人赏脸过日子，赏多少脸也会被他丢尽！"

李中天与张虔奕话不投机，不欢而散。

张虔奕走后，李中天像往常一样等待叶倩薇的到来，而叶倩薇却没有如期而至。叶倩薇不是不知道李中天到了渝水县，只因她有一件火烧眉毛的事要找吴国桢。

李中天等叶倩薇等得有些不耐烦了，便亲自给她打电话，电话却一直没有接听。李中天忽然觉得渝水县不再是山清、水秀、人娇媚，而是山穷、水尽、人怪异。就连豪华套间的女仆，对他似乎也变了模样，他越想越感到憋闷，空枕难眠，直到天亮。

吴国桢自认为应变能力远远不如叶倩薇，他的学识和工作能力远远不如张虔奕。他对张虔奕没花一文钱便被委任为渝水县县佐的官职，既羡慕又忌妒，相比之下他的宦途却是风摇残烛。他预感他的官帽子早晚要被"别人"抢走，这个"别人"在吴国桢的眼里，不是叶倩薇就是张虔奕。

当晚，吴国桢来到他用低价新购置的一套海景别墅，在一家名为藏春阁的妓院约好了一个未开苞的雏妓，想从雏妓的身上摆脱他的烦恼。他睡觉有一个习惯，喜欢一丝不挂，否则就难以入睡。子夜时分，他终于等来了敲门声。

吴国桢在妓女面前从不讲究尊严，便光着身子去开门，没想到进来的并不是雏妓，而是叶倩薇。

吴国祯光着身子站在叶倩薇的面前，实在有失县公署知事的脸面，急忙扯个褥单围住下身，一脸尴尬地说："请叶督办入座！对不起，实在对不起！我马上穿件衣服。"

　　叶倩薇并不介意，对吴国祯讥讽地一笑，说："不必了！我刚刚接到一份加急的绝密电文，否则不会来打扰您！"

　　吴国祯对批阅文件不感兴趣，经常让叶倩薇代批，不耐烦地说："什么狗屁电文？你拆开替我批示一下不就得了，何必深更半夜跑这一趟？"

　　叶倩薇说："我已经替您打开了，因为事情紧急，我必须连夜告诉您！"

　　接着叶倩薇便把绝密电文的内容简要叙述一遍："直隶省警察总署电讯处截获了一份日本间谍的密电，指令潜伏在渝水县的间谍野蔷薇启动'一锅儿行动'。省主席电令吴国祯，三日内侦破此案，把涉案者全部缉拿归案，并为吴国祯立了军令状。为了避免民众恐慌，庆功宴会仍可进行，要求吴国祯内紧外松，随时向李中天报告案情的进展情况。"

　　吴国祯看完了军令状直冒冷汗，心想李中天已经处决了野蔷薇总头目白残花和一号特工王鸣荻，怎么还会有"一锅儿行动"呢？难道其中有诈？如果王鸣荻与白残花不是日本间谍野蔷薇，那么谁是潜伏在渝水县的野蔷薇呢？

　　吴国祯忽然发现绝密电文上注有"此件必须由县公署知事吴国祯亲自拆阅"字样，叶倩薇竟敢私自打开铅封，说明叶倩薇并没有把他这个县公署知事放在眼里，可他又不敢得罪她，因为她已经是李中天的人了。

　　叶倩薇看出吴国祯对她私拆绝密文件有些不快，故意岔开话题，隔着围在他下身的床单，用手轻轻地捏了一下他的敏感处，说："知事大人您不是要找一个雏妓吗？"

　　吴国祯对叶倩薇早就垂涎三尺，叶倩薇这一捏，一问，又勾起了他占有叶倩薇的欲望，含糊其辞地说："我现在哪还有那个闲心？"

　　叶倩薇凑上前去，她的脸几乎贴在了吴国祯的脸上，说："您看我这个脸蛋够不够格？"

吴国桢真想一下把叶倩薇吞进肚里，但他不敢，急忙躲闪，说："叶小姐，叶督办！这可使不得，我这个人胆小，你就是给我一个掸（胆）子我也不敢！"

叶倩薇眯着眼，淫笑着，说："你不敢，我敢！"

吴国桢哪里禁得住这样的诱惑，两眼发直，突然发了疯似的扑向了叶倩薇，叶倩薇紧闭双眼，面无表情。

吴国桢终于占有了叶倩薇，事后把叶倩薇晾在床上，好像什么事都没发生过，他给自己倒了一杯茶，品着茶香，十分得意。

叶倩薇在床上躺了好一会儿才爬起来，穿好了旗袍往屋外就走，此时吴国桢才想起应该和叶倩薇说句话，但他不知这句话应该怎样说，叶倩薇走时也没跟吴国桢打招呼。

时间不长，叶倩薇又回来了，她望着吴国桢，一脸愠色，直呼其名："吴国桢！你强奸了我，我要到李中天那告你去！"

吴国桢吃了一惊，明明是叶倩薇勾引的他，现在却反咬一口，他认为两个人私下办的事，死不承认谁也没办法，便指着悬挂在墙上的《青萝卜白菜图》，赖账说："你告我什么？我是萝卜、白菜，清清白白！"

叶倩薇说："你们这些人从来就是提起裤子不认账！"

她说完不慌不忙地从兜中拿出一个小瓶，说："这里有你的精液，看你还有什么话说？"

吴国桢觉得这种事大小官员都有，已经是法不责众，而叶倩薇私拆机密电文，触犯了国家法律，仅凭这一条，就可以给她定罪，便说："你私拆机密电文，可否知罪？"

叶倩薇轻蔑地一笑，立即从小挎包中拿出来一个微型录音机，一按 ON 钮，录音机中立刻传出吴国桢清晰的声音："什么狗屁电文？你拆开替我批示一下不就得了，何必深更半夜跑这一趟？"

叶倩薇说："服从命令是我的天职，我没有错！"

叶倩薇振振有辞，像是在庭审犯人，说："吴国桢！你犯有不可饶恕的三条罪，其一，绝密电文本来应该由你自己亲自拆封，你却让别人代拆、代批，犯了渎职罪。其二，你把绝密电文让不该看的人去看，犯了泄露国家机密罪。其三，你依仗权势强行奸污直隶省的督办，犯了强奸罪。仅凭这三条，就足以把你送进大牢。"

叶倩薇的话让吴国祯感到从来没有过的恐惧，懊悔不已。

叶倩薇见吴国祯在她面前，已经束手无策，便进一步威胁他，说："吴国祯！你可能还不知道，李中天已经决定要我做夫人了，如今你强奸了李中天的太太，人证物证俱在，难道你不想活了？"

叶倩薇的话让吴国祯感到震惊，他半信半疑，不敢相信她的话是真的，又不得不相信她的话是真的，感到不寒而栗。吴国祯原本认为叶倩薇就是一个妓女，现在他忽然觉得叶倩薇乃是妲己转世，妓女只是为了钱，而她这个狐狸精是要索命。

叶倩薇自从进入了渝水县衙，首先与苏津湮明铺夜盖地在一块儿鬼混，继而又与吴宁昶打得火热。吴国祯本想利用叶倩薇巴结李中天，为他的宦途铺路，没想到她竟然靠上了李中天，如今叶倩薇在吴国祯面前毫无顾忌地进行间谍活动，为所欲为。她携带无声手枪，行动诡异。她偷看绝密文件，并用照相机拍照。吴国祯知道叶倩薇就是潜伏在渝水县衙的日本间谍——野蔷薇，但他却不敢抓，害怕激怒了李中天。摆在吴国祯面前只有两条路，一条路是投靠叶倩薇，另一条路就是杀死她，但他觉得这两条路都不能走。

叶倩薇看在眼里，轻蔑地一笑，立即从挎包中掏出了无声手枪，放在了吴国祯面前，吓得吴国祯一激灵，说："你这是干什么？"

叶倩薇说话像是谈生意："你不是想杀人灭口吗？你可以不惊动任何人，把我杀死。"

吴国祯望着无声手枪，眼露凶光，他猛然伸手去抓枪，叶倩薇反而笑了起来，说："吴国祯你也太天真了，不知你想过没有，如果你杀了我，我的下属马上就会把我的亲笔信和这个小瓶交到李中天的手里。如果你不想死，你不但不能杀死我，还必须保护我，而我随时都可以把你送上断头台。"

吴国祯伸出的手又缩了回来，像泄了气的皮球瘫坐在椅子上。

叶倩薇接着说："你的这条命掌握在我的手中，如果你不想死，那就要看你对我是否有诚意！"

吴国祯心里明白，他现在就是叶倩薇的一条狗，脖颈已经被牢牢套住，他必须看着叶倩薇的眼色行事，必须让她牵着脖子走。

叶倩薇从桌上拿起一支哈德门香烟，吴国祯见了立即掏出火柴，为叶倩薇点烟，乞求地说："叶督办！请你在李中天面前为我多美言几句！"

叶倩薇猛抽了一口烟，使劲地喷在了吴国祯的脸上，说："这个容易，不过我是有条件的！"

吴国祯知道只有任其摆布，才有他的出路，便说："叶督办！你的事，就是我的事！"

叶倩薇就这样与吴国祯达成了秘密协定：首先吴国祯把钟鼓楼的警戒权交给了叶倩薇。另外让吴国祯在庆功宴上，协助她把张虔奕除掉，至于叶倩薇为什么要除掉张虔奕，采取什么方法，吴国祯一概不知。同时，让吴国祯把省里拨给张虔奕的雪佛兰越野轿车给叶倩薇，把苏津湮开的军车作为嘉奖奖给张虔奕使用。并让吴国祯指派胡二当张虔奕的司机兼保镖，暗中监视张虔奕的行踪。

庆功宴会如期进行，张虔奕决定去钟鼓楼赴会，梁茜月拦住了他，说："钟鼓楼四周从昨天晚上就戒了严，到处盘查过路行人。我看这个庆功宴像是一场鸿门宴，到处充满杀机，咱既然不想当这个县佐，我看就不要去了。"

张虔奕说："我刚刚接到郑副参谋长给我拍来的加急密电，电文上说：这个庆功宴会已被日本间谍野蔷薇控制，企图利用这个机会，阴谋实施代号'一锅儿行动'，如果阴谋失败，迅即炸毁碣石地宫，毁掉全部珍宝。我们必须不惜一切代价制止'一锅儿行动'，绝不能让其阴谋得逞。"

张虔奕把燕刀母币拴在了腰带上，拿出碣石地宫密图，交给了梁茜月，叮嘱说："这张密图是咱们几代人的心血，你一定要藏好，在任何情况下也不要离开陈家大院，千万要等我回来。"

时近午时，胡二已经来到陈家大院，高喊："张县佐！请您上车赴宴。"

张虔奕心想省里拨给他的雪佛兰越野轿车不知是什么型号，随胡二到门外一看，停在门前的却是苏津湮开过的军车，不解地问："胡二，你怎么开军车来了？"

胡二说："吴知事说这辆军车是奖给您的，让我当您的司机，别的我就不清楚了。"

张虔奕乘车来到钟鼓楼，钟鼓楼四周岗哨林立，荷枪实弹，戒备森严。吴国祯早已等在那里，凡出入钟鼓楼者，皆以安检为名，进行搜身。

张虔奕在登上钟鼓楼台阶时，立即上来一个警察对他进行搜身，内衣外衣所有的兜都翻了个遍，最后看到了裤腰带上的燕刀母币，立即说："这个东西是凶器，没收！"

张虔奕对这个警察的无理，感到气愤，问："胡二他是哪里来的？怎么连我都不认识！"

胡二自认为是县佐的保镖，身价应该高人一等，见这个警察无理搜身，觉得很没面子，为了讨好张虔奕，上前扇了这个警察一个耳光，骂道："瞎了你的狗眼，这位是咱们渝水县的张县佐，你难道不认识吗？你把腰带上的饰物也当成凶器，真是无稽之谈！"

胡二并不知道这是叶倩薇安排的，这个警察也不认识张虔奕，只知县佐的官衔仅次于知事，连忙赔罪，解释说："我是刚来的，上支下派，上支下派！"

叶倩薇在楼下见胡二打了她的人很生气，忍不住拽住吴国祯骂道："你这个混蛋知事是怎么搞的，坏了我的大事。"

吴国祯不知叶倩薇指的是什么，连连说："对不起，对不起！"

叶倩薇拽着吴国祯立即登上了钟鼓楼，把张虔奕夹在中间。这个警察见叶倩薇就像见了他亲娘一样，不断地点头鞠躬。叶倩薇在这个警察面前示意钟鼓楼下的军车，叮嘱了几句，便把她身上的挎包交给了这个警察，说："事成之后，老娘亏待不了你！"

这个警察如同接受长官命令一样，立正、敬礼，说："小的愿效犬马之劳！"

张虔奕见这个警察搜身时有如凶神恶煞，而见了叶倩薇却是一副奴才相，叹了一口气，说："狗眼看人低啊！"

张虔奕登上二楼，见渝水县的全体官员早已就座，桌上已经摆上了庆功酒。令人不解的是张虔奕的身后除了胡二之外，叶倩薇又派了两个荷枪实弹的警察紧跟其后。

吴宁昶见吴国祯与叶倩薇进了二楼宴会厅，立即站了起来，彬彬有礼地向吴国祯致意，然后煞有介事地说："我首先向各位同仁解释一下，钟鼓楼为什么戒备森严，参加庆功宴的人为什么要搜身，其实不是搜身，是安检。最近省里截获了一份情报，有一个代号野蔷薇的日本间谍潜伏在县衙里，近年来渝水县所发生的一系列的凶杀案，都与这个野蔷薇有关，安检是为了大家的安全，请不必介意、不必介意！"

在座的官员听了吴宁昶的话，面面相觑，互相猜忌，不知身边的同僚谁是野蔷薇，难道日本间谍野蔷薇就在身边？人人感到惶恐不安。

叶倩薇站了起来，说："我拦吴掾史一句话，这次庆功宴会的保卫工作，是由我负责，在座的同人尽管放心，我一定能保证大家的人身安全！"

叶倩薇回过头来对胡二说："这里没有你的事，下去到军车上待命。"

吴宁昶立即宣布庆功宴会开始，他在叶倩薇的示意下，故意把"吴知事"说成"无知事"，把"演讲"说成"现眼"，他阴阳怪气地说："渝水县受到直隶省的嘉奖，今天虽然是为张县佐庆功，但无知事吴国祯是县太爷，在修祠工程上也曾煞费心机，没功劳难道还没有苦劳吗？下面就由无知事吴国祯，宴前'现眼'！"

在座的官员知道吴宁昶故意在众人面前贬斥吴国祯，引起一阵哄笑。吴国祯怒从心起，正待发作，吴宁昶皮笑肉不笑地又把话拉了过来，说："鄙人口误，在下的意思是说吴知事吴国祯要现场演讲，简而言之'无知事现眼'。"

下面又是一阵哄笑。

吴国祯鉴于叶倩薇的压力，不便发作，拿着叶倩薇事先拟好的稿，硬着头皮开始作宴前演说："各位同人！当前渝水县是三喜临门，第一，我县重修贞女祠受到直隶省的嘉奖和北洋政府的表彰。第二，张虔奕被委任为渝水县县佐，为了便于今后的工作，本县把军车奖给张虔奕使用。第三，直隶省李厅长千里迢迢来渝水县，与叶督办运筹帷幄，破获了日本间谍野蔷薇大案，功勋卓著。今后，渝水县可以高枕无忧了！"

随后吴宁昶请张虔奕作即席发言。

张虔奕立即站了起来，说："重修贞女祠受到直隶省的嘉奖和北洋政府的表彰，功劳不是我一个人的，大家都有份！这件事不言而喻，没有必要重复，请大家打开北面的窗子！"

钟鼓楼北面是巍巍的燕山，层峦叠翠，山脊上是横亘千古的万里长城，映入眼帘的是燕北长城最壮美的一段。

张虔奕说："万里长城始建于春秋战国，上下两千多年，纵横十万余里，是人类建筑史上的奇迹。在历史上是抵御外患最伟大的军事防御工程，它是中华民族的国魂！

"有人说现在我们可以高枕无忧了，我的回答是否定的！可能有些人还不知道，日本帝国主义侵略中国蓄谋已久，远在清光绪二十年（1894年）7月25日日本舰队侵犯我国领海，击沉我大清战舰，邓世昌等人壮烈殉国。

"清光绪二十六年（1900年），日军加入八国联军，于当年5月28日再次入侵中国，将我国东北南部地区强行划归日本的势力范围。

"民国四年（1915年）1月18日，日本驻华公使日置益觐见袁世凯，提出灭亡中国的二十一条，企图把我们中国变成他们的殖民地。民国十六年（1927年）6月27日，日本内阁在东京召开'东方会议'，制订了《对华政策纲领》，内阁首相田中义一在会后上奏天皇，公然宣称：'如欲征服世界，必先征服中国。'同时向我国派遣大批间谍，收集情报，企图侵吞华夏大地的矿产资源和文物宝藏。如今潜伏在渝水县衙的日本间谍野蔷薇及其爪牙远远没有肃清，而且还有潜伏更深的德国间谍，他们为了盗走碣石地宫的珍宝，正在阴谋策划'一锅儿行动'，我们绝不能掉以轻心！'位卑未敢忘忧国'，国家兴亡，匹夫有责！每一个有良知的华夏儿女，要用我们的血肉筑成一座新的长城，我们在这里向世界宣告，华夏的每一寸土地都是神圣不可侵犯的！"

掌声雷动，经久不息。

吴宁昶说："刚才张县佐讲的话是否危言耸听，本人不敢苟同。但我赞同'重修贞女祠受到直隶省嘉奖和北洋政府的表彰，大家都有份'这句话，张虔奕被委任为县佐并非说明张虔奕的功绩最大，我认为在座的各位功不可没，都应该受到表彰！"

吴国祯接着说："今天我县在这里召开庆功宴会，并非只为张虔奕一人庆功，在座的都有份，敝人为大家备下几瓶水酒、便饭一桌，不成敬意，望大家海涵！"

"功劳最大的应该是吴知事！"不知谁在下边吼了一声。

吴国祯为了讨好叶倩薇，忙说："不，不，不！这项工程的主管是叶督办叶倩薇小姐，她付出的辛苦最多，叶督办叶小姐的功劳最大！"

吴宁昶借题发挥，说："叶倩薇是李厅长的下属，张虔奕无非是一个搞艺术的，如果张虔奕能被委任为县佐，吴知事应该被委任为省主席！"

吴宁昶有意在众人面前混淆视听，贬低李中天，宴会顿时乱了起来，李中天有些生气，立即让吴国祯制止吴宁昶发言，令其退场，宴会由吴国祯一人主持。

吴国祯说："大家静一静！下面请叶督办叶小姐给大家讲话。"

叶倩薇站了起来，情绪有些激动，说："各位同人，我认为功劳最大的应该是吴知事！我准备去直隶省给吴知事请功，至于张虔奕一个搞艺术的，被委任为县佐算是抬举他了！"

叶倩薇口气忽然变得非常强硬，话中似有所指，她说："一任清知县，十万雪花银，我们现任的七品父母官，难道就是为了这十万雪花银吗？非也！近几年渝水县命案不断，都与日本间谍野蔷薇有关，当前的重中之重，就是渝水县五万父老乡亲生命财产的安全！"

叶倩薇的讲话让在座的官员议论纷纷，有人悄声说："野蔷薇就是叶倩薇！"

尽管议论的声音很小还是被叶倩薇听到了，她不慌不忙地说：

"下面有人说我叶倩薇就是野蔷薇！"

在座的官员听叶倩薇的口气，似乎说自己就是日本间谍野蔷薇，被吓得目瞪口呆，庆功宴会立刻变得紧张起来。

叶倩薇瞪着眼把在座的官员扫了一遍，最后落在吴国桢的身上，说："知我者吴知事也，请吴知事吴国桢在诸位同人面前说出谁是潜伏在渝水县衙的野蔷薇。"

吴国桢已经知道叶倩薇就是野蔷薇，现在叶倩薇将他一军，让他无法回答，支支吾吾地说："这个，这个，谁是野蔷薇？其实我不说你们也知道。"

叶倩薇对吴国桢的回答很不满意，接着问："吴知事！假如我说我是野蔷薇，李中天，李厅长，能相信吗？我说我是野蔷薇，吴知事，吴国桢，你能相信吗？"

此时，吴国桢似乎才明白叶倩薇是李中天的人，李中天怎么会相信她是野蔷薇呢，便学着叶倩薇的口气说："名字是爹妈给起的，谁也没有办法！"

吴国桢借机想给张虔奕个下马威，说："张虔奕已经正式就任渝水县县佐，我这个县知事可以说是如虎添翼，翼是什么？翼就是翅膀，不听话的翅膀，可以随时砍掉！"

叶倩薇把话锋一转，说："不过话又说回来，名字叫吴国桢，不见得他就不是间谍，名字叫张虔奕不见得就不是野蔷薇，鄙人如果姓姚，你们称我为姚姐，难道我就真的成了窑姐了吗？非也！至于谁是野蔷薇很快就会真相大白。"

吴国桢与叶倩薇一唱一和，宴会上人心惶惶。

张虔奕实在听不下去了，立刻站起来，大声喊："大家请肃静！今天的场合我本不想多说，现在有人唯恐天下不乱，企图要把渝水县的水搅浑，我岂能坐视不管！"

在座的官员对新委任的县佐张虔奕寄以厚望，很想听听他讲话，立刻掌声雷鸣，经久不息。

张虔奕面对众人一一致意，然后轻轻地坐下，不屑一顾地说："我虽然是搞艺术的，官场的事也略知一二。我最恨的是贪赃枉法的狗官，最瞧不起的就是买官卖官，这些人做了官之后要把买官的钱成倍地捞回来，致使贪官污吏一茬更比一茬贪。他们所管辖的地方即便再穷，也要在百姓身上敲骨吸髓，拼命敛财；再穷的县三年也要捞足十万雪花银，可恶、可憎！历史上的清知县也不是没有，诸位不妨看一下《海瑞传》，便知道什么叫清官了。"

吴国祯心怀鬼胎，听了张虔奕的一席话，被臊得无地自容。张虔奕面向吴国祯，接着说："吴国祯我问你，直隶省奖给我的雪佛兰越野轿车怎么变成了军车？我这个县佐可以不当，但车不能不坐，这是考古工作的需要。"

吴国祯觉得张虔奕每一句话都是针对他，当众还要他交代雪佛兰轿车的去向，便拿出县公署知事的官威，大喊："张虔奕你也太狂了！竟敢诽谤本县知事，我是渝水县的县太爷，我想给谁就给谁，难道还要向你请示吗？"

张虔奕并不示弱，拍案而起，说："吴国祯你的底细别人不知道，难道我还不知道吗？"

张虔奕从吴国祯在津海市国立美专害死白伊洁教授说起，直说到在渝水县为了一棵千年人参致使韩怀信家破人亡。现在又以修祠为名，横征暴敛，为日本间谍野蔷薇盗取碣石地宫珍宝，实施"一锅儿行动"等助纣为虐的事实，把吴国祯揭得体无完肤。渝水县的大小官员听了，举座震惊，也为张虔奕的仗义执言捏了一把汗。

吴国祯没有想到张虔奕竟敢如此大胆，在众人面前揭他的隐私，恨不得立刻除掉张虔奕。恰巧这时，那个曾经对张虔奕搜身的警察，递给吴国祯一张黑色名片，说："这是野蔷薇行动的标记！"

吴国祯问："哪儿来的？"

那个警察在吴国祯耳边悄声说："从张县佐身上搜出来的！"

吴国祯接过黑色名片一看，上面印有一朵白色的野蔷薇，觉得现在正是除掉张虔奕的极好机会，大喊："肃静，肃静！这里有野蔷薇行动的标记，谁是潜伏在渝水县衙里的日本间谍，谁是野蔷薇，现已真相大白！"

吴国祯本来是答应在宴会上协助叶倩薇除掉张虔奕，一怒之下自己竟唱起了主角，他手举印有一朵白色野蔷薇的黑色名片，恶狠狠地说："这张日本间谍野蔷薇的行动标记，就是刚才那位警察从张虔奕身上搜出来的。人证、物证俱在，张虔奕是贼喊捉贼，其实他本人就是日本间谍——野蔷薇！"

吴国祯的话既说出口，无法收回，他急需叶倩薇配合，可叶倩薇早已不知去向，作为人证的那个警察也不见了，唯一的证据就是手中那张黑色名片。吴国祯知道吴宁昶与叶倩薇关系特殊，想求助于吴宁昶，吴宁昶也不知去向。

吴国祯不得不赤膊上阵，大喊："把张虔奕拿下！"

大家都知道张虔奕是修祠的功臣，又是张学良的人，无人敢动手。吴国祯立时成了孤家寡人，只好求助身边的李中天。

李中天知道张虔奕与张学良这层关系，觉得现在正是卖乖的好机会，立即站了起来，微笑着打圆场说："误会，误会！这完全是一场误会！煮豆燃豆萁，相煎何太急，我以直隶省长官的身份和自身性命担保，张虔奕绝不是日本间谍。庆功宴现在开始，请大家放心喝酒、吃菜！"

紧张的气氛总算缓和下来，赴宴的官员望着桌上的酒菜早已等不及了，李中天既然发了话，立即夹起大块的肉往嘴里塞，瞬间桌上的酒菜被一扫而空。

张虔奕去钟鼓楼赴宴之后，梁茜月把密图藏在怀中，心里忐忑不安，她想找哑巴护院给她做伴，可哑巴护院也不知去了哪里，她只好回到张虔奕的工作室焦急地等待张虔奕回来。

此时，叶倩薇正开着雪佛兰轿车，吴宁昶坐在她身边，向陈家大院疾驰。

吴宁昶悄悄走进陈家大院，轻轻地推开了工作室的门，大喊："张夫人，您好！"

梁茜月坐在椅子上正在发呆，被吓了一跳。

吴宁昶突然出现在面前，让梁茜月始料不及，问："吴掾史大驾光临，不知何事？"

吴宁昶笑容可掬地说："张县佐派我来接您去赴宴，李中天想见

406

一见张夫人……"

梁茜月对吴宁昶的话半信半疑，心想："虔奕哥临走时让我不要离开陈家大院，怎么会让我去赴宴？"

吴宁昶见梁茜月犹豫不决，冷冷地说："您既然不愿去，我立即禀告张县佐，就此告辞！"

吴宁昶在渝水县衙里颇有君子之风，梁茜月见吴宁昶要走，觉得他的话也许是真的，便叫住吴宁昶，说："吴掾史！请等一等，让我换一下衣服。"

梁茜月一直以张夫人的身份跟随在张虔奕的身边，她渴望所有的人都认可她就是张夫人，觉得这正是一个难得的机会，轻信了吴宁昶的谎言。

梁茜月觉得在众人面前不能让张虔奕丢面子，作为张虔奕的夫人她应该不比叶倩薇逊色，立即到卧室对照镜子略施脂粉，涂上唇膏，又穿上她最喜爱的那件旗袍和她那双红色的高跟鞋。

吴宁昶催促说："张夫人！车在外边等我们呐，您快一点不行吗？"

梁茜月并不着急，迈着轻盈的脚步来到门外，门前停着的正是张虔奕说的那辆雪佛兰轿车，茶色玻璃，从里边可以看到外面，从外面却看不到里边。吴宁昶打开轿车后门，梁茜月与吴宁昶立刻上了轿车，轿车开始启动，匆忙离开了陈家大院。

梁茜月这时才发现开车的是叶倩薇，心中一惊，她觉得轿车开的方向也不对，知道上了当，对吴宁昶说："吴掾史！我不想去了！"

梁茜月想下车，可车门已经上锁，吴宁昶用手死死地拽着她的胳膊，叶倩薇回过头来，亲昵地对梁茜月说："张夫人！你还生姐姐的气吗？"

叶倩薇手握方向盘，脚下狠踩油门，轿车以极高的速度驶向白虎岭，梁茜月想逃跑，却无法脱身。

叶倩薇说："张夫人！请你不要怪我，这是'一锅儿行动'的一部分，我不敢不执行……"

梁茜月问："你们要干什么？"

叶倩薇望着梁茜月，神情冷漠，说："干什么就由不得你了！"

张虔奕在庆功宴上望着吴国祯狰狞的面孔和身份不明的警察，知道吴国祯和钟鼓楼已经被野蔷薇间谍所控制，陈家大院的梁茜月和哑巴护院的处境也非常危险。他必须马上离开钟鼓楼，返回陈家大院。

张虔奕见身边的两个警察把他看得很紧，几乎是寸步不离，只好一人塞给他们两块大洋，说："刚才喝酒时凉菜吃多了，肚子疼得厉害，你与吴知事通融一下，说我内急！"

这两个警察因为得了两块大洋，一个护送张虔奕到钟鼓楼下，另一个警察来到吴国祯面前，把张虔奕说成是吃货，撑得肚子直疼，还之乎者也地说什么内急，要解手。

吴国祯听了这个警察的述说，信以为真，忍不住大笑，说："这哪是学者的风范，简直就是饭桶！"

胡二见张虔奕捂着肚子要回陈家大院，便急忙打开了军车的车门，把张虔奕扶上了军车，对张虔奕的危险处境，并不知情。

吴国祯立即向窗外发出了信号，只听"啪、啪、啪"几声枪响，吴国祯忙于知道张虔奕是否被打死，急忙走下钟鼓楼，发现张虔奕安然无恙，让他大失所望。

胡二发现刺客藏在钟鼓楼楼顶，便举起长苗匣子枪，对准刺客"啪"的一枪，把刺客打中，只见一个人从钟鼓楼顶滚了下来。张虔奕上前一看，原来是王鸣荻，几个人立即围了上来。

胡二以县佐保镖的身份，上前用脚踩住王鸣荻的脖子，问："你不是被枪毙了吗，怎么还会出现在这里？"

张虔奕问吴国祯："这是怎么回事？"

吴国祯假装糊涂，说："你问我，我怎么知道！"

王鸣荻用手指着胡二说："是他挡住了我的视线……"

吴国祯怕王鸣荻说出谋杀张虔奕的真相，立即夺过胡二身上的匣子枪，"啪、啪"当场把王鸣荻击毙。

张虔奕知道吴国祯是杀人灭口，不过他现在最惦记的还是梁茜月和哑巴护院的安全，说："失陪了！"

胡二立即启动军车，直奔石牌坊村的陈家大院。

吴国祯怨恨胡二搅乱了他这盘棋，他望着远去的军车，恶狠狠地说："顺我者昌，逆我者亡！"

二十九　魂断碣石宫

张虔奕坐在胡二驾驶的军车上，开出了渝水县城。不一会儿便到了石牌坊村，刁氏在村头见是胡二来了，一瘸一拐地迎了上去，说："胡二兄弟你可不能学王鸣荻那个没良心的，他是赵显送灯台，一去不回来！"

胡二不知称她什么好，一会儿叫干妈，一会儿称大姐，用手拍了拍她的肩膀，在刁氏的耳边小声说："大姐你给我留着门，今天晚上我一准找你去！"

刁氏听了高兴地说："你开车可得悠着点，有劲留着晚上使！"

胡二提醒刁氏，说："你可得把被窝给我捂暖和喽！"

刁氏说："你们那个叫叶倩薇和吴宁昶的刚来过，看她们着急忙慌的样子，不知发生了什么事？"

张虔奕听说叶倩薇和吴宁昶来过石牌坊村，知道他们是为碣石地宫那半张密图而来，担心梁茜月的安危，因为梁茜月身上藏有密图，密图将给她带来危险，急忙来到陈家大院。

陈家大院死一般的寂静，张虔奕直奔他的工作室，屋内空无一人，东西被翻得乱七八糟，又去卧室查看，卧室空空荡荡。这时他才发现自己随身携带的燕刀母币也不见了，情况比预想得更为凶险，他预感梁茜月可能被叶倩薇劫持了。

情急之下，他想让哑巴护院和他一起去找梁茜月，可哑巴护院也没了踪影。

张虔奕立即让胡二开着军车，寻找梁茜月。

他们先后去了白虎岭、玄阳洞、栖贤寺等叶倩薇经常出没的地方，足足跑了一个时辰，还是没有找到，最后来到了贞女祠，张虔奕让胡二把车停在青龙山下。

落日的余晖映照在青龙山上，贞女祠被笼罩在暮色之中，二人登上一百零八级石阶，绕过贞女祠的两座殿宇，来到后山的海眼。张虔奕掏出郑禅忻留下的军用手电筒，试探着问胡二："你拿着这个手电筒给我探路，我们一起钻进海眼的石洞中，看看里边有没有可疑的人？"

胡二望着深不可测的海眼，担心进洞会有危险，连忙说："我不如回到山下看守那辆军车，如果没了它，咱们就回不去了。"

张虔奕正想甩掉胡二，便顺水推舟地说："那你就留在军车上等我，我进去看看，马上回来！"说完便钻进了海眼的石洞中。

胡二知道张虔奕进洞不可能马上就回来，想忙里偷闲，立即离开了海眼，来到青龙山下。

他登上了军车，坐在司机的座椅上，把一条腿放在方向盘上，优哉游哉地抽着烟，他觉得这样更解乏。

胡二特别喜欢抽三杯牌香烟，抽起来别有一番情趣，因为烟标上有著名画家杭稚英画的裸体美人。

他不断地从口中喷出一个一个的烟圈，梦幻中觉得每个烟圈中都有一个裸体美人，猛然间发现其中的一个竟是刁氏，不禁心猿意马，乐不可支！

胡二哪里知道，叶倩薇在钟鼓楼交给警察的那个挎包中装有定时炸弹，炸弹已经安装在胡二军车的底盘上，按照叶倩薇指令四点半起爆，这个警察在慌乱之中把起爆时间定在了五点半。

当天四点，胡二与张虔奕开车到了白虎岭，四点五十到了玄阳洞，五点十分到了栖贤寺，五点二十回到了青龙山下，张虔奕进入了海眼的石洞，又躲过了这一劫。而胡二并不知道自己的生命已经进入了倒计时，如果他能跟张虔奕一起进入海眼的石洞，或许能免一死，可惜没有如果了。

胡二掏出怀表，放在耳边，欣慰地听着怀表的嘀嗒声，希望表针能快点走，希望张虔奕能快点回来，因为今夜他要与刁氏再续桃花梦。

胡二一看怀表，时针刚好指在五点半，有些急不可耐，自言自语地说："时间怎么过得这样慢？"

突然"轰"的一声巨响，胡二便什么都不知道了。军车随着爆炸的烟尘被抛上天空，灰飞烟灭之后，青龙山下见到的是军车的残骸和胡二的尸骨。

暗道在爆炸声中震颤，四周石壁上的碎石和浮土不断坠落。张虔奕知道青龙山下出现了险情，他心中惦记着梁茜月和她身上的密图，无法顾及胡二的安危。他心急如焚，拿着手电筒照明，深一脚浅一脚地奔向暗道尽头的石屋。他猛然发现面前有一只红色的高跟鞋，明白梁茜月是用鞋在向他传递信息，告知她刚刚从这里经过。

张虔奕通过各种渠道，确认叶倩薇就是潜伏在渝水县衙的间谍，但他知道叶倩薇的狐狸尾巴就是露了出来，在渝水县衙也没人敢抓，因为害怕惹怒了李中天。

叶倩薇按照野蔷薇间谍总部的指令，铤而走险，决定实施"一锅儿行动"。

第一步，暗杀张虔奕。她利用吴国祯的好色，把吴国祯牢牢地控制在自己手中，迫使吴国祯把钟鼓楼庆功宴的警戒指挥权交给了她。

她派遣野花香客栈的仆役化装成警察，在钟鼓楼对张虔奕搜身，虽然没有发现密图，却意外地在张虔奕身上发现了燕刀母币，由于胡二横插一杠子，搅乱了她暗杀张虔奕的计划。

第二步，夺取密图。她想：密图既然不在张虔奕的身上，一定留给了梁茜月。于是立即开着雪佛兰越野轿车，利用吴宁昶在陈家大院绑架了梁茜月，竟然不费吹灰之力便把藏在梁茜月身上的那半张密图搜了出来，让她兴奋不已。

第三步，寻找碣石地宫的入口。叶倩薇认为碣石地宫的入口应该是白虎岭上的白虎口，便匆匆忙忙直奔白虎岭。

叶倩薇来到白虎岭上，打开铜盒，把窃取的半张密图和从梁茜月身上搜出的半张密图，拼接在一起，一幅完整的碣石地宫密图呈现在眼前。她当即发现海眼才是通往碣石地宫的秘密通道，便立即离开白虎岭，火速赶往青龙山。

叶倩薇从来没有涉足过海眼，所以梁茜月就是她寻找地宫秘密通道的一个棋子。她推推搡搡地把梁茜月拽进了海眼，让其在前边带路。吴宁昶点燃了事先准备好的蜡烛，紧随其后。梁茜月突然停下，故意撞掉了吴宁昶手中的蜡烛，趁机甩掉了那只红色的高跟鞋。

叶倩薇觉得梁茜月是有意拖延时间，有些生气，说："快点儿，快点儿！时不待人！"

梁茜月眼中的叶倩薇，简直就是一条狼。她不明白吴宁昶为什么要跟叶倩薇穿一条裤子。她后悔不该忘记张虔奕的叮嘱，后悔不该离开陈家大院，后悔不该轻信吴宁昶的话。如今密图已经到了叶倩薇的手里，如果他们来到海眼尽头的石屋，打开玄武门，华夏的瑰宝将被洗劫一空。

她孤身一人很难阻止叶倩薇的行动，无助的她盼望着张虔奕快点到来。

叶倩薇见梁茜月走路一瘸一拐的，以为她故意在磨磨蹭蹭，拖延时间，正待发火，被吴宁昶拦住了。

吴宁昶在叶倩薇耳边不知说了些什么，叶倩薇不但没有生气，反而用商量的口气说："张夫人，你怎么了？快点走不行吗！"

梁茜月怕叶倩薇看出她是故意丢掉的，便说："你刚才推推搡搡的，把我的鞋弄丢了！"

叶倩薇似乎有所歉意，关切地说："你为什么不早说？刚才姐姐错怪你了，鞋丢了就丢了吧，回去姐姐给你买一双更好的，不过现在只能委屈你光着脚走路了！"

吴宁昶很快又点燃了一根蜡烛，三人继续前行。

暗道越来越窄，走到尽头竟是死路，梁茜月用身体遮挡着隐藏在身后的入口，担心被叶倩薇发现。

叶倩薇着急地问梁茜月："暗道在哪里？"

梁茜月默然。

叶倩薇问："你为什么不回答？"

梁茜月终于说出了让叶倩薇无法理解的一句话："因为我的名字叫华夏子！"

叶倩薇不解地问吴宁昶："华夏子像是日本女人的名字？"

吴宁昶说："非也！华夏子就是中国人的意思。"

叶倩薇一脸愠色，说："张夫人！你不要以为我不知道你是谁？你这个华夏子既不是张夫人也不是梁茜月，更不是慕容馨月！"

梁茜月听了不以为然，反问："那你说我是谁？"

叶倩薇说："你是日本特工刺玫！"

梁茜月分辩说："不！我是梁寒冰教授的女儿梁茜月！"

叶倩薇一阵冷笑，说："其实你叫什么名字并不重要，但我知道你是东滨妓院的妓女，后来野蔷薇总部发现你与梁寒冰的女儿极为相像，便把你从妓院赎出，经过培训，整容，你便成为了野蔷薇的特工，代号刺玫。

"野蔷薇总部为了盗取梁寒冰研究碣石地宫的成果，绑架了梁寒冰的女儿梁茜月，让你取而代之，而你却真的把自己当成了梁寒冰的女儿。张虔奕来到东滨码头，你奉命盗取竹简，冒充慕容馨月接站，而你却与张虔奕一见钟情。

"野蔷薇总部得知张虔奕与慕容馨月要回渝水县，在东滨码头又绑架了慕容馨月，杀死了梁茜月，用梁茜月取代了慕容馨月。

"张虔奕把梁茜月当成了慕容馨月，在东滨码头以凤凰涅槃的仪式，火化了梁茜月，将骨灰带回了紫塞桃花源。

"你认出尸体是梁茜月，却无法说出自己的身份，只好以梁茜月的身份随张虔奕回到渝水县，因此，你在仙女峰立碑时，还原了墓中梁茜月的真实身份。

"东滨大地震之后，我受野蔷薇总部命令，从日本一直跟踪你来到渝水县。你发现了我，千方百计地逃避我，不与我见面，无奈我编写了一部名为《糊涂丈夫》的长篇鼓词，交给盲艺人用民间最喜爱的渝水大鼓，到处传唱，含沙射影地揭露你的身世，试图让张虔奕离开你。没想到张虔奕不但没有离开你，反而把你当成了红颜知己，而你不但不醒悟，反而以慕容馨月的身份成了张夫人。

"从此你这位妓女间谍，沉溺在对张虔奕的情爱之中，千方百计地协助张虔奕研究碣石地宫密图。你虽然自称是张夫人，你虽然以慕容馨月的身份在各种场合出头露面，你虽然脱离了野蔷薇的组织，但你永远也改变不了你叫刺玫的间谍身份。

"所以总部指令我潜入渝水县衙，代号野蔷薇，实施'一锅儿行动'，行动的第四步，就是还原你的'刺玫'身份，你必须听我的指令，否则我会立即除掉你！"

梁茜月说："我华夏子永远也忘不了自己的根，你休想改变我华夏子的身份！"

叶倩薇凶相毕露，一把抓住梁茜月，说："什么华夏子？你充其量是一个下三烂的妓女间谍！"

梁茜月觉得自己受到了极大的侮辱，怒不可遏地骂道："你是一个毫无人性的魔鬼！"

梁茜月立刻与叶倩薇厮打起来，吴宁昶在一旁举着蜡烛好像是在看热闹，叶倩薇对吴宁昶不满地说："吴掾史！你是个死人呐，为什么不帮我动手！"

吴宁昶只好顺从地协助叶倩薇反绑了梁茜月的双手，还用手帕堵住了她的嘴。

叶倩薇气急败坏抓起梁茜月，把她往洞壁上重重地一搡，梁茜月跌倒在洞壁的一侧。

梁茜月的身后露出一丝微弱的光亮，原来这里是隐藏的暗道入口，叶倩薇让吴宁昶端开暗道入口，拽起反绑着双手的梁茜月，禁不住一阵冷笑，说："梁茜月呀，梁茜月！待碣石地宫的珍宝运到日本后，《朝日新闻》将向世界公布日本特工刺玫的新闻，文中将详细告知世人，梁茜月系中国人，代号刺玫，为效忠天皇，以张夫人的身份，在渝水县潜伏多年，协助野蔷薇间谍组织，破解了碣石地宫之谜。你将以日本间谍刺玫的身份，载入大日本帝国的史册！"

吴宁昶不屑一顾地说："叶督办！你的话是否说得早了点？鹿死谁手，现在还很难说！"

叶倩薇望着吴宁昶，吃惊地问："难道你——"

吴宁昶知道叶倩薇要说什么，忙说："请问，你是否知道进入碣石地宫必须打开玄武门？玄武门在哪儿？打开玄武门的钥匙在哪儿？如何打开玄武门？而这一切都需要张夫人。现在'一锅儿行动'的最后一步还没有实施，碣石地宫的珍宝还没有运到日本，你说刺玫的身份将载入大日本帝国的史册，岂不是为时过早。"

叶倩薇反问："那我怎样才能还原'刺玫'的身份？"

吴宁昶在叶倩薇耳边悄声说："诱惑！"

叶倩薇似乎若有所悟，立刻上前为梁茜月松绑，拽出堵在嘴里的手帕，亲切地说："刺玫妹妹，姐姐错怪你了，不该对你这样，刚才姐姐说的都是为你好！你应该知道背叛野蔷薇要比凌迟处死还要难以承受。现在，尽管你不承认你是刺玫，尽管你已经脱离了野蔷薇组织，但无人证明你不是野蔷薇特工，你就是跳到黄河里也洗不清你的卖国罪责。你虽然有嘴，却没有申辩的能力，民众也不会饶恕你，你将在万人的唾骂下，走上断头台。

"现在你已经无路可走了！不过，姐姐可以救你，那就是还原你的刺玫身份。如果你能打开玄武门，以前的事姐姐既往不咎，我还可以为你向野蔷薇总部请功，不管你提出什么条件都能满足你！"

梁茜月为了拖延时间，便佯装犹豫不决的样子，说："叶督办，不，我还是称你姐姐吧！说心里话，我实在是舍不得张虔奕！"

叶倩薇并不把张虔奕看在眼里，便说："张虔奕充其量是个孔夫子门下的学生，穷酸清高，有什么可以留恋的？姐姐将来给你找一个更好的！"

梁茜月像是迟疑不决，问："如果我还原了刺玫的身份，我将失去一切，不知姐姐怎样回报我！"

叶倩薇立刻从兜中掏出一块金表，交给了梁茜月，说："姐姐先给你一块金表，事成之后再给你一幢别墅和一笔巨款。我还可以从日本富家子弟中，挑选出一个懂得爱女人的风流小哥，供你享用！"

梁茜月接过金表，装在兜中，问："姐姐的话当真？"

叶倩薇模棱两可地说："姐姐如果食言，那还叫姐姐吗？"

梁茜月似乎很高兴，说："谢谢姐姐！"

叶倩薇觉得已经说服了梁茜月，略感放心，立即让梁茜月在前面带路，吴宁昶举着蜡烛给她照明，叶倩薇跟在后面像羁押犯人一样，好不得意。

路好像很漫长，也不知走了多长时间，他们来到一个半天然、半人工开凿的石屋，这座石屋就在碣石天门的下面。

石屋的屋顶有一个圆形孔洞，一缕微弱的光线从石孔射入，石屋明亮了许多。可以清楚地看到，石屋地面上有一个圆形的井，这眼井是从石孔中流下的雨水，经过亿万年滴水穿石，造就而成。井水清澈，反射出的光影映照在石屋的墙壁上，形成各种奇异的图形。

石屋的正面有一个石桌，上面供奉着一尊石雕的海神坐像，像前的香炉里还有三炷尚未燃尽的灵光香，青烟袅袅，不时地闪烁着点点灵光，犹如五彩祥云在石屋中缭绕。屋顶上面圆形孔洞的一侧，刻有"安澜"两字。

叶倩薇心中疑惑，不知何人提前到了这里，继而怒从心起，上前砸碎了香炉，踹倒了海神雕像。

叶倩薇发现石桌下有一块石板，便与吴宁昶一起又把石桌翻过来，拽到一边，掀开石板，发现石板下是一个斜洞，洞的里面有一扇石门，石门上方刻有玄武门三字。叶倩薇见了"玄武门"三个字，神情诡异地变幻着，随即跳到海神雕像的身上，一手高举铜盒，一手从腰间拿出燕刀母币，一阵狂笑，俨然她就是一个胜利者，情不自禁地大声喊道："本小姐滨田笃子，代号野蔷薇，曾训练出四个特工，代号分别是蔷蘼、买笑、白残花和刺玫，历尽磨难，潜伏在渝水县。如今，碣石地宫的千古之谜，终于被我破解了。进入碣石地宫的密图和打开玄武门的钥匙——燕刀母币，都已经掌控在我的手中。啊！碣石地宫的珍宝将属于大日本帝国，滨田笃子的芳名将闻名天下，彪炳千秋。"

吴宁昶明白蔷蘼、买笑、白残花和刺玫都是蔷薇花的别名，叶倩薇已经暴露了她就是潜伏在渝水县衙野蔷薇的总头目，他要目睹叶倩薇怎样打开玄武门，又是怎样惨死在玄武门下。

没想到叶倩薇并不傻，她似乎懂得开启玄武门要付出生命的代价，立刻来到吴宁昶面前，说："吴掾史，这个铜盒和燕刀母币都交给你了，你可以按铜盒中的密图，开启玄武门。"

叶倩薇万万没有想到，吴宁昶接过铜盒和燕刀母币之后，并没有去开启玄武门，而是跳到了海神雕像的身上，一阵狂笑，他一手高举着手中的铜盒，一手拿着燕刀母币，俨然他才是胜利者，大声喊道："啊！碣石地宫的千古之谜，终于被我破解了。进入碣石地宫的密图和打开玄武门的钥匙——燕刀母币，现在都掌控在我的手中。历经千秋的碣石地宫，在历史的长河中有你，在你的历史中有我，一个代号'铁蒺藜'的德国间谍，将载入碣石地宫的史册，终极不败的悍将吴宁昶，将以旷世枭雄的称号，名扬四海，流芳千古！"

叶倩薇恼羞成怒，突然从身后拔出无声手枪，对准吴宁昶说："吴宁昶我原把你当成我的人，没想到'螳螂捕蝉，黄雀在后'，可惜你高兴得太早了！你既然背叛于我，说明我们的缘分已尽，现在我就送你上路！"

吴宁昶又是一阵狂笑，说："叶督办！你手枪里的子弹早已被我卸掉了！"

叶倩薇觉得吴宁昶并非等闲之辈，立刻扔掉了手枪，口气也缓和了许多，说："你我都是各事其主，只要你能帮我把玄武门打开，碣石地宫的珍宝如何分，咱们可以商量！"

吴宁昶说："地宫内的珍宝如何分并不重要，重要的是谁来打开玄武门。"

关于玄武门的传说，吴宁昶也有所耳闻。施工者在安装玄武门时，为了防止盗墓贼进入，装有带毒的弓弩，开启玄武门的人十有八九要在弓弩下毙命。吴宁昶明白叶倩薇让他打开玄武门，是想用他的生命为她铺路。

吴宁昶想出了一个两全其美的办法，悄声说："打开玄武门这点小事何须劳驾你我？我看还是让张夫人来开启玄武门吧！"

叶倩薇没有更好的办法，只好说："吴掾史所言极是！"

吴宁昶立刻把铜盒和燕刀母币交给了梁茜月，让她开启玄武门。梁茜月明白开启玄武门的后果，她稍加犹豫，立刻表态，说："既然叶督办和吴掾史这样信任我，这件事就交给我吧！"

梁茜月接过铜盒和燕刀母币之后，立刻跳到倾倒在井边的石桌上，高声呐喊："苍天啊！如今碣石地宫密图和打开玄武门的钥匙——燕刀母币，终于又回到了华夏子的手中。历经千秋的碣石地宫，在历史的长河中有你，在你的历史中有我，为了保护国家宝藏，为了捍卫中华民族的尊严，我华夏子宁为玉碎，不为瓦全！"

叶倩薇、吴宁昶吃惊地望着梁茜月，只见她一手举着铜盒，一手紧握燕刀母币，纵身跳入石桌旁的井中。

吴宁昶手快，一把抓住了她的一条腿，硬把她拽了上来，梁茜月已经浑身湿透，无力地倒在地上，吴宁昶问："你手中的铜盒和燕刀母币呢？"

梁茜月淡定地说："我已经扔到井里了！"

吴宁昶与叶倩薇望着深不可测的地井，面面相觑。

叶倩薇把忌恨都集结在梁茜月的身上，立即从靴子中抽出一把匕首刺入梁茜月的腹部，她望着满身是血的梁茜月，说："刺玫小姐，你不要怪我，我是奉命行事，你是咎由自取！"

梁茜月觉得称她为刺玫小姐是对她极大侮辱，忍着剧痛怒视叶倩薇，否认说："不！我不是刺玫小姐，我是华夏子！"

叶倩薇听了一怔，觉得她亲手训导的刺玫小姐，应该不会背叛她，竟怀疑面前的张夫人真的不是刺玫小姐，她知道慕容馨月没有死，便追问："难道你真是慕容馨月？"

梁茜月露出了惨淡的微笑。

吴宁昶望着叶倩薇故意混淆视听，嘲讽地问："叶督办，你怎么滥杀无辜？"

叶倩薇说："怎么！难道我杀错了？"

吴宁昶望着躺在血泊中的梁茜月，想到的不是她的生死，而是她身上的那块瑞士钻石金表，试探着问："叶督办，现在你我是一根线上的两个蚂蚱，谁也离不开谁了，如果你先把那块金表给我，我答应帮你打开玄武门。"

叶倩薇爽快地说："那块金表是二十四钻防水的瑞士名表，只要你能帮我打开玄武门，金表可以给你！"

吴宁昶来到梁茜月身边，掏出了那块金表一看，金表虽然经被水浸过，表针却依然在走，爱不释手地说："果然是块好表！"

此时，叶倩薇手握匕首来到他的身后，向他的后背狠刺一刀，吴宁昶"哎呀"一声栽倒在地。

叶倩薇轻蔑地一笑，说："那块金表其实是准备炸开玄武门的一颗定时炸弹，原想用它炸死梁茜月，没想到在你身上派上了用场。"

吴宁昶听叶倩薇说这块金表原来是一颗定时炸弹，立刻扔掉了金表，哀求叶倩薇，说："叶督办，什么金表，什么碣石地宫的宝藏，我什么都不要了，我要命！快把我背后的匕首拔出来。"

叶倩薇一阵冷笑，说："我不会救你的，我要用你的血肉之躯，打开玄武门。"

叶倩薇不顾吴宁昶的哀求，把他拽到玄武门入口，捡起金表塞进了吴宁昶的裤裆里，仰天狂笑地说："我要炸烂你那个东西，看你下辈子还能不能金屋藏娇？"

此时，吴宁昶疼痛得已经无法忍受，忽然觉得身下有个硬邦邦的东西，伸手一摸，原来是叶倩薇丢掉的那把手枪。吴宁昶咬牙切齿地举起手枪，趁叶倩薇仰天狂笑的机会，对叶倩薇连开数枪。

叶倩薇被击中倒地，她望着吴宁昶懊恼地说："吴宁昶，我太小看你了，原来你在骗我！"

吴宁昶临死前拉了一个垫背的，觉得也值了，一阵剧痛，手枪从手中滑落。

顷刻之间，叶倩薇又爬了起来，捡起了手枪，冲吴宁昶得意地一笑，说："吴宁昶你脑子是不是灌水了？你就没有想到我会穿上了防弹衣？你将伴随着这块金表的嘀嗒声，去迎接死神吧！"

石屋又静了下来，只有金表的嘀嗒声在耳边鸣响，叶倩薇把吴宁昶拽到玄武门旁，正欲离开，远处忽然传来了急促的脚步声，叶倩薇立刻躲藏在了石桌的后面。

张虔奕终于来到了石屋，他一眼便看到了梁茜月，急忙俯下身呼喊着："茜月！茜月！你醒醒！"

这时，一个冰冷的枪口顶住了张虔奕的头部，嘲笑地说："张虔奕你终于来了，可至今你还蒙在鼓里，你面前的夫人是日本间谍，代号刺玫！"

张虔奕身处险境想到的不是个人的安危，在这千钧一发的时刻，他必须阻止叶倩薇打开玄武门，为了拖延时间，故意戏弄叶倩薇，说："不会吧？我怎么觉得你和被你刺杀的都是梁茜月。"

叶倩薇又好气又好笑，说："你这个书呆子，是真糊涂还是装糊涂？我现在可以明白地告诉你，我是滨田笃子，代号野蔷薇。梁茜月在东滨已被我杀死，你面前的是'刺玫'小姐。"

张虔奕假装吃惊："梁茜月是我从东滨梁宅亲手救出的，现在怎么会变成'刺玫'小姐了呢？"

叶倩薇又是一阵冷笑，说："看来你是真的糊涂了。"

张虔奕话锋一转，让叶倩薇惶惶不安，说："你才真的糊涂了！你可知道'螳螂捕蝉，黄雀在后'这句话的含意？"

叶倩薇惊恐地问："谁是螳螂，谁是蝉？谁又是黄雀？"

张虔奕直言不讳地说："你是螳螂，我是蝉，但最危险的不是我而是你，因为黄雀在你身后！"

叶倩薇似乎听到身后有一个女人的声音说："我就是黄雀！"

叶倩薇心中一惊，不禁回身查看，什么也没有看到。张虔奕乘机一闪，躲开了叶倩薇的枪口，两个人扭打在一起。

张虔奕受过慕容尊的真传，练就的黑虎拳，一招一式凶猛异常。叶倩薇经过间谍训练，身手敏捷，步步紧逼，连开数枪，却没有击中张虔奕。张虔奕由黑虎拳转换成八卦连环掌，叶倩薇只见数十个手掌向她袭来，眼花缭乱，躲闪不及，被张虔奕一掌击中面门，"哎呀"一声跌倒在吴宁昶身边。张虔奕立即上前撕去了颇像梁茜月的面膜，露出了叶倩薇的本来面目。

吴宁昶倒在玄武门前动弹不得，见张虔奕撕去叶倩薇的面膜之后，发现他垂涎已久的美人，竟然是一个面目狰狞的丑女人，惊诧不已，乞求张虔奕救他离开这个是非之地，并说："人非圣贤，岂能无过，我愿痛改前非，重新做人。"

吴宁昶的话音未落，叶倩薇又爬了起来，拔下绾在头发上的银簪子猛地刺中吴宁昶的颈部，狞笑着说："吴宁昶！你这辈子已经没有做人的机会了，这根银簪子带有剧毒，你必死无疑。"

吴宁昶断气之前似乎才明白：天作孽犹可恕，自作孽不可活。

叶倩薇杀死吴宁昶，正欲与张虔奕拼死一搏，只觉得脖后一阵剧痛，原来梁茜月已经苏醒过来，用绾在头发上的银簪子，刺进了叶倩薇的脖颈。叶倩薇知道梁茜月这一刺，她的生命只能以分秒计算，现在她什么都得不到了。

叶倩薇面部表情狰狞恐怖，对梁茜月恶狠狠地问："你为什么要背叛于我！"

梁茜月平静地回答："为了华夏子的尊严！"

张虔奕连日奔波，身心疲惫，加上与叶倩薇一场厮杀，已经力不从心，一阵眩晕，跌倒在地。叶倩薇望着倒在地上的张虔奕，恶狠狠地说："张夫人，你的虔奕哥已经败在了我的手下，现在我在你面前，先杀死你的虔奕哥，然后再杀死你。不过，我现在就是杀死你们，也难解我的心头之恨！"

叶倩薇近似疯狂，举起匕首向张虔奕刺去。就在这千钧一发之际，"嗖"的一声，飞来一颗蚕豆大小的海石子，击中了叶倩薇的手腕，匕首从手中坠落。叶倩薇回头一看，只见从石屋的孔洞中系下一条绳索，一个人身轻如燕，顺绳飘落。叶倩薇惊诧不已，来人竟是她从来没有在意的哑巴护院。

叶倩薇不解地问："你一个下人，何故来此找死？"

哑巴护院并不答话，挥手在石壁上书写了"为国雪耻"四个大字，字体刚劲有力。此时，从孔洞中射入的光线越来越亮，渐渐变成紫红色，映照在四个大字上，"为国雪耻"像是用鲜血写就，还在滴血。

叶倩薇被吓得连连后退，一直退到石屋的尽处，哑巴护院趁机拾起匕首，向叶倩薇猛刺，直到她气绝身亡。

哑巴护院扶起张虔奕，一同来到梁茜月身边，梁茜月断断续续地说："吴宁昶的裤裆里……有一块金表……是定时炸弹，叶倩薇要炸毁碣石地宫。"

张虔奕立即从吴宁昶的裤裆里掏出了那块金表，递给了梁茜月。金表的时针嘀嗒嘀嗒地响着，梁茜月一看，离起爆时间只有一分钟，张虔奕不知如何是好。梁茜月异常镇静，打开表壳用银簪子别在一个地方，金表再也不响了。梁茜月舒了一口气，说："定时炸弹将延时起爆，我们还有半个小时的时间，可以想办法出去。"

张虔奕说："我们可以沿着暗道从海眼撤出，但半个小时的时间有些不够。"

梁茜月说："这块金表爆炸的威力相当于三百公斤的黄色炸药，足以摧毁暗道和碣石地宫，我们在暗道里是绝对不能活着出去的。"

哑巴护院指着屋顶孔洞系下的绳索，用手势告诉大家，可以顺着绳子爬出去。

梁茜月说："定时炸弹也必须带出去，这样才能确保碣石地宫的安全。"

张虔奕立即让哑巴护院顺着绳子爬了上去，然后把绳子拴在梁茜月的腰上，哑巴护院把梁茜月拉了上去。最后，张虔奕脱掉衣服小心翼翼地把金表包了起来，带着金表也从孔洞中爬了出去。

张虔奕说："这两座矗立在海面上的巨礁，犹如是碣石地宫的侍卫，为捍卫华夏的海疆和国家宝藏，不惧寒冬酷暑，历尽岁月的沧桑，千百年来，被世人奉若神明，称之为天门。如今……"

梁茜月说："如今为了捍卫华夏子孙的尊严，我们必须炸毁左侧的巨礁，切断碣石地宫的秘密通道，阻止碣石地宫被盗掘。我已测算过，如果把金表放在左侧巨礁底部的石缝中，爆炸的冲击波必然把碎石推向暗道的入口，将碣石地宫的通道堵死，而绝不会损坏玄武门。在没有密图的情况下，任何人也不会找到碣石地宫的秘密通道，碣石地宫的国家宝藏，将安然无恙地在地下长眠。"

梁茜月说完便昏厥过去。

张虔奕当即把金表，塞在了那座巨礁的底部。然后，他抱起昏迷中的梁茜月，在哑巴护院的护卫下，离开了两座巨礁，艰难地向白虎岭走去。

"轰"的一声巨响，梁茜月从昏迷中被惊醒。她在张虔奕的怀中微微地睁开双眼，发现那座巨礁已经倾倒在海面上，两座巨礁连接在一起，竟然怪异地幻化成了一只硕大的公鸡。

此时，天已破晓，曙光染红了东方的天空，万道霞光映照在巨礁上，为这只硕大的公鸡披上了金色铠甲，金鸡的倒影俏丽而修长，在海浪中犹如轻歌曼舞。

瞬间，在倒影的两侧，出现了两束极为耀眼的光柱，一轮红日从海面上冉冉升起。

五彩云霞环绕着朝阳，形成了七彩光环，金鸡在这七彩光环之中，昂首向天，犹如金鸡啼晓。

梁茜月觉得大自然造就的这幅极富魅力的图景，绝不亚于法国印象派大师莫奈的传世名作——《日出》。

苍天把这幅绝美的图景，献给了燕北大地，献给了为国家宝藏而献身的华夏儿女，献给了乱世佳人梁茜月。

梁茜月望着"金鸡啼晓"的奇异景观，忽然想起荷花的那只大公鸡，断断续续地说："九天玄女的金鸡降世了……太美了！"

梁茜月被这奇异的景观所陶醉，苍白的脸上绽开了从未有过的笑容，觉得有九天玄女这座巨大的金鸡，守护着碣石地宫感到异常欣慰。

须臾之间，梁茜月又昏厥过去。然而，身披金色铠甲的巨大公鸡，已经定格在她的脑海里，留下了华夏儿女对这片热土的缱绻之情，留下了记忆的永恒。

三十　同舟共生死

李中天做梦也不会想到，渝水县的庆功宴竟然变成了鸿门宴，他一头雾水，看不清楚，想不明白，糊里糊涂地坠入了这个混沌的世界，在是非的旋涡中，难以自拔。

叶倩薇和吴宁昶为什么连个招呼也没打，便中途退场？吴国祯在他身边怎么就像丢了魂一样？让他更为震惊的是，已经被执行死刑的王鸣荻，为什么会突然出现在钟鼓楼？吴国祯当场将王鸣荻击毙是正当防卫，还是杀人灭口？是谁在张虔奕乘坐的军车上安装了定时炸弹？这一连串的事件让他摸不着头脑。他不得不怀疑，始作俑者是潜伏在渝水县衙的日本间谍——野蔷薇。

谁是潜伏在渝水县衙的日本间谍野蔷薇？他首先想起的是被执行死刑的白残花和王鸣荻。王鸣荻能在法场逃脱，一定是监斩官从中作祟，而这个监斩官恰恰就是他为之神魂颠倒的叶倩薇。王鸣荻在钟鼓楼行刺张虔奕，很可能是受命于野蔷薇，难道他爱恋的叶倩薇就是日本间谍野蔷薇？看来直隶省免去叶倩薇县佐一职，应该事出有因。想到这里，他有些坐不住了。

李中天与叶倩薇的暧昧关系是人所共知的，叶倩薇又是他亲手提携的，如果叶倩薇真的是日本间谍野蔷薇，那就更可怕了，他李中天在直隶省不但要丢掉乌纱帽，而且也无颜面对江东父老。但他很快否定了自己的怀疑，野蔷薇应该就是白残花和王鸣荻，这二人都已经被击毙，自己何必去自寻烦恼。

李中天觉得局面复杂的渝水县已很难驾驭，可心里还是念念不忘叶倩薇，立即让吴国祯传话，让叶倩薇到他的下榻处协商督办事宜。

吴国祯明白李中天找叶倩薇是要干什么，可吴国祯已经知道叶倩薇就是潜伏在渝水县衙的日本间谍，哪里还敢去找她。

吴国祯又不敢得罪李中天，只好亲自去野花香客栈找蔷蘼和买笑，如此这般地说了一通，还付了大价钱，便匆忙离去。

吴国祯思前想后，觉得现在他有无法摆脱的三大烦恼：第一大烦恼就是没有娶上一个称心如意的老婆。他在津海市"省立美术专科学校"任教导主任时，相中了慕容馨月，只是他不但没有弄到手，反而挨了她一个耳光。当他听说慕容馨月和苏津浬去了日本，便发誓一定要等她回来找她算账。三年后，苏津浬只身回到了渝水县，而且成了吴国祯的下属，听他说慕容馨月已经在东滨大地震遇难，吴国祯感到非常失望。

张虔奕偕夫人来渝水县修祠，吴国祯得知张夫人复姓慕容名馨月，又觉得慕容馨月没有死，便发誓一定要从张虔奕的手中，把慕容馨月夺回来。遗憾的是当他见到张夫人之后，发现竟是个冒牌货。吴国祯还真有个横劲，他发誓今生今世，如果找不到慕容馨月，宁可嫖娼也不娶老婆。

吴国祯的第二大烦恼是因为叶倩薇，他后悔不该让她陪同李中天。如今叶倩薇靠上了李中天这棵大树，自己大事小情都得听她摆布，让他非常恼火。

毕丘芩怀了吴国祯的孩子，吴国祯为了掩盖丑闻，把毕丘芩嫁给了苏津湮，没想到又得罪了叶倩薇。

更让他烦恼的是，叶倩薇故意在他面前卖弄风情，害得他日夜相思，却近身不得。他与叶倩薇的关系是惹不起，靠不住，离不开。

吴国祯的第三大烦恼是他觉得他这个县公署知事，并不是像他想象的那样风光。他原以为渝水县这个地方天高皇帝远，可以为所欲为，称霸一方。没想到他天天得应付直隶省来的官员，年年还要去进贡，稍有怠慢，便把他叫到面前臭骂一顿。

人都说"一任清知县，十万雪花银"，他眼巴巴地见上面大小官员捞钱，而他干了近三年的县公署知事，还没捞够一半，觉得自己很委屈，所以他决定借重修贞女祠的名义，对百姓横征暴敛。

燕北的深秋已是冷风袭人，更夫身上棉袍已难御寒，而李中天的房间却是温暖如春。李中天靠在躺椅上，焦急地等待着叶倩薇的到来。

忽然有人敲门，两个妙龄小姐推门而入。

李中天一怔，两个小姐忙说："我俩是叶倩薇的妹妹，是来替姐姐尽'孝心'的！"

姐姐说："我叫蔷蘼！"

妹妹说："我叫买笑！"

李中天知道所说的"孝心"是什么意思，还没容得细问，便被蔷蘼和买笑拉上了床。蔷蘼和买笑并没有把李中天放在眼里，说："我们尽'孝心'是有条件的！"

买笑笑着说："你必须保护好姐姐叶倩薇，如有半点差池，我割掉你的东西喂狗。"

李中天欲火难耐，并不在意她们说的话中听不中听，紧紧地搂住蔷蘼和买笑，满口答应。

李中天和两个小姐在床上颠鸾倒凤，沉溺在情欲之中，分不清蔷薇和买笑说的是叶倩薇还是野蔷薇，只顾与两个小姐恣行淫乐，不知不觉到了凌晨……

突然，天崩地裂的一声巨响，惊醒了李中天的鸳鸯梦，两个小姐慌乱之中，匆匆离去。

李中天发现她们丢下一张黑色名片，上面印有一朵白色野蔷薇，知道是日本间谍野蔷薇的行动标记，吓得他瘫倒在床上。

吴国祯听到这声巨响，知道出了大事，立即下令摇响了紧急报警器。一长一短的刺耳鸣叫，反复三次，渝水县的大小官员不敢懈怠，很快都到了县衙礼堂，叶倩薇、张虔奕和吴宁昶不知去向，吴国祯成了光杆司令。

吴国祯向到场的官员通报说："凌晨四点四十四分在渝水县东南方向，发生了一起特大爆炸案，据悉，这起爆炸案系潜伏在渝水县衙的日本间谍所为，碣石天门一侧的巨礁已被炸毁。直隶省电令：限三日内查清此案。

"我命令：渝水县所有官员在此听候调遣，不准离开县衙，凡是未到县衙者和擅自离开者，均按野蔷薇间谍分子论处！"

渝水县衙的官员听了吴国祯的训话，好像是冲着叶倩薇、张虔奕、吴宁昶，又好像是冲着他们自己，提心吊胆，人人自危。

其实最害怕的应该是吴国祯。吴国祯最害怕的是叶倩薇，如果她在李中天面前反咬一口，说他是潜伏在渝水县衙的野蔷薇，他将有口难辩。他更惧怕的是张虔奕，因为张虔奕知道叶倩薇的底细，如果他把叶倩薇的真实身份公之于世，弄不好李中天和他都有掉脑袋的危险。他还惧怕吴宁昶，吴宁昶知道他的事太多了，只要他拿出一件来，就可以置他于死地。他惧怕的这三个人，现在已经成了他的心头之患，他必须杀人灭口。

此时，吴国祯不得不亲自出马，集合了渝水县衙的全部警力，下了死命令，说："要找遍渝水县境内的每一个角落，缉捕叶倩薇、张虔奕和吴宁昶，活要见人，死要见尸！"

此时，张虔奕抱着梁茜月，在哑巴护院的守护下，艰难地爬上了白虎岭，三人精疲力竭，只好停在岭上小憩。

吴国祯指挥着几十名全副武装的警察，火速奔向海边，遥望白虎岭，发现岭上有几个人影，心想：如果是叶倩薇、张虔奕和吴宁昶，一定要当场击毙。便对警察大喊："日本间谍野蔷薇就在白虎岭上，谁要能抓到活的赏大洋五十，死的赏大洋一百！"

吴国祯带着警察，须臾之间便到了白虎岭下，白虎岭的南面是悬崖，悬崖下是波涛汹涌的大海，吴国祯命令警察立即把白虎岭东、西、北三面团团围住。

张虔奕抱着昏迷中的梁茜月，已无退路。正当他一筹莫展的时刻，发现梁茜月发紫的嘴唇在微微颤动，用手指了指面前那个漆黑的洞口，张虔奕明白梁茜月是让他们进入白虎口。

哑巴护院见张虔奕还有些犹豫，便急不可待地把他们拉进了白虎口，进入漆黑的洞中。

吴国祯和众警察爬上了白虎岭，见岭上空无一人，自言自语地："咦——难道我看走了眼，或许岭上根本没有人？"

众警察为了赏钱，欲进洞追杀，说："逃犯可能躲进白虎口的洞里去了！"

吴国祯立即想起白虎岭的恐怖传言，他无论如何也不敢进入白虎口，退一步想：如果他们真的进了白虎口，只要守住这个洞口，谁也跑不了。

吴国祯决定在白虎岭上安营扎寨，严防死守，在白虎口两侧设双岗，一边两人，两小时一换岗，发现有人，打死勿论。

吴国祯觉得自己很聪明，是运用了兵书上"瓮中捉鳖"的韬略，立即派人进城，买回来大饼、猪头肉和几箱长城牌汽水。

当晚，吴国祯让警察在洞口支上了几个马灯，他和众警察懒洋洋地坐在白虎岭上，吃的是大饼卷肉，喝的是长城汽水，望月餐饮，观海听涛，优哉游哉，好不得意。

没想到，海面上忽然飘来一片乌云，狂风骤起，圆月虽然没有被乌云遮盖，天上竟下起瓢泼大雨来。吴国祯和众警察不敢进洞，只好任凭大雨把他们浇成了落汤鸡。

暴雨很快就过去了，奇怪的是只有白虎岭这一块地方，遭到了暴雨袭击，周围竟没下一滴雨，圆月依旧是那样明亮，那样圆。

秋夜秋风秋雨凉，吴国祯和众警察被大雨浇得狼狈不堪，却不敢离开，一直守候到天明。

吴国祯原想在此杀死叶倩薇、张虔奕和吴宁昶，可事与愿违，他与众警察在白虎口守了一天一夜，却毫无结果。

张虔奕、梁茜月、哑巴护院进了漆黑的白虎口之后，才发现郑禅忻留给他们的军用手电筒不见了，幸好哑巴护院早有准备，临来时带来几根蜡烛。

哑巴护院点燃蜡烛在前边带路，张虔奕抱着梁茜月摸黑向洞的深处走去，到了洞的尽头，是一眼倾斜的水井。

他们又饿又渴，见了水井，异常高兴。哑巴护院用双手捧起水尝了尝，又涩又咸，根本没法喝。

突然，斜井中的水开始涌动，有如大海的涛声，哗哗作响，这声音越来越大，如万马奔腾。

哑巴护院高举着手中的蜡烛，发现斜井中的海水陡然下落，瞬间便无影无踪。哑巴护院让张虔奕抱起梁茜月，不由分说地把他们推向斜井边。就在蜡烛熄灭的瞬间，井中立即产生了强大的虹吸现象，把他们吸了进去，三人像坐滑梯一样滑落下去。原来他们遇到了百年罕见的大落潮，海水已经退到白虎岭的底部，他们从海水中暗藏的洞口滑出，此时天将破晓。

朦胧中他们发现面前有一艘小船，船上是一位是银须飘飘的老人和一位年轻的后生，二人把他们扶上船。

老人说："我们在这里等你们多时了。"

张虔奕问："我们现在去哪里？"

老人说："去你们要去的地方。"

年轻的后生一点竹篙，小船像箭一样驶向渝水湾，一边划着桨，一边唱了起来：

我家住在渝水湾，

日日相伴旧渔船。

海上捕捞度岁月，

风风雨雨又一年。

　　梁茜月被这熟悉的歌声唤醒，她睁开双眼望着年轻的后生惊喜地说："原来是荷花！"

　　年轻的后生摘掉头上的草帽，解开了盘在头上的辫子，露出了女儿装，立即来到梁茜月的身旁，喊着："姐姐！我好想你。"

　　那位老人也摘掉了银须，原来是韩辛玉，他熟练地驾驶着小船，飞速前行，白虎岭被远远地抛在后面。

　　小船在晨雾中穿行，从渝水湾逆流而上，驶向他们日夜思念的紫塞桃花源。

　　李中天在豪华套间渐渐从情欲之中醒悟过来，此时他才明白，白残花、蔷蘼、买笑都是日本间谍野蔷薇，蔷蘼、买笑声称是叶倩薇的妹妹，显然叶倩薇就是潜伏在渝水县衙的日本间谍总头目野蔷薇。

　　李中天惊恐地发现自己已经坠入了罪恶的深渊，他竟然与日本间谍野蔷薇同眠共枕，想到后果，他彻底绝望了……

　　天亮之后，李中天的头脑清醒了许多，他不甘心坐以待毙，他要从绝望中找到希望，惊魂稍定，便驱车赶到海边，他要以他的鬼才扭转乾坤。

　　李中天来到白虎岭上，只见吴国祯坐在白虎岭洞口，正在悠闲地喝着汽水，吃着大饼卷肉，怒从心起，大骂："吴国祯！你他妈是游山玩水来啦？"

　　吴国祯见了李中天并不害怕，心想：如果他把李中天与叶倩薇那些事全都抖了出来，定会让他吃不了兜着走。便不屑一顾地把脖子一歪，说："我在缉拿日本间谍叶倩薇，请厅长大人不要妨碍我执行公务！"

　　吴国祯故意把野蔷薇三字说成叶倩薇，李中天听了大怒，夺过吴国桢的匣子枪，气急败坏地问："你个小小的县公署知事竟如此蛮横，我现在就毙了你！"

此时，吴国桢才明白官大一级压死人的道理，后悔刚才不该激怒了他，立即向李中天赔罪："厅长大人息怒，小人见几个可疑分子躲进洞中，故在洞口严防死守。"

"为什么不进洞缉拿嫌犯？贻误战机我拿你是问！"李中天用匣子枪逼着吴国桢进入白虎口。

吴国桢不敢怠慢，立即让两个警察提着马灯在前边带路，战战兢兢地走进了白虎口，李中天拿着匣子枪跟在最后面。

洞中散发着潮湿发霉的气味，这种气味越来越浓，渐渐地变成了恶臭味。吴国桢掏出手绢堵住鼻子和嘴，没留神脚下被绊了一下，险些跌倒，他让提马灯的警察一照，才看清一侧的石壁被炸塌，脚下是一堆乱石，隐约还能看出石壁上的摩崖石刻"朱雀洞"三个字。两个警察向朱雀洞内照了照，吴国桢发现洞内有两具扭打在一起的尸骨，被吓得毛骨悚然，时至今日他似乎才明白什么叫不得好死，仿佛眼前的尸骨就是明天的他。

吴国桢的两腿打着颤，忐忑不安地继续前行，最后终于到了洞的尽头，面前是一眼斜井。吴国桢庆幸自己在白虎口内没有遇到什么危险，心里这块石头总算落了地。李中天查看了现场，找茬又把吴国桢训了一顿。

吴国桢万万没有想到，李中天回到县衙之后，不但没有追究他渎职，反而当着他的面，草拟了一份发给直隶省的明码电文：据悉，叶倩薇、张虔奕、吴宁昶，为阻止日本间谍"一锅儿行动"，以身殉职。县公署知事吴国桢，为一方百姓安宁，日夜操劳，应通令嘉奖。另经查实，秦代碣石地宫之谜，系民间讹传，子虚乌有。署名：李中天。

随后，李中天又拿出他篡改的供词，让吴国桢签字盖章，吴国桢在李中天的授意下，立即在案卷上签写了几行字：直隶省行政厅长李中天，亲临渝水县案发现场，将日本间谍野蔷薇总头目白残花和野蔷薇一号特工王鸣获活捉，罪犯供认不讳，均已伏法，现已结案。主审：吴国桢。

书记员在主审的名下，盖上了县公署知事吴国桢的大印。

另有副本一份，盖上了"本卷与原本无误"的红色印章。

李中天有了这份案卷的副本，回到直隶省总算有了交代。但他对叶倩薇还是难以割舍，不禁一声长叹，悄然离去，从此再也没有来过渝水县。

燕北大山深处的紫塞桃花源，是历代官府遗忘的角落，致使这方净土，成了古今藏龙卧虎的清凉世界。

历史考古学家慕容尊的祖父是晚清的武举人，因受戊戌变法的牵连，险些被慈禧太后所杀，后逃到这里隐居。慕容尊早年跟随祖父习武，二十二岁去日本留学，在东滨大学研习历史考古专业。在考察秦皇行宫遗址的过程中，撰写了《碣石地宫考实》的论著，印证了民间传说中的碣石地宫。论著一经发表，在国内外引起轰动，黑白两道对碣石地宫的瑰宝，虎视眈眈。

慕容尊毅然决定回国，立志挽回论著的负面影响。

小女儿茜月因患重病，不得不留在日本，被好友梁寒冰收养，改名梁茜月。

慕容尊偕爱妻夏芷和大女儿慕容馨月回国，用毕生精力，找到了揭开碣石地宫之谜的重要线索。

慕容尊知道张虔奕与慕容馨月在津海市"国立美术专科学校"是同窗好友，曾多次向女儿说出自己的心愿，并收了张虔奕为关门弟子，期望他能与爱女继承父业，执女之手，与女偕老。

张虔奕抱着梁茜月，在哑巴护院和荷花的搀扶下，从美人榻渡口下了船，韩辛玉在前面带路走进了那片桃花林。

慕容尊的故居已被捣毁，故人难觅，事事皆休。哑巴护院见了，潸然泪下，荷花甚觉奇怪，想要说什么，却被哑巴拦住了。

韩辛玉与荷花在这里临时搭建了两间小屋，决定在这里安家落户，重建桃花源。

小屋虽然简陋，却也干净整齐，梁茜月躺在炕上脸上渐渐地泛出红晕，荷花见梁茜月醒了，高兴地问："姐姐的伤好些了吗，现在还疼吗？"

梁茜月欣慰地一笑，说："我总算到家了。"

她深情地望着张虔奕，从身边拿出一封郑禅忻写给他的信，欲言又止，信中写道：

　　虔奕兄！当你看到这封信时，一定感到震惊，原想在离开你之前，把真相告诉你，只是有些话难以启齿，可我又不得不说。一直被外人误认为是你妻子的梁茜月，其实她真的不是梁茜月，她叫郑青竹，是我的亲妹妹。早年随父母去日本做生意，被拐卖到妓院，骗她吃了一种长效的烈性春药，逼她接客。

　　日本一个代号叫野蔷薇的间谍组织，发现郑青竹与东滨大学梁寒冰的养女梁茜月长相极为相似，便把郑青竹从妓院赎了出来，进行整容、训练。并在梁寒冰的眼皮底下，用郑青竹替换了梁茜月。让她在梁寒冰、慕容馨月、苏津湮之间频繁往来，收集有关碣石地宫的情报。你到了东滨之后，郑青竹代替慕容馨月接站，没想到你竟把她当成了慕容馨月，使她惊喜万分。

　　野蔷薇的间谍组织借你与慕容馨月回国的机会，绑架了慕容馨月，用梁茜月的尸体取代了慕容馨月，慕容馨月被绑架到东滨码头附近的一间阁楼里。这时，东滨发生了大地震，阁楼被夷为平地，慕容馨月失踪，生死未卜。

　　郑青竹以梁茜月的身份跟随你回到了渝水县，却无法说清自己的真实身份，她想以立碑的形式告诉你，墓中人是梁茜月，她愿替代慕容馨月，做慕容馨月该做的事，当好你的助手，做你的妻子，让慕容馨月在他身上复活。但你却难以接受，一直认为郑青竹就是梁茜月。

　　虔奕兄！郑青竹的遭遇是常人难以忍受的，她是真心爱你的！我知道你肩负着恩师的未竟事业，我相信郑青竹一定会成为你的好助手、好妻子，希望你不计前嫌，原谅并接受她的过去，拜托了！

祝你们幸福！

愚弟　郑禅忻

中华民国一十七年六月三日

张虔奕看完这封信，百感交集。

随后，郑青竹又把手伸进内衣口袋，吃力地在掏着什么，掏了好一会儿，最后掏出来一枚染血的燕刀母币，说："虔奕哥，这枚燕刀母币几经磨难，终于完璧归赵了，不知我这个助手是否合格？"

这枚燕刀母币是开启碣石地宫玄武门的钥匙，是郑青竹与叶倩薇生死搏斗的见证。

荷花见张虔奕手中的燕刀母币还在滴血，惊呼："血！"

郑青竹的伤口已经裂开，身边已经沁出了一片殷红的鲜血，自知时间不多了，她把脸朝向张虔奕，说："虔奕哥，来世我如果不能做你的妻子，一定是你的亲妹妹。我在东滨码头听清理阁楼废墟的人说，没有见到女人的踪迹，如果慕容馨月没有死，她一定会来找你的！"

张虔奕望着与他朝夕相处，生死相依的红颜知己，含泪说："青竹妹妹，请你不要这样说，韩辛玉是医药世家，我们一定想办法医好你的伤。"

荷花觉得郑青竹的话有些凄凉，安慰她说："青竹姐姐，我和韩辛玉立即上山给你采几种止血、解毒的草药，我相信你的伤一定能治好的。"

郑青竹摇摇头，说："叶倩薇的匕首是涂了剧毒的，我虽然吃了解药，只能延缓毒性发作，就是华佗来救我，恐怕也难有回天之力！"

郑青竹的话还没有说完，"哇"的一声，又吐出一口鲜血，随后便开始大口大口地抽气，脸上瞬间变得煞白煞白，她望着张虔奕上气不接下气地说："虔奕哥，我死后……请你……把我……和茜月妹妹，葬在一起。"

张虔奕俯下身来抱着郑青竹，热泪盈眶，说："青竹，你不能走，我还有很多很多的话要对你说……"

屋外淅淅沥沥地下起了雨，沉闷的空气让人透不过气来，郑青竹紧紧地拥抱着张虔奕，说："虔奕哥，我也有很多很多的话想对你说……我舍不得离开你……舍不得我们的紫塞桃花源！"

郑青竹凄情绵绵，还想说些什么却没有说出来，带着对人世的眷恋，含泪而逝。

秋风阵阵，细雨霏霏，秋风从纸窗的缝隙中吹进屋来，嘶嘶作响，梁茜月的歌声仿佛还在耳边回荡：

长城倒挂似天梯，仙女湖畔帆影移，
三道险关通仙境，紫塞桃源露端倪。

第三天，张虔奕冒着霏霏细雨，在荷花与韩辛玉的帮助下，遵照郑青竹的遗愿，把她与梁茜月合葬在一起，坟前没有墓碑。

张虔奕说："慕容尊、夏芷、梁茜月、郑青竹，还有那些没有留下姓名的学者，为了国家的宝藏，用他们的生命捍卫了华夏子孙的尊严，令后人肃然起敬。"

张虔奕说完与哑巴护院、韩辛玉、荷花冲着墓地三鞠躬。

荷花建议说："虔奕哥，是否给两位姐姐立个墓碑？"

张虔奕望着坟前被砸碎的石碑，愤愤地说："这群挖坟掘墓的歹徒，连墓志铭都不放过，所以我们只能在心中为她们铸起一座丰碑，一座永远不会被毁掉的无字丰碑。"

韩辛玉与荷花把船停靠在美人椆渡口，与张虔奕、哑巴护院告别，韩辛玉说："这条船是从红松岭尹妮大姨那借给你们使用的，仙女湖的上游有一条水路，你们乘坐这条船，可以直接到达津海码头，她正等在那里，送你们到想去的地方，顺便贩卖一批红松。"

荷花说："虔奕哥，听青竹姐姐说慕容馨月没有死，你一定要想方设法找到她。"

张虔奕想起与郑青竹的那些日子，似有抱愧蒙羞之感，说："慕容馨月就是真的还在，我也愧对于她，她是不会原谅我的！"

韩辛玉与荷花不置可否，哑巴护院在一边却着了急，用手语说："虔奕哥，我相信慕容馨月不会像你想象的那样。"

　　此时此刻，张虔奕觉得哑巴护院比比画画，代替慕容馨月用手语回答他，实在是荒唐。哑巴护院见张虔奕表情冷漠，也觉得说这些话不是时候，只好沉默不语。

　　张虔奕、哑巴护院与韩辛玉、荷花告别之后乘船到了玄阳洞。张虔奕把船藏在芦苇丛中，让哑巴护院在洞口守候，自己拎着一个空皮箱进入了天井。

　　张虔奕进入天井，拨开了浮土，用匕首撬开了石板，取出藏在石匣里面的竹简、古陶罐和那个布包，把梁茜月留给他的那枚燕刀母币和这三样东西，全都装在皮箱里，用绳子把皮箱从洞口系了下来。

　　张虔奕对四周进行了缜密的观察之后，拎着皮箱拨开芦苇丛，与哑巴护院一起进入船舱。这几天他太累了，午时将至，他们躺在船舱里和衣而睡，皮箱放在他俩中间，芦苇丛中鸟叫虫鸣，掩盖了舱内张虔奕那轻微的鼾声。

　　张虔奕觉得这一觉睡得很香，醒来之后，已是傍晚时分。

　　他想叫醒哑巴护院，准备乘夜起航，隔着皮箱一看，发现哑巴护院不见了，再去查看皮箱，发现皮箱已经有人动过。他急忙打开皮箱，发现竹简、古陶罐、燕刀母币还在，只是那个布包不见了。他急忙上岸，不断地呼喊着哑巴护院，竟忘了十哑九聋。

　　哑巴护院的失踪，让张虔奕感到意外，急得他满头大汗。

　　暮色苍茫，正当他心急火燎地寻找哑巴护院的时候，忽然发现远处的柳树下，有一个女子的身影向他走来。

　　张虔奕心中一惊，一个单身女子怎会在黑夜来到这深山野岭，莫非是野蔷薇跟踪到此。他想到了慕容姐妹遇害，想到了郑青竹与叶倩薇在碣石地宫的残杀，想到哑巴护院的失踪，想到船上的国家宝藏，不由得紧握匕首，心想：即使剩下我一个人，也绝不能让日本间谍野蔷薇得逞。

　　女子离他越来越近，渐渐显露出她那苗条的身影，只见她身着旗袍，步履轻盈，高跟鞋落地有声。

当张虔奕看清女子的面容时，惊呆了。

他不相信自己的眼睛，觉得眼前的一切不是真的，但又不得不相信眼前的一切是真的，手中紧握着的匕首掉在了地上，清脆的响声在宁静的夜空中回荡，犹如一首甜美的歌。

两个人不顾一切地拥抱在一起，张虔奕惊呼："馨月！你怎么会在这里？"

慕容馨月已经是泣不成声，哭着说："我就是哑巴护院……"

张虔奕惊奇地问："你一直跟随着我，我怎么一点也没看出来？"

慕容馨月说："如果有人能看出来，恐怕我也不会活到今天。"

慕容馨月讲述了那不堪回首的一段经历：

原来，慕容馨月被绑架到东滨码头附近的一间阁楼里，她发现阁楼是野蔷薇间谍的一个窝点，里边藏有各种男女面膜。

恰在这时，东滨发生了大地震，阁楼被夷为平地，慕容馨月得以幸免。为了逃避日本间谍野蔷薇的追踪，她从废墟中带出几副面膜，改变了自己的容颜。后来听说张虔奕回到了渝水县，并得知仇人吴国祯在渝水县当了县公署知事，便从东滨直接返回紫塞桃花源。没想到紫塞桃花源遭劫，便化装成老奶奶在陈家大院落户。陈天塬遇害后，为了躲避王鸣荻的劫杀，慕容馨月不得不伪装成哑巴，逃到红土沟。也是老天有眼，让他们在陈家大院团聚，虽然是朝夕相处，却难以相认，只好以护院的身份，暗中保护张虔奕和郑青竹。

张虔奕问："馨月，你为什么不向我说明这一切？"

慕容馨月说："当时我已经知道了郑青竹的身份，她才华横溢却生不逢时。她身陷囹圄，却不忘自己的根。她身处险境，却要认祖归宗。她在人海中苦苦地寻觅真爱，不惧野蔷薇间谍组织的威胁和迫害。当她见到了你，便认定你是她的唯一。

"她历尽艰险，不顾一切地追随着你。为了救你性命，不顾个人安危为你输血。为了当好你的助手，不惧凶险，帮你弄到了古陶罐，找回了燕刀母币。

"她为了国家宝藏与日本间谍叶倩薇拼死搏斗，不惜用生命捍卫了碣石地宫。她的血脉中融有华夏儿女的家国情怀，是一个敢爱、敢恨，爱憎分明，值得敬重的女人。如果她现在还在，我宁愿当一辈子哑巴，守护在你们身边！"

张虔奕听了慕容馨月的话，心潮涌动，感慨万端，却不知从何说起，只好转了话题，说："现在竹简密图、古陶罐、燕刀母币都在我们手中，这是国家不可多得的珍贵文物，也是挖掘碣石地宫的可靠依据。北平的易培基是故宫博物院首任院长，人称文物的保护神，我们必须亲手把这些文物交给他，才能确保碣石地宫的安全。至于碣石地宫是否需要发掘，待太平盛世到来之后，由国家决定吧！"

慕容馨月说："乱世年代，也只能如此了。"

张虔奕与慕容馨月手牵手地回到小船上，张虔奕觉得现在正是秘密出航的好时机，一点竹篙，小船立即离开了芦苇丛。慕容馨月帮助张虔奕撑起帆蓬，清风徐徐吹来，小船在仙女湖上缓缓行驶。

雨霁之后的秋夜，紫塞桃花源的空气格外清新，金魄从仙女峰后悄然升起，犹如青山吐月。一群大雁在暗蓝色的夜空排成人字形，向南飞去，雁叫声令人心碎。

张虔奕在船尾撑着舵，担心地说："此行风险难测，我们现在是有家难归，前途未卜！"

慕容馨月望着渐渐远去的紫塞桃花源，依依不舍，不禁思念起逝去的亲人：慕容尊、夏芷、梁茜月，还有梁寒冰夫妇和郑青竹，她眼含热泪地问张虔奕："与君同舟共生死，不知此去何时归？"

此时，此景，张虔奕无言以对，便用李白《与夏十二登岳阳楼》的名句，来表达他的心境，低声吟诵："雁引愁心去，山衔好月来。"

小船冲破涟漪，行驶在仙女湖上，湖面上泛起万点银光。慕容馨月站在船头，凝视远方，秀发披肩，亭亭玉立。

尾　声

随着时光的流逝，渝水县的那些人、那些诡异的事件，已经成了人们茶余饭后津津乐道的传说。

渝水长流日悠悠，斗转星移几度秋。

不知又过了多长时间，一场百年罕见的大雪袭击了燕北大地，以出美女著称的石牌坊村，在大雪中似乎变得更加朦朦胧胧。刁氏门前的那几棵枣树在雪中无处躲藏，弯弯曲曲的枝干，不情愿地承受着积雪的重压。

大雪阻断了石牌坊村通往渝水县的道路，家家户户被冰雪困在屋里，人们唉声叹气地围坐在一起，埋怨老天不该妨碍了他们的生计。

然而，石牌坊村的孩童们对这场大雪却感到异常的兴奋和好奇，在他们的眼中，大雪把石牌坊村变成了一个童话的世界。

一个叫狗剩的男孩把村里的几个小孩集结在一起，拿着破铲子、破盆，冒着大雪在路边的土坡上堆出了一个雪人。

狗剩穿着一件旧棉袄，脚上趿拉着一双他姥姥的破棉鞋，足尖已经露出了大脚趾，却毫不在意。他想：雪人不能没有眼睛，便从兜里掏出了他珍爱多时的两个黑玻璃球，小心翼翼地镶嵌在雪人的脸上，然后退到坡下，仰望雪人。他觉得雪人对他似乎并不领情，便想在雪人面前显示一下他的霸气，他想出了一个理由，说："雪人说了，要看看咱们玩'胜者将军败者贼'的游戏。"

狗剩身边有一个叫妞妞的女孩，反驳说："你骗人！雪人没有嘴怎么能说话？"

妞妞是石牌坊村最漂亮的女孩，她穿着一件用红色花布头拼接的新棉袄，在孩童中间显得格外靓丽。她知道狗剩玩起"胜者将军败者贼"的游戏，又要让她当将军的夫人，有些不情愿，便岔开话题说："雪人也应该有嘴！"

她随即从兜中掏出一个她一直舍不得吃的大红枣，放在雪人嘴的位置上。几个孩子觉得这个红枣就是雪人的红唇，立刻想起慕容姐姐讲的《白雪公主》的童话，妞妞高兴地拍着手说："我把雪人变成了白雪公主！"

随后兴奋地围着雪人欢欣雀跃，手舞足蹈。

狗剩在一边很不服气，说："这个雪人太丑了，哪配当白雪公主？白雪公主应该像慕容姐姐一样美！"

姐姐有些不高兴，反问："你说这个雪人不是白雪公主，那么你说这个雪人是谁？"

狗剩站在一边，用手挠着脑袋想说什么却说不出来，憋得小脸通红。过了好一会儿，他突然冲着雪人狠狠地啐了一口吐沫，说："我看她像一个坏女人！"

随后，他拿起破盆用小铲子敲了起来，一边敲，一边走，嘴里不断地喊着："坏女人！坏女人！坏女人！"

没想到他的这一举动，立即感染了其他的孩子，一个个跟在他的后面排成了一队，"叮叮当当"地敲起了破盆子、破罐，迈着并非整齐的步子，围着雪人转，齐喊："坏女人！坏女人！坏女人！"

喊声惊动了住在枣树后面石板屋里的刁氏，刁氏面容憔悴，身穿一件破旧的长棉袍，步履蹒跚地从屋里走了出来。狗剩发现了她，立即用手指着刁氏大喊："坏女人——"

孩子们立即迎了上去，围着刁氏转，稚嫩的小嘴颇有节奏地喊着："坏女人！坏女人！坏女人！"

刁氏躲开孩子们的目光，漫无目的地向村外走去。孩子们穷追不舍地紧紧跟在后面，不停地敲着，不停地喊。

刁氏立即停在狗剩面前，抚摸着他那冻得发红的小脸，问："狗剩，你说我坏吗？"

狗剩摇了摇头。

"那你为什么叫我坏女人？"

狗剩说出了他似懂非懂的两个字："因为你是'破鞋'！"

刁氏惨淡地一笑，指着狗剩脚上的那双破棉鞋，说："看你的脚指头都露出来了，你这个才是'破鞋'呢！"

狗剩虽然不懂"破鞋"的含义，但他知道这不是好话，臊得满脸通红，觉得自己真的成了"破鞋"，一赌气把破盆子摔在雪地上，撒腿就跑。孩子们见狗剩跑了，不知发生了什么事，跟在后面一哄而散。

刁氏踉踉跄跄地追着孩子们，嘴里喃喃自语："我怎么会成'破鞋'了呢？"

孩子们离开了刁氏，雪地上只剩下她孤零零的一个人，她在茫茫的大雪中似乎在寻觅着什么，没想到脚下一滑，仰面朝天地摔倒了，破旧的棉袍露出了她的双腿，她竟然还穿着警长王鸣获给她买的那条时尚的瘦体绒裤。

刁氏挣扎着站了起来，她的双腿依然是那样美，然而她那秀美的双腿却没能支撑住她那娇弱的身躯。她的身影犹如风摇残烛般地摇曳了几下，便跌倒在绵软的雪地里，再也没有爬起来。

雪花不断地亲吻着刁氏的面颊，亲吻着她那破旧的棉袍，亲吻着她整个的身躯，顷刻之间，把刁氏的身影融化在铺天盖地的大雪之中。

大雪还在不停地下，刁氏屋前的几棵枣树不堪积雪的重压，不断地发出嘎吱、嘎吱的响声，一棵接着一棵地折断了，紧接着"轰"的一声响，那几间破旧的石板屋也被厚重的积雪压塌了。

大雪整整下了三天三夜，漫天的大雪覆盖了人杰地灵的燕北大地，覆盖了神秘莫测的渝水县城，覆盖了以出美女著称的石牌坊村。

天地之间，一片洁白。

2012 年 1 月 28 日　初　稿
2019 年 3 月 11 日　修正稿

图书在版编目（CIP）数据

山衔好月来 / 张恩凯著. -- 北京：作家出版社，2019.10
ISBN 978-7-5212-0676-0

Ⅰ．①山… Ⅱ．①张… Ⅲ．①长篇小说 – 中国 – 当代
Ⅳ．①I247.5

中国版本图书馆CIP数据核字（2019）第173298号

山衔好月来

作　　者：张恩凯
责任编辑：李亚梓
装帧设计：百丰艺术
出版发行：作家出版社有限公司
社　　址：北京农展馆南里10号　　邮　　编：100125
电话传真：86-10-65067186（发行中心及邮购部）
　　　　　86-10-65004079（总编室）
E-mail:zuojia@zuojia.net.cn
http://www.zuojiachubanshe.com
印　　刷：北京玺诚印务有限公司
成品尺寸：152×230
字　　数：400千
印　　张：28.25
版　　次：2020年1月第1版
印　　次：2020年1月第1次印刷
ISBN 978-7-5212-0676-0
定　　价：65.00元